人间久别

旧月安好 著

【上 册】

青岛出版集团 | 青岛出版社

图书在版编目（CIP）数据

人间久别/旧月安好著. —青岛：青岛出版社，2023.9
ISBN 978-7-5736-0435-4

Ⅰ.①人… Ⅱ.①旧… Ⅲ.①长篇小说－中国－当代 Ⅳ.①1247.5

中国国家版本馆CIP数据核字（2022）第203667号

RENJIAN JIUBIE

书 名	人间久别	
作 者	旧月安好	
出版发行	青岛出版社（青岛市崂山区海尔路182号）	
本社网址	http://www.qdpub.com	
邮购电话	18613853563	
责任编辑	郭红霞	
特约编辑	崔 悦	
校 对	李晓晓	
装帧设计	千 千	
照 排	王晶璎	
印 刷	三河市良远印务有限公司	
出版日期	2023年9月第1版 2023年9月第1次印刷	
开 本	32开（880mm×1230mm）	
印 张	18	
字 数	501千	
书 号	ISBN 978-7-5736-0435-4	
定 价	65.00元	

编校印装质量、盗版监督服务电话 4006532017 0532-68068050

目录

（上册）

目 录

下册

第一章

那个自闭症哥哥

洛抒哼着歌儿回到家里，将门推开。

破旧的房子内坐着一个美貌的女人，洛抒停住歌声，惊喜地跳了过去，蹦到沙发上，抱住那女人，高声喊了句："妈妈！"

那女人正在很煞风景地剪脚趾甲，见洛抒蹦过来，反手便将她一推，说："赶紧收拾你的东西。"

洛抒不解地问："收什么？"

"搬家，我又给你找了个新地方。"洛禾阳说完，想到什么，停下手上的动作，神秘且得意地说，"这次咱们去的地方准比之前几次去的地方都要好。"

洛抒眯着眼睛，听出母亲话里的不寻常。她狡黠的眼睛里全是兴奋，她笑嘻嘻地说："我知道了。"她早就受够这个鬼地方了，哪里还肯多停留一秒？她迅速从沙发上跳了下来，冲进自己的小房间，一股脑儿地把比较值钱的东西往行李箱内塞。

第二天一早，一辆黑色的车停在楼下，洛抒拖着行李，跟在母亲洛禾阳身后。

司机早就等在车旁了，此时迅速接过两个人的行李。

此时的母女俩衣着得体。洛禾阳貌美，尽管穿着不显富贵，却透着温柔贤淑。而洛抒，活脱脱就是一个漂亮乖巧的小公主，站在母亲身边，听话且温顺。

这样一对光鲜亮丽的母女，根本没人会把她们和"情感欺骗犯"联系在一起。

可她们确确实实是"情感欺骗犯"。

洛抒相当有礼地跟着母亲上了车，那辆车便载着母女俩，离开了这个她们无比厌弃的穷地方。

到达新家门口，洛抒目瞪口呆地望着眼前的大别墅。

不过很快，她脸上扬起了甜美的笑容，任母亲牵着手，从容地走进去。她们才到大厅里，从楼上走出一个模样儒雅、身材高挑的中年男子。他看到母女俩，脸上是毫不掩饰的高兴神色。

洛抒东张西望，还没反应过来，母亲将手抽走，娇声唤了句"承丙"，便扑进了那男子的怀里。

洛抒目瞪口呆地看着他们，乖乖，这后爸真出人意料！

他们在那儿旁若无人地说着甜言蜜语，完全没顾及一旁的洛抒。

直到孟承丙想到了什么，看向不远处的洛抒，脸有些红。他将洛禾阳放开，走了过去，主动跟洛抒打了一声招呼："洛抒，你好，我是孟叔叔。"

他搓着手，有点儿紧张。

洛抒更紧张。她看孟承丙，就像是在看一座金山。

一旁站着的洛禾阳给她使眼色，她立马收敛住神色，朝孟承丙露出了相当甜美的笑容："孟叔叔，你好。"

她主动去拥抱孟承丙。孟承丙没料到，望着怀中的女孩儿，之前所有的担忧化为乌有，心头莫名浮上几分亲切感。他也热情地回抱了洛抒。

洛禾阳在一旁欣慰地笑着，谁都没注意到母女俩的眼里闪动着精明的光芒。

这样的场景她们不知道演过多少回了，每一次都演得无比动人、真切。

洛抒每一个曾经的后爸，面对此情此景都会感动无比。

正当母女俩交换眼神时，洛抒忽然在大厅的楼梯处看到了一个人。那是个男生，背对着他们。

洛抒有些不解地看向洛禾阳。

大厅一瞬间安静了下来，孟承丙注意到洛抒的眼神，回头看去，看到楼梯上的人，便笑着向洛抒介绍："这是孟颐，叔叔的儿子，以后是你的哥哥了。"

　　他又笑着朝楼上的人说："孟颐，这是洛抒，以后是你的妹妹。"

　　可是那个人没有反应，甚至没有说一句话，身影消失在阴暗的楼梯口。

　　这样的情况洛抒见多了，每个后爸的孩子对她都没有多少好感。可这种连招呼也不打，转身便走的人，洛抒还是第一次见。

　　孟承丙怕洛抒误会，忙说："洛抒，孟颐有点儿特殊。他并非不喜欢你，只是不怎么爱说话，请见谅。"

　　洛禾阳也赶紧上来，拉着洛抒的手说了一句："以后你要和哥哥好好相处。"

　　所有话题点到即止。

　　洛抒觉得奇怪，看了母亲一眼，但没有急于发问，而是继续维持着乖女儿的形象，笑着同后爸说："爸爸，您放心，我会好好跟哥哥相处的。"

　　一句"爸爸"让孟承丙愣住了。洛抒的声音这样真诚、动听，孟承丙欣喜若狂，想：禾阳把孩子教育得极好。

　　殊不知，洛抒把曾经的每一任后爸都唤作"爸爸"，也同样唤得极动听、真诚。

　　孟承丙欣喜地应了洛抒一声，之后便让洛禾阳赶紧带洛抒去房间。

　　洛禾阳表现出一副温婉可人的模样，温柔地带着洛抒上了楼。

　　到了楼上，洛禾阳变了一副面孔，低声对洛抒说："孟承丙的儿子有自闭症，你注意点儿。"

　　洛抒这才反应过来，为什么自己会对那个男生产生一种怪异感，原来他是个自闭症患者啊。

　　洛抒漫不经心地应答着，点着头，眼睛却依旧在四处打量。

　　之后大家一起吃午饭，洛抒将一个完美乖巧的女儿形象表现到了极致，眼睛却一直瞟着那个空位。餐桌旁只有三个人。

　　洛禾阳也在孟承丙面前努力表现得像个温柔贤惠的妻子，倒也没怎么注意洛抒的举动。

　　孟承丙这个新继父关注着未来女儿的一举一动，相当温和地问："洛抒，菜不合口味吗？"

　　洛抒赶忙收回目光，说："啊，爸爸，菜挺好的，只是哥哥不下来用餐吗？"

　　这个女儿更让孟承丙满意了，他没想到她竟然会关心孟颐。他笑着说："哥哥有时候会下楼来，你不用管他，家里的阿姨会送饭上去。"

洛抒明白了，点点头。

洛禾阳适时地给洛抒在孟承丙面前加分："洛抒特别友好，来的时候还给孟颐准备了礼物，说要亲手给他呢。"

孟承丙又感到意外了，说："是吗？那我现在就让孟颐下来。"

洛抒却制止了他，说："爸爸，不用！等会儿我自己给哥哥送上去。"

孟承丙见她这样主动，想：如此也好。

吃完饭，洛抒飞快地提着裙子上楼了。

她的新房间和那个自闭症患者的房间在同一层。她的房门是打开的，而自闭症患者的房门是紧闭的。

洛抒走到那扇紧闭的门前，这时正好有个阿姨走了出来。洛抒下意识地往后退了退。

阿姨看到她，有些意外地问："洛小姐，您……您怎么在这儿？"

她以为洛抒走错了房间，忙给洛抒指方向："您的房间在这边。"

洛抒带着甜美的笑容说："阿姨，我是来给哥哥送礼物的。"

"礼物？"那阿姨重复了一句，感到有些为难，想给洛抒描述一下孟颐的特殊情况。

在阿姨不知如何开口时，洛抒又说："爸爸也同意了。"

主人都同意了，这个用人也不好说什么，只能笑着点头。

洛抒也没再管那阿姨，直接推门走进去。

她好奇地打量着房间。和她粉色的公主房相比，这间屋子显得很普通，以黑白灰为主色调，风格简洁，被打扫得很干净，桌上放着吃的，可是没人碰。

洛抒找不到人，不知道为什么，竟然觉得有些害怕，警惕地四处看着，试探性地在房间内喊："哥哥？"

没人答应她。

墙壁上的时钟在嘀嗒嘀嗒地走着。

忽然，洛抒在阳台上看到一个背对着她坐着的人，不过那人的身影被飘拂的白色窗帘遮住了，所以洛抒进来时，没有在第一时间发现他。

她盯着那个背影。他似乎在发呆，望着外面的绿树、房顶，很安静。洛抒怀疑自己来到了一个时间完全停住的空间。

洛抒缓慢地走过去，走到阳台的门口，又停住，对着那个不动的身影，再一次小声地喊："哥哥。"

那人依旧没有动静，洛抒直接跨过阳台门，走到那个人旁边，伸手将一份礼物递给他："哥哥，这是我给你的礼物。"

她依旧看不到他的正脸，只看到个后脑勺儿。

洛抒不信邪，干脆伸着脑袋去看他的脸。这一看，倒是把洛抒吓了一跳。她之前隔得远，只看到他的背影，可她没想到，这个哥哥长得竟然过分地好看！

他闭着双眸，安静地坐在那儿。洛抒看到他乌黑浓密的睫毛在眼睑下方落下阴影。

他的皮肤没有任何瑕疵，苍白、干净，眼角竟然还有颗极小的泪痣。

他依旧没有动静，房间里只有风撩动窗帘的声响。

洛抒感觉时间似乎又静止了，自己要窒息了，伸着脑袋又喊了句："哥哥？"

大约是她的靠近让他终于有些反应了。他扇动着蝶翼一般的睫毛，看向一旁的洛抒。

洛抒的脸就在他的上方。她像猪八戒看唐僧似的，喊着："哥哥！"然后，她朝他笑了，露出标准的八颗牙齿，将礼物往他眼前一放，"礼物。"

他怔怔地看了她许久，像是陷入了梦境。

那张向日葵般明媚活泼的脸的主人又开始发声了，带着疑惑："哥哥？"

孟颐突然清醒了，冷漠地侧过脸，假装没有听到她的声音，也没有看到她这个人，低着头翻着膝上的书。

洛抒有点儿尴尬了，这个自闭症患者是什么情况？

洛抒虽然觉得尴尬，可她是个厚脸皮。在对方当自己不存在后，她在他身边蹲下身，仰着头问："哥哥，你在看什么书？"

她瞟了那本书一眼，想找点儿共同话题和他聊聊。他看的竟然是外国原版书，她一个字也看不懂。

和他套不了近乎，她只能像条小哈巴狗似的仰着头，对他笑："哥哥，我姓洛，叫洛抒。"

见他还是没有反应，她也不准备把他逼得太紧。一个自闭症患者嘛，你能让他有什么反应？

她将礼物放在他身边，站了起来，悄悄地看了他一眼，便转身离开。

离开时，她顺手从那盘食物里拿了一块排骨丢到嘴里，舔着指头。

孟颐侧头看去，正好看见她溜走的背影。

晚上，孟承丙和洛禾阳来了一趟洛抒的房间。孟承丙重视洛抒，对她嘘寒问暖，询问她有没有什么地方不适应，还需不需要什么生活用品。

洛抒兴奋得像个孩子一般。她回答孟承丙："一切都挺好的，我特别喜欢这里。"

孟承丙没给人当过继父，所以生怕对洛抒照顾不周。

可是在洛禾阳和洛抒的眼里，孟承丙对洛抒嘘寒问暖并不是好现象，反而代表着客气和疏离。

当然，这只是一个开始，急不来的。

她们得一步一步、慢慢地来。

孟承丙问了许多问题。想到母女俩第一次住在这里，便让洛禾阳留在这里陪洛抒说说话，他先出去了。

等他走远，洛禾阳看了一眼门，对洛抒说："孟承丙对他的那个自闭症儿子很重视。"原本洛禾阳想让洛抒离那个自闭症患者远点儿，如今可不这样认为了。

洛抒自然明白洛禾阳的话是什么意思，笑着说："放心吧，妈妈，我知道怎么做。"

洛禾阳点头。

这里毕竟不是自己的家，她们不方便说太多。洛禾阳叮嘱了两句，离开了洛抒的房间。

洛抒在洛禾阳走后，从沙发上站了起来，在房间内四处走着，开动脑筋谋划着。

第二天，洛抒起得特别早。洛禾阳和孟承丙早就领了结婚证，不打算办婚宴，准备抽一个月的时间去蜜月旅行。

洛抒吃早餐时，第一句话便是："爸爸，哥哥呢？"

洛抒这开场白听起来他们真像是亲密的一家人，而且是原生的。

孟承丙心情很好，笑着说："哥哥刚出门上学了。"

洛禾阳想到什么，问孟承丙："不如让洛抒转去哥哥的学校吧？两个人还能互相照应。"

孟承丙倒是没想到这点。不过他并未觉得不妥，反而认为这个提议挺好的，便问："洛抒，你愿意吗？"

洛抒弯着月牙似的眼睛，笑着说："我当然很愿意！"

外面传来车声，洛抒扭头看去，发现有辆车正要启动。

她问："是送哥哥去上学的车吗？"

洛禾阳说："你刚起床，先吃饭吧，他要走了。"

洛抒立马起身，抓起书包，说："那我要跟哥哥一起走。"

她嘴里咬着面包，朝外飞奔而去。

洛禾阳刚想阻止她，孟承丙笑着说："没关系，让她去，难得洛抒喜欢孟颐。"

洛抒拉开车门，一屁股坐在了孟颐身边。

孟颐穿着制服，正望着窗外发呆，等着车子开动。这是他每天早上的状态。

可今天，有人在他身边，用甜甜的声音喊着"哥哥"，打破了一直以来的寂静。

孟颐闭上双眸，没有理会她，也不出声。

洛抒又喊："哥哥，你吃早餐了吗？"

她狼吞虎咽地吃着面包，看着他。

孟颐整个人陷入一片沉静。

洛抒又问："哥哥，你是什么时候起床的？"

她昨晚睡得太沉了，不知道他是什么时候起床的。

孟颐的神情越发冷漠。

司机此时发动了车子，问洛抒："洛小姐，您在哪个学校里读书？"

洛抒报了个名字。

司机打算先送洛抒，将车子开动。

洛抒继续咬着面包，又问："哥哥，你上高三吗？我才上高一。

"你爱吃什么？爱不爱吃章鱼丸子？

"你坐过公交车去上学吗，哥哥？以前我是坐公交车自己去上学的，今天是我第一次坐自家的车去上学。

"哥哥。

"哥哥。

"哥哥。"

她一句接着一句，到底有多聒噪，孟颐根本无法形容。她问个不停，喋喋不休。

一向喜欢安静的孟颐眉头紧皱。尽管他闭着双眸，可司机发现了，他在忍耐。

洛抒完全没有停下的想法，司机终于忍不住了，在前面干笑着提醒："洛小姐，您可以安静点儿吗？"

洛抒扭头看着司机问："为什么？我不可以跟哥哥说话吗？"

司机说："孟颐喜欢安静。"

洛抒完全不觉得自己吵，又看向脸色苍白、依旧闭着双眼的孟颐："是吗？"

她笑着说："可是我喜欢跟哥哥说话。"

这话让司机无法反驳。

不过，洛抒没那么吵了，坐在孟颐旁边，安静了点儿。

等到达洛抒的学校，她从车上下来，站在车外，对着车内的孟颐灿烂地笑："哥哥，再见，我们晚上见。"

孟颐面无表情。

车子从洛抒面前快速驶过，很快汇进了马路上的车流。

洛抒站在那儿意味深长地笑着。

而孟颐只觉得头痛，好在终于安静了。他渐渐地舒展开眉头。

第三天，洛抒被转进了孟颐的那所学校。

洛抒转学第一天没再缠着孟颐。

当天，洛抒是自己回的家。

晚上，孟颐上完课，如往常一般走进家门，才刚到玄关处，一道人影便蹿到了孟颐面前："哥哥。"

孟颐愣了几秒，望着她。

洛抒回来很久了，穿着睡裙，刚洗完澡，披散着半干的头发。她穿着毛茸茸的拖鞋，站在这个家里，显得特别温暖、鲜活。

洛禾阳和孟承丙坐在沙发那端吃水果，朝着这边张望。孟承丙尤其高兴，起初他还害怕洛抒会疏远孟颐，没想到她不仅没有疏远孟颐，还很爱亲近孟颐。

他觉得孟颐太孤单了，也许小太阳一样的洛抒会让这个家变得不一样。

他们在等孟颐的反应。

而孟颐看着面前这个突然闯入他家的人，很冷漠地瞥了她一眼，从她面前离开，径自朝楼上走去。

洛抒用目光追随着他的身影。

孟承丙有点儿尴尬，刚要说什么，洛禾阳特别大度地揽着他的手说："没事，你总要给孟颐适应的时间。"

孟承丙生怕洛抒会在意这件事，会伤心，毕竟女孩子脸皮薄。

可显然孟承丙想错了，上一秒，洛抒刚被孟颐冷漠地拒绝，下一秒，她就跟块甩不掉的牛皮糖似的，踩着拖鞋，追在孟颐身后，喊着："哥哥，你等等我，等等我呀。"

她一路追着孟颐上楼。

两个人到楼上后，孟颐直接甩上了门，洛抒被关在了门外。

孟颐立在门口，听着外面的动静，过了好半晌，才一脸漠然地转身走开。

次日，因为高三功课比较重，所以孟颐先去了学校。洛抒早就忘了要争取孟颐的好感，还趴在床上呼呼大睡。

还是孟家的阿姨把洛抒唤醒的。洛抒猛然惊醒，抬头看了一眼墙壁上的钟，糟了！

她想起什么，立马从床上跳了下来，一头扎进洗手间洗脸刷牙。

她自然没有赶上和孟颐一起去学校。但她也不急，坐另外的车去了学校。

那几天，她忙着和班上的同学搞好关系，也没怎么去缠孟颐。

洛抒从小就知道，怎样让别人喜欢自己。她在新班级上，表现得活泼开朗、积极大方，很容易便和班上的人搞好了关系。下午放学，她和姐妹团一起离开。

她是走读生，孟颐也是。可高三正是课业最重的时候，他们没法儿一起放学。

洛抒放学后，并没有在第一时间回家，而是同新朋友去玩了，也没和来接她的司机报备。

在高三重点班级就读的孟颐终于结束了最后一节课，像往常一样从教室内走出来。

可是他刚走了几步，身后传来女生的喊声："孟颐！"

孟颐下意识地停住，回头看去，只见那女生满脸通红地看着自己。顿时，教室内没走完的同学朝那女生看了过去。

她有些忐忑不安，叫住孟颐，一时也不知道说什么，立在那里，越发手足无措，满脸通红。

孟颐见她很久都没说话，转身继续朝前走，表情依旧没多少变化，看起来很冷漠。

女生没想到他会这样。

可是他的表现又在她意料之中。孟颐在学校里一直都是独来独往的，很少和人说话，跟老师的交流也不多。

大家都知道孟颐的家境很好，所以一直不敢靠他太近。这个女生是孟颐的同桌。两个人同桌快三年了，她以为自己和别人比，和孟颐应该亲密一些，虽然他也没和她说过话。

孟颐直接走了，女生很失落地低着头站在那儿。

孟颐朝着校门口走去，影子孤零零地投射在地上，随着他前行。

黑色的私家车依旧在老地方等着。孟颐走过去，司机下来开门。

孟颐进入汽车，司机却没有立刻坐上驾驶位，而是向四处张望，似乎在找人。

孟颐坐在车内，同样安静地等待着。

司机奇怪地小声嘟囔着："怎么没看见人？她不是早该放学了吗？"

孟颐才知道司机说的是什么。他还是如往常一样，有些疲惫地面朝窗外发着呆。

司机生怕会让孟颐等太久，连忙上了车，可是又不敢离开学校。他们等了一会儿，司机还没有看到洛抒，又回头去看孟颐。

孟颐靠在那儿，表情没什么变化，目光始终落在窗外。

司机怕他等太久会不耐烦，还是磨蹭地发动了车子，打算先带孟颐回去。

"等等。"

司机一脚刹车猛然踩了下去，整个人撞在方向盘上，还好及时稳住了方向盘，把车停稳后，立即看向身后的人。

那声音有点儿沙哑，司机还以为自己刚才听错了，望着孟颐。

车内又陷入一片死寂，当司机以为听到孟颐说话是自己的幻觉之时，孟颐又开口了："我的东西忘在教室里了。"

孟颐推开车门下了车，又回了学校。他走得很慢，路上几乎没人了。大部分学生回了寝室，有的去了食堂。

孟颐在一盏盏路灯下走着。

他走到教室门口，只见教室里坐着一个女生，正红着眼睛望着他。

孟颐的脚步停住了。

"哥哥。"

孟颐回头看去，只见抱着书包、校服的那个女生，正是贪玩得不知踪影的洛抒。

教室内的女生听到那声"哥哥"，也朝洛抒看过去。

洛抒自然看到了这个红着眼睛坐在空荡荡的教室里的女生。孟颐去而复返，又出现在这里，他们有什么关系？

洛抒带着敌意看着还坐在书桌前的女孩儿。

孟颐看向洛抒，什么都没说，转身走了。

洛抒见他离开，立马跟了上去，跟在他身后喊着："哥哥，你等等我。"

教学楼这边有些黑，有的地方还没灯，洛抒抱着书包和校服紧跟在孟颐身后，而教室内的女生，还在怔怔地看着孟颐。

洛抒跟着孟颐下楼梯，可孟颐并没有等她，走得很快。

谁知洛抒为了追他，脚下忽然踩空，惊叫了一声。

孟颐立马回头，看到洛抒整个人从楼梯上摔下来。好在她及时拽住了楼梯扶手，可身体依旧因为惯性往前抛，直接跪在了粗糙的阶梯上。

孟颐走了几步，走到她面前。

洛抒抬头望着他。起先她不说话，只是紧紧地闭着嘴，也不动，可慢慢地，眼泪开始从她眼眶内一颗一颗地滚落下来。

她从跪姿改为坐姿，擦着眼泪。她的手上有铁锈，是她用力抓扶手时带下来的。孟颐也不知道在那里站了多久，看着面前抱着膝哭泣的人。

过了半晌，他蹲下，将她的腿握住。洛抒只是哭，也不挣扎，任由他握着自己的腿。他将她的校裤缓慢地卷上去，女孩子白皙纤细的腿露了出来，膝盖上覆满了擦伤。

洛抒问：“哥哥，你是不是不喜欢我，不接受我？”

孟颐紧抿着唇，不说话。

洛抒又说：“哥哥，你要是不喜欢我，我就不在你家里住了，明天我就走。”

她哭的样子就好像向日葵失去了阳光，没有生机。

孟颐背对着洛抒，蹲在了她面前。

洛抒看着他。

孟颐直接将她背到了后背上，伸手将她的书包和校服外套捡了起来，一阶一阶地往下走。

洛抒趴在他的后背上，盯着他的后脑勺。

他很高，穿着学校的制服，整个人清爽、干净，身上有股特殊的清香。洛抒停止了哭泣，埋在他的肩上嗅了嗅。

孟颐停住，侧脸朝后背上的人看了一眼，皱了皱眉，却没有说话，背着她朝前走。

洛抒笑了，晃着擦伤的腿，在他后背上喊着：“哥哥，哥哥，哥哥。”

她跟唱歌似的，没完没了地喊着。

饶是孟颐这么讨厌聒噪、吵闹的人，也只能忍着她，一言不发地朝前走。

司机在车旁不知道走了多少个来回了，看到孟颐背着洛抒从校门口出来，吓了一跳，立马冲了过去，问：“发生什么事情了？！”

洛抒却在孟颐的背上高声喊着：“乔叔叔！”

她要多高兴就有多高兴。

她又成了那朵鲜活的向日葵。

孟颐将她放在车内，自己也坐进了车里，不再动。

司机暂时没有细问为什么孟颐会背着洛抒出来，只觉得有种劫后余生之感。好在这小姑奶奶人没事，她要有事，自己可怎么跟老板交代啊？！

司机赶忙开车，载着他们回家。

洛抒却贴在孟颐身边，喊着：“哥哥，我买了栗子糕！”

她连忙搜了一圈书包，把一盒栗子糕递到孟颐面前，笑着说：“你尝尝，我今天放学后特意去给你买的栗子糕！”

她献宝似的把手伸到他面前。

孟颐低垂着睫毛，看着她手心中的栗子糕，却没有动。

她放学没回家，不是因为贪玩，是为了买这东西吗？

洛抒盯着孟颐，想：感动吧，哥哥！

没有人知道洛抒下午放学后，在电玩城和新朋友疯狂地打了几个小时的游戏，栗子糕不过是她买来实在吃不下了，剩了几块，才端到这自闭症患者面前博好感的。

洛抒期待着他表示感动，可没想到，想象中的感动场面没有出现。孟颐扭过头，对洛抒给的东西没有半分兴趣，再次将目光落在了外面。

洛抒在心里暗自骂了一句。她想象中的感动呢？！

洛抒拿着栗子糕扭过身，往自己嘴里一塞。

司机现在冷静下来了，时不时地从后视镜里看两个人，突然反应过来了。孟颐似乎不讨厌这个妹妹，虽然他看上去和平时没什么两样，可并没有对洛抒表现出任何的抗拒行为。

而且，孟颐今天开口说话了。

孟颐到底有多久没发出过声音了？司机想了想，有八年了吧。

今天孟颐突然发声，司机真是冷汗要被吓出来了。

车子到达孟家后，孟颐最先从车上下来，也没有等洛抒，径自朝别墅内走去。

洛抒摔伤了腿，下车有点儿不方便。她站在那儿看着走在前面的孟颐，哼了一声，被司机扶着走进屋内。

孟颐进门后，正在沙发上焦急地等待的孟承丙，立马起身朝孟颐走了过去，问："孟颐，今天怎么这么晚才回来？妹妹呢？"

孟颐虽然不与人交流，可从来不会在外逗留太久，除非是学校有事情，这么晚回家还是第一次。

孟承丙生怕儿子在学校里发生什么事，还要细问，孟颐已经漠然地别过头，朝楼上走去。

父子俩没有任何交流，洛禾阳坐在一旁看着他们，没有发出任何声音。

孟承丙站在那儿，望着孟颐的背影叹气。

这时洛抒从外头进来了。见洛抒是被司机扶进来的，一直等在餐桌边没说话的洛禾阳再也坐不住了，冲了过去扶住洛抒，紧张地问："怎么了？！"

洛禾阳生怕那自闭症患者会伤害洛抒，只是这话她没说出口。

洛抒倒是没怎么样，只是有点儿擦伤。她对紧张的洛禾阳说："摔了一跤而已。"

孟承丙没想到洛抒竟然受了伤，万分关心地问："你怎么会摔倒的？发生什么事情了？"

这个时候孟颐已经走到楼上了，正好听到楼下洛抒笑着回答："我不小心摔倒了。哥哥对我特别好，背着我上的车，还检查了我的伤呢。"

她完全没有说是因为追孟颐才摔倒的，清脆的声音里没有痛苦，全是欢乐。

洛禾阳不相信地问："是吗？"

洛抒说："当然是的，妈妈，你别担心，哥哥对我真的特别好！"

她夸着哥哥，态度亲昵。

孟承丙也笑了，说："那就好，我和你妈妈特别担心你和哥哥相处不好。快，先把伤口处理一下，看严不严重。"

洛抒被孟承丙和洛禾阳扶着，家里的用人也围了过来。所有人关心地围着她，别提多温馨了。

孟颐停了一会儿，便进了自己的房间。

洛抒处理完伤口，被孟承丙和洛禾阳摁着吃了晚饭。吃完饭，洛抒第一时间端着食物去了孟颐的房间，连衣服都没有换。孟颐已经洗完澡了，正坐在书桌边翻着书，电脑开着，微蓝的光投射在他脸上。

洛抒没敢说话，因为里面实在太安静了，安静得只听得到外头的风声。

洛抒放下饭菜，在孟颐身边站了一会儿，说："哥哥，吃的我给你放在这里了，你记得吃哦。"

她望了他一会儿，很快便转身离开他的房间。

孟颐继续翻着手上的书。

天气闷热得很，没多久外面便下雨了。

从洛抒的房间里传来吵闹的音乐声，孟颐安静的世界瞬间被人打破了，他坐在那儿，闭紧双眸，极力忍耐。

过了好半晌，他将手上的书往桌上重重一扔。

第二天，孟颐一到教室里便趴在课桌上休息。

科灵走进来，一眼就看到了趴在那儿睡觉的同桌。她缓慢地走过去，教室内很安静，同学大多在复习。科灵在孟颐身边轻声坐下，攥着书包，看向只露出侧脸的孟颐。

科灵看到他的眼底有一层浅浅的黑眼圈，又看向他的唇——薄薄的，线条分明，唇色有点儿苍白。他昨晚没休息好吗？

正当科灵盯着孟颐傻看时，班长谭妍突然出现在她身边，笑着说："你瞧什么呢？"

科灵惊了一下，看向同桌，脸有些红。她有些慌张，结结巴巴地说："没……没什么。"

谭妍在科灵身边冷笑，淡淡地说："你的心思谁不知道？你看人家理你吗？快高考了，你还是把心思放在学习上吧。"

科灵的脸越加红了。她和谭妍向来不和，谭妍说完便走了，班上时不时有人朝科灵投来鄙夷的眼神。她忍住了眼里即将掉出来的眼泪。

这时，孟颐醒了，整个人神情非常萎靡，坐在那儿，用手支着脑袋，侧着脸看向窗外。

科灵没想到他突然醒了，伸向抽屉内拿书的手一紧。她看向身边的人，他的脸在照射进来的阳光里有些模糊。她只看到一个干净的侧脸，在阳光里发着光。

科灵越发紧张了。她知道孟颐长得很好看，就算他只是发呆，也依旧好看得像幅安静的画。科灵问孟颐："你昨天没休息好吗？"

他很少出现这种状态，虽然经常一个人坐在那儿发呆，可精神向来不错，科灵几乎要怀疑他今天生病了。

面对同桌的询问，孟颐看向科灵，再次闭上眼养精神。

他确实没有休息好，昨天晚上，洛抒那边乱弹的钢琴声持续到十一点。孟颐是那种过了特定的时间就会睡不着的人。于是他昨晚几乎通宵未眠。

科灵知道他不会回应自己，但想到他可能感冒了，还是轻声细语地问："你要不要感冒药？我这里有。"

孟颐重新趴在桌上，没有回应科灵。

科灵多少有些失落，不过她想到了什么，又问："昨天……那个女生是你妹妹吗？"

趴在桌上休息的孟颐忽然动了一下，但再也没有别的反应。

科灵没想到孟颐竟然有个妹妹。这个意外的发现让她有些高兴。这件事情好像只有她一个人知道。

她不禁笑了。

到中午，孟颐还是有些萎靡，昏昏欲睡。科灵见孟颐还是没有要动的意思，便问："你不去食堂吗？"

忽然，门口传来清脆响亮的一句："哥哥！"

这声音骤然传来，让教室内准备去食堂的人全停了下来，看向门口的人。

这熟悉的、清脆的声音让孟颐也朝门口看去，洛抒就站在高三重点班门口，手上拿着两个保温饭盒，看向教室内。

孟颐皱眉，什么都没说，从椅子上站了起来，朝洛抒走了过去，立在她面前。

孟颐很高，有一米八，立在洛抒面前，让才上高一的洛抒看起来像个小孩儿。

洛抒颇为警惕地看了不远处的科灵一眼，接着对孟颐说："妈妈让我跟哥哥一起吃午饭。"她提着保温饭盒，"是乔叔叔刚刚送过来的。"

教室内的人开始交头接耳，有人小声地询问："那是孟颐的妹妹吗？孟颐竟然有妹妹？"

议论声很小，却让孟颐无法忽视。

孟颐只能拿过自己的保温饭盒转身朝座位走去，洛抒跟着他进去。

孟颐坐在椅子上后，科灵立马起身，笑着对洛抒说："你坐吧，我正好要去食堂。"

洛抒扫了科灵一眼，她挺漂亮的，是昨晚那个在教室内哭泣的女生，孟颐的同桌。她喜欢孟颐？

孟颐呢？

洛抒没理会她的话，也不坐她的椅子，直接同孟颐挤在同一张椅子上，挨着他。

孟颐扭头看向洛抒。

洛抒仰起脸说："我不坐别人的椅子，哥哥。"

科灵有些尴尬。

洛抒在一旁跟条黏人的鼻涕虫一般，同孟颐说着话，孟颐基本不回复。

这时，洛抒说："哥哥，我想喝水。"

她看到课桌上有个蓝色的水杯，拿起就要喝，孟颐忽然一把扣住洛抒的手。

洛抒停住，看向他。

"我给你矿泉水。"

他从椅子上起身，朝讲台走去，从讲台边的矿泉水箱里拿了一瓶。

他说话了？

还没走的科灵惊讶地看着孟颐。

洛抒也很惊讶，但比科灵好点儿。

倒是他们班上的人都看向孟颐，脸上的惊讶一点儿也不比科灵少。

只有孟颐是淡定的。他垂着眸，将矿泉水递给洛抒。

第二章
眼里的孤寂

洛抒接过水，看着孟颐，想：什么情况，自闭症患者会开口说话啊？他好像不傻。

她初步判断，孟颐好像挺正常的。

洛抒将瓶盖拧开，咧着嘴，笑得相当灿烂："谢谢哥哥。"

她拿着水喝着，之后仔细地观察孟颐。他安静地吃着东西，对这个突然进入他家的妹妹，虽然没有之前冷漠，但显然还是懒得理会。

自闭症哥哥好像不傻，这让洛抒惊出了一身汗。这和她想象中的情况完全不一样，而且她在这段时间里在学校里打听了一圈，听说他的学习成绩还相当不错，只是他不爱和人交流而已。

洛禾阳知道这件事情吗？

洛抒的心思千回百转，而孟颐就简单多了，他只想着吃完这顿饭，让她不要再缠着自己。

虽然洛抒想了很多，脸上却依旧是一副"傻白甜"的模样，一边欢快地吃着饭，一边同孟颐说："哥哥，你今天什么时候放学？"

洛抒的话刚说完，教室门口便挤过来两个人，有人朝里头喊了声："洛抒！"

洛抒抬头看去，是她班上的同学，她的新朋友。

这两个人睁大眼睛，相当兴奋地朝洛抒招手。

洛抒站了起来，同样高兴无比："小结，栩彤！"她几乎没吃饭，见自己的朋友来了，便对孟颐说："哥哥，我吃好了，先走了！"

说完，她就一阵风似的，朝着自己的朋友跑去。几个高一新生在门口打打闹闹，洛抒再次回头，仰着脑袋，一边蹦跳一边朝孟颐挥手说："哥哥，我走了！"

几个人就风风火火地离开了。

科灵还在教室里坐着，不知道为什么，孟颐的妹妹一走，教室好像瞬间就空旷了下来。他妹妹的性子和他南辕北辙，他过于安静，而他妹妹吵吵闹闹，活泼好动得很。

这反差莫名让科灵想笑。

只是科灵突然想到了什么，刚才他妹妹的朋友，好像喊他妹妹"洛抒"。

他们不是一个姓吗？难道他妹妹叫孟洛抒？

正当科灵感到疑惑时，孟颐已经将饭盒扣好，起身离开了座位。

科灵看着他颀长的背影在光影里远去，心越发地跳动不止。

洛抒和同学离开后，在心里琢磨着孟颐的那个同桌。那天孟颐去而复返，折回教室，是因为那个女生吗？

洛抒想：这可不行，现在他的注意力可不能被那同桌分走，不然，她这个妹妹还怎么跟他培养亲情？他都忙着注意别的女生，哪里还会理会她？

洛抒一向贪玩，这个危机在脑袋里没放多久，便被她抛到脑后。下午放学，她和几个新朋友又商量着去电玩城玩。

放学后，孟颐走到车旁，没见到洛抒。

司机同孟颐说："洛抒说她晚上自己回去。"

孟颐便上了车。

车上仍旧极其安静，孟颐的视线落在外头的霓虹灯上。不知何时，天又开始淅淅沥沥地下起小雨，雨水在车玻璃上蜿蜒而下。

孟颐的眼里空无一物。

洛抒晚上十点才回家。洛禾阳在大门口走来走去，不断地向外张望。之前还是小雨，现在完全是倾盆大雨。

就在洛禾阳准备出去找人时，从院子外跑进来一道撑着伞的人影。

正是冒雨回来的洛抒。她将伞一收，擦着身上的雨水，走到门口便看到在那里沉着脸等待的洛禾阳。洛抒停住脚步，喊了句："妈妈。"

她也不顾自己浑身湿漉漉的状态，上前就抱着洛禾阳撒娇。洛禾阳却直接将她推开，板着脸问："你去哪儿了？"

洛抒嘿嘿一笑，说："去图书馆了。"

洛禾阳会不了解自己的女儿吗？她冷着脸说："你少蒙我。"洛禾阳暂时不跟女儿计较这些，而是扯着女儿说："不是说晚上同他一道回来吗？你怎么自己跑去玩了？"

洛抒早就把任务忘得七七八八了，只能转移话题，问："妈妈，哥哥人呢？"

洛禾阳说："在楼上上美术课。"

洛抒说："他还要上课？"

洛禾阳鄙夷地说："你以为他和你一样，像只放飞的鸟，满世界乱飞？"

洛抒扯着滴水的衣服："我不就玩了一会儿吗？"

洛禾阳见洛抒还敢回嘴，瞪了她一眼，洛抒立马就不说话了。

洛禾阳见她被淋得跟落汤鸡一样，终究没再说狠话，带着点儿怒气说："你去把衣服换了，现在像个什么样子？"

洛抒松了一口气，听到这句话，讨好地笑了两声，很快朝着楼上奔了过去。

洛抒在房间内洗了个热水澡。等她出来时，看见孟颐的房门竟然是开着的。她走过去瞧了瞧，看见在画板前上美术课的孟颐。

洛抒伸了半个脑袋进去。

一旁的老师正在为孟颐讲解课程，房间内很静，只能听到外面的狂风暴雨声。

孟颐察觉门口有人在偷看。他微侧脸看了一眼，很快收回视线，眼里的神色是孤寂的。

正当洛抒在那儿偷看孟颐时，楼下传来车声，似乎是孟承丙回来了。

洛抒听到孟承丙的声音，便从门口退了出去，小跑着去了楼下。

孟承丙从公司回来，就立马回了家，刚进门，就一把将洛禾阳搂在了怀里。

洛禾阳一脸的娇羞神情，她推搡着他说："你干什么呢？"

孟承丙也有些害羞地笑着。

这时，楼上传来洛抒的声音："爸爸。"

孟承丙和洛禾阳赶紧松开。洛抒从楼上下来，像是没看到刚才那一幕，开始了"好女儿"的任务。她从鞋柜里拿了拖鞋，放在孟承丙面前说："您的鞋子湿了，快换了，爸爸。"

洛禾阳也替孟承丙脱外套，说："外面这么大的雨，很容易感冒，你赶紧去洗个热水澡。"

屋外虽然是狂风暴雨，可屋内非常温馨，孟承丙看着妻子在一旁唠唠叨叨，女儿忙进忙出，感觉到了久违的温暖。这是来自家的温暖。

他也不顾身上有雨水，只是将洛禾阳紧搂在怀里，又问洛抒："洛抒，哥哥呢？"

洛抒替孟承丙放好换下的鞋子，说："哥哥在楼上上课呢，爸爸！"

孟承丙满足地笑着，对怀中的洛禾阳叹息着说："儿女双全，我也满足了。"

洛禾阳温柔地替他拂去肩上的雨水，笑着。

洛抒瞧见洛禾阳那含情脉脉的表情，就忍不住在心里犯恶心：

妈，您的戏也演得太过了吧！

楼下热闹、幸福的气氛自然很轻易地传到了楼上。洛抒那欢快的声音，就算外面是狂风暴雨，也依旧无法掩盖，传到每间屋子的每个角落里。

在上课的孟颐想：她为什么可以这么欢快？连声音都像是泛着阳光。

可是，就算那快乐的声音一直在楼下响起，他的房间也浸染不到半分欢乐，还是充斥着无声的冰冷。

第二天早上，洛抒尽量早起床，想同孟颐一起坐车去学校。等她到楼下时，孟颐又早走了。

洛抒想着没关系，晚上还可以和他一起回家。

洛抒那天放学后想去等孟颐，可还没走到高三重点班门口，就被那几个新朋友再一次拉着去玩。

洛抒现在重新拓展了社交圈子，相当忙。洛禾阳昨晚的警告没在洛抒心里停留多久，就又一次被她抛到脑后。

贪玩的性子上来，她就什么都不顾了。

孟颐放学时，洛抒又是不见人影。

孟颐如往常一样直接上了车，之后便靠在后椅座上闭眼休息。

司机知道洛抒必定又是不知所终。这次他没再停留，开着车离开了学校。

这一天，洛抒没敢在外面待得太晚，八点的时候就回了家，而孟颐早就上了楼，也基本不会再下楼。

洛抒回到家里，想去楼上孟颐的房间刷刷存在感。

谁知，又有老师在上课。那老师相当严肃，看都不看洛抒一眼。

洛抒也不敢进去，在门口看了一会儿，又退了出去。

那几天都是这样的状况，孟颐对她的态度没有任何变化。早上她碰不到他，现在连晚上也碰不到他了。

再后来，孟颐放学后，老师竟然不再上门上课。孟颐直接去老师的画室，晚上十一点再由司机去接。

洛抒连放学和孟颐都不再同路。

这情况持续了好几天，洛抒突然感觉有点儿不太对劲。

事情有些超出洛抒的掌控了，她也不敢再贪玩。那天放学，新同学喊她去玩，她也没有答应，而是去了高三重点班等孟颐。她并没有大张旗鼓地等，而是偷偷摸摸地在高三重点班附近等孟颐下课。

她得打探清楚敌情。

七点的时候，高三终于下课，许多高三学生从教室陆续出来，洛抒蹲守在重点班附近。

她一眼便瞧见孟颐从教室内走了出来，穿着校服，气质极佳，背着画板在人群中缓慢地走着。周边不时有女生在看他，可孟颐像是察觉不到，只是朝前走着。

这时，有个女生同样背着画板，从教室内追了出来，追到了孟颐身边。

孟颐低头看了女生一眼，女生朝他笑着，也没说话，两个人并肩朝前走着。

天有点儿黑，他们肩并肩到达校门口时，孟颐上了私家车，女生去了公交站，车子去的是同一个方向。

洛抒拦了一辆车跟上他们。

差不多二十分钟后，私家车在画室门口停下，公交车在公交站停下，女生下了车，很快地朝着正要进画室的孟颐追去。

洛抒在那儿站了一会儿，便跟着走了过去。

孟颐在里面上课，她在画室外无聊地转了一圈，心里一直在盘算着，该如何快速拉近自己和那个自闭症哥哥的关系。忽然，她停住脚步，抬头盯着走廊上的时钟，嘴角弯起。

她直接悠闲地蹲在了画室外的走廊里，看着墙壁上的时钟的指针一分一秒地走着。

在接近十点半时，画室终于下课，上课的学生出来了，在走廊里瞧见一个蹲在那儿打瞌睡的身影。

这是……？

这么晚了，走廊里怎么蹲着个人？

正当大家觉得奇怪时，画室的门口忽然传来科灵的一句："洛抒？"

孟颐正好也从画室出来。他走得不疾不徐，在听到"洛抒"两个字时，停住脚步。

科灵把目光从那个蹲着的人身上收回，又看向身后的孟颐。他的妹妹竟然会在这里，而且时间还这么晚了。科灵刚才还以为是自己看错了。

孟颐同样看向那个方向。

洛抒蹲在那儿像啄米的小鸡一样，打着瞌睡。她那张俏丽灵动的脸上此时全是困倦，她似乎蹲在地上极其不舒服。她抓了抓有点儿痒的脸，迷迷糊糊地睁开了眼。只用一眼，她就捕捉到了在画室门口站着的孟颐。

她高兴地从地上一跳而起，朝着孟颐欢快地奔了过去："哥哥！"

她喊孟颐时，语调永远是上扬的，活力四射，满带亲昵。

她停在科灵的面前，脸上是灿烂的笑容，用黑亮的眼睛紧盯着孟颐，欢呼："哥哥，你终于下课了！"

孟颐望着她。

画室内同孟颐一起学美术的同学频频回头："原来那是孟颐的妹妹啊……

有妹妹可真好，这么晚了还在等他下课。"

洛抒一直在对孟颐笑，脸快笑僵了，也没见自闭症患者有任何的反应。正当她难以维持脸上的笑容时，立在她面前的科灵发言了。科灵腼腆地笑着，有些胆怯地对洛抒说："洛抒，我是科灵，孟颐的同桌。"

科灵挡在洛抒和孟颐的中间，洛抒看向她。

科灵朝洛抒友好地笑着，笑容里带着些讨好的意味。

洛抒问："你是哥哥的女朋友？"

孟颐皱眉。

科灵红了脸，连忙慌乱地摇手，说："我……我不是，我是你哥哥的同学。"

洛抒哦了一声，点点头，然后看向孟颐："哥哥，我们能回家了吗？我好饿。"

洛抒的脸上满是委屈。

孟颐不知道洛抒为什么会出现在这里，不过现在很晚了，他越过科灵，走到洛抒面前，然后缓步朝前走。

洛抒又看了一眼科灵，什么都没再说，快乐地朝着孟颐追去。

孟颐走得并不快，所以洛抒很容易就追上了他，跟在他身边像条小尾巴似的，叽叽喳喳地说："哥哥，我听乔叔说，你以后每天晚上都要来这边上课了。我想同你一起回家，所以问了画室的地址，找来了这里，等你下课。"

孟颐没说话，只是朝前走着，看着前方。

洛抒侧着脸又说："哥哥，老师以后不上门讲课了？我们之后是不是不能一起回家了？"

孟颐走在她前面，依旧没有任何回应，安静得过分。

洛抒在那儿自顾自地说得起劲："没关系，哥哥，以后我和乔叔叔一起来接你下课！"

她仰着头朝他咧嘴开心地笑着，露出一颗小虎牙，脸上像是开了一朵花。

洛抒并没有发现，孟颐虽然没有说话，也始终没什么积极的反应，可步调放慢了很多，像是在等着她。

之后，他们上了车，洛抒又发挥了她的"话痨"技能，一直在孟颐身边喋喋不休地说着她的新朋友、她的新课程，还有她的新班级。她说谁讲话像只打鸣的公鸡，谁又总在上课时同她说话，害她被老师骂。

孟颐像是在听，又像是没再听，依旧是安静的。

洛抒在他身边无比鲜活地存在着。好像死水里多出了流动的活水，黑暗里多了一束光，车内有了生气。

司机一边开车，一边通过后视镜往后看了一眼。他发现孟颐竟然没觉得洛抒吵，而是安静地在那儿听着她说话。

为了完成任务，洛抒再也不敢睡懒觉了，第二天一早匆忙地从楼上下来，正好看见孟颐出门的身影。

此时孟承丙和洛禾阳都还没起，洛抒连早餐都来不及吃，抓了一个三明治塞到嘴里，朝着孟颐追去，在后头喊着："哥哥。"

孟颐停下回头看。洛抒连头发都没扎好，嘴里咬着东西，急急忙忙地朝他跑来。

洛抒其实不用这么早上课，她才高一。而孟颐之所以起这么早，是高三的课业重。

孟颐大概也没想到，她今天居然能爬起来。

洛抒将三明治从嘴里拿下来，用手抓着，咧嘴朝孟颐笑。

孟颐看着她有点儿乱的头发，没说话。司机在等了，他转身朝前走，洛抒跟在后面。

两个人上了车，孟颐在车上做着试卷，看起来很轻松。

洛抒在他身旁一边吃着东西，一边看着孟颐试卷上密密麻麻的试题，嘟囔着问："哥哥，难吗？"

孟颐侧脸看向她，她的三明治还没吃完，嘴里塞满了食物，脸颊两侧鼓得像只仓鼠，眼睛却盯着孟颐。

正当洛抒要塞第二口时，孟颐回头，继续答题。

其实题目不难，孟颐只是想利用路上这段空余时间多做几道题而已。

每天早上上车后，他有时会看书，有时会答试卷，有时会发呆。这不过是他的习惯而已。

洛抒咀嚼着食物，以为孟颐学业紧张，所以争分夺秒地学习，便拍他的马屁，说："哥哥，你是最棒的，我相信你一定可以考上好大学。"

孟颐停住了笔，没回应。洛抒不一会儿就觉得没意思，把目标转移到了司机身上，开始向司机问这问那。

司机生怕吵到孟颐，都不太敢回答洛抒。

在洛抒和司机攀谈的这段时间里，孟颐将两张试卷上的重点题目都答完了，收拾好笔和书，洛抒还没察觉他们已经到学校了。

车子停稳后，孟颐推门下车离开。

她这才手忙脚乱地拿着自己的东西下车，追着喊："哥哥，你等等我。"

临近中午的时候，天气炎热，学生都把外套脱掉了，穿着短袖坐在那儿，老师在讲枯燥的题目。

中途，老师点名让科灵去办公室拿考卷，可是今天科灵趴在桌上，脸色有点儿苍白，用手捂着小腹，像是不舒服。

她怯怯地喊："老师……我……"

讲台上的老师看向她，明白了什么，便对孟颐说："孟颐，你去。"

科灵红着脸看了一眼孟颐。

孟颐起身出教室，去了一趟办公室。

到达办公室门口，孟颐看到一个熟悉的人，正被老师训斥。她立在那儿不说话，低垂着脑袋，一副做错事情的模样。

孟颐看到里面的情形，在门口停了停，接着转身离开，靠在门旁的墙上，听着高一的老师在里头训斥洛抒。

"洛抒，我从来没见过像你成绩这么差的学生。成绩差也就算了，转来这里读书，你不仅不认真听课，还敢逃课。你到底是怎么想的？"

洛抒在心里翻了个白眼，却始终没说话，一副认错的样子。

"你是不想读了吗？"

"老师。"

忽然，从门口传来一个清朗的声音。

洛抒觉得声音有些熟悉，可是记不起是在哪儿听过了。洛抒朝门口看去，在逆光中竟然看到孟颐正站在门口。

洛抒的班主任也看了过去。她自然是认识孟颐的。他是学校的尖子生，成绩优异，家庭条件优渥，在校这么多年，从未有过让老师费心的事，除了性格过于安静，找不到任何缺点。

洛抒的班主任看到孟颐，暂时按捺住火气，说："孟颐，你进来吧。"

孟颐便走了进去。一般情况下，学生在上课时间进办公室，都是帮老师拿东西，所以洛抒的班主任也没再多管孟颐，继续训斥着洛抒："如果你不想读，就去把你的父母请过来，直接退学就行……"

"焦老师。"

焦老师的话再度被打断，她看向说话的人。

竟然又是孟颐。

他抱着试卷走了过来，对洛抒的班主任说："我是她的哥哥。"

洛抒的班主任有些没听明白，看向孟颐，又看向洛抒。

洛抒看着孟颐。

"你和她……是兄妹？"洛抒的班主任显然不知道这件事情。

孟颐沉默了一会儿，问："可以把她交给我吗？"

焦老师蒙了，看向两个人。她怎么都没想到这个转校生是孟颐的妹妹，怎么他们的姓不一样？

不过，她答应了孟颐。

洛抒慢吞吞地跟着孟颐走出办公室。在楼梯间，孟颐停住，回身看向洛抒。

他依旧是安静的，无任何情绪变化。

洛抒站在他的面前，小声地说："哥哥，我只是有点儿想你了。"

孟颐看着她，她像是霜打了的小草一般，头低得几乎要垂到地下了。

过了好半晌，她抬起头来看孟颐，哭丧着脸说："哥哥，我是不是很没用？我只是想去找你。"

她逃课是为了来找他吗？

孟颐想她可以下课来找他，她为什么要逃课呢？

她似乎很怕孟颐责怪，哭丧着脸，不敢和他对视。

孟颐却连话都没说，转身就走。他还要送试卷回教室。

"哥哥。"

洛抒挡在孟颐的面前，依旧哭丧着脸，说："我想要你跟我说话。"

他想和她说话吗？

孟颐皱眉。

洛抒站在低一级的台阶上，怯怯地伸手拉扯着他的袖子说："哥哥，你能不能跟我说话？"

他已经出来很久了，不能再拖延了。他望着依旧缠着他的洛抒，只能开口问："你想让我说什么？"

他的声音清朗干净，却又带点儿生涩，无疑是好听的男声。

洛抒瞬间眉开眼笑地问："哥哥，你以后能不能一直都这样跟我说话？"

孟颐叹气，说："我得回教室了。"

洛抒依旧拉扯着他的袖子，不依不饶地说："那你先答应我，不然每次都是我一个人说话，真的好无聊。"

似乎他不答应，她就不让他走。

孟颐从没碰到过这样的情况，只能为难地妥协："好。"

洛抒又靠近了他一点儿，说："那你摸摸我的头好不好？"

孟颐望着她，洛抒不开心地等着。

孟颐是真的要走了，可是她挡在面前，还是不肯让开。他被她逼到无路可走，拿试卷的手动了动。在她期盼的眼神里，他终于伸出手，落在了她的脑袋上。

洛抒笑得眼睛眯成了一条缝。孟颐摸了她的头两下，问："可以了吗？"

洛抒点头，主动给他让开了一条路。

孟颐从她的脑袋上拿开手，又轻托住试卷，看向她，便朝前走了。

洛抒望着他离去的背影，自然也笑着离开了楼梯间。可是她并没有去上课，而是翻墙出了学校。她在学校附近买了许多吃的，小心翼翼地抱在怀里，赶去汽车站搭了一辆大巴，去了 B 市的一处乡下。

中午一点，大巴在一处路口停下。洛抒从车上跳了下来，开心地朝前奔着。

尽管天气炎热，可她感觉不到热一般，抱着那些吃的，一边奔跑着一边大喊："小道士！小道士！"

乡间的小路上回荡着她高昂的呼喊声。

小道士道羽跟洛抒是同一个村的，可他从小父母双亡，因此被洛禾阳收养。洛抒跟他相互倚靠，一起长大。

天空是蔚蓝澄净的，洛抒的头发被风吹得飘散在空中，她的脸被阳光烤成了红苹果。也不知道跑了多久，她停在村里的一处小房子面前，只见那扇破烂的门紧闭着。洛抒抱着东西，伸出手将那扇破烂的门推开。

屋里头什么都没有，只有灶台上那烧了半截落满灰尘的蜡烛，看来主人已经不在这里很久了。

洛抒浑身僵硬地站在那儿。

他走了吗？他不是说会等她回来的吗？她抱着那一堆吃的，低头立在那儿好一会儿才转身离开。

洛抒晚上十二点才回到家里，浑身脏兮兮的，衣服和鞋子上全是泥土。洛禾阳坐在客厅内等着她，此时客厅内不见孟承丙。

她进来后，洛禾阳问的第一句话便是："你去哪儿了？"洛禾阳抱着手，严肃地坐在沙发上望着她。

洛抒停在那儿没说话。

洛禾阳用锐利的眼神望着她，又说："你们老师打电话到我这里，说你今天逃了一天的课。"

洛禾阳望着她鞋子上的泥巴："你回那地方了？"

洛抒说："我只是回去看看而已。"

洛禾阳问："所以你看到你想看的了吗？"

洛抒问："妈妈，为什么我们就不能带上他？"

洛禾阳冷笑："你认为在这个地方该谈论这样的问题吗？"

洛抒不说话了。她忘了她们是来干什么的了。

洛禾阳低声说："等我们的目的达到了，有什么事情是不能做到的？"

洛抒看着洛禾阳，大厅内安静下来。

这时，从外面传来车声，是孟承丙回来了。洛禾阳马上换了一副面孔，立马起身朝门口跑去，准备迎接孟承丙。还隔得老远，洛禾阳就说："你终于回来了，饭菜都凉了呢。"

洛抒站在那儿冷眼望着她。她没去接孟承丙，就像不知道他回来了，转身飞快地朝楼上走去。

是的，她们有钱了，什么事情做不到？

在经过孟颐的房间时，她冷哼了一声，直接进了自己的房间。

孟颐听到了隔壁的关门声。

她去哪儿了？

半夜，洛抒忽然冲进孟颐的房间。

孟颐关了台灯正准备休息，门被洛抒突然推开。他坐在床上侧过脸看去。

洛抒站在门口，瞪着他。

孟颐察觉她今天的心情不好，她刚才在楼下似乎还和她的母亲发生了争吵。

他看着她。

洛抒语气非常冲地问："你是哑巴吗？"

她真是受够了他的安静。自从来到这里，她和他的交流就没超过十句。洛抒有时候觉得自己隔壁住的是个死人，那个房间就像个密封的棺材。她每一次路过都觉得安静得让人窒息。

所以，有几天，她故意在自己的房间里乱弹钢琴，故意吵他、闹他，让他无法休息。她以为他会生气，至少会有点儿反应，或者去孟承丙那儿告她的状。

可她没想到，他不仅没有告状，反而始终保持安静。

洛抒刚才在房间里越想越气愤，再也伪装不了了。

孟颐看着从眼睛里喷射出怒火的洛抒，侧过脸，背对着她。

洛抒冲了进去，走到他的书桌前，把他的书全扔在地上，然后用力踩着、踢着。她要激怒他，她可不想跟他这样平淡如水地过下去，这得过到驴年马月啊！她将书全扔在地上踩脏后，又冲过去把手提电脑狠狠地丢在地上。

他沉默地看着。

洛抒见他还是没反应，干脆冲到墙壁处，将房间内的灯全打开。

房间内瞬间亮如白昼，孟颐似乎有些不适应这灯光的亮度，侧过脸躲避这刺眼的光芒。

洛抒见他终于动了，讥讽地说："哥哥，你真像个白痴，这世界上怎么有你这样的白痴？哦，我忘了，你是个自闭症患者，不爱说话。"

孟颐的眉间蕴藏着起伏的情绪。终于，他看向半夜在他房间里发疯的洛抒，冷冷地问："你到底想做什么？"

"我要你同我说话！"

洛抒怒气冲冲地死盯着他。

孟颐又侧过脸，连背影都是安静的。

洛抒干脆冲到孟颐的面前，强逼着他看自己："哥哥，你现在必须跟我说话！"

孟颐低声说："说什么？"

洛抒望着他那张没有表情的脸，说："说你自己是白痴！"

孟颐皱眉，抬眸看向她。

洛抒居高临下地看着他，逼着他："你说！"

"很晚了，我要休息。"他再次别过脸，不再看她，整个人倨傲冷漠。

洛抒忽然扑到孟颐的身上。孟颐感到错愕，下意识想把她推开。洛抒顺势蜷缩进他的怀里，号啕大哭起来。

刚才她还在他面前盛气凌人地说话，此时却在他的怀里缩成一团，孟颐怔住了。

他本想推开她，却收了手。他垂下眸，睫毛遮住了他眼里的情绪。他望着她。

洛抒把脸埋在他的怀里。她蹲在他身前，他坐在床边，两个人的影子交叠着投射在墙上。

洛抒仰头哭着说："哥哥，对不起，我不该对你发脾气。"

孟颐不知该怎么反应，脸上闪过一丝迷茫。

洛抒在心里想：还好，稳住了稳住了，我的演技还是在的。他虽然是个自闭症患者，可我也不能在他面前露出本来的面目，不然差别太大，引起他怀疑就完蛋了。

洛抒的火气消了，而且她也很理智地把情绪控制住了。

孟颐悄悄地和她拉开一段距离，没说话。

洛抒却朝孟颐靠得更近了。她红着眼睛问："哥哥，你是不是不原谅我？"

"没有。"孟颐低声回答。

洛抒又问："真的吗？"

他嗯了一声。

洛抒看着他那张淡漠的脸，觉得他就是在敷衍自己，便从他的身上下来，坐在床边，不哭也不动了。

屋内又恢复了死寂。

洛抒问："哥哥，你是不是讨厌我？"

孟颐沉默。

洛抒从床边站了起来，对孟颐说："我今天逃课就是想回家。我会离开这里的，我不会厚着脸皮待在这里。"

她说完，没再多留，伤心地出了门。

孟颐停住，回头看去。

接着，便传来了关门声。他的手紧了紧。

洛抒出了门后，在心里松了一口气，好在完美地圆过去了。她哪里管孟颐对今天发生的这一切是怎么想的？她把自己刚才露出的马脚收拾好后，回到房间里就开始呼呼大睡。

而孟颐则孤寂地坐在床边。房间陷入黑暗，他整个人被黑暗吞噬。

第二天是周日，他们不用上课，孟承丙也休息。夫妻俩一早起来，在花园里喝早茶。孟承丙给洛抒买了一辆自行车，正和洛禾阳一起教洛抒骑车。

孟颐是被一阵清脆的笑声吵醒的。昨晚没有睡好，有点儿头痛，他躺在床上辨别着外面的声音，有男人的，有女人的，有……女孩儿的。

他下床走到阳台处，将窗帘拉开，正好看见洛抒在骑单车，歪歪扭扭的。孟承丙在后头扶着后座，洛抒在大笑着："爸爸！我会骑了！我真的会骑了！"

洛抒正颤颤巍巍地骑着单车，突然看到了站在阳台上穿着睡衣的孟颐。

她似乎完全忘了昨天的事，也完全忘了自己还在骑单车，松开手，激动地朝孟颐挥着手："哥哥！"

好在孟承丙在后面把她抓住了。正坐在不远处喝茶的洛禾阳看到洛抒的反应，转头看向阳台上站着的孟颐，唇边的笑意若隐若现。

洛抒还在朝孟颐挥手："哥哥，快下来骑单车！"

孟承丙也停下，看向自己的儿子，暗自期待。他希望孟颐能够从那个房间走出，哪怕只有一步。

可孟颐站在阳台上，没有动静，脸上没有情绪，像是将这个世界排除在外。

洛抒见孟颐不动，身姿矫健地从单车上跳下来，整个人如小火箭一般，风风火火地朝大门奔去。接着，她出现在孟颐的阳台上，拉着他，在他身边吵吵闹闹："哥哥，陪我骑单车。"

孟承丙站在楼下感到相当意外，看向洛禾阳。他刚才亲眼看到孟颐对洛抒没表现出任何排斥之意。

洛禾阳起身，走到孟承丙的身边，温柔地说："孟颐似乎不讨厌洛抒呢。"

这也是孟承丙没想到的。没一会儿，吵吵闹闹的洛抒把孟颐从楼上拽了下来。孟颐任由洛抒拉着，来到花园里。

孟承丙掩饰不住内心的喜悦和激动，正要冲上去对孟颐表达感情时，洛禾阳拉住了他，对他说："正常表现就好，承丙。"

孟承丙这才意识到什么，看向洛禾阳，止住了自己的动作，可是脸上的情绪怎么都平复不了。

洛抒拉着孟颐的手，孟颐低头凝视着地面。

她昨晚说的话是认真的吗？她要走？

洛禾阳给洛抒使了个眼色。

洛抒明白过来，见孟颐没什么反应，又说了句："哥哥，你教我骑自行车。"她摇晃着他的手撒着娇。

孟承丙在一旁紧张地看着。

谁知道，孟颐过了一会儿便任由洛抒拉着自己朝单车旁走去了。

洛抒立马兴冲冲地要骑单车，可是她的动作太粗鲁了，又加上技术还不是很熟练，刚坐上去，还没蹬脚踏，单车便往一边倾斜。孟颐立马弯身扶住车，说了两个字："小心。"

孟承丙牵住洛禾阳的手，有些紧张。

洛禾阳很意外，洛抒也看向孟颐。他今天竟然主动开口说话了，不像平时，非得别人逼他，他才开口说一个字。

哥哥好像有一些变化呢。洛抒坐在单车上望着他，而孟颐只是安静地低着头替她扶着车。

洛抒一时想不明白是什么原因，不过立马眉开眼笑地问："知道了，哥哥，我可以骑了吗？"

孟颐嗯了一声。

洛抒便开始蹬着车，孟颐依旧在后面替她扶着车。

她平衡能力真的很差，把车骑得东倒西歪的，如果不是孟颐在后面扶着，她一定会一路摔。

可是她的野心还特别大，在花园里骑还不满足，对孟颐说："哥哥，我要去花园外面骑！"

孟颐皱眉，说："有车。"

洛抒在那儿用力地蹬着："不管嘛，我想去花园外面。"

孟颐只能随着她一点一点地朝前挪着。出了花园，洛抒踩着单车到马路旁。这边是富人区，外头的马路很宽敞。来往的车虽然少，可时不时还是有车经过。

洛抒逐渐找到一点儿感觉了，对后面扶着单车尾的孟颐说："哥哥，你松手，我可以自己骑了。"

孟颐再次皱眉，显然认为她还不行。

洛抒却嚷嚷着："哥哥！你松手！"

她一门心思都在单车上，很想独立骑车。孟颐观察了周边，见没有车过来，便在她的强烈要求下，逐渐松了一点儿力道，轻声说："我松手了。"

洛抒警告他："要全松！"

孟颐的手彻底离开后车尾。洛抒笑了，打算用力往前踩，可谁知道就在孟颐将手全松开后，单车往一旁倒去，洛抒吓得手忙脚乱，高声喊了句："哥哥！"

还好孟颐很高，动作够迅速，也有心理准备。他伸手一把将洛抒从单车上抱了起来。洛抒在情急之中将手从单车上挪开，用力地抱住孟颐的脖子，双腿缠在孟颐的腰上。

下一秒，单车倒在地上发出一声巨响，洛抒惊魂未定，挂在孟颐的身上。

两个人都愣住了，孟颐看着摔倒的车，洛抒趴在孟颐的身上。隔了好久，她小声地喊了句："哥哥。"

孟颐听到她的声音，低下头，而洛抒正眼泪汪汪地抬头看他，孟颐的唇擦过她有些凌乱的发丝。

他往后退了退，止住两个人的身体接触。

她委屈巴巴地说："我明明可以自己骑。"

孟颐说："你还不熟练。"

"那我想骑车怎么办？"

她看向摔在地上轮胎还在旋转的单车，眼神中依然充满了渴望。

孟颐将洛抒放下来，洛抒这才想到，自己还挂在孟颐身上。她赶紧站稳，倒也没有表现出任何尴尬之意，反而带着亲昵，望着孟颐。

"哥哥，你载我好不好？"

孟颐在她的注视下沉默着。

洛抒再次拉扯着孟颐的衣袖："哥哥。"

孟颐过了好久，才应了声："好。"

洛抒像个开心的孩子，说："哥哥你真好！"

孟颐看了一眼周围，还好没人。

他的脸有些红。他走到单车旁，将单车扶起，洛抒立马跟过去。孟颐很轻松地跨坐在单车上，双脚点地。

洛抒羡慕地看了一眼他的长腿，又看了一眼自己的腿。她终于知道自己为什么骑不好了。

孟颐完全不知道她在胡思乱想些什么，看向她。洛抒嫉妒了，磨蹭着走到后座，孟颐低头注视着她。

洛抒爬了上去，乖乖地在后座上坐好。

孟颐见她安全地坐好才放心。

可下一秒，洛抒毫不见外，用双手抱着孟颐的腰。

孟颐停住动作，目光落在他腰间的手上。

洛抒并没觉得有什么不妥，反而问了句："哥哥，怎么了？"

孟颐摇头说了句："没什么。"

他将单车朝前骑。洛抒那嫉妒心消失，又开始兴奋了，坐在后车座上，紧抱着孟颐的腰说："哥哥，骑得太慢了。"

孟颐对她的聒噪似乎有些习以为常，只是缓慢地朝前骑着。

周边的环境很好，树木环绕，环境幽静，空气新鲜，可在孟颐眼里不是如此。他从未这样出过门。他平时出门，也不过是坐在车内，望着外面的一切一闪而过，而现在时不时有车呼啸而过，天气有点儿热，空气有些混浊。后面坐着的女孩儿一直在催着他："哥哥，去前面。"

孟颐从不知道这世界里会有这么多种不同的声音。他带着她朝前骑行，在混浊的空气中好像闻到了一点儿花香，后面是女孩儿开心的笑声。

在洛抒的催促声中，他们竟然骑到了市区。周围有很多车，声音越发嘈杂，孟颐有点儿不适。

忽然洛抒从单车后座上跳下来，孟颐紧急刹车立马回头去看，还没看清楚，她已经冲了过来，拽着孟颐的手说："哥哥，我们买冰激凌吃吧。"

她拉着孟颐就走，孟颐只好把单车停在路边，任她拽走了。

路上有很多车，洛抒拉着他在马路上横冲直撞。孟颐紧握着她的手，将冒失的她拉了回来，留在自己的身边，说："红灯。"

洛抒却不以为意地说："不会有事的，哥哥，刚才我们可以冲过去的，我经常这样做。"

孟颐却不理她，也没有松开她。他望着信号灯，看着数字一秒一秒地跳转。

直到信号灯变成绿色，孟颐才拉着她朝前走。洛抒看着他，不开心地哼了一声，不过还是随着他朝前走。

过完马路，洛抒挣脱孟颐的手，往人群里扎，直接挤进了马路边那家冰激凌店。

孟颐看了一眼乌泱泱的人，又见洛抒几乎要被人群淹没了，只能跟着走过去。

这是一间网红店，人特别多。狭小的屋内挤满了人，孟颐走到洛抒的身边。

洛抒正对着各色的冰激凌流口水，看到孟颐过来了，立马说："哥哥，我要吃香草味的。"

孟颐见洛抒满头是汗，这里的空气非常差，而且特别嘈杂，就说："要不要换个地方？"

洛抒说："就在这里吃，这里的冰激凌很好吃。"

孟颐只能点头。

洛抒怕别人抢先，赶忙跟点单的人说："我要香草味的。"

她又回头看孟颐："哥哥你呢？"

孟颐不太爱吃这些东西，随口答了句："香草。"

洛抒大声地说："两个香草冰激凌！"

点单的人对洛抒说："您好，总共三十六元。"

洛抒转动着眼珠，瞟着孟颐，显然没带钱。

孟颐付了钱，洛抒就开心地笑了。

她的心里来回闪着四个字——"移动钱包"。

两个香草味的冰激凌做好了，洛抒先递给孟颐："哥哥你吃。"

孟颐看向她，伸手从她手上接过冰激凌。

洛抒见孟颐不吃，催促了句："你吃啊。"

孟颐在她的注视下，迟疑了一会儿，咬了一口。

冰激凌在嘴里融化。

洛抒问："怎么样？好吃吗？"

孟颐轻轻地点了点头。

洛抒得意地笑着："那是当然，我以前和小……"她突然停住，孟颐看向她。

她忙说："我和小时候的朋友经常来这里吃。"

孟颐倒是没注意到她话里的那些细节。

洛抒生怕孟颐会多想，拉着他的手说："哥哥，我们去别的地方。"

洛抒拉着他就走，没有给他多余的时间反应。

很快，洛抒似脱缰的野马在大街上的人群里四处乱窜着。孟颐忍着不适，尽量跟在她身后。

洛抒一边在人群里窜，一边回头看后头跟着的孟颐，忍不住在心里嘀咕：他今天怎么了，这么好相处？

她有些纳闷。

洛禾阳早就亲自准备了一些降暑的凉茶。中午了，天气不似清晨时那么温和，开始变得炎热，坐在沙发上的孟承丙心情也平复了一些，不断地望着外面，问："他们怎么还没回来？"

洛禾阳也看着外面说："应该快了，这快吃午饭了。"

两个人刚说完，就听见花园内传来洛抒清脆的声音："妈妈！爸爸！"

洛禾阳和孟承丙都从沙发上站了起来，朝大门口看过去，洛抒顶着大太阳跑了进来，后面跟着不紧不慢的孟颐。

孟承丙看见孟颐就要走过去，洛禾阳拉住了他，示意他保持平常心，千万别大惊小怪。

孟承丙忙止住。

洛抒进来后，看到桌上放着凉茶，喊了一声："凉茶！"她冲过去，拿了一杯便咕咚咕咚地喝起来。

洛禾阳看了她一眼，暂时没理会她，又看向已经从外面走进来的孟颐。洛禾阳走了过去，走到孟颐面前。

孟颐看向洛禾阳，停住了。

这是洛禾阳带着洛抒进孟家这么久以来，第一次同孟颐攀谈。洛禾阳像极了一个后母，在面对自己丈夫的儿子时充满了紧张，尽量让自己显得亲切、和善、好相处。洛禾阳对孟颐说："孟颐，外面天热，阿姨煮了些凉茶，你要不要尝尝？"

洛抒正端着杯子大口地喝着，听到洛禾阳的声音，转动着眼珠朝那边看去。

孟颐看着挡在自己面前的洛禾阳，冷着脸，没有说话。

孟承丙连忙走了过来，说："孟颐，你阿姨的凉茶煮得不错，你尝一尝怎么样？"

洛抒在洛禾阳和孟承丙的身上来回看着。

洛禾阳和孟承丙等了一会儿，见孟颐没反应，有些急了。洛禾阳回头看了一眼坐在沙发上喝凉茶的洛抒。

洛抒收到洛禾阳的暗示后，赶忙从沙发上起来，放下杯子朝孟颐走去，说："哥哥，你尝尝吧，我妈妈做的凉茶特别好喝。"

洛抒用渴望的眼神看着他。

孟颐把目光落在洛抒的脸上，她的脸被阳光晒得红红的，红苹果一般，显得生机勃勃。而孟颐的脸依旧是苍白的，没多少红晕。

洛抒见孟颐不动，又去拉他的手："哥哥。"

孟颐一直都是单独待在房间里，从未出过自己的房门。

那一刻，谁都不知道孟颐在想什么。他望着洛抒，轻声说："好。"

他竟然答应了！

孟承丙再也掩饰不住自己的情绪了，拉着孟颐的手说："走，孟颐，爸爸也喝几杯下下火。"

洛抒和洛禾阳望着对方，洛抒感到很惊讶，而洛禾阳意味深长地看着她。

两个人一同往沙发那边走。

孟颐今天的变化是什么情况？

洛抒非常"狗腿子"地端了一杯凉茶递给孟颐，笑着说："哥哥，你试试。"

孟颐看着洛抒，从洛抒的手上接过凉茶，递到唇边喝了一口。

洛抒问："味道怎么样？"

孟承丙也在看孟颐，孟颐回了句："嗯，可以。"

尽管他声音不大，只是机械地回答，可这对孟承丙来说，是莫大的惊喜。

洛抒倒没表现出任何异样，又给自己端了一杯凉茶，在那儿津津有味地喝着。

洛禾阳也笑着端了一杯凉茶给孟承丙，说："你喝呀。"

孟承丙立即点了点头，爽朗地笑着，在那儿喝着。

没多久，洛抒趴在沙发上看着电视，洛禾阳起身说："我去准备午饭。"

今天阿姨放假，回去休息了。

洛抒一听高兴了，从沙发上一跃而起，对洛禾阳说："妈妈，我要吃藕粉！"

洛禾阳回了句："知道了。"孟承丙也笑呵呵地说："我给你打下手。"

孟承丙起身的时候，对孟颐说了句："孟颐，你陪妹妹看一会儿电视。"

他说完，两个人便去了厨房。

孟颐和洛抒在客厅内安静地看着电视。

到了厨房里，洛禾阳对孟承丙说："孟颐和洛抒似乎相处得很好。"

孟承丙也没料到，对洛禾阳说："这也是我意料之外的。"

他感慨着对新婚妻子洛禾阳说："禾阳，谢谢你。"

他握着她的手。

洛禾阳笑了，说："我们什么都没做，你感谢什么？"

孟承丙眼含深情地说："孟颐以前从不亲近人，就连我这个父亲也不例外。你和洛抒来到这里后，我明显感觉孟颐有转变。"

洛禾阳捂唇娇笑："我们先准备午餐吧，大家都饿了。"

孟承丙这才想起自己来厨房的目的，两个人便一起恩恩爱爱地在厨房里准备午餐。

洛抒在客厅里看了一会儿电视后，便朝孟颐靠近。她打量着他，他竟然还没有上楼。

孟颐微微转头看向她。

洛抒怕他看出异样，立马收起打量的眼神，然后朝他傻笑。

孟颐心里想的是另外一件事。

"你还要走吗？"

"啊？"

洛抒有点儿没反应过来。

他又说："其实不是你的问题，是我。"

那声音很轻，他垂着眸，面容孤寂。

洛抒仍旧没搞明白他在说什么。

洛抒突然想到了什么，他是在说昨天的事情吗？

孟颐抬眸望着她。

在她恍然大悟之际，孟颐又说了句："我没有讨厌你。"

孟颐说完，从沙发上起身，看了洛抒一眼，不再言语，从客厅离开。他高挑的背影孤孤单单的，似乎与任何喧哗都无关。

洛抒摸着自己的脑袋想，他说的是昨晚她随口撒的那个谎？

她扑哧一声笑了，他可真好骗。她完全没想到他今天的这些异常行为，竟然是因为她昨天那些乱糟糟的话。

那些话她早就抛到九霄云外了，他居然给了她意外的惊喜。

她轻蔑地想还以为有多难呢。

洛抒又看向厨房内的两个人，孟承丙不早就在洛禾阳的绕指柔下融化了吗？

从那天起，洛抒正式感受到孟颐对她这个妹妹的接纳。

她可以随便进出他的房间。以前有时候洛抒也随意进他的房间，那会儿他虽然不说话，可洛抒感觉得到，他会皱眉。

如今他像是默许了一般，对她不再有任何排斥。

当然很多时候，他还是不太说话。就算洛抒时常进他的房间，他也不过是安静地坐在那儿，做着自己的事情。

可洛抒没那么听话。她进出他的房间，大多是为了打扰他，经常在他看书的时候，蹿到他身边问："哥哥，你在做什么？"

孟颐只是看着她。他可能还是没有那种交流的能力，在洛抒问他问题的时候，他的第一反应都是沉默。

洛抒明知道他在看书，却非逼着他说一两个字出来才罢休，比如现在。

孟颐妥协，动了动手上的书，对洛抒说："学习。"

洛抒又看了一眼他的书，问："学的什么？"

洛抒是真的看不懂，那好像不是高三的课题。孟颐低头看了一眼书的封面，对洛抒说："闲书。"

他回答完，继续专注于自己的事情。

洛抒怎么可能让他忽视自己？她又缠着他说话："哥哥。"

孟颐再次侧脸看向她。

洛抒说："没什么。"

孟颐见她没事，才又收回目光。

洛抒瞪着他，从他身侧离开，开始无聊地打量他的房间、他的床。她很自来熟地跑到孟颐的床上趴下，甩掉自己的拖鞋，然后将孟颐房间的电视打开，故意将声音开到最大。

在看书的孟颐听到嘈杂的声音，朝她看了一眼，正好看到她在他的床上吃零食。

他的眉再次皱起。

她假装没有看到他的表情变化，还朝孟颐笑："嘿嘿，哥哥，我看电视呢。"

她倒要看看这木头人会有什么反应。

洛抒兴奋地等着，然而，等了一会儿，孟颐除了皱了下眉，没有任何反应，继续低头翻着自己的书。

洛抒忍不住感到好奇。

孟颐其实还是无法适应这么吵闹的环境。他会头痛，而且会有点儿耳鸣，可是他尽量让自己看上去没事。

接着，趴在他床上吃东西的洛抒又从床上跳了下来，踩着棉袜跑到他的书柜旁，四处翻着他的书。

她翻一本书扔一本。

她仍在偷偷儿地看他。

她在想，他的底线在哪儿？还是说，他是个可以任由别人欺负，不会反抗的可怜虫？

她正翻得开心，忽然有人推门进来了。洛抒停住动作，朝门口看去。

孟家的保姆端着水果和饮料，站在门口看着他们。

洛抒立刻停下了扔书的动作，背着手换上乖巧听话的笑容面对着保姆。

一直照顾孟颐的保姆站在门口大声地说："洛抒，电视声音怎么能开得这么大？"

保姆立马端着手上的东西进来，拿起床上的遥控器，把电视关掉。

保姆又看向地下的书，喊了句："天啊！"

洛抒在孟家给人的印象一直是温顺听话的。她把孟颐的房间搞得乱糟糟的，又故意把电视机开得如此大声，和她平时的形象可是半点儿都不符合。

洛抒闭着眼在心里想：完蛋了。

这时孟颐从书桌前走了过来，随着保姆蹲下，将地上的书捡起，对保姆轻声说："没事，是我让她帮我找书的。"

保姆啊了一声，显然没想到。

洛抒也忙蹲下和他们一起捡书。保姆倒是没怀疑洛抒在欺负孟颐，毕竟洛抒也算主人，自己是没权利胡乱揣测她的。

他们将书都收好，保姆又去孟颐的床上收拾零食。

洛抒看向站在她面前的孟颐。

他没有怒意，只是平静地看着她。

等保姆将房间恢复原样离开后，洛抒小声地说："哥哥，对不起。"

孟颐没有任何责怪之意，当然也没说话。洛抒问："我是不是吵到你了？"

孟颐嗯了一声，点了点头。

她低垂着脑袋，盯着自己的脚尖。

孟颐看着她头顶的发旋，她一副做错事的模样。

孟颐忽然伸手，摸了摸洛抒的脑袋。

洛抒瞪大眼睛，惊讶地抬头。

正当孟颐摸着洛抒的脑袋时，门又被推开了。是孟家的另一个保姆，在门口提醒："孟颐，快到下午上课的时间了，司机已经在楼下等你了。"

是的，孟颐有很多课要上，不仅是学校的，还有各种学校以外的课程。孟承丙很重视培养孟颐。

有时候是老师上门授课，有时候是孟颐自己过去上课。

孟颐收回手，看向门口的保姆，拿了书和包，随那保姆离开。

洛抒歪着头，看着他离开。

她又伸手碰了碰自己的脑袋，有些不解，他摸她脑袋干吗？洛抒听到楼下的车声，又想：他可真忙。

洛抒在他的房间内再次转了转，勾着唇笑了笑，回了自己的房间。

第二天，洛抒一到学校里就被罚站。因为逃课的事情，她被罚了一上午。

孟颐班上有体育课。一群人上体育课时，经过洛抒的班级门口，看到有人在罚站，就相当好奇地在那儿瞧着。

有人认出了洛抒，在那儿小声地议论：“哎，那不是孟颐的妹妹吗？”

走在人群里的孟颐也一眼看到了在罚站的洛抒。大家纷纷回头朝孟颐看去，因为是下课时间，门口站着许多人，洛抒身边自然也围着本班的许多同学。她倒没觉得罚站有什么，正同班上的同学聊得热火朝天，并没有发现孟颐。

正和洛抒聊得热闹的新朋友小结推了洛抒一下。

洛抒回头，看到孟颐，蹦跳了两下，挥手喊了句：“哥哥！”

孟颐自然是看到了她，走了过去。似乎是因为在自己的教室门口看到他，她显得特别兴奋，甚至忘了自己在罚站，直接抱住了他。

孟颐被她冲撞得愣住了，洛抒班上的同学发出一阵欢呼声。

洛抒用手抱着孟颐的腰，抬脸看着孟颐，说：“哥哥，你是来看我的吗？”

孟颐有些没想到她会这样直接抱住自己，愣了片刻，回道：我上体育课。

洛抒失望了，皱着眉头：“啊，我还以为你是来看我的呢。”

孟颐沉默了一会儿，问：“你怎么被罚站了？”

“因为我上次逃课啊！老师今天罚我站了。”

孟颐看着她一副神采奕奕的模样，完全没半点儿伤心，只能嗯了一声。

洛抒班上的同学在周围发出花痴般的叫声。倒是孟颐班上的人显得镇定多了，虽然他们看到孟颐这个向来冷淡沉默的人被自己的妹妹抱着，确实吃惊得不行，可显然高三重点班的人要比高一的学弟学妹成熟稳重些，脸上的表情波澜不惊，顶多多看了两兄妹几眼。

这时上课铃声响了，孟颐说："我要上课了。"他看着她。

洛抒只能把手松开，难掩失落地说："好吧。"说完，她便规规矩矩地站在那儿。

孟颐看了洛抒好一会儿，他班上的人也走了不少，只能转身离开。洛抒倒也没再缠着他，只是委屈巴巴地盯着他。

等孟颐走开了一段距离，她不再关注孟颐，很快变了一张脸，继续和身边的同学在那儿叽叽喳喳地说着话，热闹得很。

孟颐走了几步，回头发现洛抒的身边又围了许多人，男的女的都有。

他皱眉。

放学铃声一响，洛抒立马收拾东西。

小结和栩彤第一时间围了过来，问："去不去玩？"

两个人把声音压得很低，动作有些鬼鬼祟祟。

洛抒有些心动了，左右看了一眼，确认大家都没看向这边，犹豫着说："今天……今天不行。"

小结问："怎么不行了？"

洛抒说："我得去高三那边。"

栩彤哀号："你老黏着你哥哥干吗？"

洛抒翻白眼，你以为我想？

当然她没说出口，安抚着栩彤跟小结："你们去吧，等哪天有空，我再同你们一起。"

洛抒也没时间同她们多说，拿上书包就走。

栩彤和小结望着洛抒匆忙离去的背影，又是嫉妒又是愤恨。

洛抒一直等到六点。当孟颐一个人从楼上下来时，洛抒从花坛后面跳了出来："哥哥！"

孟颐听到声音停住，朝洛抒看过去。

她背着书包朝他跑了过来，说："哥哥，你今天还要补课吗？"

孟颐没想到她会在这儿，面对她的询问，嗯了一声。

洛抒想都没想便说："我要跟你一起。"

科灵下楼便看到孟颐和妹妹离开了。两个人走在人群里，女孩儿显得比较活泼，一直缠着孟颐在那儿同他说着什么。而孟颐呢，科灵只看到个背影。但科灵觉得那一向孤寂的背影莫名多了几分温柔。

也不知道为什么，孟家的司机今天竟然没有准时出现在学校门口。洛抒四处寻找，都没找到，问："哥哥，乔叔叔呢？"

孟颐往司机常停的车位看去，说："可能他在路上堵车了。"

忽然，洛抒的手被一只温热的大手包裹住了。她本来还在四处乱看，立马低头看向那只手指修长、干净的手，又抬头看向那人的脸。

孟颐没有说话，也没有看她，在汹涌的人潮里，只是握着她的手，带着她朝前走，防止她过马路不看红绿灯乱窜。

洛抒一直盯着孟颐的脸，盯了好一会儿。她低头，再次看向那只包裹住自己的手，嘴角浮出一丝微妙的笑。很快，她反握住他的手。

晚上洛抒回到家里，洛禾阳和孟承丙向孩子们宣布，后天两个人就要开始蜜月旅行了。

宣布完这个消息后，两个人便正式交代家里的保姆要照看家里的一切。其实孟承丙最不放心的是孟颐，洛禾阳自然很是体贴地同他说："洛抒会照顾哥哥的。"

孟颐就坐在对面，听洛禾阳说话。

洛抒很是认同地点点头，无比郑重地向孟承丙承诺："爸爸，您放心，我一定会把哥哥照顾好的。"

孟承丙也不知道上辈子从哪里修来的福，能够如此幸运，拥有这么好的妻子，还有这么体贴的女儿。

他说："洛抒，哥哥就交给你了，爸爸和妈妈会尽早回来的。"

"好的，爸爸！"

孟颐沉默着，任由他们像托孤似的安排自己的生活。

虽然洛禾阳一直在叮嘱洛抒要照顾孟颐，可最后孟承丙还是对孟颐说了句："孟颐，你也要照顾好洛抒。"

孟颐难得地回了句："好。"

隔了一天，孟承丙便带着洛禾阳去蜜月旅行了。走的时候，洛禾阳对洛抒表现出恋恋不舍，像演戏演上瘾了，万分地不放心，让洛抒一定把孟颐照顾好。洛抒在心里翻白眼的同时，也对孟承丙表达了祝福，大意就是希望两个人开心地度蜜月，回来的时候她不介意顺便多个弟弟。

倒是孟承丙收到祝福相当不好意思，脸色绯红。洛禾阳装生气地说："洛抒，小孩子别乱讲话。"

孟承丙立马揽住洛禾阳的肩，红着脸说："洛抒是好意，你凶她干吗？这样也不是不行啊。"

洛抒在那儿笑眯眯地看着他。

洛禾阳推着他说："别在小孩儿面前胡说八道。"

孟承丙哈哈笑着，然后摸着洛抒的脑袋，显然心情很好，说："洛抒，等我们给你们带礼物回来。"

因为时间不多了，所以孟承丙和洛禾阳也没再跟洛抒多说。洛禾阳在被孟承丙牵着要上车的时候，又一次嘱咐洛抒要照顾好哥哥。

洛抒依旧不厌其烦地答应着，满脸微笑地送两个人离开。

他们离开后，她要照顾哥哥？不存在的。

洛抒如放飞的鸟儿一般，回了自己的房间。没洛禾阳管着她了，她想干什么就干什么，至于那自闭症患者，如果不是为了搞好关系，谁愿意像个傻子一样，天天出现在他面前装傻扮乖？

洛抒已经放学了。今天晚上，整个孟家除了两个保姆，就只剩下她跟那自闭症患者了。

洛抒想，漫漫长夜，她才不要在这屋子里浪费时间呢。她拿出手机准备约人出门玩，忽然从房门的缝隙中看到两个保姆从楼上的另一间书房里出来，似乎是刚打扫完。

那个房间洛抒从来都没进去过，不过时常有保姆上去打扫。

洛抒的好奇心发作了。在那两个保姆带着清洁工具离开后，她轻轻地将门推开，走了出去。

此时孟颐的房间没有声响。刚才洛禾阳还有孟承丙离开时，孟颐并没有下楼。

洛抒看了孟颐的房间一眼，悄悄地朝那扇门走去。她将门推开，发现竟然是一间面积特别大的书房。

洛抒四处看着。她知道孟家有钱，但是对孟家的背景一无所知。她一直以为洛禾阳这次"钓"的应该是个和以前一样的，一般有钱的人而已。

她转了一圈。正当她在书房内搜寻时，后面的门忽然被人推开了。

洛抒立马回头看去，孟颐站在门口。

洛抒的第一反应就是喊："哥哥。"

洛抒看不见他的表情，房间内是暗的。不知道是心虚还是怎么回事，洛抒莫名有几分心慌，往后退了几步。

孟颐站在门口看着她，朝她走近。

洛抒竟然吓得往后退了几步。孟颐忽然抬手，一瞬间，房间内的灯光亮如白昼。

洛抒也不知道自己为啥心慌。她看向孟颐的眼睛，竟然有种莫名的心虚，说话还有些结巴："哥……哥哥，我……我只是随便进来看看。"

洛抒因为心里有鬼，所以容易多想。实际上孟颐根本没有往别处想，只是像往常一样沉默。可对于洛抒来说，他越沉默，她越慌。她又一次朝孟颐冲了过去，扑在他怀里，哭着说："哥哥，我想妈妈了。"

孟颐低头看着她蓬松的发顶，眼眸里盛着温柔。他伸手，将洛抒抱在了怀里。

洛抒停止了哭泣，看向他横在自己肩头收紧的手。

这……这自闭症患者在做什么？

她错愕地抬头看向他，孟颐却轻声说："他们很快就回来了。"

洛抒哦了一声。

她觉得有什么地方很怪异，可又说不清楚这种感觉。不过孟颐好像没有多想，她稍稍放下心来，带着哭腔："我很少离开我的妈妈，有点儿不适应。"

孟颐垂着睫毛，轻轻地嗯了一声，想了想又说："我们可以下楼吃饭了。"

他将她松开了，洛抒挂着眼泪，点了点头，可依然瞟着孟颐。

孟颐带着她从书房内离开，然后去了楼下的餐厅吃晚餐。

两个人走了，这所房子确实显得有些空，就算孟家的保姆还是那些保姆，可洛抒总觉得这房子似乎是受到了孟颐身上的气息影响，竟越发显得安静冰冷。

孟颐在洛禾阳跟孟承丙离开后，一反常态，和洛抒一起吃饭的时候，一直给洛抒夹她喜欢吃的菜。洛抒不时地看向他。

孟颐专注地给她夹着菜，问："怎么了？"

洛抒不知道为什么，莫名觉得有些怪异。她立马摇头，露出标准的开心笑容，说："没什么，哥哥，你也吃啊。"她立马也给他夹了些菜。

孟颐望着碗内洛抒给自己夹的菜，一向平静的脸上浮现出一丝很浅的笑容，连洛抒都未发觉。

孟颐安静地吃着。

一旁端菜上来的保姆见孟颐竟然在吃一截他平时最讨厌的青椒，惊讶地看着他。

孟颐却吃得很缓慢，甚至很满意。

洛抒见他似乎挺爱吃青椒的，开始不断地给他夹青椒，说："哥哥，你多吃点儿。"

保姆见状，只是默默地放下菜离开了。

这一晚，孟颐吃了很多青椒，而洛抒没什么胃口，早早地回了自己的房间。

孟颐坐在楼下，看着跑上楼的洛抒。

洛抒今天晚上可不打算就这样待在家里，她约了小伙伴，得出门，当然她没有惊动孟颐。她知道晚上会有老师来家里上课。等孟颐回房间后，老师也进了孟颐的房间，她飞快地从孟家溜走了。

孟颐这时正在房间内上课，并不知晓洛抒已经出去了。

十点的时候，保姆进来送水果，孟颐停下手中的笔，朝门外看了一眼，没有看到人影。今晚，从晚饭过后，她进入房间，隔壁便再也没有动静。

孟颐想：她是睡了吗？

保姆放下水果，准备离去，孟颐忽然开口说了句："等等。"

保姆停住，看向他。

孟颐望着碟子里的水果，对保姆说："给洛抒送一些过去。"

这段时间，孟颐变化很大，能主动说话。保姆听他吩咐自己办事，便忙说："好的。"

保姆去了楼下，又端了一盘水果上楼，去了洛抒的房间。她望着无人的房间，四处喊着："洛小姐？"

见房间没人，保姆又去了楼下，依旧没找到人。很快，保姆慌张地朝楼上跑，喊着："孟颐，洛抒不见了！"

孟家大半夜开始找人。

孟颐尤为着急。她不见了，她去哪儿了？她是不是又偷偷儿地溜回家了？她不喜欢这里……孟颐在脑海中来来回回地思考着这些问题。

很快，他决定带着司机出门找洛抒。

外面正下大雨，这场雨来得很突然，路上的行人纷纷在街道上奔跑着。孟颐看着外面的天，越发安静。

司机见他不再言语，刚想说话。

孟颐拿出手机，在司机面前很冷静地拨了一通电话。司机不知道他拨给了谁，只知道电话响了六声，被人接起，传来一个中年女人的声音。

孟颐无比平静地开口："您好，焦老师，我是孟颐，洛抒的哥哥。

"不好意思打扰您，我想请问您班上有叫小结、栩彤的学生吗？

"是，我有点儿事情找她们，您方便给我她们的联系方式吗？

"好，多谢。

"谢谢您。

"打扰您了。"

电话挂断后，司机看向孟颐。司机发现在打电话的整个过程中，孟颐都没任何表情。和平时自闭的样子不同，现在的孟颐虽然依旧那么安静，可司机发现他处理事情时有无比清晰的思路和缜密的逻辑。孟颐木着一张脸，拿着手机又拨了一通电话。这一次，电话响了很久，始终没有人接听。孟颐直接将电话挂断，拨了另外一通电话。

他从始至终都安静耐心地等待着，这通电话同样不断地响着。司机以为，这一通电话也将因为无人接听被孟颐挂断时，电话被人接起了。在嘈杂的环境中，传来女孩子的一声："喂？！"

那边的声音很吵，四周有震耳欲聋的音乐声。

起初孟颐并没有说话，只是安静地辨别着声音。那端又传来一声："喂？

谁啊？"

孟颐开口了，平静地问："请问是栩彤吗？"

栩彤顿了一下，这声音有点儿熟悉，像是在哪里听过。

过了两分钟，栩彤挂断电话，立马看向旁边。这里有很多同学，有男有女，都是今晚偷偷儿地溜过来玩的。

而在新班级内早就和同学打成一片的洛抒，更是这群人中的焦点。

栩彤握着手机，快速地朝那边跑去。

栩彤挤到洛抒的身边，在她耳边说："洛抒，你哥哥找你。"

洛抒早就不知道把孟颐那个自闭症患者抛到哪个角落里了，有些迷糊地问了句："谁？我哪里来的哥哥？"

栩彤推了她一下，说："你哥哥！孟颐！"

"那个自闭症患者？"

她这句话脱口而出。

这时，孟颐正好出现在门口，里头是震耳欲聋的声音。孟颐站在黑暗里，看着灯光下的洛抒。她正被热闹包围着，她的世界是吵闹的。

所有人因为她而璀璨着。那是一条孟颐无法跨越的界线，前方是一个他永远都无法到达的世界。里头的灯光很刺眼，刺耳的音乐让他耳鸣。

司机也看到了洛抒。当然现在司机更担心的不是洛抒，而是身边的孟颐。司机说："我去接洛小姐。"说罢，司机便朝洛抒走去。

孟颐站在那里没动，只是看着这一切。

洛抒正被一堆同学围着，身边传来一个陌生的中年男声："洛抒小姐。"

所有人侧身看去，看到一个中年男人，穿着一身正装。他们以为是谁的家长，被吓了一跳。

洛抒正好也侧过头，这一侧头，正好看到乔叔的那张脸。

她脸上的兴奋神情变成乖巧，朝着司机乔叔跑去。她有些踉跄地停在乔叔面前唤了句："乔叔。"

吵闹的同学们看到这个情形，立马安静下来。大家都有些害怕地瞧着他们。

乔叔只是个司机，并没有什么发表自己看法的权利，只是履行着自己的职责，对洛抒说："洛抒小姐，我是来接您回家的。"

乔叔什么都没同洛抒的同学说，只是搀扶着有些跟跄的洛抒离开。

洛抒向同学挥手，傻笑着说："我走了哈，你们继续。"

孟颐正站在门口等。

洛抒在看到孟颐后，竟然直接挣脱乔叔的手，朝着孟颐扑了过去，抱着孟颐撒娇："哥哥。"

她还认识孟颐，仍旧没忘记在孟颐面前"刷好感"这个任务。

乔叔非常清楚，孟颐很不喜欢被人碰触。他没想到洛抒会突然挣脱自己，朝孟颐扑过去。

他立马想将洛抒从孟颐身上拉起来。谁知道，孟颐低头看了看趴在自己身上的洛抒一眼，垂着眸，过了好半晌，将她搂在怀里。

孟颐搂着怀里的人，带着她离开。

乔叔有些意外地看着他们，心想：孟颐竟然……

当然，乔叔没有再多想，立马跟在孟颐后面。

孟颐也不说话，带着洛抒在雨夜里穿行。

到家后，孟颐扶着洛抒上楼。

孟家的保姆在家里也非常着急，见洛抒被找回来了，连忙上去想要帮忙。

可孟颐将洛抒护在怀里，谁都不让碰，带着洛抒进了房间。

洛抒不知道抱着她的人是谁了，只觉得似乎很熟悉。她充满依赖地抱着他，嘴里嘟囔着什么。

孟颐听不清楚她念叨的到底是什么。

孟颐把她扶到床上躺下，准备给她盖被子。洛抒感觉自己要离开那个熟悉的怀抱了，伸手将他的腰死死抱住，怎么也不肯松手。

孟颐低眸看着她，眼神深沉，似乎有什么情绪在挣破束缚。

洛抒还在梦呓，可孟颐依旧不知道她在说些什么。

孟颐低垂着头，额前的头发将他的眼睛覆盖住，阴影罩在他的脸上。

保姆端着水进来，看到这诡异的一幕，被吓了一跳。

孟颐并没有看门口，只是将洛抒再次放在床上，替她盖好被子，然后在她床边坐着。他终于抬头看向保姆，眼睛亮得吓人，语气异常温柔："你给我水吧。"

保姆有种不好的感觉，紧了紧托盘，说："我来吧，您去休息。"

孟颐侧眸看向已经安静下来的洛抒，脸上竟然绽开一丝笑容。他说："好。"接着，他从床边起身，再次将目光落在床上的洛抒身上，语气仍带着令人心惊的温柔："有什么事记得通知我。"

孟颐从洛抒的房间离开。

他从保姆身边经过时，保姆侧脸看着他，压住心里的怪异感觉，忙端着托盘朝床边快速走去。

孟颐回到自己的房间里后，像往常一样坐在书桌前发呆，似乎在想着什么，神情安宁。

这时，门被人推开，那个长时间照顾孟颐的保姆走了进来，端着一杯水，水杯旁边是药盒，药盒里满满地装着药。她把杯子和药轻放到孟颐面前的书桌上，小声地说："您很久都没吃药了。"

孟颐看着那保姆，什么话都没说，只是平静地拿起托盘上的药盒，然后将那些药一颗一颗地往嘴里塞，端起水杯，随着水一起吞服了下去。

服完药，他看向远方，嘴角依旧带着笑。

保姆看到这样的孟颐，也有些惊讶：一向平静得如一潭死水的孟颐，竟然有了这样的反应？

这突然的变化不是一个好预兆……

第二天洛抒醒了，躺在床上有些分不清楚自己在哪里。她发了下愣，抱着被子在床上翻滚了两下，可是忽然想到了什么，猛然停住动作，紧接着从床上跳了下来。

小道士！

她冲出房间，谁知保姆正进来唤她起床。洛抒一把将迎面走来的保姆抓住，紧张地问："昨天是谁送我回来的？"

她问出这句话时，孟颐刚出房门，回头看向突然从房间内冲出来的洛抒。

保姆也没料到，洛抒甚至着急得鞋子都没穿就从房间内冲了出来。

保姆回答："是孟颐和司机去接的你。"

"啊？"她觉得心里的期待和幻想像是气泡瞬间被戳破。她非常泄气，身子软了下去。

孟颐正看着她。洛抒心里全是失落，并没有注意前方。她失落了两三秒才抬起头，正好和前方的孟颐目光接触。

自闭症患者竟然在，她忙收起自己的情绪，喊了句："哥哥。"然后她朝着孟颐走去。

孟颐本来正看着她，见她走到了自己面前，脸上扬起温柔的笑容，脸颊边有浅浅的酒窝浮现出来。他问："饿了吗？"

洛抒望着他脸上的笑容，有些不可思议。他竟然也会笑？

她怔了一会儿，反应过来，摸着自己的肚子说："有点儿饿，哥哥。"

孟颐穿着睡衣，很明显也才起床。他观察着洛抒，轻声询问："头痛吗？"

"没……没有。"洛抒不知道为什么有些心虚地回答。

她平时在孟家可不是昨天那副形象。虽然这个自闭症患者并没那个智力多想，可洛抒还是有点儿担心，便主动向孟颐解释："哥哥，昨天有同学过生日，我才会去那种地方，这也是我第一次去。"

洛抒仔细地观察着孟颐的脸，想看他的反应，孟颐却还是如往常一般，并没有异样："嗯。"洛抒松了口气，还好自闭症患者好糊弄。她仰起脸朝孟颐灿烂地笑着，问："哥哥，你吃早餐了吗？"

孟颐回答："还没有。"

他的目光流连在洛抒明亮的笑容上。

洛抒说："我去刷牙洗脸。"她说完，立马转身朝房间内跑去。

孟颐去了楼下，走得很慢，时刻注意着身后房间的动静，直到听到里头传来了水声。

今天是星期天，洛抒不用去上课，用人刚才进她房间时，是九点。洛抒洗完脸出来，小结和栩彤就发来了消息，洛抒同她们说了几句，连早餐都没吃，就要下楼出门。

孟颐正坐在餐桌边等着她，见洛抒背着书包要往外走，安静地看着她。倒是保姆代替孟颐主动问了洛抒一句："您又要出去吗？"

洛抒停住脚步，侧脸看向孟家的保姆，说："是啊，我不能出门吗？"

保姆说："不是，您不吃早餐吗？"

洛抒这才扭头看向餐桌，想起孟颐来。让她待在家里同他过一整个周末，她可做不到。

她朝餐桌边走去，笑着同孟颐说："哥哥，我得出门，中午你不用等我吃饭，我和同学在外头吃。"

桌上是丰盛的早餐，无人动筷。孟颐沉默着，没有应答。

洛抒想，他的自闭症肯定又发作了，也没那个耐心和他演戏，便从桌上抓了个面包咬在嘴里，转身快速地朝外走，头都没回。

孟颐坐在那里，看着她的背影，没有表情。偌大的房子里，立马失去了声音，他像是陷入了一个无声的世界。

之后孟颐回了房间。

洛抒一整天都在外面同小结、栩彤游玩。三个女生像疯了一样去了游乐场，玩遍了所有项目。到了晚上，洛抒还不想回去，三个人便约着一起去商场吃饭，那时时间刚到六点。

洛抒的手机响了，是个陌生的号码。洛抒从书包内把手机拿了出来，看了一眼，好奇是谁打来的。她没多想，立马按了接听键，放在耳边"喂"了一声。

小结和栩彤跑到了唱歌机旁，朝洛抒用力地挥手，让她赶紧过来。

洛抒皱眉，看了一眼手机，怎么没声音？她又"喂"了一声，那边还是一片安静。

洛抒干脆将电话直接挂断，朝着栩彤和小结跑去。

过了五分钟，栩彤和小结才挑选好歌曲。洛抒的手机又响了，又是那个号码，洛抒再次接听，那边还是没有回音。洛抒想：到底是谁？！

她很快又挂掉那通电话，朝唱歌机那边走。她刚进唱歌机房，谁知道第三通电话又打了过来。栩彤和小结早就点好歌了，正等着洛抒一起唱，见洛抒的手机不断地响，便凑了过去问："是谁打来的电话？"

洛抒回了句："鬼知道。"她狠狠地再次将电话挂断，干脆直接将手机丢在书包里，什么都不管了，开始唱歌。

而那通陌生的电话没有再响起。

洛抒晚上十点才回家，进家后，迅速地朝楼上跑去。在经过孟颐的房门时，她停住朝里头看了一眼。孟颐在上课，洛抒没多停留，直接回了自己的房间。

第二天早上，洛抒起床下楼。孟颐正在餐厅里吃早餐，她立马凑了过去，喊了句："哥哥。"

孟颐正低头无比斯文地吃着培根，听到洛抒的声音，抬头看了她一眼，继续低头吃着自己的早餐。

　　哎？他怎么又不说话了？

　　洛抒看了他一眼，再次朝他靠了过去，凑到他面前又唤了句："哥哥。"

　　她侧头盯着他的脸。

　　孟颐和她对视，最终温和地嗯了一声，给了她回应。

　　洛抒见他给了自己回应，便开始大快朵颐，也不再理会孟颐。

　　孟颐看着她吃得津津有味，也低头看向碟子内的食物。

　　洛抒虽然饿极了，可还是没忘记自己的任务，给孟颐夹了一块火腿，说："哥哥，这个好吃，你尝尝。"

　　其实洛抒不过是随手夹的。她想着自闭症患者应该也尝不出什么好吃、什么不好吃，随便丢一块火腿给他就是了。

　　她丢完火腿，便继续吃着自己的早餐。

　　孟颐望着那块火腿，又看向洛抒。

第三章

画

 这一天洛抒没再往外跑，一整天都待在家里。不过她也没有去找孟颐，而是待在自己的房间里，没怎么出过房门。直到晚上孟承丙给家里打了电话，保姆跑来洛抒的房间，让她下楼去接电话，她才从房间内出来，去了楼下。

 她拿起电话，第一句话便是无比甜美乖巧的一句："爸爸！"

 远在国外度假的孟承丙听到如此舒心的称谓，心里自然也荡漾着欣慰。他说："洛抒，爸爸想问，家里好不好？"

 洛抒可不认为孟承丙打电话回来是为了她这个"拖油瓶"。这个时候她自然得表现一番，说："爸爸，家里一切都好，哥哥也特别好。"

 孟承丙在国外一直都很担心孟颐，也给家里打过电话，不过都是保姆接的，没问候到洛抒。他笑着说："是吗？那就好，我和你妈妈都很担心你跟哥哥。"

 洛抒瞟了一眼楼上，为了证明家里一切如常，又添了句："哥哥现在正在楼上上课呢，您要跟他讲话吗？"

孟承丙说："不用了，你让哥哥安心上课吧，你同你妈妈说一会儿话。"

洛抒坐在这边很是听话地回了句："好的，爸爸。"

洛禾阳接过电话，说的也不过是那几句关心的话。洛禾阳在电话里对孟颐和洛抒嘘寒问暖，俨然就是一个标准的好妈妈。

洛抒同他们说了许久的话。他们确认家里一切都好后，挂断了电话。洛抒在他们挂掉电话后，将电话筒放在了茶几上，接着抬头看了一眼楼上。

洛抒想：我今天好像还没"刷好感"。她又朝楼上跑去，到达楼上孟颐的房间门口，将门缓慢地推开，先观察了一下孟颐在里头干什么。

洛抒看到一个瘦削的背影，孟颐正安静地坐在书桌前，不知是在看书还是在学习。老师似乎已经从家里离开，不见踪影。洛抒直接推门进去，喊了句："哥哥。"

孟颐停下笔回头，看向身后走来的洛抒，将书合上。

洛抒正好见到他这细微的动作，朝那本书看了一眼，发现书里有张露了一截的纸。

那是什么？

洛抒假装什么都没看到，只是朝孟颐走去，走到他身边喊了句："哥哥。"

孟颐看着她，嗯了一声。

洛抒有心欺负他，在他应答的瞬间，忽然伸手去抓桌上那本被他合上的书。孟颐甚至来不及反应，那本书便被洛抒一把抓在了手上。

她得意地笑着问："哥哥，你藏了什么？"

孟颐没说话，洛抒狐疑地看向他，见他没反应，又看了他一眼，然后直接将书本打开，从里面抽出一张纸，竟然是张素描画。画上有长头发、裙子、脸部线条，竟然是个才被描了轮廓、没有脸的女生！

洛抒惊讶地指着素描画上还没被画脸的女孩儿问："哥哥，这是谁？！"

孟颐偏过脸，依旧没有回答洛抒。

洛抒凑过去又问："哥哥，你画的是谁？"

孟颐仍旧转过脸，不看洛抒，虽然状似平静，可洛抒明显从他脸上看出一丝不寻常的情绪。

洛抒再次拿着那张画研究了一会儿，这条裙子不是他们学校的校服吗？他画的好像是学校里的女生，难不成是……

洛抒正往下想，孟颐忽然伸手将那张素描画从洛抒的手上夺了回去，重新夹在那本书里，对洛抒说："我是随便画的。"

洛抒怎么会相信他？她的直觉告诉她，素描画上的女生是他们班的科灵。

洛抒沉思了一会儿，很快，露出笑脸说："哥哥，我就进来和你说一会儿话，不打扰你了，你忙你的。"

洛抒说完，没在孟颐的房间里多待，转身离开了，仿佛刚才什么都没发生。

孟颐侧脸看着离去的她，紧抿双唇。

洛抒回到房间里，面无表情地想：我的猜测果然是真的，孟颐真的和那个女生关系匪浅。洛抒之前因为孟颐对自己的态度有了转变，也就对他没那么上心了。如今看来，是她放心放得太早了。她决不能让别的人吸引他的注意力，一旦他的注意力被其他人吸引，那就代表他可能会被别人控制，她就无法一人掌控他了。

洛抒在房间内想了许久，决定主动去找一下那个叫科灵的女生。

星期一的早上，科灵早早地搭着公交车赶到了学校，还没走到教室，忽然身后有人拍了两下她的肩。科灵回头看去，只见是一个有着灿烂笑容的女孩儿，在朝她微笑着打招呼："你好。"

竟然是孟颐的妹妹，科灵有些没想到。她也立马扬起笑脸说："你好，洛……"

她本来准备直呼洛抒的名字，可想到之前和洛抒见过几次，不知道是不是自己有些敏感，总觉得洛抒好像不太喜欢自己，所以没敢自来熟地直呼洛抒的名字。

洛抒也打量着面前的女孩儿，笑着问："我可以和你聊聊吗？"

"我？"科灵有些不明白孟颐的妹妹要找自己聊什么，小声问："你要找我……聊什么？"

现在正是早上来学校上课的时间，她们身边人来人往。洛抒是掐着时间来的，还有二十分钟上课。洛抒说："我们去学校操场聊怎么样？"

科灵有些犹豫，实在不知道洛抒要找自己聊什么。可因为洛抒是孟颐的妹妹，科灵想了想，还是点了点头。

洛抒见她答应了，便转身就走。科灵跟在洛抒的身后，两个人一前一后地朝学校后面的操场走去。

孟颐到达教室后放下书包，拉开拉链，正要将书从书包里拿出，谁知在书包里发现一个饭盒，用粉色的袋子装着。饭盒是洛抒的。

可能是家里的保姆在给他放饭盒时把洛抒的也装进去了。孟颐本来想把饭盒放进自己的抽屉，可是发现粉色的袋子里还装了一个东西。孟颐将袋子打开，发现有个白色的水杯。

孟颐将水杯放入袋子，将袋子系好，从教室离开，去了洛抒所在的班级。

高一的普通班和孟颐所在的高三重点班的气氛完全不一样，就算临近上课时间了，里面也吵闹异常，学生们追打的追打，聊天的聊天，喊叫的喊叫。

孟颐看到这里的环境，微微皱眉。

小结和栩彤一个正涂着透明的指甲油，一个正翻着最新的时尚杂志。小结看到门口进来一个人，涂指甲油的动作一停，立马推着正翻杂志的栩彤。

栩彤不耐烦地问："你推我干吗？要死啊？"

小结说："孟颐。"

"谁？"栩彤还没反应过来。

小结又添了句："洛抒的哥哥，孟颐！"

栩彤立马抬头朝门口看去，正好看到门口站着一个身材高瘦、面容俊朗的男生。他径直朝她们所在的方向走了过来，吵闹的高一教室静了下来。

他停在了小结和栩彤所在的位置。小结和栩彤立马起身。

孟颐拿着粉色的袋子问两个人："洛抒呢？"

小结和栩彤这才回过神来：他是来找洛抒的。

小结连忙问栩彤："洛抒呢？"

栩彤朝洛抒的位置看了一眼，想到了什么，说："洛抒好像去了学校后面的操场。"

"操场吗？"孟颐立在两个人的面前。

小结想到了什么，说："好像是的，她跟我们说要去下操场，有点儿事情。"

孟颐低声道："嗯，我知道了。"他看了一眼洛抒的书桌，书桌上是空的，证明洛抒早上来学校，还没有来过教室。他转身又朝教室外走去。

小结低声嘟囔了一句。

栩彤也感到吃惊，她们都没想到孟颐竟然会来她们班找洛抒。

还有十多分钟就上课了，孟颐下楼，朝着学校后面的操场走去。

洛抒和科灵到达学校操场的一处花坛后面。洛抒站定看向科灵，科灵也停住，略显紧张地看向洛抒。

两个人面对面地站着，洛抒开门见山地问："你喜欢孟颐？"

洛抒把这个问题直白地问出来，让科灵的情绪顿显慌乱。科灵没想到洛抒要问这事，下意识地否认说："我……我没有。"

洛抒怎么会信科灵这些话？她早就看出科灵和孟颐之间的关系不寻常了，说："你就别撒谎了，你到底喜不喜欢他？我也不是瞎子。"

科灵非常紧张，无比紧张。虽然科灵从未掩饰过自己对孟颐的感情，可也没想过有一天，会被人如此直接地拆穿，而且对方还是孟颐的妹妹。科灵感觉洛抒在审视自己，她的手不断地攥紧校服的口袋。

科灵知道自己根本无法掩饰，也撒不了谎。在洛抒的审视下，她很小声地说："我……我知道我配不上他。"

在两个人对话时，她们并没有察觉此时花坛外围有身影。那个人正好听到了科灵的那句话，停下脚步。

洛抒抱臂，望着科灵手足无措的模样，问："你们是不是在交往？"

洛抒完全就是逼问科灵，科灵涨红了脸，抬起头对洛抒说："我们没有交往，真的没有。"

洛抒不相信地问："真的没有交往吗？"

科灵再一次否认："真的没有，他怎么会喜欢我呢……"科灵说到这里时，脸上满是失落。

洛抒望着科灵失落的样子，收起脸上的笑容："科灵姐姐，不是你配不上他，是他配不上你。"

洛抒也不和科灵故弄玄虚了，直接在科灵面前捅破孟颐的秘密："他有自闭症。"

还不等科灵有所反应，洛抒又说："你以为他真的如你们想象中那样高不可攀吗？其实你们都不清楚，他在学校里不和人交流、亲近，是因为他是个自闭症患者。科灵姐姐，你知道什么是自闭症吗？"

洛抒望着科灵完全失焦的眼睛，残忍地摧毁科灵对孟颐的一切美好幻想。

科灵往后退了两步，有些无法接受这个事实。

洛抒将脸上的笑容逐渐转变成厌恶的表情："他这样的人能够给你什么？如果他不是我的哥哥，我都不愿意跟他这样的人一起生活。我今天和你说这些，是因为我觉得你还不错，也不想你被他的外表欺骗。这件事情到目前为止也只有我家里的人知道，全校学生现在还被孟颐的假象欺骗着。"

科灵颤抖着唇，不解地问："你们不是亲兄妹？"

科灵终于找回了自己的声音，一张脸惨白。

"我妈是他后妈，我们一个姓洛一个姓孟，怎么会是亲兄妹呢？"

"你很讨厌他？为什么要这样说他？我以为你们的感情很好。"

洛抒面无表情地答："没有人会喜欢一个有精神病的疯子。"

在花坛外围站立的人，攥紧手心。

没多久，他悄然离去。

花坛另一侧的两个人并未发现他。

科灵紧咬着嘴唇。洛抒在心里冷笑，觉得有些话说到这里就够了。科灵应该不会再缠着孟颐了吧？时间也正好，还有五分钟上课，足够洛抒走回教室。她没再同科灵多说，转身离开。

晚上放学，洛抒准时来到教室门口等孟颐。老师如往常一般拖了堂，不过今天只拖了五分钟。

洛抒在老师从教室内出来后，就站在门口不断地朝里头望着。高三的气氛比高一的气氛压抑多了，就算是下课了，也没有学生欢呼，大家不过是淡定地收拾好自己的东西走出教室。

科灵也默默地收着东西，可她不时地把目光落在一旁的孟颐身上。她真的不太相信，孟颐怎么会像他妹妹说的那样是个自闭症患者？她根本看不出他是一个患有精神疾病的人。孟颐的成绩在班级上永远排前三，他怎么可能是那种人？

孟颐如往常一样，安静且无表情地收着自己的东西。他背上黑色的书包，无声地从教室内离开，看到了早早地在教室门口等的洛抒。

科灵并没有发现洛抒来了，她所有的注意力被孟颐吸引。她想跟他说话，手紧捏着试卷的一角，可直到看着他从教室内离开，也没那个勇气。

洛抒站在教室门外朝科灵看。

洛抒觉得自己好像对科灵的幻想摧毁得还不够，可现在也管不了那么多了，只要孟颐和科灵没有交往，之后的日子他们未必能发展出感情。她真是不明白，那个科灵有什么好的？她怯怯懦懦的。自闭症患者真是没眼光！

在看着孟颐从教室内出来后，她从门口跳了出来，喊着："哥哥！"

她开心地望着他。

可今天的孟颐对她没有任何反应，冷漠地从她身边走过，像是没看到她这个人。就好像两个人第一次见面时，他对她的那种漠然态度。

洛抒觉得奇怪极了，回头看向从自己身边直接走过去的孟颐，不明白是怎么回事。

洛抒以为他没听见自己的声音，又立马追了过去继续喊着："哥哥。"

孟颐还是没有回头，只是自顾自地走。洛抒有些追不上他，只能用跑的。她追了上去，一把拽住孟颐的手臂，大声地喊："哥哥！"

孟颐终于停住，看向她。

那是怎样的一眼？洛抒无法形容。他那双眸子里只有刻骨的寒冷，没有一丝生气，竟然让洛抒忍不住打了个寒战。

他到底是怎么了，怎么会这样看她？

她的手有些抖，可她依旧拽着孟颐的手臂："哥哥，你怎么了？我在跟你说话，你没听到吗？"

孟颐的眼睑下有颗泪痣，那颗泪痣让他更显冰冷忧郁。

洛抒几乎要被这样的他冻住了。

孟颐只是平静地将她攀着他手臂的手拨开，然后继续朝前走。

洛抒站在后面发愣。

上了车，孟颐坐在车内望着车外。洛抒小心翼翼地坐在他身旁，没敢再开口说话，保持着很安静的状态。

到家后，孟颐先下车，径直朝大门走去。洛抒跟在他身后上楼，谁知他直接回了房间。洛抒想跟进去，可门直接被他关上了。她只能站在门口，抱着书包望着门。

洛抒站在门口，在脑海里回放着今天白天发生的一切。明明早上两个人去学校的时候还好好的，他对自己几乎是有问必答，怎么突然发生了这么大的转变？

洛抒想不通，先回了自己的房间。她以为孟颐只是突然心情不佳而已，第二天应该会有好转。

谁知，孟颐对她的漠然只增不减。那几天他几乎当洛抒不存在，无论她说什么做什么，他都视而不见，连保姆都感觉到了孟颐对洛抒态度的转变。

孟承丙和洛禾阳的蜜月旅行只持续了一个星期。因为工作上有突发状况，孟承丙不得不早早地带着洛禾阳回了市里。

他们是晚上到家的。洛抒早就接到了两个人即将到家的电话，一早便在门口等着了。差不多十点，洛禾阳和孟承丙才到家，洛抒为了表达想念，先是冲过去拥抱了洛禾阳，甜甜地喊着妈妈，紧接着，又拥抱了孟承丙，乖巧地喊着爸爸。

孟承丙虽然对蜜月旅行草草结束感到遗憾，可还是很挂念洛抒跟孟颐。他只看到了洛抒，和洛抒相互拥抱过后，便问："孟颐呢？"

洛禾阳正将行李拿给保姆去归置，笑着说："我们给你们带了礼物。洛抒，你去让哥哥下来。"

孟承丙也高兴得很，保姆将行李打开，连忙将早早准备的礼物都拿了出来。洛抒看了一眼楼上，态度不似之前那么兴奋积极。洛禾阳察觉出了问题，看着洛抒，孟承丙主动问了洛抒一句："洛抒，你怎么了？"

洛抒反应过来，忙答："爸爸，哥哥在楼上，我去喊他。"接着洛抒朝楼上跑去。

孟承丙同洛禾阳对视了一眼，笑着。他们本来还万分担心洛抒和孟颐在家里会相处不好，看来他们的担心是多余的。

两个人一同整理着礼物。洛禾阳给孟颐买的礼物非常多，而孟承丙自然就负责给洛抒置办礼物了。两个人正猜着哪件礼物洛抒会喜欢，哪件礼物孟颐会喜欢时，楼上忽然传来一声刺耳的物品破碎声。洛禾阳和孟承丙立马停下动作，朝楼上看去。

"发生什么事了？"洛禾阳问。

洛抒站在孟颐面前，而孟颐用冰冷的眼神看着她，她的脚边是碎掉的杯子。洛抒的手还停在半空中，她瑟缩了两下，强忍着眼泪，轻声说："哥哥，我怕你渴，所以才给你倒水。"

孟颐眼里的冷漠完全没有消退。对于她的话，他只给了她一个极其冷漠的眼神。他从椅子上起身，朝浴室走去。

洛抒站在那里望着他。

孟承丙和洛禾阳一同上来查看，正好看到洛抒站在一堆碎片前，像要哭泣，房间内不见孟颐的踪影。

他们一看就知道发生了什么。孟承丙最先冲了进去，问几乎要流泪的洛抒："怎么回事，洛抒？哥哥呢？"

洛抒看到孟承丙进来后，带着哭腔说："哥哥……去了浴室。"

孟承丙问："碎片是怎么回事？哥哥欺负你了？"

洛禾阳也适时走了进来，站在洛抒面前。

洛抒怎么知道那神经病到底在发什么疯？可她依旧维持着自己可怜、无助的形象，狠命地摇头说："没有，哥哥没有欺负我，是我不小心惹了哥哥。我以为哥哥口渴，给他倒水，谁知道自己没端稳，把杯子摔了。"

如果是洛抒自己摔了杯子，怎么会哭呢？没有谁会相信这番话。

洛禾阳只斥责洛抒："肯定是你没做好，洛抒。哥哥不会无缘无故地发脾气。"

孟承丙却很不赞同洛禾阳对洛抒的训斥，说："不是洛抒的错，禾阳，我去找孟颐。"

孟承丙朝浴室门口走，门正好打开了，孟颐出现在门口。他没有看房间内的任何人，只是朝着书桌走去。孟承丙想说的话到嘴边，却有些说不出口。

洛禾阳非常清楚孟颐对孟承丙的重要性，对洛抒说："洛抒，去给哥哥道歉。"

孟承丙想阻止洛禾阳，洛禾阳一把拉住他。孟承丙欲言又止。

洛抒在那里站了一会儿，过了好半晌才按照洛禾阳的吩咐，朝孟颐走去。她走到书桌边，站在孟颐面前，向孟颐道歉："哥哥，对不起。"

孟颐只翻着书，当洛抒不存在。

孟承丙望着这样的孟颐，在心里叹气，对洛抒说："洛抒，你和妈妈先出去，我跟哥说说一会儿话。"

洛禾阳也不清楚两个人之间到底发生了什么，听孟承丙如此说，便对洛抒说："跟我出来。"

洛禾阳最先走了出去，洛抒缓慢地跟在洛禾阳身后。

到达外面，洛禾阳停住，问洛抒："怎么回事？"

洛抒当然知道，洛禾阳问的不是杯子到底是谁打碎的。

洛抒自然是回答不上来的，她也不知道原因。孟颐突然之间就变成这样，她在怀疑，那天她说的话被科灵转告给了孟颐。

洛抒说："我不知道。"

"不知道？"洛禾阳冷眼看着洛抒，又问，"为什么会不知道？你们前段时间不是还很好吗？"

洛抒说："他突然间就变成这样了。"

"你做了什么？"

洛抒什么都没做过。至于那天科灵有没有把她的话转告给孟颐，她暂时也只是猜测，还没有确认。

这里不是说话的地方，随时有保姆上楼。洛禾阳直接进了洛抒的房间。

洛抒回头朝孟颐的房间看了一眼，皱着眉头，跟在洛禾阳的身后。

洛禾阳进了洛抒的房间，只对她说了一句话："看来你是想一辈子待在这里了。"

洛抒想都没想，直接回答："妈妈，我不想！"

洛禾阳冷冰冰地抛下一句话："既然你不想一直待在这里，那你最好别把事情弄糟糕，照今天这样的家庭氛围，你觉得我们能够取得他们的信任吗？"

不能，如果洛抒和孟颐的关系不和谐，洛禾阳是没办法取得孟承丙和孟颐的信任的。洛抒要离开这里去找小道士，便遥遥无期。

洛抒沉默不语。

洛禾阳也不再和洛抒多说，只是希望她明白事情的重要性。说完这些话，洛禾阳便起身从洛抒的房间离开。

洛禾阳很怕孟承丙会因为孟颐而对洛抒产生不好的想法。如果洛抒和孟颐相处得不好，很可能洛抒就没办法在这个家里久待了。如果洛抒和孟承丙的儿子无法相处，也会间接影响洛禾阳跟孟承丙的关系。

洛禾阳站在孟颐的门口，这时孟承丙正好从房间内出来，她立马换上笑脸。

孟承丙朝她走来，搂着她说："不要担心，没什么事。"说完，孟承丙便揽着她走。洛禾阳却说："承丙，不如送洛抒走吧？"

孟承丙皱眉，不明白洛禾阳为什么会有这种想法。他想了想，觉得是禾阳心地善良，事事为他着想。如今为了他，她还要送走自己的亲生女儿，他真是亏欠了她太多。而且这不是洛抒的错，虽然他不明白，孟颐为何会对洛抒有如此过激的举动。

"别再说这种话，禾阳，我们是一家人，我不允许你送走洛抒。我说过，从你嫁给我的那天起，我就把洛抒当成自己的亲生女儿。"

洛禾阳的眼睛里有泪光闪烁，她的担忧孟承丙怎么会不知呢？他心疼地安慰她："不用管了，你也累了一大了，先回房。"

第二天，洛抒又去找了科灵。这次她直接在食堂门口截住了科灵，她的直觉告诉她，问题一定出在这个科灵身上。

科灵抱着饭盒，有些害怕地望着洛抒。

食堂四周已经没有多少人了，洛抒也没有顾忌，直接问科灵："那天我告诉你的事情，你是不是都跟我哥哥讲了？"

"我没有。"科灵着急否认，她怎么会跟孟颐讲？

洛抒不太相信："你真没有？"

"我不是那样的人！"科灵平时都是细声细气地讲话，今天难得地大声起来。

洛抒觉得奇怪，既然科灵没有同孟颐说，那孟颐怎么会在那一天突然对自己冷漠起来？还是说……

"你和他分手了？"

科灵红着脸说："我们真的没有交往。我跟孟颐根本没有过接触，他……他很少跟班上的人交流。"

洛抒说："奇怪，他不是喜欢你吗？"

"他喜欢我？"科灵以为是自己听错了。

洛抒意识到自己透露了一个不该透露的消息。洛抒好不容易才摧毁了孟颐在科灵心里的形象，要是让科灵知道孟颐喜欢她，那她对孟颐的感情还不得死灰复燃？

洛抒皱着眉说："没事，我是胡说的。"

她相信科灵应该不会同孟颐说那些话，那问题就不是出在科灵这里。她暂时排除了科灵的嫌疑。

洛抒从食堂离开，往教室楼走，隔着老远，看到了孟颐。他在洗手池边洗脸，洛抒停住脚步望着他。

天气很炎热，孟颐的整张脸都覆上了冰冷的水珠，额前的发也被打湿了。他用双手撑在洗手池旁边，垂着头，对着水池发呆。

洛抒就站在那里，没有朝他走过去，也没有像以前那样黏着他。显然，孟颐也看见了她。他直起身，转身朝旁边走。

洛抒后面出现一个男同学，在她后背上拍了一下，跳到她身边："洛抒！你站在这里干什么？"

洛抒回过头，心情不佳地回了句："不要你管。"

男生嘻嘻哈哈地说："我就要管，今天放学去不去玩？"

"不去。"

"去啊，我请你吃鸡排。"

"排你个头！"

两个人在那里吵吵闹闹。

走远了的孟颐听到后头的吵闹声，想到了一句话。

"没有人会喜欢一个有精神病的疯子。"

下午放学，小结和栩彤见洛抒这几天没再一下课便往高三那边跑了，便问："怎么回事？你这几天不用去等你哥哥了？"

洛抒将书一股脑儿地塞在书包内，回："我懒得去。"

栩彤和小结感觉洛抒心情不佳，便问："晚上去玩吗？周小明说要去鬼屋，让我们带上你。"

洛抒哪里有玩的心思？她说："我得早点儿回去，我妈回来了。"她拿上书包，想走，可是起身又想到了什么。

不对，她还是得去高三那边。洛抒很快又朝教室外走。到了高三年级的楼梯口，洛抒却没有再上去，而是在那里站着等孟颐。

六点的时候，她等到了孟颐，在楼梯口处。

孟颐从楼梯上下来，从她身边经过。洛抒这次用两只手攀住他："哥哥。"

她是来示好的。

可惜这次示好并没有想象中顺利，在她攀住孟颐时，楼下传来周小明、小结以及栩彤的声音："洛抒！"

洛抒朝下看去，孟颐也看着楼下。

小结、栩彤还有周小明，齐齐抬头朝楼梯口看了上来，见洛抒攀着一个人，这才发现她跟孟颐在一起，便立马噤了声。他们来找她是想邀请她一起去鬼屋的。

洛抒没想到他们竟然还没走，还找来了这里，于是有点儿烦恼，正要说话，周小明在下面说了句："洛抒，走啊，我们去鬼屋。"

洛抒很想让他们消失，并且闭嘴。

果然下一秒，孟颐将她的手再次拨开，面无表情地朝楼下走去。

洛抒在心里咒骂了一句，周小明、栩彤、小结立马跑了上来。因为他们认识孟颐，还朝孟颐打了声招呼。虽然孟颐没有回应，但他们也没在意，从孟颐身边经过，围到了洛抒身边，激动地说："走啊，洛抒，晚上去鬼屋玩，很刺激。"

洛抒眼睁睁地看着孟颐离开。

周小明还一把将洛抒的书包从她背上拽了下来，说："快快快，我给你提书包，我们现在就过去。"

洛抒自然不会和周小明他们一起去玩。孟颐离开后，她也拒绝了朋友们的邀请，一个人打了一辆车回家。

她回到家里，发现孟颐去补课了，没有回来。孟承丙还没下班，可能在公司里。

洛禾阳站在那里，指点着家里的保姆干这干那。洛抒换了鞋子，对着厨房的方向唤了句："妈妈。"

也不知道洛禾阳是不是没听见，没有答应洛抒。洛抒没再叫妈妈，朝着楼上走去。她进了自己的房间，甩开书包，便坐在床上，又觉得累，干脆直接倒在床上，甩掉脚上的鞋子，无聊地晃着腿。她想破脑袋都没想明白，孟颐为何对她的态度发生了转变。

洛抒倒在床上躺了好一会儿，突然从床上坐了起来，沉思了许久，穿上鞋子出了自己的房间，往孟颐的房间跑。此时楼上正好没有保姆，孟颐也不在，洛抒在孟颐的门口往左右看了一眼，将门推开，猫着腰走了进去。

到达房间里头，洛抒四下环顾。她得在孟颐的房间里找找蛛丝马迹。

她首先在孟颐的床头翻了翻，除了几本书搁在那里，其余什么都没有。洛抒又去了孟颐的书桌旁，桌肚里除了书还是书。一向不爱学习的洛抒觉得孟颐这个人真是太过枯燥。

他不仅自闭，还是个书呆子！她在心里骂着。

骂完，她去各处找着线索，连电脑等学习用具都没有放过。找了二十多分钟，洛抒一无所获，反而把自己累了个半死。洛抒瘫在了孟颐的椅子上，仰着脑袋盯着头顶的吊灯，拿起桌上的书，翻开合上，合上翻开。

忽然，她的目光移到了离书桌不远的一个垃圾桶上。垃圾桶里有几张废纸。

洛抒从椅子上起身，朝垃圾桶走去，伸手将那几张揉成团的纸全捞了出来，一张一张地打开看着。

前三张纸上写着公式，洛抒也看不懂，觉得无趣极了，丢到一旁。她又从地上捡了一张纸打开，这次纸上不是那些枯燥的公式，而是一幅画。

是上次孟颐夹在书里的那张素描画。画上的女孩儿不再只有轮廓，他添上了脸。

洛抒拿着那张画仔细地看着，怎么觉得女孩儿不像科灵了？科灵的脸有些圆，这女孩儿的脸却尖而俏。科灵的眼睛虽大，可是经常是无神的，大家也很少见科灵灿烂地笑。科灵大多时候表现得很胆怯，而这女孩儿在灿烂地朝着谁笑，笑起来眼睛似一轮弯月。

女孩儿的唇饱满、小巧，而科灵的唇虽然小，却有点儿薄，不似素描画上的女孩儿那般饱满。而且两个人最大的不同是，科灵是及腰长发，而素描上的女孩儿，却是披肩中长发。

这个女孩儿不是科灵？

洛抒感到奇怪了，拿着那张画左右研究，莫名觉得这女孩儿似曾相识。忽然她怔住了，拿着那张素描画左右瞧了瞧，往孟颐的浴室狂奔。

进了浴室，她喘着气拿着那张纸，对照着镜子里的自己反复看了看，惊觉："这女孩儿不就是我吗？！"

洛抒还没回过神来，外面传来脚步声，似乎是保姆上楼了。洛抒将房间内的一切恢复原样，立马出了孟颐的房间。

晚上孟颐是十点回来的。他在玄关处换鞋子的时候，正好看到洛抒的小白鞋随意地放在那里。他将鞋穿上，准备朝里头走。洛禾阳从厨房内走了出来，看到了孟颐，隔着一段距离，露出笑容，亲切地说："孟颐，回来了啊。"

孟颐没有给她回应，径自朝楼上走去。洛禾阳也不在乎，意味深长地笑了一声，又进了厨房，维持着一个好妻子的形象，对保姆说："承丙不吃芹菜，菜里少放些。"

孟颐走到了楼上，洛抒正好站在他门口等着他。看到孟颐来了，她意味不明地喊了句："哥哥。"

孟颐停住了。洛抒挡在他的房门口处，这意味着他想进门，必须从她身边经过。

孟颐不想对她多说一个字，朝她走过去，隔着一段距离就伸手去开门。洛抒却直接张开双臂，挡在孟颐面前，不准他进去。

孟颐皱眉看着她。

他说了两个字："让开。"

两个人之间的距离很近，洛抒就站在他面前，仰头看着他，而他伸出一只手握住门把手，难免和她挡在门口的肩头有接触，那姿势像是把她搂住了。

洛抒听到了孟颐的那句话，但依旧不动，挑衅地和他对视着。

孟颐冷着脸，又一次说道："让开。"

洛抒忽然张开双臂，直接抱住孟颐的腰。

孟颐的脸陷在走廊暗淡的灯光里。

两个人一直都没动，如果此刻楼下随便上来一个人，一眼便可以看到这一幕。

孟颐在那里长久地站立着。

晚餐做好后，洛抒毫无异样地和孟承丙、洛禾阳在楼下吃晚餐，仿佛什么事情都没发生。而孟颐的房间寂静一片。

洛抒吃完晚餐上楼，经过孟颐的房门，朝那门看了一眼，便进了自己的房间。

第二天早上洛抒去上课。周小明依旧从洛抒的身后蹿出来，拍她的后背。洛抒回头瞪他："你是鬼吗？"

周小明朝她龇牙咧嘴地说："你还敢说，昨天你怎么不跟我们一起去玩？

你不知道，栩彤和小结因为你没去，都觉得没意思极了。"

洛抒今天心情还算不错，所以难得地回答了周小明的废话："我昨天有事。"

周小明委屈极了，问："有什么事比我们重要？"

洛抒懒得同他解释，敷衍地说："我就是有事啊，你管那么多干吗？"

她嘴上回着周小明，可心里在想着其他事。周小明像只烦人的苍蝇，在洛抒身边嗡嗡地叫个不停。

晚上洛抒没有像以前那样等孟颐下课，自己早早地回了家。十点，洛抒在客厅里同洛禾阳、孟承丙看着电视，孟颐进门，表情依旧是平静的。

洛抒倒是一点儿也没觉得不自在，挥着一个啃了一半的苹果，似往常一样朝进来的孟颐打招呼："哥哥！"

孟承丙坐在那里，也笑呵呵地问了句："孟颐，下课了？"

孟颐朝洛抒看了一眼，洛抒朝他咧嘴笑着。

孟颐面无表情地移开脸，朝楼上走去。

大家也没觉得有什么。洛抒打完招呼后，啃着苹果继续看着电视，而孟承丙则和洛禾阳聊着天，洛禾阳削着水果，三个人各自忙着各自的事情。

保姆在大厅内四处收拾着。

洛抒在楼下陪孟承丙、洛禾阳看电视到十点半，放下手上的苹果核，对洛禾阳和孟承丙说："爸爸妈妈，我有点儿困了，先上楼睡觉了。"

洛禾阳、孟承丙沉浸在二人世界里，也没多留意洛抒，只让她早点儿休息，她明天还要上学。

洛抒乖巧地应答着，从沙发上起身便上了楼。

洛抒朝孟颐的房间靠近，停在他的房门口。洛抒伸手推开门走了进去。

孟颐刚洗完澡出来，看到进来的洛抒。他拿着一块白色毛巾朝书桌前的椅子走去，头发未干，还擦，滴着水。他坐在开着台灯的书桌前，背对着洛抒坐着，用沙哑的嗓音说了两个字："出去。"

洛抒哪里会理他？她一步一步地朝他靠近，停在他身后，对着他的后背喊着："哥哥。"

孟颐的眼里有情绪涌动。他不知道想到了什么，声音比之前还要冷："出去。"

洛抒却再次朝他靠近，想要去触碰他的指尖，牵他的手。孟颐躲避着她，推着她。

可洛抒为了给他一个下马威，像恶霸似的对他说："哥哥，你不乖，你不乖我就欺负你。"

孟颐冷冷地别过脸，一向苍白的唇此时嫣红一片，就像初春的蔷薇。

洛抒凶巴巴地说："我命令你看着我，哥哥。"

孟颐终于抬头冷眼看着她。

洛抒见他配合，才一把握住他的手，满意地对他哼了一声，两个人的手心温度融合在一起，不过这种感觉转瞬即逝。洛抒松开他的手，很快跑了出去。

孟颐坐在那里，没有任何表情，过了好半晌，仰头盯着头顶刺眼的灯。

洛抒跑到门口又停住，对他下命令："哥哥，明天早上我要见到你，不然你知道后果的。"她命令完，也不等他答应，再次转身离开。

保姆正好给孟颐送药上来，见洛抒这个时候从孟颐的房间出来，觉得奇怪。不过，她也没多想，端着水和药进了孟颐的房间。

她见孟颐正背对着自己坐在椅子上，便轻步走过去说："还没休息？"

孟颐侧过脸看向保姆。其实保姆仔细看就会发现孟颐的情绪有些不对，他神色黯然。可保姆没有多看，只是将水杯和药放下，温声说："吃完药早点儿休息，明天还有很多的课要上呢。"

孟颐没有回应，只是异常安静地看着保姆放下的那杯水。

保姆盯着孟颐把药吃完，才放心离开。其实保姆照顾了孟颐这么久，很清楚孟颐的身体状况。他现在基本处于平静的状态，医生说只要一直保持，很快就可痊愈。可他还是偶尔要吃药调理。

第二天早上，洛抒一早起来见孟颐坐在餐桌边。当然，餐桌边还有孟承丙，她笑了，穿着校服跑到楼下，对坐在餐桌主位的孟承丙开心地道了句早安："爸爸，早啊。"接着她又看向孟颐，像是不知道他会等自己吃早饭，有些惊讶地问："哥哥，你还没走吗？"

孟承丙很高兴地说："你难得和哥哥一起吃早餐吧？"

洛抒说："可不是嘛，哥哥走得早，这段时间都是。"她的语气里带着妹妹式的埋怨。

孟承丙哈哈大笑，说："哥哥今天好像也起晚了。你们快吃吧，正好一起走。"

洛抒说了声："好。"她便乖巧地坐在了孟颐的身边。

之后他们吃完早餐，孟承丙送他俩去学校，一路上洛抒表现得规规矩矩，在孟承丙面前一副听话、贴心的样子。孟承丙偶尔也会同孟颐说上两句，但得不到回应。

从孟承丙的车上下来，洛抒对孟颐挥手："哥哥，再见，我们晚上见。"

因为实在太晚了，洛抒没时间再缠着孟颐，抱着书包朝楼上跑。孟颐站在那里看着她跑远，才转身离开。

午休的时候，洛抒又跑来找孟颐。孟颐刚从多媒体教室出来，正要回班里，洛抒挡在他面前，地点依旧是楼梯口。她似乎很喜欢在楼梯口堵孟颐。

她站在幽静的楼梯口，盯着孟颐。

洛抒伸出手抱住孟颐，在这空荡荡的楼道里。孟颐没有动，也没有反抗，更没有推开她，任由她抱着。洛抒什么都不做，就安安静静地靠在他的胸口上。

今天的天气特别晴朗，蓝天白云，外头偶尔有风吹进来。

洛抒就这样安安静静地抱着他，也不说话，风吹拂在两个人身上。

过了大约十分钟，洛抒松开他，又抬头看向他，幽幽地喊了句："哥哥。"

孟颐没有动，任由她贴着自己。

终于，洛抒勾唇笑了笑，说："哥哥，我去上课了。"

没多久，午休结束的铃声响起，洛抒从他身边经过去了楼上。

孟颐在那里站了好久才回班级。上课铃持续地响，孟颐还没到教室，科灵有些着急地朝外张望着。午休时，她也没见到孟颐。在她准备在老师进教室之前去找孟颐时，孟颐回来了，进了教室，也没有看谁，平静地坐在了自己的位置上。

科灵悄悄地侧过脸看着孟颐。

下午放学，孟颐要打扫班级卫生，所以和组员留下值日。洛抒又来了，热情地帮着孟颐打扫教室卫生。在孟颐的同学面前，洛抒表现得又活泼又积极，很讨大家喜欢，甚至还很热情地同科灵打着招呼。

科灵也只是对洛抒怯怯地笑了笑。

和科灵打完招呼，洛抒又朝孟颐跑去，喊着："哥哥。"然后，她留下来帮着孟颐打扫。

科灵发现孟颐似乎对他的妹妹洛抒也冷淡了很多，不似之前会配合她，给她反应。科灵不知道是不是自己的错觉。

可洛抒并没有觉得有什么不妥，依旧缠着孟颐说话。

做完值日，洛抒主动问科灵："科灵姐姐，你要不要跟我们一起走？"

科灵看向孟颐，立马说："你……你们先走吧。"

洛抒问："你真的不跟我们一起走吗？我们好像同路。"

科灵小声地说："不了吧……"

洛抒笑着不再说话，随着孟颐一起离开。

走到楼梯口，洛抒再次停住。这次她站在比孟颐高一阶的台阶上，问："哥哥，你是不是喜欢科灵姐姐？"

夏日总是那么长，傍晚，天空上仍有余晖，两个人的影子被拉得很长。

洛抒的裙子被风吹了起来。

洛抒又喊了句："哥哥！"

这次，她的语气是严厉的。

她忽然从台阶上走了下来，圈住孟颐的脖颈。

洛抒很小声地问："哥哥，你是木头人吗？"

孟颐垂着头。

"你看着我，好不好？"

她对他发出邀请。

孟颐整个人是静止的，包括现在。他任由她抱着，可是没有任何反应。两个人靠得极近。洛抒头抬得有点儿累，也不等他回答，干脆靠在他的脖颈处说："不想看我就算了。"

她说得漫不经心，手从孟颐身上刚放下来，就听到后面传来科灵的声音："洛抒，孟颐……"

两个人回过头，科灵刚锁了教室门过来。洛抒同科灵打招呼："你好，科灵姐姐。"

科灵没想到他们还没走，细声问："你们怎么还在这里？"

洛抒脸不红心不跳地对科灵说："哥哥说要等科灵姐姐。"

"啊？"科灵红着脸看向孟颐。

孟颐因为被洛抒圈着脖子，所以一直保持着低着头的姿势。在科灵看向他时，他微微抬头。科灵以为他要看自己，慌忙地别过眼，谁知孟颐根本没有往她这边看，只是抬起头沉默地朝楼下走。

科灵不难过是假的。

洛抒假装没看到她的难过。

洛抒笑着说："科灵姐姐，那我先走了。"

在那天孟颐结束值日后，洛抒又不见了人影。她对孟颐总是若即若离，时而亲密，时而不见踪影。那天说的话，更像是她无意间开的一句玩笑。

洛抒那几天都被栩彤、周小明他们"挟持"着。因为那段时间她专注于孟颐，一下课就不见了踪影，栩彤、小结、周小明开始激烈地抱怨洛抒。周小明那几天也不知道搞什么鬼，不断地在洛抒身边出没，还对洛抒非常殷勤。栩彤、小结、周小明神秘兮兮的，似乎在密谋什么。

周五那天，放学后，栩彤和小结第一时间就给洛抒下了通知，说周小明周六过生日，让她明天一早就去他家，不要迟到。

洛抒哪里还敢迟到啊？上次她没去鬼屋，她们就心生怨意。这次周小明生日，她再不去，恐怕这几个新朋友得同她绝交了。洛抒反复承诺自己会去，她们这才放心。

周六那天洛抒出去得特别早，晚上七点的时候还在周小明家里。周小明带了不少同学去家里做客。

他妈妈的手艺很不错，包的饺子无比好吃。洛抒在周小明家里待得快乐非凡。正当她盯着碟子内的饺子吃得无比满足时，周小明凑过来问："怎么样，洛抒？"

洛抒塞了满嘴的饺子，说："很不错，我太喜欢吃了。"

周小明笑嘻嘻地问："以后经常来我家吃怎么样？我天天让我妈给你做。"

洛抒没想到周小明这么好，问："真的？"

周小明说："我还骗你不成？只要你愿意，可以天天来。"

洛抒灵机一动："我来你家太麻烦了，你给我带行不行？"

周小明高兴地连忙点头："好啊好啊！只要你爱吃！"

周小明是"话痨"，凑在洛抒身边同她聊着。栩彤、小结和他们隔开一段距离，时不时地瞟向他们，不知道在嘀咕些什么。

同学们在周小明家里待到十点。周小明送走大部分同学后，周家还剩下栩彤、小结以及洛抒。洛抒彻底吃饱了，正要打电话，小结立马拦住洛抒，说："哎，我们送你回去，等会儿再走。"

"嗯？我们不同路吧？"

栩彤说："我们还有活动。"

"活动？"

周小明也忙说："洛抒，等会儿去放烟花吧！"

洛抒问："我们四个人？"

小结说："对，今天是周小明的生日，他的一个心愿就是一起放烟花。"

周小明用力地点头，眼神里带着祈求。

洛抒见洛禾阳还没打电话过来催，想了想，点头答应了。

于是晚上十点，四个人一起骑单车去市里的一条河边放烟花，周小明和栩彤、小结一直在挤眉弄眼，真不知道他们葫芦里卖什么药。

周小明在河边摆满了烟花，接着栩彤和小结分两路点着烟花。洛抒也挺喜欢放烟花的，正要过去凑热闹帮着点时，周小明一把将她拉住，着急地说："洛抒，你……你站在这里。"

洛抒皱着眉问："干吗啊，不是放烟花吗？"

洛抒的话音刚落，栩彤和小结把烟花全点燃了，就在那一瞬间，烟花砰的一声炸开，他们的头顶是绚丽的烟火。

洛抒仰头看去，周小明趁机从不远处的草丛里拿出一束百合花，飞快地冲到洛抒面前，在烟火的映照下，他的脸上是难掩的激动之色。他说："洛抒，给你花。"

栩彤和小结在那里起哄："花！快接！快接！"

洛抒简直要被这场景吓死了，无语地看着跪在她面前搞得像小丑的周小明。

几个人叽叽咕咕就为这事？洛抒没想到他竟然搞这么俗不可耐的一出戏，正想着怎么对他说自己讨厌百合。

可是比她的拒绝先来的是警察。

他们的罪名是，在禁止放烟花爆竹的地方，私自放烟花爆竹。

洛抒是被洛禾阳、孟承丙在半夜十一点带回家的。与洛抒一起回来的，还有一束花。洛禾阳简直要被女儿气到脸色苍白。孟承丙一直安抚着洛禾阳，说："没事没事，别生气。"

洛禾阳哪儿还顾得上形象，指着桌上那束百合花怒气冲冲地说："你才多大？你给我说清楚！你年纪轻轻，竟然就开始搞这一套！我平时到底是怎么教你的？"

洛抒垂着脑袋，完全不敢抬头，也不敢说话。

洛禾阳简直要被女儿气晕过去了，又问："这花是不是刚才那个男孩送的？！"

洛抒哪里敢说实话，只低着头说："花是那两个女孩儿的，不是我的，妈妈。"

洛禾阳没想到都这个时候了，女儿竟然还敢撒谎，伸手便要去打她，孟承丙立马将洛禾阳抱住："禾阳！不能打人！有话好好说！"

客厅内的动静闹得特别大，本来睡了的保姆都起来围观。

孟颐也站在楼上朝楼下看。

第四章

是我的

洛禾阳被气到有些说不出话来。她被孟承丙抱着，也动弹不了，只能指着女儿怒斥："你这个不听话的东西，给我跪下！"

洛抒在这方面倒是没有多扭捏，直接跪在了洛禾阳面前。孟承丙见洛抒跪了，便劝洛禾阳说："你看洛抒都跪了，这都半夜了，别发这么大的火了，想必是一场误会。"

洛禾阳快被气死了："能是误会吗？她才多大的年纪？花都搞出来了！大了还得了？！"

孟承丙安抚她说："这事情我们好好沟通，发火也没用，你看洛抒都认错了，就消消火气吧。"

孟承丙在洛抒这么多个继父当中，是最称职的一个了，简直比亲爸爸还要好。洛抒被洛禾阳打骂，他拦着，还对洛抒各种嘘寒问暖，从来都是笑呵呵的。

洛禾阳虽然生气，可多少还是会给孟承丙面子的。但是这并不代表这件事情就这么算了，虽然平时洛禾阳对洛抒管教相当松，可真到关键时候，该管的还是会管。洛抒是个女生，而且才高一，洛禾阳必须给她一个下马威。

洛禾阳给洛抒下命令："你给我在这里跪到两点。从明天起，晚上十点必须准时到家，不然，别怪我对你不客气。"

洛抒依旧不反驳洛禾阳，低着脑袋回了声："是。"

倒是孟承丙出声阻拦："禾阳，这……会不会太严厉了？洛抒是女孩子，怎么能……"

"就是因为她是个女孩子，所以我才会这么严厉。"洛禾阳如此说。

孟承丙毕竟是继父，也不好多说什么，只能说："好吧。"他看向老实地跪在那里的洛抒，颇为心疼。

大家闹了这么一出，时间到了十二点，也确实有点儿晚了。此时洛禾阳的气也快消了，她看着跪在那里的洛抒，只说了句："你在这里给我好好跪着。"

说完，洛禾阳便一脸气愤地回自己的房间休息了，反倒是孟承丙这个后爸担心地看了洛抒一眼，又怕自己再多说引起禾阳的火气，只得作罢。

没多久，客厅内只剩下洛抒在那里跪着，灯开着，光线比较暗。洛抒倒是觉得挺无所谓的，反正以前也不是没这样被罚跪过。她老老实实地在那里跪着打瞌睡。

到一点的时候，客厅内传来动静。洛抒睡得正香，被脚步声惊醒，立马抬头看去，发现孟承丙竟然在厨房里，不知道忙着什么。

她眯着眼睛瞧着孟承丙。

这时，穿着睡衣的孟承丙像个大小孩儿一样，偷偷摸摸地从厨房内端着牛奶和三明治出来。他见洛抒跪在那儿眯着眼睛瞧着自己，有些不好意思，笑着问："我是不是吵醒你了？"

洛抒不知道他要干吗，以为他饿了，便说："没有，爸爸，我刚醒。"

孟承丙端着牛奶和三明治走到跪着的洛抒面前，压低声音说："保姆都睡了，爸爸给你做了三明治，温了牛奶。你填填肚子，今天肯定累坏了。"

洛抒愣了几秒，没想到三明治和牛奶竟然是他给自己弄的。

孟承丙见她发愣，以为她怕被洛禾阳骂，忙说："你妈妈睡了，放心吃吧。"

洛抒盯着那冒着热气的牛奶，哦了一声，然后伸手将三明治抓住，放在嘴里咬了一口。

其实她并不饿，只是觉得三明治似乎还挺好吃的。

孟承丙见她乖乖地吃着，笑了笑，说："洛抒，不怪妈妈吧？"

怪？为什么会怪？这种事情在她的印象中，好像经常发生。洛禾阳的脾气不算太好，而洛抒又调皮，所以被罚跪是常事。

她咬着三明治，回答："不怪啊。"

孟承丙望着她，充满了慈爱，说："那就好，妈妈虽然罚了你，有些过激，但也是为了你好，所以你可千万不要怪妈妈。"

洛抒似懂非懂地点了点头。

孟承丙非常满足地揉了揉她的脑袋，说："吃完赶紧去睡吧，你妈妈我已经哄睡了。她醒来也是明天早上了。"

洛抒再次哦了一声。

孟承丙这才起身离开，进了自己的卧室。

洛抒跪在那里看着他的背影，继续咬着三明治。

吃饱喝足后，洛抒自然没有再老实地继续跪着，从地上爬了起来，朝黑漆漆的楼上看去。她冷哼了一声，想：她没睡，他也不能睡。

她去了楼上，偷偷儿地摸进孟颐的房间，里面特别黑，也没开夜灯。洛抒只能胡乱地走着，也不知道走了多久，好像摸到了……床？

好像是孟颐的床。

她继续向前摸，可谁知手才往前动了两寸，房间内的灯被人打开，孟颐从床上坐了起来，冷冷地看着她。

洛抒有些没想到，停下动作，朝孟颐喊了句："哥哥。"

孟颐拧着眉，表情还是冷冷的。

洛抒才不管他的冷漠呢，这对她来说一点儿杀伤力也没有。她又喊了句："哥哥。"她干脆爬过去，靠了过去。

孟颐没有动，他的脸半隐在光线里。

房间内很安静，洛抒缩在孟颐的怀里，闻到他身上有股很好闻的味道。她用鼻子在他的胸口处四处嗅着，说："哥哥，你真好闻。"

孟颐始终保持着侧着脸的姿势，没有动静。

洛抒在他的怀里打着哈欠："哥哥，你真的不打算跟我说话了吗？"

两个人离得如此之近，呼吸可闻，像是融为了一体。

洛抒念叨着："哥哥，你要是不跟我说话，我就一直跟你说话，一直一直，说到你很烦很烦为止。"

她又小声地问："哥哥，我们要不要成为最好的朋友？"

洛抒见他不答，又喊了句："哥哥，你回答我。"

她干脆从他的颈窝处挪开，低头去看他。

孟颐的眼眸里有了一丝波澜，他想躲避。

洛抒捧着他的脸，不准他躲开，硬要他回答。她小声地说："我们成为最好的朋友，好不好？"

孟颐无声地望着她。

洛抒又问："好不好？"

孟颐没再睁眼看她，垂下眼眸。下垂的睫毛再次遮挡住他眼里大半的情绪。

洛抒有时候是真的猜不到他在想什么。他大多数时候维持着同一个表情，就算是大罗神仙也不知道他想什么。

洛抒也懒得猜，直接态度强硬地说："你不答应也得答应。"她捧着他的脸，无比郑重地宣布，"你现在是我的了，你听见了吗？"

洛抒说完，实在是太困了，往他胸口上一栽，呼呼大睡了起来。

孟颐躺在那里听着她的呼吸声，用双眸望着这沉沉的黑夜。过了好半晌，他微不可闻地嗯了一声。

第二天，洛抒醒来发现自己竟然在孟颐的床上。

她猛地翻身，仔细地想了想，这才记起昨晚的事情。她又放心地往后躺，舒服地长叹一声，继续闭着眼睛睡觉。

这时门那边传来响动，洛抒的身子猛地变得僵硬，她从床上坐了起来，瞪大眼睛看向门口。

进来的人是孟颐。他将门关上，看向躺在他床上的洛抒。

见来人是孟颐，洛抒又瘫了下去，闭着眼睛迷迷糊糊地说："哥哥，我等会儿就走，让我再躺一会儿。"

孟颐也没催她。其实时间还早，他只是习惯性地起得早而已。他坐在椅子上翻着书。

外面有鸟叫声，屋内是洛抒的呼吸声。

两个小时过去后，孟颐看了一眼时间。他得出门了，可床上的人还没有要醒的迹象。孟颐走了过去。她整个人都蒙在了被子里，他看不见她的脸。

孟颐想伸手拿开被子，可是在触碰到被子时，又换了想法。他轻轻地拍了拍她，她还是没动静。他小声地说："我给你定了闹钟，十点要准时醒。我先去上课了。"

洛抒显然没听见。

孟颐再次拍了拍洛抒，转身去收拾东西。

就算是星期天，他的时间表也排得很满。孟颐出房门时，还停住脚步往房间内看了一眼，这才离开。

十点的时候，洛抒果然醒了，关了闹钟，晃晃悠悠、迷迷糊糊地回了自己的房间。十点钟，保姆正好来孟颐的房间打扫。

洛抒回自己的房间继续睡。昨天因为闹了那么一通，又睡得很晚，所以她直接睡到中午。

中午的时候孟颐也下课回来了。洛抒正和孟承丙、洛禾阳在厨房里包饺子，一家人看上去其乐融融。洛抒正包着一个白菜馅的饺子，没发现孟颐回来了。她和孟承丙站在背对着大厅的方向，两个人在那里比谁捏得好。

这时，洛禾阳瞧见了孟颐，放下手上的擀面杖，笑着说了句："孟颐，回来啦？"

洛禾阳又对洛抒说了句："洛抒，问哥哥要不要一起来包饺子。"

洛抒回头，立马朝孟颐跑了过去，问："哥哥，要不要包饺子？"

洛抒拉着孟颐，孟颐难得地跟着进了厨房。

孟承丙对洛抒说："洛抒，你教哥哥怎么包。"

洛抒接了任务，便对孟颐说："哥哥，得先洗手。"

孟颐按照她的话，走了过去，在水池内清洗着双手。

今天他怎么这么听话？洛抒在心里想。

孟颐洗完手后，她又说："哥哥，你看着我做。"

孟承丙是一个非常热爱家庭的人。他看着孟颐在跟洛抒学包饺子，格外高兴。他和洛禾阳结婚前，家里只有他和孟颐。他那时工作也忙，加上孟颐自闭，两个人几乎不交流。回到家，他时常感觉到安静、落寞。如今娶了洛禾阳，又多了一个贴心的洛抒，他才算真正地收获了家庭的温暖。

孟承丙在吃饭的时候，还难得地喝了点儿酒。洛禾阳怕他喝醉，劝着他，让他少喝点儿。

一家人吃完午饭，洛抒的电话响了，她抢先上了楼，孟颐朝楼上看了一眼。

孟颐因为下午还有课，也先回了房间。

好像一切没什么不同，下午的时候孟颐又出门去上课了，洛抒为了在洛禾阳面前老实地表现几天，就待在房间里没出门。

晚上孟颐上完课回来，洛抒正在房间里听歌，音乐声开得极大。她正倒在床上玩游戏，孟颐在外面敲门。

洛抒起先没听见，音乐声太大。接着，门外又传来敲门声，洛抒说了句："进来！"

孟颐推门进去。

洛抒瞟了一眼："哥哥？"

她从床上坐了起来。之前孟颐没进过她的房间，这是第一次。

孟颐提着吃的走了过去，把吃的放在洛抒的身边。

洛抒忙从床上站了起来，立马走过去将孟颐放下的东西打开，是她最爱的炸鸡和奶茶。洛抒问："哥哥，你是给我买的吗？"

孟颐点头。

洛抒看向炸鸡和奶茶，若有所思。

在孟颐准备离开她的房间时，洛抒说了句："哥哥，等等。"

孟颐停住。洛抒从床上跳了下来，走到他面前，问："哥哥，你为什么给我买这些？"

她伸手钩住他的脖子，笑着说："哥哥，我明天想吃蛋挞。"

孟颐点头，嗯了一声。

"后天想吃煮丸子。"

"好。"孟颐答应着。

"那你摸摸我的头。"

洛抒整个人挂在孟颐的身上，他伸出手轻轻地、温柔地摸了摸她的脑袋。

洛抒灿烂地笑着，在他身上不肯下来。孟颐站在那里，任由她挂在自己身上。外面的走廊上传来脚步声，洛抒立马放开孟颐，回到床上。孟颐看向门口，又看了洛抒一眼，便离开了。

孟颐走到外面，发现在走廊上走动的是一直照顾自己的保姆。不过保姆正好进了他的房间，并没有看到他是从洛抒的房间出来的。

孟颐也顺势跟着保姆进了房间，保姆听到脚步声回过头，看到孟颐，问："您刚刚去哪里了？"

孟颐轻声说："我刚从楼下上来。"

保姆笑着将牛奶放下，说："早点儿休息。"然后，她离开了孟颐的房间。

第二天早上，一向很早就到学校的孟颐竟然难得地迟到了。早自习开始了，他的座位还是空的，这是从来都没有发生过的事情。科灵有些担心地抬头朝教室门口看去。就在她抬头的那一瞬间，孟颐正好匆匆赶来。

外面下着雨，他的头发和衣服被雨水打得有点儿湿，脚步显得有些匆忙。

科灵想：出什么事了吗？他怎么这么晚才来？

孟颐走进教室，在座位上坐下。科灵朝他看去，看到孟颐的侧脸。不知道是不是她的错觉，她总觉得孟颐一向平静的脸上有着一丝不常见的喜悦之情，他的唇角还带着一丝若有似无的笑意。

这是科灵第一次看到他的脸上出现这样的表情。

孟颐用纸巾擦拭着打湿的额发，他的鼻梁上还沾着水珠，睫毛上都是水雾。他逐一仔细地擦拭完，老师也正好进教室。孟颐恢复平静，拿着笔，开始认真地看书。

有种直觉告诉科灵，孟颐今天早上迟到，应该是和女生有关，因为他的外套不见了。他只穿了件黑色的短袖，下身穿着黑色的校裤。这证明他今天有穿外套出门，可是外套不见了。他把外套给了谁呢？

这种直觉让科灵的心情跌入了谷底。

孟颐之后都很安静地坐在座位上。

科灵看到孟颐的外套，是在操场上。中午，洛抒正好和同学在科灵前面打闹，科灵只看了一眼，就认出了孟颐的外套。

今天的天气有点儿凉，洛抒穿了两件校服外套，孟颐的外套却不见了。科灵如此一联想，答案自然就出来了。

不知道为什么，科灵那颗沉闷的心就像是安全地落了地。原来外套被他给了妹妹。

那几个打闹的学生走远了，科灵才安心地回了教室。等到了教室，她却没有在座位上看到孟颐。平常这个时候孟颐大多会在教室里的。

科灵在教室内四处看着。

孟颐来到了一处楼道里，刚停下脚步，一个身影从他身后出现。孟颐回头，穿着校服的女孩儿便扑进了他的怀里取暖，说："哥哥，我里面的衣服都是湿的。"

她埋在他的胸口上，明明孟颐还穿着短袖，而她却穿了两件外套。

孟颐看着在自己怀里取暖的女孩儿，沉默了半晌，问："要不要回家换衣服？"

"这样多麻烦。"

她不肯。

两个人今天早上来的时候，全淋湿了。

到下午快要上第一节课的时候，他才赶回去。

晚上洛抒没有等孟颐下课，可能是因为天气太冷先回去了。孟颐还有校外的课要上，好在乔叔来接他的时候，给他带了外套。孟颐穿上外套，将外套的拉链拉到最上方。他问了乔叔一句："洛抒呢？"

乔叔回："太冷了，她今天先回去了。"

孟颐猜到了。他看着窗外，不知道在看什么，目光似乎停留在路边的店铺上。

等到达上课的地方，孟颐下车，乔叔在车内等他下课。

差不多十点，孟颐走出来，拉开车门上了车。

乔叔开动车子离开。路过一家丸子店时，孟颐说了句："乔叔，停下。"

乔叔听到孟颐的吩咐，立马找停车位将车停下。孟颐从车上下来，之前已经刮过大风、下过大雨了，路边全是被狂风刮落的树叶，马路上的雨水泛着冷光。孟颐穿着运动外套，朝着丸子店走去。

在店内，他对服务员说："要一份不辣的煮丸子。"

服务员看了他一眼，快速地替他准备着。孟颐在那里耐心地等着。过了六分钟，丸子好了，他提着丸子从店内出去，走到黑色的轿车旁边，将车门拉开坐了进去。

孟颐从来不吃这些东西。乔叔忍不住想：他这是给谁买的？

孟颐没说话，安静地坐在后座上。

乔叔再次发动车子离开。

孟颐回到家里，已经十点半了。他提着丸子走进家门，外面又下起暴雨。孟颐换了鞋子便朝楼上走，没有进自己的房间，而是进了洛抒的房间。

洛抒正缩在被窝里睡觉，屋内的灯全打开了，外面是雨打在玻璃上的响声，还有狂乱的风声。孟颐想：今天确实够冷的，也不知道她今天早上有没有感冒。

孟颐提着丸子过去。

太冷了，她用被子将自己严严实实地裹住，对孟颐说："哥哥，你喂我，我不想出来。"

孟颐看了她一会儿，没动。

她不开心地又喊着："哥哥。"

孟颐只能配合地将煮丸子拿出来。她坐在那儿看着孟颐，他用勺子舀了一颗丸子，递到她嘴边。她笑了，张嘴含住。

洛抒懒懒的，又张开嘴。

孟颐只能又舀了一颗丸子喂给她。

洛抒满足得很，眼睛眯得弯弯的。她身上穿着睡衣，头发睡得很蓬松，在灯光下一副温柔的样子。

孟颐的神色平静。他喂她吃完丸子。

洛抒问："哥哥，你冷不冷？"

孟颐摇头，说："不冷。"

洛抒问："是吗？"

孟颐："嗯。"

她用被子裹住他，瞅着他："哥哥，帮我写作业好不好？"

她盯着他。

孟颐沉默，洛抒又开始喊哥哥。她想了想，又说："这是好朋友该做的事情。"

她静静地看着他。

孟颐又嗯了一声。

得到他的回复，洛抒笑了，事情好像发展得越发顺利了。

她将作业彻底地抛给了孟颐。高一的作业对孟颐来说很简单。洛抒在一旁若有所思地看着这个哥哥。

孟颐给洛抒写作业时，在课本内发现了一张小字条。这应该是上课时，同学写给她的，他拿着那张字条看了一眼，是男生的字迹。

孟颐将那张字条紧攥在手心，垂下眼睫。

洛抒翻了个身，拿着手机给朋友发短信。孟颐看了一眼，收回目光。

半个小时后，孟颐替洛抒完成了作业。他回过身，温和地对洛抒说："写好了。"

洛抒却睡着了，握着手机。孟颐看向她的手机，克制住自己去碰手机的冲动，替洛抒盖好被子，轻声地同她说了句："晚安。"

话毕，他便安静地从她的房间离开，顺便关了她房间里的灯。

早上，洛抒是被电话吵醒的。她迷迷糊糊地拿着手机放在耳边接听，里头传来周小明咋咋呼呼的声音："洛抒！我在你家门前，你起了吗？！"

洛抒立马睁开眼睛，睡意全无，从床上爬起来，便冲到阳台上，周小明骑在单车上朝洛抒用力地挥手，高声喊着："洛抒！"

同周小明在一起的还有小结跟栩彤。

洛抒立马跑了下去，跑到院子外："你们怎么来了？"

小结抬头瞧着房子，对洛抒说："洛抒，这真的是你家？"

洛抒往左右看了一眼，说："是啊。"

"这里是本市寸土寸金的富人区！同学们传你家很有钱，原来你们家是真的很有钱啊！"

洛抒对这个没什么概念，只知道这里是别墅。她说："也就那样。"

周小明似乎被伤到了自尊，不满地说："许小结，我以后也会很有钱的好不好？"

许小结说："你算了吧，这地方的房子我看你是一辈子都不可能买得起了。"

洛抒知道周小明的心思，也故意气他："可不是吗？"

"你……"周小明被气个半死。

小结抱着洛抒，对洛抒简直又是羡慕又是嫉妒。

栩彤怕他们饿起来，立马催促着说："赶紧出去吧！"

洛抒见他们这么着急，说："我还没吃早餐呢。"

周小明也催着她："你快去骑你的单车，我们在路上买早饭吃。"

洛抒翻了个白眼，很怕洛禾阳看到周小明。毕竟那件事情刚过去不久，他可差点儿害死了她。她只能快速转身进了院子，去了楼上换衣服，很快就骑着单车出来了。

三个人在那里等着她，洛抒骑单车还不是很熟练，骑得歪歪扭扭的。周小明在她后面扯她的头发，说："你笨死了，我载你吧。"

洛抒怒视着他："谁让你载？"

周小明手贱，又去扯她。

孟颐坐在阳台上，正好看到这一幕。他垂着头，过了好半晌，从椅子上起身进了房间。

孟颐今天不用去学校上学。有个市区的比赛，学校选派了孟颐去参加，他要去三天。车子在楼下等他。

孟颐上了车，车子便从院子内离去。

洛抒不知道孟颐有比赛要参加，晚上回到家没看到孟颐，以为他还在上课没回来。谁知在吃饭的时候，她听孟承丙说学校有个比赛，派了孟颐去参加，孟颐要几天后才能回家。

洛禾阳听着，很是担忧地问："孟颐的学习任务会不会太繁重了？"

和洛抒比起来，孟颐的学业真的很繁重，每天都排满了课。孟承丙给孟颐安排的课外班也很多。而洛抒整天除了在学校里学习，就是玩玩玩，也没见有别的什么事情要操心。

孟承丙却说："现在孟颐读高三，任务自然是紧。他下学期就要高考了，虽然我知道他没问题，可也不能只关注高考。高考只是人生的一个过程而已，他高考没什么问题，保送直接进大学都行。他现在要学的是大学以及大学以后的知识了。"

洛禾阳有些没想到："你帮他安排得这么长远？"

孟承丙笑着说："我为他打算得也不够长远，身边的朋友们都是这么教育孩子的。"

孟承丙的话里全是对孟颐的期许和看重，洛禾阳和洛抒相互看了一眼。

很快，洛禾阳笑着说："也对，我听说孟颐的学习成绩一直都很优异。"她又看向洛抒说："你向哥哥好好学学，你看哥哥的成绩，再看看你，整天除了玩，还是玩。"

孟承丙却不这样认为，在一旁说："洛抒是女孩子，应该娇生惯养，哪里像男孩？我家洛抒以后就算学习成绩不好，也有爸爸养着，哥哥养着，一辈子轻轻松松的，多开心。"

孟承丙是真的把洛抒当成自己的女儿了，虽然没有替她规划什么，却已然有了要养她一辈子的心思。

洛禾阳却假装责怪他，说："你快别这么跟她说，她听了你这番话，肯定会越来越不努力的。"

孟承丙笑着说："不努力没关系，洛抒开心是最重要的。"

洛抒也适时拍着孟承丙的马屁，说："哥哥厉害就行！"

孟承丙朗声笑着。

洛禾阳也在一旁跟着笑，晚餐气氛倒是相当愉快。

如洛禾阳所料，孟承丙果然把孟颐看得很重。不过他竟然对孟颐能不能担当重任没有任何顾虑，似乎铺好路后，就只等着孟颐自己来完成。

洛抒倒是没有多想。她对这方面没什么概念，只按照洛禾阳的指示做事情。

孟颐去比赛的这几天，洛抒倒是乐得轻松，不用时刻去跟孟颐"刷好感"，快乐到几乎要飞起来，有大把的时间跟小结、栩彤去玩。

洛禾阳那几天可能在专注地思考着什么事情，也没怎么管洛抒。

放学后，洛抒和许小结他们走街串巷，玩得不亦乐乎，就连三天后，孟颐比赛完要回来的事情，也忘得一干二净。孟颐结束比赛那天，她还在外头和许小结他们疯玩。

孟颐比赛完，回家比较早，六点就到了。平时六点洛抒已经放学回家了，可是那天她没有回家。

孟颐坐在客厅里，心情有些沉闷。

七点，洛抒还是没有回家。晚上十点，似乎有什么人送洛抒回来了，外面黑漆漆的，孟颐坐在客厅里看不太清楚，但他知道送洛抒的人里应该有个男生。

洛抒向他们挥了挥手，偷偷儿地走了进来，走到客厅，一看到坐在沙发上的孟颐，惊讶地喊了句："哥哥？"

她的表情显然透露出她没想到孟颐今天会回来的意思。

孟颐坐在沙发上看向她。

洛抒抛开书包，看了一眼厨房，见没人，表情倒是转变得很快，朝着孟颐走过去，黏着他："哥哥，你怎么回来都不告诉我一声？"

孟颐沉默了半晌，温声说："嗯，我刚回。"

洛抒哦了一声，嘿嘿笑着，问："比赛怎么样？"

孟颐回："还好。"

洛抒哦了一声，想了想说："那我先上楼了，哥哥。"

很快她便从他身边离开，朝着楼上跑去，很快乐。

孟颐坐在那里看着她。

洛抒上楼后，孟颐也跟着上楼，但没在房间里看到洛抒。她在浴室内洗澡，从房间里头传来她快乐的歌声。

孟颐站在洗手间门口，目光落在洛抒随手丢在沙发上的手机上。

孟颐走了过去，在沙发旁站了一会儿，手动了两下，最终伸手将洛抒的手机从沙发上拿了起来。洛抒的手机似乎没有设置屏幕锁，他可以直接打开。

孟颐查看了洛抒所有通信工具的聊天记录，里面都是同学之间的玩笑和普通对话。还有一些群聊消息，孟颐也一一查看，目光停在她和一个叫周小明的人的对话框上。

周小明正好发来消息，问洛抒："这个星期六要不要去野炊？"

孟颐将手机放下。

这时，洛抒正好哼着歌从浴室走出来，看到孟颐站在自己的房间里，便喊："哥哥。"

她没有发觉什么异常，跑到他面前，撒娇耍赖，说："哥哥，我好想你啊。"

她哪里有想他？这三天她几乎要把他忘光了。如果刚才不是在客厅里看见他回来了，她都已经忘记他出去了三天。

孟颐随她抱着自己。

洛抒抱了他一会儿，问："哥哥，你想不想我？"

孟颐嗯了一声，难得地回了洛抒一句。

洛抒问："真的吗？"

他再一次回答："想。"

洛抒欣喜地笑着问："那你帮我做作业好不好？"

她眨巴着眼睛。

这可能是她唯一一想他的理由。

孟颐再次点头。

他现在对她百依百顺，没有什么要求不答应。

洛抒便拉着他去自己的书桌旁，把自己的作业全拿了出来，开始卖惨："哥哥，这些作业都要做，老师这几天布置得可多了，我从下午回来，就开始写。你没在的这几天，我一直在家里写作业。"

她把自己说得很惨，孟颐在那儿安静地听着，翻着本子，发现她让自己做的作业其实是两天的量。

知道她在卖惨，孟颐还是伸手摸了摸她刚洗的头发，轻声回了句："嗯，好。"

洛抒看着他，就像在看一台自动写作业机器。接着她便跑到沙发旁，自顾自地玩手机了。

孟颐坐在那儿看了她一眼，神情有点儿忧郁。

星期六的那天早上，洛抒一早就准备溜出去玩。孟颐忽然出现在她身后，伸手拉住她。

洛抒回头，没想到是孟颐，喊："哥哥。"

孟颐问："要出门吗？"

洛抒是背着洛禾阳出去的。她对孟颐说："同学约我出去玩，哥哥，我晚上就回。"

她想拨掉孟颐的手，孟颐问："是男生吗？"

洛抒说："有男有女。"

洛抒不明白他今天为什么会问她这么多。她看向他。

孟颐逐渐放开她的手，说："嗯，那……早点儿回。"

洛抒看着他，眼神里充满了疑惑。他怎么了？他怎么看上去有点儿不高兴？

洛抒本就玩心重，不再同他多说。眼看着洛禾阳就要起床了，为了哄孟颐，她走过去，说："哥哥，我先走了。我会早点儿回的。"

洛抒说完，转身就跑。

等她跑到楼下，看到一个保姆，便对保姆说："阿姨，中午跟晚上我不回来吃饭，你跟我妈说一下，我十点就回。"

说完，洛抒就冲了出去。

孟颐站在二楼走廊上，过了许久，回了房间，一个人安静地坐在房间里。

那一整天，孟颐都没有出门。

下午的时候，保姆想让孟颐下楼吃晚饭。可是她推门进孟颐的房间时，闻到了淡淡的血腥味，以为是自己的错觉。她再次用力地嗅了两下，血腥味若有似无的，而且孟颐此时正安静地坐在书桌前，看上去和平常无异。

保姆便说："孟颐，先生在楼下问您今天下楼吃饭吗？"

孟颐回头看向保姆，说："我不太饿。"

孟颐是拒绝的意思，保姆又说："那我把晚饭端上来。"

孟颐收回目光，没再看保姆。

保姆离开时，好像又闻到了一丝血腥味，可是味道很淡。她出去了。

之后保姆送饭进来，孟颐还是坐在那里。

保姆将饭放在不远处的桌上，忽然看到椅子脚下好像有一两滴什么液体，凝眸一看，发现孟颐垂在椅子扶手处的手腕上有血液流下，整个人跌坐在地上。

孟颐却平静地看向她。

保姆从地上起来，踉跄地朝外走去，厉声喊："先……先生！不好了！不好了！"

呼喊声是从孟颐的房间传出来的，孟承丙和洛禾阳都在楼下，忙起身朝楼上跑去。

洛抒并不知道孟颐自残了。这件事情发生的时候，她还在外面。在回来的路上，她在一条巷子里，看到一个很熟悉的背影一晃而过。

小道士，是小道士！

洛抒疯了一样地冲了过去，不顾马路上的车流。那巷子里站了许多小社会青年，他们早早辍学，整日偷鸡摸狗。洛抒紧盯着那个黑色的身影。她冲到那个瘦弱的人后面，将他用力一拽："小道士！"

那人被洛抒拽着回过头，却是完全陌生的一张脸。那些小社会青年瞬间全朝着洛抒围了过来。

洛抒下意识地往后退。被洛抒拉着的人冷着脸问："你干吗啊，找死？"

洛抒发现自己看错了。她往后退着，这才发现身边围着的都是些小社会青年。

洛抒是见惯这种场景的人，立马诚恳地道歉："对不起，我以为你是我哥哥。"

那穿着黑色衣服的小年轻见她还是学生模样，又听她说把自己错认成了她的哥哥，倒是没怎么为难她，只说了句："小妹妹，眼睛长好些，自家哥哥都能认错，是亲哥哥吗？"

洛抒忙说对不起。

对方也懒得跟她计较，继续朝巷子深处走。

洛抒立马往时的方向跑。

那些人从巷子口消失了。

他居然不是小道士，可背影太像了。洛抒说不清楚那种失落感，本来还算好的心情，顿时一落千丈。她是走回家的。

回到家里，她却发现房子内空荡荡的。她四处看着，这个时候孟承丙一般会在客厅里看电视。她瞧见一个保姆，便走了过去问："阿姨，我妈呢？"

那保姆沉默了半晌，还是告诉了洛抒："太太和先生去医院了。"

"医院？"

保姆说："孟颐出了点儿问题。"

"哥哥出问题了？！"

洛抒暂时不知道孟颐出了什么事，那保姆也没有说。洛抒问了医院的地址，便朝医院赶。

到了医院，洛抒正好看见医生在和孟承丙、洛禾阳说着什么。她走近了些，正好听到医生问："他是不是受什么刺激了？最近的生活有没有什么变化？"

那医生拿着手上的病历夹翻看着，说："这几年孟颐的情况都很稳定，如果生活上没有变化，怎么会突然发生这样的事情？"

孟承丙仔细地回忆，对医生说："这段时间，我们的生活好像一直都很平静，没什么特殊的事情发生。"

医生疑惑地问："是吗？"

孟承丙确定地说："是的。"

他们的生活确实没有太大的变化，除了他再婚。但是孟颐在他再婚后，情绪也一直很稳定，接受了洛抒和洛禾阳，自闭症甚至还有点儿好转的迹象。他实在不清楚，儿子怎么突然就做出这种过激的行为。

医生又问："他在学校里有问题吗？"

孟承丙问："您指的是哪方面的问题？"

医生说："比如情感方面的问题。"

孟承丙连忙否认，说："没有没有，孟颐在学校里也很少和人接触。我已经问过他班上的老师了，他绝对没有感情问题。"

"那这件事情就太蹊跷了。"

洛禾阳在一旁安静地听着。

医生同他们谈了一会儿，合上病历夹，说："再密切关注他一下吧，也有可能是高三的学业压力太重了。"

孟承丙也只能这样去猜测。

医生走后，洛抒走了过去，喊了句："爸爸，妈妈。"

洛禾阳和孟承丙回头，看到洛抒。洛禾阳问了句："你怎么来了？"

洛抒表现出一脸担心，问："哥哥怎么样？是不是身体不舒服？"

孟承丙安抚着洛抒："哥哥没事，正在休息。"

洛抒很奇怪，怎么她刚出去时孟颐还好好的，这会儿他就进医院了？之前她也没看出他的身体有哪里不舒服啊。

洛抒问："那我可以去看看哥哥吗？"

孟承丙想了想，说："走吧，我们一起进去。"

三个人便一起走进病房，病房内很安静。洛抒跟随着他们进去，护士正好在孟颐的病床边给孟颐的手腕换纱布。洛抒毫无防备地看到孟颐手腕上的伤口，吓了一跳，身子抖了一下。

洛禾阳没有靠近孟颐，连忙拉着洛抒。

孟承丙走了过去，孟颐正安静地靠在病床上，平静地看向洛抒。

洛抒的手紧攥着洛禾阳的手。

孟承丙倒是没怎么注意孟颐的目光，笑着问："你感觉怎么样？好点儿了吗？"

孟颐把目光从洛抒身上收回来，看向孟承丙，淡淡地嗯了一声。

他们都不提孟颐自残的事情。孟承丙又看向孟颐刚换好纱布的手腕，问："最近是不是有什么不开心的事？"

孟颐很少跟孟承丙吐露什么心事，孟承丙也猜不到，所以很想认真地和儿子谈一谈。

孟颐很疲倦地说："没有，我挺好的。"

孟承丙试探性地问："在学校呢？"

"也挺好。"

孟承丙从孟颐身上完全问不出什么，就不再问，对门口站着的洛抒说："洛抒，来跟哥哥说一会儿话。"

洛抒的样子却有些迟疑，孟颐也看着她。

洛抒看向洛禾阳。洛禾阳轻推了她一下，洛抒只能朝孟颐走过去，喊着："哥哥。"然后她在他的床边站定，问："你……怎么了？"

孟颐望着她，目光不再游离。

孟承丙看向洛抒，洛禾阳立马走了上来，推了推洛抒，说："你一天到晚就知道去外面野。你们是同龄人，你陪哥哥说一会儿话。"

洛抒忙点头，在孟颐的床边趴下，问："哥哥，我给你削苹果怎么样？"

孟颐嗯了一声。

这时医生又过来了一趟，像是有事情同孟承丙说。孟承丙让洛抒陪着孟颐，带着洛禾阳出去了。

洛抒正要拿苹果，孟颐主动问了句："吃饭了吗？"

洛抒的手在果盘上顿住了，她的声音有些抖："我……我……"

孟颐脸上不带情绪地凝视着她。

洛抒不知道为什么隐隐约约觉得这件事情跟自己有关系。正当她蹲在那里时，外头传来孟承丙的声音。孟承丙让洛抒出来一下。

洛抒有点儿慌了，是不是孟承丙发现了什么？她有些忐忑不安地看向孟颐，孟颐靠在床头，也看着她。

孟承丙他们在外面等，洛抒便说了句："哥哥，我出去一下。"

孟颐嗯了一声。

洛抒只能往外走，到了病房外，洛禾阳朝洛抒走来，问："你知道哥哥在学校里的情况吗？"

洛抒下意识地问了句："哪……哪方面的？"

洛禾阳说："他有没有谈恋爱？"

洛抒立马摇头，说："没……没有。"

孟承丙皱眉，问："真的没有吗？"

洛抒说："没有，爸爸。"

洛禾阳对孟承丙说："应该没有，我觉得可能是孟颐这段时间学业压力太大了。"

孟承丙想了想，也这样觉得，便对洛禾阳说："那这段时间先让他休息吧。"

洛禾阳也赞成，又说了句："让洛抒多陪陪孟颐吧。"

孟承丙想，孟颐一定是太孤单了，也许多个人陪他会好点儿。孟承丙充满歉意地对洛禾阳说："禾阳，抱歉，让你和洛抒也跟着一起担惊受怕。"

洛禾阳毫不在意地说："孟颐也是我的儿子，你先去陪陪孟颐吧。"

孟承丙点头，又进了房间。

走廊里只剩下洛禾阳和洛抒。洛禾阳看向洛抒，因为在走廊里说话不是很方便，母女俩也没有说什么。

孟颐要在医院里住三天，洛抒也没有去上课。洛禾阳吩咐洛抒在医院内陪孟颐，洛抒不明白洛禾阳为什么要让自己这么做。洛抒现在对孟颐感到害怕。

不过，她也没办法推托，只能去医院陪孟颐。第一天去医院陪孟颐的时候，她站在门口，朝病床上闭着双眸躺着的孟颐看去，犹犹豫豫，不敢靠近。

孟颐睁开双眸，看向她，竟然主动问："今天不用上课吗？"

这次他难得地主动开口，声音还是很温柔。

洛抒只能朝他走了过去，站在他的床边说："不用啊。"洛抒只能装作什么事情都不知道，趴在他的病床边，问："哥哥，我们去外面晒晒太阳怎么样？"

他的脸色比昨天好了很多，稍微恢复了点儿红润，不再那么苍白。

她推了一辆轮椅过来，说："哥哥，我推你。"

孟颐看着轮椅，对洛抒说："我可以走。"

洛抒这才想起，他受伤的是手，不是腿。

"那我扶你，哥哥！"

洛抒陪着孟颐去外面晒太阳，经过走廊时，手机又响了。洛抒手忙脚乱地将手机拿了出来，看了一眼立马挂掉。

孟颐低声问："谁啊？"

洛抒生怕他乱想，说："是我的女同学，小结！"

孟颐嗯了一声。

洛抒想到了什么，又忙说："哥哥，走吧，我们去外面。"

洛抒习惯性地去牵他的手。孟颐在她握住自己的手时，也将她的手缓缓地握住，然后一点一点地收紧。

洛抒低头看着两个人交握的手，又看向孟颐。

孟颐只是牵着她，带着她朝前走。医院里人很多，她很容易被撞到。

洛抒只能跟随着他。

陪了孟颐一上午，洛抒找了个借口溜走了。她有些害怕，这种害怕根本没办法和人说。她知道孟颐这次干的事情一定和自己有关。具体是什么原因，她还不清楚，但她很确定。

她不敢想，再往下发展他们会是怎样的结局。

她脑子有些乱，一个人在大街上走着，走着。她又走到了那条巷子口，愣愣地望着。

忽然，那条巷子口又闪现出一道熟悉的身影。那个人正背对着她，站在路边抽烟。洛抒也不知道为什么，又一次追了过去。追过去后，她再一次拽住了那个人，不管不顾地大喊了一句："小道士！"

那人夹着烟，转头看向她。竟又是那天她认错的那个社会青年。

他皱眉看着她。

洛抒怔住，立马松手。

她又盯着他看，没想到又看错了。

她总觉得他的背影像极了小道士。两次她都把这人错认成了小道士，到底是哪里不对？忽然她把目光落在他身上破旧的衣服上。

她立马又将那人抓住，拽着他身上的那件衣服用力一扯。衣领后面有个补丁，洛抒忽然大声地问："这件衣服是谁的？"

那社会青年见又是她，直接甩开她的手，问："你是不是有病？"

洛抒不会看错的！

这件衣服是小道士的，后面的补丁是她亲手缝的。原来她会把这人当成小道士，是因为这件衣服！小道士的衣服怎么会穿在这个人身上？

她紧抓着他，问："这件衣服是你的吗？！"

那社会青年没想到会被她拽了两次，他的脾气已经够好了，没想到她这么不知道死活。他甩掉她的手，说："你再惹我，小心我弄死你！"

他的眼神着实阴冷。

那社会青年说出这句话，刚好瞟到对面来了个警察。在洛抒走神之际，他立马转身从巷子口钻了进去，很快便消失了。

洛抒追了过去，在墙的另一边大喊："你等等我！"

可是对方瞬间就没了踪迹，洛抒追不上他，只能作罢。

洛抒回了家。可她在脑海里不断地回想那件衣服。那件破旧的短袖，她很肯定是小道士的。她怎么都想不通，它为什么会出现在那个毫不相干的人身上。

除非……那人跟小道士认识。

洛抒去陪孟颐的那天，又一次去了那条巷子口。她不知道那人会不会还在那里，但是两次偶遇小社会青年，都在那个地方。那就证明那个地方，他是常客。

那可能是城区最肮脏的一条巷子，里面全是未拆的老房子。老房子特别低矮，里面藏匿着许多棋牌室和按摩店。洛抒之前两次都只站在巷子口不敢进去，今天鼓起勇气一个人朝里头走。

一些破旧的门店旁，站了许多抽烟闲聊的社会青年。按摩店门口坐着涂着廉价口红、打扮低俗的女人。

大约很少有学生来这里，洛抒每往里头进一寸，朝她看的人就越多。

洛抒有些紧张地朝里面走着，看着四周的门店。最终她把目标锁定在前方一个人最多的牌馆上。洛抒立马朝里头走，可是才到门口，就被人挡住了，是一个小社会青年，他流里流气地问："哎，你从哪里来的？"

洛抒对那人说："我来找人。"

那人眯着眼睛看她："你找谁呢？"

"找一个朋友。"

他笑了，上下打量着她，问："学生啊！"

他舔着黄牙，眼神肮脏下流。

洛抒说："我进去找个人，等会儿再跟哥哥说，好吗？"

那人没料到她会这么说，忙说："行，让你先进。"

洛抒谄媚地说了句："谢谢哥哥。"说完，她迅速地朝里头走。

里面乌烟瘴气的，她很难分清楚谁是谁。洛抒很有耐性地逐一打量，女人在和男人调笑，男人激动地喊叫，麻将敲着牌桌发出响声，环境相当嘈杂。

昏暗的灯吊在屋顶，白炽灯周围弥漫着烟雾。

洛抒就在这样的环境里，再一次看到了那道黑色的身影。她冲了过去，又将那人用力一拽。那人正在激动地和人打牌，抓着手上的扑克牌回过头，瞧见是洛抒，就骂了句："怎么又是你？你是怎么回事？阴魂不散的！"

牌桌上的人朝洛抒看过来。

洛抒说："我有事找你。"

"找我？我们认识吗？"

那人很不耐烦。

洛抒指着他身上的那件衣服，说："我认识你身上的这件衣服。"

那人觉得她就是个神经病，这衣服街上到处都是，他穿在身上的还是破的。

他甩开她说："你滚开，别影响老子赢钱。"

洛抒被他甩开后说："我认识你身上件衣服的主人。你跟他是认识的，对吧？"她又加了句，"我给你钱。"

他这才正眼看洛抒。

周围人见他许久不出牌，在那儿催着："莽子，你在哪里惹的债？到底出不出牌了？"

那人把手上的牌往桌上一丢，说了句："不玩了不玩了。"

他抓了桌上赢的钱就走，其他人开始骂骂咧咧："狗娘养的，赢钱就跑。"

那人也懒得理会，带着洛抒朝外走。

到了牌馆外一处安静的地方，那人问："你找衣服的主人，是吗？"他扯着身上的衣服。

洛抒说："是。"

那人哼了一声，朝她伸手："钱，给钱我就带你去找他。"

洛抒这次是有备而来的，迅速地打开书包，把早就准备好的钱全塞进他手里。几千块，不多也不少，这是一个学生能拿出来的金额，也是能让这人感到满意的金额。

那人看了一眼钱，确认是真的。

他对洛抒说了句："跟我走吧。"

洛抒不知道他要带自己去哪里，前方可能还藏着未知的危险。可洛抒根本没有顾念那么多，直接跟着那人走了。

他带着她继续在小巷子里绕。这片区域不小也不大，他们走了十几分钟，停在一栋老旧的房子门口。他带着她往阁楼上走。她看看四周，很快就跟着那人进去。

阁楼是木质的，她走上去的时候，脚下的楼梯嘎吱嘎吱地响，仿佛整座屋子都在晃。

屋子里头拥挤、逼仄、杂乱，她所走过的地方，全扔着抽过的烟头。

那人朝着楼上喊了句："络子。"

洛抒比那人还要先一步朝楼上跑。她跑到阁楼上，发现里面只摆着两张简陋的床，地上满是泡面盒和外卖盒，却没有人。

那人也快速地上来，看了一眼，说："没人啊，他去哪儿了？"

洛抒看向他，怀疑他在骗自己。

那人说了句："我收了你的钱，肯定不骗你。你要找的这个人平时就住这里，今天我也不知道他去哪里了。"

洛抒说："你把他找出来。"

那人想骂人，不过鉴于知道洛抒是朋友的熟人，也就隐忍着没说话。他拿出一个破旧的手机，打了一通电话，用洛抒听不懂的乡音问东问西。

打完电话，他便对洛抒说："我找到他了，走吧。"

那人说完，就朝阁楼下走，洛抒立马跟上。他骑着一辆破旧的摩托车，带着洛抒离开了巷子。

洛抒特别紧张。这种紧张她无法描述。她的手一直紧握着他的衣服。

也不知道摩托车轰轰轰地开了多久，那人带着她停在一所职校前。他也不再前进，倚靠在摩托车上，朝远方挑了挑眉，示意洛抒看前方。

前方的围墙下站着几个人，似乎围着一个学生。洛抒也不知道他们在干什么，隔得远，看不太清楚，只模糊地看到几道人影。

那人走得越来越近，洛抒大喊了一句："小道士！"

那人数钱的手一顿。他朝洛抒这边看了过来，立刻把钱塞进兜里，转身就跑。洛抒追了上去。

是他没错，真的是他！

他跑得很快，可是再跑下去，就是学校的保安亭了。洛抒在后面穷追不舍。

他跑了几步，脚步逐渐慢了下来。洛抒冲上去从后面一把拽住他，兴奋地喊着："小道士！"

他知道无路可跑，终于缓慢地回头看着洛抒。

洛抒笑了。

他却冷着一张脸，将洛抒的手一甩，嫌恶地说："你来干吗？你是怎么找来这里的？"

洛抒紧拽着他，生怕他再次跑了，说："我去乡下了，你怎么不在了？！"

小道士冷笑道："要你管？"

他对她的态度完全变了。他变得刻薄，看她的眼神很冰冷，好像她是自己的仇人。

他把洛抒推开，紧握着口袋里的钱，朝前走着。

他比洛抒高不少，年龄比洛抒大一两岁，却很瘦，像是营养不良。他身上的衣服是破烂的，鞋子也是烂的。和穿着体面的洛抒相比，他简直像个乞丐。

洛抒却跟着他，寸步不离。他转身怒视着洛抒，说："你要跟着我到什么时候？"

洛抒却问："你去哪儿？"

他似乎不想让她知道他的住处，说了句："要你管？"

"我知道你住在哪儿。"

他住在那栋破旧、拥挤的阁楼上，那个满屋子泡面桶、劣质塑料饭盒的地方。

小道士气愤地问："你是怎么知道的？"

洛抒指了指前面骑着摩托车朝这边过来的小社会青年，说："我找到了他，他带我来了这里。"

小道士冷声说："你还来找我干什么？你和你妈现在有好日子过了，怎么还想得起我？"

洛抒不再说话，因为不知道该怎么回答。

小道士的表情充满讥讽、轻蔑。

那个叫莽子的人停在小道士面前，问："络子，这人总缠着我，说认识你，我才带她过来的。你看看认不认识她？"

小道士丢下一句："不认识。"继续朝前走。

那人看了洛抒一眼，没说话。洛抒又跟了上去。

小道士忽然情绪激动起来，转身骂着："你给我滚啊！跟着我干吗？！"

无论小道士怎么骂，洛抒就是不肯走，干脆站在那里不动。

她知道，小道士恨她和妈妈。

小道士被气到不行，干脆也不管她了，自己朝前走，始终用手按着口袋里的钱。洛抒又跟着他走。

带洛抒来的那人，也不知道现在是什么情况。但洛抒和络子总归是认识的，他便骑着摩托车走了。

洛抒一路跟着小道士去了一个小饭馆。小道士似乎还没吃东西，随便点了点儿吃的，在那里狼吞虎咽地吃着，也不问洛抒吃不吃。

洛抒就坐在他对面，看着他。

他吃完饭，付过钱，又起身离开。洛抒继续跟着他，一直跟着他回到了那栋小阁楼。他终于停住，回头看向洛抒，说："跟了我一天了，也够了，你回去吧。"

洛抒说："我不走。"

小道士问："不走你干吗？跟我住这里吗？"他轻蔑地笑着说，"你们现在有好的家了，还住得惯这种破烂的地方吗？"

他似乎是累了，坐在脏兮兮的床上，拿出口袋里的钱数着。

不多，就几百块，他却像是捧着巨款一般。

洛抒知道他过得不好，可是没想到他过得这么不好。

洛抒哭着说："小道士，我们本来是打算去找你的。"

他头都没抬地说："不必了，你们好好地过日子吧。"

洛抒又说："你再等等我们，妈妈说，会带我们一起走。"

他停下数钱的动作，没说话。

洛抒四处看了看，擦了擦眼泪，问："你们平时就吃方便面吗？"

他的态度稍微缓和了些。他嗯了声，然后说："我们都吃这些。"

洛抒又问："你是什么时候来的这里？"

他说："前年吧。"

洛抒在他身边坐下，不说话了。

小道士握着钱看向她，又问："你们呢？"

洛抒没回答，而是从口袋里拿了一些钱出来，递给他："给你。"

小道士不接钱，说："我有。"

洛抒硬把钱塞到他手上，那些钞票有一千块。

小道士低头看着那些钱，没说话。

背包里的手机响了，洛抒顺势拿出来看了一眼，上面显示着"哥哥"两个字。小道士看了一眼，没说话。

洛抒直接挂掉电话。

小道士问："为什么不接电话？"

洛抒将手机往书包里一扔，说："我陪你。"

小道士看向一旁，说："我不用你陪，你回去吧。"

洛抒坐在那里，就是不肯走。

这个时候洛抒的电话又响了。洛抒再次拿起手机看了一眼，又一次挂掉。

小道士说："你走吧。"他从床上站了起来，赶她走。

没多久，孟承丙和洛禾阳也打了电话过来。洛抒没办法，只能起身对小道士说："我过几天会再过来看你。"

小道士倔强地别过脸，没有看洛抒。

洛抒站在那里看了小道士好一会儿，才拿起自己的书包朝阁楼下走去。小道士回头看向她。

洛抒到了楼下，徘徊了半晌才离开。

等她到医院的时候，孟颐正坐在病床上，低着头，握着手机，神色紧张，双唇紧抿。洛抒在门口喊了句："哥哥。"

孟颐立马抬头，看向门口，站了起来，朝洛抒走去，皱着眉看着她。过了许久，他问出一句："你迷路了吗？"

洛抒本来和孟颐约好十点到医院的，现在都十二点了。洛抒忙说："啊，我半路上嘴馋，去西街买小吃了。"

孟颐似乎稍微放下心来，这时乔叔也正好从外面走进来，见到了洛抒，便焦急地说："洛抒小姐，原来您在这里！您吓死我们了，我们还以为您出什么事了，您不在家里也没来医院。您刚才去哪里了？"

洛抒继续向乔叔撒谎："我去西街了，吃了点儿东西，所以来晚了。"

乔叔又问："那您怎么不接电话？"

洛抒很是不好意思地说："我光顾着吃了，没怎么注意。"

乔叔见她安全抵达医院，也算是把心放下了，立马去外头给孟承丙、洛禾阳回电话，告诉他们洛抒找到了。

病房内只剩下洛抒跟孟颐。孟颐站定在她面前，看着她，低声说："以后你出去玩了，可不可以……给家里打个电话？大家都很担心你。"

他的语气很轻，不像在要求她，反倒像在请求她。

洛抒没想到他竟然会这样说。她望着他，再次说了句："哥哥，对不起，我让你担心了，下次我会注意的……"

孟颐嗯了一声，脸上的表情稍微平复下来。他伸出手，动作有些僵硬地揉了揉洛抒的脑袋。

洛抒抬头看着他。

孟颐朝她露出淡淡的微笑。

洛抒却没有像以前那样和他亲近，因为心里有事，很快就低下头。

洛抒在医院里待了一会儿直接回家了，并没有跟洛禾阳说小道士的事情。回去后，洛禾阳问了她几句，她告诉洛禾阳自己去西街吃东西了。孟承丙也吓了一跳，不过见洛抒安全回来了，也就放下心来。

让孟承丙有些意外的是，孟颐居然会主动给他打电话说洛抒不见了。这是第一次，孟颐主动给孟承丙打电话。孟颐在电话里告诉孟承丙，自己在医院里没有等到洛抒，问乔叔有没有接到她，她是否还在家里。

孟颐的语气里甚至带着一丝紧张。

孟承丙在那一刻简直觉得有些不可思议。但他也被洛抒不见了这件事情吓到了，让孟颐等一会儿。

孟承丙赶忙给乔叔打电话，得知洛抒没有坐乔叔的车，又给禾阳打了电话。乔叔和洛禾阳都说没见到洛抒，孟承丙也急了。在安抚好洛禾阳后，孟承丙又接到了孟颐的电话。他那时也没想太多，只让孟颐在医院里再等等。

孟颐当时只问了句："可不可以报警？"

孟承丙没想到这件事会这么严重，挂了电话后，又立刻给派出所打了电话。不过没一会儿，他便接到了洛抒已经抵达医院的消息。

这会儿，孟承丙才算真正地松了口气。可是当心情平复下来，他一想到孟颐那两通电话，除了感到意外还是意外。

他看着手机里孟颐给自己打电话的记录，沉浸在不可思议的感觉中。孟颐竟然也会主动给他打电话了！孟颐对洛抒似乎挺关心的？

孟承丙虽然觉得很意外，可想想，又觉得这是好事。孟颐好像终于有了点儿人情味了。

洛抒并不知道，自己的"消失"差点儿把孟家搅个天翻地覆。她满脑子想的都是小道士。

第二天她又去了那里。这次她学聪明了，提前出门，提前报备，只说要去趟同学家，十点前会准时到医院给孟颐送鸡汤。她没让乔叔送自己，打了个车。

她有报备，大家也就没那么担心她了。洛抒提着鸡汤去了小道士那里。她再次到了那栋阁楼，不确定里面有没有人。但是她选择直接上楼，小道士正在楼上吃盒饭。

洛抒走了过去，直接在他身边坐下。

小道士停住吃饭的动作，嘴里还含着一口饭。他没想到她又来了，皱起眉。

洛抒往他的盒饭上瞧，竟然只有简单的青菜和几片肉。她问："你每天除了吃泡面就吃这些吗？"

小道士说："不然呢？"

他继续吃着饭。

洛抒说："我不是给你钱了吗？"

小道士沉默了一会儿，说："你以后别来了。"

洛抒却装作没听见，想到了什么，立马提起保温杯，说："我给你带了吃的！"她献宝似的把鸡汤拿了出来，塞给小道士，说，"你快喝，还是热的。"

小道士看着鸡汤，问："是给我的？"

洛抒说："是啊，你快喝。"

小道士犹豫了一会儿，洛抒催他："快喝啊。"

小道士还是接过汤喝了。洛抒看着他将有营养的鸡汤喝了下去，嘿嘿笑着。

小道士说："是你熬的吗？"

洛抒说："不是，是……"保姆两个字差点儿脱口而出，她赶忙纠正，"是我在外面买的！你喝就是了。"

小道士哦了一声。

他喝得很畅快，似乎从来没喝过这么香的鸡汤。喝完，他有些畅快地倒在床上。洛抒看着他鼓起的肚子，那鸡汤就像是被她自己喝掉了一般，令她感到满足。她像以前那样，也倒在他的小床上，两个人看着破旧的屋顶。

洛抒问："这里会漏雨吗？"

小道士也瞧着屋顶，把手枕在后脑勺下，说："会，外面下大雨的时候，里面就会下小雨，不过这里比以前那个房子好多了。"

洛抒说："我还是喜欢以前的那个房子。"

小道士望着她，却没再说话。

以前的那个房子虽然也破烂，也漏雨，可是下雨的时候，他们是快乐的。她和小道士会一人拿个木盆，在那里接漏下来的雨水，听着它们流淌的声音。她想到这些，笑出了声。

洛抒扭头看向他，说："小道士，你再等等我们。"

小道士听到她这句话，也扭头看向她。

洛抒坐了起来，很是认真地同他说："妈妈会带我们一起走的。"

洛抒怕他不相信，握着他的手说："你相信我，这是妈妈说过的。"

小道士闭着眼睛说："我又不是她亲生的，你才是。她怎么会带着我这个拖油瓶？"

洛抒大声地说："妈妈说过会带你一起走！小道士，你再等等，再等等，妈妈会带我们去国外，会送我们上学，我们会有大房子住。"

小道士闭着眼睛，不再说话。他早就不再对未来抱有奢望。在洛禾阳带着洛抒离开后，他就明白了。

洛抒摇晃着他："小道士，你相信我！"

小道士终于睁开眼，去看洛抒："真的吗？"

洛抒急切地说："是真的！"

这时洛抒的手机闹钟开始响了，提醒着她十点要去医院。她立马将闹钟关掉，把保温杯盖好，利索地从床上站起身："你等着我，我们很快就能走。"

她说完，提着保温杯便匆匆往阁楼下跑去，小道士躺在那儿看着她。

洛抒跑得很急，一边跑一边想：完了，她把鸡汤都给了小道士，等会儿到医院怎么办？

她到医院时，孟颐穿着病号服正安静地在病床上看书。洛抒站在门口看着他，提着保温杯的手紧了紧。孟颐翻了一页书，像是察觉洛抒到了，朝她看去，嘴角噙着淡淡的笑。

洛抒提着保温杯走进去，走到病床边，对孟颐喊了句："哥哥。"

孟颐看着她，问："你是坐乔叔的车来的吗？"

他这几天会主动同她说话，语气温柔。

洛抒摇头说："我是自己坐车过来的。"她盯着手上的保温杯，慢吞吞地说，"哥哥，我……我……我来的时候太匆忙了，不小心把你的鸡汤洒了。"

孟颐却首先问："有没有烫到自己？"

洛抒说："没有呢！"

孟颐似乎并不在意鸡汤，说："那就好。"

洛抒偷偷儿地看向他。

孟颐大约怕她自责难过，又说："正好，我不爱喝鸡汤。"

洛抒放下心来，笑着说："哥哥，你在干吗？"她探头看去。

孟颐说："看书。"

孟承丙怕学业给儿子的压力太大，所以停了儿子的一切辅导课程，打算让他好好休息。不过孟颐在等她来的时候，觉得无聊，随便翻了翻书。

洛抒点头说："哦，爸爸说让你好好休息呢。"

孟颐说："没事。"

这个时候，一个护士和一个男人走了进来。男人是孟承丙的秘书，护士对孟颐说："下午您就可以出院了，出院手续全办好了。"

孟颐点头，说了声谢谢。

洛抒没想到孟颐今天竟然出院，说："哥哥，你今天出院吗？"

孟颐点头说："嗯，正好等会儿和你一起回家。"

洛抒却想：完了，保姆不会熬鸡汤了，她没办法给小道士送吃的了，因为孟颐不需要再住院了。

孟颐见她不说话，问了句："怎么了？"

洛抒摇头说："没什么，我只是开心，哥哥能够出院了，不用再住在医院了。"

孟颐也抿着嘴笑。

保姆在病房内收拾东西，洛抒便陪着孟颐。等东西收拾好，他们便出了医院。

洛抒上了车后，一直安静地看着外面。孟颐看向她，他很少见她如此安静。

车子平稳地朝前驶着，经过那条小巷子时，洛抒朝那边看过去。小巷子内竟然乱成一片，像是发生了什么大事，有人在那里聚众斗殴。洛抒看到许多社会青年持着棍子在那里相互殴打。

洛抒整个人几乎要从椅子上跳起来了。孟颐见她如此反应，也随着她的目光看过去，自然也看到了外面发生的一切。不过他并不怎么在意，因为这种事情从来都牵扯不到自己身上。

他只是轻声对乔叔说："乔叔，如果这条路太堵的话，就绕路吧。"

事情闹得很大，前面挤满了车，也不知道有没有死人，警察还没到。

乔叔也瞧见了外面的情况，忙应了孟颐一声，准备绕路回家。

洛抒却对孟颐了句："哥哥，我们要不要在这里等等？"

她很急。

孟颐看出了她的焦急，却不知道她为什么如此急。

他问："怎么了？"

洛抒说："我……我们再等等吧，现在也不好绕路。"

孟颐往左右看了一眼，其实他们是可以绕路的，不过既然洛抒如此说，就顺从她的意见吧。他低声说了句："好。"

之后洛抒一直盯着车外面，孟颐在车内翻着报纸。

洛抒一直在人群里辨别着。她很怕看到小道士，又特别怕看不到小道士。小巷子口的情况越来越混乱，喧哗声很大，周围的人都不敢过去。

没过多久，传来了尖锐的警笛声，洛抒在那混乱的人群里，看到了持刀的小道士。洛抒彻底急了，忽然推开车门，从车上冲了下去。

孟颐大喊了一声："洛抒！"

他想去抓她，可是没抓住，洛抒已经冲下了车，穿过马路，朝着那混乱的人群不顾一切地跑了过去。

警车来了，在小巷子里斗殴的小社会青年们开始惊慌地四处逃窜。可来的警察很多，直接将他们围住了。

洛抒看到了小道士就在人群中，他想逃却无路可逃。洛抒正要冲进人群，忽然被孟颐拽住。她第一次听孟颐大声喊："洛抒！"

就在这时，小道士想趁乱冲出警察的重围，横穿马路。可是他走得太慌张，刚逃到马路边，便被一辆直冲过来的摩托车撞翻在地上。洛抒惊慌地想要冲过去，却被孟颐拉住，抱在怀里。

"洛抒！那边不能过去，危险！"

洛抒感到特别慌乱，小道士被撞翻了，在离洛抒一米多远的地方。

孟颐不知道洛抒为什么要一直盯着那个人。洛抒紧抓着孟颐的手说："哥哥，他被撞倒了，你救救他。"

孟颐朝那人看去，是个逃出来的小社会青年。洛抒紧张地抓着自己的手，一副很着急的模样。

孟颐又看了眼周围的警察，还没来得及反应，洛抒便挣脱他的束缚，朝那个人冲了过去。小道士在抬头的那一瞬间，正好看到一个身材高挑、穿着体面的男生将洛抒搂在怀里，那人低头大声地说了句："洛抒！别过去！"

洛抒被那个男生紧紧地抱在怀里。那个男生正好也朝小道士这边看了一眼。

他们只对视了一眼，小道士便低下了头。

那是个怎样的人，小道士无法描述。总之，他们不是同一个世界的人。小道士低着头，趴在地上。

洛抒还在那里哀求："哥哥，你帮帮他，他很可怜！你不帮忙的话，他会被警察抓走的！而且他的腿还可能受伤了！"

孟颐很怕她陷入危险。他走过去，在小道士的面前蹲下，伸出手检查着小道士的腿，确实有伤。

乔叔也从车上下来了，孟颐始终没有放开洛抒，对走来的乔叔说："乔叔，扶他上车。"

乔叔看着趴在地上的人，一眼就看出是个参与打架斗殴的社会青年，说了句："孟颐，他是个社会青年！"

孟颐说了句："把他扶上车。"

乔叔不知道孟颐为什么要救这个人，不过见警察很快就要注意到这边的情况了，只能按照孟颐的吩咐，迅速地将小道士扶了起来，让小道士上了车。

孟颐也带着洛抒上了车，很快地关上车门，车子在混乱中掉了个头离开了。

小道士坐在副驾驶座上，孟颐带着洛抒坐在后车座上。孟颐的手始终都没放开过洛抒，他把目光落在小道士身上。

洛抒也看着小道士，很怕露出马脚。她不能让孟颐知道她跟小道士认识，努力地克制着自己的情绪。

而小道士趴在那里就没动过。

孟颐问了句："乔叔，人怎么样？"

乔叔说："他应该没大事，但腿好像骨折了。"

孟颐说："送他去医院吧。"

乔叔只能将小道士送去医院。

车子到达医院，小道士被乔叔扶着送进了医院。洛抒想去帮忙，却被孟颐牵着。她不能动，也不能挣扎，只能眼睁睁地看着。

小道士躺上了担架，孟颐没有再让洛抒跟着进去，而是对她说："我们在外面等吧。"话毕，他便牵着她的手在大厅里等待着。

洛抒一直在心里着急地祈祷，虽然她看上去平静了很多，可是孟颐依然能感到她焦急的情绪。他略微皱眉，想：洛抒一副很着急的样子，他们认识吗？

当然孟颐并没有表现出什么，只是带着洛抒坐下。

乔叔进去了一个多小时，此时出来了，来到大厅，走到孟颐面前，说："他被送进了手术室，现在已经进了病房。"

孟颐轻声问："人怎么样了？"

乔叔说："他的腿骨折了，但伤势不算严重。"

洛抒问："我们可以去看他吗？"

孟颐再次看向洛抒。

洛抒想到了什么，又说："哥哥，好人做到底嘛，我们看看他就走。"

孟颐点头说："好吧。"

乔叔便带着洛抒去看小道士。到了病房里，孟颐并没有让洛抒和小道士靠得太近。洛抒隔着一段距离看着小道士。

小道士的腿上打着石膏，人躺在床上，脸上分不清楚是他自己的血，还是别人的血。

洛抒有些不敢说话。

倒是孟颐牵着洛抒的手站在那里，问了句："还有不舒服的地方吗？"

小道士一直闭着双眼，听到了孟颐的询问声。孟颐说话字正腔圆，一口标准的普通话，语气温和、有教养，不像是普通家庭的孩子。

孟颐又问："你住哪里？我们可以送你回去。"

小道士终于睁开了眼，直视着孟颐，说："我家就在巷子里。"

这时，洛抒问孟颐："哥哥，警察还会不会找来？"

小道士听到洛抒喊这人哥哥，就确定了，那天给她打电话的也是这个人。他应该就是她在新家庭里的哥哥。

"应该不会。"

"可是……"

"不用担心，他会没事的。"孟颐揉着她的头，温柔地说。

洛抒看向小道士，小道士扭过头，没看她。

这时，乔叔在一旁催促："我们可以回去了。"

孟颐没有说话，看向洛抒。

洛抒虽然还不想走，但还是点了点头。

孟颐便带着洛抒离开。回去的路上，乔叔觉得洛抒今天的举动相当危险，一边开车，一边让洛抒以后不要插手这些事。乔叔说，这些小社会青年和洛抒扯不上关系，他们迟早会被警察抓住的。就算洛抒这次救了这个小社会青年，以后他依然会危害社会。洛抒用手紧紧地捏着裙角，一直听着乔叔讲话，没有回答。孟颐始终安静地侧着脸看着她。

车子到家后，孟承丙和洛禾阳出来迎接他们。孟承丙问了句："怎么回来得这么晚？"

孟承丙问的是乔叔，乔叔说："哦，路上出了点儿事。"

洛禾阳从保姆手上接过孟颐的东西，招呼着他们："很晚了，先吃饭，肯定都饿了。"

孟承丙朝孟颐走了过来，说："你这几天就在家里休息一段时间，晚几天再去学校吧。"

孟颐下意识地答了孟承丙一句："嗯。"他的目光跟随着走在前方的洛抒。

洛抒却走在前头，没有回头。她今天显得心事重重，不似往日那么活泼。

一家人开始吃饭，吃完饭，孟承丙帮着洛禾阳在厨房收拾碗筷。孟颐去牵洛抒的手："要不要休息一会儿？"

洛抒却在孟颐去牵她的手时，下意识地往后躲。虽然她的手还是被孟颐握住了，可孟颐也注意到了洛抒这躲避的动作。他低下头，眼神有些黯然。

洛抒对孟颐态度有些冷淡："哥哥，他们在厨房里。"

她的意思是，让孟颐不要在家里随便牵她的手。

孟颐不知道她为什么突然对自己这么冷淡，洛抒干脆地把手抽了回来。

孟颐没再说话。洛抒也不再理他，转身上了楼。孟颐在那里站着。

洛抒也不管孟颐会怎么想，她现在不想应付他。她待在房间里，一直待到洛禾阳把睡完午觉的孟承丙送走，才从自己的房间出来，去了洛禾阳的房间。

洛禾阳正好要出房间，见洛抒进来了，停住脚步，问："怎么了？"

洛抒正色对洛禾阳说："妈妈，我有点儿事情想同你说。"

洛禾阳见她神色认真，便懒懒地说了句："进来吧。"洛禾阳转身去了化妆台旁坐下，给自己点了一根烟，将打火机放在化妆台上，道："说吧，什么事？"

洛抒说："妈妈，你是不是知道了什么？"

洛禾阳吸着烟，随口问："知道什么？"

洛抒说："你是不是知道孟颐的事和我有关？"

洛禾阳用手翻着台面上的打火机，随口问了句："和你有关吗？"

洛抒不想跟她兜圈子了，说："不然你为什么在这件事发生后反而让我去医院陪他？你是不是知道孟颐出事的原因？"

洛禾阳将烟蒂贴在唇上，瞟着女儿笑了，说："这么多年，你跟着我，倒也得了我一些真传，这未必是一件坏事。"

洛禾阳意有所指。

洛抒自然也知道她在暗示什么，问："你就不怕他精神病……妈妈，他……他要是死了怎么办？"

洛禾阳抱着手轻描淡写地说："死了不是更好？"

"孟承丙对孟颐有多看重，你是知道的，应该不用我多说。如果他彻底疯了，或者死了……"洛禾阳说话时嘴角含着一丝冷笑。虽然她没往下说，但洛抒知道她的意思。

洛禾阳看着洛抒惨白的脸说："等钱到手，那时候我们的日子就会很好过，我们就可以去找他了。"

洛抒却说："妈妈，我已经找到他了。"

洛禾阳本来还算舒展的眉头一皱。

洛抒生怕小道士出事，被警察抓走，说："我前几天找到了他。他离开乡下后，也来了这里，现在住在城区那条没拆迁的小巷子里。"

洛禾阳知道那是什么地方，这比她想象中的好一点儿。她还以为他冻死了或者饿死了。

洛抒急切地跑了过去，抓着洛禾阳说："妈妈，现在小道士住在医院里，小巷子今天出事了，他的腿受伤了。"

"什么？"洛禾阳皱着眉问。

洛抒着急地问："妈妈，我们什么时候走？"

洛禾阳吸一口烟，吐出四字："等钱到手。"

"得等到什么时候？"

洛禾阳低声说："要带他走，得先拿到钱，不然我可养不起你们两个。"

"可是要怎样你才能拿到钱？"

"孟颐死，或者疯。你要让他受控于你。"

洛禾阳说这句话时，看向洛抒，神色深沉。

洛抒想到了小道士，抓着洛禾阳的手逐渐紧了。

洛抒从洛禾阳的房间出来，发现孟颐正在房门口等自己。洛抒停住脚步看向他。

洛抒朝他走去，走到他面前，主动握住他那只受伤的手，说："哥哥，对不起，刚才我心情不好。"

孟颐朝她的手看过去，又轻轻地将洛抒的手握住，缓慢地用自己的手将洛抒的手包裹起来。

洛抒握着他的手，在门口抱着他，依偎着他。

周围安安静静的，孟颐看着她，眼眸里盛着温柔。洛抒却看向他身后，不知道在想什么。

这个时候从楼下传来脚步声，洛抒在出神，并没有听见，而孟颐听见了。可是他也没有动，只是站在那里，任由她如此待在他的怀里。他不想这一刻的安宁被打破。

可那脚步声越来越近，洛抒猛地回过神来，立马从孟颐的怀抱中挣脱，照顾孟颐的保姆从楼下走了上来，站在走廊前方看向两个人。

孟颐站在门口，而洛抒站在孟颐前面。孟颐的表情很淡然。

保姆走了过去，对孟颐说："您该吃药了。"

孟颐看了洛抒一眼，笑着嗯了一声，才转身朝自己的房间走去。洛抒也立马闪进了自己的房间，保姆跟在孟颐身后。

进了房间，孟颐在书桌前坐下，保姆将药轻轻地放在书桌上。所有人都认为孟颐是因为学业上压力过大，才会出那样的事，所以保姆在放杯子的时候，还说了句："这几天您就好好休息，少看点儿书。"

孟颐回了声："好。"然后他很自觉地吃了药。

保姆见他今天的状态好像还可以，也有点儿开心。他将水杯递还给保姆，保姆接过，端着水杯离开。

保姆从孟颐的房间出来后，站在门口，朝洛抒的房间看去。她对刚才那一幕感到奇怪，但至于具体是哪里奇怪，她也说不上来。

那几天，孟颐都在家里好好休息，学校那边请了假，其余的课外班也暂停了。孟承丙工作忙，可为了孟颐，也暂时放下手上的工作，打算在家里陪儿子。

孟颐从医院回来后，心情还算好，脸上的表情明显不那么沉闷了，偶尔也会下楼去花园坐一会儿。

洛禾阳也会在厨房里做些糕点，家里的气氛倒是难得地轻松。孟承丙偶尔也会和孟颐聊聊。

孟颐回家休养，洛抒自然得去学校上课了。学校并不知道孟颐因为什么事而请假。

洛抒去上课的第一天，一直没怎么听课，不断地看着时间，也不和小结、栩彤玩了。终于等到下午放学，洛抒背着书包就跑。小结和栩彤几乎没反应过来，洛抒就不见了踪影。

洛抒走后没多久，孟颐因为在家里无聊，便来学校接她放学。他坐在车里等着，可是等了许久，一直未见到洛抒，乔叔也在人群中找寻着洛抒。

没见到洛抒，乔叔拿着手机给她打电话，问她在哪里。

洛抒接起电话，说自己和小结、栩彤放学后要一起去玩，让乔叔今天不要来接自己。

车内很安静。乔叔的手机声音很大，洛抒的声音在车内很是清晰。

孟颐坐在后车座上朝外看，正好看到小结和栩彤从校门口走了出来，却并未见到洛抒的身影。

洛抒在电话里说："乔叔，不说了，我们得去搭公交车了。"

说完，她挂断了电话。

乔叔看向孟颐。

栩彤和小结从校门出来后，也正好看到了洛抒回家常坐的那辆车。小结拉着栩彤说："哎，栩彤，洛抒会不会上车了？"

栩彤也看到了洛抒家的那辆车。小结拉着栩彤说："去看看洛抒在搞什么鬼，她请了几天假，今天怎么又走得这么早？"

栩彤被小结拽着，朝那辆车跑去。

小结和栩彤敲着车窗，打算好好地拷问洛抒，问她是什么情况。车窗降下，露出的那张脸却不是洛抒，而是孟颐。他没穿校服，穿着自己的衣服坐在车里，看向栩彤和小结。

两个人愣了，没想到是洛抒的哥哥孟颐，吓了一跳。两个人立马反应过来，同车里的孟颐打招呼："孟颐学长，我们是来找洛抒的。她没在车里吗？"

孟颐沉默了几秒，问："洛抒没跟你们一起吗？"

小结和栩彤相当疑惑地说："没有啊，她放学就跑了，也没等我们。"

孟颐朝两个人淡淡地微笑，把目光从车窗收回，不再说话。

栩彤和小结不知道这是什么情况，也没有在车旁逗留，又打了声招呼。孟颐嗯了一声，两个人便离开了。

乔叔也没弄懂现在是什么情况。孟颐对乔叔说了句："也许她自己回家了。"

乔叔也觉得可能是这样，便将车从校门口开走，孟颐朝外面看，有阳光透过车窗洒落在他的脸上，映出光影。孟颐想到了什么。

洛抒坐车到医院后，很快坐电梯朝楼上跑，到了病房，病床上却不见小道士的踪影。

洛抒急了，四处寻觅，发现病床上干干净净的，似乎没人躺过。

她立马跑去护士站找护士。她赶到护士站时，正好看到小道士坐在轮椅上看着她。

洛抒抱着一个巨大的果篮，嘿嘿地笑了，朝他跑了过去。

孟颐回到家，正好看见保姆朝洛禾阳走去，说："夫人，家里有些补品好像不见了。"

"补品不见了？"

洛禾阳很是奇怪："什么补品？"

保姆说："是一些名贵的药材，比如灵芝、人参。前几天补品明明还在，我今天去查看，就不见了，会不会是家里遭贼了？"

洛禾阳听保姆如此一说，立马起身朝厨房走去。保姆跟在她身后，两个人去查看补品。

孟颐朝厨房那边看了一眼。

"被偷的都是些给病人吃的补品，就算是家里遭贼了，小偷也不应该偷这些啊。"保姆对洛禾阳说。

洛禾阳说："会不会是你看错了?"

"怎么会看错呢?夫人,这些药材我心里有数……"

厨房内,保姆和用人在讨论药材的事情,孟颐听了一会儿,朝楼上走去。

晚上洛抒回来,孟承丙正坐在客厅里。他见洛抒回来了,笑着问:"洛抒,怎么这么晚才回来?"

洛抒本来想直接上楼的,见孟承丙同自己说话,就放下书包跑到孟承丙面前,说:"爸爸,我和同学玩去了。"

孟承丙见她一副满头大汗的模样,朗声笑着说:"赶紧去洗个手,我们正要吃饭呢。"

"好的爸爸。"洛抒回答。

她很快上楼。上楼后,她想到什么,进了孟颐的房间。孟颐正在换衣服,应该刚洗完澡,回头看了她一眼。洛抒看到孟颐裸了一半的背脊,立马将门关上,站在门口。

孟颐坐在那里将衣服穿好,慢条斯理地扣上睡衣扣子,起身朝门口走来。

门被拉开,洛抒立马转身。孟颐身材颀长,站在洛抒面前,头发半干。洛抒看向孟颐的手腕,问:"哥哥,你的手好点儿了吗?"

孟颐总是低着头同她说话。他说:"好点儿了。"

洛抒却伸手将孟颐受伤的手腕握住。他的手腕被睡衣的衣袖遮住了,洛抒将他的衣袖缓缓地捋了上去,露出他还缠着纱布的手腕。她问:"疼不疼?"

孟颐笑了好一会儿,说:"不疼。"

洛抒将他的手检查了一下,说:"你洗澡的时候,没有让水碰到伤口吧?"

孟颐回答:"没有。"

洛抒说:"那就好。"她又在孟颐的身上闻了闻,说真的,孟颐身上的气味特别好闻。

她说:"哥哥,你是香香的。"

洛抒闻了他好一会儿,笑嘻嘻地说:"哥哥,你真好看。"

孟颐只温柔地嗯了一声。

孟颐主动问她:"今天放学,你和同学去玩了吗?"

洛抒腻在他的怀里，说："对啊，我和小结还有栩彤去玩了。"

孟颐的表情依旧很平静，他说："去玩了什么？"

洛抒揪着他睡衣的衣襟说："我们去逛了会儿街，也没什么好玩的。"

洛抒怕他再问下去，便说："哥哥，要吃饭了，我先放书包、洗手。"

孟颐说："好。"

洛抒退了出来，溜进了自己的房间。

孟颐在那里站着，他伸手慢慢地把睡衣系好。

保姆见孟颐又站在走廊里，端着药走了过来，说："您站在这里做什么？小心着凉。"

他嗯了一声，转身进了房间。保姆跟着他进房间，把药放在书桌上，盯着他吃下。

孟颐在这方面一直都很让照顾他的保姆省心。看着孟颐吃完药，保姆才离开。

保姆把门关上，孟颐看向桌上的药盒。他盯着自己缠着纱布的手腕，拿起桌上的药盒，又拿了几颗药，面无表情地往嘴里塞。他把药丸全部吞了下去。

他垂着脑袋，在那里微喘着气，表情痛苦。

很快，他又抬起头，迅速端起桌上的水杯，往嘴里灌着水。

冰凉的水似乎在舒缓着他的神经。他这才闭上眼睛在那里平复着自己的情绪。

第五章
梦

小道士在医院里住了几天就搬回了阁楼。那天，巷子里的两拨小社会青年打架斗殴，最后演变成大事。洛抒为了让小道士快速恢复，从家里偷拿了很多补品来了阁楼。洛抒其实不怎么会做饭，拿了那些补品，乱炖一锅就去给小道士吃。

她也不管有没有用，只是觉得他太瘦了，而且阁楼上还乱糟糟的。洛抒把垃圾都收拾干净。小道士用的东西都非常破旧，她给他全买了新的。买了一圈下来，她发现自己身上的钱也所剩不多了。她去问洛禾阳要钱，洛禾阳未必会给。洛禾阳说过，要洛抒暂时不要和小道士有来往。

可洛抒做不到，而且小道士现在腿受了伤，没人照顾他就会饿死。洛抒想着之后小道士一定要顿顿吃肉，补好身体，腿才好得快。

在提着给小道士新买的东西去阁楼的路上，洛抒盘算着该怎么做才能弄到一些钱。走到阁楼，她发现这里站着一些社会青年，不像是小道士认识的那些人。

他们吊儿郎当地嚼着口香糖，站在那里看着洛抒。

洛抒提着东西，停住脚步，朝阁楼上看去，觉得事态好像不对。洛抒提着东西准备冲上去，那些人立马拦住她。洛抒说："我和楼上的人认识。"

她掂了掂手上的东西："这是我给他买的东西。"

那些人打量了她几眼，邪笑着说："你是他的小女朋友？"他们也不再拦着洛抒，让她上去。

洛抒提着东西冲上去后，发现屋内也有一大堆人。他们将小道士围得严严实实。而为首的人正坐在低矮的床垫旁，揪着小道士的衣服，道："说！莽子到底去哪里了？！"

小道士的腿无法动弹，他抓着那人揪着他衣领的手，说："我不知道。"

"你怎么会不知道？莽子跟你睡一间房，你们同进同出，穿一条裤子，你敢跟我说你不知道？"

小道士几乎要被那人揪了起来。洛抒冲了过去，将那人用力一推，那人没防备，差点儿被洛抒推倒在床垫上。洛抒迅速护住小道士，其他人见状围了过来。

洛抒紧紧地抱着小道士。

为首的人稳住身子后，看清撞他的人竟然是个女的，她还穿着校服，他伸手便要将洛抒抓起来。小道士将她护到自己的身后，说："这件事和她没有关系！"

那人停住了，见小道士这样护着她，笑了，问："你们是什么关系？她是你的小情人？"

为首的人打量着洛抒，见她穿的校服是本市最好的学校的校服，便对小道士说："行啊，让我们不动她可以，把钱交出来。只要你把钱交出来，我们绝对不找你的麻烦，也不动她。"

"钱不是我拿的，是莽子！这跟我有什么关系？！"小道士愤怒地说。

那人哼了一声，冷笑着道："你和他是好兄弟啊！他现在不见了，我们不找你拿找谁？除非你告诉我他在哪儿。"

小道士说："我说了我不知道！"

"不知道？不知道你今天就帮莽子拿钱出来！"

那人发火了，拿着棍子敲了下旁边破旧的柜子，瞬间木屑飞溅，柜子上出现一个窟窿。

"你们要多少钱？！"洛抒大声地问。

那人听洛抒如此说，停住砸柜子的动作。小道士抓着她，用眼神问她想干什么。

洛抒不看小道士，只对那人说："你们要多少？"

那人没料到洛抒会开口。他将棍子收回来，扯着嘴角笑着说："不多，也就六千块。"

洛抒立马去翻书包，这才记起她已经没钱了。她立马说："你给我几天时间，我筹到钱立马就给你们。"

那人显然是不认可这个提议。

洛抒说："现在他的腿骨折了，我们能够跑去哪儿？"

"就三天，三天后我一定给你们钱，你们到时候过来拿钱就行了。"

小道士拉扯着洛抒："这钱是莽子拿走的，不是我拿的！"

可现在到底是谁拿的钱已经不重要了，这帮人明显在莽子那儿拿不到钱，要讹诈小道士。洛抒不说话，也不理会小道士。

那人还是想要钱的，伤了人把事情闹大，钱也不一定拿得到，见她担保，就懒得再逼迫他们，对那些小弟说："走吧，给他们三天时间。要是三天后还拿不出来六千块……"

那人朝洛抒跟小道士冷笑，暗示着什么自然不言而喻了。

这帮人正打算走，可是有一个小弟从桌脚下搜出了三千块，立马喊了句："老大！这小子藏了钱！"

小道士几乎要从床上跳起来，钱明显是他藏在那儿的。洛抒死抱着他。

为首的那人将钱从小弟的手中夺过，塞到自己的口袋里，皮笑肉不笑地挥挥手，便带着自己的小弟离开了。

那些钱是小道士仅有的钱。小道士愤怒地问洛抒："你拦着我干什么？"

洛抒说："人比钱重要，不给他们钱，他不会放过你的！"

"可这是我的钱！"

洛抒说："我知道，钱我会帮你想办法的。"

"我说过，我的事情不要你管！"

洛抒却不理他，迅速拿起地上的书包，说："我会把钱拿过来的，你等着我。"

小道士想阻止她："我不要你们的钱！"

洛抒将他的手甩开，背上书包，说："不用你管，我说了我会给钱的。"很快，她从这小阁楼离开了。

小道士无法追上去，只能坐在床上看着她的背影。

洛抒知道，他们是一定要从小道士身上捞到这笔钱的。她也没钱了，该去哪里搞这六千块？

洛抒一边走一边想着，也许可以问洛禾阳要。可是洛禾阳会给她钱吗？不不不，她不能找洛禾阳要。那她能从谁手上要到这笔钱呢？

洛抒是逃学出来的。现在学校还没放学，她不知道是该回学校还是回孟家。

这时，她的手机响了，她迅速地把手机从书包里拿出来，是孟颐打来的。

这个时候孟颐给她打电话，她立马接听，将手机放在耳边喊着："喂，哥哥。"

孟颐在电话那边问："快放学了吗？"

洛抒看看四周。她还在马路上，怕他听出来，找了个僻静的地方，说："快了，哥哥。"

"等会儿我来接你放学怎么样？"他在电话那端柔声问。

洛抒没想到，他竟然要来学校接自己放学。她想推辞，可是话到嘴边，变成了开心的一句："好啊！"

"好，等会儿我来接你。"

"好的，哥哥。"

洛抒挂断电话后，看了一眼时间。快放学了，她迅速地往学校跑。

她正好在放学的时间点跑到了学校。孟颐又给她打了个电话，问她有没有下楼。洛抒说下来了，孟颐便告诉她自己的位置。

她到了，一眼就看到了孟家的车。洛抒背着书包跑了过去。孟颐见她过来了，就将后车门打开。

洛抒太赶了，头发都湿透了。孟颐见她满头大汗，便接过她的书包，问："热吗？"

洛抒说："热死了。"

孟颐牵着她的手上车，车内开着空调，很安静、很舒服。

孟颐给她水，洛抒接过来喝着。

洛抒喝完水，想到什么："哥哥，你今天怎么会来接我放学？"

他说："我有点儿无聊。"

孟颐现在在家里休息。洛抒哦了一声，继续喝水。

车子在拥挤的马路上缓慢地行驶着，洛抒有点儿累，在车上睡着了。孟颐看向她，她睡在旁边，脸对着另一侧。孟颐想将她揽进怀里，刚挨过去，她就朝他倒了过来，靠在他的手臂上。

孟颐垂下眸，安静的脸上有着浅浅的笑意。他也没再动，任由她靠在他的手臂上睡着。

车子驶了十多分钟，方向却不是孟家，而是别的地方。车子差不多又行驶了二十分钟，停在市里最繁华的夜市边上，孟颐朝外看着，而洛抒还靠在他的手臂上睡着。他也没有吵醒她，一直都安静地坐着。

天渐渐黑了。

也不知道过了多久，洛抒醒来，揉着眼睛问："哥哥，还没到家吗？"

孟颐朝她笑着。

洛抒这才发现他们不在孟家的院子里，而是在外头，看周围的情形，这里似乎是夜市。

孟颐说："要不要去逛逛？"

洛抒问："这是夜市吗？"

孟颐垂眸嗯了一声，说："我不知道你喜不喜欢这里。"

洛抒跑下了车。她自然喜欢这里，没想到孟颐今天竟然带她来了。孟颐跟着洛抒下车。

洛抒瞬间跟脱缰的野马一样在繁华的夜市上逛着。跑了一会儿，她又回头拉着孟颐，说："哥哥，你快点儿，我们去吃铁板烧。"

孟颐不知道那是什么东西，但始终跟在洛抒身后。

洛抒要吃铁板烧，就拖着孟颐去买铁板烧，还要喝老式的奶茶。孟颐始终跟着她，给她买好吃的。

到了一个炸酱面摊前，洛抒又说要吃炸酱面。

她拉着孟颐去面摊，孟颐给她点着她要吃的东西。洛抒捧着奶茶喝着，四处打量着。

这里的生意特别好，红棚子里坐满了人，洛抒四处找位置。不知道是不是今天的运气太"好"了，她在面摊的红棚子里看到了几个人。其中一个人正不停地往她身上瞟。她迅速转身，背对着他们。

孟颐正在给她点吃的，见本在四处张望的洛抒突然转身面向了自己这边。他问了句："怎么啦？"

洛抒有些结巴地说："啊……没……没什么。哥哥，这里好像没位置，我们去别的地方吧。"

谁知老板娘说了句："小姑娘，有位置呢，就在那边，你瞧见没？"

老板娘还用手指了一下，正巧，老板娘所指的空桌就在那几个人旁边。

孟颐朝那边看去，只见大桌的旁边有张空的小桌。那大桌旁坐满了人，都是男的，手臂上有刺青，他们不时打量着洛抒。孟颐从那些人身上收回目光，又看向洛抒。

洛抒低着头，一副很紧张的模样。

孟颐沉默了几秒，对老板娘说："我们打包。"

老板娘听孟颐说要打包，忙说："好。"然后，老板娘开始把洛抒的炸酱面装进餐盒。

洛抒躲在孟颐身侧，就是不敢朝那边看。

孟颐给了老板娘钱，牵着洛抒的手从面摊离开。那些人倒是没有追上来，只是一直盯着洛抒。

洛抒似乎没什么心情再逛了，从那家面摊出来后，便对孟颐说："哥哥，我们回去吧。"

孟颐说："好。"

上了车，洛抒紧绷的身子才算放松下来。她没想到会在这里碰到白天在阁楼上向小道士讨债的那群人。她有点儿被吓到了，又看向身边的孟颐，见他还是同之前一样，什么都没发现，也就放心了。

孟承丙难得见孟颐要出门逛街，对洛禾阳说："禾阳，你有没有觉得孟颐这几天状态好了很多？"

洛禾阳一边剥着橘子，一边笑着说："好像是真的。"

孟承丙说："哪里是好像？孟颐是真的好了许多，今天晚上还出门了。"

洛禾阳将剥好的橘子给他："孟颐还是学业上的压力太大了。"

孟承丙如今也这么认为。

两个人正说着话，孟颐和洛抒回来了。孟承丙立马从沙发上起身，朝着门口走去。

孟颐和洛抒正好从门外进来，孟承丙首先同洛抒说了句："洛抒，夜市好玩吗？"

洛抒提着奶茶和炸酱面，笑着同孟承丙说："还不错，爸爸。"

孟承丙又问孟颐："孟颐，你感觉怎么样？"

孟颐站在洛抒身后说："嗯，还好。"

孟承丙听他如此说，笑了，又对洛抒说："洛抒，过几天你再陪哥哥去别的地方逛逛。"

洛抒自然答应了："好的，爸爸。"

洛禾阳准备了水果茶，见他们都回来了，在沙发那端笑着说："洛抒，快和哥哥来喝点儿水果茶。"

洛抒说："妈妈，我不喝了，想先上楼。"说完，她便换鞋上楼了。

孟颐站在玄关口看着她。

孟承丙便对孟颐说："走，跟爸爸去喝一杯。"

孟颐收回视线，随着孟承丙去了沙发那边。

洛抒回了房后，在自己的房间四处翻找，想翻出点儿值钱的东西，看能不能当掉，或许能弄点儿钱。

可是她找了一圈，也没找到能换钱的东西。她能有什么值钱的物品？当初她带过来的，不过就是一些破衣服、破鞋子。她的钱在这几天里都用光了。

她坐在床上想，想破脑袋也不知道怎么拿出这六千块来。可三天过后，她就要准时把钱送过去，这可怎么办？

她抓了抓自己的头发。

忽然从孟颐那边传来说话声，似乎是保姆在和孟颐说着什么。洛抒停住抓头发的手，想到了什么，立马从床上起身。

洛抒走到门口，将房门打开。她看向外面，正好看见那一直照顾孟颐的保姆从孟颐的房间出来。保姆走后，洛抒迅速从自己的房间出来，进了孟颐的房间。

孟颐正坐在书桌前。洛抒进来后，他回头看去。

洛抒将门关上，走了过去，抱住孟颐，问："哥哥，你有钱吗？"

孟颐看着她，问："怎么了？"

洛抒说："我……我的零用钱不够，哥哥。"

孟颐没说话。

洛抒缠着他："哥哥，你的钱呢？"

孟颐轻声问："你需要多少？"

洛抒没想到这么容易就要到了钱，说："不多，一万块。哥哥，你有吗？"

她抱着他，仰着头小心翼翼地看着他。

孟颐嗯了一声，竟然很快就答应了她。

洛抒看着他。孟颐拉开书桌，从里面拿出一张卡递给她。

洛抒没想到他这么容易就给她钱了。她松开他，从他手上拿过卡，问："哥哥，里面有多少钱？"

孟颐说："不知道。"

洛抒啊了一声。

他不知道到底有多少钱？洛抒试探性地问："哥哥，卡里有一万吗？"

她很怕没有一万。就算卡里没有一万，有六千也行。

孟颐低声告诉了她密码。

洛抒想着先不管了，拿着再说，有一点儿算一点儿。

她记住密码后，开心地对孟颐说："哥哥，你真好。"她拿着卡就要走。

孟颐却突然拉住了她。洛抒停下脚步回头看向他，她笑得甜滋滋的，说："哥哥，谢谢。"

她拿着卡跑了。

孟颐缓缓地靠在书桌上。

保姆又进来了，拿着水，却见孟颐靠在书桌上，就对他说："孟颐，要吃药了。"

孟颐却没有反应。保姆觉得奇怪，朝他走近，又说了句："孟颐？"

孟颐面无表情地抬头看向她，没有说话，只是转身在书桌前坐下。药盒昨天保姆忘记带走了，现在只端来了水。

孟颐将药盒拿了出来，准备吃药。

保姆发现药盒里的药好像少了许多。她将药盒拿过来看了一眼，问孟颐："怎么只剩这么一点儿了？"

孟颐不在意地说："昨天不小心掉了一些。"

他说得很平静，声音没太大起伏。

保姆看着，想：怎么会掉呢？

她怀疑孟颐多吃了药，可是没有问出口。她说："哦，原来是这样。"

保姆又对孟颐说："那就好，我还以为你多吃了药呢。孟颐，这药一天只能吃三颗。"

他说："嗯，我知道。"

保姆看着他，将药盒依旧放在了孟颐这里，只端着水杯离开。

孟颐在保姆离开后，陷入了无边的黑暗里。

洛抒拿着孟颐的那张卡，第二天一早便去了银行。她按着他说的密码输入，紧盯着屏幕。等金额跳转出来，洛抒吓到了，居然有这么多。

她想都没想，动作迅速地取了一万元出来。

她将一万元现金放入书包内，迅速地背着书包离开。

第三天，洛抒带着一万元现金去了小道士那儿。到达阁楼，洛抒提着水果进去，笑着对小道士说："小道士，我给你做饭！"

她高兴得很。

小道士躺在床上动不了，说："我点了外卖。"

洛抒说："不要吃那些。"她提着水果过去，从书包里拿出一万块，递给他，"你看哦！"

小道士没想到，皱眉问："你哪里来的这么多钱？"

洛抒笑嘻嘻地说："你别管我从哪里得来的，反正你给他们六千元，剩下的四千元自己拿着。"

小道士盯着那钱，一动不动。就在这时，楼下传来重重的脚步声，那些人比他们想象中来得早。洛抒立马把四千块塞进书包里，剩余六千放进夹层。

果然，下一秒，那些人就上来了。

洛抒躲到小道士身边。

为首的依旧是那个人。那天在夜市摊上洛抒和他就撞见了。他今天不似那天那么凶狠了，笑着对小道士说："络子，钱呢？"

洛抒不等他们多说，直接把那六千块从夹层里拿了出来给那人，说："给你，六千。"

那人从洛抒手上拿过钱，小道士冷冷地看着他们。

那人数了数，确实有六千块。他倒是没多说什么，将六千元收入口袋，对洛抒说了句："小姑娘，你挺不错的。"

他的话意味深长，竟然也没惹到她。

他又对小道士说："我们也不是故意为难你，你知道在这里混的兄弟们都穷。莽子拿钱跑了，我们就只能找你。你要怪就去怪莽子。"

小道士抓紧身下的床垫，冷着脸没说话。

那人随后带着人走了，一句话也没再多说。

那些人走后，洛抒也松了口气。小道士皱着眉对她说："这些钱我会还给你的。"

洛抒才没打算让他还呢，得意地笑着说："这件事情不就解决了吗？"

小道士很怕她这钱来路不正，又问："你的钱到底是从哪里来的？"

洛抒不想他再问，挥手说："哎呀，反正我很安全，不会有什么问题。"

小道士又说了句："我会把钱还你的。"

洛抒根本就不把小道士的话当真。她知道小道士没钱还，也不想让他还。

洛抒把那藏起来的四千元给小道士。她刚才很怕他们翻她的书包，没想到今天他们竟然这么好说话，她给了六千块钱他们就走了。

那天她和孟颐在夜市上还瞧见那些人了，真是倒霉得很。

洛抒见小道士不动，直接把钱塞到他手里，说："你要还我钱，也得你自己先活下来。你要是饿死了、病死了，还怎么还我钱？"

现实摆在这里，那三千块被那些人拿走了，小道士确实一分钱也没有了。这几天如果不是洛抒总是送吃的过来，他恐怕真的得饿死。

小道士还是接过了洛抒给他的钱，又说了句："我会还给你的。"

洛抒剥了个橘子，一边吃一边说："行行行，我等着你还我。"

解决了这件事情的洛抒神清气爽。她不敢频繁逃学，怕学校打电话去孟家，所以在给小道士胡乱做了一顿吃的后，就赶去了学校。

晚上她又去了孟颐的房间，把卡还给了他。

孟颐坐在床边，问："你不需要了吗？"

洛抒说："够啦，剩下的钱我还给你，哥哥。"

孟颐从她手上接过卡。

洛抒抱着孟颐，说："哥哥，我摔坏了别人一个贵重的东西，要赔。所以我只能找你要。"

洛抒怕孟颐问钱的去处，主动解释了一下。

孟颐嗯了一声说："赔了就好了。"

这个时候，门突然被人推开。洛抒立即从孟颐身边起身，只见保姆站在门口，朝里头看进来。

保姆见他们一个坐着，一个站着。

洛抒有点儿怕这个保姆，看了保姆一眼，便对孟颐说："哥哥，谢谢你，那我先走了。"

她说着，朝门口跑，又看了那保姆一眼，便出了孟颐的房间。

保姆看着坐在床上的孟颐，不知道为什么，总觉得哪个地方很怪异。她朝孟颐走去，说："吃药了，孟颐。"

孟颐从床边起身，朝着书桌走去，吃了药。

保姆见那药盒里的药好像没少，这才放心了点儿，觉得自己多想了。

她对孟颐说："早点儿休息，孟颐。"

孟颐回了句："好。"

保姆出去后，又看了洛抒的房间一眼。她不太喜欢这个女孩子，可是她不过是一个保姆，只能端着孟颐喝药剩下的半杯水，朝楼下走去。

洛抒在确定那保姆离开后，剧烈跳动的心也平复了点儿。洛抒不太喜欢这个保姆，这几天，保姆总是突然出现在孟颐的房间里，搞得洛抒好几次措手不及。

洛抒这天晚上终于睡了一个好觉，梦里全是带着小道士离开的场景。

过了几天，学校组织秋游，洛抒并不想去，可学校有硬性规定，谁都不准缺席。洛抒没办法，只能随着同学们去。

早上大家都神采奕奕的，洛抒刚上车，谁知有个人竟然找了来，在洛抒坐的车旁四处看着。

洛抒正跟栩彤和许小结说话，无意识地瞟了一眼外面，便看到了在车下找着什么的科灵。洛抒趴在车窗口看着科灵，谁知科灵竟然抓住她班上的一个同学问："请问，洛抒是你们这个班的学生吗？"

那人看向科灵，说："是的，她在车上呢。"

科灵竟然是来找洛抒的。洛抒主动朝车下的科灵挥手："科灵姐姐。"

科灵听到洛抒的声音，抬头朝窗户看去，上了车，走到洛抒面前，说："洛抒，我……有点儿事情想问你。"

许小结和栩彤都瞟着科灵。她是高三重点班的啊，来找洛抒干吗？

洛抒坐在那里没动，只说："科灵姐姐，我们今天要秋游，车子可能马上要动了。"

科灵非常着急地说："洛抒，我只是有点儿事情想问你，很快就结束，好吗？"

洛抒看了一眼时间说："好吧，我们好像还有五分钟就发车。五分钟够吗？科灵姐姐？"

科灵点头说："够的。"

洛抒便跟着科灵下车。下车后，科灵问洛抒："洛抒，我……我想问问你，孟颐最近怎么没来上课？"

"我哥哥？"

科灵说："是，他好像休学很久了。"

洛抒知道科灵一定要问自己关于孟颐的事，于是毫无隐瞒地说："他住院了啊，我上次不是跟你说过他的事情吗？"

"他……他怎么住院了？"科灵着急，又不敢相信。

洛抒说："他精神状况不是很好，所以住院了。"

科灵没想到会是这样，还想询问什么，洛抒看了一眼时间，说："科灵姐姐，我得上车了，老师要点名了。"

洛抒不再同科灵多说，很快转身上了车。

果然，洛抒上车后，老师也来了，科灵没办法再跟过去。

栩彤和许小结早就趴在那儿关注很久了。两个人非常好奇地问："她来找你干什么？"

"来问我哥哥的情况。"

"她是你哥哥班上的？"

洛抒点头说："是啊。"

"她对你哥哥有意思？"

"可能是喽。"洛抒靠在椅子上，随口回着。

许小结骂了句："好烦啊。"语气里全是不爽。

洛抒今天有些不舒服，小腹有些难受。

小结和栩彤见她一直捂着肚子，坐在她身边问："你捂肚子干吗？没事吧？"

两个人都看出了洛抒的难受。坐在前边的周小明听到了后边的谈话，也凑了过来，问："洛抒，你哪里难受？是不是感冒了？"

洛抒没感冒，就是肚子胀痛。她白了他一眼，不想跟他说话。

栩彤和小结一把将周小明推开，说："你走开啦，我们三个女生坐在这里，你凑什么热闹？"

自从知道洛抒对周小明没那个想法后，栩彤和小结就不再撮合他们了，相反，只要周小明一靠过来，两个人便启动一级防备。

周小明委屈得很。

洛抒在栩彤和小结的耳边小声说："可能我'大姨妈'要来了。"

栩彤一副"大事不妙"的表情，问："你带那东西了吗？"

洛抒哪有带？其实她正常来说，要过一个星期才会来例假。

洛抒说："没带，等到目的地再说。"

小结问："痛不痛？"

洛抒想了想，觉得还行。

这个时候老师开始点名了，禁止学生们再说话，几人便自动闭嘴。

车子晃了一路到达秋神山，老师带他们在秋神山秋游，谁知道爬到半山腰，洛抒真的来例假了。她毫无准备，头顶又突然下了一阵雷雨。雷雨把半山腰上的他们浇得全身湿透，连老师都没料到今天的天气如此糟糕，毕竟天气预报只说有场小雨。这一场雨淋下来，最倒霉的是洛抒。

她来了例假，还全身湿透，那种难受简直让她想骂人，差点儿没晕过去。

雨差不多停了，老师连忙带学生上车，每个人身上都是湿的，就算回学校也没法上课。老师只能让住宿的学生回学校，走读的学生回家。

洛抒让乔叔来接自己，孟颐也一同过来了。洛抒一看到孟家的车，便爬了上去，有气无力地朝孟颐喊了句："哥哥。"

孟颐看她很虚弱，又全身湿透了，问她："不舒服吗？"现在在车上，她不能换衣服，他把毛毯递给她。

洛抒向孟颐抱怨："哥哥，我月经来了，裤子弄脏了。"

孟颐见她的校裤贴在腿上，湿漉漉的，也只能对洛抒说："我们先回家。"

可谁知子开到半路竟然堵车严重。这场雨下得毫无预兆，路上都是去学校接学生的车，他们走都走不动。

孟颐看向她，洛抒裹着毛毯坐在那儿，一副很不舒服的样子。

孟颐询问她："附近有个酒店，先去把衣服换了会不会比较好？"

洛抒现在巴不得扒了身上的衣服，连忙点头，乔叔把车停在了酒店门口，孟颐带着洛抒上楼。

到了酒店的房间里，孟颐担心她会着凉，轻声说："先洗澡。"

洛抒哼了两声，抱着衣服直接跑进了酒店房间的洗手间。

孟颐给洛抒带了衣服。他听着洗手间内的水声，在洗手间外面等着她。洛抒的外套、手机和书包全放在床上，外套湿漉漉的，孟颐正要替她整理。

这时洛抒的手机响了，孟颐看了一眼，没有接，只是垂下眸继续替她整理着湿掉的衣服。

手机铃声持续响着。

也不知过了多久，铃声终于停了，孟颐便安静地坐在床边没再动。

洛抒洗完澡换完衣服出来，问孟颐："哥哥，我的电话刚才是不是响了？"

孟颐点头说："是。"

洛抒立马从床上拿起手机，看了一眼。她看到那个号码，第一反应就是说："哥哥，我去洗手间吹下头发。"

她拿着手机进了浴室。

小道士在电话里问洛抒："你在哪儿？"

洛抒没想到小道士会给她打电话。她朝浴室外看了一眼，压低声音："我刚放学，怎么了？"

小道士找了个人，找了辆破车。他坐在车上说："你告诉我你在哪里就行了。"

洛抒也不知道自己现在在哪儿。她走到浴室的窗户前，往外看，看到前面有家比较著名的婚纱店。她说："我在一家婚纱馆的对面，叫什么维利亚婚纱……"

洛抒想起什么，又问："你问我在哪里干吗？你又不能走，还能来找我？"她又问，"啊！还是说你今天没吃饭，要我给你送饭去？"

洛抒今天没法儿去阁楼，所以给小道士点了外卖。

小道士说："不是，你就告诉我你的位置就行了。"小道士问了一句，"你在维利亚婚纱馆对面是吧？"

洛抒觉得他神神秘秘的，也没多想，说："是的。"

小道士也没说要干什么。他现在不能走，也不能动，有了她的地址也没用。

小道士问完她所在的位置后，说了句："那我先挂了。"

小道士说要挂了，洛抒现在接听电话也不方便，便点头说："好的。"

她依旧压低着声音，和小道士一起挂断了电话。洛抒将手机放下，开始吹头发。

小道士坐在车里，驾驶座上坐着一个红头发的男人，嚼着口香糖，看着小道士的腿，问："你还能动啊？这大雨天的，你到底要去干吗？"

小道士怀里揣着六千块钱，说："我要去梧桐路的一家婚纱馆，叫维利亚。"

"你去拍婚纱照？"

小道士懒得理红毛。红毛见小道士是真的有事，腿都搞成这样了，还让自己搞辆车送他过去，红毛也懒得再说废话，挂挡，开着这辆废品似的车轰隆隆地朝前开。

雨还在下着。车子驶了二十分钟，到那婚纱馆门前停下。红毛和小道士朝外看着。

红毛问："你要找的人是谁啊？外面下着雨呢。"

小道士说："她说她在婚纱馆对面。"

红毛往对面一看，说："那不是酒店吗？你朋友在酒店里呢？"

小道士觉得洛抒不会在酒店里，可也没看到她。他拿出手机想继续给她打电话。

洛抒吹好头发后，收好手机，从浴室出来。孟颐正坐在床边等着她。

洛抒走到他面前说："哥哥，我都换好了。"

她的头发干了，身上穿着干爽的衣服。洛抒见孟颐没说话，就走了过去，问："哥哥，你怎么了？"

孟颐仰头看她。

"好了吗？"

他刚才似乎在发呆。

洛抒说："好了啊。"

她蹲在他的脚边。

孟颐低下头。

洛抒故意去看他的眼睛："哥哥，你为什么总低着头？"他微睁开眼看向她，洛抒朝他笑。

孟颐苍白的脸在灯光下有点儿红。

洛抒有些慌忙，说："我……我们得走了吧。"

她打破尴尬，孟颐嗯了一声，坐在那儿没动，脸依旧有些红。

洛抒觉得真有意思。

孟颐缓缓地从床上起身，看向站在不远处的洛抒，他眼里的异样光芒没散去，唇在散发着光泽。

孟颐替她拿上书包和湿掉的衣服，走到她面前，声音温柔且沙哑："走吧。"

他揉着她的脑袋。

洛抒抬头看了他一眼，两个人出门下楼。到了楼下大厅，孟颐退了房，两个人朝外走，洛抒喊了句："哥哥。"

孟颐朝她看去。

洛抒抬起头，用手牵住了他的手。

外面还在下雨，坐在车内准备打电话的小道士，透过车玻璃，注视着对面的酒店。他看到了在门口动作亲密的两个人。

小道士放在耳边的手机缓缓地往下落。红毛无聊地等着，见小道士正盯着对面，也看了过去。正当两个人都盯着对面时，电话通了，洛抒的声音从电话的另一端传来。她喂了几声。

小道士这才反应过来，想挂断电话，可还是问："你在维利亚对面的酒店里，是不是？"

洛抒也不知道为什么，在小道士问出这句话时，她的第一反应竟然是往四处看。她在马路对面看到了一辆破旧的车，车里坐着两个人。那辆车的窗没贴膜，后座的窗还是降下来的。洛抒看过去，一眼就看到坐在后座上看向自己的小道士。

小道士的表情，洛抒尽收眼底。

她心里一惊，他怎么会在这里？！

小道士直接挂断了电话，洛抒耳边传来匆忙的断线声。

洛抒的第一反应就是去看身边的孟颐。她有一瞬间的慌乱，可是慌乱过后，她对孟颐说："哥哥，我好像有个东西忘在楼上的房间里了，你帮我去拿吧。"

孟颐看向她："嗯。你在这里等我。"话毕，他转身朝酒店大厅走去。

看着孟颐进了酒店大厅，洛抒才松了一口气，冒着大雨朝马路对面跑。

等她跑到对面，已经进入酒店大厅的孟颐停住，回头朝洛抒看去。

洛抒停在一辆车前，攀着窗口问："小道士，你怎么来了这里？！"

她有些不敢看小道士的脸色。

车内的小道士说："我是来还钱的。"

他将那揣了好久的一万块钱从口袋里拿了出来，迅速地塞到洛抒的手中。

洛抒看着手上的钱，说："我没说过要你还。"

小道士对她说："我说过我会还给你。"

"小道士！"她没想到如今他要跟她算得这么清楚。

他没有回应她，而是对前头的红毛说："咱们走吧。"

洛抒抓着车门："小道士，你听我解释。"

小道士没有理会洛抒的呼喊，直接让红毛把车开走了。洛抒抱着那一万块钱，怎么也没想到事情会发展成这样。

孟颐站在大厅里清楚地看到了马路对面发生的一切。他看了看洛抒怀里的一大把钱，转身进了电梯。

车内的那个人他认识，是那天在小巷子口被洛抒救下的那个小社会青年。他们是什么关系？他们认识吗？

洛抒回到酒店门口。在孟颐出电梯前，她迅速地把一万块钱放进书包。

等孟颐走到她身边，她问："哥哥，你找到我的东西了吗？"

孟颐温柔地回："没有，你是不是忘在其他什么地方了？"

洛抒说："哦，我可能忘在学校里了，今天没有带在身上，难怪哥哥没找到。"

孟颐轻声说："嗯，东西在学校里就好。"

这时，乔叔也打来电话催他们了，洛抒对孟颐说："哥哥，我们走吧。"

她说完，朝酒店的地下停车场走。孟颐在她身后沉默地跟着，两个人一起坐车从酒店离开。

到家后，洛抒以肚子不舒服为由，早早地回了自己的房间休息。孟颐放下洛抒的东西后，也回了自己的房间。

他在房间内坐着，这时，从隔壁传来动静。刚进房间休息的洛抒又从房内出来了，朝着楼下走去。

孟颐坐在楼上，看向窗户外。他正好看到洛抒从大厅内撑着伞出去，匆忙地朝院子外跑去。她没叫司机，没惊动任何人，是从家里偷溜出去的，走得很匆忙。

洛抒拦了一辆车便坐了上去，不断地回头看着，生怕惊动了其他人。她没有发现孟颐在楼上注视着她离开。

洛抒确认自己是安全的，对司机报了个地址，赶往小巷子。

雨越下越大，完全没有要停的趋势，天上还打着闷雷，天气极其可怕，就如同洛抒此时的心情。她很紧张，一直紧握着自己的手。到达小巷口，她给了司机钱，没等他找零，直接从车上跳了下来，朝小巷子内跑去。

她到了阁楼，小道士果然回来了，躺在床垫上，屋里漏着雨。

小道士也没管雨水，任由雨水从房顶漏进来。

洛抒喘着气站在那儿，想对小道士解释一下。可是她没直接解释，而是先从口袋里掏出了那些钱："我说过你不用还了。"

小道士看也不看她："把你的钱拿走，我说过，我不会欠你的。"

洛抒问："你是不是看到了？"

她可以肯定他是看到了。

小道士说："你和那个新哥哥？"

他的语气、眼神带着嘲讽的意味。

洛抒大声地说："小道士，你听我解释！我和他这样，是有原因的。"

小道士冷笑："你们能有什么原因？"

洛抒说："他有病，精神方面的。"

小道士看向她。显然他也没想到，那个看上去如此正常的人会是洛抒说的那样有病。

"他有自闭症，我们去他家是为了从他家里拿到钱。小道士，我们做这一切，完全是为了让大家以后有更好的生活。拿到他家的钱，我们就可以离开了。我妈妈说，钱一到手，就会带我们走，带我们去国外，永远地离开这里。"

她停了停，问："你还记得我之前和你说过这件事吗？而且我根本就不喜欢他！"

小道士没想到洛抒会同自己说出这些秘密。

洛抒生怕他不信，走过去坐在他身边，拽着他，说："你相信我，你再等等，我们很快就能拿到钱，永远地离开这里了。"

小道士问："可是要怎么拿到钱？"

显然小道士信了洛抒。听到他问出这句话，洛抒松了一口气。她很怕小道士不信自己。

"妈妈说要等他疯掉或者死掉。我这样做，是因为我要控制他。只要他死了或者疯了，我们就能拿到钱，也能带你一起走！"她握着小道士的手，"我们一起走，以后我们就能永远地生活在一起了。"

孟颐立在阁楼下，他的身子被穿堂的冷风吹拂着。倾盆的大雨也浇不灭里面的交谈声。

"她会带上我吗？"

"会的，你放心，她和我说过，只要拿到钱，我们就一起离开。"

洛抒和小道士并排躺在那里，就像小时候的下雨天，他们躺在一张床上，看着屋顶，看着窗外的天。

洛抒和他静静地听着雨声。洛抒忽然翻身看着小道士，小道士还盯着漏雨的屋顶。她说："你为什么来了这里？是不是来找我们的？"

小道士说："我和你不一样，我和她没有血缘关系。她抛弃我，本来就是迟早的事情。"

洛抒跟他并排躺着，就像两个人小时候一起睡觉时那样。她说："这一次，她不会抛弃你了，小道士，你相信我。"

小道士说："我信你。"

她很想问：小道士，以后我们去国外，怎么样？

我们永远不会分开，永远在一起生活。

当然，这问题她没问出来，只是想着以后的生活，喜滋滋地小声地说："我们会一直一直在一起的，小道士。"

她也不知道小道士有没有听见自己的话，外面风雨交加，可这小破屋子里却是难得地宁静。洛抒在小道士身边睡着了，而小道士也在不知不觉中，在这间漏雨的屋子里进入梦乡，就像回到了以前乡下的老房子。

洛抒醒来时，天已经完全黑了，外面还在下雨，屋内的雨漏得越来越厉害，小道士也醒了，问："你是不是要回去了？"

洛抒坐了起来，揉了揉眼睛看向外面，说："什么时候了？"

她立马去拿自己的手机，还好，才晚上六点。不过洛禾阳打了一通电话给她，孟家的保姆也打了几通电话给她。她还不想走，想陪着小道士。

小道士说："快回去吧，不然他们会找你。"

"那你一个人在这里没问题吗？"

"我一个人习惯了，没事，你回去吧。"

洛抒不想走，可是洛禾阳的电话又打了过来。外面一个炸雷劈开，半个屋子被闪电的光照亮了，不过很快，屋内的光又灭了。

洛抒让小道士不要出声，按了接听键，喂了一声。

电话里头传来洛禾阳的声音："你在哪儿？怎么这么晚还没回来？"

洛禾阳的语气相当严厉。

洛抒说："妈妈，我在栩彤家呢，我马上就回来。"

洛禾阳在电话里对她发出警告："你立马给我回来。"

小道士听到了洛禾阳冰冷的声音。洛禾阳的语气非常冷漠，就像当初她抛弃他时用的那种语气。小道士知道，他和洛抒不一样。洛抒是洛禾阳亲生的，而他什么都不是。

洛抒挂断电话后，在黑暗中对小道士说："那我先走了。"

小道士说："走吧，会有人来接你吗？"

"我打车回去。"

果然，洛抒是背着洛禾阳来找他的。

小道士说："门口有伞。"

洛抒笑着说："那我走了。"她摸着黑，在门口拿起伞，说，"小道士，明天见！"话毕，洛抒便跳到阁楼的楼梯旁，踩着楼梯往下走。

外面雷声不停，又是一个惊雷，闪电照亮了整个屋子。洛抒趁着有光迅速地下了楼梯。

她冒着雨跑出去，天气十分恶劣，路上很难打车。洛抒整个身子被大雨淋湿了，有伞也没用。好在她的运气不算太差，虽然今天很难打车，但她还是拦到了一辆车。

她上车后往孟家赶，到家已经是七点了。

洛禾阳坐在客厅里等洛抒。洛抒进屋，见到了坐在客厅内的洛禾阳。洛抒停住，喊了句："妈妈。"

　　家里很安静，孟承丙似乎还没回来。

　　洛禾阳冷冷地问："你去哪儿了？"

　　洛禾阳怎么会相信洛抒在栩彤家里？

　　洛禾阳冷冷地看着洛抒，洛抒知道瞒不过去，小声地说："妈妈，他……"

　　洛禾阳呵斥她："给我滚上楼。"

　　洛抒松掉手上的伞，收住了话，朝楼上走去。洛禾阳知道，家里的补品不会无缘无故地不见。洛抒频繁逃课，肯定是去找小道士了。洛抒真是太沉不住气了，完全忘了洛禾阳说的话。

　　洛禾阳气得有火没处发，而且在这里也不适合发火。孟承丙还没下班，她便在楼下等着。

　　没多久，孟承丙的车驶进院子。他从车上下来，外面下着很大的雨，洛禾阳撑着伞去接他。孟承丙没想到她亲自出来了，走到伞下，揽住她的腰，问："你怎么自己出来了？小心淋湿了。"

　　洛禾阳说："总比让你淋湿好。"

　　孟承丙心疼地带着她往屋里走，说："今天的天气太恶劣了，下了一整天的雨，西街那边快被淹了。"

　　洛禾阳收了伞，说："快换了鞋子，脱了外套。"

　　今天家里安静得很，孟承丙问洛禾阳："孟颐和洛抒呢？"

　　"孟颐在楼上呢，洛抒……"说起洛抒，洛禾阳就一肚子火，说，"在同学家里玩，和你差不多时间回家的。"

　　孟承丙说："她就是爱玩了一点儿。女孩子活泼一点儿，没什么不好的。"

　　他望着格外美丽的洛禾阳，见客厅没人，在她脸上飞快地亲了一下。洛禾阳脸上红霞飞扬，瞪着他说："你害不害臊？"

　　孟承丙说："你是我的老婆，我亲不得吗？"

　　两个人一边说话，一边朝楼下的房间走。

　　可是两个人才到房间没多久，楼上的保姆就匆匆地走了下来，来到孟承丙和洛禾阳的房间。洛禾阳正给孟承丙脱外套，听到敲门声，两个人朝外看去，听声音，来人是照顾孟颐的梦姐。

　　孟承丙说了句："梦姐，进来。"

梦姐推门进来后，对孟承丙说："先生，我发现孟颐在成倍地吃药。"

"什么？"孟承丙立马走了过去。

保姆说："这段时间他吃药总是超出合理剂量。"

孟颐已经很久没这样了。他上次割腕，这次滥用药物，在这短短的时间内到底发生什么事了？

洛禾阳拿着孟承丙的外套，站在那里听着梦姐的话。

保姆说："我看他好像有点儿不对劲，这段时间病情比以前严重了好多。"

孟承丙说："我去看看他。"

孟承丙忙出房间往楼上走，孟颐怎么突然就这样了？他之前一直好好的。这段时间，孟颐的状态太差了，难道是学业压力太大了吗？

孟承丙走到孟颐的房间里，孟颐正站在书架旁，看到进来的孟承丙。一般情况下，孟承丙不会在这个时间进孟颐的房间。

孟承丙走了过去，问孟颐："孟颐，保姆说你这几天吃了很多药物。是真的吗？"

孟颐正在书架旁拿书，神情看上去还是很正常的，甚至比以前的状态要好。他竟然笑着回答："没有，怎么了？"

孟承丙非常担心孟颐的状态，说："梦姐说你这段时间吃的药比以前多很多。"

孟颐说："我只是有点儿头痛。"

孟承丙说："要不要紧？要去医院吗？"

孟颐说："偶尔才会这样。"

孟承丙仔细地观察了孟颐一番，孟颐分明很正常。

孟颐又主动说："后天我可以去学校了吗？"

孟承丙说："要不要再休息一段时间？"

孟颐拿了一本书下来，说："在家里休息我反而很累。"他拿着书在书架前翻着。

孟承丙发现孟颐比以前爱说话了，而且他这段时间还经常出门。明明孟颐是在往好的方向发展，梦姐是不是太大惊小怪了？这是孟颐这几年来都不曾有的状态。

孟承丙稍微放下心来，笑呵呵地说："那明天你就回学校，在学习上也不要让自己太累，别给自己太大的压力。"

孟颐翻着书，笑着对孟承丙说："嗯，好，早点儿休息。"

洛禾阳也跟了上来，远远地站在门口盯着孟颐。

令洛禾阳感到诡异的是，孟颐今天竟然和孟承丙说了这么多话，语气还如此正常。洛禾阳觉得孟颐好像有点儿不正常。

孟承丙怕打扰孟颐休息，没敢多待，又同他说了几句话，就离开了。孟颐目送他们下楼，直到他们彻底离开，才合上门，继续去书架前整理书本。

梦姐还跟在孟承丙身边，欲言又止。孟承丙对梦姐说："孟颐说他只是有点儿头痛，应该没事的。"

梦姐却总觉得孟颐最近不太正常，他好像心里藏着什么事。

梦姐说："孟先生，孟颐这段时间好像有些压抑，我觉得……"

"压抑？刚才我和孟颐交谈，觉得他比以前开朗了。"

孟承丙不再担心孟颐，反而为孟颐现在的转变而开心。孟承丙让梦姐不要多想，别反而影响了孟颐。

梦姐见孟承丙都这样说了，只能回答："好的，先生。"

孟承丙回了房间，洛禾阳在一旁跟着，说："可能孟颐之前的压力太大了，不过他今天的状态好像挺好的。"

孟承丙高兴地说："禾阳，你也这么觉得？"

"是啊。"洛禾阳回答。

孟承丙笑着说："我也是这么觉得的。"

梦姐却觉得不太对。梦姐长期照顾孟颐，对孟颐算得上有一定的了解。虽然梦姐没有再多说什么，但她第二天趁孟颐不在，在孟颐的房间里翻找起来。她也不知道自己能够找到些什么，只是在打扫孟颐的房间时，顺便翻翻。

梦姐在孟颐的抽屉里翻出一个本子，像是日记本，也没上锁。梦姐直接翻开本子，本子里什么文字都没有。梦姐觉得奇怪，翻了十几页，纸张上都是空的。梦姐以为是个没用的本子，正打算放下本子，却看到有几页上画着一些图案：有阳光，有向日葵，有雨。

他把图案画在本子中间，好像代表着一些心情。

每一页图案上都有时间。梦姐想到孟颐割腕的事情，立马翻到对应的那一页看，果然孟颐在本子上画了图案，是一把刀。

梦姐吓了一跳。果然，她的猜测是没错的。孟颐的心情如果有变化，他就会在本子上画上对应的图案。

那天到底发生了什么？为什么在那一天，孟颐的情绪会有那么大的波动？他在本子上画上了刀子，还割了腕。

梦姐继续迅速地往后翻着，本子上出现了小向日葵，有面向阳光的，有阴天里的，有雨天里的，有晴天里的。

再往后，图案消失了，向日葵也不见了。

梦姐以为后面不会有新发现了，但从昨天的那一页里看到了一个字："她"。

这是这个本子里出现的第一个字，显然他说的是个女孩子。

梦姐惊呆了，这个"她"指的是谁？

梦姐盯着那字，感到不解，心里有着无数种猜想。为了不被孟颐发现，她还是立马将本子合上，放回了孟颐的抽屉，很迅速地离开了。

孟颐那天去学校上学了。科灵终于看到了孟颐，发现他和平时的状态差不多，没什么异样。他安静地从教室外走了进来。大约因为他休假休得比较久，其他同学在他早上来教室后，看向了他，他却只是安静地坐在自己的座位上。

科灵那几天担心极了。毕竟高考在即，班上的学习气氛越来越凝重，孟颐却在这个关键时刻休假，多少会让人担心他的状态。如今见他休学这么久，终于出现了，科灵也总算是放下心来了。

科灵也不敢找他说话，只是悄悄地观察着他。

大家虽然对他的突然出现感到惊奇，但很快又整理好情绪，开始看自己的书。

下午的时候，孟颐从教室出去了。科灵也不知道自己是为了什么，竟然也随着孟颐一起出了教室。她不知道他要去哪儿。

科灵跟着他走了好一会儿，来到了小卖部。他接了一通电话，不知道是谁打来的。孟颐在小卖部四处转着，转了一分多钟，停在女生用品处，从货架上拿了一包卫生巾，然后面色平静地去收银台付款。

连老板都有些异样地看了他一眼。孟颐镇定地给了钱，他的脸色依旧带点儿苍白。

买完东西，他便离开了。

他是买给谁的？科灵紧捏着手，克制不住地继续跟在孟颐后面。走到操场时，孟颐停住脚步。有班级在操场上上体育课，有个人从人群里跑了出来，是洛抒。她跑到了孟颐面前，喊着："哥哥。"

孟颐将卫生巾递给她，她拿过来查看了一下，立马去了卫生间。孟颐在那里站了一会儿，也转身离开。

科灵放松下来，原来卫生巾是他给洛抒买的，不是给别的女生买的。她又一次放下了心。

可是不知道为什么，科灵一想到洛抒上次对自己说的话，心里隐隐地有种不太舒服的感觉。孟颐似乎对洛抒挺不错的，但是他知道洛抒对他的想法吗？

他的妹妹并不喜欢他这个哥哥。

当然这些事情是他们的家事，科灵作为一个局外人，无法插手。她只是他的同桌而已，根本说不上话。

孟颐给洛抒买好东西，便又回教室了。科灵也回了教室。

科灵回来，发现孟颐在练习英语听力，戴着耳机。科灵在他身边坐下。

洛抒放学去找孟颐，发现教室内又只剩下孟颐和科灵。科灵坐在他身边，教室内很安静，两个人各自干着自己的事情。不知道为什么，洛抒觉得有点儿生气，站在教室门口。

孟颐收拾好东西从里面走出来，洛抒看了教室内的科灵一眼，问孟颐："哥哥，为什么每天放学都是你们两个走得最晚？"

孟颐看向她，说："不知道。"他并没有关注这个问题。

洛抒说："以后我要你早一点儿走，不许你跟她单独在教室里待着。"

孟颐说："好。"

他答应洛抒。洛抒朝前走，不理他。

她不想那么早回去，所以出了校门也没上乔叔的车。孟颐始终安静地陪伴在她身边。

走到一家贴纸店，洛抒停住，对孟颐说："哥哥，我要你贴个贴纸。"

孟颐也朝贴纸店看过去，问："你要我贴什么图案？"

她牵起他的手，拉起他的衣袖，看向他有疤痕的手腕，仰起头，带着点儿报复的意味说："我的名字。"她指着他的手腕，"就贴在这里。"

孟颐低眸看着手腕，伤口已经好了，长出了新肉。

洛抒问他："哥哥，你要贴纸吗？"

孟颐竟然嗯了一声。

她拉着孟颐进去。孟颐跟着她。有个店员出来了，洛抒对店员说："他贴个贴纸。"

店员问："谁要贴纸？要什么图案？"

洛抒说："我哥哥。"

那店员问孟颐："是吗？你要什么图案？"

洛抒在旁边想了想，说："一个字母'L'。"

"贴的也有很长时间不掉的，你们要这种吗？"

洛抒很肯定地说："就要这种的。"

"贴在哪里？"

洛抒拉起孟颐的手，说："这里。"

店员看到了孟颐手腕上的那条疤，有些错愕，又问："这伤疤是什么时候造成的？"

洛抒说："半个月前。"

店员说："这……可能不行，相隔时间太短了，毕竟贴纸的药水特殊。"

洛抒没想到这种情况，也有点儿为难。

她又说："下面一点儿呢？"

店员说："不碰到疤可以。"

可能是孟颐太过沉静，而且手腕上有一道这样的疤，店员又问孟颐："你真的确定要贴吗？"

洛抒也看着孟颐。

孟颐说了句："嗯，确定。"

店员见两个人还是学生，觉得有些奇怪。但是既然孟颐说要贴，店员也不再说什么。不过她看了孟颐一眼，他是真的帅。

那种忧郁、干净的气质，加上他180多厘米的身高，店员很少见到孟颐这样的男生。

她又看向孟颐身边的女生，同样穿着校服，脸小小的，下巴尖尖的，站在男生旁边，比男生矮一截。

女生牵着男生的手喊了句："哥哥。"

兄妹？可是他们长得不像啊。

她来回打量着两个人的脸，女生则拉着男生走进贴纸室。

孟颐在贴纸室里坐下，伸出手，店员给他的手腕消毒。她看着他手腕上的那条疤，好奇地问孟颐："这疤是怎么来的？"

孟颐没说话。

洛抒在一旁说了句："是不小心划伤的。"

这怎么可能呢？看这疤痕的深度，不像是他不小心划伤的。

见两个人都没再多说，又涉及个人隐私，店员也没有再问，就开始给孟颐贴了。

洛抒在一旁看着，一边看一边问："哥哥疼不疼？"

孟颐垂着脸，回答："还好。"

半小时后，孟颐的手腕上便出现了一个"L"，是洛抒的洛，在孟颐的手腕上，像是烙印。

洛抒很满意，拿着孟颐的手腕研究着。那个"L"就在孟颐手腕的伤疤下方一点点，脉搏的正中间。

店员叮嘱了两个人一些注意事项，但他们好像谁都没听，交完钱便离开了。

店员站在店门口瞧着，觉得两个人的相处方式有些奇怪，他们不像兄妹。

孟颐把衣袖放了下来，遮挡住了手腕上的字母。洛抒牵着孟颐的手，笑着说："哥哥，你身上现在有我的名字了。"

孟颐又一次嗯了一声。

之后两个人回了家，梦姐从楼上下来，正好看见洛抒在同孟颐说着什么。看到梦姐下来后，洛抒立马跟孟颐说了句："哥哥，我先上楼。"她朝他挥了挥手，很快地朝楼上跑去。

梦姐又看向孟颐，孟颐在洛抒上楼后也上楼了。

之后梦姐去厨房切了点儿水果，送到孟颐的房间里。孟颐正在房间内复习，梦姐将水果悄悄地放在他桌上，观察着他。

他在做题，手上握着笔。

梦姐观察了他一会儿，又离开了。

她不断地想着孟颐的日记本，那个"她"到底是谁？

晚上十点，孟颐在房间里洗澡，梦姐再次端着药上来。她放下托盘，看向浴室，听到里头的水声，又朝孟颐放在书桌上的黑色书包看去。

梦姐将孟颐的书包打开，找到了特别的东西——两片卫生巾！

他的书包里怎么会有这种东西？

梦姐听到浴室内的水声停了，立马将卫生巾塞回孟颐的书包，又端起托盘。这个时候，孟颐的房门被推开了，洛抒从隔壁房间跑了过来，没看清楚里面的人，就喊着："哥哥。"

梦姐朝洛抒看去。洛抒看到梦姐在里头，又看向浴室，连忙说了句："啊，我没事，就想问下哥哥睡了没有。"很快，洛抒便从孟颐的房间里退了出去。

这时，浴室的门也开了，孟颐走了出来，身上穿着睡衣。梦姐笑着说："孟颐，吃药了。"

孟颐嗯了一声，走了过来。为避免孟颐多吃药物，这次梦姐按照医嘱送来一次的剂量。孟颐坐在那儿吃了药，就在他抬手的时候，梦姐在孟颐的手腕上看到字母。

一个 L 形状的字母，就在他手腕疤痕的下方。

梦姐指着他的手腕问："孟颐，那是什么？"

孟颐吃完药后，见梦姐一直盯着自己的手腕。他低头看去，又抬头看向梦姐。

他说："是贴的。"

"贴的？"

孟颐嗯了声。

他喝完药，将杯子放在桌上，衣袖也随之落了下来，遮住了手腕。梦姐也不好再问。

梦姐也不好再将目光停留在他的手腕上，把杯子放在托盘上，笑着说："没事早点儿休息。"

孟颐回了句："好。"他关了桌上的台灯。

梦姐从他的房间离开。

他为什么突然贴个这样的东西？梦姐联想到孟颐书包里的卫生巾，手腕上多出的字母图案，日记本里的那个"她"……

把这一连串迹象梳理下来，梦姐想到一个可能：孟颐做出伤害自己的事情是不是因为感情问题？

这个发现让梦姐感到心惊。

第二天早上，孟颐去学校上课。刚入秋，虽然天气已经转凉，可偶尔还是会热，前几天穿了两件衣服的学生们又换回了短袖。

科灵是一个体寒的人，怕冷不怕热。早上来的时候她还觉得今天的天气不错，到教室就有些热了。她脱掉外套，侧过脸去看孟颐，发现孟颐竟然还穿着长袖校服。她想说什么，可是谭妍端着水杯从他们身旁走过，忽然脚下一歪，整杯水洒在孟颐的衣袖上。

科灵控制不住自己，小声地啊了一声。

等谭妍反应过来，那杯水不仅泼湿了孟颐的衣袖，还泼湿了他桌上的整张试卷。

孟颐向谭妍看过去。

谭妍立马向孟颐道歉，说："对不起，孟颐，我不是故意的，刚才脚不小心崴了一下。"

她从口袋里拿出纸巾，想给孟颐擦一下，孟颐把手从桌上挪开，对谭妍说："没事。"然后，他开始收拾桌上的试卷。

谭妍的手停在半空中，她站在那里，有些不知道该怎么办了。

孟颐收拾好试卷，便起身朝教室外走去，周围许多人看了过来。

科灵看孟颐出了教室，也立马从椅子上起身，从抽屉里拿了一包纸巾，追了过去。

孟颐还在走廊里，准备往洗手间去，科灵跟在他身后。在他进了洗手间后，科灵在外面犹豫了几秒，最终鼓起勇气拿着纸巾走了进去，喊了句："孟颐。"

孟颐正好脱了外套，听到有人在喊他，回头看过去。就在他回头的那个瞬间，科灵把目光落在了孟颐手腕上的贴纸上。

一个 L。

接着，她看到了字母上方的疤痕。

她微张大眼，瞬间紧捏住纸巾。

孟颐面无表情地看向她，科灵怔住了，完全不知道自己该说什么，该做什么，一直盯着他的手腕。

孟颐见她不说话，转过了身，继续清洗着手，然后又穿上了那件湿掉的衣服，遮挡住了手腕上的字母和疤痕。

他的手腕上怎么会有疤痕？

孟颐穿好衣服，又从科灵身边走了过去，出了公共洗手间。科灵却再也没有勇气叫他的名字，只是愣愣地站在那里盯着他的背影。

之后孟颐便回了教室。科灵也回去了，那包纸巾被她原封不动地拿了回来。

谭妍坐在座位上，愤恨地盯着科灵。

科灵却没管谭妍的眼神，脑子里全是孟颐手腕上的那道疤，还有"L"。

L是谁？他手上的疤又是哪里来的？

科灵看向他，他依旧穿着被打湿的外套。

梦姐又在孟颐的房间里翻着，这一次竟然翻出许多张女孩子的画像，画上没有脸，全是轮廓。姿态有跳着的，有跑着的，有走着的。

梦姐才觉得事情是真的不得了了。趁着孟承丙在家里，她拿上那些画像和日记本去楼下找孟承丙，喊着："先生，先生。"

孟承丙陪着洛禾阳在花园里种花，听见梦姐又在大呼小叫，就看了过去。洛禾阳原本在修剪着花园里的花枝，现在也停下手上的动作。

梦姐拿着那些东西跑了过来，对孟承丙说："先生，您先看看这些。"

"这是什么？"孟承丙不解地问。

梦姐说："您先看。"

洛禾阳也走了过来。

孟承丙从梦姐手上接过画像翻看起来。他发现画上的人都没有脸，只有轮廓和肢体动作。

梦姐怕孟承丙看不懂，连忙说："这是我在孟颐的房间里找出来的。"

她又将日记本递给孟承丙："您再看看这本日记。"

孟承丙又接过日记本。他起初也看不懂日记里的图案的含义，直到梦姐翻到孟颐自残那天的页面。孟承丙看到那纸张上的内容，脸上现出骇然之色。

梦姐又往下翻，出现了一个字——"她"。

梦姐说："这是我从孟颐的房间里搜到的，先生。孟颐那天突然自残，我怀疑原因不是我们想的那样，我在他的书包里发现了女生的用品，加上今天找到的这些画和日记……那天的事情可能和这个日记本里的女孩子有很大关系。"

孟承丙脸上的骇然之色还没消失，梦姐又说："先生，孟颐之前的状况很稳定，可从这半年开始，他的状态开始出现明显的变化，前段时间发生的事情绝对不是一个意外啊，先生！"

孟承丙回想了一下，以前的孟颐虽然不爱与人交流，可是确实从未做出过自残的过激行为。

孟承丙的脸色也开始凝重起来。

洛禾阳在一旁看着，放下剪刀走了过去，适时地说："会不会是我们多想了？他现在的精神状况，我觉得挺好的。"

梦姐说："先生，孟颐现在的状况并不好，从他增加药量这件事上就看得出来！"

梦姐是照顾孟颐最久的用人，也是这个家里最了解孟颐的人。

孟承丙对梦姐说："你去把胡医生找来，我想和他聊聊。"

胡医生一直是孟颐的主治医生。

洛禾阳放在桌上的手紧紧地交握着。

梦姐见孟承丙终于重视这件事情了，这才放心下来，连忙又跑去大厅给孟颐的主治医生打电话。

晚上洛抒和孟颐下课回来，发现孟承丙在客厅内等孟颐，气氛有点儿凝重。

孟承丙起身朝孟颐走来说："孟颐，我有点儿事情想问你。"

洛抒闻到了一丝不寻常的气息，洛禾阳没有看她。

孟承丙似乎是在征求孟颐的意见。

孟颐看向孟承丙，嗯了一声。

孟承丙便带着孟颐上了楼。

之后保姆送了些茶水上去，洛抒背着书包了洛禾阳身边，问："妈妈，爸爸要问哥哥什么事情？"

洛禾阳在那儿喝着茶水，对洛抒说："等会儿你就知道了。"

洛抒没听出洛禾阳话里的意思，只能坐在洛禾阳的身边，朝楼上望着。

也不知道孟承丙在楼上和孟颐谈了多久，忽然，有个保姆走了下来，来到洛抒面前，说："洛小姐，先生让您上去。"

洛抒忽然有些慌，预感到即将发生什么不祥的事情。她看向洛禾阳，洛禾阳放下茶杯，说："爸爸有点儿事情想问你，是关于哥哥的。他问你什么，你都如实回答就行了。"

洛抒回了句："好的，妈妈。"

洛抒随着保姆上楼，走到孟承丙的书房门口时，孟颐正好从书房内出来。洛抒停下脚步朝孟颐看去，孟颐也朝她看了一眼，不过很快就回了自己的房间。

洛抒走了进去。

孟承丙在等着她。洛抒一进来，孟承丙便问："洛抒，哥哥在学校里真的没有喜欢的女孩子吗？"

孟承丙开口便问洛抒这个问题，她有些慌乱无措，不知道该怎么回答。

孟承丙严肃地对洛抒说："洛抒，这件事情你要如实地回答我。"

洛抒说："爸爸，我不知道哥哥有没有喜欢的女孩子，但是我知道有很多女孩子喜欢哥哥。"

孟承丙问："是吗？"

洛抒点头说："是的。"

"那你知不知道哥哥跟哪个女孩儿的关系比较亲密？"

洛抒摇头说："没有，我和哥哥的班级离得很远。我只会在放学后去找哥哥，哪个女孩儿和他关系亲密，我并不知道。"

孟承丙又说："洛抒你过来。帮爸爸看看，你认不认识这个人？"

孟承丙把之前梦姐找到的几张画像给洛抒看，洛抒心里一紧，这几张画像她在孟颐的房间里看到过。

孟承丙问："你认识这个女孩儿吗？"

洛抒瞧了许久，对孟承丙摇头说："爸爸，我不认识她。"

孟承丙对洛抒说："我知道了，洛抒。辛苦你了，你先回房休息吧。"

洛抒有些胆怯地问了句："爸爸，怎么了？"

孟承丙叹了口气，对洛抒说："我们怀疑孟颐上次做出那种行为，可能并不单是学业压力太大了。"

洛抒忽然握紧了手，不过面上还算镇定。

孟承丙又对洛抒说："好了，没事了，洛抒。"

洛抒点头说："好的，爸爸。"

洛抒转身从孟承丙的书房出来，心里一阵打鼓，怎么孟承丙突然又查这件事情了？他们是知道些什么了吗？还是她不小心泄露出什么秘密来了？

洛抒回了自己的房间。

孟承丙在查这件事情，不过始终没有查出什么。第二天孟承丙让孟颐去了一趟医院，见主治医生。

那几天，洛禾阳的表情也有些凝重。

孟颐去医院的那天，洛抒去上学，两个人坐的是同一辆车。乔叔先送洛抒去学校，再送孟颐去医院。

洛抒看向身边的孟颐。他一直都很安静地坐在那里，也没同她说话，当然洛抒也不敢说话。

车到学校，洛抒从车上下来，司机便把车开往医院。洛抒站在那里看着车远去了。

她听说，心理医生会催眠术。医生会不会用这招问出些什么来？洛抒担心得很，一整天都有些心神不宁。

她一直熬到下课，乔叔来接她放学。洛抒上车后，抢先问乔叔："乔叔，哥哥今天去医院，情况怎么样？"

乔叔却问："洛抒，你真的不知道哥哥在学校里的情况吗？"

洛抒说："我真的不知道。"

这么看来，医生也没问出些什么。

车子一到家，洛抒立马下车，往楼上跑。她本来打算进自己的房间放书包，可又转念朝孟颐的房间跑。她到了孟颐的房间，大声地喊着："哥哥。"

她跑过去抱住孟颐，害怕地说："爸爸会不会知道了哥哥的文身是我的名字的事情？"

孟颐看向她。洛抒根本不敢往下想。

洛抒将孟颐抱得很紧，在他的肩上哭泣着。

孟颐看了她良久，伸出手，缓缓地揉了揉她的脑袋，说："没事。"他安抚着她。

洛抒又说："爸爸要是知道我对哥哥这么坏，我会不会被送走？如果我被送走，就永远不能跟哥哥生活在一起了。"

她哭得很伤心。她这样说，只是为了防止孟颐说出她最近对他做的一些事情。

孟颐闭着眼睛，没说话。

他承受着她的害怕。

洛抒在那儿天不敢和孟颐有亲密的接触，连他的房间都很少进。孟家现在似乎察觉了孟颐有些异常，可是那个女孩儿具体是谁，孟承丙还没查出个究竟。洛抒很怕自己不小心暴露，也怕孟承丙查到自己身上。

孟颐的主治医生胡医生也给孟承丙打了电话。胡医生在电话里告诉孟承丙，自己那天和孟颐进行了深度的交流，可是孟颐没跟自己透露什么。至于孟颐是否有早恋，胡医生判断很有可能。但是孟颐很保护那个女孩儿，什么都没对胡医生说。

孟承丙又问："那上次孟颐伤害自己的事情，是不是也跟那个女孩儿有关？"

胡医生说："多半是的。"

这不是件小事，如果不找出那个和孟颐有关的女孩儿，孟承丙会很不安。难保孟颐以后不再做出这样的事情来。

胡医生又说："而且，孟颐的抑郁症好像发作了。"

"什么？"这是孟承丙最没想到的事情。他问："怎么会这样？"

"我们现在暂时怀疑他的抑郁症和感情有关，那个女生是关键。好的感情是可以治愈孟颐的，可现在看来这段感情显然不是好的感情。孟颐现阶段可能处于一个痛苦、消极，甚至是悲伤的状态。"

孟承丙没想到孟颐的情况会这么严重，对胡医生说："好的，胡医生，我会密切关注孟颐的。"

孟颐在午休的时候又出去了一趟，科灵坐在那里看着他，握着修正液。过了许久，她还是决定从椅子上起身，跟着孟颐出了教室。她不知道他要去哪儿，只是远远地跟着，不敢靠他太近。

而孟颐不紧不慢地朝前走着，科灵发现他去了楼上的天台。她也迅速地跟着他上去，等上了天台，发现孟颐在天台上安静地站着。

起初科灵以为他只是站在那里发呆而已，直到发现孟颐在那里安静地站了一会儿，竟然开始缓缓地朝天台边缘靠近。她有个非常不好且特别强烈的预感。

"孟颐！"科灵惊慌地大喊了一声。

孟颐停住动作，转身朝科灵看了过来。科灵也不知道自己刚才怎么会有这么荒唐的想法。她看到孟颐已经站在天台的最边缘了，虽然他并没有往前踏，可他在那一刻给她的感觉就是这样：他想从这里跳下去。

她喘着气，身上出了虚汗。她看着他。

孟颐也看着她。

科灵不知道自己应该说什么，只是紧捏着自己的手，很是紧张地看着他。

孟颐看向她的眼神特别平淡。他平静地从天台边缘离开，又一次从科灵身边经过。

他为什么这样做？他来天台干什么？那种感觉太强烈了。孟颐想自杀吗？他身上到底发生什么事了？

科灵的脑子里全是这样的念头。

孟颐都离开很久了，她还站在天台上，直到上课铃声响起，才反应过来，赶忙朝楼下跑。

等她回到教室里，孟颐已经坐在座位上了。科灵看向他。

孟颐看上去和平时没有区别，在那里安静地等着老师上课，之前的那一幕，仿佛是科灵的幻觉。

正当科灵胡思乱想的时候，班主任忽然出现在门口，唤了句："科灵。"

科灵从椅子上站了起来，朝门口的班主任看过去。班主任对她说了句："你出来一趟，老师有点儿事情想问你。"

科灵向来不是爱惹事的女生，几乎没有被班主任叫进办公室过，而且现在是上课时间，她不知道自己做错了什么。

班主任看向她，接着便回了办公室。

科灵在课桌旁站了几秒，还是跟着老师过去了。

老师问："在班上孟颐有没有和哪个同学走得近？尤其是女同学。"

科灵不知道老师为什么会这么问，轻声回："好像没有，孟颐一直不爱与人交流。"

老师温和地看着她，向她确认："是吗？"

科灵说："老师，是的，孟颐确实没有和谁走得特别近。"

班主任看了她良久，说："好了，没事了，我就问问。"

科灵紧握着双手，手心里全是汗。她鼓足勇气主动问："老师，我可以问问您为什么会突然问我这些吗？"

班主任笑着说："没事，老师只是随便问问。"她拿起了桌上的备课本，说，"你回去上课吧。"

科灵觉得有些奇怪，可具体是什么地方奇怪，她也不是很清楚，只觉得孟颐应该是出什么事了。

老师没有同她多说，她只能从办公室离开。

但是在回教室的路上，科灵一直在细细地回想老师问她的那些问题。

老师问她，孟颐在班上有没有走得近的女同学。老师还刻意强调了"女同学"这几个字，这让她又联想到孟颐手腕上的那个字母。

L。

那个"L"是女生的名字？

老师问话时，用的明明是调查学生有没有早恋的口吻。

科灵的心又紧绷了起来，可很快，她又想起了天台上的画面，心里冒出一个念头：要不要去找孟颐的家人，告诉他家里人这件事情？还是说，之前只是她看错了？

科灵陷入了从未有过的纠结情绪。

放学的时候，洛抒没有来教室门口等孟颐，孟颐只是平静地自己走了出去。

科灵起身跟着他。

孟颐走到校门口，回头发现了科灵。科灵停住脚步，没再前进。

洛抒坐在车内等着孟颐，正好看到了这一幕。

隔了几天，科灵还是决定把这件事情告知孟颐的家人。虽然她并不知道孟颐究竟出了什么事。她向班主任要了孟家的地址。班主任没想到科灵会来问孟颐家的地址，有些意外："你要孟颐家的地址做什么？"

科灵不知道该如何与班主任说，只请求道："老师，您能给我吗？"

她的声音里带着一点儿哀求的意味。班主任别有深意地看了她几秒，还是给了她孟颐的地址。科灵拿到后，同班主任说了谢谢，当天放学便找去孟颐家了。

　　她在周围看了很久。很明显，家境一般的科灵从未来过这里。周围全是别墅，她几乎迷路了。她捏着手上的地址，有些退缩，最后还是一咬牙继续朝前走。

　　孟承丙今天下班早，车子刚进院子，院子门口便有个保姆朝他跑来，说："先生，有个小姑娘找您，说是孟颐的同学。"

　　孟承丙从车上下来，朝院子大门看去，果然看到一个穿着校服的小姑娘，正站在那里朝里头胆怯地看着。

　　孟承丙问："你说她是孟颐的同学？"

　　保姆说："是的。"

　　孟承丙让保姆请她进来。

　　保姆便立马过去请。科灵没想到一进来就看到了孟颐的父亲。他笑容可掬地朝她看。

　　科灵始终捏着那个纸团，朝孟承丙走了过去，小声地唤了一声："叔叔。"

　　孟承丙看向她，见小姑娘长得乖乖巧巧、文文静静的，便问："你是孟颐的同学？"

　　科灵有些害怕地说："是的，叔叔。"

　　孟承丙下意识地问了句："你是来找孟颐的？"

　　"不，不是的。叔叔，我是……我是来找您的。"

　　"找我？"

　　显然孟承丙也没想到，科灵望着孟承丙说："我有点儿事情想同您说。"

　　孟承丙见小姑娘很紧张，手都捏红了，便笑着说："好，走吧，我们先进去。"

　　孟承丙便带着她进去了。

　　洛抒也早早地回来了，在客厅里看电视。看到科灵来了，她意外地放下遥控器，从沙发上跳了下来，喊了句："科灵姐姐！"

　　洛禾阳也正好从厨房出来，端着一些吃的。她也停在门口看向科灵，笑着问孟承丙："这是……？"

　　孟承丙说："这是孟颐的同学。"

　　孟承丙又向科灵介绍："这是我的妻子。"

科灵看了洛禾阳一眼，觉得她真美丽、贤淑。科灵唤了洛禾阳一句："阿姨。"科灵看向一旁盯着自己的洛抒，又唤了句："洛抒。"

孟承丙问洛抒："你们认识？"

洛抒开朗地说："她是哥哥的同桌，我和她认识。"

孟承丙笑着说："原来你和孟颐还是同桌。"

洛禾阳以女主人的身份，热情地招呼着科灵："来啊，既然大家都认识，你先和洛抒坐沙发上看会儿电视，晚上在家里吃饭吧。"

科灵没想到他的家人会这么热情，他的家人不仅没有瞧不起她，还尽心招待她。她忙说："阿姨，我就是来找叔叔的。我有点儿事情要同他说，说完就走。"

洛禾阳看向孟承丙，笑着说："原来是这样，那你们去楼上书房谈，我端些饼干上去。"

洛禾阳招呼科灵上楼。

等到了楼上书房里，科灵下意识地四处看着。孟承丙想让她尽量自在一点儿，便对她说："你坐，科灵。"

科灵坐下，洛禾阳给她倒了杯果汁，便关上门，去楼下烤饼干了。

孟承丙看向科灵，问："你找叔叔有什么事？"

科灵很紧张，手一直握着，没有半刻是处于放松状态的。她对孟承丙说："叔叔，是关于孟颐的事情，我昨天发现孟颐去了学校的天台，他好像……好像有……"

"有轻生的行为吗？"孟承丙主动问。

科灵说："是，我不知道是不是自己的错觉，害怕弄错，可我还是觉得要和您说一声。"

孟承丙的脸色有些难看。

科灵见孟承丙的脸色不好，立马说："叔叔，我也不确定，这只是我的猜测，我……"

科灵有些语无伦次。孟承丙知道孟颐的抑郁症复发了，所以并未对科灵的话感到太意外。

他反而问科灵："你叫什么名字？"

"我叫科灵。"

孟承丙说："谢谢你，科灵。孟颐最近的精神状况确实不是很好，你跟孟颐的关系怎么样？"

科灵小声地说："我们只是普通朋友而已。"

"你要不要和孟颐见个面？"

孟承丙等着科灵回答。他把目光落在科灵的脸上，科灵有些犹豫，却带着期待。

孟承丙觉得，这个小姑娘和孟颐的关系并非一般。

科灵怕孟颐知道她告诉了他的父亲这些秘密，忙说："叔叔，我就不见孟颐了。我只是来同您说一下这件事，希望您也别告诉他我来过这里。我得回家了。"

孟承丙也没再留科灵，说："我让家里的司机送你回去，你一个人回家不安全。"

孟承丙便送科灵出来了。

洛禾阳正好端着饼干上来，问："这就要走啊？"

科灵同洛禾阳打了声招呼。之后司机带着科灵离开了。

洛禾阳和孟承丙站在那里看着科灵的背影。洛禾阳对孟承丙说："我怎么觉得这个小姑娘和孟颐关系匪浅啊？"

洛禾阳又问："她同你说了什么？"

孟承丙脸色凝重，说："她同我说，孟颐似乎有轻生行为。"

洛禾阳用手捂着胸口，像是受了很大的惊吓。

孟承丙沉默良久，说："先下去吧。"

洛禾阳缓缓地点头，同孟承丙一起下去。到楼梯口时，他们看到洛抒正和科灵说着话，不过没说几句，科灵便随着司机离开了。

洛抒看到孟承丙和洛禾阳在楼上站着，忙跑了过去："爸爸，妈妈。"

孟承丙又看了一眼外头，问洛抒："洛抒，科灵跟你哥哥的关系怎么样？"

洛抒这次沉默了一会儿，洛禾阳急忙问："怎么？你倒是说呀。"

洛禾阳似乎也万分着急。

洛抒说："她好像喜欢哥哥，哥哥对她……"她迟疑了一会儿，有些不太确定地说，"每次放学我去哥哥班上找哥哥，都能看到哥哥和她单独待在教室里。”

洛禾阳愕然。

洛抒想到了什么，又说：“爸爸，哥哥的手腕上有个字母，我前几天发现了，不知道是不是和科灵姐姐有关……”

洛抒看着孟承丙的反应。

孟承丙竟然不知道孟颐的手腕上有字母。他皱着眉问：“哥哥手腕上有字母？”

洛抒点头：“好像是用特殊药水贴的。”

孟承丙问：“是什么图案？”

“L。”

科灵的灵。

洛禾阳也惊呆了，问：“影响孟颐的会不会真的是这个女孩儿？”

孟承丙说：“等孟颐回来再说。”

孟颐放学后，并没有同洛抒一起回家，而是去了医院。

洛禾阳也点头，对洛抒说：“这里没你的事了，你回房做功课吧。”

洛抒应答着：“好的妈妈。”

洛抒朝自己的房间走去，又回头看向孟承丙。

之后孟承丙把梦姐喊了过来，问梦姐最近有没有注意到孟颐的手腕上有个字母。梦姐想到那天晚上在孟颐的手腕上看到的图案，说：“有呢，先生。”

孟承丙问：“是个什么样的图案？”

“我也不知道是拼音还是英文，是字母‘L’。”

科灵的名字里有一个“L”，而且她还找上门来……孟承丙很难不往下想。

洛禾阳问：“这可怎么办？”

孟承丙之前一直在找这个人。如今这个人出现了，孟承丙倒是感到了为难。

洛禾阳又说：“孟颐之前有过激的行为，估计是因为和同学闹别扭了。如今还是孟颐的病情更重要。”

孟承丙也是这么想的，不过他得先找胡医生聊聊。

洛禾阳看孟承丙在思索着什么，脸上的表情反而逐渐放松了下来。

之后，洛抒的房门被人推开，洛禾阳走了进来。洛抒立马从床上起身，朝洛禾阳走去，问："妈妈，他们还会发现我们的事情吗？"

洛禾阳说："孟承丙现在把目标转移到了孟颐的同桌身上。"

"那之后我们该怎么办？"

"孟颐的抑郁症复发了。"

洛抒看着洛禾阳，发现洛禾阳的嘴角带着很明显的笑意。

科灵的出现算是给了洛抒一个脱身的机会。果然之后孟承丙没有再查下去。而孟颐的病情逐渐恶化，孟承丙不敢再让孟颐去学校，决定让孟颐继续去医院接受治疗。

这成为孟承丙最为忧心的事情。而且胡医生认为孟颐的病情如今骤然恶化，是心病引起的，心病还得心药医。孟颐有喜欢的人是好事，胡医生让他不要有压力。胡医生建议孟承丙，如果孟颐和那个女生相互喜欢，也许那个女生可以支持孟颐，可能会有好的治疗效果。

孟承丙也是这样认为的。那天他见了那个女孩儿，认为那个女孩儿很不错。他去学校了解了科灵，发现她的学习成绩很优秀。老师认为她是个文静、听话，挺讨人喜欢的女孩儿。

那几天孟颐住院，孟承丙想了许久，决定听取胡医生的意见。当然，他得先跟孟颐谈谈。

孟颐在医院目前接受的是心理辅导治疗。孟承丙抽了一天的时间，去医院同孟颐聊这个话题。

他问孟颐知不知道班上有个叫科灵的女孩儿。他问完，仔细地观察着孟颐的表情。果然，一直很安静的孟颐朝孟承丙看去。

孟承丙的心里逐渐有了底。他对孟颐说："她来家里找过我，说了你的状况。孟颐，你能够告诉我，你是怎么想的吗？胡医生说你的抑郁症又复发了。"

孟颐沉默了半晌，只同孟承丙说了句："抱歉。"

孟承丙不想听孟颐道歉，这不是孟颐的错。孟承丙只说："孟颐，你是不是有喜欢的人了？你跟我说实话。"

上次孟颐否认了，可孟承丙知道他没有说实话。

孟承丙看着他，眼神里带着担忧。

孟颐这次没有否认，也没有肯定。

孟承丙知道，孟颐默认了。

孟承丙问："那女生是不是和你同桌？"

孟颐再次看向孟承丙，不过很快又看向窗外，说了句："不是。"

孟颐否认自己和科灵的关系，看向窗外，仿佛在放空自己。

孟承丙皱眉，道："不是她，那是谁？"

"我们没有交往。"

孟颐突然又说了句。

"你单方面在意她？"

"嗯。"

孟颐回答得很平淡，声音没有起伏，但承认自己陷入了感情问题。

孟承丙没想到孟颐犯病竟然真的是因为那个女孩儿。

孟承丙仿佛吃下了一颗定心丸，至少知道孟颐是什么情况了。他又问："那个女孩儿喜欢你吗？"

孟颐说："不知道。"

孟承丙说："我看她来家里的那天，言语间对你充满关怀。孟颐，爸爸是不会反对你们的。如果你愿意，那女孩儿也愿意，在保证双方学业身心健康的前提下，我们很愿意支持你们。"

孟颐依旧没起伏地回了句："嗯。"

孟承丙在孟颐这里得到肯定的回答后，希望那女儿能够接受孟颐、陪伴孟颐，让孟颐的病情有好转。

这个时候一直看着窗外的孟颐忽然将目光转向门口。洛抒正趴在门口朝里头看着，孟承丙也看过去，看到是洛抒，笑着说："洛抒，我和哥哥谈完了，你进来吧。"

洛抒推门进来，对着孟颐笑："哥哥，你一定会好起来的。"

孟颐沉默地看着她。

孟承丙起身揽着洛抒，笑着说："当然了，洛抒是个小太阳嘛，哥哥当然会好起来的。"

洛抒笑着，将保温杯递给孟承丙，说："这是保姆阿姨让我给哥哥带过来的。"

洛抒刚放学，是跟孟承丙一起来的。孟承丙从洛抒的手上接过保温杯，笑着对洛抒说：“洛抒，过几天你邀请科灵姐姐过来玩怎么样？”

　　“请她到医院来吗？”

　　孟承丙说：“请她来陪陪哥哥。”

　　洛抒灿烂地笑着：“好的，爸爸，我会帮哥哥邀请科灵姐姐过来玩的。”

　　孟承丙拍了拍洛抒的后背，说：“那爸爸就替哥哥谢谢洛抒了。”

第六章

孟颐的喜欢

孟承丙虽说让洛抒去邀请科灵，实际上还是亲自派人去请科灵。科灵从学校出来后，孟家的车便停在校门口，从车里出来一个男人——孟家的司机。

科灵见过这个司机很多次，以为他是来接洛抒的。谁知他竟然朝着科灵走来，对她说："您是科灵？"

科灵从来没被长辈尊称为"您"过，有些受宠若惊，说："我是，叔叔您是……找我吗？"

司机笑着说："对，我想请您去趟医院。"

"去医院？"

这个时候车窗被摇了下来，洛抒对外头的科灵说："科灵姐姐，爸爸想请你去医院看看哥哥。"

"啊？"科灵没想到。司机恭敬地对她说："科灵小姐，您方便去医院吗？"

科灵没想到他们竟然会让自己去见孟颐，为什么？她充满了疑问。洛抒在车里等着她的答复，而孟家的司机再次征求科灵的意见："或许，我先和您的家人通个电话？"

科灵立马说："不，不用，我……我去就行了。"

司机笑着说："那请上车。"

科灵便在司机的邀请下，上了孟家的车。她有些拘谨地坐在洛抒的身旁，洛抒同她打着招呼。

科灵小声地问："为什么……会这样？"

她指的是，为什么孟承丙会邀请她去医院。

洛抒开心地笑着，对她说："你不知道吗？哥哥喜欢你啊。"

科灵的脸变得通红，她说："洛抒，你在胡说什么？孟颐……孟颐怎么会……"

洛抒说："哥哥自己承认了，也许你可以去问问他。他现在的精神状态不是很稳定，我爸爸希望你可以陪陪他。"

科灵觉得这些话有些不可思议，孟颐……孟颐怎么会喜欢自己？

洛抒又说："你不知道？我说的都是真的。"

科灵的脸红到耳根了，她对洛抒说："不，孟颐……孟颐怎么会喜欢我？我……是不是你们弄错了？"

洛抒说："你是不是叫科灵？"

科灵说："我是。"

洛抒说："哥哥手上有个'L'，和你的名字有关。"

"啊！"科灵想到孟颐手腕上的那个字母，脸更红了，不会吧……他手腕上怎么会有她的名字？

洛抒靠在车门上，看向科灵："我之前就同你说过啊，哥哥喜欢你，是你不信。你见哥哥和谁同桌过这么久吗？只有你。而且你没发现哥哥对你挺不一样的吗？"

洛抒的话对科灵来说无疑是有冲击力的。洛抒说孟颐手腕上的字母和科灵的名字有关，孟颐还亲口承认喜欢科灵……这是真的吗？

正当科灵产生了一些不真实的感觉之时，车子已经停在了医院门口。洛抒对科灵说了句："下车吧。"

说完，洛抒便从车上跳了下来。科灵看向洛抒，也下车了。洛抒和司机带着科灵去了孟颐的病房，孟承丙从病房出来，对科灵相当热情地说："科灵，我们又见面了。"

科灵没想到又见到了孟颐的父亲，很紧张地唤了句："孟叔叔。"

孟承丙觉得这个孩子有礼貌，很是不错。他说："进来坐一会儿，孟颐在里面。"

科灵越发紧张了，听到孟颐的名字，手都不知道往哪里放，甚至不敢朝里面看。

倒是孟承丙笑着邀请她："别害羞，你们是同学嘛，快进来。"

科灵在孟承丙的盛情邀请下，只能朝病房里头走。

孟颐正坐在病床上，穿着病号服。他也看向科灵，科灵紧张得手都在抖。这是她第一次被孟颐注视着。

她低着头主动同孟颐打了声招呼："你好，孟颐，我是来看望你的。"

孟承丙希望孟颐能够高兴起来，在一旁盯着孟颐的反应。

孟颐回了科灵一句："谢谢，你坐吧。"

病床边有座位，科灵在孟颐的床边坐下。

可接下来，两个人陷入了沉默，科灵不说话，孟颐也没说话。梦姐洗了些水果端进来，孟承丙见科灵好像很紧张，孟颐保持着沉默。

孟承丙正要说些什么，孟颐倒是主动问了科灵一句："你喜欢吃什么水果？"

梦姐笑着将水果端了过来。

科灵看了一眼果盘，说："我……我吃什么都可以。"

孟颐从梦姐的手上拿了个橘子，剥好后，递给科灵。

科灵愣愣地从孟颐的手上接过橘子。

孟承丙笑了，科灵果然是孟颐喜欢的女孩子，孟颐还主动给她剥了橘子。

洛抒站在一旁看着他们。

科灵接过橘子，孟承丙开始问科灵的家庭情况，包括父母是做什么工作的，她是否有弟弟妹妹。

科灵一一回答，孟颐也安静地在那里听着。他刚才给科灵剥了个橘子，之后没再说话。

洛抒也在一旁凑热闹。她本就是个爱热闹的人，用几句话就能逗得孟承丙开心得很，病房里也没再安静过。

时间有点儿晚了，科灵得回家了。孟承丙也想得周到，没有再留科灵，让乔叔先送科灵回去。

毕竟科灵回去晚了，家里人会担心的。科灵看了孟颐一眼。

孟颐对科灵说了句："需要我送吗？"

科灵立马说："不用，不用，我自己回去就可以了。"

孟颐竟然也不再多话，只说了一个"好"字。

科灵真的没想到孟颐今天会对自己说这么多话，这是从未有过的情况。她有些羞涩地同孟颐说了声再见，便跟着乔叔出去，出门前又同孟承丙说了再见。孟承丙很喜欢她，还让她下次去家里坐坐。

科灵就这样被乔叔送走了。时间也不早了，洛抒明天还要上学，孟承丙准备带着洛抒回去了，便对孟颐说："孟颐，爸爸也先带洛抒回去了。"

孟颐嗯了一声。

洛抒也同孟颐说了句："哥哥，明天见。"

孟颐垂眸，回了句："明天见。"

孟承丙便带着洛抒从病房离开了，只剩下梦姐在医院里守着孟颐。

隔了一天，孟家再次邀请科灵放学去医院看孟颐。科灵就像做梦一样，又一次上了孟家的车去医院。这一次，孟承丙和洛抒都不在，病房里只有孟颐。这是科灵没有想到的，她毫无准备地站在孟颐的病房门口。

司机对她说："您进去坐一会儿，有什么需要可以吩咐我，我就在外面。"

科灵拉着司机问："孟叔叔呢？"

司机说："孟先生今天好像没有时间过来。"

科灵放开了司机，朝病房内的孟颐看去。孟颐依旧坐在病床上，手上拿着本书，正静静地看着她。

科灵同司机说了声："好。"

司机离开了，她有些不知道该怎么办，不过，还是朝病房内走去。她走到孟颐的床边，然后主动坐下，问孟颐："你……什么时候回学校？"

科灵很怕孟颐不会回复自己，谁知孟颐平静地回了句："我还不知道。"

科灵又问："那今年你还会回学校吗？"

孟颐说："可能会。"

这是她第一次同孟颐说这么多话。他们同桌几年，孟颐在学校里从未对她说过这么多话，这让她又不由得紧张了起来。想到洛抒对自己说的话，她无比忐忑地问："我……听他们说……说你……喜欢我。"科灵紧张得满脸通红，问，"是不是真的？"

她的声音像蚊子一样细小。

"嗯，是真的。"孟颐竟然很快地回答。

科灵抬起头，睁大眼睛看向他。

接着，她又低下头去，双手紧握，脸颊越发红了。

孟颐又说："怎么了，你被我吓到了吗？"

科灵点头，说："有一点儿。"

孟颐说："对不起。"

"啊？"

科灵没明白他为什么要跟她道歉，孟颐摇头说："没什么。"

科灵又看向孟颐的手腕处。病号服的袖口非常宽大，所以科灵很轻易地看到了他手腕，确实是个 L。

她又问："这真的是我的名字吗？"

孟颐起初没明白她说的话。他随着她的视线低下头，看向自己手腕上，迟疑地点了点头。

科灵紧咬着唇，过了一会儿，又看向他手腕上的伤疤："那道疤……"

孟颐抬手看了一眼手腕上的疤，不知道在想什么，语气有些随意："嗯，不重要。"

他的语气没有波澜，一时间，科灵竟然再也找不出别的话要对他说。

病房里又安静了。过了一会儿，孟颐问了句："要不要吃点儿什么？"

科灵其实不爱吃零食，不过既然孟颐这么问了，就说了句："我吃什么都可以。"

孟颐还是给她剥了个橘子。

科灵之前以为孟颐是个不好接近的人，性格孤僻，不爱理人。可她今天才发现，好像他是一个很温柔的人，连说话的声音，都是不高不低的。

孟颐将橘子剥好递给科灵，科灵接过橘子。之后，两个人在病房里偶尔会说一会儿话。科灵不是一个话多的人，孟颐的话就更少了。但是房间里的气氛还算融洽。

晚上七点，孟家的司机送科灵离开。

科灵走后，梦姐进来笑着对孟颐说："这姑娘好像还不错，说话轻声细语的。"

孟颐有些无聊地继续翻着手上的书，随意地嗯了一声。

梦姐放下晚饭，便叮嘱孟颐："您先吃饭，没胃口也要吃些。"

梦姐的话音刚落，门又被推开了，洛抒提着保温杯走了进来，朝里面喊着："哥哥！"

孟颐看过去。洛抒提着保温杯进来，笑着对孟颐说："煮饭的阿姨让我给你送汤过来。"她将保温杯提到孟颐的眼前，说，"今天阿姨炖的是猪骨汤哦。"

梦姐说："先生没来吗？"

洛抒看向梦姐："爸爸还没下班。"

梦姐想，孟承丙今天应该没时间过来了。

洛抒跑到孟颐的床边，开始给孟颐盛汤，说："哥哥，阿姨说今天的汤你要全部喝掉。"

她给他安排任务，孟颐看着她。

梦姐见洛抒来了，便出去忙其他事情了。

梦姐走后，洛抒对孟颐说了句："哥哥，那我先走了。"

她又同梦姐打了声招呼，离开了。

孟颐坐在那里沉默着。

科灵这几天都是被孟家的车接走的。学校里开始传孟颐跟科灵的绯闻，连许小结跟栅彤都听说了，跑来问洛抒："是不是真的？"

洛抒坐在课桌上，咬着碎碎冰："她去医院陪我哥哥啊。"

"这么说，是真的了？"

许小结要被气死了。

"我爸爸挺喜欢科灵姐姐的。"

许小结简直要被气死了，说："怎么你哥哥的对象是她？"

洛抒吸着碎碎冰，说："我也觉得科灵姐姐挺好的，说不定他们高中毕业，读完大学就会结婚呢。"

许小结狠命地掐着还在刺激自己的洛抒，洛抒哈哈笑着。

放学后，孟家的司机来接洛抒放学，又一次邀请科灵去医院。科灵现在已经逐渐平静下来，就算学校里关于她和孟颐的谣言四起，也还是朝着孟家的车走去。洛抒依旧坐在车里同科灵打着招呼："科灵姐姐，今天还是去医院吗？"

科灵害羞地小声说道："嗯，我有几道题想请教你哥哥。"

洛抒却直接拆穿她这个借口，还笑话她说："你是想请教哥哥，还是想见哥哥？"

科灵被洛抒直白的话弄得有些回答不上来了。

洛抒也不同她多说，招呼道："快上车呀。"

科灵在洛抒的招呼下，坐上车。

科灵以为洛抒也要去医院，谁知道司机准备把洛抒送回家。科灵问："你不去……医院吗？"

洛抒说："我昨天才去看了哥哥，今天就不去了，而且打扰你们多不好。"

科灵否认，说："洛抒，我们没有交往，真的没有。"

洛抒才不理她呢。

车子到达孟家后，洛抒从车上下来，对车内的科灵说："科灵姐姐，再见。"她挥了挥手，走了。

科灵坐在车里看着洛抒的背影，咬着唇笑了。

车子之后又去了医院。科灵再次出现在孟颐的病房里，孟颐依旧在看书，科灵同他打招呼，他回复了。

梦姐还是洗了些水果拿进来给两个人吃。科灵知道她是孟家的保姆，也很客气地和她打着招呼。

梦姐很喜欢科灵，热情地招呼科灵坐。科灵这次来，情绪比之前两次平和多了，没那么紧张了。她在孟颐的病床边坐下，见孟颐没看课本，问："孟颐，你现在不用复习功课吗？"

她又想到了什么，把自己的笔记本拿了出来，说："这是这几天老师讲的重点，我不知道记得详不详细，你可以看一下。"

孟颐其实把高三的知识都学完了，所以很少再去温习高三的课程。他见科灵给他看笔记，也没说什么，从她的手上接过本子，笑着说谢谢。

梦姐见两个人交流得甚好，便笑着出了病房。

两个人在病房内又待了几个小时。可是不知道为什么，科灵没有之前那么欣喜。她甚至在想：孟颐是真的喜欢自己吗？为什么在这几次的相处中，她感觉到的只有孟颐的周到和客气呢？

虽然对于她的问题，孟颐都做出了答复，可是科灵感觉不到他对自己有多亲近。

所以坐在车上回家的她有些失落。

不过值得她开心的是，两个人交换了联系方式。这就意味着两个人以后可以随时联系了。

之后那几天因为科灵放学晚，不方便天天过去，就和孟颐用手机联系。可是他们联系得并不频繁，有时候科灵发过去好几条消息，孟颐只回一条。他好像不常看手机，只在固定的时间回复，分别是上午的十一点和下午的四点。

孟家考虑到科灵在读高三，没有时常邀请她去陪孟颐，怕影响她的学习。可这天放学早，科灵想去医院看孟颐。走到校门口时，科灵看到了洛抒正准备上车。科灵本想过去，可是又怕丢脸，毕竟孟家今天没有邀请自己。她想，自己直接过去也可以。

于是她犹豫了一会儿，拿出手机给孟颐发了一条短信，问他自己今天可不可以过去，她有笔记想拿给他。不过消息发过去，孟颐却没有回。

科灵决定自己过去一趟，孟颐应该是没看手机。

二十分钟后，科灵到孟颐的病房门口，停了几秒，决定伸手敲门，里头没人应答。科灵想再敲一下，门开了，洛抒站在门口，朝科灵笑着打招呼："科灵姐姐。"

科灵没想到洛抒在，愣了一会儿，同洛抒打招呼："洛抒。"她朝房间内看去，孟颐这次没有坐在病床上，而是坐在病床边。

他听到了科灵的声音，朝科灵看了过来。

洛抒说："科灵姐姐，既然你来了，我就先回去了。"

洛抒说完，便去沙发上拿起了自己的书包，孟颐看着洛抒。

洛抒背好书包，走到科灵的身边说："我先走了。"

科灵没想到洛抒这么快要走，拉着她说："不再待一会儿吗？"

洛抒说："不了，科灵姐姐，妈妈等着我回家。"

科灵也不好挽留，洛抒便离开了。

梦姐竟然也不在，房间里只剩下她和孟颐。

她知道自己来得有些唐突，而且没有经过孟颐同意。她小声地问孟颐："我是不是太唐突了？"她想了想，又说，"我有给你发短信。"

孟颐说："嗯，我忘记看了。"

他说话的语气还算好，他似乎没觉得她唐突。科灵也松了一口气，从书包里拿出笔记递给孟颐。孟颐接过本子，同她说了句："谢谢。"

科灵有些害羞地笑着。

不过科灵明显感觉出来孟颐今天有点儿沉默。在之后的相处中，孟颐没之前那么爱说话，科灵问什么，他才答什么。好像从洛抒离开起，他就显得有些心不在焉。科灵也不知道是不是自己的错觉。

如果科灵不说话，孟颐也不会说话，病房里的气氛有些沉闷。

直到梦姐回来。梦姐见科灵也来了，意外地说："科灵，你也来了啊。"

房间内终于有人说话了，科灵立马从椅子上起身，朝梦姐走去，喊了句："梦阿姨。"

科灵生怕自己主动过来会显得不礼貌，对梦姐说："梦阿姨，不好意思，我……我是来给孟颐送笔记的。"

梦姐笑着说："科灵，谢谢你了，还替孟颐准备笔记。你晚上要不要在这里吃饭？"

科灵拿起书包说："我正好要走了，梦阿姨。"她又看向孟颐。

孟颐终于主动开口，问她要不要让司机送。

科灵还是说："不用不用，我自己回去就行了。"

"那……路上小心。"孟颐也没有坚持。

科灵脸上是明显的失落的表情。

她说："那我先走了。"

孟颐笑着嗯了一声。

科灵转身走出病房，梦姐去送她，孟颐看了她和梦姐一眼，又把目光转向窗外。

梦姐感觉到科灵这次来好像没之前几次开心，问："怎么了，科灵？今天有点儿不开心？"

科灵没想到自己的情绪泄露出来了，立马打起精神，朝梦姐笑着说："没事，梦阿姨，我只是在想事情。"

梦姐说："那就好，阿姨还以为你不高兴呢。"

科灵摇头，梦姐送她下楼后，还是让司机送她回家。

科灵在回去的路上想也许是自己来得确实太冒失了，应该等孟颐看完短信的。她没经过他的同意就去医院找他，他可能会不开心吧。

她这样想着，有点儿垂头丧气。忽然，她想到什么，有个东西忘记给孟颐了。她迅速地在书包里翻找着，果然，那个香包还在书包里。这个香包是治疗失眠、舒缓情绪的。科灵特意去买了准备送给孟颐。她看向司机，决定再去医院一趟，便对司机说："叔叔，我们能不能再回去一下？"

司机看向她。

科灵说："我有个东西忘记给孟颐了，您回去一趟麻烦吗？如果麻烦的话，我下一次给孟颐也可以。"

司机忙说："不麻烦不麻烦，还是去医院吧？"

科灵笑着说："是的，叔叔。"

司机便将车子掉了个头，说："好的。"他们又往医院赶。

到了医院，科灵下车，自己上去找孟颐。可是到病房内，她发现一个人也没有，孟颐也不在。他去哪儿了？她左右看了看。

她忽然脸色骤变，拿着那香包立马转身准备去天台。可是她才进楼道，整个身子就定在那里了。

孟颐穿着病号服，正站在下一层的楼道里，抱着一个女孩儿。

科灵站在原地看着他们。

孟颐背对着科灵。科灵看到他怀里的女孩儿，穿的是他们学校的校服。科灵没看到女孩儿的脸，却听到了女孩儿的声音。

"哥哥，他们还会发现我们的事情吗？"

科灵错愕地往后退了几步。

女孩儿又喊了句："哥哥。"

科灵迅速地往后退着，从楼道里跑了出去。很快，科灵进了电梯，迅速地从医院离开了。

司机在楼下等她，见科灵下来了，便去给她开门。科灵立马摇头说："不用，我自己回去。"

她转身跑了。

司机没料到她会这样，刚想说点儿什么，她已不见了踪影。

梦姐回孟家取晚餐了，回医院时见孟颐没在病房里，正四处寻觅，孟颐正好回来了。

梦姐走过去问："孟颐，刚才去哪里了？"

孟颐对梦姐说："我去外面散步了。"

梦姐提着晚餐说："进去吧。"

孟颐嗯了一声。

科灵那几天心事重重。老师讲课她也走神。

她没有再去医院，那件事情成了她心里的一个秘密。科灵那几天虽然没去医院，但星期六那天孟颐又向她发出邀请，请她去孟家做客。孟家的司机来接科灵，可科灵拒绝了。

这件事情被孟承丙知道了，孟承丙充满疑惑：科灵怎么突然就开始拒绝邀请了？

梦姐得知孟承丙要邀请科灵星期六来做客，一早就去准备食材了。当从孟承丙那里得知科灵星期六不来后，梦姐也充满了疑惑。

孟承丙问梦姐："两个人相处得不好吗？"

梦姐也觉得十分费解，说："他们相处得挺好的啊。孟颐喜欢她，她还主动去医院找过孟颐呢。"

孟承丙也纳闷了，怕孟颐知道这件事，便对梦姐说："那过几天再说。"

梦姐又说："不如邀请她星期天再来？"

孟承丙想了想，说："梦姐，你去邀请她试试看。"

梦姐得了孟承丙的吩咐，便出了书房。这个时候洛禾阳进来，笑着问："怎么了？小姑娘不肯来？"

孟承丙说："估计他们闹别扭了。"

洛禾阳说："这个年纪的孩子就是这样，可以让两个人冷静一下。"

孟承丙也觉得是这样，只是担心孟颐。孟颐现在不能太情绪化。

洛禾阳安抚他："别担心，孟颐不会有事的。"

梦姐亲自去打电话邀请科灵了，让她星期天来孟家吃饭。大约是孟家邀请了两次，科灵不好再拒绝，想了想，还是答应了。

星期天，科灵一早就被孟家的人接了过来，等在门口的梦姐朝科灵迎了上去。

梦姐亲切地笑着说："科灵，你爱吃什么？告诉梦阿姨，阿姨给你准备。"

科灵说："阿姨，我吃什么都可以。"

梦姐觉得这女孩儿很好说话，又懂事，越发喜欢。梦姐说："孟叔叔和洛阿姨都在客厅等你呢。"

洛禾阳见科灵来了，立马从沙发上起身，唤了句："科灵，你来了啊。"

科灵见到洛禾阳，也唤了句："洛阿姨。"接着，她又看向沙发上坐着的孟承丙，唤着："孟叔叔。"

孟承丙笑开了花，招呼着她："快过来坐，科灵。"

洛禾阳便拉着她朝沙发那端走去。科灵坐下后，孟承丙想到了什么，又对梦姐说："梦姐，孟颐回来了没有？"

梦姐本来打算去厨房忙，忙答了句："我这就打电话过去问问。"

孟承丙同科灵说："孟颐今天要出院，可能还在路上。"

科灵微微笑着："孟叔叔，我没事的，不急。"

这个时候，从楼上跑下来一个人，正是洛抒。洛抒穿着裙子，外面罩了件白色的小开衫，脚上穿着拖鞋，一看到科灵，便跑了过来，相当热情地喊着："科灵姐姐！"

孟承丙一看到洛抒来了，就眉开眼笑的。洛禾阳却皱眉说："你走路小心点儿，像个猢狲似的，看看科灵姐姐多么文静礼貌！"

科灵一看到洛抒，脑海里就回荡着"哥哥"二字。

孟颐抱着洛抒。

洛抒在洛禾阳的呵斥下，规矩了些。孟承丙在一旁帮洛抒说话："每个人有每个人的性格，洛抒活泼点儿挺好的，这样才可爱。"

洛抒见孟承丙帮自己说话，立马凑到孟承丙的身边，抱着他的手臂说："爸爸对我最好了。"

洛禾阳瞪着洛抒："你少来这一套。"

孟承丙却笑得满心欢喜。

洛抒在孟承丙的身边撒着娇，又突然想到了什么，对科灵说："科灵姐姐，你这几天为什么都没来找哥哥？"

科灵微微握紧了手，并没有听洛抒说话，而是在想着什么。

洛抒又说了句："科灵姐姐？"

洛禾阳和孟承丙也看向科灵。科灵回过神来，看向说话的洛抒，像是才反应过来，说："哦，我……我那几天有课，抽不出来时间。"

洛抒笑着点头说："难怪，哥哥还挺想你的！"

科灵听到洛抒这句话，只是看着洛抒，并没有搭话。

洛禾阳又开始训洛抒了："你小小年纪，说话油腔滑调的，没个正经。"

"妈妈。"洛抒又开始撒娇了。

孟承丙见母女俩凑到一块，洛禾阳训斥女儿，洛抒就没脸没皮地撒娇求饶，感到很有趣。他搂着洛抒说："行了行了，洛抒，你就别跟你妈妈计较了。她啊，只是对你管教得比较严格。"

在一家人说话的时候，科灵陷入了沉默。洛禾阳注意到了，反应过来，便拿着桌上自己烤的小饼干，对科灵说："来，科灵，吃点儿。"

孟承丙笑呵呵地说："这可是洛阿姨亲自做的饼干，味道还不错。"

科灵拿了一块，尝了下，笑着说："好吃。"

这个时候，外头传来车声，是孟颐回来了。孟承丙对洛抒说："哥哥回来了。"

洛抒起身跑去门口迎接孟颐，孟承丙望着洛抒这迫不及待的模样，笑着。

孟颐下车后，洛抒跑到他身边喊着："哥哥。"然后，洛抒帮保姆拎东西。

孟颐看了洛抒一眼，见大厅有人，又收回视线。

洛抒拿着孟颐的东西进了大厅，孟颐也进来了。

孟承丙起身对孟颐说："科灵等你很久了。"

孟颐便朝沙发那端走去，科灵也起身，看着孟颐。

孟颐唤了句："科灵。"

科灵只是朝他笑着。

孟承丙见两个人似乎有些拘谨，笑着说："孟颐，这是科灵第一次来家里做客。你带她去家里转转，熟悉熟悉。"

孟颐一口答应，对科灵说："花园里的花开了，我不知道你喜欢什么花，先带你去花房那边看看，怎么样？"

科灵点头。

孟颐便带着科灵离开大厅，梦姐从厨房出来，瞧着他们笑了。

孟承丙望着两个人的背影，对洛禾阳说："他们还挺般配的。"

洛禾阳对科灵也满是称赞："这个女孩儿我挺喜欢的，文静懂事，要是洛抒有半点儿像她就好了。"

不服气的洛抒直跺脚，叫喊着："妈妈！"

孟承丙给洛禾阳使眼色，说："你再这样她可真的生气了。"

洛禾阳笑着，也不再说洛抒了。洛抒却还气愤地说："讨厌！"

显然洛抒对洛禾阳的话耿耿于怀。

孟颐带着科灵在花园里转了一圈，又带着科灵去楼上。他们先去了二楼，孟颐带科灵看了自己的房间。

科灵看向隔壁那个房间，问："那是洛抒的？"

两个人的房间是挨着的。孟颐看了过去，嗯了一声。

她又一次想起了楼道里的画面。

孟颐带着科灵走进自己的房间。

十一点，午饭时间快到了。孟颐带着科灵下楼。在餐桌旁，孟承丙和洛禾阳热情地招待着科灵，孟颐同样很体贴地询问科灵有没有想吃的，对她很是周到。

洛抒在一旁就像个开心果，时不时逗得孟承丙哈哈大笑，孟颐偶尔会朝她看去。

这顿饭大家吃得很是放松、开心。

吃完午饭，科灵又在孟家留了一会儿，便要回家。梦姐没想到科灵这么早就要走。孟承丙挽留了科灵。科灵说家里还有事情，得回去帮忙，孟承丙便让孟颐送她。

孟颐自然也没有拒绝这个要求。

如果不是科灵看到那一幕，他对科灵的态度确实让科灵挑不出错。而且他的礼数过于周到，使科灵察觉，他对她的感情只是对同学的感情而已。

孟颐答应了要送科灵，科灵却对孟承丙说："孟叔叔，不用了，我自己回去就行。孟颐刚回来，还是让孟颐好好休息吧。"

孟承丙有些没想到科灵会拒绝，而孟颐竟然也没有坚持要送她。

梦姐在一旁说："正好，我得去一趟超市，我可以和科灵一起出去。"

孟承丙见梦姐如此说，便笑着说："这样也好。"

孟颐走到科灵的身边说："那我送你上车。"

科灵点了点头。

孟颐便送科灵出门，还替她开了车门。之后梦姐随着科灵一起上车，车子发动后，她们便离开了孟家。

梦姐坐在科灵的身边，说："科灵，你最近跟孟颐怎么啦？是不是孟颐又惹你生气了？"

梦姐感觉科灵有点儿不开心，还以为科灵和孟颐吵架吵到现在。

科灵摇头，笑着说："没有啊，梦阿姨，孟颐很好，对我也很好。"

梦姐也发现孟颐对科灵很体贴，笑着说："那是当然的，孟颐很喜欢你呢，科灵。"

孟颐很喜欢她吗？科灵皱着眉出神地想着这个问题，竟然不自觉地问了出来："他很喜欢我吗？"

梦姐见科灵竟然对她的话表达出了奇怪的疑问，便问："怎么了，科灵？"

科灵看向梦姐，立马笑着说："没什么，梦阿姨。"

梦姐却觉得不对劲，说："孟颐怎么会不喜欢你？如果孟颐不喜欢你，孟先生他们也就不会邀请你上门了。而且孟先生很希望你们能够好好地发展，反而担心你不喜欢孟颐。"

科灵听梦姐如此说，低着头，很小声地说，"可是孟颐喜欢的人不一定是我。"

"怎么会呢？科灵，上次孟颐进医院，不是因为你吗？"

"进医院？"

梦姐说："他……手腕上有伤，你应该知道的。他应该是因为你，所以……"

科灵说："阿姨，我和孟颐在学校里根本没什么交集，他手腕上的伤怎么会是因为我呢？我从来不知道这件事情。"

"什么？"

梦姐没想到科灵会如此说。

梦姐说："不是因为你吗？"

科灵说："梦阿姨，真的不是因为我，我不知道孟颐手腕上的伤是怎么来的。"

梦姐完全没料到科灵什么都不知道。孟颐的伤难道不是因为她吗？如果不是因为她，那和谁有关呢？

科灵说："梦阿姨，我不知道你们为什么会这样认为，可是孟颐喜欢的人不是我。"

"那他喜欢的人是谁？"

梦姐直接问出了这句话。

科灵却陷入了沉默，侧过脸没有回答梦姐。

梦姐觉得事情有点儿不对劲，又问："科灵，梦阿姨都被你搞得有点儿晕了，你怎么会不是孟颐喜欢的人？孟颐亲口承认过。"

梦姐看着科灵下车。科灵快哭出来了，可是一直在强忍着。

梦姐仔细地回想，好像是有哪些地方不对劲。孟颐对科灵的态度并不热情，更像是招待一个普通的朋友。科灵和孟颐几次见面，梦姐也在场。梦姐之前以为孟颐只是不知道怎么表达感情，可今天听科灵如此说，她也蒙了。

她发现事情好像真的不是那么回事。孟颐对科灵的感情这么平淡，又怎么会因为她做出那种过激的行为呢？

可喜欢的女孩子是科灵这件事，孟颐亲口承认了。要是不喜欢科灵，他又为什么承认？

车子到达超市，司机提醒了梦姐一下。梦姐看向外头，忙说了句多谢，推门下了车。

梦姐去了一趟超市，回孟家时已经是下午了。孟颐今天晚上在家里住，她得把菜准备得丰富一些。

科灵走后，孟颐一直在花房里看书。秋天到了，可那些花依然长得相当好。四周的窗户开着，有风吹了进来，孟颐一脸惬意。

孟颐看书看到晚上，直到梦姐去唤他，他才放下手中的书，起身从花房出来。

洛抒也从楼上下来了。在这个难得的周日，她没有跑出去玩，早早地在桌边坐好。

孟承丙和洛禾阳也坐到餐桌旁了，孟颐也坐好了，一家人温馨地吃着晚餐。

孟承丙晚上要带洛禾阳去参加一个宴会。吃完晚餐后，在家里歇了一会儿，他们便出门了，家里只剩下洛抒和孟颐。洛抒原本也闹着要去，洛禾阳觉得她还在上学就在外头抛头露面，这样不好，让她在家老实待着写作业。

孟颐吃完晚饭，依旧去了花房，而洛抒在楼下转了一圈，又上了楼。

外面风大，梦姐怕孟颐在花房里受凉，便拿了一张毯子过去，还端了些切好的水果。

到了花房，梦姐放下水果盘，将毯子递给孟颐。孟颐接过毯子。

这里的灯光不暗，梦姐说："起秋风了，孟颐，还是早点儿回房休息吧。十点的时候你还要吃药呢。"

孟颐回答："嗯，好，我知道了。"

梦姐待了一会儿，也没有再打扰他，关了花房一两扇窗，便从花房离开了。

九点的时候，孟颐从花房回来，上了楼。十点，梦姐把药端上去了，看着孟颐喝了，再次叮嘱他早点儿休息，才从他的房间离开。

别墅内静悄悄的，大家基本歇下了，外面起风了，梦姐将家里的窗户都关好，检查了一下屋子，确认该收拾的都收拾好了，也去了自己的房间准备休息。可是她刚躺上床，又怕孟颐房间的门窗没关好，想了想还是从床上起身，朝楼上走去。

走到二楼的时候，她看到孟颐的房门竟然是半关着的，里头亮着灯。梦姐感到疑惑：孟颐还没睡吗？

她准备进去，手刚抓上门把手，就听到一个女孩儿的声音。

"哥哥。"

梦姐的手一顿，她感到疑惑：洛抒怎么这么晚了还在孟颐的房间里？她朝房间里头看去。

梦姐吓得一哆嗦，伸手捂住自己的嘴，不敢相信看到的一切。

可里面的两个人半点儿也没察觉。

梦姐站在门口看看四周，不知道该怎么办。她是该进去还是该后退？她慌了，慌得不成样子。眼前的一切几乎让她难以有合适的反应。

很快，她选择离开，匆匆走到楼下。

同她睡一间房的保姆，见她惊慌失措地从楼上下来，立马走了过来，问："你怎么了？"

梦姐没法儿马上换上平静的表情，她的手在抖。怎么会这样？这是怎么回事？孟颐竟然会和⋯⋯

这怎么可以？！

她该怎么办？她该怎么办？

梦姐那一晚都没睡，第二天早上起来，发现孟颐也早早地起了，他在客厅里喝水。

梦姐想到昨天晚上看到的情景，又看了看在桌边喝着水的孟颐，只觉得一阵晴天霹雳！

孟颐见她站在那里，就朝梦姐看了过来。梦姐收敛了一下心神，朝孟颐走去，问："你是不是饿了？我这就去准备早餐。"

孟颐坐在桌边说："没事，我还不太饿。"

梦姐应了一声，孟颐便坐在桌边翻看着桌上的报纸。

虽然时间还早，可今天是星期一，两个孩子要上学，梦姐还是很快去了厨房，准备早餐。

七点，洛抒穿戴整齐地从楼上下来。孟颐还在翻看报纸，她跑到孟颐的身边喊了句："哥哥。"

然后，洛抒在孟颐的对面坐下。

梦姐端着早餐出来，见两个人也不怎么交流。洛抒在等着吃早饭。

如果梦姐没有在昨天晚上看到那一幕，现在根本不会联想到什么。可昨天晚上，梦姐亲眼见到孟颐……

梦姐将早餐端到桌上，洛抒在那儿吃着早餐，问："哥哥，你今天要不要去医院？"

"不用。"孟颐回答。

洛抒又羡慕地说："你真好，不用上学。"

孟颐没说话。

两个人就这样说了几句不平常的话。

梦姐将其余的食物端上来，看到了孟颐的手腕，上面的疤痕显眼极了。她想起科灵说过的话，又看向吃得很欢快，如明媚的阳光一般的洛抒。

孟颐手腕上的伤，是因为洛抒。他之前做出的一切不正常的行为都是因为洛抒。他突然抑郁症复发，也是因为洛抒。

这个看上去活泼开朗，很受一家人喜欢的洛抒。

梦姐紧捏着托盘，把早餐从托盘上拿出来摆在桌上。

之后梦姐从餐厅离开，洛抒继续在那里吃着早餐。

到了上学的时间，洛抒背上书包准备离开。她在玄关处换了鞋子，同餐桌边的孟颐说了句："哥哥再见！"

孟颐看着她，她很快地朝外头跑去，上了车。

在上学的路上，洛抒数了数日子，已经很久没去看小道士了，也不知道小道士的腿恢复得怎么样了。好在现在一切风波都安全地过去了，她想，今天应该可以去看看小道士了。

想到这里，她的脸上忍不住扬起笑容。

车子到达学校后，洛抒往学校飞奔。

下午放学的时候，洛抒是第一个从教室冲出来的。她跑去了车旁，对司机说："我今天有事，不用等我，晚上我自己回家。"

司机知道这个大小姐很贪玩，要想她放学后准时回家，那得看她的心情，反正她也不是第一次这样了。司机习以为常，只要她晚上准时到家就行了。

司机便没再说什么，驶离学校。

洛抒很快转身拦了一辆车，高兴地对司机报了个地址。

车子停在巷子口，洛抒飞快地往小巷子里跑，到达阁楼，里面居然没人，小道士去哪儿了？

洛抒顺着阁楼的窗户往楼下看，有人出现在她身后。洛抒立马回头，那人被她吓了一跳。洛抒自己也被吓了一跳，看向他。

那人应该是小道士的新室友。现在已经是秋天了，那人仍然穿着一双夹板拖鞋，手上提着外卖盒子。他见洛抒在自己的房间里，大声地问："你是谁啊？你在我们的房子里干什么？"

洛抒向左右看了看，指了指小道士的床，说："我是他的朋友，他人呢？"

那人听洛抒说完才放下心来，原来她是隔壁床认识的人。他收起警惕，说："他在城南那边待着呢。"

洛抒说："他的脚好啦？"

小道士的室友说："好得差不多了，总之他能下地走了。"他也懒得跟洛抒说废话，找了块地方坐下，拿着外卖，快速地吃了起来。

洛抒看了他一眼，也没有多说什么，背着书包从阁楼离开，往城南赶。

那边是个地下桌球室。

洛抒到达桌球室，看看四周，发现这里可热闹了。洛抒穿着校服在里头穿梭着，寻找小道士。

很快，她便被一个保安抓住。保安问："你是未成年人吧？是怎么进来的？"

洛抒一眼就看到了前方的小道士，他跟在一个人身后。她立马跳起来，朝他挥手："小道士！"

小道士朝她这边看了过来，然后朝着洛抒跑了过来，问："你怎么来了这里？"

洛抒更关心的是小道士的腿。她盯着他看："你的腿好啦？"

小道士把腿晃动了两下，说："老早就好了。"

那保安见小道士认识洛抒，便问了句："她是你的朋友啊？"

小道士忙说："是的，她是我的朋友。"

保安说："你让她把外套脱了吧，太扎眼了。"

洛抒反应过来，立马把外套脱了。

小道士说："你回去吧，来这里干吗？"

洛抒却不肯回去，说："我来找你啊，你在干吗？"

小道士说："我在跟大哥巡场子。"

"谁是你的大哥？"洛抒抬头看了一眼前方那个胖子，悄声问，"是那个胖子吗？"

小道士警告她："小声点儿。"

洛抒很久没露面了，小道士也没想到她今天会来找自己，便问："最近发生什么事了吗？"

洛抒一脸轻松地说："能有什么事？只是我读书太忙了。"

小道士哦了一声，又说："你赶紧回去吧。"

洛抒偏不肯，说："我就在这里待一会儿不成吗？我看看你就行了。"

小道士知道她的性格。他也不能在她身边久待，那胖子频频往这边看。小道士说："我过去了，你早点儿回去。"

洛抒用力点头。

小道士过去后，她便找了个座位坐下。服务员过来问她："喝什么？"她随便点了一款饮料，一直用目光追着小道士。

天黑了，来这里的人更多了。小道士和同伴陪着那个胖子，四处招呼客人，洛抒坐在那里皱着眉。到了十点，小道士也没来得及招呼洛抒。她喝了一口饮料，看了一眼时间，还是拿着书包离开了。

她回到家，时间有点儿晚了，保姆在门口张望。洛抒本想偷偷儿地溜进去，谁知道还是被保姆抓到了。

梦姐也看到洛抒回来了。梦姐又看向在客厅的沙发上坐着的孟颐。他从晚上六点开始就坐在那里，直到现在，一动不动。

洛禾阳也站在门口，见洛抒回来了，冷着脸问："你去哪儿了？每天一放学就去外面野。"

洛抒站在洛禾阳面前，脸不红心不跳地撒谎："妈妈，我去栩彤家复习功课了。"

洛禾阳抱着臂说："复习功课？你在哪里鬼混，我还不知道？你少拿那样的借口来糊弄我。"

洛禾阳看着洛抒就感到心烦，催促着洛抒，说："上楼去，别在我眼前晃荡。"

洛禾阳又看向沙发上的孟颐，没说话，只是朝餐桌那边走。

洛抒看洛禾阳一眼，立马上楼。

除了洛抒，其余人自然已经吃过晚饭了。洛抒上楼放好东西后，又立马下来吃饭。

洛抒下来后，倒是没第一时间去餐桌旁，而是看向还在原地坐着的孟颐，走过去，凑在孟颐的耳边喊了句："哥哥。"

孟颐看向她，嗯了一声，没有情绪起伏。

洛抒说："我吃饭去啦。"她向孟颐打了一声招呼，便去了餐桌边。

梦姐明显感觉到孟颐的情绪发生了变化。

梦姐走了过去，对在沙发上坐了很久的孟颐说："孟颐，该睡了。"

孟颐听到梦姐的声音，看了她一眼，说："好。"接着他从沙发上起身，朝楼上走。

洛禾阳在餐桌边看了孟颐一眼。洛抒见洛禾阳看着孟颐，停下了吃饭的动作，问了句："哥哥怎么了？"

洛禾阳没说话。

洛抒倒是没再多问。

孟颐上楼后，整个人陷入一种忧郁的状态，坐在那里没说话。梦姐端着水上来对他说话，他也没反应。

梦姐又唤了句："孟颐。"

孟颐反应过来，迟钝地看向她。梦姐小心翼翼地说："吃药了。"

她把药递给他。

孟颐从梦姐的手上接过药，吞了下去，喝完水，说："我有点儿累了，您去休息吧。"

梦姐发现孟颐的情绪好像有点儿不对。她有点儿担忧，可是也没敢多问，迟疑着从孟颐的房间离开下楼了。

这时，孟承丙正好从外面回来，问："孟颐呢？"

梦姐回了句："在楼上呢，他睡了。"

"睡得这么早？"孟承丙说。

孟承丙又转念一想，孟颐一直都睡得早，是他们睡得太晚了。

接着，孟承丙又看向洛抒。

洛抒刚吃完饭，朝孟承丙跑过来，喊着："爸爸。"

孟承丙笑容满面地问："洛抒，你怎么才吃饭？"

洛禾阳在一旁说："她在外面野到现在。"

孟承丙哈哈大笑，摸着洛抒的脑袋说："正好，你陪爸爸吃点儿。"

洛抒便跟着孟承丙又去了餐桌旁边，和他分享了几件趣事，大厅内都是孟承丙的笑声。

孟承丙和洛抒吃完晚餐后，又说了几句话，快十一点了，才各自回房休息。洛抒没去孟颐的房间，回了自己的房间后没再出来过。

梦姐不知道为什么总觉得心里不安。她又去了楼上，推开孟颐的房间。房间里静悄悄的，孟颐躺在床上没什么动静，闭着眼睛躺在那里，像是睡着了。

梦姐站在那儿欲言又止，看着床上的孟颐，过了许久，还是从他的房间退了出去。

她又看向洛抒的房间，想：孟颐的抑郁症复发了，可能真的和洛抒有关。可是为什么他的病情会恶化得这么快？怎么一到晚上，他的情绪就转变得这么快？

洛抒这么晚才回来，到底去了哪里？

第二天，洛抒放学后再次去了阁楼。小道士依然不在，洛抒也没问他的室友，直接去了南城。

才七点，这里的客人们就开始闹腾。洛抒这次提早做了准备，从学校出来时，就已经把校服换了。她坐在一个角落里，四处看着。

小道士又跟在那个胖子的身后，不知道是在跟谁说话。小道士几乎没有时间关注洛抒。

洛抒百无聊赖地用手撑着脑袋在那里看着小道士。

她一直待到十一点。

孟家那边，保姆又在门口等着主人们回来。洛禾阳和孟承丙还没回家，说是今天有晚宴要参加，也不知道要什么时候才回来。家里只有孟颐安安静静地坐在那里。

六点，他坐在沙发靠窗的位置，翻着手上的书。七点，他彻底不动了，只是沉默地朝外看着。

七点半，保姆走了过来，对孟颐说："先生跟夫人今天晚上都不会回来用晚餐。孟颐，你先吃吧。"

他收回目光，合上手上的书，嗯了一声。

然后，他便起身朝餐桌边走去。

孟颐一个人吃完了晚饭。

十点，保姆开始给洛抒打电话，可是无人接听。接着保姆又给和洛抒熟悉的同学打电话，同学们都说没看到洛抒去了哪里。

保姆一开始并未感到着急，因为昨天洛抒是十点以后回家的，今天回来得晚一点儿也正常。

孟颐继续坐在沙发上发呆，一直坐到十一点。

梦姐端着药走了过来，对孟颐说："孟颐，吃药吧。十一点了，你该休息了。"

这时，有个保姆跑过来说："梦姐，洛小姐怎么还没回来？要不要打电话告诉先生跟夫人？"

十二点，小道士身体好像有点不舒服，走到洛抒身边，问句："你怎么还没走？"

洛抒还是焦急地问："小道士，你没事吧？要不要去医院？"

小道士朝洛抒摇头说："我死不了。"

他想站起来，洛抒立马扶着他。别看小道士瘦，可体重不轻。他整个人压在洛抒的身上，洛抒几乎没站稳。好在她在乡下长大，结实得很。她扛着他朝外走。

小道士压在她的身上，还不忘说："不是说了让你回去吗？你干吗总是来这里？"

洛抒翻了个白眼，说："你要是死了怎么办？"

小道士闭着眼不再说话。

洛抒哼了一声。

外面倒是清静很多。小道士离开那个吵闹的环境，想要呕吐。洛抒立马扶着他去垃圾桶旁边，他快把胃呕出来了。

洛抒用力地拍着他的后背，问："小道士，有没有事？"

小道士几乎要瘫下去了，攀着洛抒。

好在他站稳了，洛抒用尽全身的力气扶着他。

呕吐完，小道士喘着气说："走，走吧，我们回去。"

洛抒知道他难受，忙扶着他，跟跄着去马路边拦车。好在晚上出租车还算多，洛抒拦了一辆。车子停下后，她咬着牙把小道士拖进车里，自己也已经虚脱了。关好车门后，她瘫在那里半晌都没动，小道士也是。

洛抒瘫在那里，报了个地址。她喘了许久的气，突然发现坐在一旁的小道士好久都没动静了。她立马又坐起身，拉着歪在车门上的他，叫着："小道士，你不能睡！不然等会儿我怎么抬你下车？你快醒醒，快醒醒！"

她用手用力地拍着他的脸，小道士黑黑的脸瞬间被她拍红了，竟然有几分可爱。洛抒笑了。

小道士半睁着眼睛对她说："我醒着呢。"

洛抒怕他歪着不舒服，又把他拉了起来，说："坐好，你给我坐好，不准睡！"

小道士强忍着呕吐感，靠在洛抒的身上说："行了行了，我不睡，让我靠会儿，我难受得很。"

洛抒见他是真的很难受，便没再动他，让他靠着自己。

小道士安静了一会儿，她侧脸朝他看去，看到他闭着眼呼吸着。她嘿嘿地笑着，心里有种幸福感。她坐在车上，看向车窗外的街道。

霓虹灯五光十色，如同她的心情。

到了十二点，孟颐整个人陷入阴郁的状态。保姆在那儿急得团团转，洛抒十二点还没回家，这可是从未有过的事情。其中一个保姆终于忍不住了，再次跑去问梦姐："咱们还是打个电话给先生他们吧。"

梦姐也没想到，到了这个时候家里还不见洛抒的踪影。

正当梦姐想着该怎么办时，孟颐从沙发上起身，朝客厅外走。梦姐立马跟过去喊着："孟颐，你去哪儿？"

孟颐对梦姐说："我去找找洛抒。"

他说得很平静，像是一点儿也不着急。梦姐朝他看去。

孟颐淡淡一笑，说："不用担心，她应该没事，我很快就回。"他说完，便朝外面走去。司机在那里等着，他上了车。

上车后，他沉默了一会儿，对司机说了一个地址。

司机看向他，问："要不要报警？洛抒会不会出事？"

孟颐只对司机说了句："走吧。"

司机见孟颐不准备报警，便发动了车子，朝孟颐说的那个地址开去。

孟颐坐在车上，紧捏着手机，垂着头。

车子一路疾驰。

一辆出租车停在巷子口，洛抒扶着小道士从车上下来。好在他没睡着，只是颠三倒四地同洛抒说着话。

他一时对洛抒说，山上有棵枇杷树，好像去年结果了；一时又说太晚了，让她回去，以后别再来找他……

他来来回回说的就是那几句话，洛抒都听厌了，也懒得理他，只扶着他朝前走，好不容易到达阁楼下。

洛抒准备扶他上楼，谁知他几次摔倒在地上，压在洛抒的身上。洛抒疼死了，喊着："小道士，你起来，你起来，我快被你压死了。"

小道士也在那里挣扎，不过还是在洛抒的搀扶下起来了。两个人几乎是爬到阁楼上的。

洛抒终于把他拖到床垫上，趴在他的身上喘着气。小道士瘫在那儿没动。

两个人都在那儿歇着，也不知道歇了多久。洛抒起身，想去给他倒点儿水。

小道士一把拽住了她。洛抒朝他看去，他说："别走。"

洛抒看向他。还没等她明白过来，小道士就牵住了她的手。

不知道为什么，洛抒总感觉房间里有一道黑影。洛抒回头，发现小阁楼的门口站了一个人。

洛抒吓了一跳，往小道士的身边靠。小道士见她一直望着门口，也发现了那道黑影。他皱着眉，伸手打开灯。

孟颐出现在门口，脸上没有情绪。

洛抒立刻站了起来，惊讶地喊着："哥哥！"

小道士认识他，也没想到他会出现在这里。小道士迅速地退回床垫上，和洛抒一起惊讶地看着突然出现在这里的孟颐。

洛抒想说什么，却发现什么话都说不出口。她看着小道士，又看向孟颐，想解释什么。孟颐却冷冰冰地站在那里，一句话都没说，然后转身离开了。

洛抒想要追出去，可是人没动，只是有些僵硬地站在那里，看着孟颐的背影进入黑暗之中。

小阁楼里安静了不知道多久。

小道士问洛抒："他怎么在这里？"

洛抒也不知道，握紧拳头，看向小道士说："那我先走了。"

小道士说："你快走吧。"

洛抒立马拽起地上的书包，快速跑了出去。她在楼下慌张地四处看，可是到处漆黑一片，哪里还看得见孟颐的影子？

孟承丙和洛禾阳终于在深夜一点回来了。他们下车，见这么晚了，家里还亮如白昼，都觉得奇怪，又发现梦姐等人都站在门口处。

孟承丙和洛禾阳走过去，梦姐立马迎了上来，唤了句："先生。"

孟承丙问："你们怎么还站在这里，没去休息？"

突然天空中响了个闷雷，孟承丙抬头看去，怎么就变天了？

梦姐快急死了，说："先生！洛抒小姐还没回来呢！"

"什么？！"这次是洛禾阳的声音。

孟承丙也感到意外。

梦姐说："我给她打了好多个电话，都没接。"

孟承丙的第一反应是："孟颐呢？！"

发生了这种事情，孟颐应该会给孟承丙打电话。上次洛抒不见了，孟颐就给孟承丙打了电话。

梦姐说："孟颐出去找洛抒了，现在还没回来。"

孟承丙和洛禾阳的脸色变了。他们正要发动人去找两个孩子的时候，洛抒回来了，抱着书包，走路慢吞吞的。

有保姆瞧见了洛抒，在那里喊着："那不是洛抒吗？！"

所有人看了过去，真的是她！

孟承丙和洛禾阳也冲了过去。洛禾阳冷冷地问："你去哪儿了？"

梦姐又追过去问："孟颐呢？孟颐去哪儿了？"

众人这才发觉孟颐没回来。

孟承丙也立马问洛抒："孟颐没找到你吗？"

这时，从院子外面开进来一辆车。梦姐以为是孟颐回来了，赶忙过去看，可是从车上下来的，只有司机一个人。

司机说："我在停车的地方等他，可是一直没有等到他回来，所以决定赶回家看看。"

洛抒也没想到。听所有人都在问自己孟颐去哪儿了，她有些害怕，问："哥哥，还没回来吗？"

洛禾阳说："你见到他了吗？"

不知道为什么，洛抒不敢和洛禾阳对视。洛禾阳冷冷地看着洛抒，洛抒在她的注视下，依旧是慢吞吞地回了句："见到了，可是他没跟我一起回来。"

孟承丙在一旁问："洛抒，哥哥是去找你的，怎么没跟你一起回？"

"我们……吵架了。"

洛禾阳皱着眉。洛抒再次看向洛禾阳，洛禾阳猜到发生什么事了。

梦姐对孟承丙说："先生，我们还是先找孟颐吧。"

孟承丙也觉得先找孟颐比较好，不再追问洛抒，立马让司机去原地等。孟承丙进屋打电话去了。

洛禾阳又对梦姐说："你们去孟颐常去的地方找找。"接着，她又看了看洛抒，很快也进了屋。

洛抒站在那里想：孟颐去哪儿了？为什么没有回来？会不会出什么事？

大家现在都开始四处找孟颐。

到早上六点，孟家的人已经在外面找了一个通宵了。警察那边也出动了，家里安静得很，只剩洛禾阳和洛抒在家里等消息。

洛抒一个晚上没睡，甚至楼都没上。她从没见过这屋子里这么冷清。家里现在只剩下她和洛禾阳，她朝洛禾阳走去，不安地喊了句："妈妈，他会不会出什么事……"

她害怕得很。

洛禾阳却比她淡定多了，问："到底发生了什么？你是不是去找小道士了？"

洛抒也没想到孟颐会出现在阁楼上。她颤声说："我……我没想到他会找到那里。妈妈，我不是故意这么晚回来的。当时小道士不舒服，我扶着他回去，谁知道，正好被孟颐看见了。"

洛禾阳却说："你们之间发生的不止这么多吧？"

洛抒捏着手，没有说话。

洛禾阳说："现在我们着急也没用，你只要确定一点，有没有人知道你和孟颐之间的事情？"

洛抒仔细地思索了一会儿，说："他们现在不都认为孟颐喜欢的人是科灵了吗？应该不会有人知道我和孟颐的关系。"

洛禾阳说："那就行。"

洛抒却始终感到很不安，问："妈妈，孟颐会不会出什么意外？！"

洛禾阳的眼睛里露出冰冷的神色："如果他出了意外，就更好了。"

洛禾阳的嘴角甚至带着一丝期待的笑意。

洛抒却如坠冰窟，也不知道为什么自己会这样。虽然她知道如果孟颐不疯，她跟小道士就永远也走不了，可她现在竟害怕极了。

天边泛起鱼肚白，孟承丙回来了。洛抒立马抬头看去。洛禾阳站起身，脸上露出焦急的神色，走到门口，看上去一脸憔悴。洛禾阳见孟承丙下车了，忙迎了过去，问："怎么样？找到他了吗？"

一向乐呵呵的孟承丙，现在脸色非常难看。可他依然安抚着洛禾阳，说："没事，不用担心，警察还在找。"

洛禾阳见他一脸疲惫、担忧，说："你先进去喝口水，警察在找孟颐，孟颐有事的话，一定会在第一时间打电话回来的，而且……"

洛禾阳的话还没说完，孟承丙的手机就响了，他第一时间拿出手机接听电话。

一开始，孟承丙还能保持平静，一分钟后，手机从他的手上滑落。他甚至没有进屋，转身往车旁冲去。洛禾阳大惊，立马从后面拽住他问："承丙，发生什么事了？！"

孟承丙回头，脸色惨白地说："孟颐出事了，他在徐港酒店自杀了！"

"怎么会？！"

孟承丙上了车，车子飞快地开走，带起一地灰尘。

洛禾阳进了屋，一把拽住还愣着的洛抒说："走，我们去看孟颐死了没有。"

洛抒一点儿反应也没有，被洛禾阳拖着，只好愣愣地跟着。她俩上了另外一辆车。

孟承丙的车和救护车是同时到达医院的。然后，洛禾阳和洛抒坐的车也到了。孟颐被护士和医生推了下来。他躺在床上，一点儿动静也没有，犹如死了一般，脸色苍白。

医生在一边按压着孟颐的心脏，对护士说："快点儿！再快点儿！"

周围一片混乱，分不清楚谁是护士，谁是医生，谁又是路上的行人。孟承丙冲了过去，大喊着："孟颐！孟颐！"

孟颐没应答，脸上一片惨白。他眼角的那颗泪痣在惨白的脸上显得触目惊心。

洛禾阳也跟着冲了过去，着急地在一旁看着孟颐。

现场非常混乱、喧哗，每个人都感到不妙，脸上全是着急的神色。

洛禾阳跟随在孟承丙的身边，紧紧地盯着床上的孟颐。

孟颐被推进抢救室，孟承丙和洛禾阳被挡在了外面，抢救室的红灯亮起，接着护士走了出来，让孟承丙签了许多文件，又向他描述了一下孟颐的情况，问了一下孟颐的病史。

孟承丙尽可能详细地回答着护士。

护士问清楚后，很快又进了亮着红灯的抢救室。

所有人都在焦急地等待着。时间一分一秒地过去，也不知道过了多久，手术室的门开了，护士和医生也出来了。医生摘掉口罩，同孟承丙说的第一句话便是："孟先生，他已经脱离危险，转去了监护室。"

洛禾阳猛然松开紧握的手，没想到孟颐竟然没死。

孟承丙对医生说："谢谢。"

胡医生也在，对孟承丙说："其他情况我之后再跟您说。"他对孟承丙做了一个请的手势，孟承丙对洛禾阳说："禾阳，你在这里等我。"

洛禾阳忙说："好，你快去。"

孟承丙拍了拍她的肩，便随着胡医生离开。

胡医生带着孟承丙进了自己的办公室。两个人坐下后，胡医生对孟承丙说："孟颐在酒店里服用了过多的安眠药，这段时间他到底是怎么了？"

胡医生非常不解，又补了一句："他有明显的自杀倾向，而且就在这半年里，不止实施过一次了。按理说，他之前病情如此稳定，不会恶化得这么快。这不得不让我怀疑，其中有什么原因。"

孟承丙刚从惊吓中回过神，也很疑惑。

正当孟承丙沉思的时候，手机响了。孟承丙拿出手机来看，是照顾孟颐的梦姐打来的。孟承丙接起电话，梦姐问："先生，您在哪儿？"

孟承丙说："我在胡医生的办公室里。"

梦姐说："我有点儿事情想告诉您，是关于孟颐的。"

孟承丙严肃地说："好，你现在过来。"

梦姐赶到胡医生的病房，哭着进来，对孟承丙说："先生，那个女生根本不是科灵，而是洛抒！"

孟承丙听到梦姐的话，忍不住站了起来。

梦姐知道孟承丙不知道这件事情，说："那天在楼上，我亲眼看到洛抒在孟颐的房间里，两个人……"

梦姐的话没说完，但在场的人都能想到发生了什么。

孟承丙险些没站稳，用手紧抓着桌角，稳住自己的身子。

梦姐还在说："先生，这件事情我一直没敢告诉您，也不知道怎样和您说。直到今天，我知道再瞒下去肯定要出大事，所以不得不告诉您。洛抒没来时，孟颐的情绪一直很稳定，可是自从洛抒来了，孟颐的抑郁症就突然在这半年里恶化了，可见他的病和洛抒有关。昨天晚上孟颐去找洛抒之后，就出了这样的事情。您没发现孟颐对洛抒有种特殊的关心吗？"

孟承丙回想起一切，发现孟颐对洛抒的态度确实很特殊。之前孟承丙以为是孟颐接纳了洛抒，可现在想想，完全不是那么一回事。

这简直在冲击着孟承丙的心，他们都没有发觉两个人之间的问题。

昨天晚上到底发生了什么，导致孟颐自杀？洛抒晚上回来时，举动也充满异样。

孟承丙过了好半晌才问："禾阳知道这件事吗？"

梦姐说："夫人应该是不知道的。如果不是那天偶然撞见，连我都不可能知道这件事情。"

孟承丙说："这件事情先别告诉禾阳。我会同孟颐好好谈谈。"

孟承丙有些承受不住，重重地坐在椅子上，捂着胸口。

他不希望这个家破裂，或者受到任何影响。

隔了好久，孟承丙才从胡医生的办公室出来。他出来后，洛抒跟洛禾阳还在抢救室的门口处等着。洛禾阳见孟承丙来了，便从椅子上起身，问："医生是怎么说的？孟颐会不会有事？"

孟承丙搂着洛禾阳说："没事的，孟颐现在已经在监护室里了，之后的事情再慢慢解决。"这个时候洛抒走了上来，用蚊子一样的声音说了句："爸爸……"孟承丙又看向一旁的洛抒。

她低着头，似乎相当内疚。

按道理，这个时候孟承丙会追问洛抒那天晚上到底发生了什么。可是他没有追问，还是如往常一样，摸着洛抒的脑袋说："哥哥生病，我们都知道。他这段时间本就情绪不稳定，和你没关系，也不是你的错。现在他的病情稳定了，大家不用太担心了，都早点儿回去休息，我来守着他。"

洛禾阳见孟承丙竟然什么都没问，感到惊讶。不过，她还是问洛抒："昨天晚上你是不是和孟颐吵架了，不然怎么会发生这种事情？"

洛抒抬头，含着眼泪说："妈妈，我其实没有和哥哥吵架，我也不知道哥哥怎么会突然这样。"

洛禾阳还要逼问洛抒，孟承丙拉着她说："好了，这件事情和洛抒无关，是孟颐的病情恶化了。你们也累了，都早点儿回去休息。"

洛禾阳又问："那你呢？"

孟承丙说："医院还需要人。"

洛禾阳说："我们还是等孟颐醒来再走吧。"

孟承丙说："不用，我有点儿事要和孟颐沟通。"他立马打电话让秘书送洛禾阳和洛抒回去。

洛禾阳也不好再坚持，只能听从孟承丙的安排。她再三叮嘱孟承丙，如果孟颐有什么问题，一定要第一时间告诉她。孟承丙应承着。

洛禾阳跟着孟承丙的秘书离开，脸色变了，没想到孟颐竟然被抢救了过来。洛抒跟着洛禾阳上车，看了洛禾阳一眼，两个人均没说话。

孟承丙在医院里继续等，没多久，有护士跑来告诉他，孟颐醒了。

孟颐被转进了普通病房，躺在那里，脸色苍白，一点儿反应也没有。

孟承丙在门口处看了孟颐一会儿，才走进去唤了句："孟颐。"

孟颐朝孟承丙看了过来，神色没有半点儿异样，好像自己不曾自杀过，平静得一如往常。

可不知道为什么，孟承丙从孟颐的眼中看不到半点儿生的希望，他的眼中好像什么光都没有，黑沉沉的，一片死寂。

孟承丙坐在孟颐的床边，问："感觉怎么样？有没有好点儿？"

孟颐扭过头看向别处，说了句："对不起。"

这句话他是对孟承丙说的。

孟颐只感觉到痛苦，感觉不到任何快乐，哪怕是一点儿。

孟承丙说："为什么要跟我说对不起，孟颐？"孟承丙想了想，又问，"你能告诉我，昨天晚上到底发生什么了吗？"

孟颐沉默，没任何反应。

"你不想跟我说吗，孟颐？"孟承丙闭上双眸，脸上一片痛苦的神色，叹了口气，又说，"好，我不逼问你，你先歇歇。实在累了，你可以跟爸爸说，我们一起想办法。"

洛抒和洛禾阳到家后，依旧没有休息。洛禾阳带着洛抒上了楼，进了洛抒的房间。

洛禾阳想，这次孟颐没死成，孟家一定会调查一番，这让她感到心烦。她给自己点燃了一根烟，将打火机往桌上一摔。

洛抒看向洛禾阳摔在桌子上的打火机。

孟颐的病情恶化是她们千载难逢的机会，但现在这个机会变成了祸事，免不了会引起别人的怀疑。孟颐没死成，他的病情恶化这件事反倒成了一把对准她们的利剑。

要是孟颐说了些什么，难保孟承丙不会察觉。要是孟承丙再沿着小道士那边查下去，到时候，洛禾阳和洛抒的计划，不就暴露了吗？

洛禾阳冷冷地看着洛抒。

洛抒低着头，没说话。

这个时候洛禾阳的手机响了，在包内振动着。洛禾阳还穿着昨天的晚礼服，她接起电话，是医院那边的保姆打来的，说孟颐醒了。

洛禾阳的脸上立刻堆满了关切的神色，她说："好的，我知道了，他醒了就好。"她又问了许多问题，确定孟颐没事后，依依不舍地挂断了电话。

可是电话刚挂断，她就把手机往包里一丢，相当烦闷地说："这段时间，你不要再跟他有任何联系，不然我们谁都别想离开，可以直接去蹲监狱。"

面对洛禾阳的警告，洛抒依旧低着头没说话。

洛禾阳又抽了一口烟，盯着眼前绕着圈上升的烟雾说："这次他没死成没关系，我想他的抑郁症多半好不了了，而且……"她微眯着眼睛，"我们还有机会。"

可是洛禾阳并没有等来这个机会。

孟颐醒后，洛禾阳自然得第一时间去探望。毕竟她是一个好后母。

她又带着洛抒赶去了医院。等她们到达孟颐的病房门口，洛抒却停住了脚步，洛禾阳朝洛抒看去，洛抒才立马跟上。

洛禾阳推门进了病房，洛抒跟在她的身后。

洛禾阳捧着一束花，看向病床上的孟颐问："孟颐，感觉怎么样了？"

屋内的所有人都回头看向病房门口，洛抒在洛禾阳的身后，动作很慢。洛禾阳也没有管洛抒，走到孟颐床边。孟承丙起身说："你没在家里休息吗？怎么又来了？"

洛禾阳说："我怕你的身体受不住。我来换你吧，你先去休息，我和洛抒在这里守着孟颐。"

孟承丙看向洛抒，说："昨天洛抒也没休息。你们还是先回去休息吧，这边有我就行了。"

洛禾阳看向孟颐，孟颐躺在病床上，闭着双眸。洛禾阳把花束放在床头，一直站在门口的洛抒慢吞吞地走了过去，同洛禾阳站在一起，对病床上的孟颐轻声喊了句："哥哥……"

孟颐一直闭着双眸，过了大概一分钟，睁开了眼，朝洛抒看了过来。洛抒有些不敢和他对视，洛禾阳皱眉看着她。

孟颐看了洛抒一眼，什么都没说，再次闭上了双眸，侧过了脸。

洛抒也安静地站在那里，没敢再说话。

孟承丙走了上来，对洛抒说："洛抒，哥哥有点儿累，你先和妈妈回去休息，大家都累了。"

洛禾阳觉得这样也好，她只想过来看孟颐一眼，便对孟承丙说："那你好好照顾孟颐，我们明天再来看他。"

孟承丙说："孟颐现在需要休息，后面几天还是让洛抒好好上课吧，别耽误了学习。孟颐可能要在医院住上一段时间。"

洛禾阳只能点头说："好，那我们晚几天再来医院看孟颐。"

孟承丙点点头，送洛禾阳出去，洛抒只能跟在他们身后。

洛禾阳一边走着，一边思索着什么。

洛抒那几天也老实、听话了许多。不知道为什么，她总有一种强烈的不安感。

洛禾阳也不同她说话，只是待在房间里抽烟。

洛抒好几次想进洛禾阳的房间同她说话，可是每到门口便停住了脚步。

洛抒在那几天一直关注着洛禾阳的动向。

可是洛抒没法时刻守着洛禾阳。她在家休息了几天后，便要去学校上课。

就在洛抒复课那天，洛禾阳拿上包，打扮得很精致，坐车子去了小巷口。

她觉得孟承丙这几天似乎刻意不让她们见孟颐。她感到不妙，决定去解决一件事情。

那天洛抒放学后，飞快地坐车赶了回来，一到家就去找洛禾阳。她推开洛禾阳的门，发现洛禾阳正在屋内涂着指甲油。见洛抒推开了房门，洛禾阳看了她一眼，问："下课了是吗？"

洛抒站在门口说："是的，妈妈。"她看向洛禾阳，发现洛禾阳穿着简单的家居服，不知道为什么稍微放下心来。

洛禾阳同洛抒说："回你的房间去吧。"

洛禾阳兴致不高，洛抒也没再多问，缓缓地退了出去。

洛抒却没有回房，而是跑去了楼下。她问了一个保姆："我妈今天有没有出门？"

那保姆说，洛禾阳今天上午出去了一趟。

洛抒的那种不安感更强了。不过，她还是上了楼。

洛禾阳又带着洛抒去探望过孟颐几次，可是医院的护士、医生总是对洛禾阳说，孟颐现在的情况不佳，不适合被太多人探望，要静养。

洛禾阳只能带着洛抒回家。

晚上孟承丙回来了。孟颐出事后，家里明显没以前热闹了。可洛禾阳还是如以前一样，体贴温柔，在孟承丙回来后，替他脱外套。她现在不知道孟颐的情况，随口问了孟承丙一句："孟颐现在怎么样？承丙，今天我去医院了，护士和医生说，孟颐现在的状态不是很好，不适合探望。"

洛禾阳说完，便有些担忧地抱着孟承丙的衣服，替他挂上衣架。

孟承丙看向她。他觉得有件事情要同洛禾阳说一下。

他见她在忙着收拾自己的衣服，也不想让她担心孟颐的情况，便对她说："禾阳，你过来一下。"

孟承丙很少用如此严肃的语气同她说话，这让洛禾阳的动作顿了几秒。她朝孟承丙看去，很快就走了过去，在孟承丙的身边坐下。孟承丙握着她的手说："孟颐的情况虽然不算好，但还算稳定，我有件事情要和你说。"

洛禾阳安静地看着孟承丙。

孟承丙说："胡医生说，孟颐现在不适合再在这家医院治疗了。他给我推荐了一个优秀的心理医生，是国外的权威，刚回国。我决定送孟颐过去治疗。"

洛禾阳惊讶地问："你要送孟颐走？"

这是她没料到的，太突然了，孟承丙怎么会送走孟颐？！

这接二连三的转变，让洛禾阳看不出目前到底是什么情况。

孟承丙见洛禾阳有些激动，说："孟颐现在不适合在这边待着了，那个医生很权威，你不用担心。"

洛禾阳说："可是明年孟颐要高考，如果送走他，高考怎么办？"

孟承丙说："我就是想到了这个。以他现在的状况，肯定没法儿参加高考，你放心，孟颐不会有事的。"

孟承丙之所以有这样的决定，是因为他觉得以孟颐现在的状态，完全不适合在这个家里生活了。可是他没办法和洛禾阳说真正的原因。

他给孟颐制订了别的计划，有利无弊。

洛禾阳问："你给孟颐找了个很好的医生吗？"

这是孟承丙目前觉得唯一幸运的事，他说："是的，那是个很好的医生。"

这让洛禾阳的心沉了下去。她看着孟承丙，没想到事情会发展成这样。

洛禾阳脸上带着希冀，问："那个医生有多权威？"

孟承丙说："孟颐有百分之七十被治愈的可能。"

百分之七十，简直是太高了。

洛禾阳脸上立马露出笑容，说："那可太好了，我真替孟颐高兴。"

孟承丙也面带笑容，很是认真地同洛禾阳说："禾阳，能够娶到你，是我这辈子最大的福分。"

他将洛禾阳搂在了怀里。洛禾阳在他的怀里，幸福地笑着。

可实际上……

第二天早上，孟承丙从家离开后，她发了好一通火。保姆从她的房间里端出一盘子的碎片，她打碎了一套茶壶。

洛抒早上起来，在楼下吃早餐，准备吃完就去上学。她从未见洛禾阳在孟家发过这样大的火，放下杯子，朝洛禾阳的房间走去。

洛禾阳正坐在镜子前，冷着一张脸。

洛抒关了门，站在她的身后。

洛禾阳从镜子里看到了洛抒，没说话。

洛抒站在门口问："妈妈，你怎么了？出什么事了？"

洛禾阳转身朝她看了过来，说："孟承丙给孟颐重新找了个医生，听说那个医生挺厉害的，过段时间他就送孟颐过去治疗。"

洛禾阳用锐利的眼神看着洛抒："当初我是怎么跟你说的？我让你不要去找他！你不听！现在事情成了这样，我们谁也别想走。"

洛抒也没想到事情会变成如今这样，孟颐居然要被孟承丙送走。

洛禾阳说："之前我想，如果孟颐'废了'，孟家的一切自然不能给他，我要是能及时怀孕，再哄哄孟承丙，自然能拿到孟家的财产。现在，孟承丙把孟颐送走，还换了医生，我看咱们可能得在这里过一辈子了。"

洛抒急了，跑过去拉着洛禾阳的手说："妈妈，还有没有别的办法？"

"别的办法？你认为能有什么别的办法？孟承丙有自己的亲生儿子，怎么会把财产给我们这两个和他无亲无故的人？"

洛抒说："可是，我们……"

洛禾阳甩开她的手，说："你安心地在这里住着吧，咱们吃穿不愁，也能保一辈子的富贵，说不定以后你还能靠着孟承丙找个好老公呢，在这里待着，想想也不是件坏事。"

"妈妈！可小道士呢？！"

洛禾阳满脸冷漠，说："他关我什么事？又不是我亲生的，我还能保他一辈子衣食无忧不成？"

洛抒彻底急了。她听出洛禾阳彻底不打算管小道士了，说："妈妈，我还能做什么？你告诉我，我一定想办法去办。"

洛抒拉扯着她的衣袖哀求着她。

洛禾阳本就烦闷，被洛抒拉扯得更加暴躁，把正要往手上戴的手链往桌上一拍，说："如果你有本事让孟颐不走，说不定我们还有几分机会。"

洛抒的手停住了。

可是她有什么办法让孟承丙不送孟颐走？她现在能有什么办法？孟颐还会听她的吗？她们现在连孟颐都见不到。

洛禾阳坐在那里，懒得再理洛抒，继续戴着耳环和手链。

洛抒站了一会儿，便转身从洛禾阳的房间出来了。

中午，她从学校跑出来，去了孟颐所在的医院。刚到门口，照顾孟颐的那个保姆便从病房内出来了，洛抒下意识地往后退了一步。

梦姐没想到洛抒会来。她皱着眉，脸上带着笑，说："洛小姐，您不是在学校吗？怎么来这里了？"

洛抒对梦姐说："我是来看哥哥的。"

梦姐说："孟颐现在的情况不稳定，您还是回去吧。"

每次梦姐都用这种话搪塞洛抒。洛抒想绕开梦姐，去开门，梦姐立马挡在她的面前，说："洛小姐，这也是为了你们好。"

洛抒停住，朝梦姐看去。

"你还小，这也是孟先生的决定。"

梦姐的话透露出些许信息，洛抒抬头朝梦姐看去。

"不想给这个家带来波动的话，您还是回去上学吧。"

洛抒的手已经握在门把手上了。过了好久，她缓缓地放开门把手。

梦姐叹了口气，怕洛抒不知道，又说了一件事情："孟颐过段时间不会在这边生活了，您安心地在孟家住着吧，毕竟孟先生是真的拿您当亲生女儿在疼。他也不想在这件事情上，让大家都为难。孟颐迟早是要离开家的。"

梦姐的意思表达得很明确了，洛抒再笨也听得出来。她想了想最近发生的一切，孟颐突然要被孟承丙送走，恐怕和这件事情有很大的关系。孟承丙竟然知道她和孟颐的关系了。

洛抒感觉自己的手心出了一层薄汗。她不知道孟承丙了解到多少。是孟颐说的吗？他怎么什么都说了？

梦姐说："您还是回去上学吧。"

洛抒还在垂死挣扎，问："哥哥……有没有好点儿？"

梦姐只说："您回去吧。"

洛抒总觉得大厦将倾。她望着病房门，在那里站了好一会儿，点头说："好，我知道了。"

她从门口离开。

梦姐确认她真的离开了，这才转身推开病房门走进去，孟颐坐在床边，脸色依旧苍白。他朝外看着，状态并不好。在那次事件后，他的精神状态全面崩塌。

他毫无求生欲，要时时刻刻安排人看着他，不然任何事情都可能发生，房间内也不能放任何利器。梦姐每天都胆战心惊地看着孟颐。

孟颐刚才在房间内自然听到了洛抒的声音。他低着头轻声问："她走了吗？"

梦姐正帮孟颐收拾着东西，根本没想到孟颐会开口。他从那天起就没说过话了。梦姐惊讶地朝他看去，停下手上的动作，说："她去学校上课了。"

孟颐安静地闭上双眸。这些天，他整个人以惊人的速度消瘦下去。梦姐只装作什么事情都不知道，问孟颐："要不要看会儿书？"

孟颐连书都不想碰了，说："我想安静一下。"

梦姐不再说话，从病房里退出去。

医生正好过来，问梦姐："他怎么样？"

梦姐："他的状态还是很不好，刚才可能是……"

胡医生知道前因后果，对梦姐说："还是尽量别让他们接触，孟颐的感情世界和常人不一样。"

梦姐说："我让她走了。孟颐什么时候可以走？"

梦姐只希望孟颐能尽快离开这里，怕孟颐撑不下去。

胡医生说："我在尽快安排了，你一定要看紧他。"

梦姐说："好的，我知道。"

胡医生进了孟颐的病房。

胡医生在加快办理孟颐去其他地方治疗的手续，孟家也帮孟颐去学校申请了退学。孟颐要退学的事情在全校传开了。

大家都在问孟颐退学的原因，可是孟家的保密工作做得很好，无人知道孟颐为什么会在这个节骨眼儿上离开学校。

那几天，栩彤和小结都听说了这件事，跑来问洛抒。

洛抒没想到一切会发展得这样快，孟颐甚至在办理退学手续了。她并不知道这件事情，孟家也没人说过。

所以当栩彤和小结问她时，她一脸的不知情。

小结见她一点儿反应也没有，大声地问："你不会不知道这件事情吧？！"

洛抒是真的不知道，含糊地回答："可能他要转校吧，我也不知道哥哥为什么会做这种决定。"

栩彤说："那你哥哥还会回学校吗？"

"拜托，他怎么还会回来？！退学，就是不会再回来念书的意思！"

栩彤号叫："不会吧，他怎么就要走了？他不是好好的吗？明年就要高考了，他不会受影响吗？"

"她哥哥在学校里一直名列前茅，能直接被保送进顶尖的大学。说不定她哥哥现在退学，是为了往更高、更好的学校走。人家的未来可跟我们的不一样！"

栩彤还是无法接受这个突然的消息，为孟颐退学感到可惜。

而洛抒的心情真的是糟糕透顶，她没想到孟颐这么快就要走了。

晚上依旧是司机来接洛抒放学。洛抒一个人背着书包朝前走着。科灵刚下课，也听说了孟颐退学的事情。她站在那里盯着洛抒。

她不知道孟颐退学是不是因为生病，也没去问洛抒。她本来打算走，谁知洛抒看到了她。

科灵又停住脚步，朝洛抒看去。科灵本来不打算和洛抒讲话，可不知道为什么，还是朝洛抒走了过去，停在了洛抒的面前，问："你哥哥退学了，是吗？"

科灵不等洛抒回答，又说："我不知道你跟孟颐之间是什么关系，也不知道你对他做过什么，但我知道他手腕上的那道疤一定是因为你。孟颐是一个有着美好未来的人，虽然他不喜欢我，可我一点儿也不感到遗憾。"

科灵说完，转身就走，没有再看洛抒一眼。

洛抒站在那里没动，也没说话。

很快，科灵的身影就混入了走向食堂的人群中。

洛抒自然也转身离开，上了司机的车。

洛抒未必对孟颐一点儿愧疚也没有，可是，愧疚又能起到什么作用？

第七章
去　向

　　洛抒回到家里，家里的保姆在楼上收拾着什么。洛抒仔细一看，发现保姆收拾的都是孟颐的衣服、书籍和其他生活用品。

　　洛抒正要朝楼上走，洛禾阳刚好从房间出来，瞧见了她。洛禾阳朝着客厅的沙发那边走去，也没同她说话。

　　洛抒到达二楼，经过孟颐的房间。她朝里面看了一眼，他的东西都装进了箱子。洛抒收回目光，进了自己的房间。

　　没多久，孟承丙从外面回来了。洛抒在楼上听见他去了孟颐的房间，并听到他询问保姆："东西都收拾好了吗？"

　　保姆回答："收拾得差不多了。"

　　洛抒从房间出来，朝孟承丙喊了一句："爸爸。"

　　孟承丙听到洛抒的声音，朝洛抒看了过来，脸上依旧带着温和的笑容，说："洛抒，放学了？"

洛抒说："是的。"她看向那些被打包好的箱子，问，"哥哥要走了吗？"

孟承丙说："不，还没那么快，不过我得帮他提前打理好。"

洛抒站在那儿点头，不再说话。

孟承丙见她在那儿站着，也不说话，便朝她走过去，站定在洛抒的面前，说："我们是不是吵到你了？"

洛抒忙说："没有，爸爸。"

孟承丙微微笑着："你回房学习吧，我让保姆尽量动作轻点儿。"

洛抒保持着往日的乖巧形象，说："好的，爸爸。"

孟承丙又回了孟颐的房间。

保姆陆陆续续地把孟颐的东西搬了出去，到晚上，他的房间就空了。洛抒下楼的时候，看到了孟颐空掉的房间。

第二天中午，洛抒给小道士打了一通电话，可是小道士的手机停机了。

怎么回事？

洛抒感到不安，给小道士的手机号充了话费，再打过去，无人接听。

她知道自己上次去找小道士闯了大祸。到了下午，洛抒的那种不安感越来越强了。她站在校门口紧握着手机，想了许久，没有上孟家的车，而是往公交车站跑。

自从发生那件事后，洛禾阳就禁止她放学外出，要求司机必须准时载她回来。所以她没办法像之前那样，骗司机说她要去同学家玩。

正好公交车来了，洛抒立马跳了上去，成功地避开了司机。

她发誓，只要确认小道士安全，就立马回去，绝不耽搁一分钟。

转了好几班的车，她终于到了小巷子后。她直接跑到阁楼下，又飞快地上楼，发现阁楼里头依旧乱糟糟的，放满了东西，可小道士的床是空的。

怎么回事？

洛抒回头，正好从楼下上来了一个人，是小道士的那个新室友。他带着一个老头儿走了进来，那老头儿似乎是来收破烂儿的。

那人看到洛抒，意外地问："你怎么又来了？"

洛抒问："小道士呢？"

"你说络子？"那人一副"你不知道吗"的表情，同洛抒说，"他走了啊，几天前就走了。"

洛抒还没明白"他走了"是什么意思，问："他是搬家了吗？"

那人说："不是，他带着行李走了。"

洛抒控制着自己的情绪，尽量问详细些："他去哪里了？告诉你了吗？"

"他没跟我说要去哪儿，我只知道那天来了个女人，给了他一笔钱，当天晚上他就走了。"

洛抒用力将那人推开，飞快地朝楼下冲去。她在路口拦了一辆车，坐上车就催促司机赶紧开车，往孟家赶。

到了孟家，洛抒从车上下来，直接奔到洛禾阳的房间。她用力地推开门。

洛禾阳起身说："有事吗？"

洛禾阳冷着一张脸，往手上涂着护手霜。

洛抒喘着气，大声地问："小道士呢？！"

洛禾阳本来要进洗手间，此时停住动作，对洛抒说："我怎么知道？"

洛抒突然爆发了，情绪激动得脸都红了。她咆哮着问："你去找他？！"

洛抒突然咆哮起来，在外面干活的保姆都听见了，忍不住抬头朝洛禾阳的房间看。

洛禾阳冷着一张脸，这是洛抒第一次在她面前如此说话。

洛禾阳也不打算隐瞒，说："怎么？我不能去找他？"

"你让他走了，是不是？"

洛禾阳说："是，我给了他钱，你还想让我怎样？"

洛抒瞬间大哭起来："我不想怎样！"她转身就跑，洛禾阳从后面一把拽住她，问："你要去哪儿？"

洛抒说："我要去找他。"

"你敢去！"

洛抒用力推开洛禾阳，说："我不用你管！"洛禾阳竟然没站稳，往后退了几步，抓住桌角。她看着洛抒，满脸震惊。

而洛抒充满恨意地看着洛禾阳，情绪起伏很大。

洛抒什么都没再说，出了洛禾阳的房间，上了楼，开始收拾自己的东西。她准备带了什么东西来孟家，就带什么东西走。保姆们都不知道发生什么事情了，只看到洛抒从楼上冲了下来。

洛禾阳冲过去一把将她拽住，对着她的脸扇了一巴掌。洛抒抱着东西摔倒了。

洛禾指着洛抒，说："你今天要是从这里走出去，就不要再给我回来！"

洛抒捂着脸，见周围站着许多人，什么也没说，拿起自己的东西，朝外头走。

洛禾阳气得脸色发青，在她身后说："我不欠你们什么！"

洛抒头都没回，只是抱着自己的东西朝前狂奔。她早该想到的！那天听到保姆说洛禾阳出门了，她就应该猜到这点的。她以为洛禾阳不会赶走小道士，再怎么说小道士都是洛禾阳养大的，洛禾阳怎么可以说抛弃他就抛弃他呢？

可她完全低估了洛禾阳的狠心程度。洛禾阳可以抛弃小道士一次，就可以抛弃第二次。

她知道，小道士虽然嘴上没说，但实际上他来这里就是为了找她们。不然他怎么可能离她们这么近？可是洛禾阳还是抛弃了小道士。

她从来不怪洛禾阳这样做，只是洛禾阳为什么给了她希望，令她对小道士做出承诺，又反悔了，粉碎了她的幻想？

洛抒跑得很快，甚至看不清自己是在哪条道路上奔跑着。她只有一个目的——去找小道士！

她不要优渥的生活，也不要上什么学！她一点儿也不需要这些。

洛抒跑掉后，洛禾阳的脸色变得惨白，她低头看向自己甩了洛抒一巴掌的手。

家里的保姆们面面相觑，之后洛禾阳把手紧握成拳头，回了自己的房间。

门被她甩得发出巨响。

孟承丙在赶去医院的路上知道了这件事。洛禾阳在洛抒走后不吃不喝。他让司机立马把车往家里开。

孟家的保姆——娟姐给孟颐送晚餐过来。梦姐从病房出来迎接，见娟姐是一个人来的，想到白天孟先生打电话说今天晚上会过来一趟，就问："孟先生呢？"

娟姐对梦姐说："洛抒小姐和夫人不知道因为什么事情，在家里大吵一架，吵得特别厉害。洛小姐带着行李冲了出去，到现在还没回家。"

"你说什么？"梦姐没想到会这样。

梦姐想到了什么，立马回头看向病房，拉着娟姐去了别的地方，压低声音问："她们怎么吵起来了？你知道原因吗？"

娟姐说："我不知道，先生听说后立马回去了。夫人气得晚上没吃东西，现在在家里着急得很。"

梦姐又看向孟颐的病房，对娟姐说："你记住，不要同孟颐提这件事情。"

"我知道。"

两个人也没有多议论，一起进了病房。

孟颐在病床上坐着。

梦姐和娟姐朝孟颐看了一眼，见他只是安静地坐在那儿，便在桌上摆放晚餐。

洛抒离家出走后，一整夜都没有回来，孟家也没有找到她。

直到第四天，孟承丙和洛禾阳才在火车站找到了洛抒。她没有身份证，去哪里都寸步难行。她被带了回来，洛禾阳什么也没同洛抒说，始终冷着一张脸，但在带着洛抒上了车的那一刻，紧绷的身子还是彻底地放松了。

孟承丙不知道她们为什么吵得这么厉害，一直在开导洛抒，可洛抒一句话都不肯说。

她找不到小道士，也拿不到自己的身份证，哪里也去不了。她被洛禾阳找到，又被带回了孟家。

那几天母女俩陷入冷战，谁也没对对方说过一句话。

接下来，孟颐离开了。

孟颐的退学手续办好了。在洛抒被找回来的第三天，孟颐就被孟承丙紧急送走了。

那段时间孟颐的病情非常严重，孟承丙不敢再拖下去。原本他准备半个月后再送孟颐走，现在也顾不了那么多了，提前把孟颐送走了。

洛抒没想到孟颐的病情严重到了这个地步。她害怕极了，也不知道孟颐的具体情况。

孟颐就这样被匆忙地送走了，洛抒在未来的半年里再也没有听到过关于孟颐的任何消息。他就像在孟家彻底地消失了一般，没人知道他的去向。

在那半年里，洛抒也没有找到小道士。她找遍了整个城市，都没有发现小道士的踪迹。她不知道他去哪儿了，也许这辈子也找不到他。她现在最大的愿望就是攒够钱，等自己能独立了，一定要把小道士找到，哪怕是去天涯海角。

洛抒那半年都是一个人上学，一个人放学。晚上回来，她会习惯性地看孟颐的房间一眼。那间房静悄悄的，空荡荡的，就像从没人住过。除了房间内那偶尔飘拂的白色窗帘有点儿生气，其余的一切都像是静止了一般。

那半年里，她也听话了许多，不再那么闹腾。虽然在学校里，她依旧和栩彤、许小结嬉笑打闹，但是比之前收敛多了。

洛禾阳对她的态度也始终是淡淡的，没说过要走的事情。洛禾阳真的像是准备安心地在孟家过日子，当一个富太太了。

孟承丙对洛禾阳极好。洛抒想，洛禾阳与其费那些工夫，还不如在孟家当个有钱的太太，省心多了。

洛抒不知道洛禾阳还想不想走，反正她没放弃要走的念头。也许孟家是洛禾阳的好归宿，洛抒觉得洛禾阳留在这里似乎也挺不错。

高一上半年就在洛抒的寻觅中过去了。洛抒的成绩本就不佳，她在学校里过得浑浑噩噩的，也不太读书，可在高一下半年也感受到了学校里高三年级紧张的气氛。

学校的大楼挂上了横幅，横幅上写着刺眼的标语，高三学生的学习任务越来越重，有时候连休息时间都没有。洛抒碰到过科灵几次。科灵每天抱着书，走路时不是在背单词，就是在背公式。

两个人从来都不打招呼。

洛抒倒是无所谓，反正她也没有很喜欢科灵。不过看高三学生的状态如此紧张，她不由得想：要是孟颐在的话，是不是也会跟他们一样，在这样紧张的气氛里，争分夺秒地学习？

不过，她记得以前孟颐就把学习抓得很紧，只是孟颐学的早就超出了高三学生的考试范围。孟承丙对孟颐的培养，一直都很超前。

她也不知道孟颐参不参加高考，反正在家里也没再听谁提过孟颐的名字。

孟家好像没孟颐这个人了一样。

高一年级的学习气氛在高三年级的紧张气氛的衬托下，显得更加散漫了。洛抒在高一的最后半年里，感到没劲极了。小结和栩彤每次拉她出去玩，她都是懒懒的，看上去兴致不高。但是如果是去其他人多的地方，她倒是特别有兴趣。

她们总说洛抒有颗骚动的心，总爱去那种人多的、混乱的地方。

其实每次去桌球室，洛抒都把注意力放在那些人的脸上。她来回地看着桌球室里的人，从没放弃过找小道士。

她一直在想，也许小道士没有离开这座城市，依旧藏在人群里，离她不远。

可小道士离开得太久了，她一直没找到他。小道士的影子在她的心里逐渐淡去，好像他一直离她很远似的。

他是不是也是喜欢她的？

那个时候，她完全来不及问清楚。

洛抒慢慢地开始忘记小道士了。高考的时间越来越近了，学生们都很紧张。

就在那段时间里，洛抒终于在家又听到了孟颐的名字。她刚放学回来，正好经过书房门口，就听孟承丙在书房内对洛禾阳说，孟颐可以保送进顶尖的A大，不用参加高考。

孟颐不用参加高考就可以保送进A大，他的病好了吗？

孟承丙只跟洛禾阳讲了这一句，没再说别的。洛抒在书房门口站了一会儿，便悄悄地进了房间。

时间飞逝，高考如期而至。高考那天，学校外挤满了家长。洛抒早上来上学，却迟到了。她坐在车内，外面人山人海，让她感到头痛。

司机开着车子，在人海中几乎寸步难行。

洛抒又看到了科灵。科灵穿着校服，万分紧张地上了接送考生的大巴，车下是乌泱泱的人。

洛抒觉得会继续堵车，干脆直接推开车门，跑去了学校。

没多久，送考的大巴全部离开，学校瞬间就空了。

高一的学生似乎也没什么心情上学。小结想到了什么，暗暗戳了洛抒一下。洛抒朝她看去。

小结问："你哥哥上的什么大学？"

过了这么久，小结第一次提起孟颐。洛抒说："他好像被保送进A大了。"

"哇。"小结惊叹。

那是小结最想去的一所大学，可惜她成绩差，也就是想想而已。

小结说："洛抒，我就知道你的哥哥一定能上这所大学。"

洛抒翻了个白眼，说："你怎么知道？"

小结说："直觉。"

洛抒再次翻了个白眼。

高考那几天，孟承丙每天早上看报纸时都是笑呵呵的。他一直都在关注高考的消息，还让洛抒也好好读书。虽然他不要求她能考入特别好的大学，但至少得拿得出手。她如果觉得国内的大学不好，想出国留学，他也可以替她做准备。

洛抒才上高一，对未来一点儿危机感也没有。她本就不喜欢读书，打算随便考个大学就得了。出国留学，她想都没想过，不过嘴上还是一口答应，笑着说："爸爸，我会努力的。"

孟承丙虽然嘴上千叮咛万嘱咐，但实际上没怎么给她压力。他对孟颐的要求和对洛抒的要求完全不一样。他一直觉得洛抒放松点儿也没事，因为她应该受宠。

洛禾阳对洛抒的学习也不怎么关心。

高考那几天过去后，全国人民紧绷的神经终于松懈了下来。之后，便是高三的毕业典礼了。

洛抒不知道科灵有没有考好，反正在高三举办毕业典礼时，她没在学校碰到科灵。

倒是小结不知道从哪里打探来了消息，悄悄地告诉洛抒，科灵高考失利，没考上理想中的大学，考完后在教室里哭了一下午。

小结的语气带着唏嘘。

科灵的成绩在学校里算很好的，洛抒没想到她竟然高考失利了。

后来洛抒在宣传栏的高三合照里，找到了科灵班上的合照。毕业合照里的科灵，眼睛还是肿的。

洛抒看在眼里，也有些唏嘘。

接下来到了暑假，洛抒算是彻底玩疯了。许小结、栩彤、周小明组织大家外出旅游，还拉上了洛抒。

孟承丙怕她暑假在家无聊，让她去了。洛禾阳念叨了几句，倒也没说什么。

于是洛抒在那个暑假里，和朋友们第一次去了别的城市。

出门旅游的时候，洛抒格外关注要怎么坐车，为以后的计划做准备。

他们玩了半个月才回来，孟承丙笑呵呵地问："好不好玩？"洛抒觉得挺好玩的，对孟承丙讲述旅途中发生的有趣的事情。

孟承丙听得很开心，好像他也跟着去旅行了一般。

孟承丙对洛抒很好，就像亲生父亲。洛抒也不由自主地跟他亲密起来。

孟承丙主动向洛抒提了一次孟颐，说："哥哥再过半个月也得进大学了。"

洛抒听到孟颐的名字，愣愣地看着孟承丙。

孟承丙折着手上的报纸，笑着说："大学是很好玩的地方，洛抒，你也要向哥哥看齐。"

洛抒没想到孟承丙竟然跟她提起了孟颐。她问了句："那哥哥今年暑假还会回来吗？"

孟承丙说："暑假只剩半个月了，他应该不会回来了，大学那边有很多需要他准备的。"

孟承丙拍着她的肩膀说："洛抒可要努力啊，明年就高二了。"

洛抒朝孟承丙嘿嘿地笑着。

过了快一年，孟承丙终于用如此轻松的语气在洛抒面前提起孟颐。她也不知道孟颐现在怎么样了。不过看孟承丙越来越轻松的神情，她想，孟颐的病情应该好转了，也没再追问什么。

半个月过去，暑假结束，洛抒进入了高二，大学也开学了。

洛抒的日子很是枯燥。她在上课时睡觉，下课后打闹，很少再去这个城市的犄角旮旯找小道士了。他的脸在她的心里慢慢地淡去，可他们明明才分开不到一年呀！

洛抒也不知道为什么会这样，但小道士在她梦里的样子又十分清晰。

高二上半年没什么特别的事情发生，平平淡淡地过去了。很快，学校放了寒假，即将过年了。

孟颐没有回来过年，孟承丙也没提过这件事，只是带着洛抒和洛禾阳在家热热闹闹地吃着团圆饭。家里还来了许多客人，洛抒不太认识。

洛禾阳和孟承丙每天都在招呼客人，家里热闹不断。洛抒不爱跟他们打交道，窝在楼上的房间里上网。

这个年，洛抒过得相当无聊，虽然家里很热闹。洛抒时常坐在窗户前，望着外头想：小道士呢？他是不是孤零零的？

想到这儿，她越发提不起过年的兴致了。

寒假就这样过去了，高二下半年，有个校外的社会青年缠上了她。那个社会青年长得特别丑，缠洛抒缠得很殷勤。

栩彤和许小结经常评价这个社会青年长得太丑，还说如果社会青年再缠着洛抒，洛抒就可以报警或者告诉家里人了。

可她们没想到，她们都看不上这个社会青年，洛抒竟然跟他关系亲近了起来。这让栩彤和许小结跌破了眼镜，周小明每天都在疯狂地咒骂那个社会青年。

事情传到了孟承丙的耳朵里。洛禾阳懒得管洛抒，不准备过问，把难题甩给了孟承丙。孟承丙倒是难得地说了洛抒几句，还让她保护好自己，但没有多加干涉。

孟承丙在这方面挺开明。他认为只要洛抒不影响学习，不伤害自己，就可以尊重洛抒的选择。

洛抒到了高三，成绩糟得一塌糊涂。

洛抒辜负了孟承丙的信任。孟承丙看不下去了，终于给洛抒安排了补课老师。

那时，洛抒整日上网，心思根本不在学习上。不过，她也马上要升入高三，直面高考、大学这些字眼了。

洛抒有一次不小心点进了A大的网站，看到了孟颐的消息。

孟颐在A大法学专业学习，成绩排年级第一。

洛抒看了一眼网页，不知道为什么，竟然立马退了出来。

洛抒的学习成绩太糟糕，连补课老师都头痛。她落后太多了，追上进度不是一件容易的事情。她自己对学习也不太上心，补课老师有心无力，过了大半年，一点儿用处也没有。

高三的上半年洛抒都在补课中度过。寒假的时候，大概是因为学习成绩差得太离谱，她竟然没出去玩，但整天躺在家里吃吃喝喝，胖了不少。

孟承丙怕她压力大，还宽慰她，说考不上也没事，他可以想其他办法。他见她以前每个寒假都要出去玩，今年却瘫在家里，便问她想不想出国旅游，顺便散散心。

其实洛抒完全没把学习压力放在心上，但是对去国外旅行这个建议非常心动，不过她一个人去国外，有点儿怕，她的英语水平实在太糟糕了。因此孟承丙提出，洛抒可以约同学一起去。

洛抒立马分别给许小结和栩彤打了电话。栩彤说自己没空，今年寒假要补课，她的学习成绩也很糟糕，家里抓得紧。许小结一听可以去国外，就和洛抒一拍即合。她们说走就走，办好签证后，提着行李箱就去了国外。

许小结比栩彤疯多了，和洛抒的性子更合。两个人在国外玩得乐不思蜀。

玩了十多天，她们都不想回家。可寒假快过完了，两个人还是意犹未尽地回了家。司机来机场接洛抒，许小结就自己回去了。

洛抒晒得特别黑，戴着大大的遮阳帽，只露出半张脸来，司机替她拖着行李箱。

她累得不想说话，半死不活地跟在司机后头，上了车就睡，醒来后，车子正好到家。孟承丙和洛禾阳都不在，保姆过来替她拿东西。洛抒有气无力地朝楼上跑，经过孟承丙的书房时，听见里头的电话在响。

保姆不在，她往左右看了一眼，便推门走了进去，直接接起电话，喂了一声。

电话挂断了，那边的人没有说话。

洛抒看了一眼话筒，感到奇怪，嘟囔了一声，就挂断了电话。

她出了孟承丙的书房，进了自己的房间倒头就睡。孟承丙回来后，她也没提过电话的事。

寒假结束，高三紧张的下半学期开始了，洛抒差点儿窒息。那几个月学校抓学习抓得特别紧，每天放学都很晚，她在假期里长胖的肉在高三下半学期的折磨下，全消失无踪。

孟承丙很担心洛抒的状态。他对洛抒比当年对孟颐关心多了，天天让家里的保姆给她熬补脑的汤。洛抒每天早出晚归。

有天晚上放学后，车子还没开进孟家的院子，她就看见院子内有辆车。在不远处放着一个行李箱，不知道是谁的。她以为是孟承丙的。接着从大厅内出来一个司机，将行李放上车，然后把车开了出去，洛抒坐的车正好开进院子。就在两辆车擦肩而过的时候，洛抒在那辆车的后座上看到了半张脸。

那辆车的后窗上贴着黑膜，洛抒看不清楚，只看到个轮廓。但她知道那个人不是孟承丙。

那辆车离开院子，洛抒立马将车窗按了下来，朝外看去。

那辆黑色的车已经开远了，她立马问乔叔："刚才开出去的是谁的车？"

乔叔好像也不太清楚。

洛抒从车上下来后，便朝楼上走。她走到自己的房间门口，发现孟颐的房门竟然是半开的。洛抒将门推开，里头依旧静悄悄的，和平时没什么两样。

但屋内有股沐浴露的香味，像是有人在里头洗过澡。

洛抒闻了闻，怀疑刚才离开的人是孟颐。

可是之后她到楼下去，大家谁也没有提起这件事情。

洛抒更加不明白了。

不过，她逮住了一个保姆，问保姆："我刚才在门口看到一辆黑色的车，是谁来家里了？"

保姆说："你哥哥回来办事，在家里待了两个小时，刚走。"

洛抒感到手心出了虚汗，居然真的是孟颐回来了。她猜对了。

洛抒故作镇定地问："爸爸知道吗？"

保姆说："先生知道，但先生抽不开身，所以没回来。"

洛抒平淡地哦了一声。

保姆又说："现在孟颐应该上飞机了。"

保姆的反应让洛抒感到孟颐回来非常平常，也不是一件什么大事。

洛禾阳今天也没在家，不知道去了哪儿。

保姆回答完洛抒的问题后，便去忙了。洛抒再次朝外看了一眼，上了楼。她在孟颐的房间门口停住脚步，再次朝里头看了一眼，才发现孟颐的床上，还有一件刚换下的白色 T 恤。

孟颐居然真的回来了。

晚上孟承丙回家后，也没有多大的反应，只是在吃饭的时候问了保姆一句："孟颐今天回来办事，是什么时候走的？"

洛禾阳在给孟承丙盛汤，问了句："孟颐今天回来了？"

显然她也不知道这件事。

孟承丙笑着说："他回来办件事。"

洛禾阳惊讶地说："他怎么没给我打个电话？他饭也没吃就走了吗？"

保姆对洛禾阳说："他就在家待了两个小时，洗了个澡，就走了。"

孟承丙说："他也忙，还有一两年就要毕业了。"

洛禾阳没想到孟颐这么快就要毕业了，有些感慨。

孟承丙说："洛抒今年也要高考了。"

洛禾阳想到什么，看向洛抒，问："洛抒，你今天看到哥哥了吗？"

洛抒正在认真地吃饭，听到洛禾阳发问，回："我刚回来，哥哥就走了，我们没碰面。"

洛禾阳似乎在探听什么消息，可是显然没听到想要的回答，便说："他怎么也不在家吃个饭？"她似乎对此耿耿于怀。

不过很快，她又对孟承丙说："承丙，洛抒快要高考了，等洛抒高考完，放了暑假，我们可以让她去 G 市玩玩，顺便看看哥哥。"

孟承丙正在喝茶，听洛禾阳如此说，便看向洛禾阳。

洛禾阳说："洛抒几年没见孟颐了，孟颐这两年也没怎么回来。我们可以让她去看看孟颐。"

孟承丙脸上没露出什么不悦，听到洛禾阳的提议，放下手上的茶杯，呵呵一笑，说："嗯，这个建议是挺不错的，洛抒想不想去呢？"

洛禾阳说："她不想去也得去，又不是真的去玩的。去看哥哥，还由得她想不想呢？"

洛禾阳的态度非常强硬，她似乎想让洛抒关心一下孟颐。

孟承丙虽然没有欣然答应，却还是对洛禾阳笑着说："也可以，等洛抒高考结束再说。"

洛禾阳看了洛抒一眼，洛抒还在那里吃着饭。

晚上洛抒又是一轮补习。

五月下旬，学校里紧张的学习气氛越来越浓烈，洛抒依旧被补课老师抓着学习。栩彤紧张得快晕过去了，许小结跟洛抒一个样，只觉得天昏地暗。

孟承丙真是比谁都担忧洛抒，当初对孟颐都没这么上心。孟承丙对洛抒的态度真的和亲生父亲没什么两样，为了不给她压力，还对她说："高考是人生的必经之路，但不是唯一的道路，你用平常心对待就行了。"

洛抒一点儿压力也没有，高考前夕还胖了两斤。补课老师让洛抒参加了好几次摸底考试，看到成绩后朝着孟承丙不断地摇头。

孟承丙虽然替洛抒感到担忧，但心态极好，听了补课老师的汇报后，只哈哈笑了两声，说："要是她没考上，那我只能另外想办法。"

洛禾阳也在，对孟承丙说："你就是太惯着她了。"

洛禾阳的话里全是责怪的意思。

孟承丙对洛禾阳说："疼女孩子是应该的。"

洛禾阳每次都没给他什么好脸色。

高考前的一个星期，补课老师给洛抒上完了最后一节课。许小结和栩彤给洛抒打了语音电话，互相询问彼此准备得怎么样了。

三个人谁都没准备好，高中三年的时间全拿去玩了，光凭一时补课也追不上来。她们在那里相互安慰。

那天三个人聊到很晚，又问了彼此想去的学校，发现谁也没目标。算了，她们也不再互相发问了，等到十二点，各自去睡了。

早上洛抒醒得很早，听到楼下传来车声，也不知道是谁来了，趴在床上过了半晌都没动。她觉得快饿死了，头又晕，便从床上爬了起来，牙没刷，脸没洗，穿着短裤短袖，晃晃荡荡地从房间内出来。

正好从楼下上来一个人，提着行李，洛抒愣在那儿，一时没认出那个人是谁。

那人穿着一件黑色的运动外套，眉目英俊，很高，头发剪得又短又薄。

洛抒的整个脑子轰隆一声炸开了。她迟疑地喊着："哥哥……"

他黑了很多，成熟了许多，站在那里，完全不是洛抒记忆中那个瘦弱苍白的少年。

洛抒在心里不断地想：我这是没睡醒吗？他怎么回来了？在这个时候，他怎么回来了？！

洛抒还在胡思乱想，又上来一个保姆，是梦姐。梦姐停住脚步，看向站在那里一点儿反应都没有的洛抒。

洛抒听到孟颐说话了。他将行李交给梦姐："我住两天就走，不用特别打理我的房间。"

说完，孟颐就进了那间空了很久的房间。

梦姐拖着孟颐的行李，看到洛抒还站在那里没动，忙说了句："还不快去楼下刷牙洗脸吃饭？您等会儿要去学校了。"

洛抒像是丢了魂儿一般，完全没想到会在这个早上突然碰到回来的孟颐。他似乎也没同家里的其他人打招呼，回来得很突然，楼下的保姆忙成一团。

孟承丙也醒了，朝着楼上走来，见洛抒还在那里傻站着，说："你傻站在这里干什么呢？哥哥回来了，你都不认识他了吗？你快下去吧，早饭都做好了。"

孟承丙相当高兴。

洛抒忙点头说："好的，爸爸。"她朝楼下走去。

孟承丙进了孟颐的房间，洛抒听到孟承丙在孟颐的房间里问："还没办妥吗？"

孟颐的声音变了："我还需要提交一些材料。"

"手续确实挺麻烦的。你这次打算什么时候走？"

"办得快的话，就这两天。"

"留学的事情呢？"

"我还在准备。"

"妹妹这几天要高考了。"

后面洛抒就没听见声音了。她下了楼，洛禾阳坐在餐桌边，看向她。显然孟颐的状态出乎洛禾阳的意料。洛抒在洛禾阳的身边坐下。

洛禾阳给洛抒倒着牛奶，说："早点儿喝完，你赶紧去学校。"

洛抒什么都没说，接过牛奶，迅速地喝完。虽然她起得早，可刚才发了一会儿愣，耽搁了时间。洛抒吃完早饭，背上了书包，换上鞋子朝楼上看了一眼，这才转身出门上车。

洛抒坐在车上都还有些恍惚，一直到学校，还在怀疑孟颐回来了这件事的真实性。

准确地讲，孟颐这一次在家里只待了一个晚上，第二天早上又离开了，洛抒也没再碰到他。她起床下楼后，发现餐桌上只剩下半杯没喝完的咖啡，保姆在那里收拾着。

他的房间依旧被收拾得很干净，像是他没有回来过。

三天后，高考开始了。

孟承丙亲自开车送洛抒去考试，洛禾阳自然也在。孟承丙一直让洛抒不要紧张，可洛抒稀里糊涂的，完全没听进孟承丙的话。

果然洛抒考得很差，甚至远低于平时的水平。

最后一天考完，洛抒回到家，只觉得松了一口气。

洛禾阳倒是难得地没对她说些冷言冷语，孟承丙也不问她考得怎么样，只带着她去大吃了一顿，顺带叫上了许小结、栩彤。

考完就只需要等成绩了。孟承丙虽然知道结果可能不佳，但还是挺关心洛抒的，主动查了洛抒的分数。

这分数给孟承丙泼了一盆凉水。洛禾阳同孟承丙说："你瞧，我说了吧？不要对她抱有期待。"

孟承丙笑了笑，只好死心，准备给洛抒另找出路。

分数出来了，就该填志愿了，虽然洛抒考得很差，这个志愿填与不填都没什么区别，可洛禾阳还是找她谈了谈，让她把学校选在 G 市。

洛抒知道洛禾阳的心思，但是她并不想去 G 市。她有想去的城市，不过也没说出心里的想法，只胡乱地答应着。

洛禾阳冷冷地看着她说："你记住我的话。"

洛抒没说话。

之后孟承丙也问了她想去哪所大学，让她自己选。

洛抒选的是 P 市，一个离本市极其遥远的地方，也没什么好大学。

孟承丙感到意外，说："洛抒，你要是想在本地上大学，也可以。"

洛抒说："爸爸，我想去 P 市。"

她异常执着。

孟承丙说："你妈妈想让你去 G 市。"

洛抒说："我不去，我要去 P 市。"她知道孟承丙不赞成，又说，"爸爸，你可以让我去吗？你可以帮我瞒着妈妈吗？"

孟承丙完全可以给洛抒找更好的学校，虽然没有 A 大好。他听洛抒如此坚持，却不敢答应，毕竟这件事情他不能一个人做决定。

孟承丙答应她会考虑一下。

可洛禾阳那段时间特别关注给洛抒选学校的事情。孟承丙给洛禾阳推荐了几所学校，看似顺着洛禾阳的意思，实际上他说得很笼统。洛禾阳以为孟承丙会按照自己的意思办，也就彻底放下心来。

洛抒填了志愿，无论高考结果如何，大局已定。

这个暑假，洛抒要干的事情便只剩下狂欢了。被憋得太久了，同学们都跟放飞的笼中鸟一般。洛抒跟许小结、栩彤在本市疯玩了三天。周小明见她们不带自己，在家里气得咬牙切齿的，还在微信上疯狂地咒骂她们。

洛抒看完演唱会，接着就要参加学校的毕业典礼。毕业典礼那天，洛抒感到特别失落。虽然她讨厌读书，可高中这三年还是过得比较快乐的。

她和朋友们都不在同一个学校。班级举办毕业聚餐时，他们喝了好多酒，周小明醉得不轻，拉着洛抒一个劲儿地说舍不得她。

许小结和栩彤揍了周小明一顿，洛抒也揍了他。

四个人闹了好一会儿，相互说了些肉麻的话。洛抒是被司机扛回去的，她第一次喝这么多酒，在车上吐，下车后也吐。那个社会青年给她打了很多电话，她一个也没接，满脑子都是小道士。

回去后她一身的酒气。洛禾阳看她晕乎乎的，让保姆赶紧把她拉到楼上去洗澡。洛抒洗完澡后，就直接睡了过去，没有做梦。

第二天她直接睡到上午十点。醒来后，她还在床上趴着不肯起床，外面是刺眼的阳光。直到她饿了，才从床上爬起来，揉着脑袋往楼下走。

吃完早餐，她还没从宿醉中缓过来，靠在沙发上过了半晌都没动。孟承丙还没出去，见她醉成这样，拿着报纸坐在沙发的另一端，笑着说："你果然年少轻狂，酒量比爸爸还好。"

洛禾阳问洛抒："这几天你有没有事要办？"

洛抒完全把洛禾阳之前提过的事情忘了个一干二净，下意识地回了句："好像没有了，不过许小结她们邀请我出去玩。"

洛禾阳说："没事的话，你先去 G 市熟悉一下学校。"

孟承丙在看报纸，听到洛禾阳如此说，抖了两下报纸，说："刚考完，她还没玩够呢，让她再玩一阵。"

洛禾阳却不认同孟承丙的看法，说："还是先让洛抒去选学校比较好。"洛禾阳又问，"对了，你联系孟颐了吗？"

孟承丙说："我给他打了电话，跟他讲了一下。"

洛禾阳说："他怎么说？"

洛抒想到高考前见到孟颐的场景，立马说："爸爸，许小结她们说要去海南玩。要不等过段时间我再去哥哥那里吧？"

洛禾阳这次却格外严厉，说："我上次是怎么跟你说的？"

洛抒不再说话。

洛禾阳又对孟承丙说："这次可不许你惯着她了，你看她高考考成什么样了？"

孟承丙只能说："先去 G 市玩几天也挺好的，洛抒，这次你听妈妈的。"

洛抒知道孟承丙应该是答应让自己去 P 市读书了，不然这几天他也不会对洛禾阳的追问含糊其词。她只能说："好吧。"

大家谈好后，孟承丙便联系了孟颐，洛抒第二天就开始收拾行李，带了些衣服。下午司机送她去了机场。

许小结、栩彤、周小明本来和洛抒约好一起去海南，得知洛抒要去 G 市，直骂洛抒不讲义气，又放他们鸽子。

洛抒当然宁愿去海南玩，也不想去 G 市。

虽然平时她经常出门，可这还是她第一次一个人坐飞机，有点儿没有安全感。洛抒坐到飞机上，就用帽子遮着眼睛睡觉，也不知道飞了多久，才被空姐叫醒。

她往左右看了看，见好多人走了，立马拿起自己轻巧的行李下了飞机。

下了飞机，洛抒又开始感到紧张，不知道谁会来接自己。她在出口处站着，刚要拿出手机给孟承丙打电话，手机就响了，是个陌生的号码。她看了一眼，接了起来。

电话是一家酒店打来的。酒店说有人来机场接她，让她站在出口的位置，不要动。洛抒正感到疑惑，有个穿着套装的女士来了，问她是不是洛小姐。

洛抒回："是的。"

她说："我是来接您去酒店的。"

洛抒看了她许久。她拿过洛抒的行李，引着洛抒朝前走，洛抒只能跟着她。

车子直接在机场接了洛抒，向酒店驶去。洛抒跟着那个人进了大厅，抵达楼上的房间。工作人员对洛抒说："洛小姐，您有什么需要可以随时呼叫我们。"

洛抒问："房间是我哥哥订的吗？"

工作人员微笑着说："是的。"

洛抒不再说话，那个工作人员也不打扰她休息，从套房内退了出去。

洛抒环顾四周，将行李甩到一旁，又想了想，拿出手机给许小结、栩彤发消息，说她到 G 市了。

她们还在生气，不理洛抒，可隔了一会儿实在没忍住，又跟洛抒聊了起来。

洛抒趴在床上同她们聊了一会儿，聊到晚上七点，手机没电了。她把手机撂到一旁，坐在那里看了一会儿，觉得身上难受死了，去行李箱里翻了一条睡裙出来换上，又给手机充好电，继续玩。

这时外头传来门铃声，洛抒立马起身去开门，工作人员用推车推着晚餐进来了。

洛抒让开过道，工作人员替她摆好晚餐，笑着说了句："请慢用。"然后，工作人员便从房间内退了出去。

洛抒饿了，走到餐桌边，开了电视机，大口大口地吃着。

吃到八点，她还是没等来孟颐的电话。

她去洗了个澡，躺在床上睡了过去。

第二天早上，洛抒睁开眼，看向自己的手机，没有未接来电。

又有人送早餐进来了，洛抒躺在床上半天都不动，早餐也懒得吃。那人出去后，她又睡了过去，一直到下午。

她继续待在屋子内和许小结她们玩游戏。

许小结她们相当意外地问她："你怎么这么闲？不是到了 G 市，要看望你哥哥吗？"

洛抒懒得同她们解释，只拉着她们玩游戏，玩了一局又一局。

到了晚上，洛抒无聊地在床上躺成了一个"大"字。她看了一眼时间，背着包，换了双鞋子出了酒店。

酒店的送餐人员走进来，发现洛抒居然走了，立马给大堂经理打电话。

洛抒跑出酒店后，专门挑 G 市热闹的地方逛。

她在晚上还戴着墨镜和帽子，在人群里四处走着。她吃了冰激凌、甜甜圈，还有很多特色小吃。也不知道逛了多久，她有些累了，见不远处有个小贩在卖糖葫芦，又过去买了一串糖葫芦，然后才拿出手机看了一眼。

十一点了？

酒店给她打了很多个电话，她都没听到。

她也没回电话，慢悠悠地找着回酒店的路。她终于到达酒店，大堂经理立马跑了过来，说："您回来了啊。"

洛抒说："我出去逛了逛。"

"那您吃晚餐了吗？"

"吃了啊，你们不用给我送晚餐上来了。"

洛抒把墨镜往上推了推，整个人显得酷酷的。可因为她穿着裙子和布鞋，样子又有点儿滑稽。

大堂经理回："好的，洛小姐。"

洛抒便拿着糖葫芦往楼上跑。电梯一路往上，电梯门开了，洛抒从电梯内出来，拿着房卡刷开门，一边朝里头走，一边低头咬手中的糖葫芦。忽然，她顿住了。

她的床边坐了一个人。

孟颐朝她看了过来。

她下意识地喊着："哥哥。"

她站在门口，不动了。

孟颐似乎在这里等了很久，见她回来了，便从床边起身，面对着她。

洛抒紧攥着手上的糖葫芦，也不知道该做什么，说什么。

孟颐抬手看了一眼时间，说："我还有事，就先走了。"他说完，便准备离开。

在孟颐从她身边走过的时候，洛抒又喊了句："哥哥。"

孟颐停住脚步看向她。

洛抒迟疑了一会儿，说："爸爸说过，让你带我去看学校。"

孟颐的眉目不再像以前那般忧郁，而是充满冷峻。他问："这几天？"

洛抒刚才完全是没话找话。她说："我什么时候去看学校都可以。"

孟颐思忖半晌，说："这几天我没时间。"

洛抒站在他面前，也没摘墨镜，手上还捏着一串糖葫芦，样子有点儿幼稚，还有点儿滑稽。

孟颐又说："这边的治安不是很好，十二点过后你最好不要再出门。"

他说完，便继续朝前走。

洛抒站在那里没再动。

孟颐进了电梯。

这是洛抒没想到的。她以为他不会再同她说话了，那次在家里碰见，他就没对她说一句话。没想到他今天会出现在她的房间里，可是他同她说话时看她的眼神，再也没有以前的那种神情。

此时的她，仿佛只是他的继妹。他过来一趟只是为了完成自己的任务。

洛抒回头看着他，而电梯门正好关上了。电梯慢慢地往下降。

第二天洛抒又是一个人在酒店里待着，孟颐依旧没有联系她。

晚上八点左右，孟颐出现在她的房门口，洛抒站在门口看着他。

他说："你拿上行李。"

洛抒不知道孟颐要干吗。不过她听了他的话，迟疑了一会儿，还是回房去拿了自己的行李。孟颐看了她一眼，便转身朝前走。

洛抒跟在他的身后。他带着她下电梯，然后出酒店，之后上了一辆车。

洛抒也不问他要带自己去哪里，就安静地坐在他的身边。

车子停下后，洛抒拿着自己的行李箱，依旧跟在他的身后。洛抒抬起头，发现他们来到了一个小区。洛抒立马跟着他进了楼道。

可是电梯内有不少人，孟颐先进去，洛抒只能跟着他。她立在孟颐的身边，电梯不断地往上升着。

到了 20 楼后，他从电梯内出来。洛抒跟着他，直到他停在一扇门前。孟颐用指纹开锁。门开了后，他回过头，顺手提起她的行李箱走进屋内。洛抒在他放好行李后才跟着走进来。

洛抒进来后，觉得这里很大、很空旷，家具很少，气氛冷冰冰的。

孟颐换了鞋子，洛抒不知道该怎么办。孟颐回头看她。

他说："鞋柜里有鞋，你自己拿。"

洛抒去鞋柜里拿鞋子，发现柜子里竟然有双女士的鞋子。洛抒的手停住了。他见她愣在那儿，回头看向她，皱着眉问："怎么了？"

洛抒立马将那双女士的鞋子拿了出来，穿在脚上。这双鞋的鞋码明显不是她的码数，她穿着大了许多。

孟颐开了房间的灯，去了厨房。

洛抒四处看着，发现房间内虽然冷冰冰的，可是似乎被人布置过，有精心养护的花，还有鱼缸，鱼缸上有便利贴，上面写着字，内容是给鱼投喂了几次食物。在便利贴后面，有人还顺手添加了一张笑脸。种种迹象表明，有个女生经常出现在这里。

孟颐从厨房出来，对洛抒说："你的房间在右手边。"

洛抒把视线从鱼缸上收了回来，拉着自己的行李进了房间。床铺倒是都铺好了，洛抒在床边坐下。孟颐似乎吃过了，给洛抒叫了外卖。外卖员到了，洛抒自己开门，将吃的拿了进来。孟颐去洗澡了。

他有个习惯，回到家一定要先洗澡。洛抒也不知道他吃了没有，坐在桌边等着他。

孟颐洗完澡出来，见她坐在那儿还没动，便说："外卖是我随便点的，你如果不喜欢吃，可以自己重新点。"

洛抒觉得这样的孟颐陌生无比，完全不是她记忆中的样子。她有些害怕，说："我……"她又开口问了句，"哥哥，你吃了吗？"

孟颐言简意赅地答："吃了。"

洛抒"哦"了一声。

孟颐擦着头发进了房间，洛抒只能在那儿吃着外卖。

孟颐和她说了几句后，便进了房间。洛抒吃完饭，收拾好桌上的东西，便进了自己的房间。房间里很安静，洛抒竟然翻来覆去地睡不着，客厅内再也没有多余的响动了。

第二天早上，洛抒被门铃声吵醒。门铃响了许久，洛抒本来想去开门，听到外头传来了脚步声。洛抒起床穿好睡衣从门口看过去，发现孟颐去开门了，来人好像是他的校友，给他带了什么东西。一看到从孟颐身后出来的洛抒，那个人吓了一跳。

孟颐回头看了洛抒一眼，洛抒往门框处躲了躲。

孟颐同门外的人说："她是我妹妹。"

那人明白了，孟颐也没多做介绍，只说："下午我会去趟学校。"

"可以，那我们下午见。"

孟颐嗯了一声，那人也没停留，离开了。孟颐拿着手上的资料进了房间，见洛抒还在那儿站着，就说了句："你饿的话，自己点外卖。"

洛抒说："我不饿。"她又缩进了自己的房间。

孟颐给洛抒点了早餐，便回房间换了身衣服离开了，也没同她交代什么。

外卖到了，洛抒自己去拿，然后一个人在这个完全陌生又安静的房间里吃着外卖，味同嚼蜡。

吃完外卖，她开了电视，调到一个娱乐频道准备看。手机响了，她又跑进房间去拿手机，是个熟悉的号码。洛抒接起电话，是那个社会青年。洛抒横躺在沙发上同他乱扯着。

她只说自己还在外地，不知道要什么时候回去。

电话那边吵得很，她也不知道社会青年又在哪个地方泡着。他们说了几句话，洛抒就把电话挂了。

之后洛抒抱着抱枕，又在沙发上睡着了，手机被丢在了一旁。

中午，她知道孟颐不会管自己，就点了个外卖。晚上，她又点了个外卖。孟颐没说什么时候回来，她只给自己点了食物。

可是吃了两口，她便吃不下了。

在房间里四处乱转，她很无聊，给孟颐发了一条短信："哥哥，我自己出去转会儿。"

她知道孟颐不会回复，就出门了，在附近的大学里转了转。她对这些大学一点儿想法也没有，来这里完全是为了应付洛禾阳。她走了好久，天气太热了，就掏出手机查询了一下附近的商场，逛了会儿街。为了打发时间，她又买了歌剧票，准备晚上八点去看歌剧。

孟颐给她打来电话，洛抒拿出手机立马接听，喊了句："哥哥。"

他只问了句："在哪儿？"

洛抒说了个商城的名字，孟颐说："晚上家里有人来，你现在回去。"

洛抒"哦"了一声，挂断了电话。

洛抒赶回去的时候，发现有个阿姨站在门口。阿姨告诉洛抒，自己是来做饭的。

洛抒没想到，问："您是我哥哥请来的吗？"

那个阿姨说："是的。"

洛抒开了门，让阿姨进去，房间的垃圾桶里是一整天的外卖盒子。

阿姨说："小姑娘，你一天就吃这些啊？我去给你做饭。"

洛抒本来想说自己吃过了，可实际上她只吃了几口外卖，肚子饿得很。想到这里，她便没说话。阿姨提着菜，进了厨房，开始给洛抒做饭。

洛抒坐在沙发上咬着苹果，看着电视。

没多久阿姨便把饭菜做好了，很新鲜、很可口。洛抒终于吃到了合胃口的饭菜。阿姨做好饭菜，收拾完厨房后，便离开了，之后房间里又只剩下洛抒一个人。

她还是无聊得很，洗完澡出来后，栩彤、许小结、周小明开始在群里讨论去海南的事情。他们打算三个人一起去，还做了详细的计划。

洛抒在这里待得实在太无聊了，想着一时半会儿也不会有人搭理自己，心里冒出了一个胆大的想法。她从这边飞去海南，洛禾阳也不知道，孟颐大概也不在乎。于是，她决定收拾好自己的东西，和许小结她们说自己也要去海南。

孟颐是十一点回来的。洛抒听到开门声，立马从房间出来。孟颐皱眉看向她，没说话，只是朝自己的房间走去。

洛抒突然开口："哥哥，我想明天走。"

孟颐停住脚步朝她看去，问："去哪儿？"

洛抒说："我想去海南，跟同学一起去玩。"

孟颐问："然后呢？"

洛抒说："然后我再从海南直接回家。"

孟颐并没有反对，说："嗯，随你。"他没有多余的话，也没有任何挽留的话，令洛抒感到出乎意料。

洛抒见他答应了，也就不多说什么，回了自己的房间。

洛抒一早就拖着行李出来，在客厅里等着孟颐。孟颐八点起床，一出房门就见她坐在那里，便问："你和朋友们都约好了，是吗？"

洛抒说："是的。"

孟颐说："你几点去机场？"

"十点的飞机。"

他没什么意见，只说："嗯，我带你去楼下打车。"

阿姨又过来了，开始准备早餐。两个人在桌边吃着早餐，谁都没有说话。洛抒不知道说什么，这样的孟颐让她感到陌生、害怕，且有些不知所措。

孟颐只喝了一杯咖啡，到九点的时候，带着洛抒下楼。

在电梯内，孟颐问："你有航班的信息吗？"

洛抒说："有。"

孟颐说："给我。"

洛抒把航班信息给他看。孟颐看了许久，随口问了句："你订的是经济舱吗？"

洛抒没想到他会注意到这个，说："我是随便订的，哥哥。"

孟颐看完航班信息，没说话。

洛抒来这里，在消费方面都是怎么便宜怎么来。孟承丙给她的零花钱够用，但是她觉得这些钱另有用途。她得为以后的离开做准备。

孟颐将手机还给了她。

洛抒接过手机放进包。电梯门开了，孟颐先走出去，洛抒跟在他的身后。

等打到车后，孟颐问她："需要我送你去机场吗？"

洛抒知道他在说客套话，说："不用，哥哥，我自己过去就可以了。"

孟颐说："嗯，你落地了给我发条消息。"

洛抒说："好的，哥哥。"

洛抒拿着行李上了车，对司机说："师傅，去机场。"然后她看向孟颐，说："哥哥，我走了。"

那是洛抒高中最后的一个暑假，同孟颐只短暂地见了几天。之后她便飞去了海南。其实她去海南，是为了和孟颐少些接触。她觉得，洛禾阳的希望可能要落空了。孟颐完全不是以前的那副样子了。

到了海南，洛抒也没有玩多久就回了家。紧接着，洛禾阳知道了她要去 P 市读大学的事情。

母女俩又大吵一架，洛禾阳认为洛抒已经完全不受掌控了，也察觉洛抒有逃离自己的心思。

洛抒这一次在去哪里读书这件事情上态度非常强硬，坚持要去 P 市。

母女俩的关系恶化到了极点。

孟承丙在中间左右为难。可他非常清楚洛抒要去 P 市念书的决心很坚定，也知道洛禾阳阻止不了她，所以最终还是尊重她的选择，只是没想到母女俩会吵得如此严重。

最后洛抒提着行李提前离开了孟家，洛禾阳说什么都不准孟承丙在 P 市给洛抒选学校。

其实洛禾阳不知道，洛抒根本不用孟承丙选学校，自己已经选了，填的志愿全是 P 市的三流大学。凭她的成绩，上三流大学是够的。孟承丙给她安排的名校，她一点儿也不想去。

就这样，洛抒彻底地离开了孟家。她提着行李坐火车去了 P 市，洛禾阳不再给她零花钱。这事她早就料到了，也提前有了准备。

到了 P 市没多久，洛抒就入学了，洛禾阳再也无法改变她的决定了。

洛抒为什么执意要来 P 市呢？因为很久以前她曾听小道士说，他的祖籍在 P 市。她不确定小道士离开后，是否会来这座城市。可是比起其他城市，她认为小道士来 P 市的概率更大些。

这边的学校真的小，环境又差。洛抒在入学的第一个月，给社会青年打了电话，说了分手。

之前她为什么会跟他交往呢？是因为他在小道士混过的地方混着。她觉得小道士应该会和那些人有联系，同他交往，是想从他身上得到点儿小道士的消息。他也确实替她打听了，可是一无所获。

如今她离开了那边，来了 P 市，自然也就用不到他了。

可社会青年不同意分手。洛抒才不管他同不同意呢，说完分手就挂断了电话，开始安心地在 P 大上学。

她只要有时间，就去 P 市的各处寻找小道士。她找遍了 P 市大大小小每一条巷子，每一条街道。她想，也许她还会像上次那般幸运，随便就在某条小巷子里找到小道士。

她期待能够如此。

可这种幸运似乎不是每次都能遇到的，她一辈子只遇到了那一次。洛抒在 P 市找了整整两个月，都没有见到小道士的踪影。她甚至找到了小道士待过的村庄，可依旧一无所获。

洛抒重新燃起的希望在两个月后彻底熄灭了，当初来 P 大的决心和信心也在一点儿一点儿地被摧毁。之后，她也不再刻意去找小道士了。

洛禾阳像是准备和她断绝关系，不再给她任何费用。孟承丙给她打过几次电话，她也没有接。

孟承丙还给她打过几次钱，她也原封不动地退了回去。

最让洛抒没想到的一件事情发生了。她和社会青年邹厉的交往本来就是不咸不淡的，而且高中生的交往不都很平淡吗？并没发生什么值得他们深刻怀念的事情。那次她打电话说分手，以为那是他们最后一次通话了。可谁知道，邹厉竟然追着洛抒来到了 P 市。

而且他还找到了洛抒所在的学校，这是洛抒怎么都没想到的事情。

洛抒同他在校门口见了一面，对他说："你回去吧，我不是说了分手吗？"

邹厉骑在摩托车上，对洛抒说："你说分手就分手啊？你把我当什么了？"

洛抒问："那你还想怎么样？"

邹厉说："不怎么样，我不同意分手。"

洛抒觉得他像个神经病，说："我懒得理你。"

洛抒本来就心情不好，也没给他什么好脸色。她以为他会知难而退，在这边待几天就会走。可谁知邹厉阴魂不散。洛抒下课，他就在教室楼下逮她。洛抒回寝室，他就在寝室楼下逮她。以前同他交往时，洛抒还不觉得他怎么样，如今看他一脸阴险地站在那里，还真是有点儿吓人。

不只她觉得吓人，女生公寓的其他女生，见每天都有一个社会青年站在宿舍楼下，也觉得害怕。

于是女生公寓的其他女生开始跟宿管阿姨反映。宿管阿姨赶他走，他不走，最后两个保安把他拖出去了。他被拖出去的时候，还朝着楼上大喊："洛抒！我大老远地跟你过来，你就这么对我？！你休想和我分手！"

洛抒坐在宿舍里，恨不得拿棉花塞住自己的耳朵。室友全看向她，眼神饱含深意。

因为这件事，洛抒在学校里彻底"出名"了。大家都知道她有个对她死缠烂打的社会青年男友，都恨不得离她远点儿，免得惹祸上身。

洛抒觉得这也挺好的，反正她也没什么心情跟同学们联络感情。大学生活本就跟高中生活不一样，她也懒得去和同学们搞好关系。

她以为邹厉被保安拖出去后，就不会再进学校了。鉴于他也确实安分了一些，洛抒便不再理会别人的目光，继续在学校里混日子。

殊不知更糟糕的事情还在等着洛抒。

洛抒在学校里有挺多人追的，系里就有好几个男生在追她，而且用的搭讪手段层出不穷。洛抒不想同他们交流。其中一个男生每天去食堂、宿舍逮她，还经常给她送情书，献殷勤。

有天洛抒出校门，准备去买点儿生活用品。那男生也不知道从哪里听到她要出门的消息，在校门口骑着单车等她，硬要载她去商场，陪她买东西。

两个人还没说上十句话，邹厉不知道从哪里冒了出来，就跟疯了一样，拽着那个男生，狠狠一拳把他打倒在地，又按着男生一顿拳打脚踢。校门口的人都被吓住了，包括洛抒。

洛抒站在那里，过了好半晌都没反应过来。接着四周响起尖叫声，一片混乱，大家纷纷来拉架。邹厉打架是出了名不要命的，那男生哪里有反抗的余地？男生的脸上瞬间出血了，邹厉像是要打死那个男生一般。

洛抒冲上去，狠命地拉着邹厉喊："邹厉！邹厉！放手，你赶紧放手！"

邹厉见洛抒竟然上来拉架，阻挠自己"报仇"，顿时脸上青筋暴起，掐着那男生的脖子，就像要直接把对方掐死一般。

洛抒吓到腿软，五六个保安冲过来，把邹厉狠狠地按在了地上，把那个男生拽了起来。那个男生的脸上鲜血直流，竟然直接晕了过去，被紧急送去了医院。

也不知道谁报警了，没多久，警车驶来。邹厉被戴上手铐，直接带去了派出所，洛抒也被带了过去。

洛抒感到很慌乱，坐在派出所里。警察在给她做笔录，邹厉被拘留了。很多人说洛抒是邹厉的女朋友，而邹厉也称自己和洛抒没分手。警察虽然没要求洛抒给被打伤的那个男生赔医药费，可显然邹厉没钱，根本就交不起医药费。

那人伤得挺重的，医药费不是一个小数目。这笔钱自然就得洛抒出了，毕竟事情因她而起。

洛抒是真的没想到会出这样的事情，但想到只要自己给了医药费就能快速地解决这件事情，就帮邹厉承担了。她也没管邹厉，直接从派出所离开了。

这件事情闹出来后，洛抒在学校里更"出名"了，大家都绕着她走。辅导员也找她谈过几次话，大意是希望她把事情处理干净，不要影响学校，影响其他学生，不然学校会让她受处分。

天知道这邹厉怎么跟变了一个人一样。以前洛抒根本没用心对待过他，所以也没怎么注意过他的真实状态。如今邹厉跟她到了这里，闹出这么多事情，让洛抒觉得痛苦万分。

她在学校里，基本没人敢靠近。好在那段时间邹厉被关进去了，暂时出不来，洛抒得到了一丝喘息的机会。可那次的事情给她的阴影太大了，她不知道邹厉什么时候会被放出来，所以每次从宿舍楼出来，都会下意识地看看身后，在确定没人后，再迅速朝前走。

一个月过去，邹厉被放出来了，再次出现在洛抒的校门口。他如今进不了学校，她放心了点儿。可谁知道邹厉用了什么手段，避开了保安，直接在晚上出现在宿舍楼下，拽住了洛抒。

洛抒被吓得差点儿尖叫起来，回头看向他。

邹厉阴冷地笑着，说："你敢叫，我就敢杀了你。"

洛抒知道，自己是彻底被他缠上了。他要是会走早就走了，何必等到现在？

洛抒不知道他的目的是什么，也不慌了，只问了句："你想怎么样？"

邹厉说："我千里迢迢地跟着你跑来这里，你背着我和别的男生勾三搭四就不说了。我进了局子，你也不闻不问。我做这些还不是为了你？！"

洛抒将他拽着她肩膀的手用力推开，说："邹厉，你到底想怎么样？说吧。"

邹厉说："怎样？我不想怎么样。你不是我的女朋友吗？我想在这里陪着你上学啊。"

他相当无赖，笑着说出这些威胁的话。

"你到底要什么？"洛抒开门见山。

他说："钱，你给我一百万，我就走。"

洛抒觉得他疯了，一百万？她冷笑着说："你是神经病吧？"

邹厉知道她家有钱，一点儿也不急。他有的是时间在这里"陪"她。

洛抒转身就走。别说她没一百万了，就算她有一百万，也不会给邹厉。

可是倒霉的事情不止一件，女生宿舍的人发现邹厉依旧时不时地出现在校园里，洛抒的室友不愿意再跟她一起住，怕惹事上身，开始排挤她。这个问题宿管阿姨都解决不了，现在宿舍基本满了，不好重新安排，而且洛抒太"出名"了，别的宿舍就算有空床，也不会有人愿意同她一起住。

洛抒在大家的排挤下，不得不搬出学校，在校外找房子。

这简直成了她的噩梦。她在校外睡不安稳，坐不安稳，一个人在屋子里待着时，总死死地锁着门窗。

她以为邹厉不会知道她的房子在哪里，可是她太天真了。有天晚上他出现在房门口，洛抒一开门就看到了他。

洛抒一步一步地朝他走去，邹厉还好心情地向她打招呼："晚上好啊，女朋友。"

洛抒进了房间，他也跟着进来。谁知道他进来后，直接脱了衣服把洛抒扑倒在床上。洛抒推不动他，干脆躺在那里说了句："你想要钱，就别碰我。"

邹厉停住动作，洛抒说："我给你一百万。"

邹厉翻身从床上坐了起来。洛抒说："明天我就把钱给你。"洛抒怕他不信，又说了句，"明天要是我没给你，你照样可以来找我。我人在这儿，走不了的。"

邹厉看着她，想了想，捞起了衣服穿上，笑着说："行，明天我来拿钱，要是你拿不出钱，我弄死你。"

邹厉冷笑着，也没多作停留，直接出了她的房间。

洛抒坐在床上，手都在抖。她在床上摸索了半天，摸到了手机，不知道该怎么办，也不知道谁能帮她。她在手机里翻找着联系人，最后将视线停在了孟颐的电话号码上。

隔了这么久，她再联系他，也不知道他还在不在国内，会不会理自己。

可洛抒还是给他打了电话。电话响了好几声，洛抒安静地等待着。忽然，从电话那端传来一个男声："喂？"

洛抒深吸一口气，说："哥哥，是我。"

那边的人安静了一会儿，问："什么事？"

洛抒说："哥哥，我出了点儿事，你能不能来一趟 P 市？"

她不确定孟颐会不会管自己。

电话那边有流水声，孟颐似乎在倒水。他低声说："你先说什么事。"

洛抒大概描述了一下邹厉的事，孟颐在那边安静地听着，等洛抒描述完，只说了句："明天再说。"

洛抒不知道他有空还是没空，会来还是不会来。

她没问，主动说："哥哥，那我先挂了。"

孟颐没回应，接着洛抒主动挂断了电话。那一晚洛抒没睡着。第二天早上，她醒来后，如往常一样地去学校上课。

整个上午她都在焦虑中度过，一直在回想昨晚的那通电话。

他会来吗？要是他不来，她今晚该怎么办？要报警吗？可是警察会怎么处理呢？

正当她胡思乱想之时，手机响了。洛抒快速拿起手机接听，是他的声音："我在你们学校门口。"

洛抒立马说了句："好的，哥哥。"

她也不顾还在上课，直接起身从教室内冲了出去，老师站在讲台上看着她。

洛抒一路冲到校门口，果然看到一辆黑色的车停在那里。洛抒跑了出去，将车门拉开。

隔了近一年，她再一次见到他。他穿着西装坐在车内看向她，表情平淡。

洛抒只觉得他越发陌生了，甚至不敢直接坐入车内，只愣愣地看着他，朝他喊了声："哥哥。"

孟颐示意她上车。

洛抒这才缓慢地坐进车内，前面坐着司机。

洛抒在他的身边坐下，两个人之间隔着一段距离。

孟颐说的第一句话便是："他人呢？"

洛抒说："他说晚上会来找我。"

孟颐沉默了一会儿，又问："他要多少？"

洛抒说："一百万。"

孟颐依旧神色平淡地点点头，把玩着手机。之前他给她打过电话，还没把手机放下。

孟颐只说："我们先去吃东西。"

之后，车子便从学校门口开走了。车内没人再说话，洛抒安静地坐在他的身边。

现在快中午了。学校周边没什么好吃的，司机将车停在路边一家算是比较好的餐厅门口，孟颐先出车门，洛抒跟在他的身后。他们走进餐厅，孟颐先入座。服务员替洛抒拉开椅子，洛抒也坐下了。

两个人一起吃了一顿午餐。洛抒下午还有课，吃完饭，孟颐带着她从餐厅出来，送她去学校。

车子再次到达校门口。洛抒问："哥哥，那你去哪里呢？"

"我在车上等你。"

洛抒说了句："好的。"

她犹豫了一会儿，推开车门下了车。

黑色的轿车停在校门口有点儿扎眼。P市的经济本就不发达，一辆这样的豪车停在这里，难免惹人注意。洛抒下车后，路过的人纷纷朝她看过来。而且，她本就是学校里的"名人"。

洛抒根本不理会他们的视线，只是朝前走。孟颐的车整个下午都安静地停在校门口，一直到洛抒下课，从学校出来。她再次进入车内，车子便在众人的注视下离开，朝她租的房子驶去。

到了那个小区，孟颐看了看周围，发现环境确实不是很好。洛抒将房间门推开，孟颐走了进去。洛抒拿出手机主动联系邹厉。

邹厉听说她把钱准备好了，挂了电话便赶了过来。他走进来，发现房间里除了洛抒，还有两个他不认识的男人。其中一个男人坐在椅子上。

邹厉盯着洛抒："你这是什么意思？"

洛抒说："这是我的哥哥。"

孟颐坐在那儿没动，只问了句："你是邹厉，对吗？"

邹厉主动告诉孟颐："我是她的男朋友。"

孟颐也不反驳，只是点了点头，算是认同了。他对一旁的人说了句："把卡给他。"

那人听到孟颐的吩咐，将皮夹打开，之后递给邹厉一张卡。

孟颐说："这卡里有一百万，你拿了这一百万，就代表你们分手了。"

洛抒没想到孟颐真的会给邹厉钱，朝孟颐喊了句："哥哥——"

孟颐没看她，只看着邹厉。

邹厉没想到孟颐这么爽快，不确定地问了一句："卡里真有一百万？"

"不相信你可以去银行查，我的条件刚才也跟你说了。"

邹厉笑着说："只要真的有一百万，别说分手了，我保证再也不会出现在她面前。"

孟颐认为这个条件可以，说："那我们算谈好了，是吗？"

邹厉说："我先去查下卡里的余额。"

见邹厉不放心，孟颐点头说："可以，那我们在这里等你。"

邹厉又问："密码是什么？"

孟颐说："不需要密码，你直接刷卡就行了。"

邹厉拿着银行卡，立马出了门，迅速朝楼下跑去。

洛抒不知道孟颐为什么要给邹厉一百万。邹厉的行为就是敲诈勒索。

孟颐没同洛抒说话，只安静地坐在那儿。过了大概半个小时，他抬手看了一眼时间，从椅子上站起身说："走吧。"

过了半个小时，邹厉没回来，就代表卡里的钱令邹厉满意了，他们也无须再等待。

洛抒说："哥哥，你给他这么多钱，他以后肯定还会来找我的。"

孟颐却对她说："你，跟我走。"话毕，他便从门口离开。

洛抒没想到他会跟自己说这句话，在屋内停了几秒，还是跟上他。

两个人重新坐上车，司机依旧坐在前头开车。孟颐不再说话。这时，他接二连三地收到了短信，洛抒看过去，全是消费通知，好像邹厉用孟颐给的卡消费了。

孟颐看了一眼短信，便对前面的司机说了句："我们可以报警了。"

在开车的司机听了孟颐的话，点点头，立马拨了一通电话，告诉警察自己丢失了一张卡。

报完警，司机便放下手机。

洛抒看向孟颐。

之后车子停在市里的一家酒店门口，谁都没提邹厉会面临怎样的后果。孟颐带着洛抒进了酒店，开了一个套间。这意味着两个人要在这里住上一晚。

孟颐开的是套间，有两个房间。孟颐进房间后，洛抒站在门口，想告诉孟颐自己有地方住……可一想到那个地方，洛抒就住嘴了，跟着孟颐进去。孟颐脱了西装外套，丢在沙发上，同洛抒说了句："你要是饿了就自己先点吃的。"

他似乎有事，拿起桌上的电脑就进了书房。

洛抒站在客厅里看了一会儿，便进了另外一间房。这段时间她惊吓过度，没一会儿便睡着了。晚上十点左右，洛抒听到外头有敲门声。

洛抒想着孟颐在书房，便从床上爬了起来，推开门出来。孟颐就在客厅，对她说："我们走吧。"

洛抒不知道孟颐要带自己去哪儿，见他已经去了门外，只能回身拿上外套，跟着他出去。

他们从酒店离开，车子竟然一路开到了派出所。

洛抒去过派出所，所以知道这是去派出所的路线。

到了派出所，洛抒发现邹厉被两个警察押着。邹厉瞧见他们进来，就破口大骂："我去你的！洛抒，你敢骗我！"

他戴着手铐。

洛抒这才知道，孟颐带过来的那个人根本不是什么司机，而是律师。律师到派出所后，就对警察伸出手说："您好，我是金宇律师事务所的律师，我姓蔡，叫蔡行。"

孟颐在派出所里坐下，将这件事全权交给那个律师处理。

洛抒只听到邹厉大叫着："那张银行卡是他们主动给我的，不是我偷的！我真的没有偷卡！"

叫蔡行的律师笑着说："厉先生，如果您说的是真的，那我们为什么无缘无故要给您一百万？"

邹厉指着孟颐说："我是他妹妹的男朋友！男朋友！"

蔡行面带微笑，又问了句："所以，我们为什么要给您一百万？"

邹厉被问住了。

蔡行继续笑着说："到底是敲诈勒索的罪名重，还是偷窃的罪名重？您可得想清楚了。"

邹厉根本就不是他们的对手，只能朝着洛抒大喊："洛抒！你告诉他们，我没有偷卡，也没有敲诈！我们是男女朋友，这里的警察都知道！"

是的，他们都知道，上次邹厉被抓就是在这个派出所。

孟颐对站在那里一直没说话的洛抒说："既然他让你说，你就过去说吧。"

其实邹厉根本不清楚，一旦洛抒开口，他的敲诈勒索罪基本就坐实了。这里的警察都还记得他。

孟颐带着她来派出所，根本没准备给邹厉留后路。

洛抒走了过去。警察对她进行询问，她将前因后果都说得很清楚。警察做了笔录，调了邹厉留在这里的案底，发现洛抒所说的都是真的。

洛抒做完笔录，已经是十一点了。邹厉在那里喊得声嘶力竭，感到很疲惫。洛抒可以走了，而邹厉不能走。他拿着那张卡，在一天内就刷了五十万元，买了一辆车。

这些事够他喝一壶的。

事情解决了，孟颐终于站起身，带着洛抒从派出所离开了。

之后，这些事情都让律师去处理。邹厉敲诈勒索一百万，很可能被判处十年以上有期徒刑。

晚上两个人回到酒店，洛抒对孟颐说："哥哥，我们对邹厉会不会太……"

其实她没想到孟颐会这么狠。孟颐回头看向她说："怎么，你同情他？其实在同情他前，你可以想想之前他对你干的那些坏事。"

洛抒竟然不知道该说什么。

很晚了，孟颐说："先休息吧。"然后他不再说话，进了自己的房间。

洛抒站在那里，背脊发凉。她怎么忘记孟颐读的是什么专业了？

当然她也不同情邹厉，只觉得孟颐好像狠了点儿，毕竟她和邹厉在一起过。可听孟颐的，想想邹厉之前敲诈勒索她的行为，她又好像有点儿释怀了。

是的，如果邹厉不敲诈勒索她，自然也不会有这样的事情发生。

洛抒觉得，邹厉可能一早就瞄准了她，想问她拿钱。

早上洛抒醒来，孟颐已经在餐桌边坐下了，桌上是丰盛的早餐。

洛抒慢吞吞地走过去，还是喊了句："哥哥。"她的话打破早上的安静。

事情解决完了，他应该会在今天回去。

现在洛抒在他面前，总觉得害怕和拘谨。不过她还是在餐桌边坐下。

孟颐问她："你有什么打算？"

洛抒问："哥哥问的是哪方面的打算？"

"你还是决定在这里待着吗？"

孟颐端着咖啡低头喝了一口。

洛抒说："我……我准备在这边上大学。"

"所以你还要在这所大学继续读书，是吧？"他放下咖啡杯。

洛抒说："是的。"

之前，她说要去海南，他没有阻拦她。现在他对她还要继续留在这里，也没发表任何意见。

他说："既然事情解决了，我今天就得走，律师会在这边接洽后续事宜。"

洛抒猜到了，下意识地点头说："哦，好。"

这个时候外面传来敲门声。孟颐看了一眼时间，起身说："我先走了。"他拿上椅子上的外套，不再看洛抒，朝门口走去。

律师在门外等着，孟颐问："你给我订的是最早的航班，对吗？"

律师说："是的。"

"走吧。"

两个人便朝电梯走去。

孟颐早上离开了 P 市，洛抒一个人在酒店吃完了早餐，也离开了。孟颐解决了邹厉那件事，她的心才彻底地放松了下来。可她还没放松两天，孟承丙就知道了这件事情，直接给她打电话，让她立马转学，不准再待在 P 市念书了。他的态度非常强硬，说，如果她不同意，就立马带着洛禾阳来学校，替她处理转学事宜。

洛抒不知道孟承丙是怎么知道这件事的，在电话里对他说："爸爸，事情已解决了，我真的没事了。"

孟承丙哪里会放任洛抒继续留在 P 市？他只说："你一个女孩子在外面读

书，我们本就担心，何况还离家这么远。洛抒，你听爸爸的，我让哥哥去接你。"

洛抒没想到孟承丙竟然让孟颐过来，想说点什么。

孟承丙不听，打断她的话："洛抒，当初爸爸答应你去 P 市念书，还冒着被你妈妈怨恨的风险。一旦你在 P 市出了什么事，你认为爸爸能逃掉责任吗？"

孟承丙完全不给她反驳的机会，直接做了决定："我会让孟颐过来一趟，替你办转学手续。"

洛抒想开口反驳，可是想想觉得还是算了。孟承丙已经做了决定，她还能反驳什么？

孟承丙刚和洛抒说完，就立刻给孟颐打电话，速度飞快。

孟承丙是真的担心洛抒。

过了两天，孟颐又来了 P 市，替洛抒办转学手续。洛抒也没矫情，提着行李就上了他的车。他也没说什么，直接带着洛抒去学校办转学手续。

洛抒并非反抗不过孟承丙，只是在 P 市确实待不下去了，和同学的关系不和睦，邹厉的事情闹得也挺大，当初来这边的希望落空了，而且现在还有了心理阴影。虽然她知道邹厉一时半会儿是出不来的，可始终有乌云在心头挥之不去。

下午，孟颐给她办完转学手续，她随着他一起飞回了 G 市。

飞机上，两个人坐在同一排。洛抒有种不真实感，侧过脸看向身边的人。孟颐在那里翻着杂志，洛抒的身上披了张毯子，天气有点儿冷。她说了句："哥哥。"

孟颐听到她的声音，侧过脸朝她看了过来。

洛抒以前喊他的声音非常机械，今天倒是难得地带了点儿感情。她想找回一点儿以前和孟颐的亲近感，虽然现在的孟颐让她感到陌生。她小声地说了句："谢谢你那天来帮我。"

他那天来，洛抒真的很意外，对他充满感激。在她举目无亲的时候，突然来了一个人，将她的害怕、彷徨都驱逐了，她的心一下子就安定了。

孟颐没什么表情，对于她的示好，也只嗯了声，便移开了目光，继续翻阅杂志。

洛抒见他懒得理自己，便也不再开口，窝在座位上，安静地喝着橙汁。

飞机落地了，洛抒暂时没地方住，跟孟颐回到了他的住处。孟颐居然还住在原来的地方，里面的陈设一点儿也没变，就跟洛抒高考完来时一个样。可是洛抒发现鞋柜里的那双女士拖鞋不见了，鱼缸空了，上面的便利贴也不见了，盆栽枯死了，盆里只剩下泥土。

房间里女人的痕迹消失了。孟颐见她盯着鱼缸看，回头对她说："我只有男士的拖鞋。"

他现在对洛抒少了点儿不耐烦。

不知道为什么，洛抒也轻松了些，问："哥哥，我可以穿你的吗？"

孟颐没反对，将屋内的灯全打开。洛抒拿了一双男士拖鞋换上，孟颐还是像以前一样，把她扔在客厅就不管了。洛抒同他相处了几天，举动自然了许多。她不需要他安排，自己拿着行李去了之前住过的房间。

洛抒出来后，孟颐问她："你准备去学校住，还是住在这里？"

孟颐已经给她安排好了学校，也没有问过她。孟颐给她安排的学校自然是名校，洛抒没想到自己这稀烂的成绩竟然可以进那种学校。

洛抒不想在学校住宿，也不想住在别的地方。她正犹豫不决，孟颐说："我不常来这里，暂时没时间帮你找房子，你可以先住这里，等有时间看看别的房子，再决定要不要搬走。"

今天他似乎准备外出。

洛抒默默地看着他。如果她去外面租房子住，肯定会产生不小的费用。洛抒现在本就没多少钱，为了节省一笔支出，洛抒决定就在这里住了。其实这里也挺好的，房间宽敞。

洛抒说："好吧，我就住这里。"

孟颐嗯了一声。

他给她安排好一切，便离开了。洛抒一个人在那所房子里。

洛抒想，这样也挺好的，舒服自在。那晚，她就在孟颐以前的那套房子里住下了。不过这里还留着孟颐的东西，洛抒没去碰，去他的房间转了一圈，就出来了。

她霸占了他的书房，没有问他同不同意。

洛抒从 P 市回来后，在 G 市缓了五天，自己去学校报到了。

孟颐确实不常来这里。他替她安排好这一切，便没再出现过。

这所学校让她感到了极大的压力。她学的还是原来那个专业，可是环境完全不同，之前的学校里全是"学渣"，而现在的学校里"学霸"云集，学习起来一点儿也不轻松，她觉得比当初准备高考还要难熬。

洛抒在新学校里待了两天，有点儿待不下去了，可也没办法跟孟颐说。不过她已经开始琢磨，要不要跟他谈了。

孟承丙把她交给孟颐后，就没怎么管她了，只给她打过几次电话。孟承丙确认她在 G 市很好后，也就放心了。

她不是很明白为什么孟承丙现在对她这么放心。这让她感到疑惑。

疑惑归疑惑，洛抒在孟颐给她挑的那所学校里上了几天课，终于忍受不住了，想去找他，最后得知他去了国外。洛抒并不知道孟颐提前毕业后，并没有从事自己的专业，而是进入了酒店行业，很忙，经常不在国内。

这些消息她还是听偶尔来家里打扫的家政说的。得了，孟颐完全把她抛这里不管了。算了，她也乐得自在。不过她还是试着联系他。

她给他打了个电话，他只对她说了四个字："回来再谈。"说完，他便挂断了洛抒的电话。

洛抒想，那就等他回来谈吧。

她暂且在学校里混着，等孟颐回来再说。一个多星期过去了，洛抒从学校回来，一进房间就见到了孟颐。他从书房出来，似乎刚回来。他换了家居服，看见她便问："上次你说有事要跟我谈，是吗？"

洛抒一见到他，忙说："哥哥，我想换学校。"

孟颐皱着眉问："那所学校，有什么不好吗？"

他穿着拖鞋，朝桌那边走去。

洛抒说："在那所学校读书，我的压力很大，想换一所气氛轻松点儿的学校。"

孟颐在桌边倒了一杯水，说："你要谈的就是这事？"

洛抒说："是的。"

他说："你再适应一段时间，未来的工作好坏和你的学校水平挂钩，如果你只想过轻松的生活，也许躺在家里更舒服。"

洛抒没想到他竟然不同意。其实这件事情耽搁了这么久，她要换学校的欲望倒也没之前那么强烈了。他不肯帮她换学校，她也就作罢，懒得麻烦他。

她有气无力地说："好吧。"

她只能回房。可是走到房门口，她又停下脚步对孟颐说："哥哥，你晚上在这里吃饭吗？"

家政阿姨已经在做饭了，但是她不知道阿姨做的是几人份的。

孟颐喝完水，放下手上的杯子，说："我有饭局。"

洛抒哦了一声，也不再说话，进了自己的房间。

最近的天气特别冷，G市在北方，外面的风刮得很大，发出剧烈的声响。还好房间里面暖气足，洛抒换了睡衣出来，见孟颐还没走，便问："哥哥，你什么时候出门？"

孟颐还在桌边坐着，翻看着资料，说："我现在就走。"

"我想去超市买点儿东西，可以搭你的车吗？"

洛抒也不等他答应，立马去了房间换上外出的衣服，跟在孟颐的身边出了门。

孟颐把她送到超市正门口，便离开了。

洛抒站在大风中，想着他真是个大忙人。她转身跑进了超市。要不是例假来了，她真的懒得跑出来。

她买到卫生巾后，一刻也没在超市停留，打了一辆车，便回了家。

回到家后，洛抒进洗手间忙活了一会儿，出来后就瘫在床上。洛禾阳竟然难得地给她打了电话。洛抒举着手机在那里迟疑了一会儿，接起来，把手机放在耳边，也不说话。

洛禾阳在那边也一时没开口。过了一会儿，洛禾阳先说话了："你到G市了？"

洛抒说："是。"

洛禾阳问："你感觉怎么样？"

洛抒知道洛禾阳问的是什么，说："不怎么样。"

自从小道士离开后，她对洛禾阳的态度就不冷不热的。

洛禾阳知道她有怨气，说："我这是为了你好。"洛禾阳的这句话充满了深意。

洛抒不知道洛禾阳指的是哪方面的好。

洛抒说："现在的孟颐根本不是以前的孟颐了，妈妈。"

洛抒不得不提醒洛禾阳，让她不要再抱有那种幻想。

洛禾阳说："也许你可以再试试。"

洛抒说："我不想再做这样的事情了。"

洛禾阳说："我没让你做什么，只是让你试探一下孟颐的病是否真的全好了。"

洛抒沉默了。其实她也不知道孟颐的情况，可是以这段时间两个人的接触来看，现在的孟颐和以前完全不一样了。现在的孟颐让她感到害怕，他态度冷冰冰的，对她也没有多少感情。

洛抒说："我不太清楚，可是他和以前确实完全不一样了。"

洛禾阳说："有些变化只是表面的，我不相信他在这短短的几年里痊愈了。你帮我试探下，看看他到底有没有痊愈，是不是还在接受药物治疗。"

过了半晌，洛抒说："好。"

之后洛禾阳挂断了电话，洛抒将手机丢到了一旁。

洛抒虽然答应了洛禾阳，但也没把这件事情放在心上。最重要的是，她好像没机会见到孟颐。那天他送她到超市门口后，两个人又是一个多月没联系。洛抒也逐渐习惯了 G 市的生活，以及新的学校。

在学校里，她也认识了新的朋友，心情要比在 P 市时好多了。周一到周五，她照常上课，周末有时间就和同学去逛街、去玩，过着很标准的大学生活。

她经常泡在图书馆里。她当时瞎选了英语专业，高中时英语成绩很差，在 P 市那边上学时也没怎么用心学，现在来到 G 市，环境不同，令她感到了巨大的压力。而且她是半路转学过来的，如果不泡图书馆，根本赶不上进度。

她从来没这么刻苦过，家里的阿姨特别贴心，怕洛抒学习累，每天给洛抒送饭，还有饭后水果，营养丰富。

虽然洛抒学习很刻苦，胃口也不太好，但在那段时间里，不知道是不是因为内分泌失调，她胖了不少，脸上还长了痘痘，例假也不正常，状态相当糟糕。

洛抒琢磨着要不要去看医生。这天晚上下课后，她刚出校门，竟然看到了孟颐的车。她有些不确定，不过还是立马朝那辆车走过去。车窗降下，后座的人果然是消失了大半个月的孟颐。他坐在车内看向她。

洛抒立马拉开车门上车。她戴着口罩，也不敢看孟颐，觉得自己的样子糟糕极了。

孟颐注意到了她的状态，问："你怎么戴口罩？"

洛抒说："空气不好。"

她以为他不会追问，可谁知他又说了句："你把脸转过来。"

洛抒只能转过脸对着他，孟颐盯着她的口罩。

她叹了口气说："我长痘了，最近不知道怎么回事。"她在孟颐的注视下，把口罩摘了下来，果然脸上长了不少的痘。

孟颐看了一会儿，对洛抒说："你好像胖了。"

洛抒没想到自己的变化这么明显，说："哥哥，我想去趟医院。"

她也不知道他今天怎么会出现在他们学校。他既然在，她就蹭他的车去下医院。

孟颐说："挂哪个科室的号？"

"内分泌科，我的例假最近也不太正常。"

孟颐又说："你是不是在学校外乱吃东西了？"

洛抒抓着脸说："没有，我就吃了家里的阿姨做的饭菜。"

孟颐也没再多问，吩咐司机去市中心医院。

看完医生后，洛抒戴着口罩，跟在孟颐的身后出来。孟颐也没同她说什么，上了车。洛抒又想到了什么，对孟颐说："哥哥，你送我去下商场，我想买几件衣服。"

她最近的衣服都小了。

孟颐好脾气地又让司机去了商场。

洛抒其实准备买完衣服就自己回去，孟颐却对她说："我要回去一趟，拿个东西。走吧，一起去商场。"说完，他便从车内出来。

洛抒觉得他今天真是对她充满了耐心，也没推辞，便跟他一起进了商场。

洛抒以前身材偏瘦，现在虽然胖了不少，但看上去也不丑。孟颐带着她进了商场里的一家女装店，店里售卖的衣服是国外的一个牌子。洛抒在那里挑选，孟颐在休息区等着她。

洛抒只想拿几件自己能穿的衣服就走，可服务员相当热情，见洛抒不想试穿，好像也没什么目标，就立马给她推荐了一款裙子，说："小姐，您试下这款吧。"

洛抒看了一眼，发现裙子确实挺好看的，犹豫着看向孟颐，问："哥哥，我能试吗？"

孟颐还算耐心地说了句："你去吧。"

洛抒便拿着衣服进了试衣间。等洛抒换完出来，店员主动同孟颐说："先生，您看这条裙子怎么样？"

孟颐抬头看过去，只见洛抒有些拘谨地站在他的面前。裙子极衬她，露出她线条匀称的双腿。洛抒的脸俏丽又带着灵动，她就好像林中的小鹿。她身上总有着一股独特的鲜活气息，少女的娇态还没退去，唯一的瑕疵是脸上的痘痘。

孟颐看了她许久，同店员说："就拿这件吧。"

洛抒没想到他直接帮自己做了决定。其实也行，她还挺喜欢这条裙子的。她又选了几件，孟颐替她付了钱。

她提着袋子，两个人出了商场。

之后孟颐便直接送她回家。琴姐过来开门，见洛抒的状态这么差，吓了一跳，刚想说什么，发现洛抒的身后站着孟颐。

琴姐忙唤了句："孟先生。"

孟颐走了进来，对琴姐点了点头。

洛抒手上提着药和衣服。

琴姐去接，看到了医院开的药，朝孟颐看了一眼，有些害怕。洛抒的状态这么差，满脸是痘，他会不会觉得是她给洛抒准备的食物有问题？

洛抒问了孟颐一句："哥哥，你要不要留在这里吃饭？"

洛抒想让他在这里吃饭。孟颐对琴姐说："多准备几个菜。"

看孟颐准备一起吃饭，琴姐立马答应着去了厨房。孟颐去了书房。

洛抒便提着自己的东西进了房间。

之后大家一起吃着晚餐，琴姐做的饭菜很合洛抒的胃口，孟颐吃得倒是不多。他放下筷子。

洛抒问："哥哥，饭菜不合胃口吗？"

孟颐端起桌上的水喝了一口，说："我晚上还有别的事情。"

他看了一眼时间，大约晚上还有局。他说："你吃吧。"

琴姐还没上完菜呢，见孟颐竟然要走了，连忙说了句："先生，不等菜上齐吗？"

孟颐说："不了。"他去书房拿了东西，出门的时候，又对琴姐说，"书房的东西，明天会有人来拿。"

洛抒想着他之前在这里住，现在是因为她在才换了地方。她去过他的书房，记得桌上有好多文件。

这么久以来，它们一直放在这里，没被动过。

洛抒立马说："哥哥，我帮你送过去。你住哪儿？我明天正好休息。"

孟颐看向她说："琴姐知道地址。"

说完，孟颐便走了。

孟颐走后，洛抒又问琴姐孟颐现在住哪里。琴姐去过，就告诉她了。

洛抒若有所思地点头。第二天是星期天，洛抒休息。她到晚上才拿着那些文件打车给孟颐送过去。文件很多，她上车的时候还是琴姐帮忙拿了一下。

到达孟颐的住处后，洛抒抱着那些文件从车上下来。她看了看周围，孟颐住的是独栋的别墅。洛抒抱着那些文件走过去，输入密码，门开了。洛抒进了房间。

这是她第一次来这里。她观察着这里的格局，发现里面没有人。可能孟颐平时也不在这里，琴姐偶尔会过来。洛抒抱着那些文件上楼，找到书房，推开门走进去，发现里面安静一片，窗帘是拉上的。洛抒将灯打开，把文件全放在书桌上，又去拉开窗帘。

她在房子里转了转，又走到一间卧室前，缓缓地伸手将门推开。

卧室的门是开着的，洛抒在房间内环视了一圈，把目光落在床头柜上。她在床头柜上搜索着，又看了看其他地方，均没发现精神类药物。如果孟颐现在还需要药物支撑精神状态的话，卧室里一般会有药。

可是洛抒没找到这类东西。

孟颐是刚搬来的，没多少东西，只有几件衣服挂在柜子里。

洛抒没什么收获，很快从卧室出来，下楼到大厅，正打算离开，谁知外面突然开始下雨。洛抒在窗户旁看着外面的雨，又探头朝马路上看去。这边的车很少，她似乎打不到出租车。

洛抒也没急着走，干脆等雨停。

可谁知这场雨断断续续地下到晚上十点，有车从院子外开了进来。外面传来开门声，洛抒立马从沙发上站起来，面向门口，喊了声："哥哥。"

孟颐从外面进来，看向屋内。

洛抒穿着他的拖鞋和那天在商场里他给她买的那条白色的裙子，俏生生地立在那儿，看着他。

孟颐走了进来，问："你怎么在这儿？"

他的语气很冷淡。

洛抒说："我是来给你送文件的，可是外面下雨了，这边也打不到车。"

孟颐拿出手机说："司机刚走，我让他来接你。"

洛抒说："哥哥，我可以在这里睡吗？"

孟颐停住动作，看了她一会儿，说："可以。"

他朝她这边走来，说："家里有客房，你带衣服了吗？"

他松着领带。

洛抒说："没有，我过来就是为了送文件。哥哥，我把文件送去了你的书房，你看看有没有少。"

孟颐嗯了一声。

屋内很安静，因为太空了，外面的雨声又很大。洛抒隔了半晌，又说："哥哥，我还没吃饭。"

孟颐说："你会做饭吗？"

洛抒说："会做一点儿。"

孟颐说："厨房里有鸡蛋和面条儿。"

"哦。"得到他的允许，洛抒便往厨房走去。她从冰箱里拿了鸡蛋和面条儿，准备给自己下面条儿。

孟颐看了一眼厨房里的她，松开领口的扣子，便去了楼上洗澡、换衣服。洛抒虽然很多年没煮过食物了，可还会下面条。她煮好后，把面端出来在餐厅内吃着。

外面竟然开始下暴雨了，雨点拍得窗户发出响声，洛抒迅速地吃完，又进了厨房，开始煮姜汤。

水在锅内翻滚着，在灯光下冒着热气。洛抒扎着马尾，将煮好的姜汤盛好，端着姜汤朝楼上走去。她直接去了孟颐的卧室。

她推开门朝里头喊："哥哥。"孟颐正好从浴室出来，身上挂着擦头发的毛巾。他冷淡地看着进来的洛抒。

洛抒说："我给你煮了姜汤。"

孟颐随口说了句："放桌上吧。"

桌子就在他旁边，洛抒端着姜汤一步一步地朝他走过去，然后将姜汤放在桌上。洛抒用余光关注着孟颐的动作，就在孟颐朝她这边走时，她也转过身，喊："哥哥——"

她脚一崴，整个人直接扑进了孟颐的怀里。为了站稳，她立马用双手紧抓着他的衣服，有些惊魂未定地抬头去看他。

洛抒在那一刻想：自己会从他的眼里看到什么呢？冷淡，无视，还是别的？可是洛抒万万没想到，孟颐看向自己的眼神里充满讥讽。他的脸上明明没有表情，可是眼神里透露出来的情绪，就是讥讽。

他也没有在第一时间去扶她，而是任由她趴在自己的身上。过了好久，洛抒把手缓缓地从他的身上放下来，站稳身子，说："哥哥，我刚才脚崴了。"

孟颐说了句："没关系。"

洛抒说："那姜汤我给你放在这里了。"

他嗯了一声。

洛抒很识趣，没在他的房间里停留，转身出去了。她又看了一眼他的房间，确实没有精神类药物。洛抒沿着走廊，朝客房走去。

她可以确定，孟颐对她彻底没了感情。他根本不是以前的孟颐，而是另外一个人。她在他的身上找不到半点儿熟悉的影子。

那个沉默、安静的孟颐，似乎就像幻影一样彻底地消失了。

第二天洛抒早早地就从孟颐那里离开了。她给洛禾阳打了一通电话，告诉洛禾阳："妈妈，我没发现他在用药。而且很不幸，我要告诉你，他真的已经不再是以前那个孟颐了。"

洛禾阳这次竟然没有多说，只说："我知道了。"

说罢，洛禾阳便挂断了电话。

现在的孟颐对洛抒来说，已经是个陌生人了。那晚她切切实实地感觉到，他身上确实已经没了半点儿孟颐以前的影子。所以洛抒在那晚后，也没怎么联系孟颐。

洛禾阳再也没给洛抒打过电话。洛抒从孟颐的房子里搬了出来，去了学校。当然她也没跟他讲，只让琴姐转达一下。

他也没因为这件事情联系过她。

洛抒搬去学校后，和室友的关系处得相当好。她有两个室友是 G 市本地的，三个是外地的，她们都是"学霸"。有一次寝室内的"学霸"们聊起自己的高考分数，洛抒只好保持沉默。

她们认为洛抒应该也是凭着高分数考进来的，洛抒没敢说实话，只好糊弄过去。好在她们也没细究洛抒的分数，大学生活精彩纷呈，根本让人无暇想太多。

洛抒在学校里和室友们同进同出，每天去图书馆看书，去教室上课，然后就回寝室。她还从来没有这么勤奋过。可能是圈子不一样了，她身上以前的懒散劲，现在彻底地不见了。从某个方面来说，她还真的得感谢孟颐把她从 P 市带了过来，又把像一团烂泥的她丢在了这所名校里。在这里，她算是洗心革面了。

琴姐来学校给洛抒送过一次饭。洛抒倒是没问起过孟颐，琴姐反而主动告诉她："孟先生这段时间都不在国内，他说如果您有什么需要，可以随时找他。"

洛抒倒是没什么需要，只随口说了句："哥哥去国外多久了？"

琴姐说："有半个多月了。"

洛抒点头说："哥哥还挺忙的。"

琴姐说："他确实挺忙啊，以前您没来的时候，我经常在那里守着空房子。先生一个月能有一两个星期待在那里，就算不错了。"

洛抒说："我没什么事，在这里也挺好的，您可以转告他。"

琴姐却说："房子在那里空着也是空着，您不回去住了吗？"

洛抒同琴姐说："算了，我住学校挺好的。"

琴姐守着她把饭菜吃完。洛抒在食堂里吃着饭菜，和琴姐有一搭没一搭地聊着。吃完饭，洛抒将保温盒给了琴姐，让琴姐带回去。琴姐走的时候还对她说："等先生回来，我再告诉您。"

洛抒觉得这么多年过去后，他早就成了陌生人了。她跟他也没什么深厚的感情，实在不想和他有太多的接触。想必孟颐现在对她也是一样的。不过她只能点点头，敷衍着琴姐。

洛抒再见孟颐，是因为有室友要参加联谊活动，也叫上了她。因为没什么好地方可去，所以大家商量了一会儿，一致决定去泡吧。

洛抒那时候才知道，原来"学霸"们也爱玩，还玩得挺疯的。她们宿舍的，加上物理工程系的几个男生，约好时间一起去了酒吧。平时在寝室里看上去文静无比的女生，喝起酒来，简直太厉害了。她们拿杯子喝还不够，竟然要拿瓶喝。

洛抒读高中时经常去酒吧，反而读大学后很少去了。好久没去酒吧了，今天她倒也玩得挺开心。十个人玩到凌晨两点，校门都关了，谁也没有要回去的意思。

到三点的时候，男生们出于礼貌，要送她们去找住的地方。不过有个家庭条件很好的女生拒绝了，因为男生们醉得更厉害，一起去找住处反倒会拖她们的后腿。于是她提出，女生们自己找地方住。

男生们倒也没说什么，玩得挺开心的，就相互交换了联系方式，然后各自去找住处。

男生们先打车走了。寝室长邓婕问萨萨："萨萨，咱们今晚住哪儿啊？"

因为家里条件很优越，所以一般的地方萨萨住不习惯。她说："我来找地方住，房费我出。"

大家也无所谓，反正彼此关系挺好的，平时出去也会相互帮忙买东西，倒也没觉得怎么样。

萨萨立马找了家酒店，然后拦了一辆车，带着一寝室的人上车，去酒店休息了。

洛抒喝得晕头转向，完全是无意识地跟着她们。到了酒店，几个人开好房间，各自快速洗漱，很快就睡了过去。

洛抒早上是被电话声吵醒的。因为不用上课，大家也都很安心地继续睡。洛抒迷迷糊糊地摸出手机，放在耳边接起来，喂了一声。

"你没在学校里吗？"

竟然是……洛抒立马睁开了眼睛，睡意全无。她从床上坐了起来，说："哥哥，我……你找我有什么事？"

她没想到孟颐会这么早给她打电话。

孟颐说："琴姐说去学校给你送早餐，没见到你，给你打电话你也没接。"

洛抒立马去看手机，果然还有几通琴姐的未接来电。她睡迷糊了，抓着头发说："我……我在学校外呢。"

孟颐问："你在哪里？"

"我和室友昨天去玩了，晚上没回宿舍，在外面住。"她往左右看了看，看到床头柜上有酒店的名称，忙告诉了他。

孟颐竟然重复了一句："你在庭跃酒店里？"

洛抒说："是的。"

孟颐对她说："那你给琴姐回个电话。"

洛抒忙哦了一声。孟颐便没再打扰她睡觉，挂断了电话。

洛抒又忙着给琴姐回电话，说自己暂时不在学校里，让琴姐先回去。她回学校后会自己找吃的。

琴姐："好的。"

和琴姐说完这些，洛抒又倒了下去，继续趴在那里睡觉。

九点，有人在门外按门铃。寝室长邓婕醒了，跑去开门，见工作人员推着早餐进来，惊讶地问还在睡的萨萨："萨萨，你点早餐了吗？"

萨萨迷迷糊糊地说："没有啊，我没点早餐。"

那工作人员笑容满面地对寝室长说："这是酒店赠送的早餐。"

萨萨直接翻身坐了起来，说："这么好？"

工作人员把早餐推了进来，只说了句请慢用，便从房间内退了出去。

萨萨订的酒店还挺高级的，酒店方招待客人这么周到。见早餐准备得极其丰富，大家爬起来洗漱吃饭。洛抒也跟着大家吃着早餐，发现早餐的分量足，味道好。吃完早餐后，大家各自挺着大肚腩在床上回味着。

萨萨摸着肚子问："难不成我们家和这家酒店的老总熟？"

萨萨疑惑万分。邓婕说："说不定呢！我看这顿早餐的价格可不比你订房间的费用少。"

大家收拾了一番，各自下楼去了。到了楼下，酒店的大堂经理竟然特地朝她们跑来，询问她们昨晚住得是否舒适，有没有不满意的地方。这种问题，经理一般只会问大人物，哪里会问她们这些学生啊？

全寝室的人都蒙了，不过还是给出了很好的评价。那大堂经理非常在意她们的满意度，之后还给她们安排了一辆车，送她们离开。

洛抒也觉得奇怪。她原以为是萨萨家的人人脉广，过了好久，才知道她住的那家酒店恰巧就是孟颐开的新酒店。

那天，孟颐从国外飞了回来。洛抒回去吃饭，在家里见到孟颐，对孟颐念叨着说："哥哥，那个庭跃酒店挺好的，不仅送了早餐，还安排车接送客人。以后你可以去那家酒店住，环境很好。"

孟颐在看报纸，听她说完，抬头看了她一眼，说："是吗？"

洛抒说："是的，酒店的早餐也挺好吃的，你下次真的可以去试试。"

洛抒极力向他推荐那家酒店。

孟颐说："你们住得舒服就行。"

琴姐这时从厨房出来，对洛抒说："洛抒，那不是咱们自家的酒店吗？"

"啊？"洛抒彻底愣住了，看向孟颐，孟颐收了报纸，朝餐桌走去。

洛抒这才后知后觉，对琴姐说："我说怎么酒店对我们这么好。"

琴姐在那儿笑着。

她准备吃饭，孟颐对她说："快过年了，今年过年你是怎么打算的？"

洛抒坐下，问："哥哥，你呢？"

孟颐说："我有事，得回去一趟。"

洛抒说："那我也回去，反正留在这边也没事。"

孟颐嗯了一声。

现在离过年还有一个多月，洛抒本来是不想回去的，不过在这边待着确实没意思。回去她或许还可以找找栩彤、许小结，自从去了不同的大学念书后，大家好久都没见了。还有周小明，她也可以约出来见个面。

琴姐在上菜的时候，发现洛抒脸上的痘痘开始消了，状态好了很多，便说："洛抒，你的脸好了不少。"

洛抒摸了摸，皮肤是光滑了不少。她说："药还是很有用的，我感觉确实好了不少，可能那段时间我的学习压力太大了。"

孟颐看了她一眼说："听琴姐说，你最近学习认真了不少。"

琴姐每次去送饭，洛抒都在图书馆。可能琴姐随口跟孟颐讲了几句吧。洛抒说："我跟不上进度，所以只能每天待在图书馆。"

孟颐嗯了一声，没再说话。

孟颐从国外飞回来后，同洛抒吃了一顿饭，之后两个人各自忙着自己的事情。不过让洛抒没想到的是，隔了几天，她和几个同学去看画展，竟然在画展上遇到了他。他身边有个女人，女人挽着他，两个人站在一幅画前交谈着。

那女人的穿着优雅得体，而且那女人还有点儿眼熟，洛抒总觉得自己像在哪里见过她。正当洛抒在那里盯着她看时，挽着孟颐的女人转过头来。洛抒看到了科灵！科灵大变样了，洛抒几乎认不出来了。

科灵也远远地朝洛抒这边看了一眼，孟颐注意到科灵的视线后，也看了过来。他也看到了洛抒，不过两个人并没有走过来。

同学们见洛抒在那儿傻站着不动，立马催她，说："洛抒，看什么呢？我们去那边啊。"

洛抒反应过来，也没过去跟孟颐、科灵打招呼，很快随着邓婕她们离开了。

她想起，科灵好像挺喜欢这个画家。以前科灵告诉过她。不过，她没想到科灵和孟颐会这样亲密。她突然回忆起房子里的鱼缸、鞋子、便利贴、便利贴上的字迹，还有那些盆栽。

洛抒恍惚地跟同学一起看完画展，没再看到孟颐和科灵。洛抒随着同学回了学校。

洛抒没有去问孟颐，但她想，科灵读大学后，一定和孟颐发生过什么故事，那个房间里的女生物品，应该就是科灵的。

洛抒在生日那天，接到了孟承丙的电话。孟承丙在电话里给洛抒送上了祝福，还特地给她挑了礼物，寄了过来。

洛抒当天就收到了礼物，是一条女孩子们都会喜欢的项链，洛禾阳也给洛抒打了电话，说了几句很简单的生日祝福。

洛抒一直都没把生日当成值得庆祝的日子，也没告诉寝室里的人，所以这一天过得挺平常的。但她没想到晚上孟颐过来接她了。

洛抒戴着孟承丙送她的项链出了门，上了车。

洛抒以为孟颐不记得自己的生日，更不会过问，却没想到他晚上来接她了。

他们到达吃饭的地点。洛抒随着孟颐从车上下来，出来迎接她的人竟然是上次在画展见过的科灵。科灵绾着头发，眉眼里满是柔情。科灵朝洛抒走来，还算热情地同洛抒说了句："洛抒，好久不见。"

洛抒没想到孟颐会带着自己来跟科灵吃饭，并不感到喜悦，只对科灵说了句："好久不见。"

科灵将礼物递给她："生日快乐。"

所以，孟颐和科灵今天应该是来专门给她庆祝生日的。

洛抒接过礼物，说了句谢谢。

接着科灵朝孟颐笑着走过来，挽起孟颐的胳膊。孟颐同洛抒说："进去吧。"

洛抒像恶霸似的对他说："你不乖。你不乖我就亲你。"

孟颐冷冷地别过脸，一向苍白的唇此时就像初春的蔷薇。

洛抒凶巴巴地说："我命令你看着我。"

孟颐不动。

洛抒又要去亲他，孟颐终于抬头冷眼看着她。

人间久别

洛抒戴着在小摊子上买的耳环，问：『好不好看？』孟颐低低地『嗯』了一声。

旧月安好 著

下 册

青岛出版集团 | 青岛出版社

人间久别

旧月安好 著

【下 册】

青岛出版集团｜青岛出版社

第八章

生　日

　　其实在饭桌上，一直都是孟颐和科灵在交谈。洛抒不太认识其余人，基本没说什么话，只是吃着饭，一直吃到晚上九点才见大家起身。孟颐先送那些洛抒不太认识的人离开，之后送科灵回去。

　　在车上，洛抒和科灵也没怎么交谈，大部分时间是听着孟颐和科灵说话。等车子到了小区楼下后，科灵同洛抒打了一声招呼便下车离开。

　　车上只剩下洛抒跟孟颐，孟颐问她："回学校还是回家？"

　　洛抒说："学校。"

　　孟颐便将车从科灵家的楼下开了出来，送洛抒去学校。

　　外面风很大，隐隐有下雪的趋势，两个人一路也没怎么说话，洛抒安静地看着车窗外。

　　车子驶得很平稳，到了学校，孟颐停下车，从车子的储物格里拿了个礼盒递给洛抒，说："生日快乐。"

　　他也说了生日快乐。

洛抒伸手从他的手上接过礼物，看着他说了句："谢谢哥哥。"

孟颐坐在驾驶位上，而洛抒坐在后面，孟颐嗯了一声，说："早点儿休息吧。"

洛抒说了句："好的。"然后她从车上下来，朝学校走去。

学校外面有点儿黑，后面的车灯倒是一路照着她前行。洛抒进了学校后，看到车子刚从学校的门口驶走，手里还拿着孟颐送的礼物，也不知道是什么。

舍友看到洛抒回到宿舍，便同她打了声招呼，问她干吗去了。

洛抒没开口说话，径直去了书桌边，把孟颐给她的礼物打开，发现盒子里装的是个没什么特别意义的手链，只看了一眼便丢进了桌上的盒子里，甚至没打开科灵送的礼物。

倒是在一旁敷面膜的萨萨盯着那条手链，立马走了过来，发出夸张的惊讶声，说道："洛抒，这是限量版的水晶链！全世界只有三条，你怎么会有？"

洛抒对这些首饰没什么了解，随口说了一句："估计是假的。"

萨萨却对名牌产品了解得很，从盒子内拿出手链仔细地看了看，说："这怎么可能是假的？"

洛抒不在意地说："你喜欢的话我送你了。"

萨萨惊讶地问道："真的吗？"

不过萨萨也没见过这个品牌的真的水晶链，分不清楚这条水晶链是真是假，听到洛抒说要把手链送给自己，不管手链是真是假，光是看着这精美的程度也爱不释手，激动地又问了一句："真的吗？"

洛抒说："是的，送你了。"

萨萨太喜欢这条手链了，抱着洛抒就是一顿狂亲。

洛抒把手链随手送了出去，也没什么罪恶感，只是躺在床上望着头顶的天花板时，格外想念小道士，于是抱着被子翻了个身面向着墙。

她想：要是小道士在她的身边，今天会给她送什么呢？就算他和别人一样，只说个简单的"生日快乐"，她应该也是极其开心的。可是，这个愿望是奢侈的。

生日过后，洛抒在学习上越发努力，有种两耳不闻窗外事的感觉，甚至被寝室内的人说是"学习狂魔"。可是就算她是"学习狂魔"，成绩也没有寝室内的"学霸"同学们那么好。毕竟她的基础差得很，她再怎么努力，也跟同学有着很大的差距，甚至有些想换专业。

在洛抒的生日过去一个星期后，琴姐又喊洛抒回家。琴姐有些愧疚地说："上次你过生日就是在外边吃的，我也没好好地给你做一顿饭，而且今天家里正好有客人，你无论如何都要回家吃饭。"

洛抒不知道客人是谁，不过也没辜负琴姐的心意，就抽时间回去了一趟，到家的时候正好是琴姐来开的门。

洛抒抱着一大堆书走进去，说："您做什么菜呢？这么香。"余光却瞥见家门口多了一双高跟鞋。

琴姐同她笑着说："科小姐来了。"

琴姐认识科灵，可见科灵来过这里很多次。

洛抒朝厨房看去，看到孟颐难得地穿着休闲装、系着围裙在厨房忙碌，再往旁边一看，发现科灵也在孟颐的身旁。

洛抒没有说话，拿着手上的书进了自己的房间，许久也没从房间出来，直到听见琴姐来敲房门喊她吃饭才出来。

科灵先前没见洛抒进门，此时端着菜，见到洛抒后笑着说："洛抒，你回来了啊。"

洛抒笑着唤了句："科灵姐。"

琴姐兴奋得很，在那儿笑着说："孟先生难得下一次厨，洛抒你快来尝尝。"

洛抒确实没见过孟颐下厨房做菜。

孟颐正好从厨房出来，解下围裙后将其交到琴姐的手上，然后看了一眼洛抒的手腕，问了句："不喜欢？"然后径直朝酒柜走去，拿了一瓶红酒出来。

洛抒淡淡地答道："哦，我忘记戴了。"

她戴了孟承丙送的项链，却没戴孟颐送的手链，应该是不喜欢那条手链。

孟颐正专注地看着酒的年份，听了她的说辞也没在意。

看孟颐拿着红酒过来，科灵主动拿起醒酒器，笑着说："什么年份的？"

孟颐说："很巧，你出生的年份。"

科灵说："是吗？"边说边从孟颐的手中将红酒接过去查看，一看还真是她出生那年，脸上浮起一丝笑容，然后将红酒打开给大家倒酒，顺便问了洛抒一句："洛抒，你喝不喝红酒？"

洛抒说："我下午还有课，就不喝了。"

科灵也没坚持，只倒了她和孟颐的红酒，之后两个人一边吃饭，一边聊着事情，好像是在谈论公事。

洛抒听不懂，也插不上嘴，只安静地吃着饭菜，吃得差不多了，拿起手机看了一眼时间，说道："我得回学校了，下午还有课。"

孟颐看向她，问道："你自己坐车还是让司机送？"

洛抒说："我自己过去。"

孟颐没再同洛抒说什么，转头对科灵说了一句："今天的牛肉好像有点儿老。"

科灵说："我觉得还行啊。"过了片刻似又想起什么，对正准备去房间的洛抒说："洛抒，外面这么冷，你哥哥等会儿要出门，你再等会儿，坐我们的车走吧。"

洛抒已经走到卧室门口，说道："不用了，科灵姐姐。"

科灵也就没再坚持。

洛抒进房间拿了自己的书便出了房门，之后打了一辆车去学校。

半个月很快就过去了，离寒假的时间越来越近，马上就要过年了，大家都有些归心似箭。洛抒倒没这个想法，因为对过年也不怎么期待。

离学校放假只有十几天时，萨萨有些神秘地跑来问洛抒有没有男朋友。

洛抒不清楚萨萨为什么问这个问题，说："没有啊。"

萨萨说："你没有？"

洛抒再一次认真地说道："没有。"

萨萨说："咱们学校有人要追你。"

"追我？"洛抒有些疑惑。

因为洛抒这半年过得很糊涂，除了和寝室内的人有交集外，基本和学校内的人没交流。

萨萨说："对啊，好多人跟我打听你呢。可你平时看上去挺不爱理人的，人家都不敢主动同你说话。"

洛抒坐在寝室内的书桌前无聊地翻着书说："打听我干什么？"

萨萨说："洛抒，你的背景真的很神秘呀。"

萨萨抬起手说道："我去专柜问了，这条水晶链是真的。你知道它多贵吗？居然随手送给我。而且你家每个星期都有阿姨来给你送饭，你说是你阿姨，我上次撞见她问了才知道那个人是保姆，你深藏不露啊！"

洛抒说："没有，那个保姆是我哥哥家的，不是我的。"

萨萨更加好奇了，吃惊地说道："你哥哥？你有哥哥？"

洛抒觉得越解释越不清楚，忙说："有一个，有一个。"

萨萨见洛抒不想提她的家庭情况，又说："那你帮我个忙好不好？我有个朋友的朋友对你一见钟情，特别喜欢你。你们加个微信呗，你不跟他聊天儿都行，就通过下好友申请，好不好？"

洛抒平时不怎么在微信上加陌生人的，见萨萨可怜巴巴的样子，只好同意了，说："行吧行吧。"

不就跟陌生人加个微信吗？洛抒也不介意朋友列表里多个人。

萨萨瞬间喜笑颜开，立马拿起手机给别人发信息去了，没多久又催促着洛抒说："你快点儿通过好友申请啊，洛抒。"

洛抒只能拿起手机解锁，看到微信里有个好友申请的信息，也没仔细看就直接点了通过。

洛抒同意好友申请后，见对方没有第一时间来找她聊，也就放心了。

没多久，许小结发来了微信消息，问洛抒今年过年回不回家，还发了一个十分想念的表情。

洛抒也挺想他们的，便回道："今年回去。"

许小结立马就在微信上跟她约见面的时间，两个人就这样提早把聚会的时间约好了。

放寒假的日子越来越近，大家都没心思上课了。洛抒不知道为什么有些心不在焉，想到之前跟孟颐的对话。她问孟颐过年要不要回去，当时明明听他说要回去，可是这么久都没见他有什么动静，也不知道他是不是还要回去。

她想要不要再联系他，因为上次跟科灵见过面吃完饭后，她和孟颐就没再碰过面。听琴姐说孟颐依旧很忙，洛抒也尽量不打扰他，可到现在这个时候了，决定还是给他打个电话。

电话响了许久，孟颐接听。

洛抒在电话里说："哥哥，今年过年你还回不回去？"

孟颐说："回，你什么时候放假？"

洛抒数了数日子，说："后天。"

孟颐回道："好，我后天去接你。"

学校放假了，寝室里的人都开始收拾东西。洛抒想着春节过后还要来宿舍，便只把一些换洗衣物带上，下午的时候就收拾得差不多了。

寒假要跟舍友分别两个月，大家还是很舍不得的，便一一抱别。

因为孟颐还没来，洛抒只能在宿舍等着。

萨萨也要等家人来接，便同洛抒聊了起来。

萨萨一直对洛抒好奇得很，问道："你也等家人来接吗？"

洛抒说："是的，在等我哥哥。"

萨萨家是本市的，所以不急着走，继续问道："你家是哪里的？"

听到洛抒的回答后，萨萨有些吃惊地哇了一声，说："你家也是一线城市的啊，那你怎么来这边上学了？那边的大学也非常好啊。"

洛抒不好意思说她考不上老家的大学，只好回答说："我哥哥以前在这边上学。"

"你哥哥上的哪个学校？"

"A 大。"

洛抒他们的学校已经算是名校了，可萨萨听到洛抒哥哥上的是 A 大，还是叹了一口气，说："是我没考上的好学校啊。"

洛抒很怕萨萨再问下去，好在接着便听见手机响了。

孟颐在电话里说："出来吧。"

洛抒说："好的。"然后挂断电话，同萨萨说："我得走了，家里人来接我了。"

萨萨提着箱子说："正好我跟你一起走。"

洛抒也没说什么，两个人提着箱子一起出宿舍，刚出校门就看到了孟颐的车。

萨萨问："你家的车在哪儿呢？"

洛抒也没管萨萨看没看清楚是哪辆车，就随手指了一下，说："那儿呢。"然后同萨萨说了再见，拉着行李箱飞快地跑了过去。

萨萨看着洛抒上了一辆黑色的名贵轿车，还看到司机下来给洛抒开车门，暗自惊叹，对洛抒的家境更加好奇了。

等洛抒上车后，车子便从校门口离开了。

因为孟颐还有事情没忙完，所以洛抒并没有那么快回家，而是要在孟颐的那套房子里待几天才能走。

洛抒也不急，反正都要回家的。琴姐也快要回老家过年了，在走之前给洛抒准备了很多丰盛的美食。洛抒那几天在家就是吃了睡睡了吃，把整个春节需要的营养都补上了。

洛抒也不知道孟颐是因为什么事情要回去，只知道他已经很久没回家过年了。

洛抒在这里待了三天才跟着孟颐坐飞机回了家，飞机上全程都在睡觉。

而孟颐很忙，一直在处理事情。

飞机落地洛抒才醒来，揉了揉眼睛，问："哥哥，现在几点了？"

孟颐回了句："十点。"

孟颐是坐在外侧的，洛抒坐在里面。等孟颐出去后，洛抒才拿起自己的书包起身，大概是睡得太久有些晕，一时脚步踉跄差点儿摔下去，好在一把扶住了椅子。

当看到孟颐回头朝她看过来时，洛抒揉着头说："我睡迷糊了。"

孟颐见她站稳了，才继续往前走。

洛抒跟在他的身后，等着司机来机场接。

就这样，时隔半年，洛抒在那次负气离开孟家去了P市后，又一次回了孟家。

孟承丙高兴得很，一早就在家里等了，坐立难安地不断朝外边看。洛禾阳已经准备好了七宝茶，看见孟承丙的样子也很高兴，笑话他说："你急什么啊，不是说他们下飞机了吗？又不会跑。"

孟承丙爽朗地笑着，说："这不是许久没见他们了吗？"

正当夫妻俩说话时，车子从院子外开了进来，孟承丙见状起身走了出去。

车子刚停稳，洛抒便从车里下来，朝着大厅这边跑来，声音清脆地喊道："爸爸！"

孟承丙许久没见洛抒了，抱着洛抒大笑着说："胖了啊，洛抒。"

洛抒见到孟承丙也兴奋得很，父女俩倒是堪比亲父女。

洛禾阳也出来了，微笑地看着父女俩拥抱。

孟承丙看到孟颐也从车上下来了，内心一时有些感慨，然后松开洛抒，走过去抱住了孟颐。

两个人什么都没说，却有种"此时无声胜有声"的感觉。

片刻后，孟承丙松开了孟颐。

在一旁站着的洛禾阳也唤了一声："孟颐。"

孟颐听到她的声音朝她看去。

此时的洛抒也在一旁安静地看着，不知道为什么，总觉得两个人的关系有些微妙。

孟颐还是很给孟承丙面子，轻声唤了一句："洛姨。"

洛禾阳笑着应着，热情地招呼着说："先进去吧，外面冷。"

孟颐以前可没唤过洛禾阳洛姨，现在突然这样叫，洛抒只觉得奇怪，没从里头听到任何亲近的意思。

孟承丙和孟颐一起朝里走。

洛抒其实很想妈妈，看到洛禾阳将目光落到自己的身上时，便过去抱住了她，喊了声：“妈妈。”

洛禾阳看着她，良久才说了一句：“进去吧。”

洛抒毕竟在这里住了很久，虽然好长时间没有回来，还是觉得这里的一切很是亲切，很快就恢复了以往的活泼状态，开始同孟承丙撒娇，在孟承丙和孟颐聊天儿时都要凑近，在他们的身边坐着。

洛禾阳将煮好的七宝茶端了上来，端了一杯给孟颐，接着给洛抒也端了一杯过去。

洛抒非常想念家里的七宝茶，刚端在手里也不管烫不烫就直接喝。

洛禾阳看见她一副小馋鬼的样子，打趣地说道：“你不怕烫吗？”

洛抒朝妈妈吐了吐舌头，狡黠地说：“烫什么，我爱喝呀，我妈做的七宝茶最好喝了。”

其实洛抒这样说也是有意示好的，毕竟上次吵成那样。

洛禾阳大概也是许久未见到洛抒，心里有点儿想她，难得地没有训斥她，只说：“厨房里还有，你喝那么急干吗？没人抢你的。”

洛抒嘿嘿地笑着。

孟承丙也问孟颐：“孟颐，你快尝尝，这茶怎么样？”

孟颐尝了一口，淡淡地回道：“嗯，不错。”

洛禾阳隔了这么久第一次见孟颐，忍不住细细地打量着孟颐，发觉他跟以往完全不一样了。

他的身上没有半点儿当初的影子，确实如洛抒说的那样，陌生得让人害怕。

孟颐似乎感觉到洛禾阳在观察他，也朝她看去，还主动问了一句：“洛姨，怎么了？”

洛禾阳立马笑着说：“没事。”然后转头对一旁专注喝茶的洛抒说：“你喝这么多干吗？”

洛抒同她斗嘴：“您不是说厨房还有好多吗？”

孟承丙见母女俩能同之前一样，亲昵地斗嘴，便继续同孟颐说话。

两个人许久未见，自然有很多话要说。

孟承丙先开口问道：“你和科灵订婚的事是不是已经定了？”

洛抒正喝着茶，听到孟承丙这句话，突然往那边看去。

洛禾阳闻言，也一时顿住动作。

父子俩倒是没注意到她们这边的动作，孟颐继续同孟承丙说：“这次回来就是定这件事情的。"

孟承丙相当欢喜，笑着说："今年年份不错，确实适合结婚，我们两家到时商量一下？"

孟颐说："嗯，我们也是这样打算的。"

洛抒没想到孟颐说的有事竟然是这件事。

洛禾阳显然也是不知情的，走过去问道："孟颐和科灵要订婚了？"

孟承丙说："我之前不是同你说过孟颐有女朋友的事情吗？他们谈了几年了，今年打算订婚。"

洛禾阳的表情有些僵硬，她却立马换上开心的表情，说道："我没想到这么快，这是好事，今年确实是个好年份。"

孟承丙笑呵呵地说："结婚的日子本来定在今年，不过我想着还是先订婚比较合适，这样显得慎重一些。"

科灵过几天会上门，洛禾阳立马热情地说她去张罗。

这可真是一件喜事了，还是一件大喜事。没想到孟颐回来是为了订婚的事情，孟家的保姆们都感到万分高兴。

孟颐陪着孟承丙在楼下聊了好一会儿，一家人吃完晚饭时已经十点了。

洛抒上楼去洗澡了。

洛抒洗完澡，洛禾阳正好来到洛抒的房间。

洛抒放下毛巾，喊了句："妈妈。"接着又说，"我跟您说过的，孟颐现在不是以前的孟颐了。"

洛禾阳也没想到他的变化这么大，说："我现在知道了。"

洛抒说："妈妈，孟叔叔一直以来对您挺不错的。"

洛禾阳说："他对我是挺不错的。"

洛抒走过去挽住她的手，说："妈妈，其实这样也挺不错的。"

洛禾阳竟然不再谈论这些了，说："你这半年怎么样？"

洛抒说："也都挺好的。"

洛禾阳说："你先好好上学。"

洛抒说："好的。"

母女俩难得地在房间里亲密地谈了一会儿话，洛抒也不知道自己有多久没同妈妈如此亲密了。

一直到十一点，洛禾阳见洛抒有点儿困了，才从洛抒的房间离开。

洛禾阳从洛抒的房间出来后，正好看到孟颐从楼下上来，两个人都停住脚步。

孟颐朝她点了点头，算是打招呼。

洛禾阳主动同孟颐攀谈，走过去笑着说："孟颐，很感谢你这半年来对洛抒的照顾。"

对于她的感谢，孟颐倒是很淡定地回了句："这是应该的。"

孟颐竟然又主动说："也感谢洛姨这么些年对我爸的照顾。"

洛禾阳却没从孟颐的话语中听出任何感谢的意思，反而从他的脸上看到一丝很淡薄的笑意，甚至看到他的那丝笑带着些许凉意，回道："时间不早了，你和洛抒都坐了许久的飞机，早点儿休息。"

孟颐说："您也是。"说完便不再看洛禾阳，推门朝里面走了进去，很快将门关上。

洛禾阳站在那儿看了片刻，然后朝楼下走去。

第二天早上，洛抒醒来下楼，看到孟颐在楼下吃早餐，又没在家里看到其余人，便走过去在孟颐的对面坐下，问道："哥哥，我妈和爸爸呢？"

孟颐在看报纸，端着咖啡抬起头，说："出去了。"

洛抒哦了一声，又看了一眼时间，才发觉现在已经十点了，有些没想到孟颐也会这么晚才起，猜想他昨天应该休息得很好。

洛抒见桌上有三明治、面包、牛奶、稀饭、馒头等早餐，便舀了一碗稀饭吃。

饭桌上安静得很，只有翻动报纸的声音。洛抒觉得这样安静的氛围有些尴尬，又问："哥哥，科灵姐姐明天来吗？"

孟颐看向她说道："后天，怎么了？"

洛抒也不过是没话找话，听到孟颐这样说，便继续说："哦，没事，我就随便问问，这几天还有同学聚会要参加。"

"是吗？什么时候？"

"还不知道，反正就这几天，很久都没见了。"

洛抒确实很期待跟朋友见面，因为跟大家半年没见，也不知道许小结他们现在怎么样了。

孟颐没再说话，洛抒也无意交谈，两个人便安静地在那儿吃着早餐。

不知道为什么，洛抒在吃饭的过程中，总是下意识地看向孟颐的手腕。

孟颐平时很少穿松袖口的衣服，今天却穿得很休闲，似乎不打算出门。

洛抒一边吃着饭，一边想着这些无聊的问题，魂也不知道飞哪儿去了。

这个时候，客厅响起电话铃声。她没换衣服，穿着毛茸茸的睡裤，上面随便套了件圆领的毛线衣，头发也乱糟糟地随便扎了起来。听见电话铃声，她踩着拖鞋飞快地跑过去，拿起话筒喂了一声。

听筒那边传来周小明的尖叫声，那尖叫声简直能穿透耳膜。

洛抒下意识地将听筒拿远了一些，防止自己变成聋子。

"洛抒！你在哪儿！你回来了吗？你个没良心的，你联系许小结她们，却不联系我！"

洛抒没想到他会打电话过来，忙说："我联系她们不就跟联系你一样吗？"

周小明在电话里质问："这能一样吗？我要你亲自联系我！"

周小明非常吃醋，吃许小结跟栩彤的醋，因为洛抒每次都只找她们俩玩，而他得觍着脸上去，如狗皮膏药一般缠着她们，才能加入她们的阵营。

洛抒可不认为周小明今天打电话过来就是为了争风吃醋的，问道："快说，你干吗？"

周小明说："快出来玩啊！就等你了！"

果然，洛抒在电话里听到了许小结跟栩彤的召唤声，赶紧问了地址，然后放下电话去餐桌边，说："哥哥，我得出去一趟。"

"你怎么出去？"

外面刮着很大的风，还夹着雪，偏偏家里的司机跟着孟承丙他们出去了。

孟颐看着她说："你上楼的时候把我的车钥匙拿下来。"

"哥哥你送我过去吗？"

孟颐漫不经心地嗯了一声。

洛抒太高兴了，一时忘了两个人之间的距离感，说了句："哥哥你最好了！"

她顿时兴奋起来，踩着拖鞋飞快地朝楼上跑去，还特地打扮了一下，将头发松松垮垮地扎了起来，为了迎接新年，还换了件红色的毛线衣搭配着裙子穿，嘴上涂着亮亮的唇蜜，耳间戴了个绒球状的小耳环，整个人显得活泼又俏皮。

她拿着小包包和孟颐的车钥匙，又飞快地从楼上跑了下来，用最快的时间跑到孟颐的面前，将车钥匙递给他，说："哥哥，给。"样子看起来相当殷勤。

孟颐看了她一眼，从她的手上接过车钥匙，又问："几点回？"

洛抒说："还不知道呢，可能不会在家吃午饭。"

孟颐也没再问，洛抒便跟在他的身后换鞋出门。

B市的道路依旧堵得很，过年就更加堵了，车子缓慢地朝前移着。

洛抒看到道路堵成这样，很怕孟颐不耐烦，不过观察他的脸色，发现他好像没有生气，也就放心了。

车里的暖气开得很足，洛抒拿着手机同许小结她们聊天儿，说路上有些堵车。

车子依旧在缓慢地朝前驶着，一直在用手机同朋友聊天儿的洛抒忽然抬头看窗外，一下就看到鹅毛般的大雪，顿时兴奋地大喊道："哥哥，快看！下雪了！"

看到洛抒整个人差点儿从座位上跳起来，孟颐有些不悦地扫了她一眼，说："知道。"

洛抒也觉得自己有点儿大惊小怪的，可是在B市真的很少见这么大的雪。她安分了一些，不再喊叫，开始拿着手机对着窗外疯狂拍照。

车子终于开动了，孟颐提速，很快将车从这段路开走。

到了几人约定的地方，洛抒松掉安全带，同驾驶位上的人说了句："谢谢哥哥。"然后飞快地下车了。

孟颐的车随后从路边开离。

许小结跟栩彤冲上来一起抱住洛抒，周小明也在旁边，他们激动地大喊着："洛抒！"

洛抒也很激动，毕竟跟大家半年没见了，高考过后也联系得很少，过年再次见到好友，能不开心吗？四个人高兴地抱在一起。

因为太久未见，许小结和栩彤有太多话要同洛抒说，开始叽叽喳喳地问洛抒各种问题。

"哎，你在新大学怎么样？"

"环境怎么样？"

"食堂的饭菜好不好吃？"

"那里好不好玩？"

许小结好像突然注意到什么，又问："刚才谁送你过来的？"

洛抒说："我哥哥啊。"

"你哥哥！"

许小结尖声说："你怎么不早说？我们好去打个招呼啊！"

自从孟颐那年突然退学后，许小结就一直耿耿于怀。

洛抒怀疑许小结以前暗恋孟颐，说道："我哥哥今年订婚，你死心吧，许小结。"

周小明在一旁拖长音调说："我听到了许小结的心碎在地上的声音。"

许小结大叫，追着周小明打。

栩彤也在那儿哈哈大笑着，几个人像以前一样追追打打地进了咖啡厅。

现在大家果然是变了，高中时隔三岔五地偷着逛酒吧，现在约见面居然是在咖啡厅里。几个人聊了好多，四个人都有一肚子的话要说，午饭也是一块儿吃的，吃完饭都不想回去，说要去爬观音山。

这大风大雪的天气，他们居然要跑去爬山。洛抒觉得他们简直是疯了，不过看大家都很亢奋的样子，也就舍命陪君子了。

四个"疯子"在大雪天跑去爬观音山，洛抒冻到要死，可是也开心得很。

一直到晚上六点，洛抒才等到家里的司机来接自己。大概今天的天气冷，又玩得疯，洛抒在车上一直打喷嚏。

孟颐坐在家里的沙发上看电视，但也没怎么看电视机里播放的内容，而是悠闲地看杂志。

洛抒喊了句："哥哥。"然后她便去厨房倒热水喝，可是喝完没一会儿，就感觉自己发烧了，晕乎乎地朝客厅走去，走到孟颐的身边坐下。

家里的保姆从厨房走了出来，问孟颐今晚想吃什么菜。

孟颐正在同保姆说着什么，听见洛抒忽然在一旁打了个喷嚏，便扭头看向她。

洛抒无力地说道："哥哥，我好像发烧了。"说完她想从沙发上起来，整个人却突然往地上倒。

还没等洛抒反应过来，整个人便摔在了地上，接着感受到一双手落在她的额头上，没多久就被那双大手的主人从地上抱了起来。

因为感受到那人的暖意，洛抒便紧紧地靠在他的怀里。

保姆在一旁急得要死，跟着抱着洛抒的孟颐，问："洛小姐怎么晕倒了啊？这可怎么办啊？"

孟颐同保姆说："你给家庭医生打个电话。"

保姆好似才想到什么，立马慌张地去打电话。

孟颐抱着晕乎乎的洛抒朝楼上走，因为洛抒的重量对他来说太过轻巧了，一路都抱得很稳。

保姆打过电话后很快跟了上来。

孟颐把洛抒放在床上，低头看着她烧得通红的脸，又同身边的保姆说："去拿个冰袋过来，用毛巾包着。"

保姆一时慌乱无措，还好孟颐在家里，立马去楼下拿冰块和毛巾。

孟颐去拿体温计，握着洛抒的手臂，停顿了一下，把体温计放在了她的腋下，帮她量体温。

洛抒始终迷迷糊糊的，朝着孟颐的脸看了许久，小声地说了句："小……小道士……"然后整个人忽然从床上起来，用双手环抱住了孟颐。

孟颐过了好久才脱离她的怀抱，重新将她轻轻地摁在床上。

洛抒那段时间都是稀里糊涂的，嘴里一直喊着小道士。

保姆拿着毛巾和冰袋上来了，忙着给洛抒冰敷额头，听到洛抒一直说小道士，忍不住问："小道士是谁啊？洛小姐莫不是被什么东西给吓着了？"

孟颐没有说话，只一脸冷漠地看着洛抒。

保姆莫名地觉得房间里的温度好似降低了几度。

孟颐起身对保姆说："看着她，先给她敷着。"然后他没再说多余的话，转身从洛抒的房间离开了。

洛抒还在胡言乱语，抓着保姆的手。

保姆惊吓不已，听洛抒一直都在喊道士，以为洛抒中邪了，好在没多久家庭医生就过来了。

因为那天风吹得太狠，天气也尤其冷，洛抒病得十分严重，那几天都迷迷糊糊，甚至不知道科灵一家来孟家的事情，只感觉楼下非常喧哗。

洛抒完全清醒过来时已经是一个星期后的大年三十了，这几天整个人瘦了好几斤。她终于恢复了点儿元气，便从床上爬起来下楼去喝水，走到楼梯口正好看见科灵坐在孟颐的身旁同孟承丙说话，还看到洛禾阳也在旁边招呼着。

不知道他们说了什么，洛抒只看到坐在科灵身边的孟颐在笑，这也是这么久以来再在孟颐的脸上看到笑容。

洛抒走到一半停住脚步，缓慢地退了回去。

楼下众人其乐融融，加上今天是大年三十，家里的新年气氛热闹又浓烈。

洛抒回了房间继续趴着，其实早就知道科灵今年会在这边过新年，看到科灵倒也不觉得意外。

保姆上来给洛抒送药，问她："您怎么不下去？"

洛抒趴在床上玩手机，说："头晕，懒得下去。"

保姆以为她还没恢复好，便催促着她喝药。

快到午饭时间了，洛抒不得不下楼，毕竟今天的日子不同，便穿得很厚实地从楼上下来，看到大家已经端坐在桌前了。

科灵见洛抒下来了，便笑着问道："洛抒，你现在好点儿了吗？"

洛抒走到洛禾阳的身边坐下，说："哦，好得差不多了，就是头还有点儿晕。"

洛禾阳同科灵说："那天跟同学去玩，大雪天还爬山，她不生病谁生病啊？"

洛禾阳虽然嘴上如此说，但还是给洛抒盛了一碗热汤。

孟承丙对洛抒说："洛抒，快把汤喝了，你妈亲手炖的。"说着又给她夹了一些有营养的菜。

孟承丙一直都把洛抒当亲生女儿对待。

科灵静静地看着这一幕，接着转头看向孟颐。

孟颐也看到了这一幕，伸手给科灵夹了些菜。

科灵没有说话，只对孟颐笑了笑。

洛抒生病这件事成了桌上大家重点谈论的话题，科灵好像有些被忽视了。洛抒喜欢同孟承丙撒娇，孟承丙也一直让洛抒吃这吃那的，两个人看着俨然就是亲生父女的样子。

洛禾阳在一旁也看不下去了，同孟承丙说："她又不是小孩子了，你再这样娇惯下去，以后我看谁还受得了她？"

孟承丙却不以为然，说："洛抒生病了，现在正是虚弱的时候，就是得多吃多补。而且我家洛抒这么个宝贝，还不得让人捧在手心？谁不娇惯就回家来，爸爸养不起了就哥哥养。"

洛禾阳说："知道你喜欢她，你就纵着她吧。"

洛抒在一旁适时卖个乖，笑着说道："还是爸爸对我最好。"

一席话捧得孟承丙别提多高兴了，倒是孟颐和科灵很少说话。

晚上科灵也在孟家守岁，洛抒懒得守岁，但听保姆说守岁有红包，在家里又是年纪最小的，到时既能收到爸爸的红包，也能收到哥哥给的红包。

毕竟科灵今年第一次上门来守岁，长辈给科灵红包的同时，肯定也会给洛抒一个。

洛抒在心里小小地打了个算盘，算下来发现红包还是挺丰富的，便也决定守岁，从十点开始就老老实实地在沙发上坐着看电视。

家里不时有人过来拜年，洛抒一个也不认识，就拿着手机玩，偶尔听几句他们的聊天儿，后来实在太困了，竟然抱着手机在沙发上睡着了，过了一会儿醒过来时，才发现孟颐和科灵都不在家里。

孟承丙陪着洛禾阳一起看电视，看到洛抒醒了，调侃地说道："哟，我家大小姐醒了？"

洛抒是为了拿守岁红包的，晕乎乎地喊了一句："爸爸，年过了吗？"

洛禾阳在一旁吃着坚果，说："早过了，你看看你睡到几点了？"

洛抒立马拿起手机去看时间，才惊觉现在已经深夜一点了，暗暗在心里思考她到底还有没有红包可以拿，嘴上埋怨地说道："妈，你怎么不喊醒我？"

洛禾阳瞥了洛抒一眼，说："怪我了？"

谁不知道洛抒在惦记着什么？不然依照她的性子，早就上楼去自己的房间里待着了。

孟承丙见洛抒有点儿急了，忙安抚她道："没事，还来得及，来得及呢。"

他一边说一边拿了个大红包给她。

洛抒看到红包眼睛都亮了，立马眉开眼笑，从孟承丙的手上接过红包，大笑着说："谢谢爸爸！"

孟承丙的心情确实很不错，他说："那就祝我们家洛抒学业有成，步步高升了。"

洛抒在孟承丙的身边坐下，挽着孟承丙的手臂说："我也祝爸爸和妈妈百年好合，恩爱绵长！"

洛禾阳闻言有些羞涩，朝洛抒扔了一把坚果，这可把孟承丙逗得合不拢嘴。

这个时候外面响起汽车的声音，应该是孟颐回来了。

孟颐从外面进来，见客厅这边笑声不断，热闹得很，便停住脚步看了一眼。

孟承丙正好唤住他，说："孟颐，你快过来。"

孟颐听到孟承丙的话，走了过来。

孟承丙看着洛抒说："哥哥那儿还有红包呢，这个年你可得好好拜了。"

洛抒本来就打算收孟颐的红包，见孟颐过来了，就从孟承丙的身边起身，朝孟颐笑着，甜甜地喊道："哥哥。"

孟颐怎么会不知道她的来意？就站在那里看向她。

洛抒凑到孟颐的面前，笑得十分灿烂，说："哥哥，祝你天天开心,事事顺心。"说完这些吉祥话，就静静地站在那里等着孟颐的下一步动作。

孟承丙也坐在一旁笑眯眯地看着。

孟颐却看向孟承丙，问道："您给的她红包？"

孟承丙笑说："过年嘛，给了她一个守岁红包。"

孟颐说："既然您给了红包，我就不给重复的了。"

洛抒看到司机正好捧着一个大盒子进了客厅，也不知道盒子里是什么，又看到孟颐示意司机把盒子递给自己，便伸手接过盒子，打开盒子才发现里面竟然是一条裙子。

孟颐说："你的守岁礼物。"

洛抒的脸一下就垮了下来，她望着手上捧着的盒子，心想他居然不给自己红包！

孟承丙大笑着说："这可好了，红包收了，还收了裙子，看来孟颐的守岁礼物比我的红包有新意多了。"

孟颐见洛抒半晌都没反应，问道："不喜欢？"

洛抒哪儿敢表现出不喜欢，捧着盒子装成很喜欢、很欣喜的模样，说："不！哥哥，我很喜欢，特别特别喜欢！"

孟颐说："嗯，喜欢就好。"

他给完她礼物，便对孟承丙说了句："我去休息了。"得到孟承丙的应允便去了楼上。

洛抒捧着那个大盒子，有些闷闷不乐，明明想要红包的，结果收了条裙子。孟颐怎么不给红包呢？她不禁觉得自己白算计了，合着今年就收了一个守岁红包。

热闹了一宿，大家都有些累了，便各自回房休息了。

洛抒捧着裙子上楼，进屋后先把盒子往床上一丢，并没有对裙子表示出喜欢，不过想到孟承丙的红包应该不薄，就开始开心地数钱。

过了一会儿，她又看向那条裙子，拿在手上看了一眼，发现裙子还挺好看的，就拿去试了试。当她换上裙子站在镜子前时，着实吓了一跳，惊觉这条裙子还真的挺好看的。

无论是裙子的设计、剪裁、线条，还是穿在洛抒身上的合身度，都不像是守岁礼，更像是女孩子十八岁时的成人礼。

可是洛抒已经过完生日了啊。她心里还在疑惑这个问题，双手却不由自主地抚上了裙子，突然发现这条裙子实在很对她的胃口，又立马换下裙子，将其整整齐齐地放在盒子里收好。

许小结、栩彤和周小明他们得知洛抒生病了，非要上门来探视。

洛抒却因为守岁熬夜，躺在床上不肯下去，直到保姆上来催促说朋友来看她了，才不得不从床上爬起来下了楼。

他们三个第一次来孟家拜访，有些瑟缩地在门口等着。

看到洛抒披着毯子从楼上下来，他们才换了鞋子飞快地跑了过来。许小结说：

"洛抒，你也太弱了吧？我们三个都没事，就你一个人有事！"

按道理说洛抒小时候是在乡下生活的，身体一直都很结实，也不知道那天怎么就着凉了。

保姆端着饮料和食物出来，洛禾阳也热情地招呼着他们过去吃东西。

他们看到各种吃的、喝的，眼睛都直了，特别殷勤地对着洛禾阳喊阿姨。

洛抒跟着他们过去吃东西，嘴里嘟囔着："谁让你们大冬天的要去爬山？不爬不就没事了吗？"

在一旁的保姆听了这话，倒是比许小结他们先开口："一看您就是缺乏锻炼，有谁感冒发烧像你这样的？好几天都迷迷糊糊的，可把我们吓死了。"

洛抒心想：我缺乏锻炼？怎么可能？

栩彤说："洛抒，你赶紧来喝点儿热的，别裹着毯子了，像个老太太。"

洛抒对着栩彤翻了个白眼。

周小明看到洛抒过来，就在自己的身边给她让了个地方，想让她坐到自己的身边。而许小结今天明显是带着某种目的来的，双眼滴溜溜地在大厅内四处看着。

洛抒没理周小明，直接坐在栩彤和许小结的身边。

洛禾阳招呼了他们一会儿就离开了，客厅只剩下他们四人，周小明因为洛抒没坐在自己的身边，特别失落。

许小结悄悄地凑到洛抒的耳边，轻声问道："洛抒，你哥哥呢？"

栩彤喝着奶茶，说："嘿，许小结，你说要来看洛抒，竟然是带着这个目的来的。"

洛抒也端了一杯奶茶在喝，回答道："我不知道啊，你问我哥哥干吗？"

洛抒刚说完就看到家里的保姆从楼上的书房下来，此刻为了满足许小结的心愿，立马起身过去问保姆："哥哥去哪儿了？"

保姆说："他好像有事出门了。"

洛抒很遗憾地同许小结说："我哥哥出门了，许小结，你就死心吧。"

栩彤也悄悄地在洛抒的耳边说了句："许小结是狼子野心啊。"

周小明也吐槽了许小结一句："你这是醉翁之意不在酒啊！"

许小结哼了一声，说："我就是想打个招呼！"

看着大家开心地斗嘴，又碍于楼下保姆在，洛抒便对他们说："走，去我的房间玩吧。"

大概大家也想跟洛抒说些悄悄话，立马欣然答应，跟着洛抒上楼。

栩彤一进房间就看到床头放着的礼盒，冲过去直接打开，看到了那条裙子，接着就激动地叫了起来。

许小结也凑了过去，看到裙子的第一眼也加入了尖叫的队伍，说道："裙子好好看啊！洛抒！"

许小结捧着裙子好奇地问："谁送你的？"

周小明也看到了那条裙子，但同女生们的欣喜不同，挑着眉脸上满是怒气。

洛抒想了想说："我……哥哥。"

昨天时间太晚了，她就忘记收裙子直接睡了。

许小结怀抱着裙子来到洛抒的身边，抱着她大声地叫着："洛抒，你哥哥对你太好了吧！为什么我们就没有哥哥？我也想要哥哥，想要你哥哥这样的哥哥！"

许小结跟说绕口令似的，栩彤在一旁也深有同感地点头。

周小明受不了她们夸张的样子，说："你们这些女的怎么对漂亮的衣服、珠宝首饰都跟中毒了一样？"

洛抒见许小结和栩彤这样羡慕，也忍不住想：孟颐对她真的好吗？

孟颐对她好像是挺好的，除了偶尔的不冷不淡，基本上可以满足她的所有要求，就算同在 G 市，不在洛抒的身边，也会送她生日礼物，还给她安排学校，让琴照顾她，甚至在她脸上长痘痘的时候带她去医院，带她去买衣服，还送她过年的守岁礼。

可是洛抒觉得这里头带着疏离，也不知道为什么，总觉得他做的这些只是在对她这个妹妹尽基本的义务。不过她也不是他的亲妹妹，他能够对她这样确实挺不错了。

许小结抱着那条裙子不肯松手，可怜地看着洛抒，哀求道："可以送我吗？"

孟颐对洛抒还不错，虽然没给她红包，但还是精心地挑选了这条裙子作为礼物。

洛抒想到此便果断地拒绝了许小结的请求，说："不可以，我的码数你也穿不下。"

毕竟衣服不是她的码数，而且许小结本来也没想洛抒真的送她这条裙子，只好叹了一口气，抱着栩彤假装哀号着："我要找我妈妈给我生个哥哥，或者让我妈妈和爸爸离婚，另外找个爸爸，这样或许我也能有哥哥。"

洛抒有点儿受不了异想天开的许小结。

"你得了吧，哥哥的宠爱迟早是嫂子的。"栩彤相比许小结这种爱幻想的人可理智多了，瞬间戳破她的幻想。

许小结又联想到孟颐今年订婚，号啕得更加大声了。

周小明也在一旁落井下石："对啊，人家哥哥今年订婚，我看你就死心吧。"

不出意外，许小结对着周小明又是一顿暴打。

房间里吵吵闹闹，又是笑声又是尖叫声，床上枕头满天飞。

孟颐从外面回来上楼时听到洛抒的房间的吵闹声，不禁有些疑惑。

保姆见状便走上来同他说："洛抒的同学来家里玩了。"

孟颐没说什么，径直进了书房。

这个寒假说长不长，说短也不短，总的来说，今年这个年对洛抒来说还是很快乐的。

她和洛禾阳的关系有所缓和，继续享受孟承丙对她的宠爱，跟许小结他们见面还像从前一般开心。洛抒想到种种，一时竟生出"时光美好"的感慨。

不过美好的时光总是短暂的，开学的通知随之也到来了，许小结、栩彤和周小明开始忙着准备回学校的事情，洛抒也是，几人没时间见面了，各自收拾东西等待开学。

那段时间家里的保姆忙得不行，以为洛抒要去 G 市住上一辈子一般，给她收拾各种吃的、穿的、用的，把七八个箱子塞得满满当当。

其实洛抒本想简简单单地回学校，但也无法拒绝保姆的好意，只好任由保姆那么做。

孟颐也开始忙了起来，今年本来事就多，春节也是因为有事才回家，见洛抒的行李收拾得差不多了，便带着她飞回 G 市。

其实洛抒的学校还没有开学，因为孟颐要提早过来，所以她只能跟着提早过来。到了 G 市几天，她都处在不适应的状态中，暂时又住进了孟颐的那套房子，因为过于无聊，整日恍恍惚惚，跟梦游一样。

本来洛抒以为孟颐提早来 G 市要有很多事情忙，谁知事实并非如此。

那几天孟颐一直比较闲，不是在书房，就是在花园里待着。

洛抒见他不忙还来得这么早，就有些怨念，不然现在的她可以在家里多待几天，好过在这边无所事事。

她也不知道科灵有没有来 G 市，只知孟颐回来后没怎么出过门。

大学本来是没有寒假作业的，但老师怕学生玩得太野，把上学期学的东西都忘了，便布置了作业让他们翻译，并要求开学时交。洛抒一想到这里，顿时觉得头都要秃了。

老师布置的作业并不是普通的翻译内容，而是中文古诗词类的东西。可这项任务对洛抒来说，翻个大概内容还行，要翻译精准、用精髓表达出中文诗词的优美婉约，就是一项困难的挑战了。

这天晚上，洛抒走进书房时，正好看到孟颐在里头和人打视频电话。

自从孟颐从这里搬走后，洛抒就把书房霸占了，如今见孟颐在这里忙，自然将书房交由他使用，此刻抱着书趴在门口朝里看。

孟颐注意到门口的视线，转头看向她。

洛抒说："哥哥，我有个东西要翻译，可以进来吗？"

孟颐说了句："进来吧。"然后重新看向电脑，继续同电脑那端的人交代着工作。

洛抒怕影响到他，就很小心地坐在了书桌的另外一边，占了个很小的角落，之后去书架那边找自己需要的书籍，翻了好久，最后拿了几本词典过来，在桌边坐下后，眼神不自觉地落在孟颐的身上。

他穿着深蓝色的衬衫，鼻梁上架着办公时才会戴的眼镜，精致的五官在灯光下显得尤其俊朗，微抿着薄唇，时而说话，时而不语，声音低沉且富有磁性，大约是今天一天都没出门，身上多了几许懒散感。

洛抒仔细地盯着孟颐看了一会儿，发现他眼睑下的那颗泪痣长在了一个恰到好处的地方，但仍旧觉得他的样子有些陌生。

洛抒默默地低下头，继续在那儿翻着书。

也不知道过了多久，孟颐终于结束了那边的视频电话，看到洛抒还在百无聊赖地翻书，厉声提醒道："你已经在这儿发呆半个多小时了。"

洛抒自然也知道自己在发呆，但就是写不出来，叹着气，说道："哥哥，我想换专业还来得及吗？"

孟颐低头专注着自己的事情，随口接话道："那你当初选这个专业是为了什么？"

洛抒当时选择这个专业其实是有些小私心的，但现在已经不可能实现这个愿望，只好回答说："我随便选的啊。"

孟颐冷冷地看着趴在台灯下的她，问道："是吗？"

洛抒不知道为什么，竟有些底气不足，低声回答："当然是。"

孟颐竟然也不再问她，只说："只要你想，重新读大一当然可以。"片刻后继续说道，"如果你有能力跟上其他专业的课程，转过去直接上大二也行。"

洛抒一想到这些，立马想放弃，摆摆手说道："那我还是得过且过吧。"

她用手中的笔在纸上胡乱地画着，已经将她的心情暴露无遗。

孟颐皱了皱眉，不过很快就舒展开眉头，没再理洛抒。

洛抒又在那儿画了几分钟，画着画着几乎要睡着了。

孟颐又整理了几页东西，看着眼前的洛抒，心中莫名生出些许烦躁感，开口说道："按照你这速度，你觉得今晚能翻译完这些东西吗？"

洛抒依旧趴在那儿看着他，说："哥哥，我是不是吵到你了？"

孟颐放下手上的事情，问道："你翻译的什么？"

孟颐从洛抒的手中拿过打印的纸页看了一眼，看到上面的内容是将一首中难度的古诗词翻译成英文。

洛抒知道孟颐的英文水平很高，用充满希冀的眼神看着他。

孟颐可能是真的被她打败了，温声说："把词典打开。"

洛抒闻言有点儿力气了，立马去翻词典。

孟颐在旁边陪着她一页一页地查词典，翻译句子，还给她标注讲解着。

洛抒似懂非懂地听着，视线随着孟颐手上的笔在纸上移动着。

因为知道她的底子差，孟颐同她讲解得很详细，还顺带把她差的方面补了补。

书房内的灯光昏黄，落在人身上显得暖暖的。

洛抒乖顺地趴在那儿听着，整个人在灯光下呈现出温暖的感觉。

孟颐的目光有时落在她的身上，有时落在词典上。

十一点，洛抒听完孟颐耐心的讲解后，竟然趴在桌上睡着了。

孟颐一时止住了声音，怔怔地看着她，细细地打量洛抒的睡颜，在灯光的照耀下，可以看到洛抒的脸上细细的绒毛。他还能听到她轻微的呼吸声。

正当孟颐盯着洛抒看时，洛抒竟忽然歪在了他的怀里。

孟颐没有碰她，而是任由洛抒的脑袋那样靠在他的胸口，这样就可以更清晰地听到她熟睡的呼吸声。

没几天洛抒就开学了，因为还要住宿舍，要拿的东西很多，还给室友带了家里的特产，就请孟颐开车送自己去学校。

有琴姐和司机帮忙，洛抒想着孟颐应该不会跟她进学校，却没想到他从车里出来了。

孟颐问道："有东西忘记拿了吗？"

洛抒说："哥哥，应该没有了。"

孟颐说："嗯，走吧。"

洛抒没想到孟颐会送她进去，点头说："好的。"

孟颐今天正好有事要出差，特意穿了西装过来，长身玉立、仪表不凡的样子在校园里分外惹眼，此刻走在洛抒的身边，难得地也叮嘱了她几句。

洛抒同他并排走着，乖乖地听着。

进了学校里头，琴姐和司机又帮她把东西全部搬进女生宿舍，洛抒的手上只提着一些特产。

洛抒到了宿舍以后，才发现大家都到了。

宿舍内的所有人都朝洛抒看了过来，接着看向洛抒身后的孟颐。

孟颐朝她的室友点了点头，然后对洛抒说："应该没别的问题了吧？"

洛抒说："没了，哥哥。"

孟颐说："嗯，那我就先走了。"说完便带着琴姐和司机离开了。

孟颐离开后，萨萨即刻从床上跳下来，冲到洛抒的身边，抓着她问："洛抒，刚才那个男人是谁？"

洛抒下意识地回了句："我哥哥啊。"

萨萨忍不住尖叫起来，说道："他好帅啊，太帅了！"没等洛抒说话就继续问，"他有女朋友了吗？"

洛抒说："要订婚了。"

萨萨瞬间失望了，遗憾地说道："怎么会这样？"

其他室友也围了过来，激动地讨论着孟颐。

洛抒觉得她们跟许小结一样花痴，没参与她们的话题，而是开始给大家分送从 B 市带来的特产。

萨萨对特产一点儿兴趣也没有，继续花痴地说："洛抒，你有个这么帅的哥哥怎么不早说？你太对不起我们了！"

洛抒瞬间无言以对。

这下好了，全寝室的人都知道洛抒有个特别帅的哥哥了。

孟颐送洛抒来学校后，当天就飞去别的城市忙了。

洛抒知道孟颐要进入今年的忙碌期了，跟他的联系也逐渐变少了，又因为课程多没怎么回家，倒是经常能收到琴姐送来的各种吃的，也从琴姐那里得知孟颐近一个月都没在本市。

开学第二个月的时候，琴姐又来送饭。

洛抒问琴姐："哥哥还没回来吗？"

琴姐答："没有。"

洛抒没想到孟颐竟然两个月没回家，继续问琴姐："他工作这么忙吗？"

琴姐说："应该是的，那次送您到学校后，我就没见他回来过。"

洛抒听了没再说话，在食堂吃了东西就去上课了。

孟颐确实很忙，那两三个月都没有回来过。

洛抒再次见到他是在电视上，那也是她第一次知道孟家的产业到底有多大，之前一直以为孟家只是普通有钱，直到在电视台上见到孟颐，才清楚地知道全国最大的地产商是孟家，还知道了很多一线城市的百货、建筑以及电商项目都是孟家的产业。

她从来都没有了解过这些，也从不知道那个看上去很是和蔼的孟承丙竟然有着这么大的来头，得知这个消息的那一瞬间手都是抖的。

洛禾阳这样的人竟然会钓上孟承丙这样的大人物，而孟承丙也从未在她的面前提起过他的身份以及他拥有的一切。洛抒完全不敢想象这一切，整个人都受到了震惊。

孟颐的婚事也逐渐提上日程。很多人听说孟颐未来的太太是他的同班同学，赞叹他们的爱情是一段难得的佳话。

当被主持人采访问及未婚妻是怎样的女人时，孟颐对未来妻子的一切都保护得很好，只同主持人说对方是难得的贤妻，未再对外透露过什么。

洛抒看到这些新闻，其实很想打电话给洛禾阳求证，可是又觉得去求证没什么意义。孟家的产业有多少和她有关系吗？

既然这些产业跟洛抒无关，也不会跟洛禾阳有关，洛抒想到这一切甚至有些后怕。

洛抒再一次回家是又过了一个月之后，因为换季要回家拿些稍微凉快点儿的换洗衣物，还有几本书要拿。也正好许久没回去了，便决定回去一趟，但因为没确定回去的时间，就没跟琴姐说自己要回去的事情。

有一天洛抒正好有空，也不知道琴姐在不在家，但想着她也不会去哪儿，便没打招呼直接坐车回去了。

洛抒回到家的时候本想敲门，可想到自己记得密码，便也没麻烦琴姐开门，直接输了密码进去。

当她打开门时，首先看到门口放着一双高跟鞋，紧接着抬头，就看到孟颐和科灵在厨房拥吻。

洛抒整个人愣住了，手上提着的书瞬间掉落在地。

屋子里一点儿声音也没有，书本掉落的声音足以让厨房内的两个人听见。

他们第一时间朝这边看了过来，看向门口的洛抒。

洛抒马上反应过来，弯身去捡起地上装书的袋子。

孟颐和科灵见状便松开彼此，一起从厨房走了出来。

孟颐问："你怎么回来了？"

洛抒抱着书，低声地说："我……我回来拿衣服的。"

洛抒看一眼科灵，又看向孟颐，忙说："我拿了东西就走。"说完很快跑进自己的房间。

显然孟颐也是刚回来，客厅里有两个行李箱，科灵穿着职业套装，也就是说，孟颐出去工作时两个人是在一起的。

洛抒在屋里胡乱地收拾着，迅速地拿了几件衣服就从房间里出来。

客厅内一切恢复如常，科灵在厨房忙着，而孟颐已经坐到了客厅的沙发上，洛抒拿着东西在孟颐的面前停了一下，说："哥哥，那我先走了。"

孟颐嗯了一声，看向洛抒的眼神平静无波，问："不在家吃了饭再走吗？"

反而洛抒慌乱无措地说："我吃过了，下午还有课，先走了。"

孟颐也没有挽留，只说："去吧。"

洛抒甚至都没跟科灵打招呼，飞快地拿着自己的东西从那里跑了出来。

科灵端着托盘，站在厨房门口看着离去的洛抒。

洛抒也不知道在想什么，过了很久很久才平复情绪，然后继续朝前走，打车去了学校。

第二天琴姐给洛抒打了一通电话，问洛抒今天是否有空回家吃饭。

洛抒想都没想就直接拒绝了，说："我还要上课，没有时间。"

琴姐得到洛抒的回复后说："孟先生明天要回 B 市，可能得留您一个人在这边了，不过我会留在这边照顾您。"

"回 B 市？"洛抒突然想起孟颐和科灵订婚的事情就在今年，接着说道，"好的，我知道了。"

琴姐又说："孟先生说如果您今天不回来的话，交代我把这个联系方式给您。他说您如果在这边有什么问题，可以打这个号码。"

洛抒安静地听着琴姐将那号码说了两遍。

洛抒看似在听，其实根本没有记住号码，当琴姐讲完后就挂断了电话。

从那天以后，洛抒没再回过那个房子。

孟颐处理完这边的工作后，便回了 B 市。

洛抒并没有觉得这样有什么不好，也不是没有一个人在陌生的城市待过。

洛抒毕竟是个女孩子，身边什么人都没有，孟承丙还是有些不放心的，主动给她打过几个电话，似乎是怕她一个人住在那边不安全。

家里这段时间很忙，也不会有人照顾到洛抒，孟颐今年肯定是不会再来 G 市的。

洛抒想到这里，乖巧懂事地说："爸爸您放心吧，我没事的。"

孟承丙听她如此说才稍微放心一点儿，想着应该不会有多大问题，但还是叮嘱洛抒如果有什么问题记得给家里打电话。

对洛抒来说，这里和 P 市没什么区别，她真的没觉得有什么不一样，便应允道："好的。"

和孟承丙通完电话后，洛抒就去上课了，路上在想，自己是不是得开始独立了。

反正在这边也没人能管得了她，她已经十九岁了，应该慢慢地脱离孟家。

于是，洛抒决定一边上学一边找工作，需要存下足够多的钱才可以。

洛抒很快就找到了一份兼职。

兼职的薪资也不算低，是在咖啡馆上班，平时不是很忙，时间也很稳定，晚上去就可以。

萨萨不明白洛抒为什么要打工，心里充满疑惑：洛抒家这么有钱，洛抒为什么还要在外面兼职？

洛抒自然没跟她解释什么，也没管她怎么说，当天找到这家咖啡馆便直接去面试了。

面试那天，面试官看到洛抒的第一眼就略显惊讶，片刻后竟然直接认出了洛抒，问道："你是洛抒吗？"

洛抒还没自我介绍呢，没想到他竟然直接喊出了自己的名字，便问道："你怎么认识我？"

那个男生笑着说："我跟你是校友。"但并没有说为什么会认识她。

洛抒想：难道她在学校这么出名了吗？竟然随便碰到一个人就能认识自己。

不过她也没多想，更没多问，只同他说："原来我们是校友啊。我想找份兼职，今天过来面试。"

那男生立马同她自我介绍说："我叫付园，刚刚经理出去了，所以今天是我给你面试。"

洛抒心想：既然是校友，那她的面试应该没问题吧？

片刻后，付园继续说："既然我们是校友，你就不用面试了，明天直接来上班就行。薪资方面招聘启事上都说了，你应该清楚吧？"

洛抒松了一口气，同付园说："知道的，我这边没有任何问题。"

付园说："那我们就搭档上一个班吧。"

洛抒想着这样再好不过了。

就这样，洛抒拥有了她人生中的第一份工作，开始和付园搭档在咖啡馆里上班。

上班的第一个月里，付园教了洛抒许多，甚至帮她分担了许多工作。

所以一直在家饭来张口、衣来伸手的洛抒竟然觉得工作好像没有想象中那么累。

就这样，两个人在工作上越来越默契，一起上班，又一起下班回学校。

直到有一天，洛抒似想到什么，同他说："我们还没加微信吧？"

付园从来没跟洛抒提过，洛抒也没主动问过，只是觉得认识这么久了，没加微信挺奇怪的，所以顺口问了一句。

付园却说："加了啊，我们早就加微信了。"

"啊？"

付园笑着给洛抒发了一条微信消息。

洛抒听到微信来消息的声音，拿出手机一看，发现付园竟是很久之前萨萨让她通过微信好友申请的那个人。

付园笑着问："没想到吧？"

洛抒确实感到意外，甚至半天都没反应过来，心里想：怎么会是他呢？

付园见洛抒愣在那儿许久没说话，笑着问道："是不是很神奇？我都不敢相信从咖啡馆外走进来的人竟然是你。你知道吗？当时你整个人都在发光，我都快要控制不住自己了，更没想到你居然是来面试的。"付园的话里是完全掩饰不住的喜悦之情。

洛抒却觉得有点儿尴尬，只能感叹道："缘分哦，真的太凑巧了。"

付园有些紧张地继续说道："我之前加上你的微信一直没同你聊天儿的原

因是，实在不知道怎么同你开口说第一句话，总怕我对你来说很陌生，会打扰到你，让你觉得困扰，所以就在各种犹豫、纠结中一直没迈出第一步，可没想到我们竟然还有这样的缘分。"

洛抒笑着说："原来是这样啊。"为了缓解尴尬，很快便转移话题说，"哎，车子快到了，我们赶紧过去吧。"

公交车很快就来了，两个人迅速地朝站台跑去，一路上付园都在开心地笑着。

回到寝室后，洛抒同萨萨说了这件事。

萨萨觉得他们两个简直就是前世积下的缘分，当初完全是为了帮朋友的一个忙，跟付园也不太熟悉，更不知道他在那个咖啡馆打工，如今听洛抒说两个人无意中竟然撞一块儿去了，他们这不是天定的缘分又是什么？

其实洛抒同萨萨说这件事情，只是想表达她也觉得这场相遇很神奇。

可萨萨关注的是另外一个问题，一脸暧昧地靠近洛抒，挤眉弄眼地说道："既然你们是这么神奇的缘分，那你是怎么想的啊？"

洛抒说："我能怎么想？我们就是同事啊，还能怎么样？"

萨萨说："你得了吧！我们寝室就连胖乎乎的二美都交男朋友了，你可别说你还没有谈恋爱的想法。拜托，大学就是要谈恋爱好不好？你现在不谈，难道还等着大学毕业后再去谈吗？我告诉你，那可一定后悔死你。"

洛抒其实对恋爱这方面真没这么多想法，有点儿被萨萨的说法惊到了。

萨萨却在不断地劝说洛抒："你看那付园长得也还不错吧？他的成绩也挺好的，应该有很多女生想追他的。你要不也在大学谈谈恋爱，打发下时间？"

洛抒被萨萨说得有点儿烦了，便同萨萨认真地说道："我们真的只是普通的同事关系而已，你别多想了，萨萨。"

萨萨现在也谈恋爱了，男朋友就是付园的朋友。

萨萨见同洛抒说不通，只好作罢，说："算了算了，你现在是老和尚。"说完便拿着手机和男朋友愉快地聊天儿了。

洛抒还是如往常一样，不是在学校上课，就是在咖啡馆上班。

付园对洛抒还是如平常一样，两个人的相处方式还蛮舒服自然的，也没觉得有什么尴尬，但总在下班的时候找洛抒聊天儿。

又过了一个月，萨萨发现大家最近很久没出去玩了，趁着周末，便问洛抒："去不去野餐？"

星期六那天洛抒正好休假，想都没想一口答应："当然没问题。"

萨萨听到洛抒说没问题后，又去联系寝室内的其余人。

因为天气开始转热了，大家对这项活动相当热衷，开始计划准备哪些食物、饮料等。

周六野餐的日子到了，萨萨的男朋友不知道从哪里借了一辆车来。洛抒和室友各自提了些东西放到车上，却看到从车上下来接她们的人是付园。

付园看到洛抒后，第一时间便朝她走了过来。

原来参加这次野餐的不只洛抒她们寝室的人，还有萨萨男朋友宿舍的人，其中就包括付园。

萨萨站在不远处，朝洛抒笑了笑。

洛抒是在此时才知道这件事的，也明白了萨萨组织这次野餐的真正用意。

付园把洛抒手上的东西全接了过去，问道："提过来的时候肯定很重吧？"

洛抒有点儿不好意思地说："其实还好，没想象中那么重。"

付园说："你赶紧上车吧，这些东西我来拿就可以了。"

洛抒见都是男生在忙碌，也就没再推辞。

之后在车上，洛抒不知道为什么，竟然有点儿晕车，甚至还有些想吐，脸色也渐渐发白，看到宿舍的其余人在打闹嬉戏，不想扫大家的兴，悄悄地将窗户开到最大，想透透气，让自己舒服一点儿。

付园注意到洛抒的异常，立马从书包里拿出一瓶常温的矿泉水，拍了拍在前面坐着的洛抒，关心地说道："洛抒，喝点儿水会好一点儿。"

不知道乡下孩子好养活这话是不是真的，洛抒以前身体还算强壮，来了孟家后，倒是一天比一天娇弱，哪里还有以前那么皮实？她从付园的手中接过矿泉水，同他说了句："谢谢。"

付园笑着说："不用，你好些就行。"

洛抒也朝他笑了一下，然后打开矿泉水喝了几口，喝完后果然感觉舒服很多，没那么恶心反胃了。

车子还在往山上开，因为今天天气好，空气也好，风吹进来带着凉爽自由的舒适感，萨萨、邓婕和二美她们简直高兴疯了。

今天晚上准备在山上露营，大家到了山上就纷纷忙起来，女生负责处理食物，男生负责整理帐篷。

等一切准备妥当，野餐就算正式开始了。有男朋友的在和男朋友疯狂秀恩爱，没男朋友的就和大家一起笑闹玩耍，洛抒以前还挺活泼的，可现在除了在家里偶尔活泼俏皮，在外面都很安静。

付园一直都很照顾洛抒，叮嘱她哪些能吃，哪些不能吃。

日暮时分，山风温柔，大家坐在一起聊天儿。

洛抒中途去了一趟洗手间，听到付园说要陪自己去时，果断地婉拒了。这山上是专门露营的地方，有固定的洗手间，不过距离他们的位置很远。但她又不是没上过山，小时候在山上狂奔的次数可比在座的其他人多多了。

洛抒走了好久才找到洗手间，出来时发现这里的环境很不错，甚至还看到有萤火虫在飞。

洛抒也不知道怎么了，竟不由自主地朝着那群萤火虫走去。

萤火虫瞧见有人靠近，便迅速地朝前飞走。

洛抒更想看清楚它们的样子了，便一直追着它们，也不知道追了多久，忽然脚下一滑，整个人跌坐在地上，无意中好像又碰到了尖锐的石头，直接跪在了草丛里，惊呼了一声。

洛抒看到那团萤火虫还在前方盘旋着，正要从地上爬起来的时候，听到后面传来付园的声音。

他在大声喊："洛抒！"

付园追了过来，见洛抒摔在地上，着急地问道："你怎么了？怎么摔了？"

洛抒回答说："不小心扭到脚了。"接着她便想从地上爬起来，但动作慢了付园一步。

付园将洛抒从地上轻轻地扶了起来，认真地查看她的身体有无大碍，然后才关心地问道："怎么样？严不严重？"

洛抒说："还好啦。"

付园见她确实没有伤到要害，一时缓解了紧张的情绪，又看洛抒的腿站得不是很稳，刚好看到前面有块光滑的大石头，便扶着她说："去前边坐着歇会儿。"

洛抒随着付园朝前走，两个人都在石头上坐下。

付园说："你怎么一个人来这里了？不害怕吗？"

洛抒没觉得可怕，指着前面那些没散去的萤火虫说："我追着它们来的。"

付园也看到了萤火虫，笑着说："你喜欢萤火虫？"

洛抒并没有很喜欢萤火虫，只是小时候经常抓着它们玩，听到付园这样问时没有答话。

付园却主动说："我给你抓萤火虫吧，洛抒。"

付园没等洛抒回复，只叮嘱她在石头上坐稳，就朝着那团萤火虫奔去，挥舞着双手四处抓捕。一旁的洛抒坐在那里静静地看着。

付园不知道抓了多少只萤火虫，小心翼翼地用手捂着，然后又迅速地朝洛抒跑了过来，大喘着气坐在她的身边。看到付园的额头上、鼻子上都是汗，不知道为什么，洛抒竟然觉得这样的付园仿佛如萤火虫一般发着光。

付园走到洛抒的身边，神秘地说："洛抒，你看好了。"然后盯着自己的手，数着，"1，2，3！"

当付园缓慢地放开合住的双手时，几缕幽光从付园的手心中飞舞出来。

洛抒看到付园的眼睛晶莹透亮，第一次发觉他的眼神似乎比那些幽光还要亮。

付园开心得像个孩子，笑着问："怎么样？洛抒，好看吧？"

洛抒忽然想到什么，脑海内有什么画面在重叠，怔怔地盯着付园的脸，一刻也不动，与他在这幽暗的微光下对视着，片刻后才反应过来，迅速地移开视线。

付园笑着问："洛抒，你很喜欢它们，对不对？"

洛抒点点头，郑重地说了一句："谢谢你，付园。"

付园坐在她的身边，不好意思地挠挠头，笑着说："谢什么，我本来就是想对你好啊。"

洛抒看向付园，付园也在笑着看洛抒，空气中似乎多了一些不一样的气息。

洛抒说："我已经很多年没见过萤火虫了。"

付园说："现在城市里很少能看到萤火虫。"

洛抒点点头。

萤火虫确实很少出现在城市里了，但此刻它们能在这山上肆意地飞舞，有种说不出的美。

两个人静静地在并肩坐在一起。

付园说："你的脚还能走吗？"

洛抒低头查看时才发现脚腕处好像有些肿胀，正要回答，却见付园直接从石头上起身，蹲在了洛抒的面前。

他说："上来吧，我背你回去。"

洛抒又一次怔怔地望着他。

付园等了许久，回头看向她。

洛抒竟然也没有拒绝，轻轻地覆在他的后背上。

付园将她背了起来，柔声地说："抱稳哦，洛抒。"

洛抒趴在付园的背上，没有说话，好像在付园的身上闻到了熟悉的味道。

付园说他是农村的，小时候经常可以看到山路上有大片萤火虫在夜间飞舞。

大概是付园的描述很是有趣，洛抒始终安静地听着，就这样两个人走回了营帐。

萨萨和邓婕她们见洛抒一直都没回来，有些着急，正想着要不要去找人时，恰好看到付园背着洛抒回来，不禁有些惊讶，但惊讶过后便立马围了过来，问洛抒怎么了。

付园同萨萨说："洛抒的脚扭伤了。"

付园并没有将洛抒放下，而是继续背着她去了干净的地方，才把她放下来。

萨萨她们着急得很，以为洛抒受了很严重的伤。

洛抒赶紧同她们说："没事，只是脚有点儿肿而已。"

付园从书包里拿了药出来，在洛抒的脚腕处揉着。

萨萨和邓婕望着这两个人，脸上的表情意味深长。

第二天早上，大家便结束野餐返程了。因为洛抒的脚扭得还挺严重的，虽然当时没什么，过了一晚伤处便肿得很大，吓得萨萨她们决定立刻带着洛抒去医院检查。

医生检查之后，说洛抒的脚只是扭伤，让她在家里好好休息几天，特意叮嘱她不要下床，还告诉她过几日应该就能消肿。

洛抒自然没办法再去上课，只能让萨萨帮忙请假，每天吃饭也成了问题。

付园全程陪同洛抒去看诊，自然知道她的情况，那几天准时准点地到女生宿舍这边给洛抒送饭，两个人之间的关系也因此更加亲密了。

付园真的是一个特别体贴的人，给洛抒送的饭菜都是骨头汤这类有助于恢复脚伤的营养餐。

寝室内的人基本上把付园当作洛抒的男朋友，洛抒没有拒绝付园的照顾，也没跟大家解释他们的关系。

倒是琴姐见洛抒很少回去，打电话给她，要给她送饭菜。

洛抒吓死了，心想要是琴姐知道自己的脚扭伤，肯定会大惊小怪，立马同琴姐说："我这几天都很忙，您过段时间再送过来吧。"

琴姐听洛抒如此说，也不再坚持，照例问她近来好不好，听洛抒说一切都好，也就没有多问。

洛抒脚伤的事情就这样瞒了过去。

洛抒的脚在付园的精心照料下，差不多一个星期就好了。紧接着，付园就跟洛抒表白了。

洛抒不知道是感动于付园对她的体贴，还是对付园本身就有很大的好感，只迟疑了两秒就答应了。

那段时间，洛抒同付园谈恋爱也挺开心，两个人相处的模式没有变，依旧是一起去咖啡馆，一起去学校，但是从之前的各自走变成了牵手，他们像其他情侣一样，会开开心心地在学校牵手漫步，一起去图书馆学习，一起去食堂吃饭，一起说说笑笑。

萨萨为两个人之间的快速发展感到不可思议，不过早在野餐的那天晚上，就看出他们之间的暧昧了。

自从洛抒谈了恋爱，她们寝室就没有单身的人了，各自享受着甜蜜的恋爱。

洛抒对于这次恋爱非常认真，对付园完全不像之前对邹厉那样敷衍，会高兴，会亢奋，会想念，已经完全沉浸在这段甜蜜的恋爱里。

有一天，琴姐给洛抒打了一通电话。

洛抒因为晚上跟付园有约会，在寝室里慌慌张张地化妆，就没来得及看手机，化好妆抓起包包就往外走，刚到楼下就看到付园已经在等着了，便上前挽住他的手臂往校园外走，同他商量着今天晚上吃什么，完全没有发现孟颐的车就在校外停着。

此刻的孟颐就坐在车里，看着洛抒手挽着男生开开心心地朝不远处的公交站走去。

洛抒跟付园约会到十点才回来，刚到学校门口就发现一辆熟悉的车，恍惚间还以为自己看错了。

付园见洛抒盯着某一处看，还以为出了什么事，问道："洛抒，怎么了？"

那辆车的车窗猛然降下，孟颐的脸从后座的车窗处露了出来。

洛抒注意到孟颐，不禁脸色微变。

付园也朝她所看的方向看过去，一下就看到了孟颐，继续问道："那是谁？"

孟颐只是看了他们一眼便收回视线，继而升起车窗。

洛抒将手从付园的手臂间收了回来，说："那……是我哥哥，付园，你先进去吧。"

"你哥哥？"付园显然不相信洛抒说的话。

洛抒用力嗯了一声，说："真的是我哥哥，你先回去吧，他可能找我有事。"

付园再次看了那辆车一眼，只能点头说："好吧。"然后在洛抒的目送下转身离开。

洛抒看到付园离开后，才慢吞吞地朝着那辆车走去，也不知道他为何突然回来了，本来还想着他今年应该没时间来这里的。

洛抒走到了车旁，主动拉开车门坐了进去，朝身边许久未见的人喊了句："哥哥。"

孟颐淡淡地看向她，没有回应，只是对司机说："走吧。"

之后车子直接从校门口离开，开回了家。

洛抒完全没想到她和付园约会的那一幕会被孟颐撞见。

到家已经是十一点了，孟颐先进去，洛抒在后面跟着。

孟颐脱下外套，背对着洛抒开始解衬衫上的扣子，背影看上去给人一种压迫感。

洛抒不知道为什么会有这种感觉，也确实没想到他今天会来，主动开口问道："哥哥，你今天怎么过来了？"

孟颐回头看向她，语气如往常一样冷静："过来处理点儿事情。"

他把外套和领带都扔在沙发的扶手上，然后在沙发上坐下，看起来特别累，好像今天是特意坐飞机过来的，此刻正斜眼看向她。

洛抒见状走了过去，走到他的身边。

他们一个站着，一个坐着，却莫名让洛抒有种要被审问的错觉。

她决定主动坦白一切，低声地说："那个人是我新交的男朋友。"

孟颐的脸色一如既往的冷淡，从他的语气里也听不出任何的情绪，他看向她，问："刚才那个？"

洛抒说："是的。"

孟颐说："交往多久？"

洛抒迟疑了一会儿才说："一个多月。"

他对这件事情也没什么表示，只淡淡地嗯了一声。

洛抒再次看向他。

孟颐又问："你了解他吗？"

洛抒说："他是我的同学，我们在同一个咖啡馆工作，我们……"

孟颐靠坐在沙发上，忽然打断她的话，扭头看向她，漫不经心地问道："你这么缺钱？"

洛抒没想到自己一不小心竟把兼职的事情说出来了，忙解释说："哦，不缺，我只是为了锻炼自己，有很多大学生都去兼职锻炼的。"

孟颐听到她的回答，情绪上没什么起伏，心平气和地说："嗯，你进去吧，我再坐会儿。"

洛抒想着今天肯定回不去学校了，又环顾四周，看琴姐好像没在这边，再次开口问道："哥哥，你吃了吗？"

孟颐没有看她，只淡淡地回了一句："吃了。"

洛抒也没再多问，便点了点头，朝着房间的方向走去。

孟颐打开电视机，望向电视机屏幕。

走得缓慢的洛抒看到他的脸上有幽光闪烁，但又看不见他眼底的情绪，在门口停留了一会儿，还是进了自己的房间。

洛抒不知道外面的电视声什么时候才停，洗完澡便躺在床上，睡前看到付园给她发了几条消息，简单回了几句，就直接睡着了。

第二天早上，洛抒睡醒后从房间出来，看到琴姐回来了。

琴姐隔了一个多月再看到洛抒，心里十分欢喜，手上端着早餐，朝洛抒笑着说："您怎么没接到我昨天打的电话啊？"

洛抒说："我忘记看手机了，琴姐。"

孟颐已经起床了，此时正坐在餐桌边喝咖啡、看报纸。

洛抒朝他走过去，在他的面前坐下，喊道："哥哥。"

孟颐仍旧专注地看着报纸，头也不抬地同她说："你给爸爸打个电话。"

昨天他也给洛抒打了很多电话，可洛抒都没接到。

洛抒闻言点点头，说："我吃完早餐就打。"然后拿起桌上的牛奶，准备吃早餐。

洛抒的手机在卧室内响起，琴姐听见后同洛抒说："你的手机响了。"

洛抒本想自己去拿手机，谁知琴姐主动去房间帮她拿了出来，从琴姐手上接过手机时，看到打来电话的人是付园，又看了孟颐一眼，最终还是摁了接听键，先是喂了一声，然后喊了句："付园。"

付园在电话里问："洛抒，你回学校了吗？"

洛抒还在吃早餐，回道："没呢，我刚睡醒，在吃早餐。"

付园继续问："那你今天来学校上课吗？"

洛抒想了想，犹豫地说："我哥哥来了，可能今天暂时不会去学校了。"

洛抒想着孟颐也不是常来，今天去上课好像不太好的样子。

付园只能说："那好吧，晚上呢？"

想到晚上还要兼职，洛抒说："要去的。"

付园闻言开心地说："那我们晚上见。"

洛抒听到付园愉悦的声音，嘴边也露出甜蜜的微笑，说："好，我们晚上见。"说完挂断电话，继续低头吃早餐。

孟颐自始至终都在看报纸。在悠闲的早餐时光里，两个人都没怎么说话。

洛抒在家里待了一天，孟颐看样子今天也不会走。

晚上洛抒要去兼职，在家里吃了晚饭就决定去咖啡馆，收拾好东西后就背上书包从房间内出来，同厨房内忙碌的琴姐说："琴姐，我去学校了。"

琴姐停下手上的活儿，回头看向她说："好的。"

洛抒正要出门往外走，似又想到什么，便去了一趟花园，看到孟颐正在花园接电话，犹豫着要不要同他打招呼。

孟颐背对着她坐在花园的藤椅上，整个人靠在椅背上，似乎感觉有人站在他的身后，一回头就看见了她。

洛抒紧张地说："哥哥，我去学校了。"

孟颐嗯了一声，没什么表示，回过头继续同电话那端的人说话。

洛抒觉得他对自己真是冷淡到极点，想着他可能是因为事情忙，也没有再自讨没趣，同他打了声招呼后，便转身从花园离开了。

这里是大平层，客厅外面的阳台便是一个露天花园，环境很是幽静。洛抒进了电梯直达楼下，拦了一辆车便去了咖啡馆兼职。

付园早就在那儿等了，见她过来立马走了过去，问："昨天那个真是你哥哥啊？"

洛抒觉得付园好像不太相信孟颐是她哥哥这件事情，说："你不相信？"

付园立马否认说："不不不，我信，我问过萨萨了，萨萨同我说过了。"

洛抒顿时有些不开心，瞥了他一眼，说："你以为他是谁？还因为这事去问萨萨？"

付园怕洛抒不开心，求饶似的搂着她说："我就是关心你，毕竟昨天那么晚了，我怕你出事，而且看你的神情很严肃的样子，我才胡思乱想的嘛。"

洛抒想，如果昨天是她遇到这种情况，估计也会胡思乱想的，就露出笑容，说："放心啦，真的是我哥哥。"

付园说："你哥哥不住这边吗？"

洛抒打算去换工作服，说："他今年要订婚，事情忙，所以不在这边，不过去年在这里的。"

付园点点头，追上去搂住了洛抒，两个人如往常一样说说笑笑，之后便一起工作。

晚上兼职结束后，洛抒同付园一起回学校，第二天中午才给琴姐打了通电话，问孟颐是否回去了。

琴姐同她说："先生今天早上的飞机，回去了。"

同洛抒的猜想一样，他不会在这边久待，肯定待几个晚上便得回去。

洛抒说了句："好的。"便没再多问，挂断了电话。

之后，她又继续开开心心地和付园谈恋爱。

洛禾阳和孟承丙都不知道洛抒有男朋友的事情，洛抒也没同他们说。现在整个B市最热门的话题就是孟颐准备订婚的事情，洛抒并不知道订婚的详情，也没问过这些事，只知道两个人的订婚仪式定在下半年，倒是可以想象孟家现在有多忙。

洛抒和付园正处在热恋期，萨萨有一天来找洛抒，同她说："嘿，你知道下个星期二是什么日子吗？"

洛抒坐在书桌前问："什么日子啊？"

洛抒知道萨萨喜欢过些神秘的节日，还以为下周二是情人节之类的节日。

萨萨听到洛抒的回答后，翻了个白眼表示无语，晃动着洛抒的身体，说："老天爷啊！你到底是不是付园的女朋友？下个星期二是付园的生日！"

因为之前付园没同她说过生日，洛抒也没问过。听到这个消息时，洛抒惊讶地问道："真的吗？"

萨萨见洛抒果然不知道这件事情，继续数落她："你这女朋友怎么当的？怎么连男朋友的生日都不知道？"

洛抒也尖叫出声，同所有热恋中的女孩子一样，着急地问道："我应该送什么礼物？付园喜欢什么？"

萨萨俨然一副恋爱高手的模样，说："看心意啊！他喜欢什么不重要，重要的是你的心意。"

看到洛抒着急的样子，萨萨开始给洛抒传授知识了，说："什么爱心、围巾啊，这类东西。"

洛抒说："我肯定来不及准备了，还是去商场买吧。"说完又看了一眼时间，继续说，"你现在就跟我去买。"

萨萨没想到洛抒这么着急，只能跟着她立马跑去商场挑选礼物。

情侣之间不能送鞋子，据说会走散，也不能送衣服，因为买了不知道合不合身。

萨萨思考了半天，说："不如就选皮带吧。"

洛抒觉得送皮带有点儿俗，决定再逛逛看，之后来到了珠宝柜台。

萨萨灵机一动，给洛抒出主意："送情侣手链怎么样？"

洛抒觉得这个礼物不错，便用心挑选起来，看了许久，终于挑中了一对还算满意的情侣手链。

晚上洛抒去兼职，两个人依旧腻腻歪歪的。

付园仍然没有向洛抒说明下周二是什么日子，只是问她那天有没有时间。

洛抒也不戳破他的心思，笑着说："有啊。"

付园以为她什么都不知道，笑着说："我有朋友请客，到时候带你过去玩。"

洛抒也笑着回答："好呀，我是没有任何问题的。"

付园得到她肯定的回答后，瞬间喜笑颜开，看到洛抒在洗杯子，立马对洛抒说："我来洗吧。"

不让洛抒干辛苦的粗活儿是付园的原则。此刻，他正认真且快速地替洛抒洗着杯子。洛抒则在一旁甜蜜地笑着。

付园是个很勤快、很珍重女孩子的男生，这是他身上洛抒最喜欢的一个特质。

星期二很快就到了，那天付园依旧没提他生日的事情，只同洛抒说晚上六点见。

六点的时候，付园来接她，两个人从学校出来，一起朝附近的一家歌厅走去。

到了歌厅后，他们刚把包间的门打开，就迎来了一堆五颜六色、飘落而下的彩带。

包间内的所有人大声地喊着："Happy Birthday（生日快乐）！"

付园被吓了一跳，一直以为自己瞒得很好，没承想直接被他们拆穿了，立马转头看向洛抒，看到被彩带环绕的洛抒正开心地笑着。

他一见洛抒的表情，就知道她肯定知道这件事情，故作生气地说："原来你知道！"

洛抒说："谁叫你骗我？"然后大笑着将礼物递给他，诚挚地说道，"生日快乐，付园。"

付园没想到洛抒还给自己准备了礼物，瞪了萨萨一眼，一猜就知道是萨萨这个大嘴巴泄密的。

萨萨站在沙发上，激动地喊道："快打开！快打开！"

洛抒她们宿舍的人简直是看热闹不嫌事大，付园他们宿舍的男生也都群情激昂，声音此起彼伏。

洛抒很想让他们闭嘴。

付园在一阵叫喊声中，从洛抒的手上接过那个礼盒，打开发现是一对情侣手链，嘴角露出一丝笑意。

萨萨在旁边起哄说："快戴上！给洛抒也戴上！"

现场的氛围和仪式感，总让人觉得像是求婚的场景。

付园立马把手链拿了出来，快速地给洛抒戴上。

洛抒也在一堆人的催促下，给付园戴上手链。

在大家的哄闹下，付园把洛抒搂在怀里。

之后大家唱歌的唱歌，喝酒的喝酒，付园快被他的舍友闹腾死了，洛抒也被朋友们灌了不少酒。

付园一直在替洛抒挡酒，但也挡不了全部，不知道跟他们拉拉扯扯了多久，才终于等到服务员把蛋糕推进来，总算松了一口气。

吹蜡烛的时候，大家一起唱生日歌，付园许愿许了很久，再睁开眼时，就看到萨萨在旁边起哄。

"亲一个！亲一个！"

洛抒的脸不知道是喝酒的缘故，还是被众人闹的，看起来像熟透的红苹果。

付园有些害羞地问："我……"犹豫中深吸了一口气，朝洛抒靠近，最后在洛抒的唇上轻吻了一下。

洛抒愣住了，看向付园。

旁边的人像是疯了一样在尖叫。

付园似乎是怕洛抒不好意思，立马大声说："切蛋糕啦，别吵了，快切蛋糕！"

大家也终于放过了两个人，一起开始切蛋糕。

气氛始终热热闹闹的，一直闹到晚上十二点，大家还是不舍得离开。直到服务员进来问他们还要不要续时间，大家才有了回去的心思，毕竟明天还有事情，也不能玩到很晚，便散场了。

有男朋友的女生让男朋友送，没男朋友的女生则结伴回去。

但现在宿舍早已锁门，人群里有个女生在校外有房子，女生们决定去她家凑合一晚。萨萨却突然心生一计，怂恿着付园说："我们这边住的地方不够了，你给洛抒找地方。"

洛抒想说什么，却看到萨萨他们已经出了包间，飞快地走了。

特地给他们两个人留了独处的空间。

两个人都有些不好意思，包间内很安静，且一片狼藉，洛抒一时有些紧张，问道："要不出去走走透透气？"

两个人都喝了酒，付园点点头，便牵着她起身出门，出了歌厅后在马路上散步。

路上已经没有多少人了，大概过了半个小时，付园问："要不……我给你找个地方住？"

洛抒是成年人，很清楚萨萨刚才那话的意思，也知道付园的话意味着什么，不过还是说了一句："我家就在学校附近，你不用给我找住的地方。"

付园点头说："这样啊。"

洛抒问："你住哪里？"

付园说："我随便找个地方住就可以了。"

洛抒说："我送你。"

付园想了想，说："好。"然后，洛抒陪着付园去找地方，找好地方后没同付园上去，毕竟时间真的太晚了。

离开前，洛抒叫住了付园，站在他的面前，很认真地同他说了一句："付园，生日快乐。"

这是她陪他过的第一个生日。

付园怔怔地望着洛抒，在她的脸上亲了一下，说："谢谢你陪我过生日，洛抒。"

"你知道我今天许的愿望是什么吗？"

没等洛抒回答，付园继续说道："是希望我们永永远远在一起。"

洛抒也笑了，两个人依依不舍地拥抱了很久才分开。

洛抒坐上车后，同付园挥手告别，一路上脸上都带着笑容，到家后都是从车上跳下来的，之后哼着歌一路朝电梯走去。

出了电梯开门进屋后，洛抒将客厅内的灯打开，喊了句："哥哥？"

洛抒看到沙发上好像坐了一个人，起初没有看清楚，直到那人朝她看过来。

他脱了外套，只穿了件衬衫坐在那里，眉眼冷淡得很。

他不是在 B 市吗？今天怎么会在这儿？洛抒的心里生出几丝疑虑。

洛抒发现琴姐好像也没在这里，走到他的身边站定，又喊了句："哥哥？"

洛抒好像闻到了酒味儿，不知道是自己身上的还是孟颐身上的。

洛抒在他的身边坐下，问："哥哥，你喝酒了吗？"

孟颐似乎有些头痛，低声嗯了一声，说："今天有个应酬。"

洛抒感觉孟颐看起来有些难受，迟疑地问："那……你要喝水吗？"说着便准备给他倒水，却在转身的瞬间被一双手给拉住，接着被一股力道猛地一拽，整个身子直接被他拽到了他的腿上。

洛抒惊慌地抬头，想要朝他看去。

下一秒，那双手落在她的脑袋上，轻轻地抚摸着她的头发。

洛抒也喝了酒，有些头晕，被这样抚摸感觉很舒服，便乖巧地趴在他的膝上没动。

正当她眯了眯眼，想睡一会儿的时候，感受到那人的动静。

他忽然伸手穿过她的腋下，用抱小孩儿的姿势，将她整个人从他的膝上一提，抱在了怀里。

她被迫趴在他宽阔的胸口上，一时有些蒙了。

在两个人相拥的狭小的空间里，洛抒刚想说话，就听到孟颐唤了句："科灵。"

洛抒顿时愣住了，也忽然明白他为什么这样了。

她被他抱得很紧，整个身子都被他束缚在怀里，手脚动弹不得，却在努力挣扎着，皱眉喊着："哥哥。"

孟颐瞬间清醒了，不知道是因为她这句"哥哥"还是别的什么，睁开带着寒气的双眸，死死地盯着她看。

洛抒也抬头看向他，说："我不是科灵，我是洛抒。"

孟颐抱住她的手瞬间就松开了，洛抒从他的身上爬了起来。

孟颐又恢复了以前的冰冷模样，躺在那里好半响没动，大概是被客厅内的灯照得头痛，用手覆住眼睛，低声说："去给我倒杯冰水。"

洛抒没想到他会把她错认成科灵，又听到他这样吩咐，只能从沙发上起身，去冰箱那边倒了一杯冰水递给他。

他已经从沙发上坐起来了，从洛抒的手上接过冰水，又冷冰冰地说了一句："你去睡吧。"

洛抒站在原地看了他一会儿，说了句："哦。"

他这是拿她当用人呢？当然，她也只敢嘀咕，片刻后转身朝自己的卧室走去。

孟颐仍旧坐在那里，喝完一整杯冰水才从沙发上起身，进了自己的卧室。

第二天早上，洛抒是被琴姐吵醒的。

琴姐过来敲她的门，在外头问她今天是不是没课。

洛抒立马从床上坐起来，好像想起了什么，看一眼时间，发现现在已经十一点了。

都怪昨天喝太多酒了，她的头非常晕，她踩着拖鞋就去外面开门，同琴姐说："我现在就起床。"然后又进了房间洗澡，出来时已经到午饭时间了。

洛抒出来后看到房间里只有琴姐，问道："哥哥呢？"

琴姐说："出门了。"

洛抒思及昨晚的事情，想着这样也好，然后朝餐桌那边走去。

琴姐替她将饭盛好，放在她的面前，看洛抒没什么胃口，就在一旁唠叨着问道："孟先生昨天怎么回来了？"

连琴姐都不知道孟颐回来这件事情，可见孟颐是突然回来的。

洛抒想到他昨晚说有个应酬，答道："他好像在这边有个应酬，昨天我也是因为玩得太晚进不去学校才回来的，进屋发现他也在。"

琴姐说："难怪呢，我还在想您怎么也在家，以为您提前知道。"

洛抒心想：我哪儿有得知他行踪的殊荣啊？

琴姐又说："孟先生订婚的日子定在了下半年，科小姐忙着筹备订婚的事情，今年就没来 G 市了。"

洛抒想到昨天晚上的事情，还是觉得有些生气，说："哥哥要不是因为这边的工作，我估计这一年都不会来 G 市，她自然也没必要跟来。"

琴姐笑着说："孟先生还是会来几趟的，毕竟您在这边上学嘛。"

洛抒没说话，没多久听到手机响了，便起身去房间拿手机。

萨萨在电话里问："洛抒，你在干吗呢？是不是才起床？不错哦，看来你们俩这春宵过得很是好啊，你还逃了一上午的课。"

听到萨萨这样浮想联翩，洛抒就知道她误会了，不过也懒得解释，而是紧张地问："你帮我请假了没有？"

萨萨让她放宽心，坏笑着说："你放心，姐妹不就是用来帮你做这些事的吗？我已经给你请假了，你就是再和付园战斗一个下午都没任何问题。"

洛抒有点儿受不了萨萨的话，解释说："我在家里，昨天晚上付园住的酒店，你就别在这儿瞎想了，萨萨！"

"什么？"萨萨情绪激动地说，过了半晌又问，"哎，也就是说，你今天在家睡了一上午？"

洛抒说："是，我喝多了，所以现在才起。"

萨萨说："那你下午来上课吧，晚上我们一起吃饭。"

洛抒说："好，暂时这样定。"然后挂断了电话。

没一会儿，付园也给洛抒打来了电话，问她头痛不痛。

洛抒顿时开心起来，一边吃饭，一边同付园说着话。

琴姐听见她的语气，就知道她是恋爱了，笑着摇了摇头，倒也没在这儿煞风景，转身进了厨房。

洛抒吃完饭后去了学校，晚上跟萨萨她们正准备去外头吃饭的时候，看到孟颐的车停在附近，想着孟颐肯定也来了，便朝他走了过去，站在车旁，喊了句："哥哥。"

孟颐似乎完全忘记昨晚的事情了，问道："去哪儿？"

洛抒说："准备和同学去吃饭。"

孟颐嗯了一声。

洛抒又问："哥哥，你是来找我的？"

孟颐说："既然你要和同学吃饭，就和你同学一起吧。"

洛抒没明白他话里的意思。

孟颐说："我等会儿回 B 市。"抬手看了一眼时间，对司机说："走吧。"

正当司机要发动车离开时，一直在远处等的萨萨跑了过来，跑到洛抒的身边，问道："洛抒，这是你哥哥吗？"

萨萨她们之前是见过孟颐一面的。

洛抒没想到萨萨会过来，便同萨萨介绍说："这是我哥哥。"

萨萨主动且热情地同车里的孟颐打招呼，喊道："洛哥哥，你好，我是洛抒的同学，我叫黎萨。"

孟颐知道萨萨是她的室友，也礼貌地看向萨萨，不过很快就把视线落在了萨萨的手腕上。

洛抒注意到孟颐的视线后，起初并没有反应过来，但很快就看向萨萨的手腕，心里暗道完了。

萨萨现在戴的是孟颐送洛抒的那条手链。

洛抒立马转头看向孟颐，发现他的脸色好像没什么异样。

孟颐客套地对萨萨说了句："你们是去吃饭吗？不如我们一起吃个饭？"

萨萨怎么会不知道孟颐是客套？连忙说："啊，不用不用，我们打算随便吃点儿。"

孟颐说："好。"然后对洛抒说了句："你和同学去吃饭吧，我先走了。"

洛抒点头说："好的，哥哥。"

他转过脸去，再次对司机说了句："走吧。"

之后，车子便从她跟萨萨的面前驶离。

萨萨还愣在原地犯花痴，洛抒看向萨萨手上的手链，只觉得头痛，不过转念一想，他应该是不在乎这些的，看他的表情就知道这个手链估计是他随手买来完成任务的。

孟颐一向是来得突然，走得也突然，又回 B 市了，洛抒知道他在这边待不了多久，对他的这次离开没多少感觉，也不知道他这次回去后什么时候还会再来 G 市。

洛抒和付园的感情依旧在持续升温，那天晚上的事情对洛抒来说，就像是双方喝醉酒的一个误会。她一点儿也没在意。

孟颐对她交男朋友这件事情似乎也没什么异议。

洛抒后来仔细想想，他能有什么异议？她本来就是洛禾阳硬塞来 G 市，硬塞到他这边的。他不过是看在孟承丙的面子上，才对她负些责任，对她略微地管束，如果没有这层关系，可能两个人连见这几面的机会都没有。

洛抒在大二这一年里过得相当轻松惬意，享受和付园恋爱的同时，每个星期又同萨萨她们出去玩，有些乐不思蜀了。

虽然大学生活非常充实忙碌，但洛抒还是无意中听到一些孟家的消息，知道孟家的订婚仪式准备得很大，也知道孟颐将孟家的酒店事业版图扩得很大。

就在那一年，孟颐手下的酒店在 G 市拔地而起，成为这座城市亮丽的风景线，可是孟颐再也没有来过这里。而洛抒和萨萨她们出去玩时，住的依旧是孟颐打造的酒店。

酒店的大堂经理知道洛抒的身份，每一次都无比尽心地招待她们，但也没有在她的同学面前说出她的身份，没给她造成任何困扰，导致萨萨每次都觉得这家酒店的服务物超所值。

随着孟颐事业版图的扩大，他出现在公共视野中的次数也越来越多。

洛抒有时候在电视上看到他那日渐成熟且高深莫测的脸时，都会有种越来越陌生、越来越害怕的感觉，虽然也不明白这种害怕的感觉来自哪里。

洛禾阳偶尔会给洛抒打电话，但很少同她说起孟家的事情。

孟颐的逐渐强大，让洛禾阳根本不敢再轻举妄动，也促使她在孟家安心地当起了女主人。

不过，在母女俩的通话中，洛禾阳似乎察觉了洛抒在恋爱。

女人的直觉永远都是那么准确，洛抒每一次接听电话时声音都很雀跃，那种雀跃是带着热恋的喜悦的。

洛禾阳怎么会听不出洛抒情绪的变化？当脑海里冒出这个念头时，她没有胡乱猜测，而是直接问洛抒有没有谈恋爱。

洛抒没想到洛禾阳会知道这件事情，但也觉得没什么好隐瞒的，直接同洛禾阳承认了。

洛禾阳倒是也挺平静的，只是问洛抒对方的家庭背景及人品性格。

洛抒实话实说。

洛禾阳听完却火冒三丈，生气地问道："你说什么？他家是农村的？"

洛抒说："是。"

洛禾阳觉得洛抒简直是疯了，十分恼怒，道："分手！你立马分手！怎么可以跟这种人交往？我之前怎么跟你说的？"

洛禾阳的情绪十分激动，她非常反对洛抒与付园恋爱。

可洛抒看中付园不是因为别的，而是享受他的关心，欣赏他的为人，尽管知道洛禾阳肯定看不上付园，但还是认真地对待这份感情。

此刻，洛抒郑重地同洛禾阳说："妈妈，付园很好的。你见到他就知道了，相信我。"

洛禾阳一想到付园的家庭背景，就已经把这个人彻底否定。她的语气又恢复了往日的强制、势利和霸道，她说："别跟我说这些！你如果只是想在大学期间谈恋爱玩一玩，我不在乎！但你要是认真谈恋爱，对象就不能是他！我是不会同意的！"

洛禾阳之所以这么激动，是因为知道洛抒是认真的，不然洛抒不会承认，也不会同自己说这么多。

母女俩自然又是大吵一顿，这顿大吵以洛抒挂断电话宣告结束。

洛禾阳之前看不上小道士，现在又看不上付园。洛抒实在不知道洛禾阳为什么总要干涉她这方面的事情。

洛禾阳和洛抒的这一顿大吵，导致孟承丙也知道洛抒在学校里交男朋友这件事情了。

孟承丙却认为洛抒谈恋爱是件好事，觉得喜欢一个人跟对方的背景如何无关，还把这话跟气呼呼的洛禾阳说了一遍。

这几年，洛禾阳和洛抒母女俩的关系日渐紧张，孟承丙为了缓解母女俩的关系，在中间做了不少的努力。

他心平气和地同洛禾阳说："现在你这么生气也没用，女孩子长大了，谈恋爱是正常的，你要真不放心，不如等孟颐订婚时，让她把男朋友带回家看看。如果你觉得这个男孩儿实在不行，再同洛抒好好说。"

当听到孟承丙说让洛抒把男朋友带回来时，洛禾阳觉得孟承丙根本不能体会她的心情，马上就想反驳。

未等洛禾阳开口，孟承丙握住她的手说："这也是为了修复你跟洛抒的关系，洛抒这个年纪正处于叛逆期，你越是加强管制，她越会反感、反抗。禾阳，孩子不是这样管的。"

孟承丙一直觉得洛禾阳管教孩子的方法有问题，但也不好干涉，如今见母女俩的关系越来越差，觉得自己不能再放任不管了。

洛禾阳倒是从来没想过这一点。

孟承丙看她的情绪渐渐平静下来，继续说道："先让洛抒把那个男孩儿带回来看看，到时候真的觉得不行，我们再想办法。"

洛禾阳索性破罐子破摔，没好气地说："算了算了，我不管这事了，你去管。"

按照这母女俩的性格，两个人肯定说不了三句话又要开始吵架。孟承丙想到这里，觉得还是自己来管这件事吧。

洛抒没想到洛禾阳的反应会这么大，但还是跟从前一样，坚持自己做主，绝不屈服。

两个人吵完架的第四天，孟承丙给洛抒打来一通电话，在电话里依旧是笑呵呵的，问洛抒："洛抒，吃晚饭了没有？"

洛抒刚下课，正准备去咖啡馆兼职，知道孟承丙打电话过来是为什么，估计他已经知道了自己谈恋爱的事，也觉得没什么好隐瞒的，同孟承丙说："爸爸，我刚吃完饭，你呢？"

孟承丙说："爸爸也吃过了。"

洛抒继续说："吃的什么？"

孟承丙说："都是洛抒爱吃的。"

洛抒笑着说："真的啊？"

孟承丙给洛抒打电话时都会同她闲聊一会儿，两个人轻松地聊了许久，才进入正题。孟承丙同洛抒说："洛抒，爸爸听说你找男朋友了。"

洛抒觉得他是来给洛禾阳当和事佬的，很认真地说道："爸爸，这是我的事情，我不希望家里干涉。"

孟承丙见她猜错了自己的意思，忙安抚说："洛抒你先别急，爸爸只是想问你有没有空出你哥哥订婚时的假期。"

洛抒还没想到这个问题，说："我还没去请假呢。"

孟承丙笑着说："要不这样，哥哥订婚的时候，你把男朋友带过来给爸爸妈妈看看。爸爸要是觉得行，你妈妈这边，爸爸帮你搞定，怎么样？"

洛抒没想到孟承丙竟然要她带付园回家，有些不相信地问："真的吗？"

孟承丙在电话那边爽朗地笑着说："爸爸什么时候骗过你？"

想到孟承丙从来没骗过自己，洛抒笑着说："谢谢爸爸。"片刻后又想到什么，继续说，"爸爸，我先问问他愿不愿意跟我回家。"

孟承丙说："好的，你先问问人家。"

洛抒再次同孟承丙道谢后才挂断电话，握着手机想了想，觉得带付园回去是个不错的主意，思考片刻后直奔咖啡馆，见到付园时同他说了这件事情。

付园自然是欣然答应了。

两个人的感情从在一起到现在一直都很好，付园几次想开口问洛抒要不要去他家，但好几次都没问出口，没想到她先开口了。

两个人为了回 G 市，都开始抽时间做准备。

付园十分紧张，好几次问洛抒自己要准备什么东西，毕竟是第一次登门拜访。

洛抒却觉得没什么需要准备的，家里什么也不缺。

付园是知道洛抒家的情况的，也隐隐从萨萨的口中听起过，在他生日的那天晚上还瞧见了她的哥哥，想来她的家庭不是一般的家庭。

他有些自卑地说："你的爸爸妈妈会不会……？"

洛抒知道他要说什么，立马捂住他的嘴，说："不会的。我爸爸很好，这次就是我爸爸让我带你回去的。至于我妈妈，你别管她，她对我说话都很刻薄。"

对于相爱的两个人来说，这些都不是太大的问题。付园想到这里，犹疑地点了点头。

孟颐订婚宴的时间一天一天地接近，洛抒请好了假，在订婚宴之前带着付园飞回了B市。

付园一路都非常紧张，下了飞机也始终牵着洛抒的手。

洛抒看到孟家的司机过来了，便带着付园上车。

来接洛抒的是乔叔，瞧她这次是带着男朋友回来的，路上很开心地同她说着话。

洛抒也许久没见到乔叔了，开心地同付园介绍说乔叔是以前接送她上下学的司机。

付园同乔叔打了招呼。

大约是付园长得干干净净的，看起来比较面善，乔叔倒也挺喜欢付园的。

车子一路往前开，开进了孟家的院子。

洛抒牵着付园下来，朝着大门的方向大喊："爸爸！"

订婚宴就在这几天，家里忙成一团，如今洛抒回来了，可就更忙了。

孟承丙在客厅里招呼客人，听到洛抒的呼唤立马就出来了，瞧着她牵着付园高兴的样子，也笑了起来，先是跟洛抒紧紧地拥抱了一下，然后看向洛抒身边的付园。

付园第一次上门，虽然紧张，还是很有礼貌地同孟承丙打招呼："叔叔您好，我是付园，洛抒的男朋友。"

孟承丙看了付园许久。

洛抒拉着孟承丙说："爸爸，我同你说过的。"

孟承丙向来是平易近人的，和蔼地说："长得一表人才，可以可以。走，快进屋。家里来了一些客人，你们坐飞机应该也累了，先休息会儿。"

洛抒始终都拉着付园，两个人跟在孟承丙的后面一起进屋。

客厅里确实有很多客人，孟承丙在招待，洛禾阳也在客厅，刚才虽然听到了外面的动静，但没起身出去。如今瞧见洛抒把男友带了回来，打量了付园几眼，对他显然还是没有一点儿好印象，不过倒是听从了孟承丙的话，起身朝他们走了过去，说："午饭吃了没有？"

自从上次吵架之后，洛抒便没跟洛禾阳通过电话，但为了维持表面的和平，还是同付园介绍道："这是我妈妈。"

付园很是周到地同洛禾阳问好："阿姨您好，我是付园。"

洛禾阳对付园的反应很冷淡，只嗯了一声，便让家里的保姆上茶。

洛抒同洛禾阳说："不用了，我先带付园上楼休息。"

付园没想到洛抒会如此做，按道理应该陪着长辈说会儿话的，便转头看向洛抒。

看到洛抒不管不顾地带着付园朝楼上走，洛禾阳的脸当即就黑了。

洛抒看到付园想说什么，开口说："你不用管她怎么想，反正她也不会有什么好脸色。"说完直接带着付园上了楼。

晚上母女俩又爆发了争吵，谁也不服输，洛禾阳很看不起付园的身份，直白地同洛抒说："明天你就让人回去！"

洛抒也大声回道："这是我的事情，和你无关！"

"和我无关？那你和谁有关？"

眼看母女俩吵得越来越激烈了，孟承丙赶忙拉着洛禾阳，上前劝说道："禾阳，你别这样，任何事情都可以好好说。"

"好好说？"她面向着孟承丙，手却指着洛抒，怒不可遏地说道，"我就不应该让她把人带回来！"

"行，你让我们走是吧？好，我现在就走！"

孟承丙知道事情发展下去只会越来越糟糕，又赶忙拉着洛抒说："洛抒，明天是哥哥订婚的日子，你不许闹出这样的事情来。"

这是孟承丙难得严肃地同洛抒说话。

洛禾阳和洛抒都没再说话。

孟承丙跟洛抒说："你先上楼，有什么事都等哥哥的订婚宴结束了再说。"

洛抒也不想跟洛禾阳吵，听到孟承丙的话，便转身朝楼上走。

孟承丙又看向洛禾阳，叹了一口气，再次安抚她："你就算不喜欢人家，也没有立即让人走的道理，这不是我们的待客之道。"

孟颐和科灵有新房，订婚仪式在明天，所以今天并没有回来，洛抒自然没有见到他。

虽然订婚的大喜之日在即，但那天晚上孟家的气氛不是很好。

第二天早上，气氛便热闹了起来。孟承丙和洛禾阳都没时间再理会洛抒，家里的保姆也忙得脚不沾地。洛抒倒是非常闲，不过也没睡懒觉，一大早便去酒店找付园了。

付园昨天被安排到酒店住，自然不知道洛抒在家里和她的母亲发生了激烈的争吵。

订婚宴场面盛大，洛抒同付园坐车直接去了订婚现场。

到了那里，洛抒才知道今天的场面有多大，进去便瞧见了孟承丙和洛禾阳都穿着礼服在招待宾客。现场人潮拥挤，洛抒甚至不知道自己该往哪里站。

参加订婚宴的客人根本不是洛抒这个年纪和阶层能接触的人，现场虽然人多，但一切都井然有序。

家里的保姆看到洛抒朝她走来，说："小姐，先生和夫人说，宴席还没开始，您可以先带着付先生去贵宾室休息。"

洛抒很少见这样的场面，只是偶尔在家里见过一些孟承丙的客人，但大多不认识，如今真的有点儿手足无措。

一旁的付园问道："要不要跟叔叔阿姨打个招呼？"

洛抒想了想，点头同意。

付园便牵着她，朝着孟承丙跟洛禾阳走去，主动同在招待客人的两个人打招呼："叔叔，阿姨。"

孟承丙看到洛抒带着付园来了，笑着说："付园。"还搂着他的肩膀，拍了拍他说，"你和洛抒可以到休息室休息。"

毕竟今天的场合十分重要，洛禾阳并没有不分轻重继续生气，而是面带微笑点了点头。

这时，孟颐端着酒杯出现在他们的身后。

孟承丙问孟颐："科灵怎么样了？"

孟颐说："应该准备得差不多了。"

洛抒听到孟颐的声音，立马转身，看到穿着黑色订婚西服的孟颐很是英俊挺拔，小声地喊了一句："哥哥。"

付园听到她的声音，随着她的视线看去，也看到了孟颐。

见孟颐看向付园，洛抒同付园介绍说："这是我哥哥。"

付园见过孟颐一次，但上次隔得太远没看清楚，听到洛抒的介绍，忙同孟颐笑着说："孟先生您好，我是付园，洛抒的男朋友。"

付园主动朝孟颐伸手。

孟颐也握住了付园的手，说了两个字："幸会。"

第九章

订　婚

　　孟颐似乎对付园并没有多大的兴趣，同付园握了手后，找来侍者给了付园一杯酒，便同孟承丙说："宾客差不多到齐了。"

　　看到付园拿着那杯酒不知道喝还是不喝，洛抒替他解围，说："喝一点点就行了。"

　　付园便听了洛抒的话，饮了一点点酒。

　　孟颐继续同孟承丙说话，说了一会儿大概有事要忙准备离开，便扭头对付园说："我先失陪。"

　　付园忙点头说："祝您订婚快乐。"

　　孟颐笑着朝付园举起酒杯，付园连忙端起酒杯同孟颐碰了下杯。

　　孟颐饮了一口酒，示意付园随意，便离开了。

　　付园也喝了一口酒，感觉酒的度数还蛮高的。

　　之后孟颐一直很忙，招呼着全场的宾客。洛抒可能是全场最闲的人。

　　订婚仪式结束，科灵始终跟在孟颐的身边，陪着他敬酒寒暄。

付园凑到洛抒的耳边，同她悄悄地说："以后你想要什么样的婚礼？"

洛抒想都没想便回答："我想要中式的，凤冠霞帔。"

付园说："好，我们的婚礼一定是这样的。"片刻后又说，"到时候你要是想穿婚纱，我们也来一套西式的婚纱。"

洛抒说："那结婚的地方定在哪里？"

"海边怎么样？"付园说。

洛抒也觉得海边浪漫，一想到自己的婚礼就忍不住嘴角上扬，一直在跟付园悄悄地说话。

大约是科灵感觉穿的裙子有点儿累赘，准备去换衣服。

洛禾阳见洛抒一直在那儿同付园说话，便走了过来说："洛抒，你去帮科灵扶下裙子。"

洛抒看了洛禾阳一眼，又扭头看向身边的付园。

付园说："你去吧，我在这儿等你。"

洛抒点点头，在洛禾阳的吩咐下去帮科灵扶裙子。

洛禾阳吩咐完洛抒，看了付园一眼便走了。

洛抒看到科灵的身边有其他人帮忙扶裙子，就开口说道："科灵姐姐，我来帮你扶吧。"

科灵看了她一眼，有些冷淡地说了一句："多谢。"

洛抒也没什么话同科灵说，便替她抬起裙子，随她去后面的休息室换衣服。

到了休息室，洛抒见有很多人在帮科灵的忙，就客套了两句准备从休息室离开，正要开门，看到孟颐推门进来，便喊道："哥哥。"

孟颐冷淡地应了一声。

他们许久未见，当初仅存的一丝熟悉感好像也在消失，洛抒站在他的面前，却不知道要说什么。

孟颐对她说："你去忙吧。"

听到孟颐这样说，洛抒点点头，从他的面前离开。

孟颐进了休息室，洛抒还是忍不住回头看了他一眼，只看到他的背影和他给她的距离感。

洛抒转过头，继续朝前走。

订婚宴一直到半夜才结束，洛抒是最闲的，反正也没她什么事，中途带着付园去 B 市游玩，在外面一直玩到晚上十二点，才把付园送去酒店。

付园舍不得她走，抱着她一直不肯放。

洛抒也不想走，但接到洛禾阳催她回去的电话，不得不离开，临分别前对付园说："明天一早我来找你。"

付园说："我明天还要去见你父母吗？"

洛抒说："最近他们都会比较忙，我明天继续带你去玩，这里还有很多好玩的地方。"

当洛抒的电话再次响起时，他同洛抒说："你赶紧回去吧，不然你家人会担心。"

付园轻轻地亲了洛抒一下，然后送洛抒出酒店。

之后洛抒便打了个车回去，刚到家就见洛禾阳脸色铁青地坐在沙发上。

洛禾阳见她回来了，立马起身朝她走来，说："你还知道回来啊？"

洛抒说："我怎么了？"

洛禾阳指着外面，怒气冲冲地说："你怎么了？在外面待到三更半夜，你还跟我说怎么了？"

洛抒说："我只是带他去玩了。"

洛禾阳说："今天是什么日子，你带他去玩？"

"什么日子？又不是我订婚的日子！"

大厅内的用人还在忙碌着，见母女俩又吵了起来，立马停下手上的动作。

孟承丙在楼上听到楼下的吵闹声，也急忙下来。

洛禾阳说："洛抒！你现在是怎么回事？我跟你说话，你为什么回回都不听？还跟我顶嘴！"

"我怎么了？你很清楚！"

"我清楚，我清楚什么？我欠你什么？我好吃好喝地供着你，还管不得你吗？"

孟承丙赶紧劝开两个人，问洛禾阳："禾阳，怎么又吵起来了？"

洛禾阳大声地说："你看看她现在对我是什么态度！"

孟承丙拉着洛禾阳的手臂，抚慰地说道："母女之间没有隔夜仇，我看这个付园也挺好的。"

"你别在这儿帮她说话！"洛禾阳又转过头来看向洛抒，质问道："你到底看上他什么了？"

洛抒也火冒三丈，面对洛禾阳的质问，大声地说："是，我比不上你的眼光！可我就是喜欢他！我喜欢他怎么了？"

孟颐今天没送科灵回科家，此刻站在楼上看到了母女俩吵架的全程。科灵听到吵闹声，也从楼上的房间出来了。

孟承丙拉着洛抒，劝道："洛抒，你少说两句，她是你的妈妈。"

"妈妈？有妈妈这样对女儿的吗？我和谁在一起，难道都要经过她的允许吗？"洛抒完全不顾有外人在场，也不顾今天是什么日子，只管将积蓄已久的情绪倾泻而出。

洛禾阳愤怒不已，喘着气靠在沙发上，说："好，我现在是管不了你了，也不跟你吵！你现在给我上楼回房间！"

洛抒却站在原地一动不动，平静地说："我今天晚上就走。"

"洛抒！"孟承丙呵斥着，让洛抒不要冲动。

洛抒冲进孟承丙的怀里哭泣，没想到洛禾阳会这么反对她和付园的恋爱。

孟承丙拿她们母女完全没办法，抱着洛抒说："你不要哭了，你妈妈也是在气头上才说这些话。大家累了一天，今天还是哥哥订婚的好日子，洛抒，有什么事情都明天再说，好吗？"

洛禾阳气昏了头，站在一旁已经懒得说话。

洛抒虽然快二十岁了，可还是有点儿孩子气，趴在孟承丙的怀里哭了很久。

自始至终，孟颐和科灵都在楼上看着，并没有下楼劝解。

之后，孟承丙很怕洛抒又像之前一样大半夜离家出走，亲自送着她上楼。

洛抒在经过孟颐的身边时，突然止住了哭声。

孟颐对这些事情从来不会发表什么意见，只对孟承丙说："大家都累了，早点儿休息。"

孟承丙说："你先送科灵回去吧。"

孟颐嗯了一声，看了洛抒一眼，便对身后的科灵说："走吧。"

科灵同孟承丙说了句："爸爸，那我们就先走了。"

孟承丙说："路上小心点儿。"

孟颐便带着科灵离开。

孟承丙对母女俩的宠爱是出了名的，同洛抒说："走吧，你先去房间休息，爸爸正好也想陪你说说话。"

洛抒被孟承丙送回了房间，原本想让孟颐载自己一程去找付园，完全不想待在家里，可是终究没说出口，因为知道孟承丙绝对不会同意。

孟颐他们平时不在这边住，今晚是因为有点事情才回到这里。

这是洛抒第一次找孟承丙哭诉。孟承丙在洛抒的房间里安慰了她很久，直到看见她有些困了，才说："洛抒，别难过了，你去洗个澡，好好睡一觉。"

洛抒觉得孟承丙给她的温暖跟亲生父亲没什么差别，内心十分感动，同他说了句："谢谢爸爸。"

孟承丙无奈地摇摇头，笑着说："你啊，跟你妈一个性格，两个人都像牛一样倔。你赶紧休息吧，我得去哄哄你妈妈了。"

洛抒闻言也笑了。

孟承丙这才笑呵呵地从她的床边起身离开。

洛抒洗漱完之后重新上床躺着，没多久便迷迷糊糊地睡着了。

第二天早上天还没亮，洛抒就提着自己的行李去找付园，进入付园房间的第一句话便是："你带我走吧，付园。"

付园见她的眼睛通红，赶紧问道："你怎么了，洛抒？"

她看着他，一动也不动，只说了一句："你带我走。"

付园一把将她搂在怀里，柔声地说："好，你要去哪儿我都带你去。"

洛抒听到了她想听的话，紧紧地抱住了他。

当天早上洛抒就跟付园离开了 B 市，原本还打算在这边多待三天的，现在觉得没必要了。

早上保姆去洛抒的房间，发现人已经不在了，赶忙去楼下，想要敲孟承丙的门，可是又担心被夫人知道。

毕竟洛禾阳昨天晚上才跟洛抒大吵一架，要是知道洛抒人已经不见了，不得怒火冲天吗？

保姆暂时没去吵醒孟承丙，而是去客厅的座机旁，给孟颐打了一通电话，待对方接通，便着急地说道："孟颐！洛抒不见了！"

孟颐沉默了一会儿，问保姆："她什么时候不见的？"

保姆说："我刚刚上楼才发现的。"

孟颐吩咐道："你再去楼上看看洛抒的行李在不在。"

保姆急忙去楼上查看，发现洛抒的行李都不见了，又赶忙下楼，拿起话筒对孟颐说："行李也不见了。"

孟颐倒是很冷静地回复："没事，她是去 G 市了。"

保姆听到孟颐这么说，着急的心情稍微平复了一些。

孟颐又说："你同爸爸说一下。"

保姆说："好的。"

保姆挂断电话后，还是去敲了孟承丙的房门，在门外告知了他这件事情。

孟承丙立马给洛抒打了一通电话。

和孟颐预料的一样，洛抒跟孟承丙说她已经去 G 市了。

昨天母女俩大吵一架，按照洛抒的性格，她定是不会在家里多待的，而且身边还跟着那个付园，加上洛禾阳对付园讨厌的程度，洛抒早点儿去学校也好。

孟承丙想到这里，叹了一口气，说："那你在 G 市要照顾好自己。"

洛抒在电话里说："我会的，爸爸。"

后来两个人又说了几句，才挂断电话。

孟家盛大的订婚仪式就这样完美落幕。

洛抒从那天早上离开家之后，没再打电话给洛禾阳，只同孟承丙联系了，算是报个平安。

之后的日子里，她和付园专心投入学业，一起上课，一起吃饭，两个人的关系也越发亲密。

洛抒的舍友们有了男朋友后开始一个个搬了出去，毕竟在外面住做饭什么的都方便。萨萨是最先搬出去的，搬的时候还怂恿洛抒一起搬出去，租同一个地方，说在外面住多好多好。

洛抒觉得学校也挺好的，有点儿懒得搬，就没怎么听进去萨萨的话。

萨萨搬出去之后没多久，邓婕、二美等人也陆续搬出宿舍。这些有男朋友的人租到了同一个地方，每次聚会都给洛抒发图片，搞得洛抒每次回宿舍都觉得寂寞得要死。

洛抒习惯了群居，真的一个人待在宿舍，总感觉心里空落落的。

付园见洛抒一个人孤孤单单的，便尝试着问道："要不我们也在外面租房子吧？"

洛抒其实也有了这样的想法，点头答应说："嗯，挺好的，那我们跟萨萨他们租一块儿吧？"

付园说："好啊，人多热闹。"

两个人最后决定租房子出去住。可是找房子实在是一件麻烦的事情，他们的学业都很忙，两个人找了半个月也没找到合适的。好在萨萨也在帮他们留意，听说有个邻居正好要搬走，就赶紧跟洛抒说了这件事。

在萨萨的帮助下，洛抒跟付园很快就搬了进去。

两个人把小日子过得充实美好，经常一起去菜市场买菜。付园有一手好厨艺，平时负责煮菜，洛抒就承包起洗碗的活儿。

因为大家住得很近，三天两头就会聚餐。

洛抒觉得同付园过这种平淡的日子也挺美好，并不知道 B 市发生了什么，也不知道孟颐在和科灵订婚后没多久便全面接手了孟氏集团。

孟颐的接手使孟家闹翻了天。

洛禾阳在震惊之余，是怒不可遏，完全没想到孟承丙会将手上的一切都甩得那么快。

随着孟颐逐渐成长起来，孟承丙开始把手里的产业放权给孟颐管理。

可洛禾阳得到了什么？洛抒得到了什么？她当了孟承丙这么多年的妻子，虽然生活确实优越，可实际上什么都没有。

洛禾阳很清楚，如果事态照现在这样发展下去，她和洛抒什么都得不到。万一孟承丙有个三长两短，那她和洛抒随时都有可能被孟颐扫地出门！她之前就预感到风向不对了，如今所有的不好的预感都在逐一实现。

在洛禾阳的眼里，现在的孟颐根本不是以前的孟颐了。他正在一步一步逼近孟家的核心产业，甚至还想剥夺洛禾阳和洛抒在孟家的一切。

洛禾阳再明白不过孟颐的心思了，怎么可能让孟颐把控住孟氏？

时光飞逝，大二上半学期很快就过去了，又到了学校放寒假的时刻，春节也快到了。

洛抒今年不想回去过年，所以在学校快要放寒假的时候也没打算收拾东西。付园的计划当然跟着洛抒走，他看洛抒不走，便打算在这儿过小情侣的二人世界。

可是，在离放寒假只有十多天的时候，洛禾阳突然给洛抒打了一通电话。

洛抒看到电话的第一反应就是挂断，不想同她联系，但又想到无论如何她们都是母女，今年过年也不打算回去，就觉得应该接听她的电话。

洛禾阳在电话里对洛抒说的第一句话便是："洛抒，你快回来！"

洛抒从没见过洛禾阳把这句话说得如此急切、冷厉，以为出什么事了，忙问："妈，你怎么了？"

洛禾阳问："你快回来，我有事情要跟你说。"

洛禾阳应该是出什么事了，不然按照她的性子，是不会主动给洛抒打电话的。

洛抒说："什么时候？"

洛禾阳说："明天回来最好。"

可这边还有十几天才放假，洛抒只好说："妈，我们学校还没放假，你再等十几天。"

洛禾阳是一刻也等不了了，但也明白现在让洛抒立马回来不太现实，就同意了洛抒的说法，回道："你等学校放假就立马回来。"

洛抒说："好。"

隔了一会儿，洛抒又问："妈，你能告诉我发生什么事了吗？"

洛禾阳紧张地说："洛抒，我们可能什么都没有了。"还没等洛抒回复，紧接着又说，"孟颐对孟氏下手了。"

洛抒听到这句话，久久没有回过神来，也终于明白心中那种隐隐的不安感到底是从哪儿来的了。她的不安，竟是来源于对孟颐的害怕。

虽然洛抒没听到洛禾阳多说原因，但知道一定不是什么简单的事情，也没办法再留在这边陪付园了，同付园说了下情况，在学校放假后，第一时间提着行李回了 B 市。

孟家的司机在机场接到洛抒后，便开车直奔家里。

孟家的房子外面依旧挂着红灯笼，看起来一片喜庆。

家里的人瞧见洛抒带着行李回来了，笑着朝屋里喊着："太太，先生，洛抒回来了！"

孟承丙和洛禾阳在卧室，一听到洛抒回来的消息都出来了。

孟承丙高兴地问洛抒："饿了吗？我们还以为路上堵车，你要晚些到家呢，没想到这么快。"

洛抒看着孟承丙脸上的喜色，又看向洛禾阳，对孟承丙笑着说："今年 B 市好像还好，没怎么堵车，爸爸。"

家里的气氛和平常没什么两样，洛禾阳和孟承丙的感情看上去依旧很好。保姆拿着洛抒的行李上楼后，孟承丙便带着洛抒去沙发上歇息。

洛抒虽然心里有无数疑问，可还是同孟承丙撒着娇，说着学校和学习的事情。

其实她也没离开多久。

洛抒今年回家比较早，此时，孟家也不怎么忙碌。

洛抒在客厅陪着孟承丙坐了一会儿，就看到家里来客人了，便没在楼下久待，上楼回房间了。

不知道为什么，洛抒再次回到这个房间时，觉得这里的一切都变了，但又明知这里同她离时没什么两样。

可是，她就是觉得有什么东西不一样了，甚至觉得连以前在这里的回忆都在慢慢地发生变化。

她换完衣服，坐在床上陷入沉思。

晚上，洛禾阳到楼上来找洛抒，说道："洛抒，你不要再上学了。"

洛抒不解地问："妈妈，为什么？"

洛禾阳哼了一声，冷笑着道："没有为什么。"

洛抒皱眉，不明白她的意思。

洛禾阳继续说："你知道吗？不过半年时间，孟颐已经掌控了孟氏的一大半权力。"

洛禾阳对孟颐控制孟氏这件事情如临大敌，紧抓着洛抒，认真地说道："一旦孟颐将孟氏牢牢控制住，我们就什么都拿不到了。"

洛抒没想到洛禾阳竟然还在想这件事情，无奈地说道："妈妈，爸爸对你挺好的。其实你在孟家的日子很幸福，为什么……"

没等洛抒说完，洛禾阳就激动地说："你懂什么？！你根本就不知道情况是怎样的！你说得没错，孟承丙确实对我不错，可你有没有想过，一旦孟颐掌控住孟家的所有，我是什么？你明白吗？想过吗？孟颐会对我这个没什么感情的继母好吗？一旦孟承丙的手上没有任何实权，我该怎么办？或者再考虑得长远点儿，孟承丙百年之后，我能够拿到什么？我还能在孟家安安稳稳地当孟家太太吗？"

洛抒从来没往这么深的地方想过，只觉得孟承丙对洛禾阳很是不错，想着洛禾阳一直在孟家当孟太太总比去冒险好，如今听洛禾阳如此说，又忽然觉得自己好像是过于天真了。

如果孟承丙什么都没有的话，紧接着洛禾阳就会失去保障，无法预料晚年会如何。

洛禾阳紧抓着她，说道："洛抒，孟颐现在就是在剥削我在孟家的所有！他不会善待我的，现在之所以对我还这么客气，是因为孟承丙还在。一旦孟承丙不在了，或者年迈了，动弹不了了，你想过我的后果吗？"

洛抒说："可是他没有理由要苛待你啊，妈妈。"

虽然洛禾阳和孟颐的关系一直不冷不热，但表面功夫做得还是很足的，就算不与他深交，但也没有恶交，想来他并不知道当年的事情。

洛禾阳曾经也想过这个问题，但思考了一下又觉得不对，摇头对洛抒说："不，你想错了，以后就会明白妈妈的直觉是对的，孟颐是冲着我来的。"

自从孟颐的病情日渐好转后，他对洛抒的态度便不再如从前那般，洛抒倒是很明白这一点的。

洛禾阳对洛抒说："我这次让你回来，就是想让你进孟氏工作。洛抒，你必须得在孟氏站稳脚跟，不然我们迟早会什么都没有。"

洛抒却认为洛禾阳是在超前担忧，说："妈妈，我还在上学，能去公司里做什么？而且这个家姓孟，我也不过是……"

洛抒怎么可能去跟孟颐争这一切？她顿了顿才继续说："你先不要想那么多，

孟家本就姓孟，现在哥哥接手孟氏本就是理所应当的，也许……"

洛禾阳打断了洛抒的话，冷冷地看着她，说："洛抒，你是不是忘记什么了？我们现在这样做，只是为了保证我们的后路。我是绝对不会让孟颐这么轻松地就控制孟氏的，必须给你争一个位置，不只是为了你，也为了我。"

洛抒没想到她们的境地会这样，也从来没想过自己未来会留在孟家。

洛禾阳渐渐平复下情绪，抚摸着洛抒的手，说："过几天我会跟孟承丙说的。"

其实洛抒早早就预感到孟颐的想法了，此刻想说话，但又不知该说些什么，最终还是陷入沉默。

洛禾阳说完这些话，便起身从洛抒的房间离开。

孟颐迟早要控制孟家的产业，马上也会成为孟家的掌权人，这几年他的作风、他的性格，早就不是以前的样子了，这一切都让洛抒感到陌生和害怕。

但洛抒也很清楚自己跟洛禾阳的处境，深知她们母女无法改变任何事情。

孟颐和科灵已经订过婚了，孟颐年前就一直在科灵家待着。洛抒今年过年回家比较早，待在家里无聊，终于等到许小结他们回家，赶紧跟朋友们约着见面。

洛抒回家后第一次见到孟颐和科灵，是在大年三十的前一天。那天外面响起阵阵鞭炮声，洛抒在楼上上网，听到楼下的动静后，起身朝窗户外看过去，正好看到有辆车停在楼下，接着便看到家里的保姆去迎接车上下来的人。

科灵从车里出来，挽着孟颐的胳膊，在大厅门口喊着："爸爸，妈妈。"

她穿着一件玫红色的风衣，看上去气色很好。

大家在外交谈了几句，便一起朝着大厅内走。

洛抒还在窗户口往外看，保姆对着楼上喊："洛抒，快下来，你哥哥他们回来了。"

洛抒想着迟早要下去，便拿了一件外套穿上，下楼时正好看到孟颐他们进来，又看到旁边的保姆拿着他们的行李，想来他们是要在家过年。

洛抒站在楼梯口，一时不知道该前进还是返回房间。

洛禾阳让保姆把三楼的房间收拾出来，又让他们把行李都拿上楼去整理妥当。

孟承丙在同孟颐和科灵说话，也没有注意到洛抒，片刻后抬头朝楼梯口看去，才发现洛抒还站在原处没什么反应，赶紧说道："洛抒，你站在那里干什么？哥哥回来了，你怎么对他越来越生疏了？快过来啊。"

孟颐听到孟承丙的话，也抬头朝楼梯口看去。

因为家里有暖气，洛抒就只在睡衣外面裹了一件外套，披散着头发，愣了一会儿才朝孟颐走过去。

其实孟承丙说得没错，洛抒和孟颐的关系确实越来越生疏了，洛抒不像以前那样了，看到孟颐第一时间跑过去叫哥哥，这几年甚至害怕靠近孟颐。

在孟承丙的招呼下，洛抒也只是小声地喊了句："哥哥。"她便没有别的什么话了。

孟颐对她也很冷淡，只嗯了一声，没有说别的话。

倒是一旁的科灵同洛抒打了声招呼，笑着说："洛抒，这是给你带的礼物。"然后将一个包装精美的礼物袋递给洛抒。

孟承丙很满意科灵的做法，笑着同洛抒说："你看这样多好啊，哥哥姐姐一起疼你，洛抒可是这个家里最幸福的人。"

虽然孟家表面看上去跟往年一样平静，可洛抒知道今年的气氛其实是很不一样的，只有孟承丙似乎什么也不知道。

洛抒伸手从科灵的手上接过礼物，笑着说了句："谢谢科灵姐姐。"

科灵也笑着回道："不用谢。"接着她又把其余礼物送给孟承丙和洛禾阳，说："爸，妈，这是给你们的礼物。"

洛禾阳笑着说："一家人，不用这么客气。"

不过夫妻俩还是欣然地接受了礼物。

洛抒拿着礼物，也不知道该做什么，便对孟承丙说："爸爸，我去楼上了。"

孟承丙说了句："你去吧，快要吃午饭了，一会儿记得下来。"

洛抒说："好的。"然后便拿着科灵送的礼物上了楼。

孟承丙和孟颐、科灵继续他们的谈话。

到了午饭的时间，洛抒下来吃完饭，又很快上楼去了。

大家都当她是小孩儿，也没怎么在意，而且今年的主角本来就不是她。

洛抒始终待在自己的房间里，同付园用语音聊着天，也不知道外面是什么情况。

第二天早上，洛抒醒得很早，可能是昨天睡得早的缘故，醒来就感觉饿了，便决定去楼下找点儿吃的。

因为时间还早，洛抒以为家里肯定就她一个人起床了，下楼时穿得很随意，走进餐厅，看到餐桌旁边坐着的人，顿时停住脚步。

坐在餐桌边的人穿着睡衣，正在看报纸，听到脚步声，也抬头看向她。

洛抒走过去，喊道："哥哥。"

孟颐嗯了一声，没再说话。

洛抒低着头，感觉越来越尴尬，心想早知道就不下来了，没想到他起得更早。两个人都在等早餐。

保姆终于把早餐端了上来，没想到洛抒也起床了，有些意外地问道："洛抒，你也起这么早？"

洛抒同保姆说："是，我饿了。"

保姆只做了孟颐的早餐，听到洛抒的回答，把盘子里的咖啡跟三明治放在桌上，正想说重新去给洛抒做早餐，就见孟颐只端起了咖啡，便试探性地问道："那我把三明治给洛抒吧？"

孟颐只嗯了一声，示意保姆把三明治给洛抒。

保姆把孟颐的三明治递给洛抒，笑着说："这是哥哥的早餐，你先吃吧。"然后去给洛抒倒牛奶。

洛抒看了一眼碟子上的三明治，同孟颐说了句："谢谢哥哥。"

孟颐依旧翻着报纸，甚至没有抬头看洛抒一眼，语气淡淡地回道："不用谢。"

两个人之间连以前的那点儿熟悉感都没了，洛抒想到这里，顿时觉得拿在手里的三明治也不香了。之后两个人都没再说过一句话。

洛抒只听见翻报纸的声音，快速地吃完三明治、喝完牛奶，便对孟颐说："哥哥，我吃好了，谢谢你的三明治。"

孟颐只惜字如金地嗯了一声，脸上的表情没有多大变化。

洛抒上楼之后继续趴在床上，思考起他和孟颐之间的关系。

以前他们同在 G 市，孟颐不得不照顾洛抒，如今他有科灵姐姐了，以后也会有自己的家庭，对她自然是连多余的话都不用说的。他们之间的熟悉感，也在这半年多里迅速消失。

就像许小结说的那样，哥哥的爱是要分给他的伴侣和他以后的家庭的。

洛抒只愿在这个家里少见到孟颐，但事与愿违，因为孟颐和科灵为了陪孟承丙，得在这边住上几天。

很快就到了三十这一天。

很奇怪，这天 B 市竟然迎来了一场大雪。洛抒对雪有着莫名的喜欢，听说外面下雪了，第一次主动出门。

洛抒用手抓了个雪球，调皮地拿着雪球朝着在院子里挂红灯笼的乔叔砸去。乔叔被砸了一脸雪，看到是洛抒，道："洛抒！你居然扔我一身雪！"说话间也不挂灯笼了，追过来就要抓她。

可乔叔哪里是洛抒的对手？他的手脚肯定没有洛抒的轻盈灵活。

洛抒一边跑着，一边回头朝乔叔挑衅道："乔叔，你来抓我呀，来呀！"

她又抓了一团雪，准备继续砸乔叔，可谁知一回头，整个人撞在了孟颐的怀里，手上的雪球在他的胸前一压也变得稀碎。

洛抒的脸正好撞在他的胸口上，此刻已被碎雪覆盖。

孟颐也没料到会发生这种事情，身子不稳地往后退了一步。

一旁跟着他的保姆盯着孟颐的衣服和洛抒的脸，吃惊地喊了一句："天啊！"

脸上满是雪花的洛抒紧闭着双眼，还不知道自己撞到的人是谁，片刻后用手把脸上的雪扫掉，勉强睁开眼，这才看到站在她面前的人是孟颐，吓得立马往后跳，惊慌失措地喊了句："哥哥。"

孟颐看了一眼惊慌的洛抒，又看向自己沾了雪的衣服。

洛抒立马低头说了句："哥哥，对不起。"

孟颐没有说话。

保姆说了句："您要换件衣服吗？"

他说了句："没事。"接着便走下台阶。

保姆立马替他撑了伞，跟在他的身后送他上车。

洛抒擦了擦脸，很快也进了房间。

孟颐晚上回来时，科灵一边帮他脱着外套一边问："外面冷不冷？"

孟颐同科灵说："还好。你吃晚餐了吗？"

科灵笑着说："快开饭了。"

两个人朝客厅走来，看到洛抒盘腿坐在沙发上吃零食，便上楼去处理事情了。

洛抒的视线继续落在电视上，她在楼下等着吃晚饭，顺便用手机跟付园聊天儿。

开饭的时候，秘书下楼离开了，孟颐和科灵也准备下楼，孟承丙跟洛抒在桌边坐着，洛禾阳在厨房忙。

孟承丙见洛抒饭前还吃了许多零食，同她说："吃这么多，等下又吃不下饭了。"

洛抒问孟承丙："爸爸，我胖了吗？"

孟承丙认真地看了她几眼，说："不胖，不胖，我家洛抒哪里胖了？"

洛抒露出明媚的笑容，说道："爸爸，我现在在增肥，您不知道吗？"

孟承丙轻轻地拍了一下她的脑袋，取笑她说道："吃吧吃吧，但千万不要增得像爸爸这样。"

孟承丙现在对事业没什么野心，一心只想享受天伦之乐，把集团的事情都交给孟颐操持，所以很空闲地坐在那儿同洛抒聊天儿，话语间全是浓浓的宠溺。

洛抒也很会讨孟承丙的喜欢，同他愉快地聊天儿，这会儿看到孟颐和科灵从楼上下来，本来还在畅所欲言，瞬间安静下来。

孟承丙朝他们看去，笑着说："事情忙完了？"

孟颐在餐桌边坐下，说："嗯，差不多。"

科灵也随着孟颐坐下。

孟承丙又笑着同洛抒说："洛抒读大二了？"

洛抒说："是的，爸爸。"

孟承丙说："听说你还兼职了？"

洛抒同孟承丙说："爸爸，我这是在锻炼自己。"

保姆开始上菜，孟颐和科灵都在一旁听着。

孟承丙却不认同洛抒的说法，说道："女孩子兼职干什么？家里又不缺你那点儿钱。爸爸现在虽然不管事了，但你要是缺钱，找爸爸或者哥哥都可以。"

洛抒甜甜地笑着，说："爸爸，我知道。"

孟承丙又对孟颐说："孟颐，你今年可还没给洛抒新年红包呢。"

孟颐还没开口，一旁的科灵抢先说道："早就准备好了。"一边说着一边拿出一个新年红包递给洛抒。

洛抒迟疑了一下，接过红包，礼貌地说了句："谢谢哥哥和科灵姐姐。"接着又搂着孟承丙的手臂，亲昵地说了句："当然，更谢谢爸爸！"

孟承丙被洛抒哄得喜笑颜开，科灵和孟颐都在一旁安静地看着，洛禾阳这个时候也从厨房出来。

洛禾阳在孟承丙的身边坐下，说道："承丙，洛抒读大二了，但是她对学的专业不是很满意。"

洛抒正要拿筷子去夹菜，听到洛禾阳这句话，停下手上的动作，朝洛禾阳看去。

孟承丙没听出洛禾阳的意思，问道："怎么了？洛抒想换专业？"

孟颐不动声色地坐在一旁，科灵也没有说话。

洛禾阳继续说："洛抒的专业不太好就业，我也怕她在外面受委屈，想着还是换专业比较合适，或者让她跟着哥哥在家里的公司谋个小职位。承丙，你觉得呢？"

孟承丙说："这怎么行？"

洛抒知道，该来的还是来了。

洛禾阳说："我不是让她不上学，而是建议她换个专业。她在家里的公司实习也是可以的，反正毕业后也要找工作，在自家的公司还能学到更多东西。"

孟承丙倒是没觉得洛禾阳说的话有什么问题，但想到一直以来洛抒的学业都是孟颐在管的，便扭头问孟颐："孟颐，妹妹换专业还来得及吗？"

孟颐说："她换专业是没问题的，不过我觉得没必要换。"

孟承丙问："怎么说？"

孟颐说："如果她换专业，从大一开始读不现实，耽误的时间太久了，要是从大二、大三开始学习的话，我不认为她能够跟上进度，而且那所学校对她来说压力本来就大，这种选择对她并没有任何好处。"

洛禾阳在一旁说："洛抒其实只要拿个文凭就行了，进家里的公司学习还能为以后铺路，也好过去做工资又低又辛苦的翻译。"

孟颐直接问道："洛姨，这是您给她做的决定？"

洛禾阳说："我是为洛抒考虑的。"

桌上的气氛一瞬间冷了下来，大家都没有接话。

孟颐看向洛抒，问道："你是怎么想的？"

所有视线都落在洛抒的身上，孟颐看向洛抒的眼神却平静得很。

洛抒在桌下握紧双手，想了许多许多。洛禾阳的话，洛抒的未来，洛抒的想法，这几种念头在洛抒的脑中反复跳跃。

洛禾阳落在洛抒身上的眼神从期待变成焦灼，她皱眉说："洛抒，你说话啊，问你话呢。"

孟承丙同洛禾阳说："你别这么急，让洛抒自己想。"

洛抒再次握紧了手，却始终没有给出一个答案。

孟颐坐在一旁，冷静地说道："你好好想想。"

洛禾阳继续说："洛抒，你开口说话。"

洛抒想了很久，终于抬头对孟承丙说："爸爸，我其实都可以的……"

洛禾阳却不满意洛抒这样的回答，皱眉说："洛抒，你要确定地回答。"

孟承丙好像觉得事情有些不妥，同洛禾阳说："禾阳，女孩子还是轻松点儿比较好，没必要这么累。"

科灵也在一旁适时说了句："妈，其实女孩子轻轻松松享受大学生活挺好的，而且爸爸很疼洛抒，她没必要这么辛苦的。"

孟承丙也说："嗯，洛抒如果换专业，什么都要从头开始。而且我看她好像还算喜欢这个专业，就别换了。等她以后毕业了，要是想去孟氏工作，可以直接去翻译部。"

洛抒知道洛禾阳一直在盯着自己，却没再说话。

过了一会儿，洛禾阳笑着说："我当然也尊重她的选择。"接着又转移话题，对孟颐说："孟颐，你们打算明年什么时候结婚？虽然你们才订婚没多久，不过我觉得时间还是紧凑点儿比较好。科灵现在是生孩子的最佳年纪，错过这个年纪，以后生宝宝可就要辛苦一些了。"

孟承丙似乎也这样认为，笑着说："禾阳说得没错。孟颐，不如你和科灵明年把婚结了，再计划把孩子生了，我们俩也好抱孙子。"

孟颐说："时机成熟了我们自然会结婚，目前我刚接手家里的一切……"话未说完，就转头看向洛禾阳，眼眸里带着一丝笑意，说道："洛姨，您不用操心太多，我们有喜讯一定第一个告诉您。"

孟承丙大笑着说："好，我把事情交给你啊，就能放心地跟你洛姨过我们俩的日子。"然后一脸甜蜜地看向洛禾阳，说道："你以前不是说想去旅游吗？不如我们去环游世界吧。"

科灵很是羡慕地说："现在流行环游世界。爸妈正好趁这个时候放松下，我可以帮您和妈妈制订旅游计划。"

科灵的一番话巧妙地将话题转移了。

孟承丙对科灵的话非常感兴趣，说："是吗？正好你帮我们计划计划，好将这件事情提上日程。"

科灵笑着说："好，我会在这几天给您的。"

洛禾阳一言不发，看向孟颐。

孟颐靠在椅子上，目光一直落在桌上，不知道在想什么，像是在听孟承丙和科灵谈旅行计划，又像是在想别的。

洛禾阳的算盘就这样落空了。

那边的孟承丙还在和科灵谈旅行计划，并没有发现洛禾阳的变化，也没有注意到洛禾阳从头到尾没搭过任何一句话。

所有话题随着这顿饭的结束而结束，气氛又恢复了之前的平和，好像之前的波涛汹涌从未有过。

科灵陪着孟承丙坐在沙发上看电视，而洛禾阳上了楼。

洛抒早早就回房间了，虽然暂时松了一口气，但很清楚这件事情没有结束，见到洛禾阳进来，便喊了一句："妈妈。"

洛禾阳没有说话。

洛抒先说道："也许还有别的办法。"

虽然洛禾阳对洛抒之前不明确的回答有点儿成见，但也很清楚孟承丙的想法。

孟承丙一直都循规蹈矩，如果洛抒毕业了，他肯定就答应了，问题在于洛抒现在才大二，所以他没有答应也是正常的。

洛禾阳脸色凝重地说："我会再想办法的，你这次晚些回学校。"

"妈妈，"洛抒说，"我们快开学了，我没请假。"

洛禾阳说："你提前跟老师请。"

见洛抒还想说什么，洛禾阳又说："你别以为我不知道你刚才的态度，你就是在摇摆不定。"

洛禾阳对洛抒刚才在饭桌上的态度很是恼火，不过也不打算再说什么了，想了想，说："你休息吧。"然后走出洛抒的房间。

第二天早餐过后，洛禾阳又同孟承丙说："要不让洛抒转回 B 市读书吧？她一个人在 G 市我也挺不放心的，她就是想锻炼自己，也没必要去咖啡馆打工，晚上去孟氏帮帮忙也可以。"

洛抒从楼上下来，正好听到洛禾阳如此说。

孟承丙想了一会儿，说："禾阳，你暂时还是让洛抒安安稳稳地上完学吧，没必要这么急，她才多大啊？"

洛禾阳说："我还不是想让她跟那付园断了吗？"

洛禾阳在用这件事情当借口。

孟承丙说："孩子的事情，你不要插手，你啊，别操心这么多了。"

孟承丙始终对这件事情不太认同。洛抒站在那里听两个人聊了一会儿，最终还是没有下去，转身想回自己的房间，却看到书房里亮着灯，便朝书房的门缝看过去，不知孟颐是何时进的书房，也不知道他是否看到了自己刚才在偷听。

洛禾阳那几天打的主意很明显，除了孟承丙当她真是担心洛抒才会频频要求洛抒换专业、转学，其他人都心知肚明。

孟颐和科灵对洛禾阳的心思都是冷眼看着，似乎完全不在意洛禾阳的心思和做法。

洛禾阳现在已经慌到没路可走的地步。孟承丙虽然糊涂，但在这种大事上一点儿都不糊涂，之所以这么多年没看穿洛禾阳的面目，不过是被爱情这两个字蒙了眼，从未想过这个整日和他同床共枕、给他温暖爱意的妻子会对他存有别的心思。

让洛抒转学终归是一件需要慎重考虑的事情，不可能随便说说就行动，而且洛抒的事情确实都是孟颐在处理，孟承丙多少还是会听取孟颐的意见。

洛禾阳提了几次，见孟承丙没答应，也就没再提过了。

那几天洛抒真的很害怕洛禾阳将孟承丙说动，好在时间一天一天过去，离开学的日子也近了，这件事情久久没有消息，她的心才彻底地落了地。

在家里住了许多天的孟颐，在洛抒开学之前，自然还得带着科灵回一趟她家，打算在科灵家过元宵节。

他们走的那天，洛抒没有下楼，在楼上的窗户口看着科灵和孟颐跟孟承丙辞行。

当孟颐带着科灵上车时，洛抒立马将目光从窗户口挪开，没多久就听到了楼下响起车子发动的声音，想来他们已经离去。

大家常说一个人成家之后会越来越忙，原来是真的。就像孟颐，连过年都要两家奔波。

孟颐他们走后没几天，洛抒也要去学校了。

家里的保姆们像往常一样，替洛抒收拾好东西。

洛抒和洛禾阳都站在客厅看着保姆们收拾东西。片刻后，洛抒小声地说道："妈妈，我得去学校了。"

此时此刻，洛禾阳还能说什么？难道真把洛抒束缚在家里吗？这时的洛禾阳才发现一个惊人的事实：她作为亲生母亲，在洛抒转学这件事情上已经没有发言权了。洛抒转学的决定权是握在孟颐的手中的。当初是他帮洛抒办的入学，现在自然有权决定是否让洛抒转学。

洛禾阳意识到这些后，皱了皱眉，说："你去吧。"

其实洛抒回到家这么久，发现家里的情况好像没有洛禾阳之前说的那么严重，只有那天在餐桌上有点儿不和谐。她觉得多半是洛禾阳想太多了，便同洛禾阳说："妈妈，我会经常回来的。"

洛禾阳问了句："你经常回来有什么用？"

这句话倒是把洛抒问住了。

她回来确实没有多少用处，现在不像以前了，她在中间起不到任何作用，也帮不了什么。

洛抒想着自己马上就要走了，也就不同她争执，继续说道："我会经常打电话回来的。"

洛禾阳这段时间心情很糟糕，有些烦躁地说："你去吧。"

母女俩没再多说什么，倒是孟承丙从楼上下来，叮嘱洛抒说："洛抒，你的东西可都要带齐了，家里的阿姨可能没那么仔细，你自己要检查一遍。"

洛抒说了句："好的，爸爸。"说完便从洛禾阳的身边离开，朝楼上走去，去检查自己的东西。

本来洛抒还可以在家待一个小时的，但看到行李都已经收拾好了，就提早拿着行李上了车，为了让自己显得不是那么急切地想离开，还跟孟承丙和洛禾阳好好道了别。

孟承丙让洛抒在那边好好学习，洛抒一边上车一边答应着，之后车子便带着她离开了这里。

洛抒归心似箭，暗叹这一次回家过年有惊无险，虽然还是有些担心洛禾阳，但想来应该不会有什么问题。

之后，洛抒几乎没再回去过，基本都在这边待着，很少和孟家联系，也没有见过孟颐，自然不知道孟家的情况。

洛抒和付园的感情还是很好，生活一如既往地充实。

洛抒想，如果让她跟付园这样过下去，她也是愿意的。

大三的寒假，洛抒没有回家过年，只是同孟承丙打了电话，说自己今年很忙，抽不出时间回家。

孟承丙自然不肯同意，认为无论如何春节是一定要回家团圆的，劝说很久也没说动洛抒，便不再强求了。

洛抒觉得孟承丙这个继父是比亲爸还要称职的，心里对他存着感激。

洛禾阳对洛抒不回来过年这件事情似乎有怨气，说了句"随便你"，便没再同她说什么。

洛抒同付园一起留在 G 市过年，因为身边的很多朋友也没回去过年，大家聚在一起倒是挺热闹的。

洛抒跟付园的感情进入了稳定期。快到暑假时，付园主动向洛抒提出："你要不要去我家？"

洛抒还没想过这个问题。

付园继续说："我带你去见我的父母。"

两个人也谈了这么久，洛抒觉得好像也该见付园的父母了，思考了一会儿就同意了。

于是，洛抒跟着付园回了他们家，正式拜访他的父母。

洛抒知道付园家是农村的，觉得没什么，跟着他回去的那天还询问了萨萨很多事情，买了许多东西。两个人坐了一天一夜的火车，终于到了付园家所在的城市。

他家住村里，他们还要转车去乡下，到达付园家时已经很晚了。

付园牵着提着东西的洛抒，大老远便喊道："爸，妈。"

红瓦砖的房子里走出两个人，一个中年男人和一个中年女人，应该是付园的爸妈。妇人一见付园回来了，连走带跑地过来了，接过付园手上的东西，说："终于回来了啊！路上累不累？火车上挤不挤？"

她看到付园满脸都是汗，便伸手替他擦着汗，满是心疼地说："回来一趟真是辛苦。"一边说一边把重的东西给了后面的中年男人。

付园一手拉着他的母亲，一手朝着那个男人打招呼，高兴地喊了句："爸！"

那男人操着乡音也应了句。

可能付园没和父母说要带洛抒回来的事情，两个人都没注意到一旁的洛抒，兴奋过后，才看到付园的身边还站着一位脸上带笑、看上去很是拘谨的女生。

付园赶紧将洛抒拉到身边，同爸妈介绍说："爸妈，这是洛抒，我的女朋友。"

洛抒立马甜甜地喊着："叔叔，阿姨，你们好。"

妇人知道洛抒的身份后，盯着她看了一会儿，才笑着说："走，一起进去。"

洛抒觉得付园的父母好像还挺好的，便提着东西随他们一起进去。

付园的父母勤快得很，也特别宠爱付园，让他们进来后，赶紧端茶倒水给付园喝，顺带也给了洛抒一杯水。洛抒第一次到付园家来，不知道该说什么，一时拘谨得很。当然，他们也没怎么注意洛抒，只是用方言叽里呱啦地说着。这边的方言其实不难懂，洛抒可以听懂一些，此时就端着茶杯安静地在一旁坐着。

之后付园的母亲张罗着吃饭的事情，还对洛抒说："洛抒，快来吃饭啊。"

洛抒忙放下杯子起身，说："好的，阿姨。"

几人坐下后，他们一家仍在说着话。付园的母亲偶尔会问几句洛抒家里的情况。洛抒也尽量让自己回答得得体。

付园太久没回家了，十分想念家里的饭菜，吃了很多，其间他的父母不断地给他夹菜。

反倒洛抒吃得很少，可能也是不太习惯他们家的口味。吃完这顿饭，大家都放下筷子，继续在那儿聊着天儿，洛抒也在一旁听着。

付园的母亲忽然对洛抒笑着说了句："洛抒，去洗碗啊。"

洛抒闻言，一时愣在原地。

付园的母亲以为她没听清楚，又说了一遍："你去收拾桌子、洗碗啊。"

付园在一旁端着杯子喝着茶，看向洛抒。

洛抒反应过来，忙说："哦，好的，阿姨。"然后起身开始收拾饭桌。

见付园想要帮忙，付园的母亲赶紧拉着他说："你坐下，你一个男人做什么家务活儿？我好久没见到你了，你去年过年都没回家，快陪我们聊聊。"

付园见洛抒动作迅速地收拾着碗筷，想了想便也作罢。

洛抒洗完碗收拾好，才从灶房走出来，对付园的父母说："叔叔，阿姨，我洗好了。"

他们一家人也聊得差不多了，付园的母亲从木椅上起身，朝着灶房走去，还检查了一遍，看上去不太满意的样子。

洛抒有些紧张地在一旁看着。

付园的母亲只说："走吧，我带你去房间。"

洛抒说了句："谢谢阿姨。"

付园也立马跟了进来，看了洛抒一眼，不方便同她说什么。

付园的妈妈带着洛抒去了房间，跟她说了家里的大概构造，告诉她洗手间怎么走，交代完便同付园说："你也累了，快去洗澡休息。"

付园说："哦，我跟洛抒说几句话。"

付园的母亲看了付园一眼，便转身出了房间。

付园对洛抒说："洛抒，你别在意，我妈他们对儿媳妇这方面就这些要求。你按照他们说的做就行了，反正我们也待不了多久。"

洛抒说："我知道的。"

付园放下心来，见时间真的不早了，又说："你早点儿休息，有什么事叫我。"

洛抒说："好。"

付园帮她把东西放好才离开。

付园离开后，洛抒坐在床边四处看着。

床是那种老式木制的，涂着黑黢黢的漆，看着很旧，甚至还有些摇晃。毕竟农村跟城里不同，洛抒并不在意这些，对于今晚和付园的父母初次见面的情景也没想那么多。

这里的天气很热，屋里只有一个特别小的电风扇，洛抒洗完澡后依然觉得有些热。

付园又过来了一趟，把他的大电风扇换给了她，说："你吹这个大电风扇，我吹小的。"

洛抒说："你不热吗？"

付园说："你先吹着。"很快又拿着那个小电风扇离开。

洛抒终于感觉到凉爽了，躺在床上还算舒服地睡着了。

第二天早上，洛抒是被付园的母亲的敲门声吵醒的。她一直有睡懒觉的习惯，不管是在家里还是在学校。她正睡得糊涂时，又听到外面传来敲门声，便从床上爬了起来去开门，待看清站在门口的人是付园的母亲时，瞬间就清醒了，赶紧说道："阿姨，早上好。"

付园的母亲笑着同她说："你醒了？快换衣服来厨房。"说完便离开了。

洛抒一时愣住了，看了一眼时间，发现现在才六点，但很快就反应过来，换了衣服来到厨房。

付园的母亲看到洛抒过来，就让她下面条儿做早餐。

见洛抒彻底愣住了，付园的母亲问道："你不会？"

洛抒虽然会做面条儿，但已经好多年没做过了，听到付园的母亲这么问，便急忙说道："没……没有，我会。"然后硬着头皮去了灶台边，手忙脚乱地开始煮面条儿。

付园的母亲只坐在灶台下，瞧着洛抒不太娴熟的动作，问道："你在家不常做家务吧？"

洛抒本来想说家务都是保姆做的，又觉得这样好像有点儿摆架子，便说道："家务都是我妈做。"

付园的母亲闻言明显有些不悦，说："我们这边的女孩子十岁就要做家务了，结婚后要给丈夫做早饭，这是规矩。等会儿还有付园的衣服要洗，你吃完早饭去洗了。"

洛抒愣了片刻，说："好的，阿姨。"

付园起得晚，出来时见洛抒已经坐在桌边，笑着问："洛抒，你今天怎么起得这么早？"

洛抒没说话，只是看着桌上的面。

付园不知道什么情况，以为洛抒也是刚刚起床，洗漱之后拿起筷子开始吃桌上的面，只是才吃一口就皱了皱眉。

付园的母亲问："味道怎么样？"

付园觉得味道不太对，说："好像有点儿咸了。"

付园的母亲笑着说："咸就对了，面条儿是洛抒做的。你看洛抒连面条儿都不会做，以后你们结婚可怎么办？"

付园面色一僵，没想到面条儿是洛抒做的。

洛抒小声地同付园的母亲说："我下次会少放盐的，阿姨。"

付园的母亲嗯了一声："我会慢慢教你的，你不会做没关系，慢慢学就行了。"

付园看了一眼洛抒的脸色，赶紧笑着说："没事，咸一点儿就咸一点儿，也可以吃啊。"

然后他继续大口吃着面。

付园的父亲有农活儿要干，一早吃完饭便出去了。

洛抒吃完饭，又端着一大家子的衣服去洗。

付园看到洛抒去洗衣服，又看到母亲在旁边打水，一时有些被吓到，赶紧走过去同母亲说："妈，我来吧。"

付园的母亲直接将他推开，说："你走开，以后你要是去外头上班了，家里的活儿也得你干吗？女人不就是做这些事情的吗？我又没多累，你去旁边歇着。"

付园看向洛抒，因为母亲阻止，所以只能在一旁看着。

洛抒没有看他，只是在付园的母亲吩咐下，手洗着衣服。

洛抒别说是去村子里逛，连出家门的机会都没有，整整一天都被付园的母亲支使着做这做那，到晚上的时候已经疲惫不堪，根本不想跟付园说一句话。

第二天洛抒干的还是这些活儿。

付园在他的母亲不在的时候会帮一帮洛抒。可乡下的活儿太多了，他能够帮到的也就一点点。

洛抒吃完饭要洗碗，洗完碗得洗衣服，洗完衣服得继续做其他家务，没有时间可以休息。到了第四天，洛抒终于受不了，晚上吃完饭没有洗碗，因为她的手已经磨得起了水疱，便同付园的母亲说："阿姨，我今天可以不洗碗吗？"

付园的母亲问："为什么？"

这时付园的家里来客人了，这些客人都是来串门的邻居，到这里看付园的女朋友。

付园的母亲直接支使洛抒，说："你先把碗洗了，洗干净点儿。"然后便去招呼那些邻居了。

见洛抒在收拾桌子，那些邻居同付园的母亲夸奖道："付园的女朋友真是勤快呢。"

付园的母亲捂嘴笑着说："哪里哪里。"

洛抒端着碗去了灶房，强忍着手上的痛洗了碗，之后回自己的房间歇了一会儿，片刻后又起身出去，看到来串门的邻居们已经走了。

付园的母亲用方言同付园说："付园，这女孩子你哪儿找的？她什么活儿都不会干，还这么懒，你找她干吗啊？当菩萨供着吗？"

付园回道："妈，她是城里的姑娘，所以有点儿娇气。"

付园的父亲也附和道："我看她是中看不中用。"

付园的母亲继续说："她还一点儿礼貌都不懂。你瞧见了吗？刚才你四叔、四婶婶他们来看她，她连招呼都不打，耷拉着一张脸去灶房洗碗，搞得四婶婶他们对她的印象很不好。"

付园说："哎呀，你们的想法跟我们不一样，你不要想太多，我回头跟她说说。"

洛抒听到这里没再听下去，转身回了房间。

付园可能是和家人聊完才来了洛抒这里，问道："这几天是不是很累啊，洛抒？"

洛抒坐在床边说："还好。"

付园同她坐在一起，搂着她说："我知道你辛苦，乡下就是这样，你再忍段时间好不好？"

洛抒看向付园，略带怒气地问道："要忍多久？"

付园感觉洛抒的语气有变化，脸上的笑容也消失了，说："你生气了？"

洛抒说："我只是觉得很累。"

她是真的觉得很累，现在双手火辣辣地疼，甚至能感觉到洗洁精、油盐都覆在她的伤口上。

付园说："我知道你累，可是洛抒，你连这些都不愿意为我忍吗？我知道你家里很有钱，也知道你从来没做过这样的事情。可是你现在跟我在一起了，难道不应该承担这些吗？就连在我妈面前演几天戏都不行吗？"

这是付园第一次同她说这样的话，也是他第一次这么大声地同她说话。

洛抒看着付园说："我不是不愿意，而是确实很累。"

付园说："累是应该的，我妈就是这样累过来的，我已经尽量在帮你了。"

洛抒看到他那张有些生气的脸，沉默了一会儿，说："我知道了，这几天会尽力的。"

付园说："洛抒，难道你想让我妈伺候我们吗？"

洛抒看向他，直接从床边站了起来，说："我没有！我真的只是觉得累，没有别的想法。"

付园平复了情绪，说："好吧，我也没怪你什么。你忍过这段时间吧，等暑假过完就可以走了。"说完便转身走了，留下洛抒独自在屋里。

洛抒不知道该如何表达自己的情绪，想哭又哭不出来。这是她跟付园在一起这么久以来发生的第一个矛盾，她不知道该如何处理，虽然努力从心底压下那些不好的情绪，但在这个完全陌生的地方还是无法排解郁闷，就趴在床上大哭起来，一晚上几乎没睡。

第二天一早，付园就过来道歉，说道："洛抒，对不起，我昨晚说的话太重了。"

洛抒的愤怒也在昨晚大哭一场后消失了。

付园说的话不是没有道理，农村就是这样，老一辈的人挑媳妇讲究的就是这些，他们不要求你好看，但要求你一定得勤快能干。

洛抒意识到自己也确实不应该摆脸色，所以在听到付园的道歉时，说："我也有错，付园，我会努力让你的父母喜欢我的。"

付园看向她，说："你不生气了？"

洛抒说："我昨天真的只是有点儿累，真的没有别的。"

付园抱着洛抒，笑着说："行了行了，今天家里的碗我都替你洗，我们不要不开心了。"

两个小年轻都是脾气来得快去得也快，洛抒被他逗笑了，两个人和好如初。

洛抒不想让付园为难，所以从那天起，每件事情都听从付园的母亲的安排，没再和付园发生过什么不愉快的事情，虽然每天都很累，但想着过完这个暑假回学校就好了。

好在这个暑假虽然过得艰难，但洛抒总算是坚持下来了。

暑假过后，两个人又坐火车回了学校。付园的父母对洛抒的态度也有了一点儿改观，这是洛抒觉得还算欣慰的事情。

孟承丙知道洛抒这个暑假去了付园家，便在她回学校后打电话过来，问她感觉怎么样。

洛抒觉得虽然刚去他家时过得艰难，可是后面看到付园的父母对她的改观，心里还是挺开心的，就跟孟承丙说："还挺好的。"

孟承丙也替她开心，见洛抒和付园的关系一直处得挺好，说道："爸爸这就放心了，男孩儿家里穷点儿没事，你不是还有哥哥和爸爸吗？"

洛抒知道孟承丙不在乎付园的家境，在电话里笑着说："谢谢爸爸，我们两个人也会努力的。"

孟承丙很是欣慰，见洛抒跟付园在一起过得很快乐，他的心也就放下来了。

大四上半学期开始了，前两个月洛抒和付园的感情还很好，可到第三个月的时候，付园忽然开始变得很忙。那段时间他总是说忙，甚至连兼职都没办法顾及，甚至还请了好几次假。

萨萨明显感觉洛抒跟付园在一起的时间减少了很多，就以为洛抒和付园的感情出现问题了，问她怎么回事。

洛抒对萨萨说："他这段时间挺忙的，听说天天满课。"

萨萨吃着零食，说："啊？他这么忙？可是我男朋友挺闲的啊。"

因为萨萨的男朋友和付园同班，洛抒看着萨萨问道："是吗？"

萨萨说："真的，不过付园的成绩比我男朋友好啦，自然会忙点儿。"

洛抒继续翻着书，萨萨似乎又想到什么，继续说："我听说付园最近进了他们导师的实验室，那个实验室我男朋友都进不去。"

洛抒对这件事情一无所知，又问道："是吗？"

萨萨问："他没跟你说？"

"他确实没跟我说。"

"我们今天晚上过去参观参观怎么样？"萨萨对物理系的实验室充满了兴趣。

洛抒拒绝道："我晚上得兼职。"

萨萨挽着洛抒的手臂说："没关系嘛，正好我们一起吃个晚饭，你再去咖啡馆。"

洛抒想着这样也行，下午上完课就和萨萨一起去付园在的实验室。非该专业的学生自然进不去实验室，两个人便在门口等着，正当萨萨催着洛抒给付园打电话的时候，看到付园跟他的同学一起出来了。

付园看到洛抒和萨萨在门口，有些意外地说道："你们怎么在这里？"

洛抒说："萨萨要来，说让你带我们参观实验室。"

洛抒刚说完这句话，就看到里头出来一个跟付园穿一样的白色长袍的女生。

付园匆匆地看了那个女生一眼。

那个女生也看了付园一眼，接着看向洛抒和萨萨。

付园同那女生说："这位是我朋友，这位是我女朋友。"然后又同洛抒介绍对方："洛抒，这是我学姐，实验室带我们几个的前辈。"

学姐同她们两个人打了招呼就走了。

付园走过来搂着洛抒问："晚上吃什么？"

洛抒问："你什么时候进你们导师的实验室了？"

付园说："考进来的。"

萨萨在一旁说："原来你都没跟洛抒说，搞得洛抒今天一头雾水。"

付园说："我本来是想给你一个惊喜的。"

萨萨非嚷嚷着要付园请客，说他进了导师的实验室是一件非常了不起的事情。

付园便带着她们去餐厅吃饭，吃完饭也没时间再去咖啡馆兼职，就想着直接回实验室，让洛抒帮他请假。

付园这一个月的工资都快被扣光了，但洛抒想到付园进实验室挺忙的，还是答应帮他请假。

之后几天付园都是这个状态，很少跟洛抒见面，偶尔打电话也是说自己忙到吃午饭的时间都没有。

洛抒那几天也忙，最近空下来之后才发现他们很久没一起吃饭了，就在中午给付园打电话，问他中午要不要一起吃饭。

付园在电话里同她说："我现在在实验室，不知道什么时候能吃饭，你先吃吧，别等我。"

洛抒嗯了一声，然后挂断电话就去了食堂，吃完饭看时间还早，又给付园打包了一份饭。她刚到实验室门口，正想找认识的人帮忙把饭给付园送进去，就看到付园和一个女生从里面出来。付园身边的女生就是洛抒那天见的那个学姐。

付园也看到了洛抒，唤了句："洛抒？"然后看向她手上提着的饭。

洛抒说："我来给你送饭。"

付园看向身后的学姐，那学姐主动对付园说了句："那我就先去吃饭了。"

付园说："好的。"

学姐也朝洛抒笑了笑。

洛抒朝她打了声招呼，然后将打包的东西递给付园，说："给你买的你爱吃的菜。"

付园接过饭，很是体贴地说："你也这么忙，以后别专门给我送了，太麻烦了，我不想你累着。"

洛抒完全没觉得有什么，笑着说："没事啊，你这么努力，我肯定也要好好体贴一下你。"

付园笑着说："我知道了，你快回去吧，我看我今天能不能早点儿下课。"

洛抒点头说："那我先走了。"

两个人分别后，洛抒准备回去上下午的课，在离实验楼没多远的地方，看到付园那个学姐正站在一棵硕大的铁树旁拿手机给谁发着短信。

洛抒喊了句："学姐。"

那个女生听到有人喊她，立马将手机一收，见对方是洛抒，又笑着打了声招呼："学妹。"

洛抒跟她不熟，只有过两面之缘，没说太多话就离开了这个地方。

那天晚上付园很晚才回来，洛抒早早地就睡下了。

之后依旧是这样的状况，付园越来越忙，还跟洛抒说想辞掉咖啡馆的兼职，打算专心待在实验室。

洛抒想着他们实验室的竞争这么大，也觉得他现在专注点儿会比较好，便同意了他这么做。

付园搂着她，很开心地说："我的导师和几家科技大公司的老板特别熟，以后如果他写推荐信，我不愁没地方去，到时候我有了经济能力，我们就结婚。"

洛抒笑着说："嗯，那你可得加油努力。"

付园自信地说："你放心吧，我肯定会的。"

付园辞了咖啡馆的兼职后，两个人相处的时间更少了，白天都是电话联系，晚上也很少在一起吃饭。洛抒就有了更多的时间跟萨萨她们相处。

晚上她约了邓婕跟萨萨一起吃饭。吃饭的时候，萨萨想到什么，问："哎，又是好久没见你家付园了，他晚上都不吃饭的吗？"

洛抒说："他现在辞了兼职，每天都在实验室里。"

邓婕说："听说他的导师很厉害。"

萨萨说："还好我男朋友没进去，不然我也得跟洛抒一样，整天孤家寡人。"

洛抒说："大家本来都有各自的事情要忙，他家困难，他可能是想努力一番吧。"

萨萨觉得洛抒一点儿也不在意，换自己可完全做不到。

洛抒晚上照样去兼职，平时都有付园陪着，这段时间就显得有些形单影只了，顿时觉得无聊，做起兼职也有些泄气。

第二天早上，付园在厨房里下面条儿。

洛抒从房间出来看到这一幕，惊喜地问道："你昨晚什么时候回来的？"

付园似乎心情很好，笑着说："我回来的时候你已经睡着了，就没吵醒你。"

洛抒闻到食物的香味，立马走了过去，说道："还挺不错的啊。"

付园说："那是肯定的。"

这时付园的手机响了，没等洛抒帮忙接电话，就立马放下锅铲说："我去接个电话。"

洛抒没在意这些，站在厨房先吃了几口东西。

付园拿着手机去了阳台上，接完电话回来，同洛抒说："洛抒，我现在得去学校了，你一个人吃早餐啊。"

洛抒感觉有些奇怪，问道："今天不是星期六吗？"

付园解下围裙，说："星期六也有事呢，今天没办法陪你了。"一边说一边走了过来，在洛抒的脸上亲了下，又说，"我先走了。"

洛抒只能说："好吧，你去吧。"

付园笑了笑，迅速地拿起书包，换了鞋子飞快地出了门。

洛抒扭头看了一眼付园的背影，又侧过脸，继续吃面条儿。

平时付园都在身边不觉得有什么，如今付园忙起来，洛抒倒觉得有些孤单，就拿起手机约萨萨下午逛街。

萨萨她们今天都有时间，于是寝室内的人一起去逛街。

逛街的时候，洛抒突然接到付园打来的电话。

付园在电话里问："洛抒，你在家吗？"

洛抒正在跟萨萨她们逛街，说道："没有啊，我在和萨萨她们逛街，怎么了？"

付园说："没事，我就问问你在干吗，怕你周末在家没人陪。你和萨萨她们逛街挺好的。"

洛抒笑着说："没事，你忙你的，我们还在逛，可能一时半会儿也不会回去。"

付园也笑着说："好，那我先忙了。"

洛抒嗯了一声，然后挂断电话。

萨萨问道："你家付园打来的？"

洛抒说："对啊，他最近很忙，今天本来要陪我的，因为有事又去实验室了，怕我一个人在家无聊，就打电话问问。"

萨萨说："哟，这么体贴呢？"

邓婕也打趣道："人家付园一看就是上进青年，又体贴，又努力，还这么喜欢洛抒。"

萨萨嫉妒地说道："洛抒！你为什么命这么好？！"

"命好？"洛抒觉得萨萨才命好呢，她算什么好命？

洛抒赶紧转移话题，说道："逛街，咱们继续逛街。"

她们又逛了一会儿，都觉得逛得没意思，也没看到自己想要的东西。

眼看快到吃饭的时间了，萨萨提议道："我们去吃火锅怎么样？"

洛抒说："我随意。"

邓婕却在一旁说："别在外面吃火锅了，又贵又不卫生，我们去洛抒家自己做火锅吧？"

邓婕的家境很一般，她跟萨萨出门的时候大多是萨萨请吃饭，自己又请不起贵的，所以每次都很过意不去。

洛抒觉得这个方法可行，既可以自己动手，还能打发时间，就说道："走吧，我们去超市买食材，正好付园没在家，我们几个人做。"

萨萨见她们都同意，便也觉得可行。于是，几个人从商场又跑去楼下的一个超市，迅速地买完菜，又各自去付钱，提着大包小包往洛抒家赶。

几个人说说笑笑上了楼梯，到达楼梯口的时候，洛抒把手上的东西给了萨萨和邓婕，准备拿钥匙去开门，却在把钥匙插到孔内的时候，觉得有些不对劲。

洛抒开门的手停顿了一下，然后她直接伸手将门推开。

萨萨和邓婕还在说笑，并未发现异常，见洛抒开了门就直接进去了。可是三个人才走到门口，就看到门口有两双鞋，一双女士的，一双付园的。

萨萨和邓婕都停住脚步，抬头看向洛抒。

付园紧紧地搂着女人的腰，两个人投入地亲吻着。

就在这时，门被人一脚踹开。付园惊慌地回头去看，那个女人也瞬间睁大眼睛。

萨萨提着东西站在门口看着他们。付园的视线从萨萨的身上转移到萨萨身后的洛抒身上。

付园用力推开那个女人，甚至连她摔倒在地也不在意，喊了一声："洛抒！"

洛抒一言不发，转身就走。

萨萨一把抓住付园，狠狠地甩了他一巴掌。

付园被打了个趔趄，也来不及去追洛抒，毕竟屋里头这么多女人，只好迅速地去床上抓起衣服穿上。那个女人正是和付园同一个实验室的师姐，见状也赶紧穿上衣服。

萨萨只说了句："付园，你无耻！"

邓婕将手里的食材狠狠地甩在付园和那个女人的脸上。

然后两个人飞快地出门去找洛抒，可是冲到楼下没见到洛抒，在四周找了一圈儿也没找到。

邓婕和萨萨都没想到会发生这样的事情，迅速给洛抒打电话，但洛抒的电话一直没有接通。

邓婕问萨萨："洛抒会不会出什么事啊？"

洛抒和付园的感情一直挺好，突然发生这样的事情，任谁也接受不了。

萨萨非常担心洛抒，赶紧跟邓婕说："我们分头再找找！"

她们分别去了学校、寝室，以及洛抒常去的地方，但都没找到人。

萨萨跟邓婕越发着急，站在校门口来回张望着。

邓婕突然想到一个主意，问道："萨萨，要不我们给洛抒的家里人打电话吧？"

萨萨说："可是我没她家里人的电话。"

邓婕知道洛抒有个哥哥，问道："她哥哥呢？"

萨萨说："我也没有她哥哥的联系方式。"

正当两个人慌张无措地准备去找辅导员要洛抒的家人的联系方式时，付园找了过来，着急地抓着萨萨跟邓婕问："洛抒呢？"

萨萨又朝他脸上扇了一巴掌，怒斥："你还有脸问我们？我们现在还没找到她！"

邓婕怕萨萨杀了付园的心都有，赶紧抓住萨萨的手，说："找洛抒要紧。"

几个人再次去了学校。

已经晚上十一点了，大街上连车流都很少了，洛抒不知道自己能去哪儿、能找谁，想给洛禾阳打电话，又停住动作，想给孟承丙打电话，可是手放在拨号盘上却不敢拨通。她竟然没有哭，脑海里来来回回都是刚才的画面，眼前浮现出付园和那个女人如出一辙的惊恐的表情。

洛抒完全没想到，那个女人竟然就是她碰见过好几次，付园实验室里的那个师姐。她完全没想过付园会出轨，也完全没想过付园会跟这个师姐乱搞。她还在幻想留在 G 市跟付园一起奋斗，甚至想同他一起生活，彻底脱离那个家。

她想了很多很多，觉得自己孤立无援，一时竟有些头痛。

她走到一处公交车站，听到手机铃声还在响，想来应该是付园、邓婕还有萨萨他们打来的电话，但根本不想接电话，反而突然特别特别想回 B 市。

可是她不想回去拿自己的东西，便拿着手机在通讯列表里找到了备注为"哥哥"的号码。她想到他现在有了科灵，不知道他还会不会管她或者接她的电话，也不知道自己会不会打扰到他，但此刻就只想给他打电话，想让他把自己带走。

她颤抖着手，拨通了电话，安静地等待着对方接听。

电话那头终于传来那个熟悉却带着些许冷漠的声音："喂。"

洛抒只在深夜给他打过两次电话，一次是在 P 市，一次是现在。她觉得无助极了，紧紧地捏着手机，还没开口就已经哽咽，强忍住情绪说道："哥哥，你能不能……能不能让你的人来接下我？"

这也是她隔了一年多，第一次给他打电话。

她怕他没时间或者不答应，立马又说："哥哥，我想回去，求求你了，你让你的人来接我，我不想在这里。"

电话那边的人安静地听她说完才开口问道："你现在在哪儿？"

洛抒四处看了一下，在黑漆漆的夜色中，再也掩饰不住哭腔，抽噎着说："我在康章大路这边的公交站。"

他说："你坐在那里别动，我让人去接你。"

她说："好的，哥哥。"

洛抒挂断电话没多久，就看到眼前出现一辆车。

有个人从车上下来，唤了她一声："洛小姐。"

洛抒知道这个人是孟颐派来的人，便从椅子上起身，跟着那人上了车。

之后那人带着洛抒去了庭跃，路上自我介绍："我是孟总留在这边替您处理事情的，洛小姐，我先带您上楼休息。"

洛抒不愿意去庭跃，说道："我想离开这里。"

那人说："这些事情要等孟总来处理，您先去休息吧。"

洛抒没有挪动脚步，而是坚定地说道："不，我要回去。"

那人见状就说："那您先在大厅休息一会儿，我们帮您去处理。"

洛抒就在休息区等着，等他们去帮她拿东西，等着他们帮她买机票，等着他们安排她离开。

等到深夜一点的时候，外面来了一辆车，车上下来一个人。那人和大厅内的经理看到来人后都朝门口迎去，礼貌地唤了声："孟总。"

孟颐风尘仆仆地朝洛抒这边走来，立定在离她不远的地方。

她一个人安安静静地坐在那里，不动也不说话，看到他来，就像一只迷路的小鹿终于找到了家，从沙发上起身，不管不顾地冲进了孟颐的怀里，哭喊道："哥哥。"

她强忍的情绪彻底崩溃，在这样的深夜里，整个大厅都只听到她的哭声。

孟颐将她紧紧地搂在怀里，任由她哭着，也不说话。

她哭得上气不接下气，似乎将所有情绪都宣泄了出来。

孟颐始终沉默着，等她哭了很久，渐渐平复下情绪，才搂着哭泣的她朝电梯走去。

进了电梯，洛抒放开了他，但神情一直很悲伤。

孟颐就在一旁看着她。他此时好像安静而宽阔的海洋，释放出包容的力量。

经理带他们到达房间后就离开了。因为没有外人在跟前，洛抒感觉自在了许多，又抱住了孟颐，但这次没再发出哭声，只是依赖地抱着他，像是在他的怀里寻求一丝庇佑。她把脸埋在孟颐的颈窝处，她的热泪贴着他的颈窝，一点儿一点儿往下坠。

隔了好久，孟颐才抬起手，轻轻地抚摸着洛抒的脑袋。

孟颐听到洛抒的手机一直在响，便伸手准备去拿手机。

洛抒仍然紧抱着他，害怕地说道："哥哥，不要接！"

孟颐看了她一眼，还是选择了接听那通电话。

萨萨正在紧张地等待着对方接通电话，本以为会听到洛抒的声音，却听到电话那端传来一个男声。

他同萨萨说，他是洛抒的哥哥，现在跟洛抒在一起。

萨萨知道洛抒跟家人在一起且没出什么意外之后，终于松了一口气。

对方也没有跟她多说什么，同她交代洛抒目前安全后，便挂断了电话。

孟颐结束通话后，洛抒紧绷的身体才在孟颐的怀里逐渐放松下来。她仿佛瞬间失去了所有力气，从孟颐的怀中滑了出来，跌坐在床上。

孟颐站在床边看着满脸泪痕的她，没有说什么安慰的话，只嘱咐她："先去洗个澡。"

洛抒现在根本不想动，一时便没有起身，但看到孟颐的眼神微冷，便站了起来，按照他的嘱咐去了浴室。

孟颐听到浴室传来水声，才在椅子上坐下，什么也没做，只是安静地等待着，完全无视放在桌上响了又响的手机。

大概半个小时之后，洛抒才湿着头发从浴室出来，浑浑噩噩地站在他的面前，刚好又听到孟颐的手机振动，声音嘶哑，说了句："哥哥，你有电话。"

孟颐看了她一眼，拿起手机看了一下来电提醒，看到电话是科灵打来的，才从椅子上起身朝外面走去。

洛抒坐在床上发呆，但还是听见孟颐在阳台上接听电话的声音，当听到"我明天回来"这句话时，抬头朝阳台看去。

很快，孟颐挂断了电话，朝洛抒走了过来。

洛抒问："哥哥，是科灵姐姐的电话吗？"

孟颐在她的面前坐下，淡淡地答道："嗯，她今天生日。"

洛抒没想到今天是科灵的生日，也没想到他会在科灵生日的当天赶来，赶紧说："你先回去吧，我一个人在这边没问题的。"

孟颐只说了一句："你睡会儿吧。"然后点燃一支烟，没再看洛抒。

房间内一时安静下来，洛抒穿着浴袍，手抱着膝盖，缩成很小的一团，静静地坐在宽大的床上，任由湿漉漉的头发在空气中一点点变干。

孟颐只是抽着烟，没再说一句话。

时间渐渐过去，夜越来越深，洛抒安静地睡着了，但仍然保持着歪头靠在床头的姿势，样子看着很是疲惫。

孟颐不停地抽烟，直到看见洛抒睡着，才掐灭手上的烟，起身朝她走了过去，站在床边看了她一会儿，弯身将她从床头抱了起来，温柔地放在了床上，又替她盖好被子。

他听到手机又振动了，走过去看了一眼来电提醒，再次去阳台上接听电话。

第二天早上洛抒醒来时，已经看不见孟颐的人影，只看到不远处的桌上留下一烟灰缸的烟蒂，清醒了一会儿，意识到他应该是回去陪科灵过生日了。

虽然孟颐留了个人在这边照顾洛抒，但洛抒一整天都待在房间里不吃不喝，也不说话。

孟颐走的第二天，房间里进来一个人，洛抒以为又是那个人，头都没抬，只是坐在床边发呆，直到看到床边的裤脚闪动，才抬眼去看，看到进来的人是琴姐。

琴姐率先开口说："孟先生让我来接您回去。"

洛抒愣愣地看着前方，问道："回哪儿去？"

琴姐说："先回那边的房子。"

因为付园知道她住那套房子，洛抒不想去那套房子，便直接说道："我不想去。"

琴姐继续说："不是那边，是另外一套。"

听到这句话时，洛抒的眼睛才动了两下。

琴姐帮她拿了新的衣服过来，说："孟先生暂时回 B 市了，他让我来照顾您。您先换衣服吧。"

洛抒嗯了一声，拿着衣服起身去浴室更换。

他一定很忙，才会这么早就回去，但那天晚上怎么还过来了？洛抒一直在思考这个问题，但百思不得其解，只好先换了衣服出来，之后和琴姐离开这里。

她住进了那套别墅，身边有琴姐贴心的照顾，但那几天还是以惊人的速度消瘦下去，眼里的神采也消失了，像是受了很大的打击，每天不怎么说话，只是在床上睡觉，还跟学校请了假。

琴姐看着洛抒的模样，心疼死了，也不知道孟颐什么时候还会过来。毕竟孟颐已经有了自己的孩子，处理好那边的事情怎么也得一两个月，琴姐真怕这段时间洛抒都是这样的精神状态。

洛抒住进别墅的第五天，琴姐正在厨房内忙活，听到外头有车声，立马从厨房出来，接着就看到孟颐从车里出来。

琴姐没想到他会突然出现，礼貌地唤了句："孟先生。"

外面正下着雨，琴姐拿伞去迎接。

孟颐问："人呢？"

琴姐自然知道孟颐问的是谁，答道："洛抒不怎么说话，偶尔吃点儿东西，整个人瘦了很多。"

孟颐进屋后直奔洛抒住的房间，推开房门，一下就看见坐在床上的洛抒。

洛抒抬头看去，看到是孟颐时有些意外，说道："哥哥。"

孟颐在她的对面坐下，冷静地问道："怎么，你打算为你那男朋友一哭二闹三上吊吗？"

洛抒连忙摇头，否认道："我没有。"

孟颐靠在椅子上，身体舒展开来，继续问："那你现在是什么意思？"

洛抒小声地说："我只是没有胃口。"

孟颐点头，似乎很认同她的话，说："嗯，那你什么时候有胃口跟我说。"

洛抒没有说话。孟颐对这样萎靡不振的洛抒有些生气，便提高了音调，说道："我没时间在这儿看你自怜自艾、自我折磨！如果你不想去学校上学，也不想出门，我现在带你回 B 市，顺带把你这边的学业结掉。你直接回家里继续这样的状态待着，继续你的消沉，谁都不会说你。"

听到孟颐如此严厉的一番话，洛抒好不容易控制好的情绪瞬间崩塌，眼泪止不住地往下流。

孟颐面无表情地问："你哭什么？"

洛抒说："哥哥，你不要管我，我只想安静地待几天。"

孟颐似乎被这句话气笑了，直接说："好，我不管你！你也不用再上学了，明天跟我回 B 市。"说完起身就要走。

洛抒害怕回去之后将要面对的一切，立马从床上下来，拉住孟颐，带着哭腔说："哥哥，我不回去，就在这边待着，只待今天一天就好。"

孟颐朝她看过去，问道："前几天说要走的人是你。"

洛抒虽然不想再面对与付园有关的一切，但也很清楚必须完成学业，小声地说："对不起，哥哥，我那天只是说气话。"

孟颐忽然抬起她的下巴，目不转睛地看着她。

洛抒不解他的动作，也仰头看向他。

他看着满脸泪痕的洛抒，忽然同她说了这样一句话："你到底是为了谁哭？你弄明白了吗？"

孟颐这句话意味不明，却让洛抒的脸色瞬间转变。很快，洛抒收住了眼泪，没有回答他的话，房间内一下变得安静起来。

孟颐冷笑了一声，把手从她的下巴处移开。

洛抒的脑海里闪过一些画面，然后她跌坐在床上。

孟颐走到外面的走廊上，却又停下脚步，没有转身，在外面说了一句："现在给我下床。"

说完便继续朝前走。

等他走了，洛抒才动了两下，按照他说的那样，穿上鞋子从床上下来，在房间内站了一会儿，出了房间。

琴姐在楼下准备了食物，孟颐坐在餐桌边，像是刚才什么都没说过。

洛抒缓慢地走了过去，在他的对面坐下，但现在真的没有一点儿胃口，完全不想吃饭。

琴姐先帮洛抒盛了一碗汤，说："您先喝点儿汤暖暖胃。"

洛抒拿起勺子强迫自己喝了一口，可是才喝一口，忽然觉得胃里一阵痉挛，便飞快地从椅子上起身往厨房跑去。

听到厨房内传来她的呕吐声，琴姐顿时有些惊慌失措，孟颐也变得面色阴沉。

洛抒也不知道自己吐了多久，从厨房出来时已经全身无力了。

孟颐和琴姐都一言不发，死死地盯着她看。

洛抒重新回到座位坐下，小声地说："我只是有点儿反胃。"

孟颐对琴姐吩咐道："去找个医生过来。"

琴姐连忙点头，打电话喊医生过来。

之后，饭桌上格外安静，三个人都没有说话。

没多久，医生过来了，帮洛抒检查身体。

琴姐在一旁紧张地问道："怎么样？"

医生说："没事，洛小姐是饿久了，胃部有点儿不适应。"

琴姐紧绷的心这才放松下来。

洛抒知道他们在担心什么，但也很清楚自己没有怀孕。

等医生检查完，孟颐对琴姐说："送医生出门吧。"

琴姐带着医生出门后，孟颐对坐在沙发上的洛抒说："这几天你就在家里休息。"

洛抒那几天的状态其实慢慢地好了一点儿，听到孟颐没再提带她回 B 市的事情，也就松了一口气，点头答应。

就算科灵生了孩子，孟颐这段时间也一直都在 G 市待着。洛抒不知道他是不是在这边有事情要忙，经常见到他接听电话。

到了晚上，洛抒终于将手机开了机，看到手机里面全是付园打来的电话和发来的短信。

他在短信里哀求着洛抒："洛抒，我求求你，跟我见一面，我们当面说清楚，好不好？"

"洛抒，无论你原不原谅我，我们之间总要有个决断吧？"

"洛抒，对不起，真的很对不起。"

洛抒又一次想起孟颐同她说的那句话："你到底是为了谁哭？你弄明白了吗？"

他居然没有忘记那件事情。

如果不是孟颐提起，洛抒自己都没发现付园的身上有小道士的影子，而孟颐早就看出来了这一切。她在付园的身上看到了小道士的影子，便以为小道士是他。但付园是付园，绝对不可能是小道士。

所以，她放在付园身上的希望也都是假的。

可是她确确实实跟付园交往了这么久，付出的也是真实的感情，此刻不知道为什么，忽然觉得没有那么伤心了。

她开始觉得饿了，想走出房门继续之前的生活，主动给萨萨和邓婕打了电话，没有联系付园。

萨萨接到洛抒的电话，终于放下心来，说要来家里看看她。

虽然洛抒的情绪还是很消沉，但她听到萨萨说要来看自己，并没有拒绝，给了萨萨她们这边的地址，还邀请她们一起吃午饭。

萨萨和邓婕收到洛抒发来的地址后，立马就坐车去找洛抒了。

到达地点后，两个人看到豪华的别墅，都有些震惊，邓婕先开口感叹道："原来洛抒家这么有钱啊！"

萨萨回道："你才知道啊？"

邓婕继续问："那她家是不是比你家还要有钱？"

萨萨说："我们家在她家面前算什么啊，根本就不是一个级别的。"

洛抒不像萨萨那样大手大脚，什么都要名牌，而且在咖啡馆兼职，平时也挺节俭的。邓婕就以为洛抒的家境跟自己差不多，如今听萨萨这样说，觉得自己被洛抒给骗了，好奇地问萨萨："你是怎么知道的？"

萨萨把手上戴的手链给邓婕看，说："你知道这条手链多少钱吗？它是限量款，全世界只有三条！洛抒随手就送给了我。而且她哥哥每次来接她都是派司机过来，洛抒的家里还有保姆和用人，你说她家是普通的有钱吗？"

邓婕经萨萨提醒才发现这些，说："我平时都没注意这些。"

萨萨拉着她说："快走吧。"

两个人在别墅门口按下门铃，很快就看到一个保姆出来开门，紧接着就看到洛抒跟在保姆的身后跑了出来。

萨萨和邓婕一看到洛抒，都非常激动，紧紧地抱住她，说："洛抒，你没事吧？"

洛抒看上去瘦了点儿，可是精神状态还好，脸上带着笑，同她们说："我没事啊，我真的没事。咱们先进去吧。"

这个别墅实在太过豪华，在寸土寸金的 G 市来说也是十分显眼的，邓婕没有来过这样的地方，一时有些不敢进去，还是在萨萨的拉扯下才进屋。

进入客厅后，琴姐热情地拿出许多东西来招呼萨萨跟邓婕。

发生了这种事情，又几天没见洛抒，萨萨和邓婕在坐下后都不知道该说些什么。萨萨有些自责地说道："洛抒，对不起。"

洛抒不明白萨萨为什么要道歉，问道："你同我说对不起干吗？"

萨萨说："如果不是我……"还未说完就眼眶含泪。

如果不是萨萨介绍洛抒跟付园认识，还把他们凑成一对儿，也许今天就不会发生这样的事情。

洛抒满不在乎地说："没事啊，萨萨，这有什么大不了的？"

邓婕也在一旁说："我也没想到他是这样的人。"

萨萨说："我已经逼着我男朋友跟他绝交了。"

洛抒知道萨萨是很讲义气的一个人，笑着说："何必呢？跟你们又没什么关系。"

萨萨说："不行！这种人太恶心了！我都怕我男朋友跟他同流合污。"

洛抒好像全然不在意这件事，从她的身上也看不出伤心的模样。

这时琴姐在一旁问："洛抒，你这两个朋友在家里吃饭吗？"

洛抒立马说："在的。"

琴姐便笑着去准备了。

萨萨问洛抒："你一个人住这里？"

洛抒说："没有，我哥哥在这里。"

孟颐正好从房间出来，朝楼下喊："琴姐。"

萨萨跟邓婕立马朝楼上看去。

孟颐穿着一件白色衬衫，面容英俊，身材高挑，气质卓然。

因为孟颐今天上午一直在楼上办公，洛抒并没有跟孟颐说她的同学会来。

看到孟颐的视线落在萨萨和邓婕的身上时，洛抒也立马抬头说："哥哥，这是我同学。"

孟颐见过萨萨跟邓婕，便朝她们点了点头，没有打扰她们，转身进了书房。

邓婕之前在学校见过洛抒的哥哥一面，没想到今天又在这里见见他，忍不住惊叹于他的美貌和气质，深深地觉得自己跟对方完全不是一个世界的人，也终于知道有钱还长得好看的人是什么样子了。

邓婕激动地向洛抒询问："洛抒，你哥哥结婚了吗？"

萨萨曾经问过洛抒这个问题，今天邓婕也这样问。洛抒倒是觉得孟颐的长相没有她们说的那样惊为天人，实话同她们说："去年订婚了。"

萨萨和邓婕只恨没早些认识洛抒，不然她们至少还有一半的机会啊！

邓婕说："洛抒，我要是有你这样的哥哥，一定看不上付园！"

萨萨给邓婕使了个眼色，让她不要再提付园。

洛抒的情绪又因此低沉了一会儿，过了一会儿，她说："你们玩儿秋千吗？我家后院有个秋千。"

两个人忙说："好啊，好啊。"

洛抒便带着萨萨和邓婕去后院荡秋千。

琴姐透过厨房的窗户口往外看，见洛抒的状态终于转好了，也就放心了。

邓婕和萨萨一直陪洛抒待到下午，其间还跟孟颐一起吃了午饭。

萨萨跟邓婕头一次跟这样的极品帅哥同桌吃饭，当然格外注意礼仪，小口小口地吃着饭，惹得洛抒忍不住想笑。

孟颐看出她们拘谨，便提早吃完饭上楼去了，好让她们自在一点儿。大概因为琴姐做的饭菜太好吃了，孟颐一走，邓婕和萨萨就开始狂吃。

洛抒捧腹大笑，说："你们干吗那么做作？我哥哥也没看你们啊。"

萨萨哭丧着脸说："你家阿姨做的饭菜实在太好吃了。"

邓婕也说："好想天天来吃哦。"

洛抒说："你们天天来呗，最好就在这段时间来。因为我哥哥过段时间可能要回 B 市了，家里的阿姨也就不常在这儿了。"

萨萨问道："你呢？"

洛抒轻描淡写地说道："我休息一段时间就回去上课，课还是要上的。"

萨萨说："也对，怎么说也要拿到毕业证。"

洛抒在心里默默说了句"是"。

萨萨和邓婕见洛抒的状态还算好，下午饱吃一顿后，也就放心地离开了。

之后几天洛抒也没去学校，在出租屋里放的东西还是孟颐派人帮她拿回来的。

过了几天，孟颐又回了一趟 B 市。在他离开的那几天，洛抒每天会在花园里散散步，也会在大厅里走走，偶尔跟琴姐说说话，虽然讲话不多，但状态明显好了很多。

孟承丙并不知道洛抒最近发生的事情，给她打电话时只问洛抒过得好不好，还问她跟付园的感情怎么样，又问她什么时候回来。

洛抒见孟承丙如此盼望她回去，就说："爸爸，我有空就会回去。"

孟承丙笑着说："过几天是你的生日，不回家过吗？"

洛抒这才想到自己又要过生日了，但想到目前自己的状态，觉得还是不回去的好，便同孟承丙说："我们学校忙，可能暂时没时间回去。"

孟承丙表示理解，说："你今年有什么想要的吗？"

孟承丙真的是个很好的父亲，每年都会问洛抒想要什么礼物，洛抒并没有想要的，就随便说了一样。

孟承丙在电话里非常开心地说："一定会准时给你寄过去。"

洛抒说："谢谢爸爸。"

两个人同往常一样，随意聊了一会儿才挂断电话。

洛抒向来对生日没什么期待，挂断电话才想起这是她的 21 岁生日，但今年更没期待了。

孟颐不在的那几天，洛抒都是缩在床上发呆，或者看书学习、听英语单词。

有一天，洛抒正在发呆，突然看到琴姐跑上来帮她收拾行李，疑惑地问道："琴姐，你收拾东西干吗？"

琴姐说："孟先生说让您去 S 市散散心，楼下司机等着接您去机场。"

S 市是海边城市，现在天气这么冷，那边却如夏天一般炎热。洛抒懒懒地说："我不想去。"

琴姐劝解道："洛抒，你出去散散心吧。"

虽然洛抒对旅行毫无兴趣，但琴姐根本不顾她的意愿，替她收拾着行李，还把她推出房门，笑着说："去吧去吧，散散心就好了。"

洛抒在琴姐的推搡下上了车，之后坐飞机飞往 S 市。

洛抒刚到 S 市就看到有人在等着接她，望着外面火辣辣的太阳，想起有一年跟许小结她们出去玩忘了防晒，被晒得很黑，便默默地戴上了草帽和墨镜。

到了酒店，洛抒开着空调，在临海的房间里待着，没有出去逛，直到晚上被人带到酒店的包间才出门，刚进包间就看到孟颐坐在一堆人中间。

第十章

袖　口

　　包间里面都是洛抒不认识的人，大家似乎在应酬，看见洛抒进来也没问她的身份。洛抒站在门口，有些不想进去，但看到孟颐朝她招手，便走了过去坐在孟颐的身边。

　　洛抒疑惑地问道："哥哥，你怎么在这里？"

　　孟颐似乎是喝了点儿酒，解了两颗衬衫的扣子，看向她说："这边有应酬。"

　　洛抒点点头，没说话。

　　孟颐对她说："你吃东西就行了。"

　　他把手搭在椅子上，面容有些泛红。

　　孟颐应该喝了不少酒，整个人的状态看着比较放松，眼神里带了些漫不经心，注视着饭桌上说话的人。洛抒偷偷儿地看了他一眼，等工作人员拿来碗筷后就开始默默地吃饭。

　　这顿是海鲜宴，桌上全是洛抒爱吃的。洛抒一时胃口大开，旁若无人地吃着，差不多吃了半个小时才放下筷子，然后看着包间的四处，像是陷入了发呆的状态。

孟颐看着洛抒说："吃饱就回去吧。"

洛抒像是没听见一般，没有反应，只是端起桌上的清水喝了一口。

孟颐朝她看了一眼，没再说第二句。

之后的下半场洛抒全程在发呆，直到宴席散了才反应过来，看向身边的孟颐。

看到孟颐站了起来，洛抒也立马跟着他起身。

孟颐在跟其他人寒暄握手，洛抒就在一旁站着，也不知道站了多久，终于等到他忙完，便赶紧跟着他离开。

孟颐的前面有一个穿职业西服套装的人在引路，周边还有一些人，大概都是工作人员，大家都停在电梯前等电梯。孟颐望着电梯门没说话，因为还有很多人在，洛抒自然也没有开口。

电梯门开了，孟颐先进去，洛抒在他的身后跟着，接着那些人才进来。

洛抒离孟颐很近，可以闻到他身上隐隐飘来的酒味儿，小声地说："哥哥，你喝了很多酒吗？"

电梯里很安静，只有电梯往上升的声音，洛抒的突然开口让孟颐扭头朝她看了过来。

孟颐简短地回了她两个字："还好。"

洛抒嘀咕了一句："我都闻到你身上的酒味儿了。"

当然，她这句话不是说给谁听的，反而像是自言自语，因为孟颐大多数时候是懒得开口的。

不一会儿电梯就到了洛抒所在的楼层，门开后，孟颐在电梯里没动。洛抒有点儿犹豫是出去还是继续待在这里，便朝孟颐看了一眼，发现他似乎真的有点儿醉了。

孟颐注意到洛抒的眼神，便说道："早点儿休息。"

洛抒听到这句话，回了句："好的。"然后赶紧从电梯里走了出来。

有个女工作人员随洛抒一起出来，并把她送回房间。

第二天洛抒睡到了自然醒，刚醒就听到门外有人敲门，开门后看到门口站着孟颐的秘书。对方跟洛抒打招呼道："洛小姐，早上好，孟总让您去他的房间吃早餐。"

洛抒正好有点儿饿，应答了一句，便回房随便换了件衣服，随着那人上了楼，到孟颐的房间后，发现他坐在餐桌边看报纸。

孟颐的房间非常好，正对着整片海，有个硕大的阳台，还有游泳池。桌上摆着丰盛的早餐，但他还没动，连咖啡都没喝一口。

洛抒进去后，在他的面前坐下，喊了句"哥哥"。然后，她便自顾自地吃着早餐。

孟颐在她进来后就放下报纸，看向她问："你有什么想去玩的地方吗？"

洛抒觉得外面太晒了，就说："待在房间里吹空调挺舒服的。"

孟颐吃着早餐，淡淡地嗯了一声。

洛抒倒是对孟颐的泳池挺感兴趣的，问道："哥哥，我能用你的泳池吗？"

孟颐看了她一眼，说了两个字："随便。"

洛抒心想：反正他也不用泳池，一会儿自己吃完饭就来游个泳。

孟颐今天不用出门，吃过饭就进了书房。

洛抒回去换了泳衣，很快又进了他的房间。房间内有酒店的服务员陪着，以便随时提供她想要的东西。洛抒会花泳，人在水中似灵活的蝴蝶，变化着各种姿势，游得十分开心。

但洛抒很快就发现一个事情，泳池对着孟颐的书房，洛抒在泳池内可以看到孟颐坐在书桌前处理着文件，还看到他只穿着一件白色的衬衫。

这是洛抒在隔了这么久以后，第一次看到他挽起衣袖，还看到男人的手腕处有一个显眼的黑色刺青。

洛抒泡在泳池里观察了孟颐一会儿后，不知道为什么，有点儿心虚。难怪他从不在人前挽袖，也从不穿宽口的衣服。此时，孟颐正在认真地处理工作，手时不时地落在笔记本键盘上敲击两下。

大约是察觉有视线在他的身上，孟颐朝玻璃窗这边看过来。洛抒立马吸气，整个人缩进了水里，躲藏着游走了。

孟颐朝那波动的水面看了一会儿，很快收回视线，继续处理工作，表情看上去平淡无波澜。

过了好久，洛抒才从水面上冒出来。守在那里的酒店工作人员生怕她溺水，看到洛抒从泳池内出来后，赶紧准备了浴巾递给她。

大厅的桌上有甜点，还有杂志，洛抒看到便走了过去，坐在桌边吃了会儿甜点，看了会儿杂志。

片刻后，洛抒似乎想到什么，怀疑自己吃的可能是孟颐的甜点，便看向酒店工作人员，问道："这是谁点的？"

那人说："孟先生点的。"

洛抒竟然把他的甜点给吃了，赶紧又看了一眼碟子，见里面还剩了点儿，便立马端着剩下的甜点去孟颐的书房，敲敲门小声地喊着："哥哥。"

此刻的洛抒还裹着浴巾，把甜点小心翼翼地摆到他的桌上，注意到他的眼神后，一时有些心虚，赶紧说："我不知道是你点的，不小心吃了一点儿。"

他停下手上的动作，同她说："你吃吧。"

洛抒发现他把袖子放下来了，还看到手腕处的袖口严严实实地扣着。

洛抒没敢往袖子那里多看，哦了一声，就把甜点又端了出去，坐在外面继续吃，吃了一会儿，顺便在这边的浴室洗了个澡，然后穿着裙子在泳池边的躺椅下翻着杂志，翻了十几分钟后放下杂志，躺在那里睡了过去。

洛抒在这里睡得迷迷糊糊的时候，突然翻了个身醒了，睁眼就看到大厅里头的沙发上坐着客人，也不知道自己究竟睡了多久。

孟颐端着咖啡，悠闲地坐在沙发上和客人聊着。

洛抒从躺椅上坐了起来，发现身上不知道何时被罩了一条白色的毯子。

她发现自己好像睡了蛮久的，全身虚软地朝大厅里走去，对正在和人谈事的孟颐喊了声："哥哥。"

孟颐朝她看了过来，其余人闻言也看了过来。在座这几位都是洛抒不太认识的人。

孟颐对那些人说："我妹妹。"

那些人笑着说道："原来是孟总的妹妹。"

孟颐靠在沙发上，脸上也带着浅浅的笑意，又看了洛抒一眼，见她头发松散、一脸睡意未消，就同她说："你要是还困，就回房休息吧。"

这时外面走进来一个人，提醒他们说球场准备好了。洛抒见他们换了休闲的衣服，猜测他们是要外出，立马问了句："哥哥，你们去干吗？"

其中一个叔叔级别的人对洛抒说："我们去打球，你去不去？"

洛抒就是因为想跟着去才会出声，此刻看着孟颐没有说话。

孟颐对她说："你去换身衣服吧。"

酒店的工作人员很快就把衣服拿了过来。洛抒便飞快地找了个房间换衣服，也不知道自己是在哪个房间换的，反正看哪个像卧室就直接进了，又怕他们等太久，匆匆忙忙地换完就推门出来。

她穿着运动服，站在那里看着孟颐。

孟颐看了她一眼，没再说话，便出门了。

洛抒跟在他的身边，听他们几个人聊事情。

外面的天气很炎热，一出来就晒得很，洛抒穿的还是长裤，感觉快热死了，不过看见孟颐也是长衣长裤，就觉得好像凉快了许多。

球场一贯是男人们的交际场，多了洛抒一个女孩子，气氛自然也就没那么正式了。大家也比较照顾她，问她会不会打球，还问她热不热，还打算叫个人过来给她扇扇风。

洛抒可没那么娇气，立马谢绝大家的好意。

相较于大家的关照，孟颐对她可就没怎么管了。

草坪特别大，一望无际，还有海风吹拂，并不让人觉得闷热。

几个男人在打球，边聊边走，孟颐打了几杆便收了手，把球杆给了工作人员。

洛抒实在不知道这个东西怎么玩，就好奇地盯着大家看。

有个人见洛抒一直盯着看，就问道："洛抒，你想玩吗？"

洛抒在一旁待着也觉得无聊，就想试一试，说道："我不知道怎么玩。"

那人说："你哥哥是高手啊，让你哥哥教。"

他要是想教早就教了，刚才还把球杆丢给了工作人员。

洛抒自然不敢要求，又听到那人这么说，只好看向孟颐。

孟颐看向她，便让工作人员把球杆给她。

洛抒拿着球杆，却不知道如何使用，回忆着孟颐之前打球的姿势，试图模仿他的动作，但显然不得要领，动作也非常不标准，连握球杆的姿势都不太对。

孟颐见状，对她说了句："过来。"

洛抒心想：你终于有点儿当哥哥的觉悟了！这么多人看着，就不信他不教。

洛抒拿着球杆过去，却没想到孟颐会从背后环住她，此刻整个身子都在他的怀里，微微吓了一跳，片刻后才意识到他是在教她动作。

孟颐虽然环抱着她，但与她还是隔着一定距离的，又因为比她高，所以上半身微压着她，然后握着她握球杆的手，脸紧挨着她的脸侧，说："看球。"

洛抒虽然双眼在看球，但时刻都能感受到他在她的身后调整着她的手势和姿势，还能闻到孟颐身上特别好闻的淡淡的香味儿。

就在洛抒有点儿走神的时候，他拿着她的手一挥，那小圆球便飞了出去，然后缓缓地滚进洞内。

旁边的人都在笑着喝彩："好球。"洛抒也被那球吸引了视线，问道："哥哥，这算好球吗？"

孟颐盯着落进洞里的球，同她说了句："差不多。"

洛抒闻言一时有些高兴。

孟颐松开了她，让她按照之前他教的方式来一遍。

洛抒的脑子还是非常灵活的，她只听他教了一遍，就基本学会了，有模有样地挥杆，打出的成绩倒也不错。

一旁的人在拍手，他们都知道孟家有个继女，也知道孟承丙对她相当疼爱，所以很是捧场地夸赞着她。

洛抒得意地朝孟颐看去。

孟颐站在一旁没说话，洛抒之后玩上瘾了，甚至成了草坪上的"球霸"。

几个大男人都在陪着她玩，反而没怎么谈事情了。

洛抒一直打到下午五点还意犹未尽，但也实在打了太长时间，便随大家一起去吃饭。

这次不是海鲜，而是当地的特色菜，席间大家还开了一瓶红酒。洛抒喝了一口红酒，感觉红酒甜甜的，口味非常不错，索性多喝了几口，都没注意到孟颐在她的身边看了她几眼。

洛抒自顾自地喝，很是开心，话也逐渐多了起来，神情有点儿亢奋，同孟颐说："哥哥，那个白色的、像豆腐一样的东西挺好吃的。"过了一会儿她又说，"哥哥，那个鸡肉也好吃，不过放多了柠檬，有点儿酸。"

"哎，这个不是疆域大盘鸡吗？"

她话越来越多，显然是有些醉了。

孟颐见状，就让秘书先送她回去。

洛抒不肯，拽着孟颐说："哥哥，我还没吃饱，你让我再待会儿。"

孟颐没再说话，也就让她待了。终于结束了这顿饭后，孟颐带她回房间。洛抒走得还算稳，跟在孟颐的身边相当活泼，不停地说着话。

孟颐没回她，任由她一个人在那儿叽里呱啦。

她的衣服还在孟颐的房间里，所以她一路跟着孟颐，进了房间看到了游泳池，把鞋子往地上一甩，就朝着游泳池的方向跑去，边跑还边喊："泳池，我来啦。"

孟颐见洛抒还要再去泳池，立马把她拽到身边，然后对一旁的秘书吩咐道："带她去把衣服换了。"

见秘书带着洛抒去浴室，孟颐便回了房间，可是刚回到房间就发现洛抒的衣服还在他的床上，片刻后听见门外传来敲门声，便过去开门。

秘书同他说："孟总，洛小姐的衣服在您的房间里。"

洛抒看到了自己的衣服，将秘书的手一甩，朝床这边扑了过来，迷迷糊糊地说："我的衣服。"

孟颐看了她一眼，对秘书说了句："你回去吧。"

秘书听了孟颐的吩咐，便点头从孟颐的房间离开。

洛抒从床上抱起自己的衣服，欢快地跑去浴室换。

孟颐一时觉得有些热，将门关上把领口扯开一些，然后走到书桌旁打开电脑。

刚坐下没多久，洛抒从浴室跌跌撞撞地出来了，整个人晕头转向地在屋里转着，同孟颐说了句："哥哥，我回去了。"

孟颐本来在看电脑，忽然看了她一眼，说了句："等等。"

洛抒停住动作看向他。

孟颐皱着眉说："过来。"

洛抒也不知道他要干吗，只管听话地走了过去。

但她连醉酒都记得要跟孟颐保持距离，走过去后始终站得远远的。

洛抒穿着连衣裙，扣子还没扣好，裙摆也歪歪扭扭的，头发披散着塞在裙子的领口内。

孟颐看到她这副样子，说了句："再过来一点儿。"

洛抒看着他，想了想又过去了一点儿，但还是保持着距离。

孟颐还在床上坐着，干脆伸手把她拉了过来，拉到自己的腿前，替她将头发从衣领内拿了出来，又替她把扣子扣好，之后将目光落在她的头发上。洛抒的头发不是纯黑，而是带着点儿微红，这种颜色很挑战发质，可是洛抒天生就发质好，即便染了棕红色的头发，发丝依旧柔顺发亮。

孟颐始终温柔地看着她，看到刚才帮洛抒整理衣服的时候不小心弄乱的头发，又伸手替她将头发抚顺、整理好，别在她的耳后。

洛抒就站在那里乖乖地看着他，任由他帮自己整理头发。

做好这一切，孟颐再次看向她，眼神变得复杂，过了好久，忽然伸手将她搂在怀里。

洛抒听话地趴在他的肩头上，没有动。

孟颐的手落在她的头顶上，他就这样静静地拥着她。

洛抒感觉有点儿晕，说："哥哥，我想吐。"接着，她无力地从他的肩头滑到他的胸口上。

孟颐就这样抱着她，室内一片宁静。

太阳已经落山了，天空中满是金色的晚霞，房间内没开灯，在晚霞的照耀下，一切都带着金色的光辉。

房间内的一角，孟颐抱着怀里的女孩儿，一直没动，任由时间一分一秒地过去。

趴在他胸口的洛抒先喊了句："哥哥。"忽然将他推开，整个人飞快地朝着浴室走去，然后趴在洗手台处用力呕吐着，过了一会儿才渐渐恢复意识，似突然间想起了什么，透过浴室的门朝外看去，她的意识瞬间就清醒了。

洛抒磨磨蹭蹭地在里面洗了个澡出来，看到孟颐还坐在那里，却不敢再靠近。

孟颐说："去衣柜里拿个东西。"

洛抒闻言朝他的衣柜走去，打开衣柜就在里面看到一个礼盒，看了一会儿才把礼盒从柜子里拿出来，打开盒子发现里面装的是一条裙子，然后扭头看向他。

这条裙子比洛抒之前新年时收到的那条裙子多了些成熟的设计。

孟颐说："生日礼物。"

洛抒已经猜到这是生日礼物了，说了句："谢谢哥哥。"

孟颐起身朝她走了过来，停在她的面前看了她一会儿，忽然屈身与她平视，轻轻地把手放在她的脑袋上温柔地抚摸着，看着她的眼睛，说："生日快乐。"

洛抒抱着盒子没有动。

孟颐忽然伸手，再次将她搂在了怀里，连同她抱着的那个礼盒，然后在她的头顶吻了下，轻声说："生日快乐。"

洛抒感觉到自己的血液在一点点凝固、冻结。

洛抒已经不清楚自己是怎么回到房间的了，但躺在床上整整一夜都没睡。

第二天早上八点，洛抒从床上起来，听到孟颐的秘书再次来敲门提醒她去吃早餐，就装作什么事情都没发生过的样子，问孟颐的秘书："哥哥起了吗？"

秘书说："起了。"

洛抒还有些迷糊，继续问道："我昨天是怎么回来的？"

秘书一见她这样，便知道这是她昨晚喝多了的"后遗症"，笑着说："昨天您喝醉了，衣服是在孟总的房间换的，应该也是孟总送您回来的。"

洛抒说："是吗？"

秘书说："是的，您都忘记了。"

洛抒说："喝了太多酒，我都忘了。"又看向床上的盒子，继续问，"那是我从哪里拿过来的？"

秘书说："孟总昨天送您的生日礼物。"

洛抒像是才反应过来，赶紧去洗手间洗漱一番，然后上楼去孟颐的房间吃早饭，进屋看到孟颐时如往常一般，喊了句："哥哥。"然后坐在他的对面。

孟颐在跟秘书交代事情，见她进来就转头看向她。秘书听孟颐交代完工作便出去了。

洛抒抱着脑袋问孟颐："哥哥，我昨天醉酒了，没出什么糗吧？"

孟颐放下手上的文件，听她说话的语气同从前一样，说："没有。"

桌上放了一碗醒酒汤，孟颐又说了句："你把桌上的醒酒汤喝了吧。"

洛抒立马端起醒酒汤喝了起来，喝完感觉舒服了不少，同孟颐说："哥哥，我今天早上起来看到了你送的礼物，谢谢你。"

孟颐靠在椅背上，淡淡地说："不用谢。你今天还有什么想去的地方？"

洛抒说："哥哥，你有事情要忙的话，就让你的秘书跟我出去吧。"

孟颐并没有说自己没时间，但听洛抒如此说，也就顺着她的话说："嗯，那你就跟秘书一起出去。"

洛抒点点头，嗯了一声。

孟颐看到她今天穿的是自己昨天送的那条裙子，就忍不住多看了几眼，越发觉得她穿这条裙子很漂亮。

两个人吃完早餐后，孟颐的秘书过来接洛抒出去。孟颐今天没什么事情，就坐在沙发上翻报纸。

洛抒在出门前涂了各种防晒霜，收拾好后同孟颐的秘书说："我好了。"接着又对在沙发那端坐着的孟颐说："哥哥，那我先跟周兰姐出去了。"

见孟颐点头，洛抒便和周兰一起出了门。

周兰却在心里疑惑：明明早上孟总已经将今天的工作都安排好了，为什么没陪洛抒出来？

这是沿海城市，洛抒对海鲜很是喜欢，所以一路上吃个不停，又跟着周兰出海钓鱼，钓了很多小鱼、小虾上来，接着又去浮潜，玩得不亦乐乎。周兰在旁边反复叮嘱安全员一定要看好洛抒，千万不能出什么事。

安全员经验丰富，又因为洛抒本身有游泳功底，教起来很容易，但在安全方面也不敢怠慢，一直紧跟着洛抒。

洛抒在海底浮潜时看到很多五颜六色的鱼、虾、海藻、海星之类的东西，感觉非常神奇。

安全员教她用手去触碰围绕她游泳的小鱼，洛抒试着去触碰，那种感觉很是奇妙，这让从没玩过浮潜的她觉得一切都很新奇。

洛抒在海底玩得开心，周兰在岸边倒是急死了，生怕洛抒出什么意外。

不过孟总吩咐了，今天是洛抒的生日，她想玩什么就玩什么，周兰也只能奉陪。

周兰看到洛抒浮潜了三十分钟，终于上来，一颗心才落了地。

洛抒把抓到的东西用瓶子装着，正同安全员聊得起劲。

周兰拿了块浴巾走了过去，替她围在身上，说："您感觉怎么样？"

洛抒感觉很好，还提着一个东西给周兰看。

周兰看到洛抒的手里提着一只伸着触角的八爪鱼，差点儿被吓死了。

洛抒兴奋地说："我抓的，打算回去把它炖了当生日餐。"

周兰赶忙说："我替您拿着。"

洛抒对每个城市的夜市都充满了兴趣，本来打算晚上去夜市的，但因为今天过生日，晚上这顿得回酒店跟孟颐吃，所以就提前去了夜市，买了很多手工小饰品，一直到晚上七点才回酒店。玩了一整天的洛抒非常开心，一路上都兴高采烈的。

回到酒店后，洛抒看到孟颐在泳池边的躺椅上坐着，高兴地喊道："哥哥。"然后将手上的东西全部放下，提着那只八爪鱼朝他走去，问道，"这里有厨房吗？"

孟颐看着她手上的八爪鱼，眼神里有几分好奇。

洛抒激动地说："这是我今天浮潜时抓的，厉害吧？"

那只八爪鱼很新鲜，一直试图从瓶子内逃出来。

事实上酒店已经把今晚的晚餐准备好了，孟颐便说："这里有厨房。不过，你确定不让厨师帮忙吗？"

洛抒说："我自己弄啊。"她对这只八爪鱼充满了兴趣，在房间内转了转，发现这里果然有厨房，立马朝厨房走去。

紧接着，厨房里传来叮叮当当的响声。

周兰朝厨房看了一眼，莫名觉得危险得很。

孟颐从椅子上起身，朝着厨房走去，快到厨房门口时，对周兰吩咐了句："你找厨师过来。"

周兰点头，便去外面找厨师。

洛抒根本不知道怎么处理八爪鱼，虽然之前也抓过，但并不会处理食材，这会儿有些下不了手。

她听到孟颐让周兰去找厨师，立马说了句："哥哥，不要找厨师，我想自己做。"

洛抒虽然嘴上这么说，却根本不敢去抓已经放入盆内的八爪鱼。

没多久，厨师就过来将八爪鱼处理好，但没烹饪，而是放在那里，让洛抒去施展厨艺。

洛抒见孟颐一直在一旁看着，便问道："哥哥，你想吃清蒸的还是水煮的？"

孟颐说："随便，你拿手的就好。"

洛抒揭开锅盖，打算清蒸八爪鱼，毕竟清蒸是不考验厨艺的。

这时，她听到手机在外面响了，就说："哥哥，你帮我看一下，我去接个电话。"然后转身跑了出去。

孟承丙在电话里头祝她生日快乐，还问她有没有收到礼物。

洛抒人没在 G 市，自然没见到礼物，但还是笑着说："礼物收到了，爸爸。"

孟承丙也在电话里朗声笑着，说道："收到就好。对了，洛抒，你今天是不是跟付园一起过生日？"

听孟承丙提到付园，洛抒脸上的情绪虽然起伏不大，但多少也是有些情绪转变的，她只能同孟承丙说："爸爸，我们……"思考片刻，还是决定不跟孟承丙说实情，便只能说，"哦，是的，我们两个打算等会儿去吃点儿东西。"

孟承丙继续问："钱够用吗？"

洛抒说："爸爸，够用的。"

孟承丙说："那你们要好好玩，想吃什么吃什么，想买什么买什么。"

洛抒说："好的。"

孟承丙又说："别忘了向你哥哥要礼物，你可不能放过他，该要的还是要找你哥哥要。"

孟承丙总喜欢让洛抒占孟颐的便宜，无论任何节假日，都少不了让洛抒敲孟颐的竹杠。

洛抒笑着说："好的，爸爸，我不会忘的。"

之后父女俩挂断了电话，洛抒放下手机便飞快地朝厨房走去。

此刻孟颐还在厨房替她看着火候。

洛抒急忙问："哥哥，怎么样？"然后伸手便想去揭锅盖，却看到孟颐忽然握住她的手，一时被他的力道和动作吓到，朝他看了过去。

孟颐皱着眉说："烫。"

洛抒看向他覆在她手背上的手，没说话。

孟颐的手还握着她的手腕，好在他阻止了她的动作后，就将手放下了。

洛抒也把手收了回来，假装什么事情都没发生，笑着说："我知道了。"洛抒没再去碰锅盖，只是站在那儿开心地等着。

孟颐看了她一会儿才移开视线。等八爪鱼蒸熟之后，洛抒用隔热布将锅盖揭开。

洛抒看到八爪鱼蒸得正好，笑着说："还不错！"

洛抒又拿了个碗开始调蘸料，在碗中放了姜片、生抽等，将料调好后便端着蘸料随孟颐去了客厅。

没多久晚餐也备好了，桌上还摆着蛋糕，洛抒开始吹蜡烛、许愿。

周兰和酒店的工作人员在一旁看着，孟颐也坐在那儿安静地看着。

洛抒许愿之后吹灭蜡烛，转头对孟颐说："哥哥，我许了三个愿望。"

孟颐没问她生日愿望，只说："吃吧。"

酒店的工作人员给孟颐倒了红酒，又给洛抒倒了饮料。

两个人一直吃到晚上十点，洛抒吃饱后，同孟颐说："哥哥，我吃饱了，就先回房了。"

孟颐点头同意。

洛抒起身拿着今天买的东西打算离开，可是还没走到门口，就听到孟颐喊住了她，然后转身看向他。

蛋糕上还有一个精致的皇冠，孟颐拿着那个皇冠走了过来，停在她的面前，然后将皇冠轻轻地插入她的发间，打量了她一眼，才说："回去吧。"

洛抒甜甜地笑着，说："谢谢哥哥。"然后戴着那顶皇冠出了门。

孟颐站在那里看了许久，才转身回到餐桌边坐下，把目光落在那几乎没怎么碰的蛋糕上，然后抬手端起桌上的酒杯饮了一口酒。

洛抒回到自己的房间后，才卸下脸上的笑容。

那几天洛抒和孟颐同往常一样相处着，关系看上去没什么变化，孟颐对她的态度还是和以前一样。好在洛抒过完生日的第四天，孟颐终于结束这边的工作，两个人返回 G 市。

在飞机上，洛抒依旧蒙头睡觉。孟颐很少在飞机上休息，不是处理工作就是看书。她跟他坐过很多回飞机，他每次都是如此。

洛抒在飞机落地后才醒来，跟着孟颐晕晕乎乎地从机场出来，坐上回家的车。

洛抒觉得出去一趟累死了，一到家就整个人瘫坐在沙发上。

琴姐热情地接待着他们，看了一眼在沙发上瘫着的洛抒，见她的精神面貌确实好了很多，便同孟颐说："您今天在家吗？"

洛抒躺在沙发上本来是闭着眼的，闻言微微睁开了眼。

孟颐将行李交给琴姐，说："明天再走。"

琴姐想他明天走应该是回 B 市，说："好的。"然后拿着行李去楼上。

洛抒的心情舒畅了很多，晚上吃完饭，她还同孟颐在楼下看电视。

孟颐也很罕见地没有去书房。此时两个人都洗完了澡，洛抒穿着睡衣趴在沙发上看综艺节目，孟颐也偶尔看几眼，但大多时候还是看着手上的书。

琴姐端了些水果放在桌上。

洛抒一边看节目一边笑，却不忘抓着桌上的水果吃，还时不时跟孟颐说话："哥哥，你明天回去吗？"

孟颐嗯了一声。

洛抒说："快过年了，我差不多也快回去了。"

孟颐没有答话。

洛抒又说："那你今年还来不来 G 市？"

他说："还不确定。"

洛抒点头。

两个人看电视看到十点，才各自上楼休息。第二天洛抒从楼上下来时，听琴姐说孟颐已经从 G 市离开了，虽然一早就知道他会走得早，但没想到他离开之前竟然完全没问她打算如何处理和付园的事，毕竟这件事情还没有解决。

琴姐同洛抒说："先生走的时候说让您在家再休息一段时间，学校的事情先不急。"

洛抒嗯了一声。

实际上，在孟颐回 B 市后的第二天，洛抒就回到学校正常上课了。

那天萨萨在教室里看到来上课的洛抒，脸上写满了不可思议，毕竟已经快两个星期没见到洛抒，还以为她消失了。

萨萨和邓婕本来坐在另一处，一看到洛抒就迅速地围过来，问道："你怎么回来了？"

洛抒笑着说："出去玩了几天。"

萨萨见洛抒的状态完全不是那天见面时的样子，在快要上课之前，小声地说："付园这段时间一直在找你。"

洛抒问："他找我做什么？"

萨萨答："付园还是想跟你复合。"

邓婕在一旁带着怒气说："他哪里来的这么大的脸？"

萨萨小声地问："洛抒，你应该不会跟付园复合了吧？"

洛抒还没回答就看到老师进来了，便翻开书岔开话题，说道："把你们的笔记借我。"

两个人知道她最近没上课，早就帮她记笔记了，这会儿都把笔记递给洛抒。

这节课结束后，付园不知道从哪里得到的消息，直接在教室门口堵到了洛抒，动作之迅速就连邓婕和萨萨都没想到。

洛抒的脸上没什么表情，她只是站在那儿看着付园。

付园紧抓着洛抒的手，说："洛抒，我们聊聊。"

他看起来非常焦急，似乎迫切地想跟她交流。

萨萨和邓婕在一旁看着没有说话，毕竟不好意思在学校把事情闹得太大，就等着洛抒的反应。

洛抒没有生气，反倒面色平静地问道："只是聊聊吗？可以，走吧。"

萨萨没想到洛抒这么爽快就答应了，生怕洛抒再犯傻，赶紧拉着她说："洛抒……"

付园的脸上闪过一丝喜色，他说："好，我们去学校外的一个奶茶店聊，好吗？洛抒，那是你最爱去的奶茶店。"

洛抒甩开他的手，说："嗯，走吧。"然后径直朝前走去。

付园看到洛抒甩开他的手，愣了几秒，迅速地跟了上去。

萨萨跟邓婕知道两个人总该有了结，便没再跟上去。

到了奶茶店后，付园笑着问她："洛抒，你还是喝抹茶味的奶茶吗？"

洛抒嗯了一声。

她发现她还真是得了几分孟颐的真传，不想说话的时候，基本都是以一个嗯字回应，要多冷漠就有多冷漠。

付园大约没想到洛抒会如此，莫名有些紧张，因为之前见过孟颐，自然也从洛抒的身上看出了几分孟颐的影子。

洛抒刚才不苟言笑的表情，让付园立马想起他第一次见面就觉得有距离感和压迫感的洛抒的哥哥。

他想要气氛轻松一点儿，笑着说："你这样有点儿像你哥哥。"还自认为说出了一句比较幽默的话。

洛抒淡淡地说："所以呢？"

付园准备去抓洛抒的手，有些紧张地说："洛抒，我……"

洛抒直接躲开，说："不用了，分手吧。"

付园面色悲伤地看向她，说道："洛抒，你可不可以原谅我一次？"

洛抒听到这句话竟然笑了一下，说："原谅你什么？原谅你出轨吗？"边说边打量着他，继续问道，"你有什么地方配得上我？"

洛抒的这句话让付园脸色通红。

洛抒看他的眼神充满了轻蔑。她嘲讽地说道："付园，你无论哪一方面都配不上我。我家里人都不屑来处理你，我也不想打击你，所以今天把话说到这里。你好自为之，我们的缘分到这儿也就算完了。"说完起身就走。

付园直接站了起来，拽着洛抒的手，直接跪在了洛抒的面前，忏悔地说："洛抒，我求求你，就原谅我这一次。我和她只有那一次，真的只有那一次。你相信我，我以后再也不会干这种事情了，我知道我配不上你，可我们不是说好要一起努力的吗？"

洛抒看着付园那张哭泣的脸，竟然没有半点儿心痛，此刻从他的身上也看不到半点儿她想要的影子了，突然觉得自己看男人的眼光真的挺烂的，还真应了洛禾阳说她的那些话。

无论是邹厉，还是跪在这儿的付园，现在想想，洛抒都不得不承认洛禾阳说的那些话很对。

洛抒从来没想过有一天自己会在感情中被人背叛，被狠狠地插上一刀，再次冷冰冰地开口："你放手。"

付园似乎什么尊严也不要了，还在苦苦地哀求着："洛抒！"

周围有很多人在围观，洛抒想就算付园不要脸，她还要脸呢，费了好大的力气推开他，然后转身迅速地离开了奶茶店。

付园没有再追上来。

萨萨和邓婕虽然没有跟过来，但在奶茶店不远处等着，见洛抒慌里慌张地从奶茶店出来，便立马朝她走了过去，两个人一起问她："你没事吧，洛抒？"

洛抒还算平静，说："没事。"

萨萨说："走吧，别理他这种渣男，也别再跟他有任何交集。"

洛抒跟着萨萨和邓婕回了学校。

她暂时还没有房子住，之前已经把她放在跟付园合租的那套房子里的所有东西全部搬了出来，所以晚上只能回玉园那边。

洛抒回到家后已经平复了情绪，神色如常地跟出来迎接她的琴姐打着招呼。

琴姐见她今天这么晚回来，问："您吃了吗？"

洛抒说："还没有。"

琴姐见她心情不佳，也没多问，便忙说："好，我现在就去给你弄点儿吃的。"然后去了厨房。

洛抒却觉得一身轻松，笑不出，但也哭不出，讲不出那种感觉。

晚上洛抒一个人待在房间里的时候，又看到付园打来电话、发来信息，看了一眼就直接把他拉黑。

从那天晚上起，付园再也没有来找过她，两个人在学校也再没碰见过。

真正意义上来说，付园算是她的初恋，可是她没想到她的初恋会结束得这么恶心。

她突然想到一件事情：孟颐走的时候之所以不问她跟付园的事情，是因为很清楚地知道她和付园除了这样的结果，不会有别的结果，所以根本不需要多费口舌，或者出面处理什么。

洛抒并没有彻底从那件事情里走出来，她和付园分手后，虽然看上去一切都和从前差不多，可实际上独处的时候，依旧会因为这件事情而感到心情糟糕。不管她对付园的感情到底怎样，毕竟跟他在一起这么久，对他的付出也是真的，没想到最终得来的结果这么恶心、惨烈。

当然，比起这件事情，洛抒还有更重要的事情要去做。

付园的事情过去后，洛抒开始将所有的心思都放在了学业上，还拒绝了前几天萨萨和邓婕约她出去玩的邀请，不管在学校走路还是在食堂吃饭，都专注地背单词、练口语，似乎有点儿魔怔了。

邓婕和萨萨误以为洛抒是受什么刺激了，没见过她为了赶学习进度而这么忙碌，甚至以为洛抒的精神状况出什么问题了。

直到有一天，三个人一起去图书馆，邓婕发现洛抒好像在备考雅思，惊讶地问："洛抒，你要考雅思吗？"

洛抒看向她们，说："嗯，考。"

萨萨也凑过去问道："你要留学？"

一般考雅思、托福这类的人，基本是为出国做准备。

洛抒不否认，但也没有直接说要出国，只说："暂时考个雅思而已。"

萨萨和邓婕闻言也算是放心，她们现在还完全没有要考这些的想法，虽然已经大四了，不过对于英语专业的她们来说，雅思、托福不算难的，所以也就没怎么急。

萨萨和邓婕知道洛抒要备考，也就没再打扰她。

洛抒希望这件事情尽快完成，计划在过年前就把所有事情都搞定。她备考雅思的时间是两至三个月，春节也差不多是在这个时候。

洛抒从来都没这么努力过，那两三个月整个人都魔怔了，黑眼圈看起来十分明显。

琴姐来给她送饭时见到她几次，问她怎么把自己搞成这样。

洛抒往嘴里塞着东西，同琴姐说："最近学习比较忙。"

琴姐相当心疼，说："学业再怎么重，你也得养好自己的身体。"

琴姐继续同她唠叨着，唠叨的不过还是那些事情。

洛抒基本上没听，脑海里还想着学习上的事情，吃过饭，把饭盒往琴姐面前一推，说："琴姐，我吃好了，先去忙了。"

琴姐见饭盒里还剩半盒饭，忙站起来焦急地说："哎，洛抒，你还没吃完呢！"

洛抒同琴姐挥手："不吃了。"接着又一头扎进了图书馆。

雅思考试的日子越来越近，洛抒那段时间完全没有多想，也许是勤能补拙，在那三个月里，竟然真的通过了雅思。

洛抒那三个月整整瘦了五斤，通过雅思考试也松了一口气，就打算把之后的事放到明年处理。又是一年，洛抒这次都不用孟承丙催，放假后主动回了家，也许久没见到洛禾阳了，想到未来几年都可能见不到她，心里多少还是有些内疚的。

也许是达成了目标，洛抒多少还是轻松高兴的，她提着行李箱从车上下来后，就看到保姆过来迎接，忙笑着说："我回来没同你们说，我妈还有爸爸呢？"

保姆拉着她说："快进去，都在里头呢。"

洛抒随着保姆朝里头走，一眼就看到孟承丙在客厅满脸笑容地跟科灵说话。

洛抒还没发出声音，保姆倒先发声，对正在跟科灵说话的孟承丙大声说了句："先生，洛抒回来啦！"

正在哄孙子的孟承丙听到保姆这话，立马抬头往外看，一下就看到拉着行李箱站在门口的洛抒，一时间惊喜万分。

一旁的科灵也停下动作，朝门口看了过去。

孟承丙迅速地走了过去，笑着说："洛抒，你回来啦！"

洛抒也朝孟承丙笑着喊了句："爸爸。"

孟承丙亲切地搂着她，说："你怎么突然回来了？连个电话都没有？我今天还打算催你回来呢。"

洛抒笑得眯起眼睛，说："去年过年都没回，所以今年回来看看我妈和您。"然后又看向不远处抱着孩子的科灵，唤了句："科灵姐姐。"

科灵抱着孩子，笑着说："许久没见你了。"

洛抒说："学习上比较忙，所以也没多少时间回家。"

孟承丙拉着她说："走吧，外面冷，快进来。"

洛抒被孟承丙拉着过去，四处看了一圈儿，问道："我妈呢？"

孟承丙说："她出去了。"说完又想到什么，他忙说，"对，我得给她打电话。"

洛抒也不想让孟承丙搞得太刻意，就说："不用，等下她回来就能见到了，我先上楼换衣服。"

孟承丙也不再坚持，说："好，你上楼休息会儿。"

"嗯，好的，爸爸。"

洛抒看了科灵一眼，发现科灵也正好看向这边。两个人的视线短暂接触后各自移开。

洛抒说："那我上去了，科灵姐姐。"

科灵嗯了一声，说："好的。"

洛抒便拿着行李自己上了楼。

洛禾阳到了晚才回来，洛抒正好从楼上下来，朝着进来的洛禾阳喊了句："妈。"

可能孟承丙确实没同洛禾阳说洛抒回来的事情，洛禾阳站在那儿怔了一会儿。

都说母子没有隔夜仇，孟承丙是相信这句话的，此刻正在一旁笑着看洛禾阳的反应。

洛禾阳朝她走过去，很平淡地说了句："什么时候回来的？"

她的语气虽然生硬，可她至少开口同洛抒说了话。

洛抒去年过年没回家，孟承丙知道洛禾阳气到不行。但洛禾阳也没说什么，反正今年看到洛抒回来，气也该消了。

洛抒说："今天上午回来的。"

洛禾阳说："行吧。"然后把手上的包给了保姆，朝她问道，"你要吃什么？我给你做。"

洛抒听到她这句话笑了，立马上前抱着她的手，说："什么都好，我最想念您做的饭菜了。"

洛禾阳冷着脸说："你少来，你想念我什么？我看你是乐不思蜀。"

洛抒嘿嘿笑着，样子看着很是讨好。

洛禾阳去厨房准备晚餐。

晚上一家人一起吃了饭，母女俩在楼上说了好一会儿话。洛抒从两个人的谈话间可以看出，洛禾阳这两年老实、本分了很多，性子也平和了，可见孟颐接管孟家后对她还是不错的，并没有之前洛禾阳想的那么夸张。

洛禾阳竟然也没再问付园的事情，洛抒多少心安了些。

楼下有车声传来，也不知道是谁回来了。母女俩在楼上待了会儿便一起下了楼，到了楼下，洛抒在沙发那端看到了孟颐。

他似乎是刚从外面回来，外套都没脱。

洛抒和洛禾阳都停下脚步，隔了半晌，倒是洛抒先开口，对沙发那边喊了声："哥哥。"

孟颐听到洛抒的声音，朝她这边看着，好像并不意外她会回来，只应答了一声。

隔了一会儿，洛抒又说："那我跟我妈出去散步了。"

孟颐说了句："去吧。"

洛禾阳离开前交代保姆为孟颐准备好晚餐，然后拉着洛抒去散步了。

大概一个小时后，洛禾阳和洛抒散步回来。一路上洛禾阳同洛抒说了很多母女间的体己话，看现在时间也不早了，就让洛抒早点儿回房休息。

洛抒坐飞机回来也确实累了，同洛禾阳说了晚安便上了楼。

到了楼上，洛抒想去书房找几本书，直接推开门进去，没想到孟颐在里面处理事情。

洛抒在门口停住，一时间不知道该不该进去。

孟颐听到声音，回头看到洛抒，便放下手上的事情。

洛抒想了想，还是走了进去，说："哥哥，我拿几本书。"

孟颐表示没问题，端着桌上的咖啡饮了一口，继续忙手上的事情。

洛抒在书架前找，但没想到要找的几本书全在书架的顶层，环顾四周，发现房间内唯一的椅子还被孟颐坐了。

洛抒正纠结着该怎么办的时候，孟颐从椅子上起身，朝她走了过去，停在她的身边，问："要哪几本？"

洛抒说："就那两本词典，还有一本原文书。"

孟颐伸手，把她要的那两本书从书架上拿了下来，然后递给了她。

洛抒接过，小声地说："谢谢哥哥。"

孟颐停在那儿，一直看着她。洛抒只能低头翻着手上的书。

孟颐收回视线，转身回了书桌前坐下，继续端着咖啡喝着，目光落在电脑上。电脑屏幕的蓝光投射在他的脸上，让他看上去有些神秘莫测。

洛抒拿着那两本书便准备从书房离开，快走到门口的时候，孟颐同她说了两个字："等等。"

洛抒停住，回身朝他看了过去。

孟颐说："你过来。"

听到孟颐又是这样的语气，洛抒不知道他想干什么，双手紧捏着书本，还是朝他走了过去，停在他的书桌边，问："哥哥，怎么了？"

孟颐从电脑屏幕上移开视线，抬头看向她，问道："你明年就毕业了，有什么打算？"

他在询问她以后的规划。

洛抒对未来感到迷茫，坦言道："我还不知道。"

孟颐继续问："你想从事哪方面的工作？"

他端着咖啡又喝了一口，看起来对咖啡挺上瘾的。

洛抒说："还不知道，很迷茫。"

孟颐说："嗯，也不急，等毕业再好好想想。"

洛抒见他只是问这事，又说："那哥哥还有事吗？"

孟颐说："没事了，去吧。"

洛抒今年回来后，在家待得还挺安分的，也不似前几年活泼了，很少再往外跑，都是在家里待着。大概女孩子大了，学会文静了。大家各有各的事情忙，也没在意洛抒的变化。

总之那个年，洛抒都没有出门，最多就楼上楼下转一转。

没多久，孟承丙他们都知道了洛抒和付园分手的事情，还是从洛抒的口中得知了整件事情的经过。事实上孟承丙大约也猜到了，因为洛抒这次回来后性子比以前沉稳了很多，也没见她像之前那样同付园通电话了。

洛抒是在晚上跟大家坦白的。

那天大家吃过了晚饭，坐在沙发上闲聊，孟颐依旧拿着报纸在看，洛抒主动说起了她跟付园分手的事情。

洛禾阳见洛抒如此坦诚，倒是彻底地松了一口气，也没奚落洛抒，只是在一旁说："分了好，我早就觉得该分了。"

孟承丙比较顾及洛抒的心情，说："没事，学校里的情侣都是这样的，我家洛抒以后还会遇到更好的。"

洛抒第一次没有在孟承丙面前卖乖，只说："知道了，爸爸。"

孟承丙又安慰了她几句。

之后的几天，大家可能比较顾及洛抒的心情，同她说话都小心翼翼的，生怕她心情不好，毕竟女孩子失恋都挺敏感的。

最开心的莫过于洛禾阳，那几天连说话声音都高了几个度。

洛抒过年期间唯一一次出门是应周小明他们的邀约。他们几个今年之所以没有聚会，是因为许小结和栩彤都没回来，只有周小明回来了。周小明同洛抒说，无论如何都要过来一趟，参加高中同学的聚会。

孟承丙他们一直担心她还处在失恋的情绪中，很想让她出门，只是没有明说。洛抒想到大家对她的关心，也觉得在家待了挺久的，还许久没跟周小明见面，就爽快地答应了。

洛抒晚上出门时是让司机送的。

到了周小明说的地方，洛抒望着外面的招牌，想着估计是哪个同学今年赚大钱了，居然把场地定在了这么高级的地方。洛抒的高中同学家境都不差，毕竟能够上那样的高中，家里没一定财力也是读不起的。

洛抒同乔叔说："我晚上回去的时候再给您打电话。"

乔叔点头说："你也不要玩到太晚，毕竟女孩子一个人在外不安全。"

洛抒点点头，跟乔叔分开后就直接进去了。

聚会的地方居然还是会员制的，不让一般人进去。周小明下来接人时，一看到洛抒就过来抱住了她，神情夸张地说："洛抒！"

洛抒都懒得看他，说："你真是一点儿也没变啊。"

周小明还是那张娃娃脸，真是没什么变化，跟洛抒关系好得像姐妹一样，搂着她说："嘿，你越变越好看了。"又看向她的发色，悄悄在她的耳边说了句，

"你这发色真酷。"

洛抒染了个棕红色的头发，虽然是以前染的，但如今看起来还是挺张扬的。洛抒白了他一眼，随着他进去。

两个人来到一个包间门前，还没进去就听到了里头鬼哭狼嚎的歌声，进去后发现今天来的果真都是曾经的同学。大家难得聚在一起。因为洛抒以前在高中时人缘就挺好的，所以一看到洛抒进来，大家纷纷和她打招呼。

洛抒也一一回着，聊了几句后，就被周小明拉到一旁坐下。

周小明一脸八卦地问："洛抒，我听许小结说你失恋了。"

洛抒觉得他真是哪壶不开提哪壶，端起桌上的一杯东西，也不知道是酒还是饮料，仰头喝下，说道："干吗？奚落我？"

当初周小明听说洛抒有了男朋友后，半个学期都没理洛抒，后面见洛抒一点儿也不在意，又觍着脸求和，如今听说她和那个男朋友分手了，心里只差没放鞭炮庆祝了，脸上却带着感同身受的表情说："没有，我哪儿是这种人？我替你难过都来不及呢。"

洛抒觉得这里吵死了，也不知道大家为什么要把聚会地点安排在这里，但此刻就想喝酒，说："你最好是没有。"

表情还没坚持三秒，他就嘿嘿一笑，说："你要不要考虑我？你看，我们是同学，又认识这么久了，要不，我们凑一对儿得了？"

这样的话，他从高中说到现在，洛抒都被他说得耳朵起茧子了。

洛抒揶揄他说："你还单着呢？不会还是处男吧？"

周小明本来满腔欢喜，听到这句话只差没把洛抒掐死，心想她才是哪壶不开提哪壶，说："我处男怎么了？我处男吃你家大米了？"

洛抒扑哧一声笑了，本来只是随口一说，没想到周小明竟然直接承认了。

周小明真有点儿生气了，也端起桌上的酒喝着。

洛抒立马拍着他的肩膀，安抚道："好好好，我说错了，成吗？你别生气了，我也就随口一说。"

周小明一点儿也不客气，对她说："喝酒，喝酒！"

洛抒为了表现自己道歉的诚意，端起手上的酒杯便开始喝，毫无推托。

周小明也闷闷地喝着酒。

两个人不知道怎么了，就那样喝了起来。那些唱歌的、聊天儿的，也都围了过来。好好的同学聚会，怎么从刚才的抢着唱歌，变成喝酒聊天儿了？

周小明觉得他们叽叽喳喳的烦人得很，其实今天是有事情同洛抒说的，干脆直接将洛抒从沙发上拉了起来。

洛抒问他："哎，你干吗啊？"

周小明不理会她，只管拉着她朝外走。

两个人都喝了不少酒，洛抒之前还不觉得，现在站起来，感觉脚步都有些不稳，要不是被周小明拉着，只怕直接磕地上了。

到了包间外面，周小明将洛抒甩在了走廊的墙上，两手撑在她的身侧，朝她压了过去，不过也保持了一定的距离。

洛抒已经醉醺醺了，此刻靠在墙上，看了一眼周小明撑在她两侧的手，笑眯眯地问："干吗？"

周小明说："不干吗，就问你一句话。"

洛抒的整个身子贴在墙上，她懒洋洋地说："你问。"

两个人的脸离得很近，洛抒也没躲开，而是直直地瞧着他。

周小明闻到了她脸上的香气。他的眼神越来越迷离，他问："我可以吻你吗？"

洛抒知道他的意图，因为从刚才就发现他一直盯着她的唇。

两个人离得这么近，暧昧的气息在纠缠着，洛抒喝了酒，脑袋晕乎乎的，也没说话。

周小明当她是答应了，便朝着洛抒的唇越贴越近。

这时走廊的另一端出现一些人，像是这里的贵客，由老板亲自招待。此时大家都立在那儿交谈，并未注意到这个角落发生的事情。

突然，洛抒所在的包间里头推门走出来一个人，朝着周小明和洛抒这边大声喊了句："洛抒！"

那边的人也朝这边看来。回头的人是孟颐，他身边挽着的是科灵，两个人一起朝角落看了过来。

周小明的吻也正好在此时落下。

因为那同学的出现，洛抒下意识地扭头去看，使得周小明整个人直接扑了个空。

洛抒看到同学的同时，也看到了同学身后、走廊那一端的孟颐和科灵，一时还以为是自己眼花了，又仔细看了一眼，确认两个人真是孟颐和科灵。

他们似乎是来应酬的，都穿得很正式。

洛抒立马从墙上起身站直。

周小明还不知道发生了什么事，问："怎么了？"然后随着洛抒的视线看过去，正好看到了洛抒那个自从退学后便再也没见过的哥哥。

周小明瞬间愣在原地，但下意识地放开了洛抒。

刚才喊洛抒的那个同学指着他们俩，笑着说："我说你们俩在干吗呢，原来躲在这儿偷偷儿亲嘴啊。"

周小明一向贱兮兮的，此时却不敢说话。

那个同学还在不知死活地继续说："我就知道你们俩有一腿，看你俩一整晚都腻腻歪歪的。"

洛抒和周小明谁都没答那同学的话。

洛抒虽然喝了酒，但手脚还利索，赶紧走到孟颐和科灵的面前，说道："哥哥，科灵姐姐，你们怎么在这儿？"

科灵的脸上本来没有表情，不过她见洛抒过来了，微笑着说："在这边谈事情，你和你同学吗？"

洛抒悄悄地看了孟颐一眼，看不明白他的神情，只觉得他似乎还算平静。

她说："哦，对，是我同学，我们今天同学聚会。"

科灵看出来了，问："你是不是喝了很多酒？"

洛抒有些不自知，捂着红红的脸问："是吗？"

科灵点头说："是。"

洛抒没再说话，不过确实有些站不稳。

洛抒知道她肯定是要跟着孟颐他们一起回去的，所以什么都没说，也没再回包间那边，只跟在他们身边。

孟颐他们同其他人又说了几句才离开，洛抒跟在他们的身后，之后上了车。

洛抒坐在副驾驶座上，科灵和孟颐坐在后座，两个人谈着生意上的事情，车里便再也没有别的声音。

洛抒坐在车里，没说一句话。

车子到家后，洛抒推开车门从车上下来，便跑去一旁吐了。

科灵和孟颐下车后都在车旁看着。

保姆出来看到后，扶着不断呕吐的洛抒，问："哎呀，怎么喝这么多啊？"

洛抒既喝了啤酒，也喝了白酒，还喝了红酒，这会儿简直吐疯了。

孟颐和科灵看到有保姆在照顾洛抒，便先进去了。

过了好半晌，保姆才把洛抒扶到客厅。

洛禾阳听到声响，从房间出来，看到洛抒醉醺醺地回来了，只差没开骂了，怒斥道："你在哪里喝这么多酒啊？"

洛抒还算神志清醒，抱着洛禾阳说："喝了点儿，也不知道喝了多少。"

洛禾阳说："你真是！"

夜已深，洛禾阳怕吵醒其余人，立马同保姆一起扶着洛抒上楼。

还没上楼的孟颐看到了全过程，此刻仰头喝了一口水。

第二天早上，比孟颐更先起的是洛抒。她在餐厅的餐桌上趴着，穿着睡衣，蓬头垢面的，昨晚酒喝多了，难受得很，今天一早便起来，找家里的保姆要早饭吃。

保姆也没想到她今天会起得这么早，所以毫无准备，现在手忙脚乱的。

洛抒喊着："眉姐，饭好了没有？"

厨房内有人答道："快好了，您再等等，蛋都没煎熟呢。"

片刻后，保姆把鸡蛋、面包放到碟子上，端上牛奶从厨房出来，正好看到孟颐从楼上下来，笑说了句："您起了啊。"

洛抒本来一脸菜色地趴着，听到保姆的话，朝后看去，果然看到孟颐已经穿戴整齐地下楼了，立马在餐桌边坐端正了，就跟小学生看到老师一样，规规矩矩地喊了句："哥哥，早。"

孟颐今天看都没看她，只对眉姐说了句："咖啡跟三明治。"

眉姐忙说："好的。"

保姆们知道孟颐一向起得早，所以提前为他准备好食材，把洛抒的早餐端过去后，又赶忙去给孟颐做早餐。

孟颐在洛抒的对面坐下，拿起桌上的报纸翻着。

洛抒主动噤声，狼吞虎咽地吃着早餐。

她不是饿，而是胃里空空的，迫切需要填点儿食物进去。

洛抒很快吃完早餐，看了孟颐一眼就又上了楼。

晚上洛抒又出去了，而且回来的时间跟孟颐差不多，刚好看着他的车开进院子。

洛抒是打出租车回来的，让司机在院门口放她下来，看到时间已经是晚上十一点了。

洛抒走到大门的时候，正好看见孟颐把外套递给保姆。

孟颐问："大家都睡了吗？"

保姆不知道他问的是谁，只回道："都睡了呢。"

孟颐嗯了一声，便打算上楼。

保姆瞧见了刚回来的洛抒，说了句："哎，洛抒，你也回来了啊。"

看到孟颐回头看了过来，洛抒赶紧同保姆说："对，我打车回来的。"接着又看向孟颐，喊了句："哥哥。"

孟颐直接上楼去了书房。

洛抒发现孟颐看她的眼神又开始发冷，但又说不上来是什么变化。

保姆以为是洛抒惹孟颐生气了，便赶忙说："您也上去休息吧。"

洛抒点点头，本来想等孟颐上楼后再上楼，可想到什么，又忙跟了上去，在看到孟颐推门进书房的时候，立马说了句："哥哥，等等。"

孟颐停住动作，朝她看过来，冷漠地问了句："什么事？"

洛抒说："我有几本书在书房。"

她白天在书房查过资料，忘记把自己的书拿出来了。

孟颐推门进去，洛抒也跟着进去拿书，可是进去后才发现里面被她搞得有点儿脏。

书房的桌上摆满了她的书和零食，她进来后才想起来还用孟颐工作的电脑看了电视剧，便赶紧看了孟颐一眼，发现他的脸色果然不太好，赶紧走过去用最快的速度把自己的东西收了起来，又迅速关了电脑上的网页，说："哥哥，不好意思，我白天用了一会儿你的电脑。"

孟颐没什么表示，在办公桌前坐下。

洛抒也拿着东西，迅速离开了。

作为家里的第一大闲人，洛抒不是趴着就是躺着，一直期待着寒假快点儿过去，好在这几天很少看到孟颐。

终于快到了开学的日子，洛抒一早就开始收拾东西，同孟承丙和洛禾阳说她学校有事要提早几天过去。

洛禾阳不解地问："你们学校怎么总是有事？"

洛禾阳很怕洛抒和付园复合，所以很是警觉。

洛抒说："大四了，事情比较多。"

孟承丙倒是很理解，对洛禾阳说："大学都是这样，洛抒也就提早几天走。"

洛禾阳只好作罢，放她先回学校。

洛抒立马拉着行李箱直奔机场，回到 G 市没几天就开学了，接着也迎来了开学典礼。

大四比大三忙多了，而且洛抒今年有很多事情需要做，开学后的第一件事情不是和邓婕她们一样忙辩论交流赛的事情，而是大量兼职，但这一次不是在咖啡馆里兼职，而是做初、高中生的英语补课私教。

这种兼职的工作时间一般只有几个小时，但是工资特别高。以前洛抒是实力过不去，如今把成绩慢慢提上来了，也就有更大信心了。

她开始大量地存钱，在兼职过程中又准备着各种材料。萨萨和邓婕都知道洛抒那段时间特别忙，但又不知道她具体在忙些什么。

洛抒用了差不多一个月的时间把材料准备齐全，然后向学校递交了交换生申请，之前已经通过了雅思考试，基本条件都符合，虽然前几年成绩不怎么样，可是慢慢跟了上来，综合成绩也算过关了，百分之九十能过，洛抒在心里如此预估着。

洛抒把所有材料递交上去后，感觉像是尘埃落定一般，开始等着学校的答复和通知，每一天都在等，时不时查看邮箱。

萨萨和邓婕都感觉洛抒那段时间异常紧张，经常问她怎么了。

等了差不多一个月，洛抒终于等来了通知，赶紧去查看。

洛抒竟然没有通过申请。但通知里并没有说明理由，也没说名额不够。洛抒知道交换生的名额很充足，前几天还听辅导员问有没有人要赴海外学习的。

可是因为大家已经大四了，再申请当交换生的话，怕赶不上毕业论文答辩，便觉得不值当，大多数人没有这方面的打算。

但是，在名额充足，且洛抒的各项条件都符合的情况下，她的申请居然被打了回来。洛抒没想到申请了这么久竟然是这样一个结果，还不知道具体原因在哪里，百思不得其解，便主动去找辅导员询问这个问题。

辅导员很热情地招呼了她，说道："我们院交换生的名额是够的。不过，洛抒啊，其实国外跟国内是没什么区别的，你现在大四了，毕业在即，再去当交换生没必要，你看咱们院都很少有人申请。"

这是辅导员给出的理由，可是他的理由和他之前的话是有矛盾之处的。既然没必要，为什么他会在班上询问，还让他们交材料申请呢？

洛抒继续问："也就是说，我不是不符合条件，而是您认为我毕业在即，所以不太支持我当交换生。那既然如此，学校为什么会给我们名额呢？"

辅导员被洛抒问住了，立马声明道："这不是我能决定的，你不要误会，想了解具体的原因可以去问校方。"

辅导员说完，沉默了一会儿，又同洛抒说："也许是你家里的原因，洛抒，你也可以去问问你家里人。"

　　辅导员说得很隐晦，可是洛抒一下就听出了问题的关键，看向辅导员，问道："你是说我家里的原因？"

　　辅导员没把话说得太明白，只是笑着说："其实综合因素很多的，洛抒，这种事情也不是在校的每个人都能通过的。当初你转进我们学校的时候，都是校方和你家人交涉的，事情的始末我真的说不清楚，我也不过是一个小小的辅导员。"

　　洛抒只觉得浑身发冷。

　　洛抒从学校出来后，脸色奇差无比，心里知道这件事情的操作者除了那个人，不会再有别人。

　　他一直都在控制她，从她离开 P 市来到这里，控制她生活的每一步。

　　之前她从没觉得有什么问题，如今才发现她被掣肘得寸步难行。

　　他到底想怎么对付她和洛禾阳？

　　洛抒出来后直接给孟承丙打了电话，待对方接起后，在电话里很严肃地说："爸爸，我有事情想要跟您商量。"

　　孟承丙听出她语气里的认真，也没多问什么，说道："你说吧，爸爸听着。"

　　洛抒说："我想回去一趟当面和您谈。"说完又停顿了几秒，继续说，"我希望哥哥也在场。"

　　孟承丙被洛抒严肃的语气搞得有些摸不着头脑，不过听到她说有事要商量，就让她明天坐最早的一班飞机回来。

　　洛抒表示没有问题，但没有买第二天最早的机票，而是买了晚上的机票。

　　孟承丙以为洛抒要说什么大事，就把洛抒回家的事情看得很重，和孟颐、洛禾阳一起在大厅等她回来。

　　车子到家后，洛抒从车上下来。

　　孟承丙看到洛抒，立马站了起来，说："洛抒，你还没吃饭吧？"

　　洛禾阳也不知道洛抒在搞什么鬼，问："你到底有什么事？"

　　洛抒对孟承丙和洛禾阳说："我晚饭在飞机上吃了。"然后看向沙发那端的孟颐。

　　科灵抱着孩子坐在那儿，一家人似乎都在等着她。

　　孟承丙听她说吃过晚饭了，便说："行，那我们坐下来聊，今天大家可都在场，你说说你要跟我们商量什么。"

孟颐从科灵的手上接过孩子，抱在怀里逗着。

洛抒从孟颐的身上收回视线，在沙发的另一端坐下。

洛禾阳也不知道洛抒葫芦里卖的什么药，只能同孟承丙一起坐下。

孟承丙笑呵呵地说："说吧，要商量什么，我们都在听。"

洛抒说："我想出国留学。"

孟承丙还以为出了多大的事情呢，说："你要和家里人谈的是这件事情？"

洛抒对孟承丙说："是的，爸爸。"

洛抒知道孟承丙会答应的。

孟承丙刚说："这是好……"话还没说完，就被一旁的洛禾阳打断了。

洛禾阳直接从沙发上站了起来，怒气冲冲地说："我说你今年过年怎么这么主动要回来，原来你存着这样的心思。你想出国留学？你都大四了，出国留什么学？"

洛抒没想到最先对这件事情提出反对意见的人是洛禾阳，说："妈妈，我出国留学是为了学业。"

洛禾阳说："你想都别想，什么学业不学业的，我觉得你待在国内没什么不好的，你少来洋人那一套。"

"妈妈！"洛抒也站了起来，提高音量说道。

孟颐和科灵像是置身事外，不发一言。

孟承丙没想到母女俩会因为这件事情吵起来，立马拉着洛禾阳说："禾阳，洛抒要出国留学是好事，你干吗这么激动？"

洛禾阳厉声道："孟承丙，我和你说了，我是不会同意她外出留学的，这件事情没什么好商量的，也用不着商量！"

洛禾阳的态度特别坚决，在她看来，这是洛抒想要逃脱她的掌控的行为，这些年她怎么会不懂自己亲生女儿的心思？不过是睁一只眼闭一只眼罢了，没想到洛抒现在竟然来这招。

洛禾阳连商量的余地都不给洛抒，直接离开客厅进了房间，留下孟承丙、孟颐以及科灵在那儿。

孟承丙有些尴尬，没想到这好好的事情竟闹成这样，转头看向一旁一直都没说话的孟颐和科灵，说道："孟颐，你们认为怎么样？"

孟颐说："我没有任何意见。"

洛抒看着孟颐那张脸，暗暗捏紧了双手。

科灵也在一旁说："我也是没意见的，洛抒要出国留学是好事。"

孟承丙自然知道他们没什么意见，可问题出在洛禾阳的身上，按照他对洛禾阳的了解，这件事情他是无论如何都不会同意的。

其他事情孟承丙都可以替洛抒安排，唯独这种事，他不好一手包揽，毕竟洛抒出国留学不是小事。

他只得同洛抒说："洛抒，我先跟你妈妈聊聊，如果她同意，爸爸是绝对支持的。"

洛抒心里很清楚：孟承丙肯定谈不拢这件事，也劝不了洛禾阳。她怎么会不了解洛禾阳的性格？她们是亲母女，是世界上最了解对方的人。之前她之所以可以不顾洛禾阳的阻拦和付园在一起，是因为那件事情是她可以自己做主的，如今遇到了出国这样的事情，决定权就不全在她的手上了。

那几天母女俩一直在争吵，孟家时不时传来这样的对话。

"你为什么不让我去？你凭什么？我只是想出国深造！"

"你问我为什么不让你去？我还不是为了你好？国外有什么好的？这件事情我说了不同意就是不同意！"

"妈妈，这是对我很重要的事情！"

"你翅膀硬了，想法就多了是不是？"

"我没有！"

这样的争吵在深夜时分也经常发生。

洛抒根本说服不了洛禾阳，也知道自己的想法一早就被洛禾阳看穿了。

洛抒不否认，她想出国留学有一部分是这个原因，可大部分原因并不是洛禾阳认为的那样，可是又无法同洛禾阳说出她想外出留学的真实原因。在这件事情上，终究是她太天真了，她以为通过孟承丙就可以去国外，却忘了其中还有个洛禾阳在！

洛抒在家里待了多久就和洛禾阳吵了多久，两个人简直到了水火不容的地步。

孟颐和科灵倒是淡定，最不淡定的是孟承丙，在中间怎么调解都没用。

这件事情因为洛禾阳的坚持反对变得无疾而终，连一向站在洛抒身边的孟承丙也改了主意，劝她在国内挺好的，家里人还可以照顾到她。

洛抒知道，如果孟承丙都不站在她这边，就说明事情基本上是无望了，也清楚出国留学完全成了一件不可能实现的事情，便什么都没说，带着行李从孟家离开了。

洛抒从 B 市离开后并没有飞回 G 市，而是没了踪影，不知去向。

萨萨和邓婕知道洛抒回学校的日子，那天却迟迟没等到洛抒回来，还以为洛抒家里有事推迟返校了。

辅导员也来问萨萨有关洛抒的情况，还以为洛抒是家里有事要晚些过来。

隔了差不多一个星期，辅导员和萨萨还有邓婕，依旧没有等到洛抒回来的消息，才觉得事情好像不对劲，立刻联系了洛抒的家人。

孟家也是此时才知道，洛抒离开后没有回 G 市。

洛抒以前也闹过很多次失踪，可那时她小不懂事，如今失踪可就非同小可了。孟家都乱套了，孟承丙大张旗鼓地找人，甚至还惊动了警察。

孟家继女失踪可不是一件小事。洛禾阳也吓得脸色惨白，生怕洛抒遭遇不测。

警察查了监控，发现洛抒乘坐的车确实到了机场。可是洛抒到机场后，踪迹就消失了。B 市这几天也没发生任何抢劫、绑架事件。

孟承丙和洛禾阳心急如焚，脑海里闪过很多不好的画面。

洛抒已经失踪好几天了，洛禾阳整天在家里大哭。孟承丙也急得茶不思饭不想，人瘦了很多。

孟颐全程对这件事情的态度都很冷静。科灵也知道洛抒失踪的事情，问了孟颐几句，见孟颐回答得很简短，便没再多问。

晚上孟颐坐在书房本该是处理公事的，可是坐在那儿久久没动。房间内唯一的光源是开着的电脑，他沉默地坐在黑暗中，脸被电脑的光微微照亮，那双带着冷意的眸子格外闪亮。

洛抒乘坐黑车来到 T 市，把所有他们能够联系上她的方式都断了，之后在 T 市待了几天。因为身上的现金带得很足，她根本不怕他们发现，只要不动用银行卡，也不用任何网络方式订购或者付款，就很难被警察找到。

洛抒像个原始人一样，吃饭用现金，找的住处也是那种不用出示身份证的黑旅馆。

也许她从此以后可以不再回去，也许可以趁此脱离孟家，当然她也只是想想，心里很清楚这种可能根本不存在。

洛抒觉得把现金放在身上太不方便了，很害怕被人偷、被人抢，每天进出都格外防备着。她对周围的一切都很警惕，想要另谋出路，但现在只能在 T 市这种小地方待着，如果去稍微繁华的城市就需要用到身份证，到时一定会被公安机关发现。

洛抒在黑旅馆里一天一天地待着，待了差不多半个月，暂时没想过离开。

可是这天发生了一件特别倒霉的事，警察来查黑旅馆了。因为怕被人惦记上，洛抒一般都是把包直接丢到床上，再锁上门出门。

在黑旅馆需要自己下楼打热水喝，那天洛抒正好拿着热水壶下楼，看到警察来查旅馆，想起自己的证件都在房间内，就想回去拿，却看到已经有警察往这边来了。

洛抒知道不能在这里久待了，也不可能现在回房去拿自己的东西，因为一切都来不及了，就直接从旅馆的后门离开了。

警察从一楼开始查，查完一楼开始查二楼。

洛抒趁机飞快地离开。

洛抒很清楚自己在外面待不了多久，回去是迟早的事情，所以在晚上的时候，根本没有任何犹豫，动用了自己的卡，想用卡里的钱离开这里。

可是当洛抒带着卡去银行取钱的时候，发现银行卡被冻结，无法取出一分钱。意识到自己身无分文后，洛抒冷笑一声，主动给孟承丙打了一通电话，并告诉他自己现在的位置。

孟承丙没想到洛抒消失了大半个月，竟然会主动给他打电话，得知她现在人没事，总算放下心来，估摸着她是因为上次不让她出国留学而赌气离家出走，知道她的地址后，一刻也不敢耽搁，忙派人过去接她。

洛抒当晚就被接回 B 市，回家后见到孟承丙和洛禾阳都在家。

孟承丙再次见到洛抒也是有些生气的，可终归舍不得责骂她，只说："洛抒，以后不许再这样了，你有什么事可以说，你知道我们有多着急吗？"

洛抒对孟承丙的话，一句话也没回应。

孟承丙也不想责怪她太多，如今见她回来也就放心了，赶忙招呼着她进去。

坐在沙发上的洛禾阳却不肯善罢甘休，认为洛抒这般做法是在对她表达不满，生气地说道："你回来干什么？一个人在外面待得不是很开心吗？"

洛抒没有理会洛禾阳的话。

孟承丙很怕两个人又起争执，忙对洛抒说："洛抒，很晚了，你先去楼上休息。"

洛抒闻言直接上了楼。

孟承丙见她上去了，走到洛禾阳的身边，说："你明明很担心她，为什么见面总是要说些这样的话？这个年纪的女孩子都很叛逆，容易多想的。"

洛禾阳说："我担心她有用吗？她谅解过我吗？我不让她出国留学，她就来这招？"

孟承丙说："好了，闹了大半个月，她现在安全回来就行了，莫非你还想发生这样的事情？"

洛抒是个女孩子，很容易在外面出意外。这件事情把孟承丙吓得不轻。

洛禾阳倒也没再说什么。

孟颐深夜两点才从外面回来，看到家里基本已经熄灯了，走进客厅后开了灯，径直朝楼上走去，走到二楼的时候停下，朝洛抒的房门看去，知道她已经回来了，然后收回视线继续朝三楼走去。

楼上的科灵毫无睡意，一直都在等孟颐回来，见门开了，从床上坐了起来，说："回来了？"

孟颐解掉领带，对科灵说："还没睡？"

科灵说："今天家里闹到挺晚的。"

孟颐知道她指的是什么，没有说话。

科灵拿着床头柜上的书翻看，说："洛抒给爸爸打电话了，爸爸立马找人去接的。"

孟颐说："我听爸爸说了。"

她又说："听说洛抒明天要回学校了。"

见孟颐没有说话，科灵也不想多在孟颐面前聊洛抒，便没再开口。

孟颐转身去了浴室。

第二天一早，洛抒便被送回了G市。回学校这件事情是她自己要求的，这次孟承丙也不敢大意，专门派人送洛抒回G市。

洛抒没觉得怎么样，任由孟承丙的人护送着，到了G市，发现银行卡依旧没有解冻，现在相当于一分钱都没有，但是已经拿回了证件。

孟承丙的人把她送到了孟颐原先的住处，还跟琴姐交代了几句才离开。

洛抒在孟承丙的人离开后，便回了自己的房间，也没跟琴姐说话。

洛抒这次回来后，刚开始挺好的，可是渐渐地不像之前那样专注于学习了，在学校里的大多数时间都是泡酒吧、出去玩。

当大家都开始为毕业做准备的时候，洛抒却突然如此，让萨萨和邓婕都觉得惊讶。

可洛抒似乎觉得没什么，依旧我行我素，完全没有为毕业做准备。

琴姐很为洛抒着急，时不时给孟颐打电话，告诉他洛抒近期的情况。

孟颐的反应却很平淡，他似乎觉得这并不是什么大不了的事情，只同琴姐说："她想荒废自己的学业，随便她。"

琴姐没想到孟颐会对这件事情如此漠视，但也明白自己不过是起个告知的作用，并没有更多的办法去管什么，只能每天做着本职工作。

洛抒虽然没有钱，但也没找任何人要过，反正在这边也饿不死。

孟承丙并不知道洛抒没钱这件事情，甚至不知道洛抒的银行卡被冻结。

洛抒晚上大多在酒吧里醉生梦死，和各种各样的男人调情，然后醉醺醺地回去。

就这样过了大概一个月，有一天洛抒从外面回来时已经深夜十二点，推开大门后看到琴姐走了下来。

琴姐叮嘱洛抒小声点儿，说："孟先生过来了。"

洛抒笑了笑，问道："哥哥？哥哥过来干吗？"

琴姐觉得洛抒真是醉得不轻，说："您快去楼上洗个澡，一身酒味儿，我去给您做一碗醒酒汤。"

洛抒看到孟颐的行李在大厅内放着，跌跌撞撞地上楼，到了楼上，竟然不是去自己的房间，而是去了书房。

书房果然亮着灯，洛抒推门进去，看到坐在办公桌前的孟颐，见他衣服也没换，想着他应该是刚过来没多久，朝他喊着："哥哥。"

孟颐没有答话，只是审视着醉酒的她。

洛抒竟然整个人直接朝孟颐扑了过去，跌倒在孟颐的怀里。

琴姐正好端着醒酒汤上来，看到这一幕，简直吓死了，大喊了一句："洛抒。"她赶紧将醒酒汤放下，冲过来准备扶洛抒。

洛抒却坐在孟颐的腿上，怎么都不肯下来。

孟颐的脸冷到了极点，他伸手握住她的肩膀，一把将她从自己的怀里推离，双手撑着她软绵绵的身子，冷漠地问道："神志不清吗？"

洛抒坐在他的腿上也不动，只是醉醺醺地朝着他笑。

她今天穿的是吊带裙，纤细性感的酒红色肩带从她的肩头滑落，而那个地方正好是被孟颐捏住的地方。裙子的领口往下落得很低，棕红色的头发映照着她的妆容，让人看了觉得刺眼。

孟颐深吸一口气，平复下情绪，对琴姐说："带她回房，顺带给她醒醒酒。"

琴姐快被洛抒的举动吓死了。

刚才洛抒直接坐在孟颐的腿上，虽然孟颐是哥哥，可她也是个成年女孩儿了，这样总归是不妥当的。琴姐估摸着洛抒是神志不清，把孟先生当成外面那些乱七八糟的朋友了。

　　琴姐很担心洛抒，一直盼着孟颐过来，可始终不见人，如今终于盼来了，却没想到洛抒竟然做出这样的事情。

　　琴姐扶着洛抒从孟颐的身上起来，像哄小孩子一样柔声说："洛抒，你先回房。"

　　孟颐的衣服上全是洛抒身上的酒气，琴姐甚至能觉到孟颐身上的寒气正在四处蔓延。

　　洛抒随着琴姐进了卧室，躺下后倒头就睡，直到第二天清早也没有醒来的迹象。

　　琴姐着急得很，在洛抒的门口来回走了好几趟，也不知道洛抒今天到底去不去学校。

　　孟颐倒是淡定得很。

　　洛抒下午三点才起床，看到孟颐在楼下，主动同孟颐打招呼，说："哥哥，早啊。"她一边说一边笑嘻嘻地想要去厨房找琴姐要吃的。

　　孟颐似乎专门在楼下等她，放下手上的报纸，对洛抒说："我们先聊聊。"

　　那页报纸似乎被他翻来覆去地看了好几遍，可见他在这儿坐了很长时间，洛抒停住动作朝他看去。

　　孟颐一点儿也没有跟她开玩笑的意思，继续说道："跟我上楼。"然后他从沙发上起身。

　　洛抒却说："哥哥，我快一天没吃饭了，你让我吃了饭再谈好不好？"

　　孟颐没有理她，径直朝楼上走。

　　洛抒收起脸上的笑容，一脸无所谓地朝着楼上走去，到达书房后看到孟颐已经坐在书桌前。

　　洛抒懒洋洋地站着，一副满不在乎的样子，咬着指甲，看着孟颐说："哥哥，你说吧，我听着呢。"

　　孟颐问："怎么？你不想毕业了？"

　　洛抒说："没有啊，不是照样在这儿上学读书吗？"

　　孟颐说："是吗？"

　　洛抒本来一直盯着自己的指甲看，听到这句话就抬头看向他，笑眯眯地说："是啊，反正哥哥这么关心我，我毕不毕业的都无所谓。"

洛抒转身要走，却被一股力道拽了回来，险些没站稳，两只手臂也被捏住，只得抬头看向孟颐，眼神里写着害怕。

孟颐一向平静的面孔终于出现怒意，他的语气里带着浓重的警告意味，他说："你最好给我适可而止！你和你妈要是老实点儿，我可以睁一只眼闭一只眼。要是你们还不知足，我告诉你，我保证送你们母女俩进监狱。你当你们以前做的事情抹得干净吗？"

洛抒尖叫着挣扎："我不知道你在说什么！"

孟颐望着她那张恐惧的脸，笑着问："不知道吗？那需不需要我一件一件跟你说？"

洛抒不再说话，只是侧过身去，脸上没了刚才的激动，此刻因为疼痛，蜷缩着上半身，却不再吭声。

孟颐望着她侧着的脸好一会儿，然后将她推开。

洛抒一时没站稳，扶住书房门才勉强站住，再次看向他。

孟颐也恢复了平静，说："我现在之所以还留着你们，是因为我爸。我不想让他知道，你们母女俩肮脏的嘴脸。"

他将"肮脏"两个字念得很重，而洛抒就像被人捏住了命脉一般，一句话也反驳不出，只是低着头站在书房的门口。

孟颐看了她许久，也不再同她说什么，直接从她的身边走过，神情冷漠地出了书房。

洛抒的手一直在颤抖，她过了好半晌才挪动脚步，拉开书房门走了出去。

琴姐正准备上楼喊洛抒下楼吃饭，就见她脸色苍白地从书房出来，忙关心地问道："洛抒，怎么了？"

洛抒的脸色很不好，但她还是说了句："没事。"

从那天起，洛抒变老实了很多，准时去学校上课，没再搞得那么荒唐。

琴姐并不知道那天发生了什么，但是见她终于不再每天喝得醉醺醺地回来，也算是彻底放下了心。

那段时间孟颐都在 G 市，但不常在家。

洛抒似乎变得很惧怕孟颐，连跟他说话都显得小心翼翼。两个人就算是在晚上偶尔碰到一起在家吃饭，洛抒也是规矩地坐着，不发出任何声音。

琴姐觉得气氛有点儿怪，但又说不出哪里怪，总觉得自从洛抒那天面色苍白地从书房出来后，一切都变得有些不太对劲了。

没多久，G 市爆出了一个大事件，孟家收购了 G 市最大的酒店集团，这可谓是一则相当劲爆的消息，直接将 G 市炸翻了天。接着，又有新闻爆出，G 市最大的酒店集团将和孟氏旗下的庭跃合并。

街头巷尾都在热议这件事，洛抒的学校里，大家也在讨论，特别是金融系的学生，他们更加关注这场收购案。

美壹集团一直都是酒店行业中的老大，美壹家族也都是 G 市本地人，基本上未被其他酒店集团超越过，没想到这次竟然被孟氏收购。这件事情发生后，不仅孟氏被推到顶峰，连洛抒都差点儿被推到顶峰。

萨萨和邓婕这时才知道这场惊人的收购案的主导者竟然是洛抒的哥哥孟颐，也对洛抒的身份有了更多的了解。

洛抒哀求着萨萨和邓婕保守秘密，这件事情才没被传出去。

那几天洛抒在学校越发低调，不敢闹腾，每天安安静静地上课、下课、回家。

洛抒知道孟颐最近很忙，基本上见不到他的人影。

这天她吃完晚饭就回房间了，晚上七点，萨萨和邓婕约她去逛街。

洛抒现在身无分文，什么都买不了，不过在家待着也是无聊，便跟着萨萨她们一起去了。

三个人悠闲地逛着，洛抒平时买东西不多，但喜欢的东西也会下手买，这会儿看中了一条裙子，反复看了许久。

萨萨和邓婕都以为洛抒会买，谁知洛抒却没有下手，反倒她们俩一人买了一条。

萨萨和邓婕不解地问："你怎么不买？"

洛抒能说她没钱吗？而且一分钱也没有。

她只能对萨萨说："不太喜欢，还是算了，家里好像也有一条差不多的。"

萨萨说："拜托，你的眼睛里透露着对这条裙子的喜欢好吗？你别说你买不起！"

萨萨对洛抒充满鄙夷。

邓婕也不服气了，拉着萨萨说："今天必须让洛抒请客喝奶茶，谁让她之前一直瞒着我们。"

萨萨也起劲儿了，赞同地说道："对，你今天必须请。"两个人拉着洛抒便往奶茶店走。

洛抒却停住脚步，不好意思地说："我今天就不请你们了，改天请。"然后看了一眼时间，继续说，"我得回去了，就不跟你们逛了。"然后就落荒而逃。

洛抒也不是小气的人啊，今天怎么会这样？萨萨和邓婕实在是想不通。

琴姐没想到洛抒今天这么早就回来，问："逛完街了？"

洛抒嗯了一声，然后默默上了楼。

琴姐心里不禁产生了疑惑：洛抒平时出门都会带东西回来的，今天怎么没带？难道是没看中的？

洛抒凌晨三点下楼喝水，正在厨房内端着水杯胡思乱想时，听到外头传来了车声，透过厨房的窗户口看到孟颐的车停在了大门口。

洛抒端着水杯就想上楼，没想到竟和刚进屋的孟颐撞到一块儿，便停住脚步看向他，但想到那天在书房时神情冰冷的他，就没打招呼，准备直接上楼。

孟颐对她说了句："站住。"

洛抒闻言停下动作。

孟颐今天心情竟然还算不错，问道："琴姐呢？"

洛抒说："睡了。"

孟颐嗯了一声，说："你还没睡？"

洛抒转过身看向他，说："下来喝水。"

孟颐走到她的面前，低头看向她端着的水杯，说："去给我倒一杯。"

洛抒心想：你不会自己倒？但她还是应答了一声，去厨房给他倒水，出来时却发现他人没在客厅，想着他应该是上楼了，就端着水上楼进的房间，听到浴室有水声，打算放下杯子直接走，却突然听到浴室的门打开了。

孟颐浑身散发着湿漉漉的气息，从洛抒的手上接过杯子，喝完后将空掉的杯子放在桌上，说："出去吧。"

洛抒现在恨不得立马出去，但见他心情好，又想到什么，立马停住，看向他，问道："我的卡什么时候解冻？"

孟颐随口说了句："你要买什么可以找周兰。"然后朝床那边走去。

洛抒终于明白，为什么每年过年，还有她每次过生日的时候，他都只给礼物不给钱了。

她说："我今天和同学逛街都没钱，怎么找周兰？"

孟颐说："你可以给周兰打电话，她会给你买单。"

洛抒突然提高音量，生气地说："那是我的钱！"

孟颐抬头看向她，说："是你的吗？"

洛抒说："虽然有一半是孟家的，可还有一半是我兼职得来的！"

孟颐似笑非笑地说："你可能忘了，你兼职的钱在你去 T 市的时候就已经用得差不多了。"

洛抒的情绪起伏很大，她紧捏着手，竭力控制快要崩溃的情绪。

孟颐也不想对她过于苛刻，伸手从床头柜里拿了一个皮夹，从里面拿出现金放在桌上，说："去买你想要买的东西，我必须见到发票，而且是在三天内。"

洛抒觉得自己好像乞丐，并没有打算要，怒气冲冲地准备离开房间。

孟颐说了句："站住。"

洛抒停住脚步。

他对她说："把钱拿走。"

洛抒想说她不要，可是话到嘴边又说不出口，还是走了过去，拿起他放在床头柜上的钱，然后把钱全部甩在了床上。

孟颐平静地看着她。

洛抒说："我说了不要。"

孟颐今天真是好脾气了，甚至都没生气，只是淡淡地说了句："把床上的钱捡起来。"

洛抒站在那儿不动。

孟颐冷冷地看向她，继续说："我希望这句话不要我说第二遍。"

洛抒气极了，但也知道自己冲动了，此刻紧捏着手，努力平复着情绪，什么都没说，在他床上捡着那些钱，可有些钱在床中心，又脱了鞋上去，在他的床上趴着捡着。

洛抒把钱一张一张捡完准备下床时，又被孟颐一把拽住，便扭头看向他，眼里充满了愤怒和疑惑。

孟颐却慢条斯理地替她将凌乱的头发整理好，然后又替她将裙摆往下拉了拉，说："衣服整齐点儿。不然琴姐碰到你，还以为你半夜在我房间里做了什么。"

洛抒说："没必要。"

她穿好鞋子，拿着那些钱，怒气冲冲地出了孟颐的房间。

孟颐还在懒懒地坐着，好半晌竟然轻笑出声，又看了一眼乱七八糟的床，然后关上灯睡觉。

洛抒拿着那些钱冲回了自己的房间。

第十一章

票　据

　　洛抒哪里是会吃亏的性子？既然已经受辱了，那么该拿的也要拿回来。

　　她拿着孟颐给她的现金，又去了昨天那个商场，买了那条她喜欢的裙子，还给萨萨和邓婕打电话，说要请她们吃饭。

　　萨萨和邓婕还在为那天的事情纳闷，听到洛抒打电话说要请客，便直接去了。

　　三个人大吃一顿才回去，洛抒还让店员给她开了发票。

　　因为是星期六，洛抒一直到下午才回家，刚到家就看到孟颐悠闲地坐在沙发上打电话，便停在他的面前。

　　孟颐挂断电话看向她。

　　她将票据全部放在桌上，说："按照你说的，我买东西都开了票据，你看一下。"

　　孟颐竟然真的从桌上拿起票据一张一张地看，在确定钱数基本对后，问道："买什么了？"

　　现在他要求这么高了吗？连洛抒买的东西都要跟票据对上吗？难道她还会

让人开假的票据不成？洛抒想到这里就非常生气，当着他的面，将东西一件一件从购物袋里拿了出来丢在沙发上让他过目，问："可以了吗？"

孟颐拿起一件白色的裙子，问道："这是今天买的？"

"是，有问题？"

"去试试。"

洛抒还以为自己听错了。

孟颐靠在沙发上看向她，说："怎么，我给你钱，这点儿权利应该有吧？"

洛抒将裙子从他手上一扯，觉得他是神经病，不过还是去试了，然后穿着出来站在他的面前，问："这下总可以了吧？"

孟颐将目光在洛抒的身上看了许久，似乎很喜欢看她穿各种裙子，片刻后给出评价："还不错。"然后像命令一般，说道，"就穿着吧。"当看到她脚上还穿着拖鞋时，又问，"是不是少双鞋子？"

洛抒不知道他为什么会有时间来跟她讨论这些，坐在沙发上冷着脸说："没钱买鞋。"

孟颐的心情特别好，他从沙发上起身，说："走吧。"

洛抒看向他，不明白他的意思。

孟颐回头对她说："带你去买鞋。"

洛抒觉得他今天是吃错药了，不过想着有便宜不占是傻瓜，便迅速地从沙发上起身，跟在孟颐的身后出门。

琴姐正好从厨房出来，看到他们准备出去，问道："孟先生，你们要出去吗？"

孟颐嗯了一声，说："晚上回。"便带着洛抒离开了。

到了商场，孟颐直接带她进了一家鞋店。店铺是国外的一个牌子，只售全手工制作的鞋子。

孟颐竟然认真地挑选起来，挑了一会儿才请工作人员拿了一双鞋子递给她，说："试试。"

洛抒接过鞋子定睛一看，觉得孟颐的眼光非常不错，便拿去一旁试，但因为今天穿的是比较短的未过膝的裙子，不是很方便直接坐下试鞋子，便一手拿着鞋子，一手掖好裙子。

孟颐见状就蹲在了她的面前，直接将鞋子从她的手上接过，握住了她的脚踝。

洛抒吓了一跳，手撑在沙发上，吃惊地看着他。

孟颐面色如常，没有看她，而是很认真地替她穿好鞋子，问道："紧不紧？"

洛抒没想到他会这么做，呆呆地说了两个字："还好。"

孟颐又让她把另一只脚伸出来。

洛抒顿了片刻才把脚伸过去。

孟颐轻轻地握住她的脚，将另一只鞋穿在她的脚上，等她穿好后才松开她的腿，温柔地说道："走两步试试看。"

孟颐给洛抒选的是一双平底鞋。这双平底鞋把洛抒的脚背线条衬得很好。

洛抒走了两下，觉得挺舒服的，但刚进店时已经看中了一双高跟鞋，便走过去将高跟鞋拿了起来，问孟颐："哥哥，我可以自己选吗？"

孟颐也在沙发上坐下，看着她问道："高跟鞋不累脚吗？"言语里似乎不赞同她穿高跟鞋。

洛抒很喜欢这双高跟鞋，说："我想试试。"也不管他同不同意，只管试穿起来，上脚后发现鞋子果然很好看，便用眼神询问孟颐的意见。

孟颐今天很好说话，说道："那就拿这两双。"然后付了钱。

洛抒直接穿着那双高跟鞋走到孟颐的身边，身高正好和他的肩齐平，但因为平时很少穿高跟鞋，提着购物袋刚走出这家鞋店没几步，就发现这双鞋确实不够舒适，痛得停顿了一下。

看到孟颐回头，她又立马跟上去，不过紧皱着眉头。

孟颐看向她脚下的鞋子。

洛抒也不说话，假装没事的样子。

孟颐问："你确定不用换另一双？"

洛抒嘴硬地说："不用，没什么问题。"

孟颐继续朝前走。

洛抒走了两步又停了下来，回头去看，发现脚后跟起水疱了。

孟颐再次停住，看向她。

洛抒觉得不能继续穿高跟鞋了，便一拐一拐地走到孟颐的面前，说："哥哥，我要换鞋。"

孟颐看向她的脚后跟，将购物袋里的平底鞋拿了出来，再次蹲在她的面前，说："抬脚。"

洛抒有些站不稳，只能用手抓着他的肩膀，任由孟颐替她把高跟鞋脱掉。

洛抒对孟颐今天所做的一切都很吃惊，便趁着他低头时偷偷儿看他，看到孟颐帮她换好鞋子后，便立马收回眼神，脸上恢复了之前的情绪。

孟颐说："走两下，看有没有好点儿。"

洛抒动了两下，说："好多了。"

孟颐这才对她说："走吧。"然后顺手把那双高跟鞋丢进了一旁的垃圾桶。

洛抒看了一眼，心里暗叫遗憾，但嘴上没说，还是跟在孟颐的身边。

两个人从商场出来后，孟颐开车带洛抒回家，到家时看到琴姐已经将晚餐准备好了。

　　洛抒发现他这几天心情真是出奇地好，跟他相处全程都能感觉到他的温柔。

　　他这几天对她的态度缓和了些，洛抒也没有像之前那么紧张、害怕了。

　　让洛抒想不到的是，孟颐这次在这边住得蛮久的，可能因为工作告一段落了，基本上天天在家。

　　两个人的相处模式没有变，他在客厅，洛抒就在楼上，他在书房，洛抒就在客厅，到了晚上再一起吃饭。

　　萨萨和邓婕都是学生会的成员，最近一直在疯狂拉赞助，每天到学校附近的店铺四处游走。洛抒也被她们拉上加入游说队伍，几个人顶着大太阳，口水几乎都要说干了，拉到的赞助也没几家。

　　萨萨跟邓婕拉不到赞助，自然苦恼得很，忽然灵机一动，将视线落在洛抒的身上。

　　洛抒也快热死了，一直在用扇子扇风，见她们都盯着自己，不解地问："你们看我做什么？"

　　萨萨朝她靠近，抛着媚眼说："洛抒，最近你哥哥在 G 市吗？"

　　洛抒一下就知道她们打的什么主意，说道："我能陪你们来已经够意思了。"

　　邓婕一把抓着洛抒，激动地说道："不行，洛抒，你得救救我们。"

　　洛抒努力想把手抽出来。

　　邓婕和萨萨都缠着洛抒，热情地说："不用你谈，你就带我们去你家，我们跟你哥哥谈，好不好？"

　　洛抒无处可躲，快被她们烦死了，但又实在说不过她们，心想要是她们什么都不知道就好了，这样就不会遇到这么多麻烦事，奈何孟颐收购酒店的事情只差没把她送上热搜。

　　果然，邓婕和萨萨开始拿这件事情来要挟洛抒。

　　"上次的事情我和邓婕都帮你瞒着，这次你不会这么无情吧？学校要举办十佳歌手大赛，我们是外联部的，你不能见死不救。"

　　洛抒恨她们恨到牙痒痒，认定她俩就是狠毒的女人。

　　不过她们说自己去跟孟颐谈，不用洛抒出面。想到这里，洛抒就觉得帮帮她们也无所谓，明天带她们去家里吃顿饭就行了，反正孟颐最近天天在家。

　　洛抒在两个人的百般劝说下终于松口，说："行吧行吧，你们明天去我家吃午饭，说赞助的时候不要提我！"

　　邓婕和萨萨当即表示同意。

第二天，洛抒便带着萨萨和邓婕去家里吃饭了。孟颐自然是在家的，不过不在楼下，而是在书房。

萨萨和邓婕没看到孟颐，便虎视眈眈地盯着楼上。

琴姐知道洛抒的朋友要留下来吃饭，便想着多做些饭菜，忙去厨房干活儿了。

萨萨和邓婕是一刻也等不及了，对洛抒说："我们上去找你哥哥行不行？"

洛抒想着这样她们的目的就太明显了，便说："先吃了饭再说。"

萨萨和邓婕用力拍打着拉着她们的洛抒，不过最终还是被洛抒拉住，之后正常地在沙发上聊天儿，不一会儿看到孟颐从楼上下来，立马从沙发上站了起来，热情地同孟颐打招呼："孟……"她们本来是想随着洛抒喊哥哥的，不过最终还是怕这样没礼貌，便改了称呼。

"孟先生，您好！"

孟颐见过她们好几次，对她们算熟悉，见琴姐正好从厨房出来，说道："多准备午饭了吗？"言语里是要留两个人吃午饭的意思。

琴姐笑着说："准备了，洛抒提早吩咐了。"

孟颐这才对萨萨跟邓婕说："不用拘束，坐吧。"

邓婕和萨萨点点头，重新在沙发上坐下。

孟颐没有打扰她们，而是准备去餐桌那边。

萨萨的胆子大得很，她见这是个好时机，立马说了句："孟先生，我们有件事情想跟您谈谈。"

洛抒看了孟颐一眼。

孟颐看向萨萨，问道："是吗？哪方面的事情？"

萨萨觉得洛抒的哥哥还是很好讲话的。

他并没有大家想象中的那么拒人千里，虽然看上去给人挺冷的感觉，但实际上还是比较平易近人的。

萨萨笑着说："我们想和您谈谈学校赞助的事情。"

洛抒尽量假装自己不在场，不看也不出声。

孟颐便在沙发上坐下，打算静静地听她们的想法。

萨萨和邓婕都是有备而来的，立马从各自的书包里拿出她们的策划案给孟颐看。

孟颐接过之后，饶有兴趣地翻看着。

洛抒为表示这件事情和自己无关，赶紧去厨房看琴姐做菜去了，过了一会儿出来后，见他们还在谈事情，就先坐在餐桌边等着。

孟颐看到洛抒坐在餐桌前，便同邓婕和萨萨说："要不我们先用餐？"

邓婕和萨萨没想到这么快就到吃饭的时间了，想着先吃饭也好，等会儿再好好谈，便笑着从沙发那边过来。

餐桌上倒是没人再谈这件事情，一直到用餐完毕，萨萨和邓婕才随孟颐去书房继续谈这件事情。

洛抒也不知道她们俩有没有谈下来，等了差不多半个小时，才看到萨萨和邓婕从楼上下来。

两个人兴奋地跳了起来，朝洛抒比了个胜利的手势。

萨萨不敢相信地说："我和邓婕拉了个有史以来最大的赞助，洛抒！"

洛抒没想到孟颐真会给她们赞助，说："你们谈下来了？"

毕竟孟家很少赞助这种小型活动，一般都是赞助大型广告。

邓婕和萨萨激动得想大声尖叫。

邓婕说："你哥哥特别好说话，完全按照我们的策划来，而且给出的资金特别丰厚！"

洛抒也不知道是邓婕和萨萨能力强还是怎样，只能说："谈下来了就挺好的。"

邓婕和萨萨此时一刻也等不了了，要立马回学校把事情上报，又同洛抒说："宝贝，我们之后请你吃饭。对了，还有其余小赞助商，到时候还要请他们吃饭。我们可不敢请你哥哥，但是宝贝你一定要到场。"

洛抒被她们恶心得只差没吐出来了，只说："行吧，行吧。"

邓婕和萨萨满意地走了。

洛抒终于解决了这件事情，想来她们也不会再要挟她了，今天下午没课，就打算去楼上睡会儿，刚走到楼上，见琴姐送完茶水从书房出来。

琴姐笑着对洛抒说："你哥哥让你进去。"

"让我？"

琴姐说："对。"

洛抒不知道孟颐找她有什么事，只能推门进去。

见洛抒进来，孟颐说："你这两个同学和你一个专业？"

洛抒说："是。"

孟颐看了她一眼，说："能力挺强的。"

洛抒还以为他真是钱多呢，没想到他是认可她们的能力，便答道："她们成绩也不错。"

孟颐说："能够看出来。"

他在桌上翻着资料，继续说："你也快毕业了，很多事情都要准备了。"

洛抒心想：他倒是什么都帮人规划得清清楚楚。

洛抒不知道他在翻着什么资料，哦了一声后，朝他手中的资料看了一眼，发现他翻的竟然是她的资料。

孟颐终于停下动作，朝她看过来，说："我看了下你这几年的成绩，没想到你的成绩比我想象中要好。毕业后你想往哪个方向发展？"

洛抒说："不知道。"

孟颐不喜欢她完全没目标的态度，便皱皱眉，但片刻后就恢复正常，说："你没想好就之后再说，先好好想想你的毕业论文。"说完就让她出去了。

毕业在即，洛抒的目标是什么，她自己也不知道。

为了向那些赞助商表示感谢，萨萨她们在某个餐厅举办了一个面具晚餐，一早就给洛抒发了通知，还说当晚人很多，让她打扮得好看点儿。

洛抒欣然接受邀请，下课从学校到家后，便上楼开始换衣服、化妆。

她没钱去买新衣服，也不想问孟颐要钱，想到衣柜里有几件符合这种场合的衣服，就从中挑了件满意的换上，之后便下楼。

琴姐看到洛抒下楼，问道："洛抒，你要出门？"

洛抒发现孟颐也在楼下，对琴姐说道："我们学校有聚会。"

琴姐叮嘱她："可千万不要喝酒。"

洛抒说："知道了。"

正当洛抒准备出门的时候，沙发上的孟颐突然出声说了句："换件衣服再出去。"

洛抒停下脚步看向孟颐。

琴姐也觉得洛抒穿的衣服不妥当，觉得有些妖艳暴露，但刚才没敢说。

洛抒说："不想。"

孟颐没有说话，仍冷冷地看着她。

洛抒完全没想到他现在连她穿什么衣服都要管了，以前还穿着这件露背裙参加过学校的舞会，当时是跟萨萨一起去买的。这会儿，她还在原地站着没动，突然听到萨萨打电话在催了，只能回身上楼换了一件很普通的衣服下来。

孟颐这次倒是没再说什么，任由她出去了。

萨萨看到洛抒穿得平平无奇，不禁有些生气，说道："不是告诉你今天很多人吗？拜托，你穿成这样，是来当服务员的吗？"

萨萨穿得非常夸张，穿着华丽的晚礼服，还戴着精美的面具。

洛抒说："我就是过来吃饭的。"

萨萨搞不清楚她什么情况，只好拉着她进去，说："走，先去坐着，不然没位置了。"

洛抒坐在那堆人里真是平平无奇，看着周围的人一个个都是盛装打扮，心情不是很好，也没怎么说话。

萨萨和邓婕满场忙碌，招呼那些赞助商以及学生会的人。

洛抒的长相姣好，自然吸引了不少人的目光，不一会儿就有人上来搭讪，虽然她不似之前那样"游戏人间"，但也是来者不拒，同那人愉快地交谈着。

在那人起身后，萨萨过来对洛抒小声说："这人是我们学生会的，好像对你有意思啊。"

洛抒装傻充愣，说道："是吗？"

萨萨捏着她的手腕，气呼呼地说："谁叫你穿得这么普通？不然今天晚上来搭讪你的人会更多。"

洛抒喝了一口酒，没回应萨萨。

聚会结束后，洛抒被某个男同学送回家。琴姐看到后来给她开门，还问洛抒那个人是不是新朋友。

那个男同学下了车，隔着一段距离，很有礼貌地跟琴姐打了声招呼。

洛抒随口答了句："同学。"便上楼了。

早上洛抒和孟颐在楼下吃早餐，琴姐当着孟颐的面提了这件事，说洛抒昨晚是被一个男同学送回来的。

孟颐没多大反应，大约是对她这方面的事从来都不管，只对琴姐吩咐道："我下午要回趟B市，麻烦帮我收拾一下东西。"

琴姐说："您要回去了？"

孟颐说："嗯。"

琴姐忙答了声好，便上楼去给孟颐收拾了。

洛抒安静地吃着东西，也没跟孟颐交谈。

下午孟颐走后，洛抒也去了学校。

到了B市，科灵过来接孟颐，在车上对他说："我以为你暂时不会回B市，毕竟美壹那边刚刚收购，还在进行资金交割。"

两个人都坐在后座，深夜的风吹进来，吹拂着两个人的脸。

孟颐回应科灵说："那边暂时会有人看着，资金交割可能需要很长一段时间，你不是说有事？"

科灵忽然想到什么，同孟颐说："是的，差点儿忘记跟你说了，洛姨身体好像不舒服。"

孟颐看向科灵，问道："哪里不舒服？"

科灵说："她今天频繁呕吐，我也不知道是什么情况。"

孟颐皱了皱眉，一时没有说话。

过了一会儿，科灵又说："她年纪也到了，应该不会吧？"

孟颐注视着前方，面无表情地问："有去检查吗？"

科灵说："我暂时这样猜测。洛姨也有可能是真的胃不舒服，没说要去检查。"

孟颐说："先等等看。"

"我也是这样想的。"

科灵又问："她也快毕业了吧？"

孟颐嗯了一声。

科灵说："你打算怎么安排她？也不能不闻不问吧，爸爸对她们母女俩的感情挺深的，我看还是送去国外吧，时间久了，感情自然就会淡下来。"

孟颐说："再等等。"然后看向窗外。

洛禾阳确实不舒服，那天一直在呕吐，可把孟承丙吓死了。

孟承丙以为她的胃出了毛病，让她无论如何都要去医院检查。

洛禾阳却说害怕做胃镜，怎么都不肯去，还同孟承丙说："等过个两三天再说，如果我还是这样呕吐，再去做检查也不迟。"

孟承丙知道做胃镜的痛苦，怕她只是一时胃不舒服，也不想她去受这样的罪，就打算看看她这两天的情况再说。对于这件事，孟颐和科灵想的却是别的。

好在之后几天洛禾阳的情况很稳定，没再出现过呕吐的情况，甚至隔了一个多星期也未再发生这样的情况。

科灵和孟颐这才放松警惕，想着她应该只是肠胃不舒服，便没有多想，也没再多关注她。

科灵发现孟颐那几天有点儿心不在焉，不知道他在想什么事情，因为很少见他有这样的状态，所以一下便察觉出来了，甚至有几次去书房时发现他虽然在处理公事，却下意识地看手机和时间。

科灵以为是自己的错觉，所以前几次没出声，之后进书房发现孟颐还是这样的状态，便问："是不是有什么事？"

孟颐看向进来的科灵，反应过来，说："在想 G 市资金交割的事情。"

科灵知道孟颐近一年的工作重心都在 G 市，也明白他每日事务繁忙，柔声说："如果你不放心，可以过去一趟，我这边没问题的。"

孟颐说："暂时还不知道，等交割吧。"

这时外面传来保姆唤科灵的声音，科灵便走出房间。

孟颐在她出去后，再次陷入沉思。

之前科灵询问时，孟颐并没有明确表达要去 G 市的意思，但隔了几天，还是又飞了过去。

科灵想着孟颐应该是去处理美壹那边出的问题。

可孟颐出了机场后并没有直奔美壹，而是让司机开车回了住所。

琴姐也没想到孟先生竟然又过来了，开了门后，笑着唤了句："先生。"

孟颐回来时已经很晚了，看了一眼时间，问："人呢？睡了吗？"

琴姐有些没搞明白他问的是谁，隔了半晌才反应过来，说："您问的是洛抒？"

孟颐嗯了一声。

琴姐说："还没回呢。"

现在已经十二点了，孟颐朝里头走着，继续问："今天学校有什么活动吗？"

琴姐说："好像是聚餐，也不知道是哪方面的聚餐，反正洛抒最近聚餐挺多的。"

孟颐没说什么，打算去楼上洗澡，过了一会儿又对琴姐说："去睡吧，我应该暂时还不会睡。"

琴姐点点头离开。

琴姐走后，孟颐并没有第一时间去浴室洗澡，而是在书房里坐着，似乎在等着什么。

差不多快一点时，外面传来车声。

车上下来许多人，先出来的人是洛抒，接着又下来三个人，分别是萨萨、邓婕以及寝室的二美。四个人都是醉醺醺的，相互扶持着走路，一边唱歌，一边哈哈大笑。

琴姐早就睡着了，也没听见洛抒回来的动静。

洛抒推开大门后，在客厅内大喊着："琴姐，琴姐！"等了半天也没见琴姐出来，就对萨萨她们说："我们……我们上楼，楼上有房间，上楼随便睡。"然后拖着萨萨她们上去。

萨萨比洛抒醉得还厉害，如果不是被她们扶着，几乎能倒在地上睡过去。邓婕还有点儿清醒，但也是结结巴巴地问："洛抒，你……你家……你家没人吧？"

洛抒踹掉高跟鞋，走路摇摇晃晃，大笑着说："没！没人！随便你们怎么闹，他不在！"

她们相互搀扶着上楼，到了楼上，洛抒将朋友们全部带到自己的房间，然后跌坐在床上喘气。

邓婕从床上跳了下来，冲到浴室呕吐去了。

洛抒发了一会儿呆，还不忘问邓婕："邓婕！你没事吧？"

邓婕从浴室出来，又躺回了床上，同洛抒挥手说："没……没事。"

接着，三个人在床上睡得像死猪一样。洛抒想挤过去睡会儿，却被挤了下来，干脆从地上爬起来准备拿衣服去洗澡，拿着衣服进浴室的时候，看到满地的呕吐物，又退了出来骂了邓婕几句，决定去其他房间睡，等走到孟颐的房门口时，想着屋里没人就直接推门进去了。

到孟颐的房间后，她根本没发现房间里还有个人，直接拿着衣服朝浴室走去。

孟颐就坐在窗户边的椅子上看着她，抽着烟冷着脸看她那副神志不清的样子。

洛抒在浴室内脱了衣服洗澡，洗得可开心了，大半夜还在唱着歌。

洛抒洗完澡出来只包了个浴巾，看到窗户边坐着的人时，整个人都顿住了，像是被人摁了暂停键一般，瞪大眼睛看着对方。

孟颐将烟掐灭，只看着她，不说一个字。

洛抒迷迷糊糊地喊着："哥哥？"

她似乎不相信是他，摇摇晃晃地朝着他走去，等走到他面前时，又停下脚步，问："哥哥，你怎么……怎么回来了？"

她踉跄了几下，险些没站稳摔倒。

孟颐伸手钩住她的腰，直接将人抱在腿上。

她有些头晕，挣扎着问："你是假的吗？你这讨厌鬼！"

孟颐挑挑眉，甚至没在意她对他的称呼，只是压着她的脑袋让她靠在他的脖颈上。

洛抒却挣扎着离开，歪着头看向他的脸，怯生生地伸手，想要去掐他的脸。

孟颐倒是明白她的意图，一直没有动，在她的手即将捏上时，用扶在她腰侧的另一只手扣住她乱动的手腕。

洛抒用手揉住他的肩膀，低头看了半天，觉得奇怪极了，咦了一声，疑惑地说道："怎么还会动？"

孟颐白色的领口都被她压湿了，他冷着脸看着她，说："我还打人你信不信？"

突然，洛抒将脑袋上的毛巾揪掉，做出打他的动作，说："你还我钱！"

孟颐直接将那毛巾从她的手上扯掉，丢在脚边。

洛抒看向被他丢在脚边的毛巾，生气得很，要去掐他的脖子。

他又一次轻而易举地将她软绵绵的手给扣住，说："怎么，还惦记着那些钱呢？"

洛抒委屈地说："那是我的！我的！"

孟颐望着她激动的模样，捏起她的下巴，说："跟你妈一个德行。"

洛抒将他的手拨开，大声地说："你别捏我！"

孟颐将她的身子扶正，哄着她说："你乖乖待着，我就给你钱。你要是不听话，我一分钱都不会给你，你知道吗？"

洛抒的眼睛变得呆滞，她的脑袋晕晕乎乎的，她的意识也不太清楚，她看到孟颐的脸在她的面前晃来晃去，甚至听不明白他在说什么，就想摇晃脑袋试图看清楚。

孟颐脸上的冷笑突然消失，他又将她的脑袋压在怀里。

洛抒被压得蜷缩在他的胸口，伸出光裸的双手主动环抱着他的腰，还以为自己在沙发上抱着抱枕，依赖地靠着。

孟颐死死地望向前方，接着，用手轻抚她的脑袋，然后闭上双眸，听着她的呼吸，眉头紧皱。

他一点儿也不想动她，一点儿也不想。他很清楚地知道自己有些失控了，但此刻只想让她待在这里，不想她去任何地方。

两个人之间还隔着一丝缝隙，他将她的身子彻底压实抱在怀里。

女孩儿白藕似的双腿，缠着男人穿着西裤的腿。

孟颐将她缠在他双腿上的腿握住，抬了起来检查她的脚后跟，看到那里果然还有薄茧以及被新的高跟鞋磨出的水疱。

他刚放开，她又用腿缠上他的腿，整个人竟然直接在他的怀里熟睡了过去。

晚上科灵在看新闻，看到孟颐在 G 市收购美壹酒店的消息，像是想起什么，给孟颐打了一通电话。

可是电话响了半天没人接，科灵这才想起现在已经一点多了，想着他这会儿肯定休息了，便作罢。

第二天早上，洛抒是在另一间房醒的，这次都不用装，脑袋里真的一点儿记忆也没有，包括昨天怎么回家的都不太清楚，还很疑惑自己怎么会在这儿，好像根本没来过这里，片刻后才突然想起邓婕、二美和萨萨。

这三个人昨天不会睡大马路上了吧？想到这里，洛抒迅速地从床上爬了起来，思考片刻才反应过来她是在家里，还发现这里的客房竟然也铺了床，揉了揉脑袋，心总算放下来了。

琴姐正要上来喊洛抒起床吃饭，见她在客房门口揉着脑袋，便问："醒了啊？"

洛抒看向琴姐，问："昨晚是您扶我上的楼吗？"

琴姐说："没有啊，昨晚我早睡了，先生回来了。"

洛抒停下揉头的手，看向琴姐，吃惊地问："你说什么？"

琴姐说："先生昨晚回来的，您不知道？"

洛抒是真的不知道他怎么又回来了。

接着，从她的房间里冲出来几个披散着头发的"女鬼"，三个人一脸菜色地扒在门框上哭喊着："洛抒，饿啊。"

洛抒立马走过去，大声问："你们怎么在我家？"

三个人也摇头，表示什么都不记得了。

洛抒快头痛死了，想着她昨晚肯定也是摸黑随便进了一间房，便推着她们进房间，说："先洗漱，你们臭死了，隔着走廊我都闻到了你们身上的臭味儿！"

三人被洛抒推进浴室，刚走到浴室门口，又捂着鼻子跑出来。

洛抒探头朝里头看了一眼，尖叫道："你们谁干的？"

大家昨晚都醉得一塌糊涂，根本不知道是谁干的。

洛抒简直要受不了了，逼着她们三个人去打扫浴室，总不能让琴姐来扫吧？

于是，三个人捏着鼻子开始用水冲刷打扫，过了一会儿才使浴室恢复到平时的样子。

大家都饿得不行，赶紧下楼吃饭，到楼下看到桌上的美食时，便冲过去狼吞虎咽地吃起来。

洛抒也饿极了，自然也加入了吃饭的队伍，不过又想起刚才琴姐说的事情，便朝外面看去，但没有看到孟颐。

见琴姐又端着吃的上桌，洛抒问："他人呢？"

琴姐问："您是问孟先生？"

三人同一时间停住动作，眼神一致地看向洛抒。

洛抒说："是。"

琴姐说："先生一早就出门去处理事情了。"

三个人都松了一口气，继续刚才毫无形象的吃相。

洛抒问琴姐："这次他有没有说来做什么？"

琴姐疑惑不解地说："没说啊，可能是因为有事吧。"

孟颐走了没多久，竟然又来了。

洛抒觉得奇怪，但也没再问。

萨萨从桌上抓了个红糖馒头，一边吃一边说："洛抒，等下去商场啊，买参加十佳歌手大赛时穿的衣服。"

洛抒现在最怕的就是听萨萨说逛街了，因为没钱啊！

邓婕在一旁说："她肯定要去，她有节目要表演。"

洛抒说："演出服要自己买？"

邓婕说："肯定的，不然学校给你买啊？你以为学校这么大方？"

洛抒快气死了，为什么要答应萨萨她们去表演节目？她就不应该喝酒，喝酒误事。

她坚定地说："我不去，我没钱。"

邓婕明显不相信洛抒的话，说："你少来了，你就是不想去表演，忘记昨天答应我们的了？"

二美也附和说："没钱还住 G 市大别墅！"

无论她说什么，她们都不会信的。洛抒认清这个事实后，索性不再说话了。

几人吃完饭就要拖着洛抒出去买衣服。

洛抒走之前拉着琴姐去厨房，找她借两千块钱。

琴姐感觉十分奇怪，问道："您真没钱啊？您的钱去哪儿了？孟先生没给您钱吗？"

洛抒在心里冷笑一声，不过脸上还保持着笑容，说："我晚上回来就给您，您先借钱让我去买个演出服。"

洛抒说要借钱，琴姐自然是给的，马上给洛抒拿了两千块。

买什么演出服呢，其实洛抒也就上台表演个唱歌，又不参加什么压轴类的重要节目，不过是去给萨萨她们充个人数，实在不知道该买什么样的演出服，在商场选了很久，觉得这件不行那件也不行，半天都没选好。

最后好不容易才选到一条满意的裙子，大家各自买了演出服后，便都回家休息了。

洛抒基本上把两千块钱用完了，回家后还在想着钱的事情，打算打电话问孟承丙要钱，其实之前很少问孟承丙要钱，想想又觉得不妥，只好作罢。

趁着孟颐今天还在这边，洛抒决定把这件事情解决，回家后一直在等孟颐回来，让他把她的卡解冻，不然总是束手束脚。

洛抒一直等到晚上才看到孟颐从外面回来，第一时间迎了过去，站在门口停顿了几秒，然后拿起玄关处孟颐的鞋子。

孟颐带着秘书下了车，见洛抒在门口等着，就看了她一眼，径直朝大门走来。

洛抒拿着鞋放在他的面前，笑容僵硬地说："哥哥，鞋子。"

孟颐问："酒醒了？"

洛抒赶紧说："还好，其实也没怎么醉。"

孟颐对秘书说："你回去吧，这边没事了。"

秘书点头离开。

孟颐换好鞋，洛抒又替他将换下的鞋放好，看到孟颐朝楼上走去，便跟在他的身后。

孟颐停住脚步，回头问道："还有事？"

洛抒说："嗯，有一点儿。"

孟颐说："今天没时间谈，明天再说。"说完继续朝楼上走，看起来很忙的样子，没空搭理她。

洛抒打定主意要他把自己的卡解冻，自然不会善罢甘休，还是跟着上楼，看孟颐去书房也跟着进去，看孟颐在书桌前坐下也跟着站到他旁边。

孟颐本来想去开电脑，看到洛抒如影随形，便停下动作，靠在椅子上看着她，问道："你到底有什么事？"

洛抒刚要开口，就听到孟颐的手机响了，只好等他讲完电话再说。

孟颐将手机拿出来看了一眼，朝洛抒说了句："别说话。"然后起身从书桌边离开，朝着窗户边走去，喂了一声，唤了句："科灵。"

孟颐一直听着，没怎么说话，直到电话结束，才说了句："嗯，好，我知道，就这样。"然后挂断电话。

孟颐拿着手机转身看向还在书房的洛抒，将手机丢在书桌上，又在书桌前坐下，说："说吧，什么事？"

洛抒开门见山地跟他谈："你什么时候把我的卡解冻？"

孟颐说："你很需要钱？"

大约是里头太闷热，他伸手解着领带。

洛抒说："不是需要钱，首先我认为我是个成年人。"

孟颐认可这句话，还点了点头。

洛抒自然不会再说这些钱是她的话，这次学聪明了点儿，说："今天萨萨她们拉着我去买演出服，我都是跟琴姐借的钱，总不能告诉她们我的钱被你冻结了吧？"

孟颐说："你也可以这样说，但她们应该也会清楚，你的钱为什么会被冻结。"

洛抒的银行卡被冻结这事跟她上次失踪有关，但萨萨她们得知这件事情的话，肯定会以为是洛抒家里采取的措施。

洛抒想到这里，不禁紧捏着拳头，略微赌气地说："要是我没钱，我会去找爸爸要的。"

孟颐无所谓地说："嗯，我也正好同他说说你和你妈的事。"

洛抒瞬间气到发抖，忍着怒意问道："那你到底要怎样才能把我的卡解冻？"

孟颐对她说："琴姐的钱，我会替你还她。下次你要钱可以提前跟周兰说。当然，还是老规矩，我不在乎你花多少，但票据、买了什么东西，这两样一样也不能少。"

洛抒不敢在他面前发脾气，甚至觉得他以前就在盘算冻结她的卡。

因为他从不给她一分钱，反而孟承丙给的钱数额都挺大的。

洛抒没再谈下去，转身要走。

孟颐说了句："站住。"

洛抒不想停，但还是停了下来。

孟颐说："过来。"

洛抒不得不转身。

孟颐从抽屉里拿了钱，放在桌上对她说："拿去还了。"

她只借了琴姐两千，孟颐好像多给了一些。

他说："三千，一千我不问去处。"

洛抒走过去把钱拿上，想着他算是对她格外开恩了，还装模作样地说了句："谢谢哥哥。"

科灵在给孟颐打完电话后，便坐在房间里陷入沉思，此刻手里正捏着两张买女鞋的收据。那个牌子是一个国外的女鞋品牌，大多是手工高定。这是保姆从孟颐的衣服里拿出来交给她的。孟颐给谁买的鞋子？又有谁能让他买鞋？科灵心里其实一清二楚。

洛抒把两千块还了琴姐，又不敢把剩余的一千存卡里，只好收了起来。

没多久，洛抒的学校就开始举行十佳歌手大赛。洛抒很清楚自己唱歌其实是不怎么好听的，可是为了帮萨萨她们凑人头，也是拼了。

十佳歌手大赛是孟氏赞助，全校基本贴满了孟氏的标识。

萨萨她们这次拉了一个这么大的赞助，所以这个十佳歌手大赛办得规模极大，甚至还邀请了很多媒体记者。

原先洛抒以为就学校随便搞搞，没想到场面会变得这么大，在后台候场时手都是抖的，觉得自己就是去闹笑话的，但想到自己不过就是一个凑人头的，压力也就没那么大了。

洛抒被安排在后面出场，既不是压轴，也不在前头，坐在后台化完妆就开始打瞌睡，正打着瞌睡，听到有人在议论："听说这次比赛最大的赞助商也在学校的邀请之列里。"

"那个收购美壹集团的孟氏？"

"是啊，大金主呢！"

"厉害了。"

洛抒被巨大的讨论声惊醒，虽然并没听清楚他们在说什么，但看到了他们吃惊的神情，发现跟自己无关后，又继续陷入梦乡。

比赛一轮一轮地进行着，现场热闹得很，洛抒却在后台困到晕厥，整个人睡得昏昏沉沉的。

这时萨萨进来了，见洛抒还在打瞌睡，尖叫着说："天啊，洛抒！你怎么还睡？到你上场了！"

洛抒被她吓醒，问道："到我了？"

萨萨无比佩服洛抒的淡定，没想到她竟然睡得着，赶紧慌慌张张地拉着她起来，说："你快点儿！还有五个节目就到你了！"

洛抒看了一眼时间，问："我不是在后面吗？"

"亲爱的！你被调到中间了！你快点儿好不好？你要急死我们啊？"

萨萨给洛抒拍着脸让她醒醒，洛抒还在眯着眼睛犯困。

当幕前传来洛抒的名字时，洛抒终于睁开眼，慌张地问萨萨："我行吗？我这样行吗？"

萨萨捧着洛抒的脸，一脸笑意地说："你行的，谁让你哥哥是我们学校最大的赞助商呢！"说完就直接把洛抒推到了台前。

因为裙子太长，洛抒差点儿没摔在台上，赶紧回头去看萨萨。

萨萨朝她挥手，着急地给她打手势，让她看台前。

突然，有一束光打在洛抒的身上。洛抒被那束光刺得彻底醒了，今天要唱一首抒情歌。台下特别安静，洛抒接过主持人递来的话筒后，正要做自我介绍，就看到前排坐着的一个人，瞬间惊在原地，发不出任何声音。

孟颐怎么来了？还和校领导坐在第一排？

他也正在看着她。

洛抒控制不住发抖的双手。

主持人见她自我介绍还没开始就没下文了，赶紧朝她看过去。

洛抒捏着话筒，把目光从他的身上移开，开始做自我介绍，其间尽量不去看台下，只安静地等着音乐。

伴奏开始了，是一首很唯美的曲子。

洛抒刚一开嗓，就听到台下传来彼此起伏的笑声，还看到孟颐也在台下笑了。

她烦躁得很，不就是不会唱歌吗？那又怎样？她就是来凑数的，不明白大家为什么笑，依旧五音不全地唱着歌曲。

萨萨在后台捂着耳朵，简直想当自己不存在，恨不得在心里对洛抒说：姐姐，你状态好点儿行不行？你哥哥可是今天最大的赞助商，你不能给他丢脸啊！之前你现场练得完全没这么要命啊！

洛抒看到孟颐的笑，瞬间气到不行，觉得他就是来看自己笑话的，越唱越气愤，越唱越跑调，听着台下爆发出的一阵阵笑声，也觉得无所谓，坚持唱完最后一句歌词，淡定地说了最后一句台词："谢谢大家。"然后鞠了一躬，将话筒递给主持人，从台前离开。

主持人尴尬地说道："哈哈，这位同学勇气可嘉，大家给她鼓掌！"

台下响起雷鸣般的掌声，洛抒回头看了一眼台下，看到孟颐还在笑。

洛抒气得冲进了后台，看到幕后的人也在捂着嘴笑她，便生气地看了他们一眼。

那些人自然不笑了，回头假装在说话。

萨萨看到洛抒下台就急匆匆地过来，说："洛抒，你可真丢脸，你唱的是什么啊？"

洛抒问："他怎么来了？"

"谁？你哥哥？"

萨萨说："拜托，校方请的，又不是我们，你哥哥估计也是来看你的。"

"他来看我笑话的吧？"洛抒冷冷地说。

萨萨说："你……"但是没说完，就看到门口出现一个人，飞快地转变脸色，笑着唤了句："孟先生！"

萨萨立马走过去，跟孟颐说了两句话，然后就出去了。

幕后本来人就不多，这会儿大家差不多都去了前台。

孟颐看向坐在那里的洛抒，在她身边的一处椅子上坐下，说："唱得还不错啊。"

洛抒看向他，扯动着嘴角，皮笑肉不笑地说："谢谢哥哥夸奖。"

孟颐今晚似乎心情很好，平时不苟言笑，今天竟然笑了很多次。

他靠在椅子上，看向她脸上的妆，说："谁给你化的？"

洛抒看到孟颐还在笑，赶紧用手擦着脸，起身就想走。

孟颐笑着说："行了，没笑你。你赶紧把妆卸了，显老。"

洛抒又坐下，拿着卸妆棉开始卸妆。

里面很安静，没什么声音。孟颐就这样一直在旁边看着。

洛抒可以感受到孟颐注视的眼神，卸妆时一直很紧张，但脸上没露出任何异常，卸完后回头看向他。

孟颐打量着她，似乎在看她有没有卸干净妆，看着看着忽然伸手捏了一下她的脸。

洛抒不知道他要做什么，但是努力克制自己没有躲。

孟颐用指尖轻轻碰了碰她的脸颊，说："这里没卸干净。"

两个人离得很近，孟颐从桌上拿了一张卸妆巾，动作轻柔地替她擦拭着脸。

洛抒的心却始终都是紧绷的。

孟颐帮她擦干净后，才把手从她的脸上挪开，然后紧盯着她的脸，过了一会儿才说："可以了，你去把鞋子和衣服换了。"

洛抒终于睁开眼看向他，说了句："谢谢哥哥。"然后起身去试衣间把衣服换了。

孟颐带着她从学校离开。

晚上回去路上还挺堵的，洛抒今天忙了一天，此时真的很困，缩在车座上睡了过去。

外面的风吹进来，将洛抒披散的头发吹乱了。

孟颐抬手想去触碰她，却又停下动作，直接将她搂在怀里，替她抚了下被风吹乱的头发，又关上车窗，小声地说："今天真是把我的脸都丢尽了。"

洛抒靠在他的怀里，完全睡了过去。

孟颐用手轻柔地抚摸着她的脸，好半晌才收回手，继续看文件。

中途的时候车子颠簸了一下，洛抒有点儿醒了，但没有完全醒来，迷迷糊糊地睁着眼睛，当目光逐渐聚焦看到孟颐的侧脸上时，整个人不禁紧绷住身体。

孟颐在看文件，并没有发现她这细小的身体反应。

洛抒开始假装自己在做梦，从他的怀里挣脱出来，挪去另一边。

孟颐看了她一眼，也没有再去碰她。

孟颐在洛抒参加完校园十佳歌手大赛之后便离开这里回了 B 市，晚上十点才回到孟家。

科灵见他回来，忙上前问道："这次怎么这么快就回来了？"

"嗯，差不多处理完了。"

科灵说："我还以为你要待很久呢。"

科灵想到什么，将两张发票递给他，说："这是保姆给我的。"

孟颐拿过来看了一眼，发现是上次帮洛抒买鞋的票据，脸色没变，也没有说话。

科灵问："你给谁买的？"

孟颐说："带她去买的。"

其实科灵也猜到了，因为知道鞋子是她的码数。

孟颐继续说："给她买不是因为别的，而是我正好在 G 市。你知道的，她在 G 市的一切都是我在处理。上次她要买演出服，我顺便给她买的鞋子。"

孟颐的解释很正常，他似乎并没什么好隐瞒的。

科灵自然也知道。

洛抒以前还住在孟颐那里，两个人之间的接触是避免不了的。

科灵说："我只是担心你。"

孟颐看向她说："我跟你说过，不用担心。"

他的脸色很平淡。似乎那个人对他根本没什么影响，也没有任何重要性。

科灵看着孟颐，却觉得哪里不对，但也没有再接话。

孟颐走出房间去了外面，然后接听了一通电话。

电话里的人告诉了他一个消息：洛抒在他走后便开始四处找工作，而且瞒得很紧。

孟颐停下脚步，脸色瞬间冷了下来，说道："我知道了。"挂断电话继续朝前走。

洛抒并不知道自己完全处于孟颐的监视中。

孟颐任由洛抒自由行动，并未多加干涉。

第二天，孟颐去巡视商场，停在一家女装店前，目光落在一条裙子上，问身后跟着的秘书："她是不是快毕业了？"

秘书说："您说的是洛抒小姐？"

孟颐嗯了一声。

秘书说："差不多，只有半个学期的课程了。"

孟颐走进店铺，拿起那条裙子，对秘书说："这条适合拍毕业照，提前买了。"

秘书周兰应答着，小心翼翼地拿着裙子去买单，买完单后拿着礼盒出来询问道："要提前寄过去吗？"

孟颐从沙发上起身，说："不用，到那时再给她。"

之后两个人便从商场离开。

洛抒那段时间在找工作，无时无刻不在祈祷孟颐不要过来。

因为他经常突然就过来，洛抒甚至睡到大半夜，都害怕听到外面的汽车声，基本不敢安然入眠。

好在那段时间孟颐让她有了一丝喘息的机会。在她试图找工作的那段时间，孟家突然发生了一件大事——洛禾阳怀孕了。

洛抒本来在吃早餐，听到这个消息便向琴姐问道："您说的是真的吗？"

琴姐说："当然是真的，我听周兰说的。她今天过来了一趟，说来看看您，但是下午接了一通电话，就急匆匆地往 B 市赶了。"

这个消息来得特别突然，让洛抒有种晴天霹雳的感觉，整个人开始浑身冒冷汗。

洛禾阳已经四十几岁了，怎么可能怀孕？

琴姐继续说："您要不要打个电话回去问一下？毕竟是您的母亲。"

洛抒没有打电话去问，甚至没有去确认消息的真假，而是陷入巨大的恐慌中。

B市这边却是另一番景象。孟承丙带洛禾阳检查完回来，第一时间就给孟颐打了电话，说有件大喜事要宣布。这天应该是孟承丙五十年的人生中最快乐的一天，他给孟颐打了电话之后，便握着洛禾阳的手从医院出来，看着一旁的洛禾阳喜笑颜开。

孟颐刚刚结束一个电话，此刻紧握着手机，脸色格外严峻，用手机一下一下地敲击桌面，空旷的办公室传出沉闷的啪嗒声。

孟承丙完全没想到自己还能老来得子，一路上别说多小心、多开心了，一会儿问洛禾阳有没有哪里不舒服，一会儿又问洛禾阳有没有感觉口渴，整个过程表现得激动又反常，一向淡定儒雅的他此时容光焕发，简直像个二十几岁刚当爹的毛头小子。

洛禾阳却没有孟承丙那般高兴，跟孟承丙坐上车后，担忧地问道："承丙，孟颐那边怎么说？他们会不会……"

洛禾阳说着说着竟然叹了一口气："哎，你说我们这么大年纪了，还有孩子了，讲出去多不好听，而且我怕孟颐他们不高兴。"

孟承丙全程捂着洛禾阳的肚子，说："他们怎么可能不高兴呢？这是孟颐的亲弟弟，他和我们一起疼他还来不及。你放心吧，孩子不会有任何问题的。禾阳，你知道我多想要我们两个人的孩子吗？你不要多想，我们一定要平安地把孩子生下来。"

孟承丙似乎又想到什么，立马说："哦，对了，我要给洛抒打一通电话。"

洛禾阳握着他的手说："先别打，等事情稳定了再打，我还不知道这个孩子是去是留。"

"你别胡说八道！"孟承丙很生气地说，"这是我的儿子，哪里有留不得的道理？"

洛禾阳见他真的有些生气，便不再反驳。

孟承丙觉得洛禾阳在这个家这么多年一直处于替别人着想的状态，没想到她到现在还在替别人着想，便搂紧她，感动地说道："以后不许再说那样的话。"

洛禾阳忍住眼泪，点点头。

车子在大门口停稳后，孟承丙小心翼翼地扶着洛禾阳。孟颐和科灵已经在客厅等了，自然看到了孟承丙关心的态度。

到了客厅，孟承丙让洛禾阳坐到沙发上不要动。

科灵主动问了一句："爸爸，您有什么事情要宣布？"

孟承丙看了一眼坐在那里抚摸着肚子的洛禾阳，又看向孟颐跟科灵，笑着说："孟颐，你要当哥哥了，你洛姨怀孕了。"

其实科灵和孟颐早就猜到这个消息了，此刻听着一点儿也不意外。

孟颐似乎也很高兴的模样，还笑看着向洛禾阳，问："哦，是吗？"

孟承丙完全没注意到孟颐的笑容里隐藏的对洛禾阳的敌意，还高兴地拿出今天在医院检查的各种结果，递给孟颐和科灵，说："今天是我陪你洛姨去检查的，你们快看。"

孟颐从洛禾阳的身上收回视线，然后从孟承丙的手上接过所有的检查资料，看到资料清清楚楚地显示洛禾阳怀孕已有一个月。

洛禾阳抚摸着肚子。

看孟颐翻完资料，孟承丙高兴地问："怎么样，孟颐？"

孟颐对孟承丙说："我自然是没意见的，首先还是得恭喜您和洛姨。"

洛禾阳在一旁问："孟颐，你们不反对吗？"样子看着似乎害怕得很。

科灵的脸上也带着笑，她说："妈，孟颐高兴还来不及呢，您和爸也结婚这么多年了，老来得子是喜事，您好好养身体。"

孟承丙坐在洛禾阳的身边，一把将她搂住，说："明天我就让洛抒回来，让她回来看看你。你好好养着，家里的事情也别操劳。"

洛禾阳的脸上终于出现放松的神情，她说："嗯，我会的。"

孟承丙宣布完这件事情，就把所有心思都放在洛禾阳的身上，生怕她磕着碰着，又怕她刚才在医院检查太累了，立马扶着她去房间休息。

孟承丙和洛禾阳离开后，孟颐和科灵脸上的笑容都消失得无影无踪。

从那天起，洛抒再也没有听到关于孟颐的消息，也很久没见周兰过来。

洛抒不知道 B 市到底是什么情况，隔了一个星期，接到孟承丙打来的电话。

孟承丙在电话里同她开心地报喜，说了洛禾阳怀孕的事情，让她立马回来一趟。

洛抒这才彻底地相信，洛禾阳怀孕的消息是真的，但第一反应竟是在想洛禾阳是真怀孕还是假怀孕。

洛抒并没有第一时间回去，而是拖了几天，虽然也不知道为什么要拖几天。

孟颐没有派人来接她，也没有给她买机票。

洛抒没钱买机票，自然回不了 B 市。

孟颐给她的感觉就是很安静，安静得让洛抒心慌。

孟颐已经知道了一切，知道她们以前的一切。但洛禾阳应该还不知道孟颐知道这件事。

时间一天一天过去，洛抒始终没有等到通知，以为不需要回去的时候，突然接到周兰传来的消息。

　　周兰对琴姐说，给洛抒买好了回 B 市的机票，让琴姐通知洛抒准备好东西。

　　洛抒没想到这个消息还是来了，赶紧收拾好东西，还算镇定地提着行李箱出了门，坐上来接她的车子去了机场，其间一直紧握双手，甚至连手心里全是冷汗都不知道。

　　之后她坐上了回 B 市的飞机。两个小时后，飞机在 B 市落地，这次不是乔叔来接她的，而是孟颐的司机。

　　到达孟家后，洛抒从车上下来，脸上看不出一点儿喜悦之情，一步一步地朝着大门走去。

　　孟承丙早在大厅等她了，笑得满面春风，整个人像是瞬间年轻了五六岁，看到洛抒回来了，搂着她说："回来了，快去看看你妈妈。"

　　他说话充满了朝气，那种朝气是由喜悦带来的。

　　洛抒拖着行李箱，朝孟承丙笑着，没怎么说话。

　　洛抒被孟承丙带进房间后，看向在床上躺靠着的洛禾阳。

　　洛禾阳全身上下捂得严严实实的，似乎不能受一点儿风。

　　洛抒看了床上的人许久，隔了好半晌，才找回了自己的声音，喊了句："妈。"

　　这个时候科灵正好敲门进来，唤了句："爸爸。"

　　洛抒回头看向她。科灵也看向她。

　　科灵从洛抒的身上收回视线，笑着对孟承丙说："家里来客人了。"

　　孟承丙对母女俩说："你们好好聊，家里来客人了，我先去招待。"

　　洛抒说："好的，爸爸。"

　　孟承丙朝外走去，询问了科灵几句，之后下楼去招待客人。

　　科灵没有随着孟承丙一道下楼，而是又进了房间，询问洛禾阳："您今天感觉怎么样？"

　　洛禾阳说："都挺好的，并没有觉得哪里不舒服。"

　　科灵的脸上充满了关心，她说："那就好。"然后又看向坐在一旁的洛抒，说："洛抒，你好好陪陪妈妈，我去招呼客人了。"

　　洛抒点点头，也没有同科灵多说什么。

　　科灵走后，洛禾阳看向洛抒，问道："你怎么一脸不高兴？是看到我不高兴吗？我知道你的心思，你不就是翅膀硬了想摆脱我吗？我告诉你，洛抒，我是你妈，不是你的仇人。"

　　洛抒说："我没有这个意思。"

洛禾阳冷笑一声，一点儿也不信她说的话。

洛抒看了一眼门口，确定没人，才问洛禾阳："孩子是真的吗？"

洛禾阳眼神冷厉地扫向她，说："什么真不真的？"

洛抒仔细观察洛禾阳的表情，发现洛禾阳并没有情绪转变。

洛禾阳知道洛抒在猜测什么，见洛抒不说话，直接斥责道："你少在这儿胡乱猜测。"

洛抒也觉得洛禾阳应该不会做这种搬起石头砸自己脚的事情。洛抒好像还在顾忌着什么，微微捏紧手，似乎有事想告诉洛禾阳，又想到洛禾阳是高孕妇，说出来未必对她有好处，想了想决定还是算了。

洛禾阳又说："行了，你别胡思乱想这些，出去吧，让我歇会儿。"

洛抒见洛禾阳似乎有点儿疲惫，在那儿坐了一会儿，没有多待，起身从她的房间离开。

晚上，洛抒下楼的时候正好碰到了孟颐，见他从楼下上来，顿时停下脚步。

科灵在孟颐的身边，孟颐像是没有看到洛抒，直接从她身边经过，朝三楼走去。

科灵和孟颐并排着上楼，同孟颐说一些公司的事情，都没有跟洛抒打招呼。

洛禾阳这次怀孕不是个意外，绝对是有隐情。

洛抒想到孟颐曾经说过的话，在原地站了几秒，还是朝楼下走去。

之后那几天洛抒碰到孟颐都尽量避开，跟他没有任何交谈。

科灵也观察到洛抒和孟颐没有任何接触。

洛抒有时候下楼喝水撞见孟颐，也不会跟他打招呼，喝完水就迅速上楼，与其说是没接触，不如说是躲着孟颐。

孟家都在为迎接洛禾阳这个孩子做准备，孟承丙陷入从未有过的兴奋状态，纵横商场这么多年，此时却表现得像是初为人父一般激动，早早就开始给孩子想名字。

那天，孟承丙在摆满了字帖的桌旁，开心地询问孟颐有关孩子名字的意见。科灵在一旁也笑着给出意见，旁观了这一切的洛抒莫名在心里打了个寒战。

晚上，洛抒在书房门口又碰到了孟颐，喊了句哥哥就想立马走。

孟颐却忽然扣住她的手，一把将她拽了过来。

洛抒一时有些没站稳，喘着气抬头看向他，心里害怕极了。

现在是晚上十二点，家里的保姆都睡了，洛抒不知道他要做什么，再次小心翼翼地喊了句："哥哥。"

孟颐对她的害怕视而不见，只冷声吩咐道："进书房，我有话要问你。"

然后推开门，把洛抒推了进去。

洛抒一下摔在了书桌上。

他从来没有这样粗鲁地对待过她，顶多是漠视。

洛抒从书桌前爬起来，胆战心惊地看着他。

孟颐直接将书房门关上。

洛抒低声说："哥哥，你要问什么？"

孟颐伸手又将她拉扯了过来。

洛抒根本不是他的对手，只能任由他摆布。

他捏着她的脸，眼中寒光四起，怒气冲冲地问道："我之前怎么跟你说的？嗯？不是让你们母女俩老实点儿吗？怎么，你还是不听？"

洛抒被他捏得疼死了，攀着他的手，求饶地说道："哥哥，我真的不知道这件事情。她是正常怀孕，也不是故意的。谁都没想到会发生这样的事情。"

孟颐冷笑一声，嘲讽地说道："是吗？你真认为是这样？"

洛抒说："是的，也许她的孩子保不住呢。哥哥，我妈妈毕竟年纪这么大了，身体也不一定能够承受得了这个孩子。"

洛抒现在只想稳住孟颐的情绪，心里也知道这些话完全没有说服力，但很清楚他把握着她们的一切动向，明白他之所以一直没采取行动是因为孟承丙。

洛抒又说："我妈妈真的没有那个心思了，哥哥你相信我。"

她从未在他面前如此哀求过。

孟颐看着她那张楚楚可怜的脸，狠狠地将她甩向书桌前的椅子上。

洛抒直接摔倒在椅子上，费了好大力气才从椅子上爬起来，翻了个身坐在椅子上。

孟颐今天挽起了衬衫的袖口，露出修长结实的手臂，自然也露出了手腕上那个显眼的刺青。

过了一会儿，他终于恢复平静，说："你最好让你妈收下心思，不然……"顿了一下，看了一眼坐在椅子上的洛抒，才继续说，"别逼我动你们。"

他说出来的话语气一点儿也不重，甚至听起来很轻柔，就像是一句普通的话语。

洛抒却在听到这句话的瞬间浑身紧绷，连动都不敢动，望着坐在那儿的孟颐。

他就算只是穿着简单的白色衬衫和黑色裤子，可日渐成熟、冷漠的脸，随时都会带给洛抒一种压迫感，和孟承丙的和煦完全不一样。

洛抒看着他眼角那颗丝毫未变的泪痣，却觉得他身上完全没有了以前的忧郁，只感觉到了冷厉。

洛抒坐在那儿没有说话，也不知道自己刚才撞在哪儿了，只感觉身体的某个部位在隐隐作痛。

时间一分一秒地过去，终于，孟颐开口了，对她说了句："出去吧。"

洛抒这才从椅子上下来，整个人却直接摔在了地上，努力从地上撑着站起来，才发现腿上撞青了一大块儿，此刻颤抖着双腿，跟跟跄跄地从书房走了出去。

好在晚上大家都睡了，走廊上没人，洛抒拖着受伤的腿，努力朝自己的房间走去。

洛抒离开后，孟颐的脸上变得没有任何表情，他把目光落在未关严的门上。

走廊外的灯光泄了一束光进来，不过随着走廊外的声控灯自动熄灭，门口那束光也消失得毫无踪影。

孟颐闭上双眸陷入了沉思，其实内心真的一点儿也不想动她。

洛抒第二天早上起来，发现腿上彻底青了一大片，应该是昨天撞得太狠了，连手腕上都是青紫色。原本一向喜欢穿裙子的洛抒今天特意穿了长袖衣服和长裤下楼，还把头发扎成马尾。

洛抒平时虽然喜欢睡懒觉，可一般都会早早地吃完早餐再去睡，今天下楼的时候正好是早餐时间。家里的保姆没想到洛抒今天会起来得这么晚，还穿成这样，有些奇怪地问："洛抒，你今天怎么穿着长裤？"

孟颐还没出门，正跟孟承丙说着话，其他人也都刚吃完饭，还在饭桌前坐着。

大家听到保姆的话，朝洛抒看去。

虽然现在的天气还不算太热，可洛抒很少穿裤子的，大家都感觉很奇怪。

保姆笑着说："你还是穿裙子好看。"

洛抒没说话，尽量让自己走路自然点儿。

同孟颐坐在一起的孟承丙也笑着说："是哦，我今天也才发现，怎么，我家洛抒改变穿衣风格了？"

洛抒看着孟承丙笑着说："没有的，爸爸，我就是有点儿感冒，先去吃个东西。"说完快速地朝厨房的方向走去。

科灵闻言看向洛抒，看到她走路的样子似乎有些僵硬，然后又朝孟颐看去，发现他的视线也落在洛抒的腿上，片刻后收回视线。

洛抒一个人吃着早餐，很快就吃完上楼了。

没一会儿，科灵就随孟颐一起出了门。见他上车后便用指尖揉着额际闭目休息，科灵关心地问道："怎么，头痛吗？还是没休息好？"

孟颐只是在想别的事情，只说了句没事。

科灵又说了句："我看还是暂时把洛抒送去国外吧，现在不能让她们母女再围着爸爸。爸爸这几年已经完全拿她当亲生女儿对待。到时候处理起这些事情估计很麻烦。"

孟颐睁开双眸，说："孩子的事情调查出来了吗？"

科灵说："那天是爸爸跟洛禾阳去医院检查的，检查都是符合标准的，结果也显示正常。现在那个主治医生被爸爸用来替洛禾阳专门调养身体。"

孟颐说："才一个月，再等等看。"过了一会儿，又说，"继续查她的主治医生。"

洛抒腿上的青紫色那几天一直未消。

洛禾阳那几日也都在房间养胎，没怎么出来，如今倒是被汤汤水水养得面色红润。

洛抒不知道其他的高龄产妇是怎样的，只觉得她的身子倒是挺硬朗的。

洛抒见坐在床上有点儿难受的洛禾阳想从床上下来，就问道："医生说你可以下床吗？"

毕竟洛禾阳这么大年纪了，洛抒也很担心她的身体状况。

洛禾阳说："没事，我坐了这么多天，想出去走走。"见洛抒伸手过来扶，还撇开她的手，说，"你别扶我，我去上个洗手间。"然后捂着小腹下床了。

洛抒担忧地问："要不要找医生？"

洛禾阳说："不用，我就上个洗手间。"

她走得很快，也不像是不舒服的样子。

洛抒也就放下心来，坐在那儿等着，忽然看到洛禾阳先前坐过的地方有一点儿血迹，惊得立马站了起来。

本来要去洗手间的洛禾阳，回头捂住了洛抒的嘴。

洛抒睁大眼睛，皱着眉看向她。

洛禾阳只说了句："不要说话。"

母女俩对视许久，洛禾阳确定洛抒不再大叫出声后，才把手从她的脸上拿了下来，看了一眼门口确认没人，便飞快地将垫在床上的一块毛巾扯了出来，转身去了洗手间。

洛抒完全没想到洛禾阳现在竟然真的敢这么做。

洛禾阳去洗手间后，过了好久才从里面出来，换了一条裤子站在洛抒的面前，只说了一句话："什么都不要问。"

这个时候正好有保姆进来，同洛禾阳说："太太，医生来替您检查身体了。"

洛禾阳再次坐上床，笑着说："让医生进来吧。"

医生是日常来替洛禾阳检查的。没多久孟承丙也从外面回来了，自然陪在洛禾阳的身边。洛抒站在远远的地方看着。

医生给洛禾阳检查之后，对洛禾阳说道："您的状态很好，继续好好养着就可以，现在才怀孕一个月。"

洛禾阳笑着跟医生说："谢谢。"

可孟承丙还是不放心，一直在仔细地询问医生需要注意些什么。

医生同孟承丙仔细地说着，一旁的保姆们也都认真地记录医生说的话。

洛抒在那儿站了一会儿，然后转身离开了洛禾阳的房间，但是刚到楼下就在大厅里遇到了孟颐的秘书周兰，立马停下脚步。

周兰看到洛抒，便朝她走了过来，说："您今天下午有事吗？"

洛抒问："你有事情找我吗？"

周兰说："走吧。"

洛抒不知道周兰找自己做什么，便问道："去哪儿？"

"您跟着我就行了。"周兰一边说一边朝外走。

洛抒看着已经去了外面的周兰，跟着出了大厅。

到了外面，周兰替洛抒拉开车门，然后两个人一起离开。

车子停在一个酒店的停车场里，周兰带着洛抒下车。

洛抒不知道周兰到底要带自己去做什么，脑子里一片迷茫。

两个人出了电梯后，周兰停在一扇门前，对洛抒说："您进去吧。"

洛抒本来想问谁在里面的，但最终没有问，而是推门走了进去，刚进去就看到孟颐抽着烟，似乎正在等她，她便在门口停住。

孟颐朝她看了过来，说："把门关上。"

洛抒不知道他要做什么，也不想将门关上，隔了许久才问了句："哥哥，你找我做什么？"

孟颐皱着眉，略不耐烦地说："把门关上。"

洛抒这才缓缓地将门关上，但仍旧站在门口。

孟颐直接从沙发上起来，抓着她的手腕，将她带进房间。

洛抒没想到他会直接上手，喊了句："哥哥。"

孟颐没有回头看洛抒，而是将她带到沙发旁，一把将她扯进自己的怀里。

洛抒被吓到了，用手撑着他的肩膀，抗拒地大声喊道："哥哥！"

孟颐看她的眼神越来越不耐烦了，没再理她，而是将她抱在腿上。

洛抒的身子都是僵硬的。

洛抒今天穿的是长裙，孟颐把她的鞋子脱了，直接将她光裸的腿从裙摆下面拿了出来，低头查看她的膝盖和腿。

她的腿上还是有伤痕的，只是没之前那么明显。

孟颐拿起一旁的袋子，从里面拿出药来，动作轻柔地帮她涂抹双腿。

洛抒尽量不让自己动。

他拿着药膏给她涂着，骂了句："活该，站都站不稳，你是废物吗？"

洛抒的裙摆都覆盖在他的西裤上，洛抒没有吭声，只是安静地看着他的动作。

涂完后，洛抒立马想要从他的腿上下来。

他却仍然维持着刚才的动作，说："别动。"

洛抒不知道他要做什么。

他整个人窝在沙发上，然后将她压在怀里。

洛抒开始剧烈地挣扎，说："哥哥！"

可孟颐只说了句："别动。"

洛抒听到他说这句话，停下所有动作，不敢再动了。

洛抒整个人都趴在他的胸口，双腿在他的两腿间，虽然趴在他的身上，但始终抬起脑袋。孟颐把另一只手从她的后背上移开，将她的脑袋抱紧在自己的脖颈处。洛抒喘着气缩着手，一刻也不敢动。

孟颐只是痛苦地闭上眼睛，静静地抱着她，也不说话。

洛抒不知道被他这样抱了多久。

过了一会儿，孟颐翻了个身，稍微松开了手上的动作，将洛抒侧抱在怀里。

洛抒的脸依旧被他抱得紧紧的，她一直处于被迫的状态，确定他再无其他动作，才放松下来。

孟颐就这样抱着她睡着了。

差不多过了一个小时，洛抒听到孟颐的手机响了，也不知道他有没有睡着。

他睁开了眼，搂着她接听电话，嗯了几声之后就挂断电话，然后看向怀里始终蜷缩着的洛抒，松开了她，从沙发上坐了起来。

洛抒也缓慢地从沙发上爬了起来，她的双腿一直在发抖，手心里也全是汗。

孟颐对她说了句："走吧。"

洛抒松了一口气，立马穿上鞋子从沙发上站了起来，之后随着他出门离开。

进了电梯，孟颐也不说话，冷着脸目视前方，等电梯门开了，从电梯里出来，朝大厅外走去。

洛抒始终跟着孟颐，到外面下台阶的时候，突然脚下一软，整个人差点儿摔在地上。

幸好孟颐立马回身，伸手将她往怀里一搂。

洛抒却立马推开他的手。

孟颐的眼神瞬间冷了下来，他怎么会不知道她害怕到连路都走不稳呢？

洛抒看到他的眼神，便停下动作，同他对视了一眼。

就在马路的对面，科灵坐在一辆车里，看向酒店对面的那一幕。

孟颐握着洛抒的手，带着她朝前走。

接着，有辆车开了过来，停在两个人的面前，只停留了一会儿，等两个人上车后便离开了。

洛抒被送回了孟家，从车里出来时，腿一直都是虚软的状态。洛抒到家后迅速地上楼，去行李箱内翻找自己的证件，翻出来之后紧紧地握着，手上的力道几乎要将那些证件折断。

洛抒在洛禾阳怀孕之后在家里待了六天，因为学业，还是要回 G 市的。

在洛抒回 G 市那天，洛禾阳什么都没同洛抒说。

洛抒也什么都没问，看似平常地跟孟承丙说了再见，实则无比迫切地想要离开这里，好在从那天起没再见到孟颐。

洛抒想，无论如何，一切都要等她毕业再说，离毕业只有两个月了，孟颐最近这段时间应该没有时间管她。

洛抒回到 G 市后，白天还是在学校上课，晚上回孟颐的房子里，跟之前一样。孟颐也确实如洛抒所料的那样，在她回了 G 市后对她关注不多。

周六那天，萨萨提议去酒吧玩，要拉上洛抒。

洛抒也同意，自然就跟着萨萨她们去了。虽然之前在酒吧过了几天相当荒唐的日子，但这次是萨萨她们疯狂地玩，洛抒一个人坐在那儿老实地喝着饮料，不想再像上次那样四个人都醉得不省人事。

洛抒随手拿起手机看了一眼时间，想看看萨萨她们玩够了没，便抬眼朝舞池那边看去。

舞池内灯光闪烁，让人看不清楚谁是谁。洛抒没找到萨萨她们，却无意中看到舞池中央有一个背影摇曳穿行着，便飞快地从椅子上下来，整个人像是魔怔了一般，直接往舞池里冲，顾不得自己撞上了谁，走得很快，目光紧盯着那个背影，动作也是小心翼翼的，生怕惊动那个背影。

在离那背影越来越近的时候，洛抒越过前面几个人，一把抓住那个人。

那人停住动作，却没有回头。

两个人都没动，洛抒下一刻便拉着他回头。

那个人转身了，他的身边还站着一个学生模样的女孩子。

洛抒看到这个女孩儿后，第一时间把手从他的身上放了下去，往后退了几步看向他们。

站在洛抒面前的人也看着她。

萨萨和邓婕看到舞池里的异样，迅速地追了过来，大喊着："洛抒！你在干吗？"

洛抒和一个男生面对面站着，两个人都不说话，像是认识的，又像是不认识的。

萨萨和邓婕不知道是什么情况，赶紧拉着洛抒问道："洛抒，这是谁啊？你认识吗？"

那个男生差不多和她们一个年纪，看了洛抒一眼，什么都没说，很快对身边的女生说了句："走吧。"然后继续朝前走。

洛抒发现他穿的是这里的工作服，原本想追过去，可是看到他跟那个女生混到了人群里，又冷静了下来，看向萨萨说："我没事，你们等等我行不行？"

萨萨见洛抒表情不对，也看向那个走远的男生，问道："他应该是酒吧的工作人员，你认识吗？"

洛抒说："你们先等等我。"然后追着那背影继续向前跑。

他似乎发现洛抒跟在他的身后，对身边的女生说了一句什么。

那女生不太情愿地先走了。

到了一个僻静的地方，他忽然停住脚步，扭头对洛抒说："你是不是认错人了？"

见他试图装不认识她，洛抒直接喊出了他的名字，说："道羽，你要装不认识我吗？"

他和几年前没什么变化，可是高了很多，脸依旧是那张脸。

就算他化成灰，洛抒也是认识的，继续问道："这几年你去了哪里？"

道羽说："四处混日子。"

洛抒说："我以为你永远不会再出现了。"

道羽看着她，说了句："我也没想到会在这儿碰到你。这么巧的吗？我在这儿上班，有什么好奇怪的？只是不知道你在这儿上大学。"

"呵。"洛抒发出冷笑声。

道羽说："你的朋友在等你，你要跟我这个酒吧服务员在这儿待下去吗？"

萨萨和邓婕一直在不远处看着。

道羽说："我又跑不了，现在大家都是成年人了，我也不需要靠你们什么了，这边还有工作呢。"

洛抒问："刚才那个女生是谁？"

道羽说："有必要跟你说吗？"

洛抒的直觉告诉她，他跟刚才那个女生的关系不一般。

洛抒紧捏着拳头，好半晌才说了句："好，我会再来找你的。"说完没有片刻犹豫，转身就走。

道羽也往别的方向走去。

等洛抒回来，萨萨问洛抒："你们真认识啊？"

洛抒直接否认说："不认识。"又对萨萨说，"我们走吧。"

洛抒看上去平静极了，可只有自己知道，此时的她心情有多糟糕、多没有真实感。

他竟然出现了，真的出现了。洛抒以为再也不会见到他了，没想到却在这里看到他跟其他女生在一起。

洛抒回去后看似平静地上了楼，可实际上内心没有一秒是平静的，脑袋里混合着各种猜测，突然在这一刻，果断地拿起自己的证件、几件衣服以及孟颐给的一千块，提着东西飞快地朝楼下走。

琴姐在楼下，见她大晚上提着一些东西要出去，便问道："您去哪儿？大晚上的还要出去吗？"

洛抒说："学校有同学问我要几本资料，我给送过去。"想了想又对琴姐说，"对了，我这几天都住在学校，您不用准备我的饭菜。快毕业了，我得准备论文。"

琴姐说："您要去学校住？"

洛抒说："是的。"

洛抒看了一眼时间说："琴姐，我先走了。"

琴姐知道洛抒以前也经常在学校住，想着她快毕业了一定很忙，没多问什么，只说："要司机送您吗？"

洛抒头也没回，径直朝外走，说："不用。"

琴姐看着她出去，继续擦着桌子。

洛抒出来后便开始狂奔，跑得特别快，耳边只听到风声，冲到那家酒吧，在酒吧内四处找着道羽，找了许久，但始终没有看到人，便找到酒吧的经理问道羽在没在这里。

经理说："道羽？"

"对。"

经理说："道羽走了啊。"

洛抒抓着经理问："走去哪儿了？他刚刚不是还在这儿的吗？"

经理被她激动的样子吓到了，忙说："他下班回家了啊。"

洛抒说："麻烦您给我他的地址，我是他的朋友。"

经理看了洛抒几眼，便把道羽的电话号码和住址给她了。

洛抒提着东西，很快找到道羽的住处，到了之后直接敲门。

来开门的不是道羽，而是今天在道羽身边的那个女生，她看到洛抒后，立马搂紧了衣服。

道羽在里面的床上，似乎刚起身，见来人是洛抒，便从床上拿了一件衣服套上，走了过来，问："你怎么来了？"

那个女生看了道羽一眼。

洛抒看着里面的场景，很清楚地知道里面发生了什么。

洛抒提着东西没有进去，而是将目光放在那女生的身上。

女生小声地对道羽说："阿羽，我先走了。"

道羽看了女生一眼，说："你走吧，我这边正好还有点儿事。"

女生走之前也看了洛抒一眼，之后很快离开了。

洛抒仰起脸问："女朋友？"

道羽嗤笑了一声："找我有事？"

见她手上提着东西，道羽又问："这是干吗？"

洛抒觉得有些自取其辱，但还是说："我们走吧！"

"去哪儿？"

洛抒说："去哪里都好。"

道羽又嗤笑了一声，说："少来了，你现在的日子多舒服啊，读着名校，住着别墅，我能带你去哪儿？"

洛抒说："你到底来这里干什么？我不相信真的是巧合。"

这个时候道羽的手机响了，他从口袋里将手机拿了出来，看了一眼号码，又看了洛抒一眼，直接接听电话，但并没有同电话里那人说话，接着又把电话挂断，扭头对洛抒说："我明天得走，你还是安心准备毕业的事情吧，跟我瞎闹什么？"

"你去哪儿？"

道羽说："你妈不让我靠近你们。我承认我这次来就是来看你的，挺长时间没见你了。我上次走之前也没跟你说什么，现在见到了，看到你的生活也挺好，已经知足了。别让别人知道我们见面，特别是你妈。"

见道羽去拉门，洛抒紧紧地拉着道羽，说："我跟你去J市，我们现在就走。"

道羽看着她，片刻后才开口说道："你真的愿意跟我走？"

洛抒没有半分犹豫，坚定地说："是。"

道羽忽然抓住她的手，拉着她朝外走，什么东西都没带，到了楼下死死地看着洛抒，又问了句："你确定了？"

洛抒点点头，没有反悔。

道羽拉着她就跑。

深夜两点，两个人在街头跑得飞快，之后迅速地上了一辆出租车，直奔机场。

到了机场，道羽才松开她的手，说："你还是回去吧，我不可能跟你走的。"

他似乎有什么牵挂，像是一瞬间想起了什么。

洛抒看道羽，说："为什么？"

道羽没说话。

她说："我给你最后一次机会，道羽，如果你不愿意，以后都不要来找我。"

道羽似乎在挣扎，挣扎了好久，才拉着洛抒去买了两张最快飞往 J 市的机票，很快两个人进了检票口。两个人的身影都显得特别匆忙。

两个人落地在 J 市机场后，因为太晚了，必须找地方住，就在附近的酒店开了房间。

当道羽拿出身份证时，洛抒立马问了前台的服务员一句："可以用一个人的吗？"

服务员同洛抒说了句："不行，必须得两个人的身份证，几个人住就几个人的。"

道羽皱着眉问："怎么了？"

洛抒说："没事。"犹豫了一会儿，还是拿出了自己的身份证。

服务员登记之后便给了两个人房卡。

洛抒不知道为什么，心里惶惶不安，想起自己在 T 市的一切情形，不知道她跟道羽会不会暴露，也不知道孟颐什么时候会发现她不在 G 市这件事情。

第二天早上，B 市的孟颐便接到了一通电话，他以为对方要讲关于洛抒毕业的事情，将手机拿了起来放在耳边接听，不知道那边说了什么，冷声地问了句："你说什么？"然后直接从办公桌前起身，拿上外套就朝外走，嘴里还在问，"你说她去了 J 市，她去 J 市做什么？几点去的？"

"深夜两点去的。"

"谁给她买的机票？"

孟颐身边的人都不知道出什么事了，只知道孟颐的车迅速地往 B 市机场赶。

两个小时后，孟颐就到了 G 市，先回了别墅一趟。

琴姐还不知道发生了什么事，正打算去外面花园浇水，刚打开门就看到孟颐站在门外，大约没想到他会这么突然回来，还站在这儿，一时被吓了一跳，说道："孟先生？"

孟颐看了琴姐一眼，直接走了进去，身后还跟着秘书。

虽然平时孟颐回来也不怎么打招呼，可今天实在太让琴姐意外了。

孟颐在沙发上坐下，问琴姐："人呢？"

琴姐放下水壶，笑着走了过去，说："洛抒搬去学校住了，昨天晚上走的，说是要准备毕业论文。"

孟颐把手随意地放在沙发的扶手上，嗯了一声，说："你去忙吧。"

琴姐发现气氛好像有点儿怪异，朝孟颐和孟颐的秘书各看了一眼，便拿着酒水壶出去了。

秘书又接到了一通电话，挂断电话后同孟颐说："洛小姐现在住在 J 市的一家酒店，好像身边还有一个人。"

孟颐一点儿也不急，点点头表示知道了。

秘书问："现在过去吗？"

孟颐说："再等等，看她跟谁去的。"

秘书点头，便没再说话。

洛抒和道羽在 J 市的酒店住了一晚，第二天早上一起从楼上下来，去外面找吃的，打了一辆车。上车后，道羽忽然看向车外，说："好像有辆车在跟着我们。"

洛抒立马朝车后看过去，发现真的有一辆黑色的车不远不近地跟着他们的车。

道羽说："你认识吗？好像是跟着你的。"

洛抒说："是吗？"

她一直没有注意这些，有些不确定。

道羽又说："之前在 G 市时也一直有一辆车不远不近地跟着你。我听说你失踪过，是不是孟家人怕你被绑架，特意找人跟着你？"

洛抒看向道羽，皱着眉，明显不知道这件事情。

道羽问："你不知道？"

洛抒说："我不知道有车跟我这件事。"

道羽说："好几天了，其实我也跟了你好几天，一直看到有车跟你，还以为是孟家的保镖。"

洛抒紧捏手，知道那些人根本不是孟家的保镖，但没有同道羽细说什么，只说："师傅，先停车。"

道羽看向她，似乎看穿了她的心思，何况也没打算真的带她走，说："现在我们两个人就算一起亡命天涯，我想，孟家的人也会直接把我当成绑架你的绑匪。"

洛抒问道："你还会回 G 市吗？"

道羽回着说："会。"

洛抒说："好。"

洛抒不敢冒险，直接从车上下来了。

两个人隔着车窗对视了一眼，没多久，道羽便坐着出租车离开。

洛抒又另外拦了一辆车，也迅速离开。

车子停在一家看上去还不错的酒店，洛抒在酒店开了一间房，便上了楼，之后在那家酒店住下。

过了两天，洛抒听到门外传来敲门声，起身去开门，看到门口的人后，意外地喊了句："哥哥？"似乎不知道他为什么会出现在这儿。

孟颐站在门口也不动，就看着她。

洛抒说："我是来这边玩的。"

孟颐冷冷地问："是吗？"

洛抒说："是的，我最近压力太大，出来散散心。"

孟颐嗯了一声，直接进了她的房间，在沙发上坐下，看到洛抒拘谨地站在那里，便将目光转向洛抒放在床头的包上，见她这次出来只带了一个袋子和一个包，就说："把你的包拿过来。"

还好洛抒所带的东西看上去确实不像要逃跑，最起码没带行李箱。此刻洛抒也不知道他要做什么，慢吞吞地把包拿了过来。

孟颐伸手接过包，从里面拿出了一千块，发现她一分钱都没用，继续问道："机票谁给你买的？听说有人跟你一起过来。"

洛抒说："哥哥，我是跟一个朋友过来的。"

"朋友？哪个朋友？酒吧认识的朋友？"他气定神闲地坐在那儿，将她的包往旁边一丢。

就在洛抒沉默的那一瞬间，孟颐忽然捏着她的手，将她拽到沙发上坐下，怒斥道："撒谎成性！"

洛抒跌坐在沙发上，害怕地看向他："哥哥，我跟他真的只是普通朋友，不是你想的那样！"

她想孟颐应该不知道她跟谁来的，所以不能露出任何马脚。

孟颐冷笑一声，说："那样！是哪样？你不就爱在外面乱来吗？为什么要跟我解释？我从来不管你这方面的事情，你不知道？"

洛抒一直抓着他捏着她手腕的手，闷声说了句："我知道。"

孟颐不知道为什么，特别反感她这副示弱害怕的表情，把手直接落在她的后脑勺儿上。

洛抒不知道他要做什么，但下一秒就被他拽了过去，双手为了稳住身子往前倾，立马戳在了沙发上，险些撞进他的怀里。

好在他的力道恰到好处，洛抒的手在沙发上也戳得比较稳，她并没有真的撞进他的怀里，只是跟他靠得极近。

孟颐打量着她，说："你跟你妈果然是一个德行，勾引男人的手段层出不穷，说说看，这次又是怎么跟人勾上的？嗯？"

洛抒没想到孟颐竟然会说出这样的话，想将他的手从自己的脑袋上拿掉，奈何他的手在她的后脑勺儿处丝毫未动，便紧皱着眉头，委屈地说道："你怎么可以这样说我？哥哥！"

她一副快要哭出来的表情，也反抗不了他，只能泫然欲泣地看着他。

"你也知道要脸？你从高一起就知道怎么勾引人，我还说错你了？"

洛抒忍着眼泪，逃脱不了他的桎梏，干脆侧过脸不看他。

孟颐却用力将她的脑袋又转了过来，迫使她面对着自己。

洛抒眼中含泪，怒视着他。

孟颐在看到她的眼泪那一瞬间竟然笑了，嘲讽地说道："你还会哭啊？"

洛抒的眼泪越掉越多，是真的哭了。这是她第一次在他的面前掉眼泪，这么久以来的第一次。

洛抒只是默默地流泪，也不说话，忽然因为他手上力道的减小，戳在沙发上的双手打了个滑，整个人一下趴到了他的腿上，继续痛苦地哭着。纤长光亮的发丝散在他的腿上，如同一张网，让孟颐有种窒息感。

孟颐低眸看向她，不知道在想什么，竟然松开了握在她后脑勺儿上的手。

洛抒的身子得到自由，她坐了起来，迅速往后退着，脚下一个不稳坐在沙发上。

孟颐没再看她，只对她说了句："睡觉吧。"

洛抒听到他这句话，本来坐在沙发上没动，片刻后起身，按照他的吩咐，朝着床那边走了过去。

孟颐也不知道为什么，每次看到她情绪起伏都会如此大，烦躁地点燃了一支烟。

洛抒红着眼睛在床上坐了一会儿，然后安静地躺下，背对着抽烟的孟颐。

从孟颐这个角度看过去，她的肩膀似乎在抽动，她像是在哭泣。

孟颐继续吸烟，看向空旷的窗外，过了很久才从沙发上起身。

他的影子在昏黄的灯光下折射在洛抒的身上，很快，那道影子从洛抒的身上掠过。

他走出她的房间，随之关上房门。

洛抒听到关门声后，终于松了一口气，在被子里抱紧自己。

孟颐走到外面，见到周兰在外面等着，问道："那个人叫什么？"

周兰立马回道："道羽，是酒吧的服务员。"

道羽这个名字让孟颐莫名联想到一个人。

第二天早上，洛抒红着眼睛从房间里出来，看到周兰也在这里，没有像平时一样跟周兰打招呼，只是安静地走到孟颐的身边。

孟颐扫了她一眼，朝楼下走去。

第十二章

掌　控

中午时分，他们回到了 G 市。

琴姐来开门，看到红着眼睛的洛抒，还以为出什么事了，连忙关心地问："怎么了？"琴姐看到孟颐就在洛抒的身后，又立马唤了声："孟先生。"

孟颐没回应琴姐，看着前面安静地朝楼上走去的洛抒。

琴姐在洛抒上楼后，才小声问孟颐："孟先生，怎么了？你们吵架了吗？"

孟颐对琴姐吩咐道："以后晚上不许她踏出这里一步。"

琴姐被他的语气和表情吓到了，忙应答道："好的，先生。"

孟颐也上楼了，去了书房，剩下琴姐一个人站在那儿。

虽然琴姐不知道具体发生了什么，但知道一定是出什么事了，不然孟颐怎么会下这样的命令？

洛抒以前都是自己去学校的，可第二天早上如往常一样下来时，发现有司机在门口等着。

司机对洛抒说："我是送您去学校的。"

洛抒问："为什么要你送？平时我都是自己去学校。"

司机说："这是孟先生吩咐的。"他完全没有从她面前让开的意思。

洛抒冷眼看向司机。

这个时候琴姐从厨房出来，问道："洛抒，你不吃早饭吗？"

洛抒看了琴姐一眼，没有回应，而是直接往外面走，司机跟在身后，之后上了车。

晚上放学的时候，司机在校门口准时等着，看到洛抒过来，什么都没说，只是替她拉开车门。

洛抒站在那里没有动，过了片刻才上车。

晚上周兰带来一份资料，直接去了孟颐的书房，将东西递给他。

孟颐坐在书桌前，将资料接过打开，看到纸张右上角的照片时，发出一声冷笑。

周兰问道："您认识？"

孟颐说："竟然真是他。"

第二天依旧如此，司机准时在门口等着。洛抒出来时正好看到孟颐在楼上走廊上接电话，见琴姐也是面色怪异地在一旁站着，很清楚这一切都是孟颐吩咐的，没想到这次回来竟直接被限制出门。

琴姐在一旁说："您早些回来，晚上少出去。"

洛抒依旧没说话，直接出去上了车。

在楼上接听电话的孟颐看向坐车离开的洛抒，挂断电话转身进了书房。

这样的状态维持了四五天，到星期六休息时，洛抒想出门，依旧看到司机在门口处。

司机主动询问道："您要去哪儿？"

洛抒说："我去买个东西都不行？"

司机说："我送您。"

洛抒说："我想自己坐车去。"

司机说："不好意思，只能是我送您。"

洛抒不出门了，转身上了楼。

琴姐也在一旁看着，感觉家里的气氛极其不和谐，也不敢多说什么。

洛抒直接上楼去了孟颐的卧室，推门进去时看到孟颐坐在书桌前抽烟打电话。

孟颐皱眉看向她，接着把烟熄灭，对电话那端说了句："等一下。"然后看向她，问道："什么事？"

　　"哥哥，你为什么这样做？你现在是在限制我的人身自由。"

　　"人身自由？"他听到这句不由得笑了，说，"不过是让司机送你上个学、放个学而已，我哪里限制你的自由了？"

　　孟颐说完，收起脸上那淡薄的笑意，又说了两个字："出去。"

　　洛抒站着没动，看到孟颐冰冷的目光再次扫向自己时，只能从他的房间转身出去。

　　孟颐这才继续刚才的通话。

　　科灵在电话那端问道："刚才怎么了？我好像听到谁闯了进来在说话。"

　　孟颐说："没事，你听错了，刚才是有电话插播进来。"

　　科灵说："这样啊。"

　　孟颐继续说："我近期可能都回不去了，还有别的地方要去，可能要飞一趟国外。"

　　科灵说："好，我知道了。"

　　两个人又说了些别的，然后挂断电话。

　　科灵挂断电话后，握着手机坐在那里久久都没动，虽然并没有从周兰的口中查到他的行踪，但很清楚他现在一定是在 G 市，刚才很真切地在电话里听到一个女孩儿喊了"哥哥"两个字。

　　孟颐挂断电话后，把手机搁在桌上，便从椅子上起身了，桌上的烟灰缸里全是烟蒂。

　　洛抒那天在房间里待了一天，晚上吃完饭又回了房间，躺在床上听到孟颐的车出去了，还听到琴姐走来走去的脚步声。

　　孟颐现在对她的掌控越来越厉害了，洛抒除了学校哪里也去不了，甚至不能在晚上下课后同邓婕和萨萨一起吃饭。这让她有种前所未有的窒息感，好像一直被人掐着脖子。

　　这一次孟颐也没说什么时候走，洛抒倒是在心里盼望他早点儿走。

　　晚上十一点，洛抒听到楼下传来车声，想来应该是孟颐回来了，翻了个身，背对着门的方向侧躺着，接着又听到了孟颐的脚步声，瞬间觉得非常烦躁，就在这时听到枕头旁的手机响了，以为是垃圾短信，拿了手机一看，才发现是一条陌生号码发来的短信。

短信只有短短的一句话："这是我的新号码。"

洛抒的第一感觉是这条消息是道羽发的，因为道羽说过会联系她。

她立马用手机给他回了一条："道羽。"然后紧握着手机，等待对方的回复。

很快，洛抒的手机里又收到一条短信："是我。"

洛抒说："你怎么知道我的号码？"

那次走的时候，她忘记给他手机号码了。

"我找你同学要的，你同学说你最近回去得很早，我碰不到你。"

"你回 G 市了？"

"是。"

洛抒没想到他回来了，说："你明天来我们学校，我们见个面。"

"我来找你。"

洛抒很激动，将手机压在心口处，想着明天该怎么和道羽见面。

第二天早上，洛抒对琴姐说："我去学校了。"

琴姐知道洛抒今天有几节重要的课，便问道："那你中午回来吃饭吗？"

洛抒说："我不回来了，在学校吃。"

琴姐说："好的。"

洛抒吃完早餐就打算出门，这几天她和孟颐的早餐时间几乎不在一起，很多时候她走的时候还没见孟颐下来，不过今天刚走到门口就看到孟颐了。

孟颐站在楼上，对即将出门的她说："中午在家吃饭，吃完再去学校。"

洛抒听到他的声音停下脚步，回头朝他看去，没有说话。

孟颐不再说什么，转身进了书房。

洛抒隔了半晌才说了声"是"，然后出门上了车。

司机在洛抒上车后，开车载着她去学校。

洛抒从校门口下车进入校门，确定司机离开后，迅速朝校园内走，很快给道羽打了个电话，让他现在来学校，跟他约好地方就挂断了电话。

道羽赶来后，两个人在学校一处比较隐蔽的人工湖见了面。

洛抒见到他便问："你还会走吗？"没等他回答又继续问道，"以后你是不是都在 G 市？还是只过来看看我，以后还会走？"

道羽说："不知道，反正去哪里都差不多。"

洛抒说："你等我毕业。"

道羽看向她，眼里有些疑惑。

洛抒说："很快，你等我拿到毕业证。"

道羽说："你先拿到毕业证吧。"

洛抒听到他这话，微微一怔。

道羽过来的时候还买了两个冰激凌，给了她一个。

洛抒笑着接过，说："你还记得我爱吃这个口味的？"

道羽说："记得啊，不知道你的口味变了没有。"

洛抒面对道羽时，脸上的笑是发自内心的，说："没变。"说完立马尝了一口冰激凌，又问道，"你现在住哪儿？"

道羽说："还是那个地方，你来找我就行了。"

洛抒说："我现在被他监控着，不能随便出门。"

"谁？"道羽看向她。

"孟颐。"

道羽忽然明白了。

洛抒说："他现在跟以前完全不一样了，我很怕他，所以现在不得不待在G市等着毕业，不然我们哪里都去不了。"

道羽说："那些人是他的人？"

洛抒说："是。"

道羽说："他为什么要这样做？难道你们之间……"

洛抒立马打断他的话，说："我跟他什么关系都没有！我说了他现在完全不是以前的孟颐了，也不知道他要做什么，总之就是特别怕他，每一分每一秒都在想着怎么离开。可是你也知道，我在这里的一切都是他在管控。我当时就不应该从P市离开。"

道羽说："你去过P市？"

洛抒没想到他抓到了这个信息，觉得也没什么好隐瞒的，说："我去P市找过你。"

道羽说："我没去过P市，你去找我做什么？"

他收回看向洛抒的视线，转而看向湖面。

洛抒说："你说我去找你做什么？你为什么不跟我说一声？你什么都不说就走了，留下我一个人。"

道羽说："说了有什么用？你难道有什么办法吗？"

当时的洛抒也确实没什么好办法，心里清楚洛禾阳是不会让他留在B市的。

洛抒看了一眼时间，立马对道羽说："不行了，我得回去上课，我们下回再聊。"

道羽看着她很着急的模样，说："你去吧，我再站一会儿。"

洛抒看向他，说："我会去找你的。"然后迅速地从湖边离开，到达教室的时候刚好到上课时间。

道羽在那里又待了一会儿，没有立即走。

中午的时候，车子又准时地停在校门口。洛抒看到道羽站在校门口的人群里，便朝他看了一眼，很快就拉开车门上了车。

洛抒上车后看到孟颐也在车里，吓了一跳，喊了一句："哥哥。"没敢再看外面，当车子从校门口离开一会儿后，才装作无意地朝外看去，但已经什么都看不见了。

午饭竟然不是回家吃，孟颐带她去了一处别的地方吃饭应酬。洛抒没什么胃口，只是坐在孟颐的身边，吃到快下午两点时，看向孟颐，见他还没有要走的意思，便对孟颐说："哥哥，我得回学校了。"

孟颐淡淡地问她："下午还有课？"

洛抒说："是。"

"取消了。"他直接用一句话替她做了决定。

洛抒又说："可是缺课太多，我会毕不了业。"

孟颐闻言似乎感觉很新奇，问道："你也怕毕不了业？毕不了业就毕不了业，有什么好担心的？"

他轻飘飘地说了这样一句话，好像对这些事情无所谓。

两个人很晚才回家，洛抒只想回楼上休息，便对孟颐说了句："哥哥，我上楼了。"

孟颐嗯了一声。

洛抒没有停留，直接朝楼上走去。

孟颐去桌边倒了杯水，站在窗户边喝着水，视线落在黑漆漆的窗外，等喝完杯里的水，才放下杯子朝楼上走去。

洛抒回房后给道羽发了一条短信，之后便睡了过去。

第二天早上洛抒去上课，见到校门口有很多人，但还是一眼就看到了微笑着的道羽，也朝他笑了笑，进校门后就拿起手机给道羽发短信："你怎么来这么早？"

道羽说："我就过来看看。"

不知道为什么，洛抒看到那条消息，不可自抑地弯起嘴角。

晚上车子来接洛抒，洛抒上车后又看到了孟颐，这次没有唤他，而是直接坐了进去。

孟颐在看文件，看都没看洛抒。

洛抒坐进去后，也很安静地没有出声。

这几天洛抒每天早上都可以在校门口看到道羽，每次都是留给道羽一个甜美的笑容，然后转身进校门。

第四天的时候，洛抒没有在校门口见到道羽，便四处找着，确定他今天早上没在后倒也没觉得有什么，依旧进了学校。

可是，接着的第五天、第六天，洛抒依旧没有见到道羽，便以为他忙，给他发了消息，但一直到下午都没收到道羽的回信。

洛抒不知道是什么情况，明明那天见面时两个人说得还好好的，他怎么又没音信了？

下课后，洛抒和萨萨她们一起从教室出来，下意识地问了萨萨一句："对了，你们昨天有去那个酒吧吗？"

洛抒知道道羽在那边兼职。

萨萨说："没有啊。怎么，你想去酒吧？"

洛抒还没来得及回萨萨，就看到车子停在了校门口，赶紧对萨萨说："没有，我就随口问问。"

萨萨也没多说什么，之后几人相互说了再见。

洛抒站在校门口准备上车，忽然又在人群里看到了那张脸。他露出微笑，然后随着拥挤的人群悄悄地从车旁经过。

司机坐在车里张望了好一会儿，并没有看到洛抒。

这边的洛抒争分夺秒地拦了一辆车，迅速地坐上出租车从校门口离开。

没多久，司机便给孟颐打了电话，说了没接到洛抒这件事情。

孟颐接听了电话，面无表情地将手机放下，看到有人敬酒，很快恢复了脸上的笑容，同对方碰着杯子，神色如常地笑谈着。

差不多过了半个小时，孟颐给司机打了一通电话，问道："还没等到人吗？"

司机说："没有，好像是溜走了。"

孟颐挂断了电话。

洛抒去了道羽的住处，进屋后急忙问他："你这几天干吗去了？怎么不回我信息？"

道羽这才想到什么，说："我的手机坏了，我今天去就是想跟你说这件事情的。"

洛抒说："那你买了新手机吗？"

道羽说："买了，号码没变。"

洛抒突然发现屋子里有几张医院的检查报告，还以为是道羽身体不舒服，赶紧拿起来看，发现这些竟然是女性的怀孕报告，脸上的表情顿时凝滞。

道羽正在收拾床铺，见洛抒拿起那些报告，立马把报告从她的手上抽了出来，说："你乱看什么？"

洛抒看向道羽，眼神里充满了疑问。

孟颐晚上十点才回来，坐在车上始终闭着双眸，车窗打开，任冷风吹进来。司机以为他睡着了，将车开得很平稳。

车子刚停稳，孟颐就睁开双眼，下车回家后直接朝楼上走去。

琴姐的脸色有点儿发白，她看到孟颐回来了，立马走了过去，同他说："孟先生，洛抒还没到家。"

孟颐没有回应，直接上了楼。

洛抒十一点左右才回来，刚回到家就看到琴姐迎了出来，立马说了句："琴姐，司机呢？今天司机怎么没来接我？"

琴姐奇怪地说："没去接你吗？"

洛抒说："是啊，没看到。"

她故意这么说的，又说了句："学校今天比较忙，我忘记跟司机说了，可能他没等到我就先走了。"

琴姐说："你吃饭了吗？"

洛抒说："吃了。"

她换了鞋上楼，经过书房时，忽然被人一把拽了进去，吓得发出一声尖叫。

琴姐在楼下听到洛抒的尖叫，立马抬头朝楼上看去，紧接着听到巨大的关门声，身子都随着响声颤抖了一下。

书房内寂静无声，洛抒看着孟颐。

他站在她的面前问："去哪儿了？"

洛抒结结巴巴地说："我……我今天在学校，司机没来接。"

孟颐再次问了句："你去哪儿了？"

书房里没有开灯，洛抒只看到孟颐一个模糊的轮廓，感觉此时的孟颐可怕极了，身子紧贴着房门，小声喊了句："哥哥，我今天真的哪里都没……"

没等洛抒说完，孟颐伸手直接捏住她的脸，厉声说道："你再给我撒一句谎试试看！"

洛抒感觉他身上散发出了阵阵寒气，觉得下巴像是脱臼了，这次没有再默默忍受，而是用手努力地掐着他的手腕，挣扎着喊道："疼！"

洛抒的脸被他捏得扭曲，腰被他托住，她发出痛苦的声音。被他捏着的脸不得不离他极近，她用尽全力也挣脱不开，身子半靠在他的胸口上。

洛抒努力抬头看着他。她的脸开始肿了，她甚至感觉不到疼痛了，此时只能抓着他的手，借此稳住自己的身体。

孟颐一直在试图控制自己的情绪，望着她逐渐红肿的脸，终于松开了手。

洛抒整个人滑落在地。

孟颐将她拉起来，拨开她凌乱的发丝，看到她的脸上已经满是泪水。

看到她的脸被掐出几个指头印，孟颐一时有些心软，搂着她虚软的身子，带她去了沙发那边。

洛抒趴在沙发的扶手上没动，背对着孟颐。

书房陷入沉静，孟颐似乎在极力压制情绪，靠在不远处抽着烟，抽了一根又一根，烟雾缭绕中，他的面色也如乌云密布。

他现在没那么激动了，望着趴在沙发上的她说："他回来了，是吗？你想跟着他走？"

没等她回复，他冷笑一声，继续说："你们想去哪儿？和我说说看，说不定我能帮你们，或者说是帮你。"

洛抒一直不说话。

由于刚才两个人产生了肢体冲突，此时孟颐衣衫凌乱，甚至都不知道衬衫的扣子掉了好几颗，此刻也顾不上管这些，只是将手上的烟掐灭，一把将她软塌塌的身子拽到了怀里，托着她的下巴，一字一顿地告诉她："你要是再跟他有任何接触，我一定会让你知道什么叫后悔。"说完就松开了她，起身朝书房外走。

洛抒努力用手支撑在沙发上，朝门口看去，看到孟颐的影子被走廊外的灯光拉得很长。

这一次，孟颐直接将她囚禁在家里，停了她所有学业。孟颐没有在这边继续待着，直接飞去了 B 市。

洛抒根本出不了大门，连学校都不用去了。

整个家彻底安静下来，琴姐面对这个变故也不敢说什么，看到洛抒的脸上有几个手指印也没有多问。

孟颐回了B市后，明显状态不佳。

科灵不知道他在那边发生什么了，只知道跟他说话时他都心不在焉，但也什么都没问，装作什么都不知道的样子。

孟颐回了B市后，洛抒给孟承丙打了一通电话，在电话里哭诉道："爸爸！孟颐把我关了起来！还停了我所有学业！爸爸，你快救救我！"

孟承丙不知道具体是怎么回事，接到电话还以为是自己听错了，可听到电话里全是洛抒凄惨的哭声，就知道事情应该不简单，立马安抚她说："你别哭，告诉爸爸怎么回事，哥哥怎么你了？"

孟承丙在接听电话时，科灵闻言朝孟承丙看去。

电话那边是洛抒连续不断的哭声，字字句句都是洛抒对孟颐的控诉。

孟承丙不知道究竟发生了什么，继续安抚道："洛抒，你先别哭，我现在去找你哥哥！"

洛抒依旧哭得歇斯底里，断断续续地说着："好，爸爸。"

孟承丙挂断电话后，第一时间就要去找孟颐问个清楚。

科灵见状忙走了过去，唤了声："爸爸，到底发生什么事了？"

孟承丙说："我也要先问孟颐到底是怎么回事。"

孟颐的车正好从外面回来，孟承丙听到声音后迅速地朝外面走去，身后还跟着科灵，见到孟颐就着急地问道："刚才洛抒给我打电话了，说你把她关了起来，还说你停了她所有学业。这到底是什么情况？"

孟颐看了孟承丙一眼，淡定地说："是吗？她打电话回来了？"

孟承丙怒气冲冲的，丝毫没有平时的和煦，恼怒地问："到底怎么回事？"

孟颐反倒一点儿也不急，神色如常地同孟承丙说："和她发生了点儿争吵。"

"发生了什么争吵，让她哭成这样？还说你停她学业？"

不知道为什么，这些年孟承丙越来越把握不住孟颐了，也很少再像以前那样跟他谈心。

孟颐看着带着怒火的孟承丙，说："她没跟您说吗？"

孟承丙显然什么都不知道，只问："说什么？"

孟颐说："她前段时间刚跟人私奔到J市，是我捞回来的。"

"什么？"孟承丙没想到还有这种事。

孟颐嗯了一声，继续说："您亲自问问她这些事吧，不然总认为我亏待了她。"

孟承丙想到自己刚才的态度，忙说："我没有那个意思，只是刚才听她在电话里哭，以为你们之间发生了什么。"

孟颐忽然笑着问孟承丙："我们能发生什么？"

孟承丙倒是一下被这句话问住了，收敛了下情绪，说："我现在再打个电话问问她。"

孟颐嗯了一声，没有再对孟承丙说什么。

孟承丙立马又去给洛抒打电话。

科灵随着孟颐上楼，到了楼上，问："孟颐，她说的事情是不是真的？"

孟颐看向科灵，问："什么？"

科灵说："你囚禁了她。"

孟颐说："这你也相信？"

科灵看着孟颐的神色，辨不出事情的真假。

孟颐说："只是暂时停了她的学业，和你想的没有任何关系，你不用担心。"

孟颐提起她时，脸上没有任何表情，好像在说一个和他毫无关系的人。

科灵却知道，刚才她听到的应该都是真的，也明白孟颐前段时间突然从 B 市离开是去了 G 市。

他控制着她，到底想做什么？

孟承丙又打了电话给洛抒，问她具体情况，虽然听了洛抒的解释，但似乎还是更相信孟颐，只好同她说："洛抒，哥哥做这些事情也是为你好。你别跟哥哥计较，要不要回家住几天？"

洛抒听到孟承丙的话，瞬间停止了哭泣，对于孟承丙的提议，想都没想就说："好，爸爸。"

这是孟承丙要她回来，她答应得最爽快的一次。

孟承丙还是第一次听她哭得这么惨，立马安排她从 G 市回来。

洛禾阳不知道从哪里听到了这件事情，过来找孟承丙。

因为她现在还怀着孕，孟承丙怕她误会什么，连忙否认说："不是，是洛抒和孟颐发生了点儿矛盾。"

洛禾阳可不是傻子，在房间里亲耳听到洛抒打电话回来哭，不过并没有向孟承丙多问什么，知道这件事情还得问洛抒。

洛抒很快从 G 市回来，这一次可跟之前的不言不语不一样，看到孟承丙便扑上去哭泣，要多伤心就有多伤心。

孟承丙抱着她问："哥哥不是说你们只是发生了点儿争吵吗？"

洛抒对孟承丙说："爸爸，我们并不是争吵。哥哥在 G 市对我一直都不好，不仅冷言冷语，还动手打了我。"

洛抒向孟承丙展示脸上的红印子。

孟承丙没想到孟颐竟然还动手打了她，只觉得不可思议，非常意外孟颐会这么做。

洛禾阳也从房间出来，拉着洛抒关心地问道："你说什么？他打你？"

洛抒用力地点头，看到洛禾阳，眼泪流得更凶了。

洛禾阳扭头看向孟承丙。

孟承丙对洛禾阳说："禾阳，你别担心，应该是有什么误会，孟颐怎么会动手打洛抒呢？"

洛禾阳指着洛抒脸上的伤，问："那这是怎么回事？"

洛禾阳又看了一眼洛抒脸上的伤，一时激动得很，拉着洛抒说："走，洛抒，你跟我走，这个家是容不下我们了！"

孟承丙立马拉着洛禾阳，劝慰道："禾阳，你不要急，先让我去找孟颐问清楚到底怎么回事。"

洛禾阳气到哭泣，抱着洛抒大哭起来。

孟承丙没想到会这样，也管不了那么多了，直接上楼去找孟颐。

科灵立马拦着孟承丙，说："爸爸，这其中一定有什么误会，孟颐怎么会对洛抒动手呢？"

孟承丙说："我不管这些，倒要先问问孟颐，洛抒脸上的巴掌印到底是不是他动手打的。"

"爸爸！"科灵想要阻止，却没想到孟承丙直接进了书房。

孟承丙大声喊道："孟颐，你是不是对洛抒动手了？她是你的妹妹，我以前不是跟你说过让你多照顾她吗？你为什么要对她动手？"

跟在后面进来的科灵没想到他们父子俩第一次发生冲突竟是为了洛禾阳母女。

孟颐对孟承丙也不似平时那般温和，说："替您管教管教。"

孟承丙没想到他会如此回答，怒斥道："就算是管教，你也不能动手！"

科灵望着剑拔弩张的父子俩，赶紧劝说道："爸爸，您也不能就这样认定是孟颐动手了，事情都没问清楚。"

孟颐却对科灵说："没关系，他一向很疼爱她们母女，既然他认为我不该动手管教，今后关于她们母女俩的事情，我们不插手，反正和我们也无关。"

孟承丙气得脸色通红，大声地说道："你说这话什么意思？难道她们不是你的家人吗？"

孟颐笑着说："爸，我可从来不认为她们是我的家人。"

"你……"孟承丙还想再说些什么，却被科灵打断。

科灵拉着孟承丙，防止父子俩再起什么冲突，劝说道："爸爸，咱们都是一家人，孟颐管教洛抒也是应该的。如果真不把她们母女当家人，又怎么会管教洛抒呢？"

孟承丙刚才真是气到极点，此时觉得科灵说的话很有道理，也就平复了情绪。

科灵又说："孟颐是您的儿子，您也要想想孟颐的感受。"

孟承丙越发觉得科灵的话有道理，也觉得自己刚才过激了点儿，便对孟颐说："孟颐，爸爸没有那个意思。刚才爸爸态度不好，跟你说了那些重话，你不要跟我计较。"

孟颐一点儿也看不出生气的迹象，反而笑着对孟承丙说："当然，我怎么会生您的气呢？洛抒那边我会找她好好谈谈的，我也很宠爱她，不然也不会在 G 市对她的学业和生活管理这么多年。"

孟承丙当然知道孟颐说的这些话不假，便说："好，我再同洛抒去聊聊。"

见孟承丙出了门，科灵就送了一下，不过并没有跟着孟承丙出书房门，送到门口就转身回去，然后朝孟颐看了过去。

孟承丙走了，孟颐说："这一天终于还是来了。"

科灵没想到孟承丙真的会为了那母女俩跟孟颐起冲突，说："爸爸现在完全被她们迷了心智。"

孟颐似乎早就料到了。

在这件事情上，孟承丙其实还是认为孟颐不会对洛抒动手，又想起孟颐刚才说的话，倒是问了洛抒她跟人私奔去 J 市那件事。

洛抒闻言，一下停止了哭泣。

洛禾阳也看向洛抒，问："什么私奔？你还去 J 市了？你去 J 市干什么？"

洛抒立马说："爸爸，那是哥哥误会我的。我只是去 J 市玩几天，怎么可能跟人私奔？"

孟承丙说："好了，你不要生哥哥的气了。哥哥也是为你好，你答应爸爸，不跟哥哥闹别扭了，好不好？"

洛抒很是听话地点了点头，乖巧地说："爸爸，我怎么会生哥哥的气呢？你放心吧，我不会的。"

孟承丙没想到洛抒和孟颐会起冲突，听到洛抒这么说也就放心了，笑着说："你难得回来一趟，想吃什么告诉爸爸，我让阿姨们给你做。"

洛禾阳看向洛抒，也没再说话。

晚上见保姆将行李收拾好，孟承丙才记起今天是科灵回去的日子，算起来她在这边住的时间也挺久了。

保姆将东西收拾好便搬上了车。

孟颐从楼上下来时，看到孟承丙、洛抒和洛禾阳已经坐在餐桌边。

孟承丙对孟颐说："和科灵的父母住上一段时间，你还是带着科灵回家住，这样可以好好陪陪你洛姨。"

孟颐只说了两个字："再说。"

孟承丙现在也有点儿后悔之前那个态度，说："那好，你们早些回去，别让科灵爸妈多等。"

科灵在一旁说了句："爸爸，那我们先走了。"

孟承丙说："好。"

科灵又对着餐桌这边，对洛禾阳说："妈，我们先回去了。"

洛禾阳说："路上注意安全。"

人走了，孟承丙才回桌，给洛禾阳还有洛抒夹着菜，笑着说："洛抒多吃一点儿，看你最近瘦的。"

洛抒看向洛禾阳的肚子，发现她的肚子竟然还在日益增长，还察觉她胖了不少。

第二天孟承丙还是觉得不妥，毕竟是一家人，不想洛抒和孟颐的关系搞得很差，便让洛抒送点儿东西去科灵家。

事实上，孟承丙这几年一直在有意无意地拉近洛抒跟孟颐的关系，就怕两个人生分了。

孟承丙说这话是在三人用早餐时，洛禾阳闻言看了洛抒一眼。

洛抒没想到孟承丙竟然让她如此做，犹豫了一下还是答应了。

差不多十点的时候，保姆把拿去那边的东西收拾好，让洛抒送过去。

洛抒只好将东西拿上，然后坐上车，让司机送自己过去。

她从没想过自己会去科家，虽然当初给孟承丙打电话时，就已经想到了很多种后果。

车子停在科家楼下，洛抒在车里坐了一会儿才下来，到科家门口还没进去，就听到里头传来欢笑声，想来屋里的气氛很是热闹，站在门口听了一会儿，还是走了进去。

这里的保姆并不认识洛抒，看到她走到客厅门口，便问道："你是……？"

客厅内的人闻言都朝门口看过去。

洛抒一下就看到了一对充满书卷气的中年夫妻，接着便瞧见了科灵跟孟颐。

洛抒将手上的东西递给保姆，说："我是来送东西的。"然后转身就想走，却被这对中年夫妻叫住。

科灵的妈妈问孟颐："这是洛抒吗？"

孟颐想到科灵的父母在孟颐和科灵的订婚宴上见过洛抒一面，便说："嗯，是她。"

科灵的父母从沙发上起身，说："洛抒，快进来。到了哥哥家，怎么也要吃了饭再走。"

科灵的父母是教师，特别热情好客。

对于科灵父母的热情，洛抒戳在那儿跟木头一样。

孟颐朝着洛抒说了句："不会打招呼吗？"

洛抒这才反应过来，忙对科灵的父母唤了句："叔叔，阿姨。"

科灵的父母竟然很喜欢洛抒。

科灵吩咐保姆准备午餐，让洛抒在这儿吃了午饭再走。

洛抒其实只想送个东西就走，没想到竟被留了下来。

科灵的父母拉着她坐下来，问洛抒找男朋友了没有，还问她现在是大几、读的什么专业。

洛抒都一一礼貌地回复。

科灵的父母跟洛抒简单聊过之后，就继续同孟颐说话，其间还聊起了洛抒的成绩。

孟颐同他们说："洛抒成绩一般，高考分数也不理想，不及科灵自觉勤奋。"

洛抒闻言朝他看过去，眼里带了几分怒意。

她的成绩是不如科灵，可他有必要当众说出来吗？

几人一直聊到吃午餐。

洛抒飞快地吃完饭，想赶快走。

科灵的父母却说："洛抒，你吃完饭休息会儿再走吧。"

洛抒忙找了个借口，说："叔叔阿姨，爸爸妈妈还等着我回去。"

科灵的父母又热情地说："没事啊，在这里不跟在家里一样吗？"

科灵也没想到自己的父母这么热情。

倒是孟颐在一旁说了句："可能她有事情，让她先回去吧。"

科灵的父母见孟颐如此说，倒也没有多留洛抒。

洛抒刚才来的时候让家里的司机回去了，这会儿只能等着孟颐的司机送她回家。

差不多过了十分钟，孟颐的司机赶了过来，还带着孟颐的秘书。秘书坐在后座，拿着一沓文件和资料从车上下来，大概是因为东西太多，下车的时候漏了一份在车上。

洛抒看到车来了，同科灵的父母打了声招呼，便起身朝外走，毕竟一秒钟都不想在这里多待，上车后直接对司机说："回家。"

洛抒刚把手撑在后座上准备舒展一下身体，就感觉她的手摸到一个东西，低头看去发现一个牛皮纸袋，便朝司机看去，又想到刚才孟颐的秘书坐过车，还抱了许多文件进屋，想着这个文件应该是她落下的。

洛抒本来不想理会的，可不知道为什么，竟鬼使神差地伸手将那份文件打开，拿出里面的资料看了起来。

洛抒只看了一眼，瞬间吓得手一抖，发现里面竟然全是洛禾阳在医院的血样检查、孕检等报告。

此时，司机听到电话响了，立马拿起电话接听。

孟颐在电话里问司机："是不是有样东西落在车上了？"

司机立马朝后看去，正好看到洛抒拿着资料在看。

洛抒也知道他打这个电话是来找资料的，迅速地放下资料。

司机说："在车上。"

"现在送过来。"

司机说了声："好。"

洛抒装作什么事情都没发生的样子，把资料装好放回原位。

司机对洛抒说："洛小姐，我们得回去一趟。"

洛抒有些心不在焉，只说了句："好。"

之后车子绕了个弯往回走，再次停在科家的门口。

秘书出来接，发现纸袋有被打开的痕迹，但没说话，径直拿着文件进去了。

到了大厅，秘书将东西递给孟颐，待孟颐接过，说："洛小姐打开过。"

孟颐说："是吗？"

洛抒回到家还在想那件事情，不知道洛禾阳为什么要假怀孕。

孟颐一直在调查这件事情，难道洛禾阳不怕被查出来吗？

洛抒到家后立马进了洛禾阳的房间，好在孟承丙吃过饭出去了，两个人谈话也没什么禁忌。洛抒开门见山地同洛禾阳说："妈妈，孟颐在调查你。"

洛禾阳正躺在床上舒服地看电视，听到洛抒的话，朝她看了过去，说："调查我什么？"

洛抒一时竟不知道该怎么说。

洛禾阳有恃无恐地说："他调查不出什么的，那家医院做事情很严密。"

洛抒说："您为什么要这样做？"

洛禾阳似乎不打算跟她说，反倒问起她："你还没跟我说，你跟孟颐是怎么回事。"

听到洛禾阳问这件事情，洛抒立马说："我们能有什么事？"

洛禾阳听了竟然也没深问，说："嗯，没事就好。"见洛抒还想说什么，继续说道，"你别管我的事情，管好你自己就行了。"

洛抒看到洛禾阳悠闲地吃着樱桃，把到嘴边的话又咽了下去。

洛禾阳似乎对某件事情势在必得，但具体是什么，洛抒并不知道。

洛禾阳似乎想到什么，把目光落在洛抒的身上，问道："对了，你最近有没有见到什么人？"

洛抒不明白她的意思，也不知道她的目光为什么带着寒意，只说了句："什么人？"

"你没见到吗？"

洛抒说："我不知道你在说什么。"

洛禾阳说："哦，你没见到就算了。"

洛抒看着洛禾阳说："没事我就出去了。"

洛禾阳说："把门关上。"

洛禾阳每天疯狂地吃东西，整个人胖了许多，以前平平的肚子也大了。

洛抒在家的这几天，被孟承丙带着出去参加了一个晚宴，之前也没参加过这些活动，因为洛禾阳怀孕去不了，所以就代替洛禾阳去了。

洛抒进入会场后挽着孟承丙，四处看了下，发现晚宴上很多和她同龄的人，想着这些人应该是别人带过来的家属。过了一会儿才知道这是孟家办的晚宴。

孟承丙怕她无聊，见那边有和洛抒同龄的女生和男生，便悄悄对洛抒说："爸爸同几个叔叔说会儿话，你过去跟他们聊聊。"

洛抒听话地点了点头，朝那边走过去。

和洛抒同龄的人看到洛抒过来后，主动和她攀谈。

洛抒没想到他们这么自来熟，便加入了他们的谈话，正聊着，突然看到了孟颐。

孟颐穿着黑色的西装，气质、样貌皆十分出众，站在孟承丙的身边，跟晚宴上的其他人聊着。

从如今的孟承丙身上，可以看出他年轻时的风采。不过孟颐似乎比孟承丙更胜一筹，一出现就吸引了众多女孩子的目光。

洛抒听到有人在旁边小声地议论孟颐订婚的事情，听着听着就觉得有些无聊，正好看到孟承丙在同自己招手，便去了他的身边。

孟承丙给他们介绍洛抒，一旁的洛抒只好尴尬地一个个喊着不太认识的叔叔伯伯。

孟承丙看到端着酒杯站在稍远处的孟颐，见洛抒站在那里也不跟孟颐打招呼，便说："洛抒，怎么看到哥哥也没反应？"

洛抒朝孟颐看了一眼，便扭过头去，看上去不想搭理孟颐的样子。

周围的人也看到了这一幕，便开玩笑说："兄妹俩这是闹别扭呢！"

孟承丙一直都很注重家庭和谐，再次同洛抒说："洛抒，怎么不给爸爸面子啊？"

洛抒过了半晌才不情不愿地喊了一句："哥哥。"说完不等孟颐回头，又说了句，"我去趟洗手间。"然后转身就走，但去的方向根本不是洗手间。

孟承丙看着急急忙忙离开的洛抒，顿时觉得有些好笑，想着她是在闹小孩儿脾气。

过了一会儿，当洛抒真到了洗手间的时候，竟然又看到了在洗手的孟颐，转身就要走。

孟颐从镜子里看到悄悄溜走的她，回头说了句："过来。"

洛抒停下脚步，一时不知该进该退。

孟颐一点儿也不急，靠在洗手台上。

在这样的场合下，他难道还能对她报复不成？

洛抒想到这里，转身朝他走了过去，装作跟他不熟的样子，问道："有事吗？"

孟颐看着她那张脸，竟然没忍住笑了一下。

洛抒说："哥哥，你要是没事，我就先走了。"

孟颐说："你不想毕业了？"

她当然要毕业，只有两个月的时间了。

洛抒闻言再次停下脚步。

孟颐从洗手台前起身，说："你老老实实地在 G 市混掉这两个月，安安稳稳地把毕业证拿了，别再给我惹麻烦。如果你不听话，结果你知道的。"

洛抒知道他在说什么。

孟颐根本不会忘记道羽的存在，这么说很有可能是查到了道羽。

见她没有说话，孟颐继续说："要想找一个社会青年的麻烦实在太容易了。"说完就从她的身边走了。

洛抒站在原地没动，在他经过时闻到他的身上有一点点烟味儿。

这似乎是孟颐提出的条件。还有两个月毕业，意味着她很快就可以脱离孟颐的掌控。

洛抒想了想，同意了，但一想到那天在道羽的住处看到的检查报告，整个人又陷入不安。

她不确定报告是不是那个女生的。

第二天，洛抒跟孟承丙说了她要回 G 市的事情。

孟承丙知道她毕业在即，想着这件事情多半是过去了，便说："好，你早点儿过去，尽早把毕业证拿到手，毕业后想去哪儿玩就去哪儿玩。"

洛抒同孟承丙说："我知道的，爸爸。"

孟承丙替她打气，说："所有努力都是值得的。"

洛抒心里莫名有些感动，有种回到了多年前高考前夕的感觉，还记得孟承丙当初也是这样给她打气的。

有时候洛抒也搞不清楚，孟承丙和有血缘的爸爸到底有什么区别，他对她真的是很好很好，可她想到她和洛禾阳的所作所为，心里就会生出几分惆怅。

到了机场，洛抒和孟承丙拥抱告别。

孟承丙拍了拍她的后背，说："去吧。"

洛抒嗯了一声，拖着行李箱，回了三次头，依依不舍地跟孟承丙说再见。

孟承丙在那儿站着，心里想着：这丫头真是越长大越黏人。

洛抒最后还是收回了视线，拖着行李过了安检。

孟承丙在她不见人影后，才转身离开。

洛抒回了G市，这次没有跟道羽见面，但是跟他还有联系。不跟他见面是为了不让洛禾阳知道这一切，怕洛禾阳再像之前那样赶道羽走，也怕孟颐找道羽的麻烦，打算忍了这两个月再说。

毕业证对她来说代表自由、独立，从此她可以彻底离开G市，去她想去的任何地方。她的世界里将再也没有孟颐的存在，永远都不会听到他的名字和任何消息。

时间一天天过去，洛抒开始准备毕业论文和答辩。萨萨她们也被搞得焦头烂额，生怕其中出了任何一点儿问题导致延毕，每个人都紧张得要死。

洛抒每天晚上回到家，对着电脑不是咬笔头就是发呆。

孟承丙偶尔会打电话来关心她，问她毕业论文写得怎么样。

洛抒什么都没搞好，果不其然，毕业论文很快就被打回来修改。她在电话里同孟承丙说了这件事情。

孟承丙也十分着急，之前从未因为这种事情担心过孟颐，但对待洛抒就不一样了，让洛抒别太紧张，建议她按照老师的指导意见修改，安抚了她几句之后，又立马打电话给孟颐。

洛抒也就跟他抱怨几句，没想到孟承丙会去找孟颐。

孟承丙只是希望洛抒的压力不要太大，所以同孟颐说了这件事情，问学校这边能不能"开绿灯"，让她顺利通过。

孟颐几乎是一口回绝，直截了当地说："不能。"

孟承丙还想说些什么，孟颐在电话里说："既然您认为毕业论文可以随便通过，当初干吗还让她去读大学？直接在家给她拿个毕业证不是更省事？"

孟承丙知道孟颐说的话有道理，只好说："可洛抒是女孩子嘛，也不像你从小成绩就好。"

孟颐说："毕业的事情我没办法帮她，让她自己搞定。"

孟颐在这方面真是比孟承丙严厉多了，搞得孟承丙觉得自己"慈父多败儿"。

孟承丙也不好意思再跟孟颐继续说下去，便挂断了电话。

科灵在书房里，看到孟颐挂断电话，便问道："爸爸打来的？什么事？"

孟颐说："毕业的事情。"

科灵这才想起洛抒今年毕业，说："爸爸也真够宠她的，这种事情都要你来处理。"

孟颐嗯了一声，随意地说了句："不是一天两天了。"然后起身从后面的书柜上拿了本书。

洛抒并不知道孟承丙和孟颐刚才沟通的事情，和孟承丙通完电话后，继续修改论文。经过多次的修改调整，洛抒总算是正式完成了论文，接下来就要答辩了。

紧张的气氛越来越浓，除了洛抒有点儿波折，她们寝室的人都还算顺利地通过了论文。洛抒也不知道是不是自己的运气好，论文答辩倒是非常顺利。她第一时间就给孟承丙打了电话，告诉他这个好消息。

孟承丙没想到洛抒毕业的事情会这么顺利，相当为她高兴，还问她毕业典礼什么时候举行，到时候过来参加她的毕业典礼。

洛抒自然也很高兴，兴奋地说："爸爸，你到时过来帮我拍毕业照！"

随着毕业论文和论文答辩的顺利通过，洛抒递交了毕业材料，很快就要迎来正式的毕业典礼了。

洛抒一直等着和孟承丙约定好的日子，但孟承丙那天有点儿事情耽搁了，就临时给孟颐打了一通电话，请孟颐去参加洛抒的毕业典礼。

孟颐接到孟承丙的电话时，并没有第一时间答应，思考片刻才说："我不知道有没有时间。"

孟承丙却说："孟颐，这是你妹妹的毕业典礼，对她来说是很重要的一天，你一定要去。"

孟颐沉默了半晌，说了句："我先看看时间吧。"

洛抒在校门口不断地张望着，很怕孟承丙找不到她，这时接到孟承丙的电话。

孟承丙在电话里遗憾地说今天没办法过来了，还同她说明了原因，最后说道："哥哥会代替我来参加你的毕业典礼。"

洛抒听到这一句，脸上的笑容瞬间消失。

到了拍照环节，洛抒并没有等到孟颐，看到许多同学都和父母在四处拍着照，只能一个人孤零零地站着。

萨萨在一旁向洛抒喊道："洛抒，你的家人呢？他们怎么没来？"说着便要拉洛抒过去和她的父母拍照。

洛抒过去简单地拍了几张照片，也不好再去凑热闹，又站到了一旁。

快要拍大合照的时候，洛抒看到一辆熟悉的车停在了不远处的车位上，但并没有看到车上有人下来，犹豫了一下还是走了过去，刚走到车前就看到孟颐从车上下来。

两个人并排走着，没怎么交谈，中间始终隔着一段距离。

大合照只剩下洛抒没来了，老师向她招招手。

见其他人都排好位置了，洛抒就选了最后一排，然后看向镜头。

在摄影师即将按下快门的那一刻，孟颐用手轻轻地搂住了洛抒，对着镜头微笑。

洛抒感受到他的动作后，抬头朝他看去。

咔嚓一声，画面定格在这一瞬间。

男人的穿着简单，神情冷峻，他面对镜头时，眉眼间却带着浅浅的笑意。被他搂着的女孩儿正抬头看着他。阳光照射下，可以清晰地看到女孩儿扎着的头发在发光。那张照片是洛抒和孟颐的第一张合照。

洛抒却快被这张合照气死了，听到快门声响起才发现自己忘记看镜头了。之后就是他们班上的同学集体合照，洛抒还在为之前的合照耿耿于怀，为了拍摄完美的毕业合照，始终对着镜头灿烂地微笑着。

孟颐站在旁边全程目睹了这一切。

班级合照拍完后，便是同学之间的合照。洛抒和她寝室的人在互相拍照。

孟颐还是给足洛抒面子的，耐心地等待洛抒和同学拍完各种照片。

每个人的脸上都是灿烂的笑容，拍完照后，大家都奔向自己的家人。

洛抒也不好意思傻站着，只能抱着花，心不甘情不愿地走到孟颐的身边，说："拍完了。"

孟颐嗯了一声。

洛抒穿着学士服站在他的面前，因为天气有些热，额头冒出了汗，这会儿也不知道要干吗，见孟颐朝前走着，就跟了上去，同他并排走着，看到旁边有小卖部，便看了孟颐一眼。

孟颐领悟到她的意思，很快走过去要了两瓶水，还给洛抒买了一个冰激凌，然后两个人在小卖部门前的桌子边坐下。

萨萨不知道何时看到了独自吃冰激凌的洛抒，大喊了句："洛抒！"

洛抒和孟颐都抬头看去，随之听到咔嚓一声响。

孟颐参加完毕业典礼便离开了。

之后洛抒去参加毕业聚餐，这时毕业照已经出来了，大家都拿着毕业照在看。萨萨一直在欣赏洛抒跟孟颐的合照，很是羡慕，接着便同洛抒说："话说，我怎么觉得你们不像兄妹，反而像情侣呢？"不等洛抒说话，又跟其他人说，"洛抒跟她哥哥好搭哦，你们看是不是？"

邓婕也凑过去看，觉得洛抒和孟颐像极了情侣。

洛抒突然有些生气，立马伸手去抢照片，说："你们不要胡说好不好？"

等她拿到照片，发现照片里的她看孟颐的神情相当专注，简直快气死了，生气自己的毕业大合照就这么被毁了。

萨萨说："我们只是说说，就是觉得你跟你哥哥很搭嘛。"

洛抒怒气冲冲地说："哪里搭？"

萨萨在一旁起哄说："哪里都搭！"

洛抒懒得跟她们说，又跑去跟别人说话了。

萨萨继续欣赏着照片，很快翻到了洛抒和孟颐的单独合照。

照片里的洛抒正在吃冰激凌，旁边坐着孟颐，帅哥美女，这张照片实在令人赏心悦目。

萨萨觉得洛抒的哥哥简直太对自己的胃口了，可惜他已经订婚了，只能一脸花痴地看了又看。

毕业聚会大家都喝得不多，毕竟以后各奔东西，见面的机会很少很少了，此刻少不了的就是一顿痛哭。

聚餐结束后，大家的情绪都十分低落，萨萨哭得最惨，抱着洛抒跟邓婕怎么都不肯松开。洛抒也不知道为什么，心里空落落的，跟大家分别后一个人走回了家，独自待在房间里胡思乱想着，突然就想到了孟颐，心里其实还挺感谢孟颐的。

如果不是他把她从 P 市捞出来，估计她现在还是浑浑噩噩的状态。

终于结束了四年的大学生活，洛抒第一时间就想到了道羽，立马给道羽打电话，听到道羽说他在酒吧，便直接过去。

洛抒到酒吧时，看到有人正在打群架，还没弄清楚情况，便看到道羽正在那群人中。

酒吧里人很多，场面很是混乱，在场的大部分是道羽这边的人，被打的胖子全身是血地躺在地上。

洛抒起先只是围观，可渐渐发现事态不对，虽然并不知道到底发生了什么事情，但还是飞快地冲过去，对道羽说："不要打了！道羽！"

道羽之前的室友莽子正动作凶猛地打人。

洛抒看到那人躺在地上已经完全反抗不了了，顿时慌了神，觉得这是要死人的趋势。

接着警笛声响起，洛抒对道羽说："快走！"

道羽什么都没说，拉着洛抒转身就跑。

黑暗里，几个人在小巷子里四处乱窜着，只听到警车在不停地鸣笛。

警车走远后，道羽拉着洛抒从小巷子出来，回了住处。

两个人终于可以坐下来喘口气，洛抒说："人应该没事吧？"

道羽说："没事，死不了。"

洛抒问："你打他干吗？"

道羽往旁边吐了一口带血的唾沫，恨恨地说道："这个狗东西，居然趁我不在的时候调戏我的人。"

洛抒下意识地问："谁？"

道羽没有说话。

直觉告诉洛抒，道羽口中的"我的人"就是上次从他房间里出来的那个女生。

洛抒继续问："她？"

道羽似乎不想跟洛抒提她，说："总之你别管。"

洛抒问："道羽，你喜欢那个女生？"

这是洛抒第一次问关于那个女生的事情。

道羽缓缓地开口："她怀了我的孩子！我挺喜欢她的，想跟她结婚，想跟她有个家，想带她跟我们一起走，但现在不知道该怎么办。"

洛抒听到他说这些话的时候，身子不由自主地往后退。

道羽突然说了句："洛抒，对不起。"

洛抒一直在找他，找了他这么久，可是没想到会是这样的结果，等来的只是道羽的一句对不起。

她想到那个雨夜，想到两个人曾经说过要一起离开，却没想到他们之间竟然有了第三个人。那她现在算什么？

洛抒极力控制住情绪，又问："会不会出事？"

道羽说："出不了事，他还敢找警察吗？"

洛抒也这样想，便稍微放下心来。

第二天早上洛抒看报纸，发现报纸上刊登了那人在酒吧死亡的消息，便迅速地回房，焦急地大喊着："道羽！"

酒吧里很混乱，不知道有多少人拍了现场的照片，甚至连洛抒都出现在了报纸的照片上。

洛抒将报纸拿给道羽看，慌得不成样子，问："怎么办？"

道羽看到消息也皱紧眉头，完全没想到那个胖子会死，立马抓着洛抒，说："你先走。"

洛抒这才知道发生了大事，迅速收拾好东西，跟着道羽逃离住处。

这件事情闹得很大，毕竟是人命官司，警察在四处抓凶手，没多久便找到了道羽的住处。

孟承丙在早上看报纸时，也看到了这则消息，仔细盯着照片里的人看了许久，确定里面这人就是洛抒。

孟颐自然也从报纸上看到了洛抒，接着将报纸放在桌上，没有再看。

孟承丙彻底急了，无法想象洛抒会跟这样的人在一起，又不敢让洛禾阳知道这件事情，只好立马去给洛抒打电话，但始终联系不上洛抒。

没人能联系上洛抒，就连孟承丙都联系不上。G市的警察正在逮捕涉案人员，并且在每个关卡都安排人员检查证件。

洛抒他们根本出不了G市，躲躲藏藏地过了四天。那天他们在一个早餐店迅速地吃了早餐想要离开时，被几个警察看到。他们通过洛抒的脸，认出了她身边的道羽，直接冲到洛抒和道羽的面前，拿出了证件。

洛抒和道羽都停下脚步，看向团团将他们围住的警察。

警察同他们说："麻烦走一趟。"

道羽被押上了警车，洛抒也被一并带去。

他们被带到了派出所，洛抒因为和这件事情无关，被放了出来。道羽被警察押走时，给了她一个"放心"的眼神。

洛抒在那个过程中想了很多，但完全不知道该怎么办。

人死了，道羽是动手的人之一，现在又被抓了，他会怎么样？

洛抒迅速地出了派出所，打开手机，看到手机里有很多人打过来的电话，从头到尾看了一遍，很快又将手机关掉。

洛抒晚上回住所的时候经过美壹总部，抬头看去，发现上面的字已经改成了美壹庭跃总部。

孟颐那几天一直在家。

孟承丙焦急得很，好多次都来找孟颐问洛抒的情况。

自从洛抒毕业，孟颐便再也没有插手过她的事情，算是将管她的权力放给了孟承丙。可孟承丙对洛抒一直采取自由放任的模式，如今见洛抒出了这么大的事情，怎么能不急？自然得找孟颐问情况。

孟颐倒是很淡定，同孟承丙说："她应该没事，出事的人可能是她的新男朋友。"

孟承丙惊讶地说："你说什么？男朋友？洛抒怎么跟这种人在一起？"

科灵端着托盘过来，听着两个人的交谈。

孟颐说："我之前跟您说过的，或许您可以好好查查这个人。"说完从科灵的手上接过一杯咖啡。

孟承丙并没有明白孟颐话里的意思，说："关键现在联系不上洛抒。"

科灵将茶递给了孟承丙，说："爸爸，洛抒闹出这样的事情也不是一天两天了，之前有一个追去P市的男朋友也是孟颐处理的。这个人似乎跟洛抒很亲密，也许之前就认识洛抒呢？"

孟承丙说："我现在担心的不是她这个男朋友，而是担心洛抒。"

孟颐喝着咖啡，淡定地说："她如果想联系你，自然就会主动联系你。"

孟承丙急得如同热锅上的蚂蚁，跟孟颐聊了一会儿，又急急忙忙地走了。

过了五天，洛抒终于给孟颐打了个电话。

她会联系孟颐，但不会联系孟承丙。

孟颐早就料到这些，所以在看到她打来电话时并没有立即接，而是任由手机在桌上响着，直到电话快要自动断掉时，才接听电话。

电话那端先是沉默，紧接着传来她的声音："哥哥，是我。"

刚早上七点，孟颐还没起床，伸手揉着眉心，靠在床头上问道："什么事？"

洛抒小心翼翼地说："我是不是打扰你休息了？"

孟颐没说话。

洛抒听着孟颐那边的沉默，鼓足所有勇气，再次开口："我想请你帮我个忙。"过了一会儿又连忙说，"借我一个厉害的律师。"

孟颐端起床边的水喝了一口，说："哪方面的官司？"

洛抒说："我不知道，应该是人命官司吧。"

孟颐的语气很平淡，连表情都很平淡，他说："死了，是吗？"

洛抒说："是。"

她的声音有些颤抖，她知道孟颐是学法的，如果判下来，不知道道羽会怎样。

她说："应该不是他一个人的责任，当时很混乱，特别多人，大家都动了手，我不知道他会怎么样。"

她的声音带着哭腔，整个人很慌乱的样子。

孟颐闭着双眸，静静地听着她的描述。

"哥哥，按照这样的情况，他还能出来吗？"

孟颐说："不知道，看怎么分责任。谁先动的手、起的冲突？"

先动手的应该是道羽，但打得最狠的是莽子，所有人都动了手。

她想同孟颐说清楚情况，最后却说道："哥哥，我可以跟你见面吗？"

孟颐并没有回答她。

洛抒安静地等着，等了许久，终于又听到他的声音。

"我派个律师给你。"

洛抒立马给他说了个地方。

孟颐挂了电话从床上起来，换完衣服便去了书房。

第二天，洛抒在咖啡厅等着，看到孟颐派过来的律师过来后，立马从椅子上起身，朝那个人走去。

这个律师是主打刑事案的，能力很强，在国内是顶级律师。两个人聊了一下便从咖啡厅出来，一起去了拘留道羽的看守所。了解完情况出来，律师才正式跟洛抒聊道羽现在面临的状况，并说了一句这样的话："要保命，不难。"之后没再说什么就离开了。

律师很快就飞回 B 市去了孟颐那边，直接上楼进了书房，同孟颐说："她的朋友是从犯之一，但导致人死亡的并不是这个叫道羽的人，而是另一个。估计法官判刑时，会将大部分罪责放在另一个人身上。但道羽是双方动手的开端，如果做正常辩护，量刑是三年以下有期徒刑，再低就要走其余途径了。主要还是看这个人值不值得你捞了。"

保姆将茶放在桌上，便从书房离开了。

孟颐往烟灰缸内弹了弹烟灰，说："见了死者家属吗？"

"了解了一下，对方的态度很强硬，我估摸着没有钱是解决不了的。"

孟颐点点头，又说："尸检那边的结果呢？"

"是重拳导致心脏骤停死亡。"

孟颐掐灭手上的烟，说了句："我知道了。"

律师描述了下情况，也没有多聊，喝完茶便离开了。

没多久，孟颐又接到洛抒的电话。

洛抒说："哥哥，我跟你的律师见过面了，他什么都没跟我说。"

孟颐靠在椅子上，把目光落在前方，说："你想知道什么？"

"会怎么判？"

孟颐说："你认为呢？"

洛抒默默地流泪，直接挂断了电话。

孟颐将手机丢在了桌上。

洛抒从咖啡馆回到了住所，坐在椅子上开始发呆，接着又哭了起来，刚才已经听清楚了孟颐的态度，知道了大概状况，现在完全不知道该怎么办。

她一个人从下午三点坐到早上六点，什么都没吃，也没出门，到了晚上七点觉得头晕，可是依旧不想动，也不管屋里乱糟糟的。

就在这时，外面传来门铃声。洛抒过了好久才从椅子上起身，拉开门看到黑漆漆的走廊上站了一个人，喊了句："哥哥。"

孟颐从外面走了进去，朝沙发走去，然后坐下，打量着屋里的一切，看到屋里没有一处是整洁的，又看向站在门口没动的洛抒，说："大概情况你应该知道了，不用我跟你多说什么。"

洛抒知道这些情况，现在只觉得头晕。

屋里黑漆漆的，也没开灯，只有窗外的路灯照射进来一束光。

洛抒说："哥哥，我给你倒水。"一边说一边走去厨房。

孟颐说："不用。"

洛抒停住动作，在原地站了一会儿，还是去厨房倒了一杯水放在他的旁边，然后在他的身边坐下，很安静地低着头不说话。

忽然，她感觉身子有些不稳，起初还稳得住，不一会儿就觉得头晕目眩，整个人往沙发的另一边倒。

孟颐手疾眼快地扶住了她，拿起桌上那杯水给她喂水。

此刻的洛抒脸色发白，晕乎乎地倒在他的怀里，因为喝了点儿热水，稍微感觉舒适了些。

孟颐抱住她略显冰冷的身子好一会儿，刚一松开，就见她往沙发那边倒去。

洛抒由于身子没有支撑，惯性地倒在他的身体上，整个人都趴在他的胸口上。

黑暗中两个人都没动。

过了许久，孟颐看向趴在他胸口的脑袋，把她的脸抬了起来，冷笑着道："这是多久没吃饭了？"

洛抒没有回答，而是继续把脸埋在他的胸口，双手抱紧他，呜咽着。

无边的黑暗里，女孩低低的哭声，让一切都显得那么压抑，令人不适。

孟颐把手从她湿漉漉的脸上抽了出来，看她在自己面前哭得不成样子，却也没有怜惜她。

她一直哭到发不出声音，再也没有力气了，才终于停歇。

孟颐将她从身上抬了起来，看到她的眼睛始终是闭着的，甚至可以看到她的睫毛上挂着泪珠。

洛抒一直安静地落在他的臂弯里，紧紧地依靠着他。

孟颐静静地看了她一会儿，然后拿出手机买了些吃的，点完饭将手机放下，随手扯了沙发上的一块毯子盖在她的身上，也闭上了双眸。

半个小时后，外面传来敲门声。

随着孟颐从沙发上起身，他臂弯里的人也因他的手脱离而滑落在沙发上，整个人被毯子盖住大半。

孟颐开门接过粥，把吃的放在桌上，看向沙发上的人，然后就在床边坐下，没再发出动静。

到第二天早上，沙发上的人才爬起来动了两下，环视四周，发现屋里只有她一个人，但看到桌上有外卖，就从沙发上下来，赤着脚走了过去，没想到粥竟然还有点儿余温。

洛抒拿着粥吃了几口，然后换了身衣服下楼，看到楼下有辆车停在那儿，顿了几秒走过去拉开车门，坐上了车。

车子载着她从这里离开，经过一天一夜，终于开回了 B 市。

孟承丙见到洛抒也终于放下心来，但还是带着怒气，问道："你怎么把自己搞成这样？洛抒，你真是……"

孟承丙没把后面的话说出来，怕洛禾阳知道这件事，又怕母女俩起冲突，忍了下来，对她说了句："不要声张，免得影响你妈。"然后让她进去。

洛抒什么话都没说，直接上了楼，洗了个热水澡便睡下了。

孟承丙在楼下也只能叹气，又让保姆端了些吃的上去。

之后几天，孟颐都留在 G 市，没有回 B 市这边。

过了一个星期，洛抒得知道羽即将打官司的消息。

孟颐在酒桌上与人碰杯，说："这件事情麻烦宁律了。"

对方忙说："这有什么好麻烦的，家属只要赔偿到位，获得谅解书，这个案子不会有问题，您放心。"

两个人笑着喝着酒。

饭局结束后，孟颐从 G 市连夜飞回了 B 市。

洛禾阳又怎么会不知道这些事情呢？她终于在晚上接到了这个消息，悬着的心终于放了下来，下一秒竟然露出了笑容。

孟颐对洛抒没有情了吗？洛禾阳觉得不一定。

孟承丙端着牛奶进来时，见洛禾阳还站在窗户边，立马走了过去，说："这么晚了，你怎么还站在那儿，也不怕冻着？"说着赶紧去关窗户。

洛禾阳挺着肚子，说："我哪里有你说的那么娇气？"又问，"洛抒呢？"

孟承丙说："吃完饭早早上楼去睡了。"

洛禾阳："这次洛抒突然回来，我感觉她的情绪不太对啊，她发生什么事了吗？"

孟承丙说："没有，可能因为毕业有点儿伤感吧。"

洛禾阳说："毕业有什么好伤感的？"

见她回到床上坐下，孟承丙立马端着牛奶过去让她喝。

洛禾阳笑着说："我又不是小孩子。"

孟承丙庆幸洛禾阳怀孕后没怎么管这些事情，以为她一心都在想着肚子里的孩子。

孟承丙说："你现在肚子里装了个孩子，你比小孩子也大不了多少。"

洛禾阳娇嗔地打了他几下。

两个人像小孩儿一样笑闹着，不过孟承丙怕伤到她肚子里的孩子，闹了两下就赶忙让她躺下不要乱动，用手温柔地抚摸洛禾阳的小腹，说："你说孩子出生了像你还是像我？"

洛禾阳说："傻话，不就像我们两个人吗？"

孟承丙顿时笑了起来，拉着洛禾阳的手，极其认真地说："禾阳，等孩子长大了，我们好好地培养他，到时候我们俩一起送他去上学，陪他上幼儿园、小学、初中……我们一起慢慢变老。"

洛禾阳甩开他的手，说："你想得太长远了吧！"

孟承丙可不认为自己想得长远，搂着她说："一点儿也不长远，我反正也差不多退休了，以后就专门陪你跟孩子。"

洛禾阳开心地捂着嘴笑，说："好啊，我没问题，就怕我们太老了，让孩子丢面子。"

孟承丙搂着她，眼前浮现的全是美好的画面，笑着说："我们哪里老了？我可不许你这么说，也不认为我们老。"

洛抒知道任何东西都是需要付出代价的，比如这件事情，虽然孟颐没有说，但她很清楚交换条件是什么，回 B 市后便没有再提起去 G 市的事情。

孟承丙因为那件事情也有些被吓到了，如今见洛抒平安回来了，也不敢再用"放养"模式，觉得洛抒毕竟是个女孩子，待在 B 市会比较安全，也没有必要再让她回 G 市，但也暂时没给她规划什么，想着让她先休息半年，再规划她的未来。

孟承丙更担心的是洛抒的终身大事，这些年也瞧见了她找的各个男朋友，以前觉得谈恋爱不用管对方家里有钱没钱，只要孩子开心就好，可如今仔细想想，觉得有必要插手一下这件事情，至少不能让她再跟那些乱七八糟的人有任何牵扯了，想着以后看到她身边有优秀的男青年，要主动给洛抒安排见见面。

孟承丙细心地挑了一些人选，不过暂时未跟别人提出自己的想法，只是这样想想。

洛抒从 G 市回来已经一个星期了，只从楼上下来了一趟，下来时正好碰到周兰。

周兰似乎是有事情找她，瞧见洛抒便唤了句："洛小姐。"

洛抒停下脚步看向她，问道："找我有事吗？"

周兰把一份文件递给她。

洛抒伸手接过。

周兰说："这里有三家公司，都符合您的专业。当然，这只是给您的参考。如果您想去其他公司，也可以自己选。"

洛抒接过文件，对周兰说："谢谢，我会好好挑。"

周兰又说道："这些只是孟总给您的建议。其实您去哪里工作都可以，也可以自己去找。"

孟颐帮洛抒处理好道羽的事情，交换条件就是洛抒必须回到 B 市，并留在这里工作，还要跟道羽彻底断掉关系。

洛抒早就做好了准备，所以收到周兰给的文件时毫不意外。

之后那几天洛抒觉得无聊，就真的开始研究那三家公司。

这三家公司分别是一家大公司和两家小公司，洛抒的工作都是做翻译。

在洛抒研究面试那几天，孟承丙和孟颐在外面的饭局上碰面了，孟承丙问孟颐，江凡这个人怎么样。

科灵当时也在场，闻言觉得有些奇怪，因为孟承丙很少提起生意场上的人。

江凡是难得的青年才俊，家里是做建材生意的，本人又毕业于剑桥大学建筑学院，在建筑行业很有名。

科灵也认识江凡，便问道："爸爸，您怎么问起这个人了？"

孟承丙说："我打算给洛抒介绍介绍江凡。"

科灵听孟承丙这样说，第一时间看向孟颐，见孟颐竟然什么反应也没有，就认真答道："我见过江凡几面，他很优秀。"

孟承丙当然是精挑细选之后才给洛抒选定了江凡，而且与江家的交情还不错，知道江家的家风正派。

孟承丙心中有数了，笑着说："那过几天我去江家聊聊这件事情。"

孟颐没有多说什么。

孟承丙此时只是随口提了一下，接着又聊了些别的，但在回家的路上专程打了个电话去江家。

这件事情也算正式被孟承丙提上了日程，洛抒还不知道这些安排。

没多久，孟承丙安排好了一切，同洛抒说要带她出门吃饭，还让她换件好看的衣服。

因为孟承丙很少带她去生意场，洛抒也不知道他什么意思，但还是按照他的话，换了件衣服下来，然后跟着孟承丙一起出了门。

孟承丙在路上反复跟洛抒提一个人，说他叫江凡。

洛抒不认识江凡，也不知道孟承丙提他是什么意思，只是安静地听着，偶尔回两句话。

到了饭局上，洛抒才知道今天不是孟承丙的应酬，而是孟承丙给她安排的相亲宴。

私人场所里布置得很雅致，里头出来一个男士迎接，二十五六岁的年纪，相貌端正，气质高雅，谈吐得体，整个人给洛抒的第一感觉很好。

他看到洛抒，主动自我介绍说："洛抒，你好，我是江凡。"

洛抒也朝他笑着说："你好，洛抒。"

孟承丙见两个人握手便笑了，拍着江凡的后背，亲切地说："好久没跟你父亲一起吃饭了。"

江凡笑着说："我父亲也是这样同我说的，还说十分想念您。"

孟承丙大笑着说："下次一起出海钓鱼。"

几人边说边往里头走，孟承丙要洛抒跟江凡多聊聊。

江凡是个特别健谈的人，和洛抒聊了几句，并没有让人反感的地方。

三人一起用了午餐，两点时才离开。江凡为人处世面面俱到，从私人场所出来后，还亲自送孟承丙和洛抒上了车。

孟承丙让洛抒跟江凡交换了联系方式，这场相亲宴就这样完成了。

回去的路上，孟承丙问洛抒："怎么样？"

洛抒终于问了句："爸爸，您这是在给我介绍对象？"

"你看出来了？"孟承丙笑着说，"洛抒啊，爸爸也是为了你好。江凡无论是家世还是自身能力，都是很好的，不比你哥哥差。"

洛抒说："爸爸，我现在不需要男朋友。"

孟承丙却不似平时好说话，说："你听爸爸的，先接触接触，其他的事情再说。"

洛抒没再说话，没说好，也没说不好。

孟承丙在心里叹气，但又想着这种事情急不来，只能一步一步来。

洛抒和江凡见了一面，两个人加了微信，但没怎么聊天儿。

不过第二天，江凡对洛抒发出邀请，请她出来爬山。

洛抒接受邀约，被司机送着出了门。

孟承丙亲眼看到洛抒出去赴约，便稍微放心了。

司机把洛抒送到约定的地方之后才离开。

江凡穿着运动套装，看着很是精神，带着洛抒往山上爬。

洛抒承认江凡确实很优秀，跟他聊天儿时可以从他的身上看出他拥有跟孟颐一样的特质，但此刻有些心不在焉。

江凡也看出来了，但并未说破，还是将气氛维持得恰到好处。两个人爬到半山腰时，洛抒实在爬不动了，说要歇一会儿。

两个人在石凳上坐下，江凡递给洛抒一瓶水。

洛抒倒是主动问了句："你是建筑师吗？"

江凡说："是，我学的建筑专业。"

洛抒说："我听我爸爸说你在建筑业很有名。"

江凡带着恰到好处的谦虚，说道："其实也还好。"又问洛抒，"你呢？听说刚毕业。"

洛抒说："嗯，前不久。"

江凡说："英语专业？"

他倒是把她了解得差不多了。

洛抒说："是啊，打算找工作。"

江凡说："哪方面呢？说不定我可以给你点儿意见呢？"

洛抒说："翻译方面吧，也不知道成不成。"

江凡爽朗地笑着，说："如果你愿意，也许可以来给我当翻译。"

洛抒想：你个剑桥毕业、国外回来的，还要我这个三脚猫功夫的人去当翻译？

洛抒说："算了，我还是不去你面前丢人现眼了。"

江凡说："没什么丢人现眼的，每个人都是这样一步一步过来的。"

洛抒望着远处又开始发呆，但很快就说："我们继续爬吧，我很久没爬过山了。"

江凡表示没问题，之后两个人继续往山上爬。

两个人上午爬了山后，中午一起吃了个饭，到下午，洛抒便让江凡送她回去了。

她一回来，孟承丙便问她感觉怎样。

洛抒说："还好。"

听到洛抒这样说，孟承丙也放下点心。

第二天，江凡跟孟颐在球场打高尔夫，两个人聊了一些设计上的问题。

当初庭跃的设计就出自江凡之手，两个人还算熟。

江凡说："我没想到你还有个妹妹。"

孟颐一边打球一边说："你们昨天聊得怎么样？"

江凡笑着说："挺不错的，不过洛抒是不是刚失恋？"

孟颐勾唇一笑，说："你看出来了？"

江凡说："我看她的样子有点儿像是刚失恋。"

孟颐说："算不上失恋。"说完将球杆递给一旁的工作人员，又接过工作人员递来的毛巾，擦着手上的汗。

两个人走了几步，江凡又说："算不上失恋？"

孟颐在这个话题上也没有多说，只说："你要是觉得还不错，就多点儿耐心。"

江凡说："我倒是挺喜欢她的，就怕她旧爱难忘。"

孟颐将毛巾还给身后跟着的人，说："忘不掉，也得忘。"然后继续朝前走。

洛抒跟江凡爬完山没几天，今天上午又被约着出去打球。

孟承丙现在很鼓励她出门，怕她天天待在家里待闷了。

洛抒想着反正也没什么大不了的，不就是让他们放心吗？自然答应了邀约。

她到了之后以为就江凡在，没想到孟颐也在，看到两个人正在远处聊着。

洛抒从G市回来就没和孟颐见过面。在接待人员的提醒下，洛抒继续往前走。

她今天穿得简单，短袖搭配运动裤，没什么特别的，走过去隔着一段距离，喊了句："哥哥。"

江凡听到她的声音回头，笑着走了过来，说："你来了啊。"

孟颐也看向她，没什么反应。

江凡对洛抒说："今天天气挺好，又不热，所以约你出来。"

洛抒说："哦，这样啊。"

江凡又问："你会打球吗？"

洛抒想起以前孟颐教过自己，虽然只有三脚猫的功夫，但还是说道："会。"

江凡也就放心了，三个人便在那儿打着球。

洛抒的动作好像还不是很灵活，她像是刚学会打球没多久，自然是有许多需要矫正的地方。

江凡发现洛抒在这方面挺有天赋的，就一直在一旁为洛抒讲解。

孟颐见江凡教得非常耐心，说了句："看来江设计师教得比我好多了。"

江凡看向孟颐，问道："洛抒的高尔夫是你教的？"

孟颐说："我教得不多，不过她的天赋还不错。"

江凡笑着说："我说呢，原来名师出高徒。"

洛抒发现孟颐跟江凡好像挺熟的，想到他们都是这个圈子里的人，也就不觉得奇怪了。

洛抒全程都很少说话，打球的兴致也不高。

江凡以为她是累的，便没有勉强她。

中午的时候，孟颐问江凡："不如你们两个人一起吃个饭？"

洛抒看向孟颐。

江凡说："我正有此意，不过看洛抒好像有点儿累。"

洛抒说："我今天身体不太舒服，想回家休息，要不我们改天吃饭吧？"

江凡没有勉强，说："好吧。"

孟颐说："嗯，那就先这样。"

因为孟颐在这里，洛抒自然是跟着孟颐回去的，没让江凡送。

江凡送兄妹俩上车，以前一直听说孟家很宠这个继女，看起来兄妹两个人的感情确实不错。

在车上，洛抒问孟颐："哥哥，你也想让我跟江凡相处，是吗？"

她直接问出了这句话，因为知道事情不会这么巧的。

孟颐听到她这句话，看向她，问："江凡有什么不好吗？"

洛抒也看着他。

两个人对视了半晌，孟颐说："江凡是个很有才华的人，样貌也不凡。你同这样的人接触，只有好处，没有坏处。"

洛抒闻言，侧过脸看向车窗外，说："我知道了。"

因为刚才有点儿热，洛抒白皙的脖子上还带着薄汗。

孟颐在车上看着文件，似乎还有别的事情要处理，中午不回家，对司机说："先送她回家。"

洛抒就在他身边安静地坐着。

忽然，他似乎想到什么，问了句："公司找得怎么样？"

洛抒说："没找好。"

孟颐说："你就打算在家里待着，毫无计划？虽然爸爸宠你，但你也要对自己的人生有点儿规划。"

洛抒说："爸爸宠我怎么了？反正我也不要你养。"

洛抒说出这话就后悔了，果然冲动是魔鬼，现在居然敢跟他斗嘴。

孟颐冷冷地看着她。

洛抒知道自己说错话了，很快又恢复了安静。

孟颐看了她许久，说："怎么？爸爸养你，难道不是我在养吗？"

洛抒说："我知道，我会找工作的，不会在家里待太久。"

连司机都看得出兄妹俩是在斗嘴，只安静地开车。

车子到了孟家后，孟颐让司机先下车。

司机看了一眼车里的情况，很快便下车了。

当车里只有他们两个人时，孟颐伸手揽过洛抒的脑袋，说："你记住了，你要自由我给你自由，你回B市我也不会再干涉你什么。但你要清楚自己的身份，既然待在孟家，就得守我的规矩，只要老老实实，要什么我都给你。我不是一个吝啬的人，尤其是对我的继妹。"

洛抒听了他的话，没动也没说话。

孟颐松开落在她脑袋后的手，说："你可以下车了。"

洛抒短暂地愣了几秒，很快推门下车。

在外面等待的司机见洛抒下来，就重新上了车，很快就把车从院子里开了出去。

洛禾阳正在客厅吃东西，见洛抒回来，又瞧见她是从孟颐的车上下来的，像是无心地问了句："你跟孟颐出去了？"

洛抒说："没有，我跟江凡约的，看他也在场，就顺便坐他的车回来。"

洛禾阳笑着说："哦，这样啊。那你跟江凡相处得怎么样？"

洛抒说："还可以。"

见洛禾阳还想说什么，洛抒先说了句："妈妈，刚才打球有点儿累，我先上去休息了。"

洛禾阳说："你上去吧。"

洛抒看了洛禾阳一眼，没再说什么，直接上了楼。

洛禾阳依旧坐在那里，像是想到了什么，嘴角露出笑容。

之后江凡约洛抒约得很频繁，洛抒每回都应了。

洛抒愿意跟江凡接触，就代表她对江凡是有一定的好感的。孟承丙知道后非常高兴，觉得他俩之间应该有戏，悬在心头的一桩大事总算解决了。

因为江凡经常和孟颐约着打高尔夫球，有时候洛抒跟江凡见面会碰到孟颐，有一次还见到了科灵。

科灵跟着孟颐出来，因为不会打高尔夫球，就待在孟颐的身边。

江凡、洛抒和孟颐在球场上争高下，大家相处得十分融洽。

结束后，科灵和孟颐一起回去。科灵一边走一边说："没想到洛抒和江凡相处得挺不错。"

孟颐说："这很难吗？"

他似乎认为洛抒跟江凡的相处本就不难。

科灵笑着说："是不难，不过我担心洛抒可能还忘不掉，毕竟……"话说到一半，注意到孟颐的眼神变得不一样，便转而说道，"当然，她和江凡能在一起是好事，免得给大家惹麻烦，这次回来倒是老实很多。"

科灵跟着孟颐从球场离开，发现孟颐的情绪好像平稳了很多，也许之前的一切是她多想了。

孟颐怎么还会对她残留余情呢？现在似乎也有意撮合她和江凡。

洛抒跟江凡后续又约了几次，两个人一直都以朋友的方式相处着。

江凡本就不急，深知这种事情是急不来的。

洛抒倒是真的开始忙起了自己的生活。

许小结也回 B 市了，毕业后没有留在大学所在的城市，而栩彤还要准备考研，有一大段的路要走。

于是两个人就这样约上了，现在都处于毕业后的迷茫期，有着同样的苦楚，觉得在家里待着也是无聊，便决定一起去找工作，也找了一两家公司，都不是很满意，就开始频繁地约着出去逛街、爬山、喝奶茶，美其名曰是缓解压力。

有天早上，许小结约着洛抒去 B 市的一个景区玩。

洛抒是被江凡送过来的，许小结看到洛抒从江凡的车上下来，粗略地看了一眼车里的人。

洛抒跟江凡挥手说了再见后，朝许小结走过来。

许小结立即好奇地问："谁啊？你男朋友吗？"

洛抒只说："一个朋友。"

许小结怎么会信？见那男的气质不凡，想来不是她们这个阶层的，说："精英吧？优质男啊。"

洛抒说："我家里介绍的。"

许小结自然知道洛抒这种家世的人，未来的另一半的背景肯定不会普普通通，很是认真地同洛抒说："其实，周小明对你是真的。"

"啊？"洛抒看向许小结，眼神里充满疑问。

许小结说："你别看我，是你一直都不当真，好吗？他简直被你伤透了心，一直在我这儿嗨说你是渣女，玩弄他的感情。"

洛抒忙说："我可和他什么都没有。"

许小结说："我自然知道。人家从高中起就喜欢你，可是你也知道，他这个人看上去大大咧咧的，实际上自卑得很，一直都跟你半真半假地闹着，就算上了大学对你还不死心，得知你跟学校的男朋友分手了，大老远跑回来，就是为了乘虚而入。可谁知道，他碰到了你哥。"

许小结突然压低了声音："那个时候周小明还怀疑你跟你哥有什么呢。"

洛抒反驳道："他胡说八道什么啊？！"

许小结嘿嘿一笑，说："不过你哥现在订婚了，这小子才放下怀疑。他以前一直暗自跟你哥比较，不过你哥一直都不在凡尘，他比较也没用啊，整个人备受打击。"

洛抒想到高中的事情，有些心虚地说："你让他滚，以后再瞎说，我打死他。"

"你想打都打不到了，人家现在找女朋友了，还让你打？你先问他女朋友同不同意。"

洛抒有些没想到周小明竟然找女朋友了。

许小结痛心疾首地说："人家终于对你放下了！从高中到大学啊！你还一点儿也不知道！"

许小结颇有点儿为周小明打抱不平的意味。

洛抒豁达地说："行吧，放下就放下吧，人要朝前看嘛。"

许小结掐了她一下，两个人还像高中时一样打闹着。

洛抒却在心里想着高中的事情，本以为自己瞒得很好，却没想到会被人察觉。

当时她的表现真有那么明显吗？现在想想，她觉得自己那时候做出的事情简直是白痴行为，每次想起都觉得尴尬。那也是她最不愿意想起的一段记忆。

后来，许小结拉着洛抒上了公交车，在车上同她闲聊着。

洛抒就没再想这些事情了。

天气依旧很热，热得洛抒和许小结的脸都红红的，她们下车后便直奔景区。

江凡送了洛抒后去参加饭局，在饭局上碰到孟颐，跟孟颐打了声招呼。

饭局上基本都是相熟的人，现在大家都知道江家跟孟家在接触，笑着打趣江凡和孟颐的关系。两个人都应承了几句。

孟颐跟江凡碰杯，说："你们最近相处得怎么样？"

江凡说："今天早上送洛抒去了景区那边，她跟朋友去景区玩。"

孟颐笑着说："不错。"

两个人各自饮了一口酒。

洛抒在景区玩到很晚才回去，晚上是被家里的车接回去的。

洛禾阳准备了冰镇西瓜，晚上吃完饭后，和孟承丙坐在楼下看电视、聊天儿。洛抒洗完澡踩着拖鞋、穿着睡裙也下来了，接过孟承丙递来的一块大西瓜，坐在沙发上盘腿吃着，觉得西瓜特别甜。

洛抒有种回到高中暑假的感觉，那时也是这样跟孟承丙和洛禾阳在楼下吃冰西瓜、看电视，现在看着洛禾阳跟孟承丙的笑脸，莫名生出一种温馨感。

洛抒又和江凡出门吃了几次饭，约了几次会。孟承丙开始追问洛抒对江凡的态度，听到洛抒说挺好的，自然对江凡更加满意。

洛抒不打算去孟颐推荐的那几家公司，而是准备自己找工作，而且是和许小结一起。反正她的工作应该还是很好找的，规模大一点儿的、做外贸业务的企业，都需要这方面的人。

不过让洛抒犯难的是写简历，写得太浮夸不好，写得很朴实也不好。洛抒那几天都窝在家里写简历，写到第三天中午感觉有些累了，就趴在床上迷迷糊糊地睡了过去。

那时候家里没人，孟承丙和洛禾阳都出去了。楼下突然传来车声，孟颐从车上下来。

保姆出去迎接，笑着说："您回来了。"

孟颐说："回来拿个东西。"

孟颐走进去，发现屋里很安静，问保姆："家里没人吗？"

保姆说："先生陪夫人出去了，洛小姐在家。"

孟颐嗯了一声，朝楼上的书房走去，走到书房门口准备开门进去时，停下脚步，朝洛抒的房间看去，然后走过去将门打开。

洛抒趴在床上睡着，没拉窗帘。阳光洒在洛抒的身上，屋里空调的温度却开得极低。

孟颐站在那儿看了许久，将空调的温度调高了一些，正打算离开，发现床上的一本书忽然掉了下来。洛抒睡着了，刚才翻了个身，手上抱着的书不小心掉在了床边。

孟颐走了过去，将书捡了起来，坐在床边翻了几页，又看向床上的她。

洛抒的头发睡得乱糟糟的，脸上还有压痕。

孟颐伸手想替她把头发弄整齐，可手刚伸出去又停下，起身离开了她的房间。

洛抒趴在床上睡得迷迷糊糊，睁开眼时恰好看到一个极其模糊的影子在远去，也不知道是谁，翻了个身继续睡。

孟颐在书房拿了几份文件便下楼。

保姆问："您现在就走吗？"

孟颐嗯了一声，之后便从家里离开。

洛抒刚刚醒来，躺在床上怎么都不想动，拿起床上的书看了一眼又丢在一旁，发现空调的温度被调了，感觉热死了，从床上爬起来去调温度，调完便下了楼，跑去冰箱拿冷饮，问保姆："蓝姐，谁把我的空调温度调高了？热死我了。"

保姆说："没人啊。"

洛抒贪凉，一到夏天就特别喜欢待在凉爽的地方，听到保姆这么说，就问道："难不成它自动调的？"

洛抒说完吃着冰激凌又跑上楼了，继续写简历，终于在几天之后完成了简历，还跟许小结投了同一家公司。

这家公司的规模不小，洛抒和许小结在同一天去面试，还都面试成功，最终洛抒入职翻译部，许小结入职策划部。

这是她们毕业后找的第一份工作。两个人面试完，为了庆祝，跑去商场吃了一顿。

晚上洛抒回家后跟孟承丙说了面试成功的好消息。

孟承丙很为洛抒高兴，让她只管去找工作，还说她要是工作做得不顺心，辞职就行。

因为晚上洛抒是在外面吃了饭回来的，这会儿没什么事情做。保姆便请她送些自己做的东西去孟颐的新房那边，洛抒本来不想去的，但还是拿着东西坐车过去了，到了那边没看到孟颐，便放下东西就走了。

江凡又约洛抒去酒庄摘葡萄。

洛抒觉得摘葡萄是件很有意思的事情，还挺想去的，晚上去摘点儿葡萄，顺带可以尝尝那里的葡萄酒。

酒庄在B市一处环境很好的郊区，司机开车一个多小时，把洛抒送到了地方。

江凡已经在约定的地方等洛抒了，看到她过来之后，笑着问："你是来摘葡萄的还是来喝酒的？"

洛抒说："都是，不过我们还是先摘葡萄吧。"

这里的葡萄架一排一排的，葡萄结成很大的串，环境很幽静，夜风很凉爽，空气也新鲜。

江凡带她进酒庄的后院，一边走一边说："等会儿我们也可以自己酿造葡萄酒。"

洛抒好奇地问："真的？你会酿酒？"

江凡说："这里有专门的酿酒师。"

洛抒说："嘿，那就偷学吧。"

江凡笑着说："还真可以偷师。"

两个人开始摘葡萄，摘了两大篮，一人提着一篮。

摘得差不多了，江凡便带着洛抒去品尝葡萄酒，两个人边走边聊。走到一处走廊时，洛抒见到迎面走过来一些人，便停住脚步，见对面的人也停住脚步，一下就看到了走在前面的孟颐。

孟颐大约也没想到她会在这儿，又看向她身边的江凡。

江凡主动带着洛抒走了过去，朝孟颐打招呼："好巧，孟总、林总也在这儿。"

洛抒看到孟颐，喊了声："哥哥。"

孟颐身边的人没见过洛抒，见她喊哥哥，自然就知道她和孟颐的关系了，又看到她跟在江凡的身边，想到孟家和江家现在的关系，便知是怎么回事了。

孟颐倒是以一副看妹夫的眼神看向江凡，问："来摘葡萄？"

江凡说："对，我和洛抒顺带过来酿酒。"

孟颐说："好，你们去吧。"

江凡说："那不打扰你们聊事情了。"然后带着洛抒离开。

孟颐便继续同那些人朝前走去。

同孟颐并肩的林氏企业的林总说："孟总的妹妹和江设计师很是般配，一个一表人才，一个俏丽动人，真是一桩好姻缘，还是孟董事长有眼光。"

在场的人差不多都知道这是孟承丙亲自撮合的良缘。

孟颐笑着说："两个人暂时还在接触中，我们当然希望能成就一段佳话。"

现在的孟颐完全是一副兄长的样子，对这桩好事寄予期望。

洛抒和江凡去了藏酒阁品酒。

这里有藏了很久的红酒，还有白葡萄酒，红酒的年份大概比洛抒的年龄还要大。

洛抒对红酒没什么兴趣，倒是喝了不少白葡萄酒。

江凡不知道洛抒的酒量，便请这里的调酒师为洛抒特调了一杯，把酒递给洛抒时问道："洛抒，你酒量还行吧？"

洛抒一直觉得自己酒量很不错，接过那杯特调，说："没事啊，我酒量还不错的。"

江凡这才放心，两个人一边聊天儿，一边品尝着美酒。

两个人在藏酒阁里品尝了两个小时。江凡感觉洛抒的脸色有些发红，便低头去看她，一下跟洛抒的视线对在了一起。

洛抒也看着他，气氛瞬间变得暧昧。

江凡咳嗽了一声，说："怕你醉了。"

洛抒说："还好。"

洛抒现在完全不想动，趴在那儿发呆。

江凡怕洛抒真的醉了，便拍了拍洛抒，问道："洛抒，没事吧？"又仔细地看了洛抒一眼，继续说，"洛抒，我们先去外面走走，你好像有点儿醉了。"

洛抒也觉得自己好像醉了，嗯了一声，便由江凡扶着起身，出了藏酒阁，走到外面正好看到孟颐带着人往这边走。

江凡想着孟颐应该是应酬完了，停下脚步，扶着洛抒对孟颐说："不好意思，她有点儿醉了。"

江凡觉得有些好笑，没想到洛抒酒量这么浅。

孟颐停住，问江凡："喝了很多？"

江凡说："她可能是喝了那杯度数比较高的特调酒，还喝了一些白葡萄酒。"

孟颐说："今晚就在这儿住下吧。"

江凡总不能带着醉醺醺的洛抒回去，说："我也是这样打算的，那就把洛抒交给你了。"

孟颐看着醉酒的洛抒，没说话，片刻后才嗯了一声。

江凡将洛抒交给了孟颐，同他聊了两句才离开。

等江凡离开，孟颐带着洛抒去住处。

这边的房子都是独栋的，树木荫蔽，隔得很开。到住处门口时，孟颐停住脚步。洛抒站都站不稳，整个人靠在孟颐的怀里，用手抱着他，还把脸贴近他的胸口。

周围的灌木丛里传出虫鸣声，两个人的身影隐藏在树影中。

孟颐一直没有动，过了一会儿才单手将她搂住，用另一只手去开门，将人带了进去。

洛抒刚到里面就开始脱鞋子、丢包，嘴里嘟囔着："哥哥，我要喝水。"

孟颐踢开地上乱七八糟的鞋子，绕开她扔在地上的包，带着她去桌边倒水，然后拿着杯子，将她的身子夹在臂弯里，抬着她的下巴，往她的嘴边送水。

她含住杯口，大口大口地喝水，喝完后动了一下，又用双手环抱着他，倚靠着他的胸口站着。

黑暗里，两个人投掷在地上的影子融为一体。孟颐轻抚她的脑袋。

洛抒在流泪，嘴里喊着："道羽。"

孟颐停下手上的动作，在黑暗里发出一声冷笑。

第十三章
混　乱

　　孟颐打电话叫服务员过来替洛抒换好衣服之后，便坐在沙发上点燃一支烟，看着洛抒在床上沉沉地睡了过去。

　　这时江凡打来电话询问洛抒的状态。

　　孟颐对江凡说："睡了，她酒量就这样。"

　　"嗯，没什么问题。"

　　孟颐挂断电话，又看了一眼床上熟睡的人，然后熄灭了烟，起身离开了这里。

　　江凡想到洛抒昨晚喝了许多酒，醉得不省人事，很担心她，一早就过去看她了，到了洛抒的住处，见到洛抒已经起床，正坐在沙发上发呆，便关心地问道："你没事吧？"

　　洛抒见他来了，摇头说："没事。"

　　江凡说："我还以为你酒量很好呢。"

　　洛抒皱着眉问："昨晚我们没回去吗？"

　　江凡给她倒了一杯水，递给她，笑着说："你昨天醉成那样，我们还怎么回去？

所以就在这边住下了。"

洛抒懒懒地靠在沙发上喝了一口水，哦了一声。

江凡说："你先歇一会儿吧。等会儿我带你去吃这里的特色早餐。"

洛抒觉得这样也挺好，便对江凡说："好，那我去洗漱。"

洛抒洗漱完，两个人便出了门，去吃早餐。

这里的早餐还挺丰盛的，很符合洛抒的胃口。

洛抒突然想到孟颐也在这里，正左右环顾时，就看到孟颐了。他昨晚也住在这边，现在正坐在一个很大的桌子旁跟人谈事情，这时也看到了江凡和洛抒，便邀请他们过去一起用餐。

两个人过去后，洛抒坐在江凡的身边。孟颐坐在江凡的左手旁，把手搭在椅子的扶手上，和人说着话。

江凡给洛抒夹了一些菜。洛抒安静地吃着，也没说什么话，其间还看了孟颐几次，发现他没怎么碰桌上的东西，只能继续吃着，其实很想问什么时候能走。

江凡也是个八面玲珑的人，吃完早餐，看大家聊得差不多了，对孟颐说了句："那我就先带洛抒回去了。"

孟颐看向他，又看向洛抒，表示没什么问题，让他们先走。

洛抒没想到自己会跟江凡回去，就看了孟颐一眼，见孟颐没有说话，只能跟着江凡起身。

很快，江凡带着她离开，在路上看周边的风景还不错，就问洛抒还有没有哪里想玩的，还提议道："这边有个羊场，我们去喂小羊怎么样？"

江凡很懂女孩儿的心思，总是让人感到恰到好处，又让人无法抗拒。

洛抒想着这样也好，想着今天是周末，而且天气还不错，便答应了。

于是，江凡又带着洛抒去羊场喂小羊，从昨天晚上约会到下午才一起回去。在回去的路上，江凡的车不小心跟一辆货车撞了，虽然不是大事故，但车子受损比较严重。

现场情况有些混乱，洛抒当时吓死了，也受了点儿伤。江凡立马打电话叫人过来。

还在酒庄的孟颐自然接到了江凡驾车出车祸的消息，听到对方说洛抒受伤了，当即放下原本接下来要谈的事情，迅速带人赶了过去。

江家也来人了，警察、医护人员以及保险公司的人都过来了。

孟颐从车上下来，一眼就看到被人扶着的洛抒，赶紧过去一把将她拽了过来。

洛抒看到孟颐过来了，喊了句："哥哥？"

扶着洛抒的人是江凡的秘书。

洛抒的脖子被碎玻璃所伤。

孟颐第一时间检查她的脖子，皱着眉问道："还有哪里受伤了？"

洛抒说："只有脖子受伤了。"

江凡正在那边处理事情，见孟颐来了，立马也过来了，同孟颐说了大概情况。

孟颐对江凡说："你先处理这边的事情，我带她去医院。"

江凡本来想自己带洛抒去医院，此时见孟颐过来了，就说："好，你先带洛抒去医院做个全身检查，我等下过去。"

孟颐嗯了一声，带着洛抒便走了。

这次车祸并不严重，但还是把江家人吓了一跳，生怕洛抒出什么问题。

洛抒被孟颐带着离开，上车后小声地说了句："是对方撞上来的，还好江凡技术好躲得快。"

孟颐的脸上写满了不耐烦，他冷冷地说："先去医院。"

车子一路驶到最近的医院。医生给洛抒做了个全身检查，确定洛抒没事，才给她处理脖子上的伤口。其实洛抒脖子上的伤还是挺危险的，接近动脉，如果运气不好，稍微再偏上那么一点儿，结果无法想象。

洛抒坐在那里任由医生处理着，但因为伤口有点儿疼，就不太老实地动来动去。

这个时候，江凡处理完那边的事情也赶了过来，到里头见洛抒在处理伤口，立马问道："洛抒，怎么样？"

孟颐简短地回道："小伤。"

江凡松了一口气，再次看向洛抒。

洛抒没想到江凡也过来了，因为要配合医生清洗伤口，低着脑袋斜着眼睛去瞟江凡，问："你那边处理完了？"

江凡也受了不小的惊吓，说："差不多了，你还有没有不舒服的地方？"

洛抒说："没有。"

洛抒瞥了一眼孟颐，看他一脸冷漠的样子，也有一点儿不高兴。

江凡没注意到洛抒那些小表情，关心地说："你没有不舒服的地方就好。"见洛抒疼得皱眉，他安抚她说，"你忍一忍，医生在处理，很快就好了。"

洛抒现在跟江凡熟了不少，说话也随意起来，说："可我就是痛啊。"

这种话听在男人的耳里无异于撒娇抱怨。

江凡继续柔声安抚道："忍一忍，很快就过去了。"

好在医生的手法好，很快就帮洛抒处理好伤口。

江凡赶紧扶她站起来。

孟颐问医生："可以了？"

医生说："没什么问题了。"

孟颐起身，朝江凡和洛抒走去。

江凡觉得这件事情还是有必要跟孟颐道个歉，说："很抱歉，我没有照顾好洛抒，让她受伤了。"

孟颐面色冷淡地说："只是个意外，谁也不想这件事情发生。"

江凡还是感觉十分抱歉，毕竟是自己开车导致洛抒受伤的。

孟颐没在这个话题上多停留，转头问洛抒："江凡送你回去，还是让家里的车送你？"

江凡见孟颐似乎还有事要忙，便说："不如我送她回去吧？"

洛抒想到江凡今天也受了不小的惊吓，说："我坐家里的车回去就好，你今天也不要开车了。"

江凡扶着她，笑着说："那好，等会儿我让司机过来。"

孟颐问："需要我们送你吗？"

江凡忙说："不用，我还得过去一趟。"

孟颐没多说什么，便对洛抒说："走吧。"

洛抒同江凡说了句："那我先走了。"

江凡叮嘱了句："路上小心。"

洛抒同江凡说了再见，才跟着孟颐离开。

洛抒被孟颐送回了孟家，之后孟颐的车便离开了。

等车子驶出院子一段路程后，司机问孟颐："孟总，是回酒庄吗？"

孟颐嗯了一声："回酒庄。"

之后车子又原路返回。

洛抒一到家里就被孟承丙和保姆们包围了。

孟家自然也接到了洛抒受伤的消息，孟承丙快急死了，如今看到洛抒安全回来，总算松了一口气，却还是不放心地问："有没有做全身检查？医生怎么说？江凡呢？他没事吧？"

洛抒说："哥哥带我去做了全身检查，医生说没事，江凡也没什么问题。"

洛禾阳也从房间里出来，闻言问道："孟颐带你去的医院？"

洛抒说："他正好也在酒庄那边。"

洛禾阳说："人没事就行了。"

孟承丙叮嘱说："以后开车一定要注意，幸好没多大问题。"

洛抒说："对面的车朝我们撞过来的，我们正常行驶。"

孟承丙说："以后还是要注意，昨天晚上你们去酒庄肯定喝了不少酒，白天怎么不让司机来开？"

洛抒说："真的没事啦，爸爸。"

经过这一事故，洛抒和江凡的关系似乎更好了。

很快就到了入职的日子，洛抒开始忙毕业后的第一份工作。

洛抒上班的第一天，孟承丙一定要亲自去送她。

洛抒觉得没必要，又不是小孩子，谁上班还要爸爸送的？

她也不想太张扬了，便谢绝了孟承丙的好意，跟许小结约好时间一起去公司。

孟承丙也没勉强，便让她自己去了。

洛抒跟许小结在公交车上碰面。

许小结问洛抒："周末你干吗去了？"

洛抒说："周末我出车祸了。"

"啊？"许小结显然不知道这件事情，着急地问，"你没事吧？"

洛抒说："没事，就脖子受了点儿伤。"

许小结朝洛抒的脖子看过去，又问："怎么出车祸了？"

洛抒说："晚上去酒庄，白天回来的时候被别人撞了。"

许小结抓住了重点，问道："跟上次送你的男的一起去的？"

洛抒说："对啊。"

许小结打趣地说道："有情况哦。"

两个人聊了一会儿，许小结突然问："洛抒，你要不要跟我一起搬出来住？"

洛抒看向许小结，许小结十分苦恼地说："我爸妈烦死了，总是问这问那的。毕业本来就够让人烦了，我到现在还没过上清净日子。"

洛抒其实也隐约有过这样的想法，只是一直没怎么深想，怕孟承丙不同意，但听到许小结的提议，说："我晚上给你答复。"

许小结高兴得很，说："好啊！"

公交车一停，两个人飞快地下了车，许小结去了策划部，洛抒进了翻译部，两个人开始毕业后第一份工作的第一天。

上完第一天班，两个人都感觉挺好的，也对公司的氛围很满意，一路说说笑笑地回去了。

洛抒到家，看到孟承丙已经在等自己吃饭了，感觉快饿死了，去楼上洗了个澡就飞快地下楼了。

孟承丙在餐桌上关心地问洛抒："工作怎么样？感觉怎么样？有没有哪里让你觉得不好的地方？"

洛抒笑着对孟承丙说一切都挺好的，并在孟承丙问完这些后，试探性地提了一下想要搬出去跟同学合租的事情，然后等着孟承丙的反应。

孟承丙先看了洛禾阳一眼，见洛禾阳似乎没反对，笑着说："行啊，你想搬出去同同学合租挺好的，跟同学之间也可以相互照应。"

因为洛抒在 B 市工作，也不会出什么事，孟承丙答应得很爽快。

洛抒立马开心地说道："谢谢爸爸！"

之后饭桌上的气氛一直很融洽。

洛抒吃完晚饭回到房间，便跟许小结说了这件事情。

之后两个人一边上班，一边迫不及待地找房子，没多久就找到了满意的房子，迅速地住在一起，每天一起上班、一起下班，晚上一起煮东西或者外出吃东西，工作也都逐渐忙碌起来。

洛抒一个月都没回家，一直跟孟承丙电话联系。

因为同在 B 市，做什么都方便，孟承丙也没那么担心洛抒了。

洛抒那段时间没怎么跟孟颐见面，主要是见不到他人，倒是跟江凡见面挺多。

因为江凡经常请洛抒和许小结吃饭，所以许小结对江凡是一百个满意。

洛抒和许小结开始将工作想象得无比美好，开头确实挺美好的，可慢慢地在工作岗位上都感受到了压力。

洛抒和部门的人相处得挺好，可是在职场上就会有利益斗争。洛抒所在的部门还有其他实习生，规模大的公司在岗位竞争上都是讲究淘汰制的，洛抒需要跟同期实习的对手竞争转正的机会。虽然洛抒工作认真，可是难免会和同事发生不愉快的事情。

许小结也有这样的苦恼，洛抒一般都懒得理会。可惜的是，两个人不在同一个部门，只能在各自部门感受着同事间紧张的竞争氛围。

没多久，洛抒的公司开展了一个新的地产大项目。公司很重视这个项目，出差带去的翻译都有五个，顺便带了包括洛抒在内的三个实习生。

洛抒在飞机上看项目资料时，一下就看到资料上建筑设计师的名字——Vincent，念了一遍这个名字，突然想到江凡的英文名就叫 Vincent，但又想着事情不会这么巧。

飞机刚降落在滨城，洛抒就立马给江凡打电话，问他这件事情。

江凡在电话里同她说："这是我前年接手的一个项目，昨天正想跟你说，还没来得及，没想到今天就被你发现了。"

洛抒觉得真是太巧了，说："那我岂不是还得为您效劳了？我这三脚猫的功夫，不是在你面前丢人现眼吗？"

江凡说："设计师不止我一个，虽然我是主设计师，不过也有几个设计师是国外的，所以需要翻译。丢人现眼不至于，洛小姐可千万不要妄自菲薄。"

洛抒笑着说："好，到时候见。"

江凡说："好，我也已经到滨城了，到时见。"

洛抒挂断了电话，然后随着公司的人一起出了机场，坐上公司的车前往酒店。

她现在还觉得神奇，如果刚才没打电话确认，都不相信这次项目的设计师就是江凡。

进入酒店后，洛抒被分配到一个单间。滨城是个多水的城市，树木葱茏，风景秀美，所以酒店的环境也很不错。洛抒在窗户边四处看着，心情很不错。

出差的第一天不需要开工，洛抒就在房间里睡了一天，等到第二天国外的建筑设计们过来，才正式开始工作。第二天一早，洛抒就跟随着主管们出去，提前一个小时在门口等建筑设计师们来。

等了差不多半个小时，洛抒在酒店大厅有些昏昏欲睡，突然被人拍了下，抬头一看是同事。

同事笑着问："你昨晚没睡好吗？我看你站着都要睡着了。"

前面的主管也回头朝洛抒看了一眼。

洛抒立马打起精神，没多久，看到车来了，然后跟着主管上前。

江凡下车一眼就看到了洛抒，想同她打招呼，见洛抒使眼色，便装作不认识。

这次来的建筑设计师都是身份不凡之人，亦是行业里的佼佼者。主管深知这些，便热情地同江凡自我介绍。

江凡表示他没问题，他们照顾好后面的三位设计师就行了。

后面的三位设计师是国外的，主管用英文同他们交流着，之后安排人帮他们办理入住。现在还用不到洛抒他们，所以洛抒就在旁边当个陪衬。

等江凡他们入住后，设计师们开始开会，洛抒他们也被分配给各位设计师。因为江凡不用翻译，洛抒又是个实习生，所以只需要在翻译部老员工的后面当个助手。

洛抒和同事主跟的是个意大利人，对方的英语很差，工作起来头痛得很。

好在带她的佟姐是个经验丰富的翻译，也会一些意大利语，与设计师交流起来虽然有障碍，但起码能交流。

江凡他们一来就开始工作，根本没有时间休息。设计师们商量大楼的结构，交流期间掺杂着各国的语言。洛抒他们就必须在中间发挥传达的作用，让设计师之间能够顺利沟通。

场面特别混乱，不过江凡非常照顾洛抒，有时候看她卡壳，还会主动帮她翻译。

洛抒觉得太好了，心想有熟人在就是好，只差没跟他叩谢了。

大家开会开到中午十二点，让酒店的工作人员直接送餐上来，随便吃几口就继续工作。

洛抒饿极了，但为了表现出敬业精神，也跟大家一样只随便吃了几口。

江凡对洛抒说："洛抒，我这边有个东西要翻译，你过来下。"

洛抒见所有人都看着自己，一时有些尴尬，但还是走了过去，问："你还需要我翻译？"

江凡说："你先吃点儿东西，我等下找你。"

听他如此说着，洛抒只能点头，尽量忽略所有人的视线，继续吃东西，但吃得很快，吃完立马去给江凡翻译他要的东西。

会议一直开到下午四点才结束，江凡见她没吃饱，在她快要出门时，同她说了句："洛抒，晚上一起吃饭。"

同事们都打算出去了，听到江凡的话，瞬间都把视线落在洛抒的身上。

洛抒看向江凡，想了想说："好吧。"

片刻后，等同事们都走了，洛抒才跟江凡一起出去，在去餐厅的路上问江凡："你想吃什么？"

江凡说："这边的特色菜还可以，你要不要试试？"

洛抒点头同意，然后随江凡去餐厅吃饭，在餐厅里见到同事，主动跟他们打招呼。

但同事们有人回应，也有人没回应。

江凡想起洛抒说过同事之间的关系，便带着洛抒去了比较远的位置坐下，在等待用餐的时间里，说："同事就是这样，未必人人服你、喜欢你。"

洛抒说："我没放在心上，毕竟大家是竞争对手嘛。"

江凡笑着问："这次工作跟你转正有关吗？"

洛抒说："那当然，非常关键啊！"

江凡说："那我一定给你一个相当好的评价。"

洛抒笑着说："那就谢谢江大设计师了。"

晚餐过后，江凡要送洛抒回去。

洛抒立马谢绝了，觉得还是不要太张扬，便独自回酒店，还在酒店的门口碰到了几个同事。

之后的几天，洛抒一直都跟着江凡忙碌。有一天，几个投资方要过来考察工作，甚至投资公司的老总都会亲临。翻译部如临大敌，再三叮嘱大家这几天一定不能出任何差错。

随着工作的推进，洛抒他们的工作量也逐渐加大，每个人都忙得脚不沾地。

这天，投资方过来了，酒店准备了隆重的欢迎仪式。洛抒只是一名实习生，自然见不到投资方。因为设计师要和投资方商量方案，所以佟姐还要参与跟投资方沟通的工作，但不需要洛抒跟着了。

洛抒倒是难得地闲了下来，却在中午的时候接到佟姐的紧急电话。

佟姐现在需要一份资料，让洛抒立刻把东西送过去。

洛抒立马去了佟姐的房间拿东西，拿到后迅速往楼上跑，到一个大包间的门口，见佟姐已经在等，赶忙走了过去，把东西给她。

佟姐接过后问道："都拿齐了吗？"

洛抒说："是的，都在这儿。"

佟姐忙得很，没有空跟洛抒闲聊，拿着东西赶紧进去了。

洛抒坐上电梯离开。

设计师跟投资方一直到下午三点才从楼上下来。洛抒跟实习生们去外面买了些吃的回来，大老远就看到翻译部主管和佟姐他们跟在许多人身后。

洛抒还看到了江凡，正瞧着时被身后的同事拉了一下。

同事说："洛抒，那是投资方，不要过去啦。"

下一秒，洛抒竟在江凡的身边看到了孟颐，因为没想到孟颐也在，一时愣在原地。

到了晚上，设计师跟投资方依旧在会议室开会，现场的翻译人员不够，设计师那边直接点名让洛抒过去。洛抒也没想到设计师会直接点她，不明白他们为何不找老员工，虽然发现同事看自己的眼神越发不对，但也没办法解释，就算不太想去，也只能拿上东西去了会议室。

洛抒一进去就看到了坐在主位上的孟颐。

孟颐在翻着图纸、喝着咖啡，旁边还坐着其他领导及投资方。

主管见洛抒磨磨蹭蹭的，立马唤了句："洛抒，快过来啊。"

这句话成功地让孟颐朝门口看了过来。

洛抒低下头，抱着东西迅速地走了过去，坐在了设计师的旁边。

大家都在很认真地工作，会议室里除了工作交谈，没有多余的声音。洛抒不会意大利语，也不会德语，只能在一旁迅速地翻译着英语部分的工作。

好在洛抒跟投资方那边没有接触，只需要负责设计师翻译。漫长的会议终于在晚上十点结束，投资方和公司老总先行离开，一同离开的还有江凡他们。

江凡本想跟洛抒打招呼的，不过见她的主管在给她安排工作，便没有同她说话。

洛抒他们工作还没有结束，匆匆在酒店里吃完晚饭后，又被主管召集到房间里，认领各自的翻译工作，还要在明日之前完成。

老员工似乎习以为常，接了任务便自觉地拿回去处理。洛抒和两个实习生号唠了一会儿，还是老实地拿着资料去翻译。

洛抒忙了一晚上，现在又有大量的工作，拿着电脑回去后趴在床上，特别想睡，索性睡了大半个小时，之后又赶紧爬起来，强打起精神坐在电脑前工作，其间还跟许小结吐槽了几句。

洛抒一直到第二天早上才完成工作，打着哈欠一个人去楼下吃早餐，吃完早餐回来时，发现自己刚才下去时竟然没关门、没拿房卡，但因为太疲惫了，没有管那么多，进去趴在床上就开始昏睡。

很快到了十点，洛抒接到佟姐的通知去会议室开会，便抱着电脑飞快地过去了，到了现场才发现自己迟到了几分钟，还看到投资方也在会议室里。

江凡看洛抒一副没睡好的模样，就知道她昨晚肯定通宵加班了。

主管让他们把昨天翻译的东西全部打印出来并上交给设计师。洛抒在电脑上翻找资料，找了很多遍都没找到，确定自己昨天翻译的所有东西都不见了。

主管见洛抒一直坐着没动，便问道："你的东西呢？"

这时，洛抒身边同她一起实习的实习生抱着电脑起了身，去打印机那边打印资料。

主管急得很，深知今天这个场面不是闹着玩的，又问了洛抒一句："你的东西呢？你翻译的那部分很重要。"

江凡朝洛抒这边看着。

洛抒怎么也找不到资料，只好同主管说："我昨天翻译完的资料都保存了，可是今天早上不见了。"

投资方也朝这边看了过来。

主管着急地问道："怎么会不见？你保存了吗？"

洛抒确定地说："我保存了。"

刚才那个从洛抒身边走过去的实习生张晚美说："洛抒，我昨晚去你的房间敲门，想跟你借个东西。可是你好像在里面睡着了，也没来开门。"

洛抒闻言，震惊地看向张晚美。

在这么多领导面前出了这样的差错，主管很怕祸及自己，当即便质问洛抒道："你是不是没有翻译？"

洛抒解释说："我翻译了，可是今天早上去吃早餐回来，发现房间没关门，不知道是谁进了我的房间。"

主管说："你在胡说什么？你翻译资料跟别人进你房间有什么关系？你在找什么借口？我看你根本就没翻译！"

洛抒再次说道："我翻译了！"

主管非常生气，开始教训洛抒，说："你作为一个实习生，工作态度一直有问题。昨天我是怎么叮嘱你的？到今天你竟然什么都交不上来！现在拿着你的东西立马给我出去，不要耽误大家的时间！"

在主管训斥洛抒的时候，江凡开口问："钟主管，这里面是不是有什么误会？"

钟主管立马笑着对江凡说："江设计师，我们会处理好的，您不用担心。"

江凡说："按照我对洛抒的了解，她不会说谎。"

钟主管笑着说："洛抒是实习生，刚来公司不久。我们现在还没有这部分资料，实在不好意思。"

江凡还想说什么，却被钟主管打断。她见洛抒还在原地站着，又说了句："你现在赶紧出去，不要耽误时间。"

所有人都安静地看着洛抒。

洛抒却看到张晚美的眼睛里写满了幸灾乐祸，忽然端起桌上的水杯，朝张晚美泼了过去。

一瞬间，整个会议室哗然。

片刻后，张晚美才反应过来，迅速地从椅子上站起来，脸上湿漉漉的，委屈地看着洛抒。

钟主管尖叫道："洛抒，你在做什么？"

事情发生得太过突然，在场的所有人都脸色微变，纷纷看向主位的孟颐。

其中一位陈经理没想到钟主管处理事情的能力这么差，眼见事情越闹越大，立马对钟主管说："你把人带下去，这里暂时有这么多翻译够了。"

钟主管看着陈经理，似乎不明白他的意思。

陈经理加重语气，再次说道："立刻。"

钟主管看了大家一眼，什么都没说，带着洛抒跟张晚美立马就出去了。

会议室安静下来，公司老总的脸都是黑的，他对经理说："开始吧。"

钟主管把洛抒和张晚美带出来之后，自然对她们又是一顿训斥，主要还是训斥洛抒，认定是洛抒的错。

洛抒始终冷着脸，没再说话。

钟主管想，洛抒这样的人是不能留了。随后钟主管打发她们两个人离开。

洛抒看了张晚美一眼，懒得跟她废话，转身便离开。

张晚美站在原地，看着洛抒离去的背影冷笑。

中午，洛抒进入餐厅的洗手间，刚进隔间就听到外面进来几个人，听声音认出她们是自己公司的人。

"你们有没有瞧见洛抒勾引江设计师的模样？也不知道她用了什么手段，能让江设计对她如此帮衬。就她那点儿资历，那点儿三脚猫功夫，这里谁不比她强？可人家勾搭上江设计师就是厉害啊，都不需要什么实力，卖弄风骚就行了。"

接着是张晚美的声音："她自己没翻译，把事情扯到我身上，真是好笑！我最看不起这种人！她真是恶心透顶。"

洛抒直接将门用力推开。

在洗手间议论的人听到响声纷纷看了过去，看到对方是洛抒，脸上都写满了震惊。

洛抒看着张晚美，问："说够了吗？说得挺好听的，继续说啊。"

张晚美说："我们什么都没说。"

洛抒忽然伸手，一巴掌打在张晚美的脸上。

洗手间瞬间闹成一团，几个人厮打起来。

这件事情传到了钟主管那里。

她得知公司员工在餐厅打架，立马赶了过去。

这件事情也不知道怎么惊动了高层。江凡也从会议室赶过来，见到洛抒，迅速地走过去，将她从那堆人中拉了出来，喊了句："洛抒！"

张晚美被洛抒打得很惨。但洛抒也没好到哪里去，脸上和身上全是抓痕。

看到江凡来了，那些人立马安静下来，连围观的人都没敢说话。

洛抒对江凡说了句："我没事。"

江凡看着洛抒身上的伤痕，没有说话。

钟主管没想到事情会闹得这么大，赶紧在一旁对江凡说："江设计师，我也不知道她们怎么就打起来了。"

江凡看向钟主管，冷冷地说道："你是怎么当主管的？"

钟主管不敢说话。

江凡又看向张晚美和其他人，搂着洛抒说："走吧，我先带你去处理伤口。"随后带着洛抒离开。

江凡和洛抒的关系也就此传开。

孟颐和其余投资方下来后，正好看到江凡搂着洛抒从餐厅出来。

张经理见那边乱糟糟的，对孟颐说："孟总，那边出了点儿事情，但只是些小事。"

万信的老总对孟颐说："孟总，这边请。"

孟颐闻言收回视线。

洛抒被江凡带出来后，说："你还有其他事情，不用管我，快去忙吧。"

江凡看到她这副模样，心疼地说："可是……"

洛抒说："我真的没事。"

江凡见洛抒似乎想要独处，便说："那我晚上再来看你。"

洛抒说："嗯，你去吧。"

这时江凡的电话响了，他只能先送洛抒回房间，见她确实没什么异样才离开，然后回到孟颐他们这边。

等江凡坐下，孟颐便问了一句："人怎么样？"

江凡低声地说："跟同事发生了点儿冲突。"

孟颐没再多问。

晚上洛抒一个人待在房间，也没下楼去吃饭，抱着腿缩在沙发上，这段时间本来就心情不好，今天发生这样的事情，心情更加糟糕，望着窗外发呆。

房间也没开灯，四处黑漆漆的，这个时候外面传来门的刷卡声。

洛抒闻声看过去，见到进来的人是孟颐，就扭过头继续看向窗外。

孟颐关上门，看着地上乱七八糟的鞋子和乱扔的包，说："怎么，心情不好？听说你今天跟人打架了。输了还是赢了？"

"不用你管。"洛抒说。

孟颐把她的包从地上捡起来，放在玄关的鞋柜上，在离她不远的椅子上坐下，淡淡地说了句："自降身份。"

洛抒听到这句话看向他，说："对，我哥哥是投资方嘛，我不会跟人说我和你的关系，免得降低你的身份。"

孟颐可不是一个好脾气的人，听她这样说，脸色果然变得没那么平和了。

洛抒侧过脸不再看他。

两个人都没再说话，孟颐起身走到沙发旁，想去看她的脸，见洛抒躲着不让看，便捏住她的下巴，看到脸上的抓痕时，只吐出两个字："没用。"

洛抒本就心情不好，这会儿也忘记害怕了，伸手就打他："要你管？我就是没用！要你说我？"

洛抒手下很用力，她的指甲不小心划到他的脸。

孟颐忽然双手将她困在怀里，眼神冰冷，问："发什么疯？"

洛抒动不了了，害怕地看着他，也不说话，只是望着他默默地流着眼泪。

眼泪一滴一滴地滑落，顺着她的脸颊流到她的下巴上。她这几年胖了点儿，有点儿婴儿肥，看上去没以前那么瘦了。

孟颐看着她脸上的眼泪，没有说话。

洛抒转过脸，不想再看他。

孟颐却突然伸手轻抚她的后脑勺儿，将她的脸抱在怀里。

洛抒竟然也没有挣扎，继续在他的怀里哭着。

他看了她半晌，任由她哭着。

洛抒也不知道是头痛还是怎么回事，始终紧皱着眉头，却也难得温顺地让他抱着。

洛抒在沙发上跪坐着，孟颐在沙发旁站着，黑暗里谁都没说话。

孟颐突然很贪婪地希望这一刻永远停止，最好不要惊醒她，甚至骗自己，他对她只是哥哥对妹妹的疼爱。

可是最先惊醒的反而是他，因为就在这时，门外传来敲门声。

孟颐一瞬间被江凡的声音拉回现实，松开了怀中的人。

洛抒毫无察觉，只是安静地坐着，并没有觉得刚才那个拥抱有任何不妥。

孟颐却觉得好笑，甚至想不明白那一刻自己在想什么，听到敲门声就打开屋里的灯，开门后看到江凡站在外面。

江凡见开门的人是孟颐，有些吃惊地问道："你怎么在这儿？"

孟颐只面色冷淡地说："嗯。"

江凡继续问："洛抒呢？"

孟颐说："里面。"

江凡走进去看到洛抒坐在沙发上，便问孟颐："洛抒没事吧？"

孟颐在之前的椅子上坐下，点燃了一支烟，对江凡说："你问她。"

江凡确实没想到孟颐会在这儿，不过还是朝洛抒走过去，在沙发边坐下，安抚着洛抒。

江凡安慰了洛抒许久，之后和孟颐从洛抒的房间出来，对孟颐说："要不我对外宣称洛抒是我女朋友？你觉得怎么样？"

孟颐看着江凡，没有说话。

江凡继续说："我不想让不知情的人误会，毕竟他们说的话很难听，女孩子的自尊心比较强。"

孟颐似乎赞同他的意见，侧过脸看向前方，笑着说："你可以跟她商量。"

江凡忽然想到什么，问："你跟洛抒感情怎么样？"

孟颐说："还可以。"

江凡说："我也觉得你对洛抒挺好的。"

孟颐嘴角带笑地问："是吗？"

江凡说："至少你们是我见过的组合家庭里关系最好的。"

孟颐说："我不希望她走弯路，所以希望你给她最好的一切，不然……"停了片刻，又用带着几分玩笑的口吻说，"我不会放过你。"

洛抒第二天早上起来时心情已经好了很多，也觉得自己太过倔强。职场上谁管你这些小任性？虽然她们在洗手间里说的那些话很难听，张晚美的手段也很低级，这些都让她觉得愤怒，可那又怎样？毕竟没有证据。

洛抒已经做好被开除的准备，既然选择的第一家公司不行，那就再找第二家，也不认为孟颐会插手替她处理这件事情，索性放宽了心，任事情自由发展。

洛抒从房间出来去餐厅吃饭，吃完饭回来竟被翻译部的人叫去开会，有些没想到自己也会收到通知。

张晚美也在会议室坐着，看到洛抒时眼神竟然变得有些奇怪。

洛抒走过去，在张晚美的旁边坐下。

这时，钟主管竟然主动走到洛抒的面前，说："洛抒，昨天的事情对不起，公司的人都不知道误会你了。"

洛抒没想到钟主管竟然会向自己道歉，说："什么事？"

佟姐在一旁说道："你没看到公司群发的邮件吗？"

洛抒从昨天到今天就没看过手机邮箱，说："不知道啊。"说完才将手机拿出来查看邮箱，发现公司竟发了一则关于她跟江凡关系的公告。

佟姐说："原来你们是男女朋友关系啊，我们不知道，你们竟然很早就认识了。"

洛抒完全没想到公司会发这样一则公告，只好对佟姐说："没错，我们很早就认识了，只是没和大家说而已。"然后看向张晚美。

张晚美没说话。

江凡可是国内建筑界的翘楚，跟投资方还有公司老总都走得很近。大家只知道江凡的优秀，却不知道他的家庭背景，更没想到他竟然是洛抒的男朋友。

洛抒说："既然公司出面说清了这件事情，我也希望大家能停止议论，以免对公司造成不好的影响。大家竞争的手段也可以光明正大一点儿，我虽然很弱，可这并不代表我就失去了公平竞争的权利，对吧？"

钟主管赶紧笑着说："是是是，以后你们就不要再胡乱传这些事情了，否则公司可就不留情面了。不说这个了，我们开会吧。"

张晚美全程都没说话。

中午，洛抒被江凡喊去吃饭。

那些之前跟洛抒恶交的同事更加不敢说什么了，对洛抒的态度都开始发生转变。

洛抒也不想这么招摇，中午跟江凡吃过饭后，晚上还是一个人去酒店的餐厅吃饭。

洛抒觉得跟同事也没什么好深交的，毕竟自己也不是来职场交朋友的，依旧独来独往。

佟姐到她这桌同她一起用餐，说："不用在意别人想什么，反正大家都是这样过来的。"

佟姐对洛抒很不错，一直在工作上帮助她，有什么经验和方法也会教她。

洛抒心里很感谢佟姐，说："我知道。"

佟姐笑着说："这里的菜都还不错，你可以试试那个菠萝肉。"

两个人一边吃饭一边聊着，佟姐觉得洛抒还是挺讨喜的，虽然清楚她的实力确实比其他实习生弱，但也知道她向来都是很认真地完成各项本职工作，所以还比较喜欢她，见她孤零零地坐在这儿，难免想要宽慰她。

佟姐和洛抒吃完晚饭后一起从餐厅出来，刚走到酒店大厅，就碰到了投资方跟公司的老总，便都停下脚步。

佟姐小声对洛抒说："听说这次的投资方来头都很大。"

佟姐说完这句话，就见洛抒支支吾吾，没怎么说话，但也没多想，等那边的人走了，才过去搭乘电梯。

佟姐一直把洛抒送到房间门口，顺带又安慰了她几句，之后才离开。

洛抒很感谢地应答着，等佟姐走后就回了房。

佟姐有晨跑的习惯，第二天早上六点就起了，从电梯里出来，正准备往外走，忽然瞧见洛抒坐在酒店大厅的沙发上，还看到洛抒旁边坐的是这个项目最大的投资方的老总。

两个人坐得很近，洛抒一直低着头。男人靠在沙发上看着低头的她，一直在说着什么，接着伸手碰了两下她的脑袋。之后两个人从沙发上起身，一起去了餐厅。

佟姐有点儿好奇洛抒的身份，不过在职场上混了这么多年，深知有些话不能说，只当作没看见这一幕，很快就出去了。

洛抒睡醒后饿极了，就想早点儿下楼吃早餐，完全没想到会碰到孟颐，既然碰到了肯定要打招呼，而且看周围没有多少人，自然主动跑过去。

孟颐在沙发上同她说了几句话，便带着她去吃早餐了。

洛抒没想到孟颐会来跟她吃员工餐，只安静地吃着早餐，不时瞟他一眼。

孟颐似乎胃口不好，喝了几口汤，便看着她吃饭。

洛抒吃了几口，为了缓解尴尬，对孟颐说："哥哥，这里的松糕还不错。"

孟颐不喜欢吃甜食，说："太甜了。"

见洛抒又吃了好几块甜食，孟颐忍不住说："你是不是又胖了？还吃这么甜的东西？"

洛抒闻言停下动作，瞪了孟颐一眼，没好气地说："我没胖。"

孟颐只嗯了一声，没再回她。

洛抒以前偏瘦，只是现在回了B市每天吃得很好，所以慢慢胖了一些。听他这么说，洛抒赶紧看了一眼自己的手臂，觉得自己现在也不胖啊，但也不得不承认确实比以前胖了，便放下甜食只喝汤。

孟颐说："说你一句就不吃了？"

洛抒说："没胃口。"

孟颐竟然难得地笑了一声，说："现在挺好的，你爱吃就吃。"

洛抒却再也不吃了，当然也是因为这顿早餐吃得足够多，一直到八点才从餐厅离开。

洛抒每天早上都会开会，到了餐厅外面便停住脚步，跟孟颐说："哥哥，那我回去开会了。"

孟颐说："去吧。"

洛抒老老实实地去乘电梯，孟颐进了直达的专用电梯。

洛抒看时间还早，就先回房间休息了几分钟，之后才从房间出来准备去开会，在走廊里正好碰到佟姐，主动跟她打招呼："佟姐。"

佟姐笑着说："早啊。"

洛抒今天心情不错，同佟姐聊了几句，两个人便一起进了电梯。

会议室里，翻译部的人已经到齐了。洛抒又看见了张晚美，依旧同她没什么交流，本来也不打算跟她争什么的，但不知道为什么反而被她激起了竞争欲之后，每次开会洛抒都认真记录，尽量翻译到最好。

事实上，张晚美的实力比洛抒强，毕竟她的底子扎实。

大家工作了一上午，中午吃完饭有两个小时的休息时间，就去台球室打台球。

洛抒只会打高尔夫球，并不会打台球，但还是跟着去了，这会儿就坐在吧台处喝橙汁。

张晚美和其他同事也来了台球室，一看到洛抒便转去别处打台球。

洛抒一副无所谓的样子，依旧喝着橙汁。

佟姐过来问她："你不玩吗？"

洛抒说："我不会。"

佟姐笑着说："我教你？"

洛抒点头同意，然后起身跟着佟姐去学。

张晚美用不大不小却足以让众人听见的声音在后面说："不过是个靠男人的，有什么了不起？"

佟姐朝张晚美那边看过去，转而跟洛抒说："别理会，反正总是有话被别人说。"

洛抒认真地同佟姐学打台球，之后休息了一会儿，又回会议室工作。

晚上钟主管又给大家分配了任务。这次是关于建筑方面的难度比较高的专业内容，最主要的是把关键词表达准确，让设计师立刻明白意思。

佟姐跟洛抒说："你有不明白的地方可以问我。"

洛抒想到佟姐也很忙，知道她没有太多时间顾及自己，觉得还是不要给她惹麻烦了，便非常感激地对佟姐说了句："谢谢佟姐。"

佟姐笑了笑，拿着东西回自己的房间。

洛抒绝对不想输给张晚美，便拿着一堆资料打算去找江凡，又想到设计师现在是最忙的时候，但因为自己的基础不扎实，也确实无法很好地完成工作，就想找别人帮忙，思考片刻，忽然想到了孟颐，便给孟颐打了一通电话，在电话里说："哥哥，我有点儿事情找你帮忙。"

孟颐在电话里说："上来吧。"

之后洛抒便直接乘坐专用电梯到达孟颐的房间。

孟颐现在好像不忙，正坐在沙发上打电话，书桌上的电脑还开着。

洛抒没有打扰他，先把各种砖头一样的词典放在他的书桌上，然后在他的房间里转了一圈儿。

洛抒心想：果然同人不同命啊，她住的破地方只有一间房、一张床；而孟颐这里什么都有，让人非常羡慕。

孟颐打完电话后，终于看向洛抒，问道："什么事？"

洛抒说："哥哥，我有点儿问题想问问你。"

孟颐放下手机，端着咖啡杯，朝她走了过，看到她带过来的各种东西，说道："知道你跟别人的差距在哪儿了吧？"

他在说她不如别人。

见洛抒没有说话，孟颐放下杯子，对她说："坐。"

洛抒立马去拿了一把椅子过来。

孟颐在她的身边坐下，粗略地看了一下她今天要翻译的东西，问她遇到了什么问题。

洛抒怕他不耐烦，赶紧跟他说着。

孟颐今天很耐心、仔细地为她讲解着。

洛抒觉得学校里的老师都没他解释得清楚，又突然想到一个问题，便好奇地问道："哥哥，你跟江凡谁的外语比较厉害？"

孟颐挑了挑眉，说："你以为都像你一样傻？"

江凡毕业于剑桥大学，孟颐毕业于国内顶尖学府，外语在他们眼里太基础、平常了。

但洛抒觉得孟颐好像更厉害一点儿。

因为孟颐不是学建筑专业的，却什么都知道。

洛抒一直学习到晚上十二点，实在太困了，就趴在桌上睡了过去。

孟颐看了一眼睡着的她，之后打电话让秘书进来。

秘书进来时，没想到洛抒在房间，看向孟颐，唤了句："孟总。"

孟颐对她说："你把剩余的几页资料都翻译了。"

孟颐也头痛，最近都没休息好。

秘书立马点头，又看向在书桌上睡着的洛抒，犹豫了一下，不知道该不该过去。

孟颐也朝书桌那边看过去，对秘书说："你坐旁边，别吵醒她。"说完便去浴室洗澡，洗完澡出来，见洛抒还是没有醒的迹象。

秘书只敢轻轻地翻着纸张，甚至不敢太过大声地敲击键盘。

孟颐擦干头发后把毛巾丢在沙发上，朝洛抒走了过去，看了她一会儿，干脆弯腰将人从桌前整个打横抱起。

秘书吓了一跳，然后亲眼看着孟颐将洛抒抱去了隔壁客房。

中途洛抒的拖鞋还掉了一只，孟颐停下看了一眼，也没管，抱着人继续走，到房间后把熟睡的洛抒放在床上，替她盖好被子。

洛抒睡觉没什么安全感，喜欢缩成一团。

孟颐在床边看了她一会儿，才起身从客房出来。

秘书还在翻译资料，朝孟颐那边看了一眼，见他进了自己的房间，似乎准备休息，只能继续迅速地翻译着。

秘书心想：之前以为他们的感情不怎么样，没想到孟总还挺宠妹妹的。

第二天早上洛抒醒来，发现自己在一个陌生的房间里，立马从床上下来，推门冲到外面，才发现自己是在孟颐的房间，还看到酒店的工作人员已经在桌上摆好了早餐。她这才想起她昨天在这儿睡着了，突然间又想到她的工作，迅速冲到书桌前查看自己的电脑，看到所有东西都翻译完了才放下心来。

孟颐也起得很早，从房间里出来见洛抒坐着没动，就走到桌边倒了一杯牛奶，说："我没记错的话，翻译部早上应该有例会。"

洛抒有些没睡醒，还没明白他的意思。

孟颐继续说："你还有十分钟。"说完端着牛奶去一旁的吧台拿报纸。

洛抒才想起这件事情，立马慌慌张张地把桌上所有的资料整理起来，原本还想去吃早餐，但想到时间来不及了，在屋里像个无头苍蝇一样乱转着。

孟颐看了她一眼，继续悠闲地翻看报纸。

洛抒急急忙忙地洗漱，很快搞定后又在餐桌上随便抓了点儿吃的，本来想冲去电梯口，突然想到忘记带电脑和资料了，又迅速地折了回来，抱上东西，同孟颐说了句："哥哥，谢谢。"然后飞快地进了电梯。

孟颐看着洛抒的一系列举动，只想到了两个字——毛躁。

洛抒乘电梯到三楼，抱着东西进了会议室，好在没有迟到，赶紧找了个座位坐下。

钟主管看了她一眼，倒是没说什么，接着开始开会。

洛抒把昨天的东西都交了上去，张晚美也交了上去。

钟主管浏览了一眼洛抒的东西，很是意外地说："洛抒，你这次翻译的内容细致了很多。"

洛抒其实只翻译了前面那部分，昨天晚上太困了，直接睡着了，也不知道后面是谁弄的，这会儿听到钟主管的夸奖，着实有些意外。

张晚美知道平时洛抒的东西毛病最多，经常见她被钟主管挑错训斥，刚才听到钟主管的夸奖，便扭头看向洛抒，似乎不相信她会做得这么好。

因为这次的翻译任务比前几天的难，张晚美竟然问钟主管："钟主管，我可以看一下洛抒翻译的资料吗？"

钟主管便把洛抒翻译的东西递给张晚美。

洛抒站在一旁，看着张晚美。

张晚美看完后却说："这是江设计师翻译的吧？"

钟主管看向张晚美，说："你胡说什么呢？"

张晚美便没再说话，转身继续处理自己的事情。

钟主管又夸奖了洛抒几句，然后让她去忙。

佟姐也听到了钟主管对洛抒的夸奖，笑着对洛抒说："钟主管难得夸人。"

洛抒闻言也笑了笑。

中午吃完饭，江凡约洛抒一起转转，说："你今天交上来的东西进步了很多。"

因为洛抒他们翻译的东西是要给设计师看的，江凡自然看得到。

洛抒说："是吗？"

江凡夸赞道："嗯，很不错。"

洛抒笑了笑，没说话，突然又想到一件事情，说："对了，江凡，那件事情谢谢你。"

"什么事？"江凡听她说得很认真，问道。

洛抒说："就是公司邮件的事情。"

江凡说："为什么要说这些？难道我们现在不算这样的关系吗？"

洛抒看向江凡，皱着眉问："你说的是真的？"

江凡说："嗯，我不像很认真吗？"

洛抒有些没想到江凡会这样说，一时不知道该怎么回答。

江凡见洛抒神色认真，也正色道："我之所以这么做，第一肯定是出于对你的保护，第二也是希望我们之间的关系可以更进一步。"

洛抒之前以为江凡是为了帮她才暂时这样说的，这会儿听他这么认真地讲话，半晌没说话。

江凡见她没说话，便直接问："洛抒，你有什么顾虑吗？"

洛抒却摇头说："江凡，我觉得我们还是需要再接触，毕竟我们……"

江凡直接说道："你还放不下上一段恋情？"

洛抒没想到他竟然什么都知道，似乎不知道该怎么开口，低声地说："我觉得……"

江凡一直对洛抒很包容，见她似乎不知道怎么回答，便笑着说："没关系，我们可以慢慢来，我陪你一起放下。"

这句话彻底让洛抒不知道怎么回话了。

江凡下午去孟颐的房间商量图纸的事情。

孟颐看出江凡的心情不是太好，给江凡倒了一杯红酒，问道："怎么了？什么事让你不开心？"

江凡从孟颐的手上接过杯子，说："你妹妹啊。"

孟颐也给自己倒了一杯红酒，端起酒杯看向江凡，说道："说来听听。"

江凡同他举杯，苦笑着道："我今天和洛抒聊了那件事，能看得出她难忘旧爱。"

"她拒绝了？"孟颐问。

江凡想了想说："没有明确表示。"

孟颐饮了一口红酒，说："总是要给时间的，她至少对你不排斥。"

江凡也饮了一口酒，笑着说："你这是在安慰我吗？"

孟颐也笑着说："你还需要安慰？"

两个人相视一笑，再次碰杯。

孟颐看着窗外的景色，继续说："多点儿耐心。"

今天翻译部有个同事过生日，为了给同事庆生，大家晚上一起去了酒吧。

大家都喝了酒，洛抒也不想显得太矫情，既然来了自然也得喝，便喝了几杯酒，不过碍于酒量不好，喝了三杯就有些醉了。

佟姐见洛抒坐着发呆，便走过来问："你要不要喝点儿水？"

洛抒扭头看向佟姐，说："不用。"

之后寿星开始敬酒，不一会儿就敬到了洛抒这里。洛抒这时已经不太能喝了，不过还是给了寿星面子，将寿星敬的酒喝了下去。

因为明天还有工作，大家在酒吧待到十点便回去了。

洛抒被佟姐扶着上了车，安静地坐在佟姐的旁边。

车子到达酒店门口时，正好有辆黑色的轿车从洛抒他们的车旁经过，大家知道那是投资方的车，没敢太过喧哗。

下车后有个人丢了东西，大家便帮忙四处找着。佟姐正在找东西时，发现一直站在她身边的洛抒不见了，便四处寻找洛抒。

张晚美见佟姐四处张望，主动问道："佟姐，你在找谁呢？"

佟姐问："洛抒呢？"

张晚美说："你管她干吗？"

两个人正说着话，忽然发现酒店门口不远处的树下站了一个人，还看到之前从他们面前经过的那辆黑色轿车也停在那儿。

车上下来一个人，直接搂住喝醉酒的洛抒，把她带进了车里。

张晚美皱眉，想要过去看个清楚。

佟姐一把拉住她，说："你不想混了？"

张晚美问："她上了谁的车？那不是投资方的车吗？搂住她的人是谁？"

佟姐说："总之，她和投资方有很大的关系，你知道就行了。"

喝醉酒的洛抒被孟颐带上车后，在他的怀里待着，笑着喊道："哥哥？"

孟颐低眸看着她，问道："又在哪里喝的酒？"

洛抒伸手指着车外，说："就在外边啊，今天有同事过生日，我就喝了点儿酒。"洛抒接着搂着他的脖子，在孟颐的怀里继续对着他傻笑。

她刚才认出了他的车，所以才一路跟过来。

孟颐见她笑得傻乎乎的，突然觉得她有点儿可爱，拨开她乱糟糟的头发，安静地看着她的脸。

洛抒也呆呆地望着孟颐，看到他的嘴角露出一丝极其细微的笑，忽然抬头在孟颐的脸颊上亲了一下。

孟颐脸上的笑在她的这个动作下缓慢地消失，他怔怔地看着她，脸色变得严肃。

洛抒见他这样看着自己，有些害怕地抱紧了他，许久没有动作。

没一会儿，孟颐就听到她浅浅的呼吸声，便没再动她，只是用手搂着她。

到酒店房间后，洛抒挣脱孟颐的束缚，脱掉自己的鞋子，走了几步后，忽然开始高声喊着："哥哥，哥哥！"见孟颐站着不动，又冲了过来，继续喊道，"孟颐！"

她一边疯跑一边大喊，整个房间里都充斥着她的声音。

孟颐看着她发酒疯，过了一会儿，一把将她拽了过来，捂着她的嘴，说："安静点儿。"

洛抒平时喝醉没有意识，可能今天喝得不多，这会儿半醉半醒，闻言睁大眼睛害怕地看着他。

孟颐说："老实坐着。"

洛抒点点头，乖乖地在沙发上坐好。

孟颐去给她倒水，刚一转身就听到身后传来她跑动的声音，还没把水递给她，就见她攀着他的手抢过杯子大口喝水。

孟颐搂着醉醺醺的洛抒去沙发那边，让她老实地坐着。

洛抒听话地安静地坐着。

孟颐想着让她先醒会儿酒，就在离她不远的地方坐下，点燃一支烟，静静地看着她。

洛抒刚坐下没一会儿，忽然赤着脚从沙发上下来，整个人朝孟颐扑了过来，一下坐在了他的腿上，认真地喊道："哥哥！"

孟颐拿烟的手立马绕开她，他看着她，问道："你想干什么？"

洛抒说："我胖不胖？"

孟颐看她似乎很在意的样子，挑了挑眉，说："不胖。"

"真的？"

孟颐说："嗯。"

"既然我不胖，为什么他还会喜欢上别人？我算什么？"她突然问出这句话，表情带着悲伤。

孟颐怔怔地看了她许久。

不一会儿，她又抬了抬腿，说："蚊子咬我。"

孟颐朝她的腿上看去，根本没看见蚊子，而是刚才不小心把烟灰掉在了她的腿上，便直接掐灭了烟，捏着她的腿查看。

好在烟灰不烫，只在她的腿上留下一点儿灰色的痕迹。

孟颐笑了，捏着她的脸说："现在还有没有蚊子咬？"

她笑着摇摇头。

孟颐平时很少开心地笑，这次是真的被她逗笑了，懒懒地靠在椅子上，看着坐在自己腿上的她，说："唱首歌听听。"

她真唱了，但唱得特别难听。

孟颐的眉眼间荡漾着笑意，他笑着给出评价："嗯，唱得不错。"

"那我给你唱首《小邋遢》怎么样？"

孟颐忍着笑，说："好，唱一个。"

洛抒抬着头，放声高歌："小邋遢，真呀真邋遢，邋遢大王就是他……"

孟颐笑得停不下来。

洛抒始终趴在他的怀里，头发披散在后背，还有一些发丝缠绕着孟颐的脖颈。

第二天早上，洛抒醒来感觉头痛欲裂，用被子蒙住头，在床上滚了一圈儿，忽然又想起什么，悄悄地从被子里伸出一只手，拿过手机看时间，见时间还早，再次安心地趴在床上。

洛抒现在全身酸痛，知道自己昨晚喝多了，但不知道喝醉后做了些什么，现在只觉得以后不能再沾酒了，每沾必醉，怕喝酒误事。

洛抒有些睡不着了，就从床上爬了起来，昏昏沉沉地去洗手间洗漱，洗漱完出来又在床上趴了一会儿，到七点的时候准备下楼吃早餐，刚一出房门就碰见出来晨跑的佟姐。

她有气无力地同佟姐打着招呼，一开口却发现自己的喉咙哑了。

她昨天到底什么情况？难道是昨晚在酒吧玩得太过了？

她咳嗽了两声，清了下嗓子，再次跟佟姐打招呼。

佟姐问："你感冒了？"

洛抒说："没什么，就是喉咙有点儿疼。"

佟姐说："多喝点儿水。"

洛抒跟佟姐一起进了电梯，因为觉得头痛，一直在揉着脑袋。

到了楼下时，佟姐跟她说："我去跑步了。"

洛抒说："好的，佟姐。"

洛抒打算去餐厅吃早餐，听到手机响了，拿出来一看，是江凡打来的电话，赶紧放在耳边接听，片刻后挂断电话去了餐厅。

没多久，江凡也到了。

洛抒问江凡："你今天怎么这么早？"

江凡一整晚都在工作，到了早上也毫无睡意，索性下来跟洛抒一起吃早餐。

这时张晚美也下来吃早餐了，看到洛抒跟江凡亲密的模样，突然想起昨天晚上看到的一切。

昨天晚上洛抒被一个男人搂上了车，今天早上却可以神色如常地跟江凡吃着早餐。

洛抒也看到了张晚美，可是没跟她打招呼，装作没看见。

张晚美去了别处用餐。

吃完早餐，江凡送洛抒回去开会，然后继续忙手头的事情。

到了晚上，洛抒依旧一个人去楼下的餐厅用餐，张晚美则跟其他同事边吃边聊。

洛抒吃完饭就先走了。

洛抒走了没多久，张晚美她们也吃完了，便从餐厅离开，走到酒店大堂时却看见洛抒站在专用电梯前。

电梯从负一层上来，到了一楼停住。因为视线被遮挡，张晚美她们只看到电梯里的男人的一片衣角。

洛抒走进电梯，对身边的人喊了句："哥哥。"

张晚美可以确定电梯里面的人不是江凡，看到这一幕立马冲了过去。

其余几个人想要拉住张晚美，却没来得及。

张晚美直接冲到了那扇即将关闭的电梯门前，将电梯门挡开。

即将关住的电梯门再次打开。

洛抒朝外看去，正好看到张晚美站在电梯门外。

张晚美盯着洛抒，然后看向孟颐。

孟颐身边的秘书问张晚美："请问有事吗？"

张晚美去过那次会议，看到孟颐后，突然记起这个人就是这个项目最大的投资方的老总，马上想到佟姐的话，整个人陷入巨大的愕然中。

这时，洛抒仰头对身边的男人说道："哥哥，这个人是我的同事。"

孟颐点点头，让秘书去处理这件事情。

电梯门再次关上，然后徐徐地往上升。

张晚美还没有回过神来，看着秘书，结结巴巴地说道："您……您好。"

秘书笑着问张晚美："有事？"

张晚美有些说不出话来。

秘书又说道："你是想问洛抒小姐吗？刚才你都看到了，应该也清楚地知道他们是什么关系。还请你不要说出去，当作不知道就好了，我们并不想影响洛抒小姐在这里的工作。"

张晚美过了好半晌才点点头。

秘书看着张晚美，继续说："还有，我们这边也不想过多地干涉你们公司的人事变动，但是希望你明白，我们在这件事情上绝对有话语权。"

张晚美脸色苍白，再次点了点头。

秘书说完便转身离开了。

那些一直站在远处没敢过来的同事见秘书走了才纷纷赶过来，问张晚美是怎么回事。

张晚美看着她们，半晌都没回过神来，过了许久才艰难地发出声音："没……没什么。"又解释道，"洛抒在上面有工作。"

同事们被张晚美刚才的举动吓死了，一个同事说："你不要随便闯啊，这个项目的投资方很重要，连咱们公司的老总都要小心伺候。"

张晚美咬着唇，低着头没再说话。

投资方在这边待了一个星期才离开。

他们走后，所有人都松了一口气。

洛抒知道孟颐在这边不会久待，在孟颐走的那天特意跟他一起吃饭。

饭桌上，她坐在江凡的身边，孟颐坐在另一边一直跟人聊天儿。洛抒对这种场合早就习以为常，全程只安静地吃饭。

这顿饭接近尾声时，洛抒随着江凡他们起身离开，进了电梯依然站在江凡的身边。

江凡站在孟颐的身侧，说："洛抒还要跟我在这儿待半个月，我会好好照顾她的。"

孟颐对江凡说："那就拜托了。"

江凡说："这是我应该做的。"

孟颐笑着说："那我就不用担心什么了。"说完看了洛抒一眼。

因为江凡也在场，洛抒无论如何都要假客气一下，贴心地对孟颐说了句："哥哥，路上注意安全。"

"别给江凡惹麻烦。"他如此叮嘱了一句。

电梯门正好开了，洛抒跟在孟颐的身后出电梯，准备送他上车。

孟颐上车之前再次看向洛抒。

洛抒自然得在江凡的面前表现出兄妹感情很好的样子，又说了句："哥哥，再见。"

孟颐嗯了一声，对江凡说："有什么事打电话。"

江凡说："好，再联系。"

孟颐上了车，打开车窗，却没再看洛抒，而是盯着前方。

孟颐上车后，司机便驾驶着车子离开。

江凡见洛抒一直盯着已经离去的车，问道："是不是很舍不得？"

洛抒开心极了，心想头顶的阎王爷终于走了，但自然不能当着江凡的面暴露内心的真实想法，只好表现出一脸不舍，说道："有一些，但半个月以后我就能回家了，而且可以跟他电话联系。"

江凡说："不只是可以电话联系，如果你真的想家，可以买一张机票提前回去。"

洛抒被他逗笑了。

孟颐走后，洛抒晚上独自在房间里待着时，又觉得有点儿不适应，不过很快就趴在床上睡着了，把失落感抛在脑后。

孟颐下午到家，晚上收到周兰送过来的一份资料，坐在书房里打开资料看了许久，嘴角浮现一丝冷笑，然后将那份资料丢在了桌上。

周兰说："这是最新查出来的。"

第二天一早，孟承丙给洛抒打了一通电话，说最近有一段时间没跟她联系，想问问她的近况。

洛抒很开心，在电话里同孟承丙说："爸爸，我在这里一切都好！"

孟承丙生怕她还不适应工作环境，如今听她的声音朝气蓬勃的，便说："那就好，你一切都好，爸爸就放心了。"又问洛抒，"你跟江凡怎么样？"

洛抒知道孟承丙真的很关心她，也不想让他操心，只说："我们也挺好的。"

孟承丙听洛抒如此说，自然笑得合不拢嘴，继续说道："如果你觉得累就回家来，这项目是咱家的投资。"

洛抒却说："爸爸，正因为是咱们家的投资，我才应该更用心。"

孟承丙听到这话，觉得既舒服又暖心，笑着说："你哥哥把控着全局，你就算不尽心也没什么影响，爸爸不希望你太累。"

洛抒说："不会的，您放心吧。"

洛抒跟孟承丙愉快地聊了很久才挂断电话，之后继续手边的工作。

因为设计师的工作量很大，洛抒自然也无法闲下来，不仅要跟着他们跑工地，还要跟着他们整夜整夜地开会。

洛抒刚上班没多久，有些没料到工作强度会这么大。反倒是江凡习以为常，早已把熬夜当作家常便饭，每当看到洛抒有些扛不住时，就会给洛抒开特例，让她去休息一会儿。洛抒反倒有些不好意思，坚持陪着大家工作到最后。

虽然工作强度大，但随着时间一天一天过去，洛抒逐渐适应了，又因为每天跟外国设计师面对面交流，不管是口语还是笔译水平都提升了很多，和江凡的关系似乎也亲密了很多。

两个人只要有时间就会一起吃饭，还会一起看电影，洛抒逐渐和江凡无话不谈，跟孟颐反倒没有多少联系，偶尔可以听到江凡跟孟颐通电话，他们的谈话内容大多跟工作相关。

时间过得很快，设计师这边的工作接近收尾。不过洛抒他们并没有在原定的日子回去，在这边待了快一个月才算彻底结束工作。

晚上飞机降落在 B 市，江凡把洛抒送到她和许小结一起租的房子里。

从电梯里出来，洛抒想着江凡肯定也很累，就想让他早些回去，没想到却突然撞入江凡的怀抱。

洛抒吓了一跳，身体有些僵硬地被江凡抱在怀里，但也没有拒绝。

片刻后，江凡松开洛抒，对她说了句："快进去休息吧，明天我送你回家。"

洛抒笑着跟江凡说了再见，然后拿着东西进屋。

许小结看到洛抒回来，瞬间就跳了起来，逼问她："还说不是男朋友？这不是男朋友是什么？快说，你们到什么程度了？"

洛抒没想到许小结竟然偷看，说："你少来了。"然后立马转移话题，去包里拿东西扔给她，说，"这是给你带的礼物！"

果然，许小结一看到礼物，注意力马上就被转移了，迅速地拆开礼物，是精美的马克杯，顿时爱不释手，抱着洛抒就是一顿乱亲。

洛抒累死了，懒得跟她腻歪，把礼物给她就去洗澡睡觉了。

第二天一早，江凡在楼下等洛抒。洛抒也早早地下了楼，上了车。

等洛抒坐上车后，江凡握住了洛抒的手，然后笑着看她。

洛抒知道他是什么意思，也没说话，任由他握着手。

之后江凡一路开车送洛抒回家，到了孟家院子，带着洛抒下车。

洛抒刚进家门就喊道："爸爸！"

孟承丙自然知道洛抒是和江凡一起回来的，听到洛抒的声音，迅速出来，先给了她一个拥抱，然后看向江凡，同江凡打了招呼，邀请他进屋。

洛禾阳也出来了，知道洛抒正在跟江凡相处，见到江凡也热情地招呼着。

江凡现在完全是以洛抒男朋友的身份上的门。孟承丙别提多高兴了，虽然一向不怎么爱喝酒，但中午特意跟江凡喝了几杯。

江凡也有些酒量，陪着孟承丙喝了个尽兴，一直待到晚上，临走前同洛抒说："明天中午我带你去个还不错的餐厅。"

洛抒想了一会儿，便答应了。

江凡笑着又同洛抒说了一会儿话，之后才离开。

等他离开后，洛抒便进了屋。

洛抒第二天和江凡在外面的餐厅里吃午饭，竟然见到好几个记者。

记者将江凡和洛抒堵在餐厅的门口，询问他们是否在交往。

洛抒只上过一回镜，还是在道羽出事的那个酒吧里，完全没想到今天会和江凡以这样的方式被记者围堵。

当然，记者这样做也实属正常。江凡可不是普通人，是建筑界的翘楚，又跟洛抒走这么近，难免让外界怀疑他和洛抒是商业联姻。所以，两个人交往的事情一流传出来，他们自然被记者盯上。

这顿饭最后没有吃成，江凡带着洛抒上车，迅速地离开现场。

可是就算两个人离开得很快，第二天早上，关于两个人的消息依旧传得满城风雨。

洛抒没想到自己有一天会出现在公众视野中，而且是和江凡拉着手被印在报纸上，但又庆幸没有被记者拍到脸。

因为孟家和江家在 B 市都是有头有脸的家族，记者最爱写这种八卦消息了。

孟承丙自然也知道这件事情，似乎还挺高兴的，并未阻止。

洛抒和江凡在交往的事情好像变成了板上钉钉的事实。

洛抒不敢出门，好在那几天在休假，不用担心上班的事，索性一直在家待着，每天早上醒来第一件事就是看日历，想着律师厉害不厉害，每一天每一刻都在盼着道羽出来，甚至想偷偷儿跑去 G 市，但还是拼命压下这个念头。

洛抒因为出不了门，就被家里的保姆打发去孟颐的书房送咖啡。这天端着咖啡进去时，她的衣服不小心将桌上的一沓文件带了下来，洛抒看地上到处都是文件，就放下咖啡杯，蹲下身去收拾，整理好资料将其放到书桌上时，突然看到一份文件，犹豫了两秒，将那份东西打开，里面是洛禾阳每一次产检的资料，翻到最后一页时，不禁吓得双手发抖，惊出一身冷汗。

这时，外面传来脚步声。

洛抒手忙脚乱地把文件收好，刚站起身就看到孟颐出现在门口。

洛抒望着门口的人，喊了声："哥哥……"

孟颐走了过来，很平淡地问道："怎么跑来书房了？"

洛抒颤抖着手，说："我过来给你送咖啡。"

洛抒看到孟颐的目光投向桌上被碰乱的文件，手心里吓出一层冷汗，本想说些什么，却说不出一个字。

孟颐见洛抒没再说话，便说："出去吧。"

洛抒站在原地愣了一会儿，然后转身出去。

洛抒出了书房便去找洛禾阳了，焦急地同她说："妈妈，孟颐知道你假怀孕的事情了！"一边说一边抓紧洛禾阳的手，激动地说，"你快把这个所谓的孩子解决掉！"

洛禾阳听到这个消息，脸色微变，不过转瞬又恢复正常，好像一点儿也不怕孟颐知道这件事情，笑着说："他知道又能拿我怎么样？"

洛抒没想到洛禾阳现在对这个孩子还不做处理，不明白她到底想干吗，也不知道她还能瞒多久。

洛禾阳说："你别管，这'孩子'我自有用处。"

洛抒不知道这个孩子的作用到底在哪儿。

洛禾阳却像是拿到了什么护身法器，甚至还有些得意扬扬。

可之后两天发生的事情，就让洛禾阳彻底笑不出来了。

孟氏在短时间内开启了两轮融资，但孟承丙都没有参与，孟颐直接将孟承丙手上百分之三十的股份稀释掉一半。

孟承丙的股份虽然被稀释掉一半，可孟颐大量增持自己手中的股份，孟氏集团的控制权依旧在孟家的手上。所以，没有人会恶意去揣测什么。不过，孟氏的控制权几乎都落在了孟颐的手上，孟承丙算是被自己的儿子直接夺了权和位。

这件事情让洛禾阳在孟承丙面前彻底撕破了面具。

洛禾阳拿着报纸跑到孟承丙的面前，暴跳如雷地说："孟颐到底想做什么？你知道这件事情吗？"

孟承丙似乎知道这件事情，对洛禾阳说："禾阳，你不要着急，这只是正常的股份变动而已。"

孟承丙知道孟颐在稀释他的股份，可是并未多想，毕竟孟颐是他儿子，自然不会认为自己的儿子会对付自己。

洛禾阳见孟承丙竟然一点儿反应也没有，生气地说："他在削弱你在孟氏的权力，在削弱你在孟氏的控制权！孟承丙，你现在怎么比我还糊涂？这就是你养出来的儿子！"

孟承丙见洛禾阳如此激动，立马起身说："禾阳，你想多了，这真的只是平常的股权变动。"

洛禾阳哭着抓着孟承丙说："他是冲着谁来的，你不知道吗？他是冲着我和肚子里的孩子来的！他从来就没承认过我和你的关系，知道你会把你手上的股份转给我，转给我们的孩子，所以才这么做，你到底知不知道？"

洛禾阳一边哭一边崩溃地喊道："难道这么多年我在这个家做得不好吗？你还要我怎么做，还要我怎么做？他为什么要这样对我，要这样对自己的弟弟？"

孟颐做的这件事情很难不让人这样想。

其实孟承丙这段时间一直都在筹划把手上的股份转给洛禾阳跟她肚子里的孩子，没想到孟颐会先下手，虽然不想恶意揣测自己的儿子，但还是被洛禾阳的一番话惊醒了。

孟承丙生怕洛禾阳太过激动，安抚她说："你不要着急。我去问问孟颐这是怎么回事，一定会把我的股份给你和孩子。"

洛禾阳说："我不是要你的股份，只是接受不了你的亲生儿子拿刀对着你这件事！"

洛禾阳的话让孟承丙的脸色彻底凝重起来。

孟颐这一次确实是拿刀对着孟承丙。

孟承丙很快去了书房，给孟颐打电话。

科灵接听了电话，唤了句："爸爸。"

孟承丙第一次没有语气带笑，而是万分严肃地说："科灵，孟颐呢？"

科灵说："爸爸，孟颐不在。"

"他不在是什么意思？"孟承丙怒火中烧地说道。

科灵感受到了孟承丙的怒气，说："爸爸，是不是出什么事了？"

孟承丙不相信科灵会不知道这件事情，说："股份的事情到底是怎么回事？"

科灵立马笑着说："爸爸，你别误会，孟颐这样做没有恶意，公司增发股份只是因为股市变动。"

孟承丙厉声道："你少来糊弄我！你当我现在老了，什么都不懂了吗？"

科灵很少见孟承丙如此生气，依旧平静地说："爸爸，孟颐是您的儿子，您觉得他会对您动手吗？"

孟承丙说："科灵，你别当我糊涂！他算计的是什么，我会不知道吗？禾阳是我妻子！你让他对禾阳客气点儿！不要做得太难看了！她现在有我的孩子，给她这一切都是应该的！"

科灵解释道："爸爸，孟颐真的没有这个意思，也一向很尊重洛姨，不知道您怎么会如此认为。如果这件事情是洛姨误会了什么，我们会亲自跟她解释。"

"你少来！你现在让孟颐立马来见我！我要听他说！"孟承丙说完，怒气冲冲地挂断了电话。

孟承丙从书房下来时，见洛禾阳还在大厅伤心地哭着，想到心爱之人怀着孩子还受如此重的心伤，感到十分愧疚，立马冲过去，同洛抒一起搂着洛禾阳，说："禾阳，你放心，这件事情我一定会给你个公道！我马上就把剩下的股份转给你和孩子，不会让你们在这个家受委屈的。"

　　洛抒看着孟承丙，眼神里充满震惊。

　　洛禾阳却哭着摇头，说："我根本就不需要这些东西，你看我什么时候逼着你要过这些东西？我们在一起这么多年了，我要是真谋你孟承丙的财产，还用等到现在吗？可是我没想到孟颐是这样看我的，他一直在防着我！"

　　洛禾阳似乎伤心万分，哭到上气不接下气，脸色惨白，捂着胸口喘不过气来。

　　孟承丙见状更加着急，对洛禾阳说："禾阳，你不要急，伤到孩子了怎么办？我们先让医生过来，你稳定下情绪好不好？"

　　孟承丙怕洛禾阳的情绪会越发激动，立马又对洛抒说："洛抒，你安慰一下你妈妈，我给医生打个电话。"说完就去一旁给医生打电话。

　　洛禾阳紧抓着洛抒的手。

　　洛抒陪着洛禾阳，不知道为什么，感觉洛禾阳那双手几乎要掐进她的肉里。

　　孟承丙打完电话没多久，医生就到了。

　　洛禾阳被扶进房间接受医生的检查，情绪也渐渐平复下来，虽然还在流泪，但没刚才那么歇斯底里了。

　　医生同孟承丙说："孟太太的情绪不能太过激动，毕竟她是高龄孕妇，又一直在保胎，太过伤心是会伤身体的。"

　　孟承丙谨记医生的话，然后把医生送到门口。

　　就在这时，科灵过来了。

　　孟承丙在门口看到科灵，冷着脸皱着眉，问："你怎么来了？孟颐呢？"

　　科灵说："爸爸，孟颐现在有事抽不开身。"

　　孟承丙说："你别跟我说这些！让他立刻来见我！"

　　洛抒和洛禾阳在房间里，可以听到孟承丙在外面和科灵说的话。

　　洛禾阳脸上的伤心此时已经消失得无影无踪，她甚至还在微笑，觉得百分之十五的孟氏股份足够了。

　　洛抒看着洛禾阳的神色，说："妈妈，这样对爸爸是不是不太……"

　　洛禾阳看向洛抒，问："怎么，你还真把他当你亲爸了？"

　　洛禾阳在说这句话时，脸上甚至还带着点儿嘲讽，完全没有刚才深情的模样。

　　洛抒被洛禾阳问得无话可说。

洛禾阳怎会不知道洛抒的不忍？

她继续说："你真是越大越糊涂了，小时候还知道逢场作戏，现在反而把戏当真了，真以为他拿你当亲生女儿？"

洛抒知道孟承丙对她们母女一直都是真心的，又说："可是他对我们……"

洛禾阳却冷笑一声，打断了洛抒的话，洛抒见状也不再说话。

孟承丙回到房间时见洛禾阳还在哭，心里充满了愧疚。

不知道为什么，洛抒有些看不下去，悄悄起身离开了房间，给江凡打了一通电话，让江凡来接她。

洛抒刚打完电话，就见孟承丙也出来了。

孟承丙连带着对洛抒都有几分愧疚，走到洛抒的身边，心疼地说："洛抒，这些年我让你跟妈妈受委屈了。"

洛抒没想到他会跟自己说这样的话，想说什么，却又不知道如何开口。

孟承丙继续说："你不要怪哥哥，他只是……"

洛抒见孟承丙说到一半又停下，说："爸爸，我知道你也很为难，但是你对我们真的很好很好。"

孟承丙只当洛抒在安慰他，有些欣慰地笑着说："还是洛抒最乖了，懂得爸爸的苦心。"

洛抒说："您真的做得很好。"

都说女儿是贴心小棉袄，孟承丙觉得这句话很贴切，笑着说："嗯，只要洛抒觉得爸爸好，那就是好的。"

洛抒深知孟承丙这些年对她们母女很好，此刻听他这样说，觉得心里像被塞了一团棉花一般，堵堵的。

这时，江凡的车到了。

孟承丙见江凡来了，问洛抒："你要出去吗？"

洛抒说："爸爸，我明天要上班了，可能没办法在家里陪您跟妈妈了。"

洛抒只是不想待在家里，心里知道这一切远没有结束，实在无法面对孟承丙。

孟承丙想着洛抒现在去上班也好，看她跟江凡的关系很好，总算是放心很多，对洛抒说："好，你去吧，在外面有什么需要就给爸爸打电话。"

孟承丙依旧当洛抒是个需要被照顾的小孩子。

洛抒点点头，同孟承丙说了再见，然后朝外头走去。

孟承丙看着洛抒离开的背影，欣慰地想着自家的小女孩儿终于长大了。

洛抒上车后，江凡看出洛抒的心情不是很好，关心地问道："怎么了？"

洛抒说："我没事，就是心情有点儿糟糕。"

江凡说："能跟我说说吗？也许我能开导开导你。"

洛抒说："你带我去吃饭吧。"

很多人认为孟氏只是正常的股权变动，但江凡知道孟家一定是发生了什么事，也明白孟颐这是在对孟承丙下手。但江凡毕竟是个外人，不好插手孟家的事情。见洛抒此刻不想说，他便带着洛抒去外面散心。

不过洛抒最终还是问了江凡："哥哥和爸爸的关系，会不会……"

江凡今天接到洛抒让他去接她的电话，就知道她会提起这件事，说："你是说他们两个人的关系？"

洛抒点点头。

江凡说："我也猜不透你哥哥是个怎样的人，但从生意场的角度来说这件事情，他确实是在制衡孟叔叔。"

江凡很清楚孟家现在的情况，也知道洛抒的母亲怀有身孕，但猜不透孟颐防的是这个未出世的孩子还是别的。

江凡停了片刻，继续说："你想那么多没什么用，也插手不了这些事情。"

这也是江凡讨厌生意场的原因。商场无情，父子之间刀剑相向的例子简直不要太多。孟颐和孟承丙之间的事情并不是个例。

洛抒点头说："我知道。"

江凡转换话题，问道："你想吃什么？"

洛抒其实就是为了和江凡聊聊，便说："我都可以。"

因为前段时间两个人被记者围堵，洛抒现在想起还心有余悸。江凡就带她去了一家私密性极好的餐厅，吃饭时见洛抒吃得不多，想来她的心情不是很好，就在吃完晚饭后又陪着她逛了一圈儿。

洛抒没什么心情逛下去，便对江凡说："你送我回家吧。"

"孟家吗？"江凡问。

洛抒说："不，我租的地方。"

洛抒没在的这几日，许小结也回家住了，所以今天不在。

江凡送洛抒到楼下，在她下车前握住她的手，温柔地说："洛抒，你不要多想，只当这件事情和你无关。"

洛抒很感谢江凡愿意在这个时候陪在她身边，感动地说："我知道，谢谢你，江凡。"

江凡笑了笑。

洛抒同他说了再见，便从车里出来上了楼。

江凡一直等她上了楼才离开。

洛抒从电梯里出来，拿着钥匙正要去开门时，忽然感觉身后有人在靠近自己，顿时身体紧绷，一脸防备地回头，却被人搂进怀里，还被捂住嘴巴，睁大眼睛抬头看去，发现对方竟然是孟颐。

孟颐冷冷地看向她："很意外？"

洛抒没想到他会来这里，确实感觉很意外。

孟颐同她说："开门。"然后他松开了她。

洛抒害怕地看着他，不过还是按照他的话，拿出钥匙开门，却控制不住地有些手抖，钥匙转了几下都没打开门。

孟颐一直站在她的身后安静地看着。他的影子压在洛抒的身上，让洛抒觉得有千斤重。

片刻后，洛抒终于打开了门。

孟颐直接走了进去，问道："你同事呢？"

洛抒还在门口站着，见他进去了也跟着进去，把门关上后，才回了句："回家了。"

屋里都是符合女孩子审美的陈设，粉色的沙发，白色的地毯。孟颐在沙发上坐下。

洛抒问道："哥哥，你喝水吗？"

孟颐靠在粉色的沙发上，看样子似乎很累，淡淡地说："嗯。"

洛抒给他倒了一杯水。

孟颐对她说："你忙你的。"

洛抒不知道他来这里干什么，可是为了让自己显得自然些，只能点点头去了卧室。

她平时回家会看会儿电视再洗澡，可今天显然不可能看电视了，晚上也没什么事情可做，只能拿着衣服去洗澡，洗完澡出来，见孟颐还在沙发上坐着。

他用手揉着脑袋，似乎有些头痛，察觉洛抒的目光后，便也看向她。

洛抒立马转身去了房间，坐在梳妆镜前擦头发。

她没有关门，孟颐可以看到她的动作。

洛抒心不在焉地擦着头发，根本没发现孟颐在注视她，擦干头发后，从梳妆镜前起身。

孟颐看到她起身，迅速地移开目光，看向窗外。

洛抒站在卧室里看着他。

孟颐说："我看会儿电视。"

洛抒便打开电视，调了一个综艺节目出来，屋里终于有了声音。

洛抒又问："哥哥，你要吃水果吗？"

孟颐点了点头。

洛抒便去厨房给他洗水果。

孟颐看到橘黄色的灯光照射在她的身上，只觉得头更疼了，便闭上眼睛。

洛抒洗完水果出来，见孟颐闭着眼睛，喊了几声"哥哥"，没听到他答应，就以为他睡着了，便端着一碗葡萄坐在沙发上边吃边看电视。

这时，孟颐忽然伸手，将旁边的人一把扯进怀里。

洛抒的手上还紧抱着葡萄，她全身僵硬地看向他。

孟颐依旧斜靠在沙发上，也没管她手上抱着的葡萄，将脸埋进她的头发里，闻到了她的发香和沐浴露的味道。

洛抒没有挣扎，静静地被他抱着。

过了一会儿，孟颐突然问道："你用的沐浴露是什么味道？"

洛抒随便买的沐浴露，还真不知道是什么味道。

还没等洛抒回答，孟颐又说了句："挺好闻的，治头痛。"

洛抒问："哥哥，你头痛吗？"

他轻轻地嗯了一声，然后抬起头，双手抚摸着她柔顺的头发，目光忽然变得很温柔。

洛抒趴在他的胸口上，并没看到孟颐的眼神。

他把手放在她松软的发丝里，把玩了她的发丝好一会儿，又问道："用的什么洗发水？"

洛抒觉得他今天问的问题都很奇怪，说："也是随便买的。"

孟颐的手从她的发间滑落至她的脸庞上，他捏着她的下巴，将她的头抬起，专注地盯着她的脸看了很久，过了一会儿才松开她。

洛抒得到自由后，迅速地坐了起来，整理好被他摸乱的头发，继续吃着葡萄、看着电视。

孟颐躺在沙发上，目光依旧锁定洛抒。

他想：这样就够了，就这样看着她，看着她在自己身边，永远不让她离开自己的视线。

孟颐在沙发上躺了很久，像是在看电视，又像是没看电视，好像这样只是为了打发时间。

两个小时后，他从沙发上起身，对她说："把门关好。"然后他离开了。

孟颐进入电梯时，许小结正好从另一部电梯里出来，觉得这个气质绝佳的男人有些眼熟，正要仔细去看，电梯门关上了。

洛抒没有送他，还坐在那里，整个人却随着孟颐的离开而放松下来。

她本以为他会因为洛禾阳迁怒于她，没想到他今天还挺平和的。过了一会儿，她从沙发上起身朝门口走去，想透过猫眼往外看看孟颐，但看到了突然回来的许小结，顿时吓了一跳，迅速地拉开门。

许小结没想到洛抒和她的心灵感应这么强，不过现在有更重要的事情同洛抒说，激动地紧抓着洛抒的双肩，说道："刚才我在门口碰到个极品美男！他好像你哥哥啊！洛抒！"

第十四章
变　更

洛抒尴尬地笑着问：“你怎么回来了？”

许小结说：“我明天要上班啊，所以提早回，这样明天可以晚起一会儿。”

洛抒这才想起明天得上班。

孟承丙第二天一早就把律师叫了过来，决定将自己的股份全部转到洛禾阳的名下。

孟颐刚醒，听到这个消息十分震惊，脸色发白，竟然失控地把手机砸向花瓶，听到瓷器破碎声才清醒过来，朝衣柜那边走去。

没多久，周兰过来了。

孟颐没有吃早餐，直接上了车，给孟承丙拨了一通电话，待对方接起后，开门见山地说道：“先别签，也许我们可以先聊聊，如果聊完之后，您还决定这么做，我不会有任何意见。”

这边的洛禾阳已经拿着笔准备签名了，律师也将该准备的东西都准备好了。

孟承丙不知道这个时候孟颐打算跟他聊什么，说：“孟颐，我很清楚你的心思，知道你是想阻止我，没想到你会对你洛姨和你的亲弟弟这么绝情。"

孟颐忽然笑了。

孟承丙听到他的笑声，问："你笑什么？"

孟颐说："您真确定我会有个弟弟吗？"

孟承丙冷着脸说："你到底想说什么？"

孟颐说："我们还是先聊聊吧。"

孟承丙说："一切都等你洛姨签完字，我们再聊。"

对于孟承丙的这个决定，孟颐竟然也没有多说什么，只说了句："可以。"然后挂掉电话。

律师一直在等孟承丙，见他结束通话，询问道："孟董，现在签吗？"

洛禾阳也看向孟承丙，问道："是谁打来的电话？孟颐吗？"

孟承丙说："不是，他怎么会打电话呢？"然后对律师说："签吧，现在签。"

洛禾阳笑了笑，对孟承丙说："要不要跟孟颐他们说一声？如果他们不同意就算了，我也不想一家人闹得这么难看，虽然孟颐不把我当成家人，可我总不能计较这些，也不想让你为难。"

孟承丙坐在洛禾阳的身边，搂着她说："你想什么呢？安心签吧，这个东西不管是我的还是你的，不都一样吗？"

洛禾阳犹豫了几秒，还是欣然接受了。

律师再次同孟承丙确认道："孟董，您确定现在签吗？"

孟承丙说："是。"

洛禾阳尽量控制着自己的情绪，正要签时，忽然听到孟承丙开口了。

孟承丙说："等等。"

洛禾阳看向孟承丙。

孟承丙笑着说："禾阳，你先等等，我们下午再签怎么样？"

洛禾阳皱眉，不解地问："怎么了？"

孟承丙没有说为什么，只说："下午再签。"

洛禾阳沉默了几秒，很快就笑着说："可以，反正也不急于这一时，就算不签也可以。"

孟承丙还是很怕洛禾阳生气的，搂着她柔声说道："不要担心，只是还有一些事情没有处理好。"然后又对律师说，"下午吧。"

律师说："好的，孟董。"

洛禾阳只能将笔放下，心里忐忑不安，不知道孟承丙为什么会突然把签字的事情推到下午，但猜测和刚才那通电话有关。

律师已经开始收拾桌上的东西。

孟承丙还是没和洛禾阳说原因，之后又让家里的保姆照顾好洛禾阳，说自己有事要出门一趟，也没跟洛禾阳说去处，很快便让司机送自己离开了。

洛禾阳现在可以肯定刚才那通电话是孟颐打来的，知道孟承丙出去一定是和孟颐见面，也知道孟颐不会善罢甘休。

孟颐到底想干吗？他以为他把一切说出来，孟承丙就会相信吗？

她坚信孟承丙对她的信任是很坚固的，也不相信这个时候孟颐能将孟承丙对她的信任完全推翻。

孟承丙出去了整整一上午，洛禾阳不断地在大厅里走来走去，还不时看向外面。接近十二点时，洛禾阳主动给孟承丙打了一通电话，许久后才听到有人接听。洛禾阳立马说："承丙，你怎么还没回来？还回家吃饭吗？"

也不知道是不是信号不好，隔了几秒，洛禾阳才听到孟承丙说："马上就回。"他的声音很正常，听不出什么异样。

洛禾阳又笑着说："好，那我让保姆煮几个你爱吃的菜。"

孟承丙说："嗯，我马上就回。"

"好的，那我等你。"

孟承丙笑着说："好，你等我。"

两个人如往常一般对话。

电话挂断后，洛禾阳看着手机陷入疑惑，竟然一点儿也没发现孟承丙有异样。

他到底是不是去见孟颐了？还是说一切都是她想错了？

孟承丙挂掉洛禾阳的电话，整个人陷入了沉思，坐在车上一言不发，也没像往常一般跟司机闲聊，直到回家后，脸上才勉强露出笑容。

洛禾阳出来迎接孟承丙，带着试探的语气问道："怎么这么晚才回？"

孟承丙很自然地搂着她，说："在外面跟人聊了一下股份的事情。"

洛禾阳说："是不是还不能签？其实不一定要签，还是算了吧，我们之间为什么要分彼此？"

孟承丙笑着说："这不是给孩子吗？"

洛禾阳说："我不急的，孩子也不急，你急什么？要不再等一段时间吧？"

孟承丙听她如此说，竟然也没有勉强，便说："好好好，都随你，你想怎样我都依你。"

洛禾阳弯唇笑着："说得好像你什么都迁就我似的。"

两个人依旧甜甜蜜蜜地一起进屋，之后一起吃午餐。孟承丙没跟洛禾阳多说上午出去的事情，而是闲聊了一些别的，吃饭时不断地给洛禾阳夹菜，叮嘱她多吃点儿。

不知道为什么，洛禾阳的心随着孟承丙的态度一点儿一点儿安了下来，可是她又觉得哪里不太对劲儿。

可孟承丙无论是脸上的表情，还是回来的表现，和以前是分毫不差的，对她依旧带着浓浓的关心。

只不过，让洛禾阳意外的事情是，孟承丙真的将股权转让这件事情顺着洛禾阳的话推迟了。虽然洛禾阳没想到事情的走向会变这样，但觉得孟承丙是在顺着她的心意。

晚上两个人躺在床上时，洛禾阳一边看着孩子的衣服，一边同孟承丙说："这件怎么样？小孩子穿这种款式最好看了。"

孟承丙跟洛禾阳一起看着衣服，说："嗯，挺好看的，这小衣服适合多大的小孩儿穿？"

洛禾阳说："当然是刚生下来没几天的小宝宝，大一点儿后就不能穿了。"

孟承丙说："嗯，很好看。"

洛禾阳笑着问："要不要提前买？"她又拉过孟承丙的手放在肚子上，说，"现在宝宝已经四个月了，有没有感觉他又大了点儿？"

孟承丙笑着说："孩子肯定会一天一天长大。"

洛禾阳很是期待地笑着，还看到孟承丙也带着期盼的表情。

两个人在床上絮絮叨叨地说了一会儿话才休息。

洛抒这几天在上班，并不知道家里发生了什么，这天晚上刚下班从公司出来，就听到手机响了，看到是孟颐打来的电话，犹豫了片刻才接听。

孟颐问："下班了吗？"

洛抒回道："嗯，刚下班。"

他说："我在你对面。"

洛抒朝对面看去，正好看到孟颐的车停在树荫处，便收起手机走了过去，上车后问道："哥哥，你怎么来了？"

孟颐说："吃个饭。"然后对司机说，"走吧。"

他今天居然来找她吃饭？洛抒觉得有些奇怪，但还是安静地坐在他的身旁。

车子停在一家餐厅门口，孟颐带着洛抒进去，随便找了一个地方坐下，然后让洛抒点菜，似乎真的是来吃个晚餐。

洛抒接过菜单看了下，点了几个菜，然后把菜单递给工作人员。

工作人员离开后，两个人都没说话。孟颐始终沉默着，洛抒也找不出话来说，只能四处看着。

很快菜就上来了，孟颐对她说："尝尝味道怎么样。"

洛抒拿起筷子试了下，说："哥哥，味道还不错，你也尝尝。"

孟颐也拿起筷子试了味道。

洛抒问："怎么样？"

孟颐说："还不错。"

接着，第二道、第三道菜上来了，洛抒一样一样地尝着，每吃一个就跟孟颐说下味道。

孟颐认真地听着洛抒对食物的评价，时不时吃几口，似乎只是带她来品尝美食。

菜的样式很多，两个人很快就吃饱了。洛抒开始吃最后一道甜点，孟颐就坐在她的对面抽着烟。

这时外面下起了雨，洛抒抬头看着，孟颐也朝外面看过去。

雨水淅淅沥沥，竟然让人听着不烦闷，反而让人感觉有点儿舒服。

洛抒说："天气预报说今天会下雨，真的就下雨了。"

洛抒纯粹是没话找话，好在看到工作人员过来了。

孟颐说："买单。"买完单，又问洛抒："吃饱了吗？"

洛抒点了点头，说："饱了，谢谢哥哥的款待。"

孟颐起了身，说："那就走吧。"

洛抒不紧不慢地跟在他的身后。

因为外面下雨，司机给他们送伞过来。

孟颐撑开伞后对洛抒说："过来。"见她站在原地没动，就直接伸手将她往怀中一带，然后搂着她往前走。

洛抒安静地在他的怀里，跟着他一起向前走。

孟颐的手本来握在她的肩上，因为雨下得越来越大，他又用手护着她的脸。

洛抒穿着一条白色带荷叶边的裙子，整个脑袋都在他的怀里，也看不清脚下的路，只能紧贴着他，过了一会儿，声音很小地说："哥哥，我的鞋子湿了。"

她穿了一双银白色细线条带水钻的凉鞋，这种鞋子很漂亮，却不防水。

孟颐看到前面有个水坑，便侧头对她说了句："跨过去。"

洛抒低头看了一眼，然后倚靠着他，轻巧地跳了过去。

孟颐继续带她朝前走，很快就到了车旁，先将她送进车里，然后才收伞坐进去。

洛抒的裙子已经湿了大半，她低头去看鞋子。

孟颐见状递了个大毛巾给她。

她拿着毛巾擦着湿漉漉的衣服，又突然想到了什么，问道："哥哥，你要不要擦？"

孟颐说："你先用。"

等洛抒差不多处理好时，车子已经开到了她所住的小区楼下。

外面的大雨没有停的意思，孟颐和洛抒在车里等待着。

也不知道等了多久，洛抒见雨似乎小了点儿，便对孟颐说："哥哥，那我先下车了。"

她接过司机递来的伞，又看了孟颐一眼，才推门从车上下去，飞快地跑进了楼道。

等她的人影消失在视线里，孟颐才对司机说："走吧。"

洛抒进电梯后，一直在想孟颐最近为什么这么反常。

今天他竟然带着她出去吃饭，还专程过来等她下班，这在以前是从来都没有过的事情。

洛抒在电梯里想了许久都没想明白，这时电梯门开了，就拿着伞走了出来。

许小结今天下班比较早，早就到家了，见洛抒湿漉漉地回来，说："洛抒，你也太惨了吧？"

洛抒边换鞋子边说："外面下大雨，冷死了，我要先去洗澡。"

许小结忙说："嗯，你快去洗澡！不然会感冒！"

洛抒冲进浴室后，也没再多想那个问题。

洛禾阳见孟承丙最近没提转让股份的事情，心里越发着急了，不明白孟承丙到底什么意思。

难道孟承丙知道了什么吗？可他对她的态度没有一点儿变化，照旧陪她去医院体检、饭后散步。

洛禾阳一时有些分辨不清楚如今的情况，但也知道不能再这样等下去，"孩子"的月份越来越大，留给她的时间越来越少，这几天一直在思考该怎样用一种她不想要股份但又能让孟承丙再度提起并主动给股份的好办法。

洛禾阳想了许久，终于想到了一个自认为比较好的方法。

某天早上，洛禾阳从卧室出来准备去厨房，可是走到厨房门口的时候，突然停下了动作。

孟承丙觉得有些奇怪，也走了过去，想问她怎么了。

厨房里传来两个保姆的闲谈声："你说孟先生还会给夫人股份吗？"

"我觉得应该不会给了，父子俩闹成这样，这股份怎么给？而且我觉得夫人一点儿也不单纯善良，你说她怎么偏偏在这个时候怀了孩子？她的意图不是很明显吗？"

"就是就是，她还带着洛小姐嫁进孟家。说实话，孟先生这些年对她们母女两个人真的很不错。夫人也真是个不知足的女人，让父子俩闹成这样，现在还蛊惑着孟先生。我看孟颐防着她是对的，如果我有个这样心机深沉的后妈，也会死死防着。"

洛禾阳在一旁听着，没说话。

孟承丙自然也听见了，立刻沉下脸来，走进厨房，大声说道："你们在这儿胡乱嚼什么舌根？"

保姆们听到孟承丙的声音，吓得立马回头，一看到孟承丙，脸唰的一下变得惨白。

孟承丙对保姆大发雷霆："这些话是谁跟你们说的？这种事情你们都敢乱讲！"

保姆们慌了，连连对孟承丙和洛禾阳道歉。

洛禾阳听都不想听，转身就进了房间，把门用力关上、锁死。

接着，房间里传来洛禾阳大哭的声音。

孟承丙吩咐其中一个保姆去拿卧室的钥匙，连忙朝卧室走去，在外头敲门，说："禾阳，你开门，让我进去。"

洛禾阳怎么也不肯开门，痛哭着说道："孟承丙！我们离婚吧！既然都说我贪你财产，我们现在就离婚！我什么都不要，现在就带着孩子走，反正孩子能不能生下来都还是个未知数呢！"

孟承丙听到洛禾阳这样说，赶紧在门外说："你听她们胡说什么？禾阳！

你开门！先开门！"

这时，保姆把钥匙拿了过来。

孟承丙立马打开门进去。

洛禾阳在梳妆台前哭泣着，见孟承丙进来了，声泪俱下地说："孟承丙！我们离婚！"

孟承丙一把搂住她，劝慰道："你说什么呢？离什么婚？那些保姆的话你能信吗？不要哭了，伤到身子了怎么办？"

洛禾阳说："你会在乎吗？我现在几乎成了个笑话，成了个谋你财产的女人，你的股份我还敢要吗？"

"你干吗听她们胡说？"

洛禾阳抱着他说："承丙，你的股份我不要了，就算你给我也不要了。"

孟承丙同洛禾阳一起坐下，说："你怎么能不要呢？禾阳，我说过会给你的，这是咱们俩的事情，和别人无关，你为什么要在乎别人说的话？等会儿我就把那两个保姆打发走，行吗？"

洛禾阳说："你不要给我股份了，我说过不要你的施舍！"

"这怎么会是施舍？你不要担心，这些事情我都会解决。明天咱们就把股权转让书签了，可以吗？"

洛禾阳看向孟承丙，有些没想到他会这么说。

孟承丙继续说："听我的，明天咱们就签！我倒要看看谁敢说什么。"

如果是平时，洛禾阳一定会把戏演到底，坚决说不要，但现在不敢再像上次那样演下去，不然很有可能又会被孟承丙顺着她的话把签字的事情无限延期，现在恨不得趁热打铁马上搞定，稍微收了收情绪，说："你给我也没用，反正都是孩子的。"

孟承丙看着她脸上情绪的转变，沉默了几秒，笑着说："给孩子和给你都一样。"

洛禾阳嘴上还在推托，心里却已经是另外一番想法，她说："要不还是等孩子出来再说吧？"

孟承丙握着她的手，认真地说："我说了，给你也没差别。"

第二天孟承丙的律师再次去了孟家，孟承丙将自己名下的孟氏股权全部转给洛禾阳。

孟颐听到这个消息时，并未发表任何看法，只是没想到孟承丙最终还是将股份转给了洛禾阳。

科灵也没想到孟承丙最终还是这样做了，但最想不通的是孟颐竟然没有阻止孟承丙。如果这件事情让她来处理的话，她会直接选择让警察来处理。

但孟承丙已经知道了事情的真相，却依旧选择这么做，科灵也无话可说，毕竟股份是孟承丙的，他想怎样处理是他自己的事情。

洛禾阳在孟家潜伏了这么多年，终于把想要的东西拿到了手，在签完所有东西后，一直悬着的心终于落了地，温柔地对孟承丙说："承丙，谢谢你。"

孟承丙搂着她，说："说什么谢谢，咱们是夫妻，我的不就是你的吗？"

洛禾阳点点头，靠在他的肩上。

洛抒并不知道洛禾阳把孟承丙的股份拿到手了，那天晚上下班后，又看到孟颐的车在楼下，有些不确定他是不是又过来了，就在公司大门口站着朝那边望去，突然听到手机响了，见是孟颐打来的电话，便一边接听电话一边朝那辆车走去。

洛抒上车后喊了句："哥哥。"

孟颐没有回应，只对司机说："走吧。"

孟颐这段时间来她公司楼下的次数好像越来越多了，洛抒对此真的感觉很疑惑。

孟颐问道："今天想吃什么？"

洛抒说："都可以。"

孟颐也不再问她的意见，同司机说了个地方。

这次来的是一家西餐厅，洛抒跟着孟颐下车，进去后开始点菜，因为对西餐不甚了解，就胡乱点了一通，把菜单递给服务员后，终于主动问了一句："哥哥，你这段时间很闲吗？"

孟颐回："忙也要吃饭。"

洛抒便在心里嘀咕：你干吗天天来找我吃饭？我可不想。

洛抒喝着果汁，时不时看一眼孟颐，发现他和平时没什么不同。

和孟颐在一起，洛抒总觉得度日如年，但也实在没话说，就安静地玩手机或者翻餐厅浏览区的杂志。

洛抒是真的饿了，当菜终于上来后，也不管孟颐，自顾自地大口吃着。

孟颐这段时间胃口不好，大多数时候是看着洛抒一个人狂吃，顶多尝几口、喝几口水。

洛抒甚至觉得他就是来看她吃饭的。

洛抒正吃得欢快，孟颐问："最近有什么东西要买吗？"

洛抒听了立马说："没有啊。"

孟颐问："要不要买衣服？等会儿去逛逛，看有没有要买的。"

洛抒迟疑地望着他，点了点头。

吃过晚餐，孟颐带洛抒去了商场。

洛抒一路上困惑极了，一直在想他怎么了，奇怪他怎么突然又是带她吃饭又是带她逛街，但疑惑归疑惑，到了商场还是有些兴奋，毕竟看到了很多新款的秋装。

孟颐带着洛抒进了一家店。

这种店里的衣服多是限量款，很多衣服只有一件。

洛抒拿着几千块的工资，觉得穿几万甚至十几万的衣服有点儿不合适，便说："哥哥，我们要不要去别的地方看看？"

孟颐倒是在一旁认真地挑选着，问："没看中的吗？"

洛抒说："好看是好看，可是……"

孟颐没等她说完，直接对一旁的工作人员说："拿个S码。"

工作人员立马笑着说："好的。"然后飞速地去拿衣服。

孟颐接过裙子，对洛抒说："去试试。"

洛抒只能接过裙子拿去试衣间试。

孟颐看着镜子前的洛抒，问道："紧不紧？"

这条裙子材质高级，面料舒服，长度适中，剪裁讲究。

洛抒觉得裙子很不错，问道："哥哥，你觉得怎么样？"

孟颐同她站在一起，看向镜子里的她，用手抚了抚她的头发，说："还不错。"

他喜欢给她买白色的衣服，不过今天挑了件颜色比较鲜亮的粉红色休闲款裙子，看着很是青春靓丽。

片刻后，他对工作人员说："把这件包起来。"说完又给洛抒选了几件短袖、牛仔裤、薄外套，这才带着她离开，还问洛抒要不要买鞋。

洛抒倒是不缺鞋子穿，说："不用。"

孟颐把洛抒送到小区楼下。

洛抒提着东西从车上下来，对孟颐说了句："谢谢哥哥。"

孟颐嗯了一声，看她上楼后便从楼下离开。

许小结正在沙发上看电视，见洛抒提着大包小包回来，一下便冲了过来，问道："你去逛街了？"一边接过洛抒手上提着的衣服仔细查看，一边羡慕地说道，"这个牌子好贵啊，洛抒！你发财了吗？"

因为她们平时去买衣服都买同样价位的，所以许小结并未觉得洛抒很有钱，今天看到袋子里的衣服，瞬间就被吓到了。

孟颐带洛抒去的店都是洛抒平时绝对不会去逛的品牌店。她发现孟颐最近似乎格外喜欢给她买东西，但也不知道为什么。

但是洛抒没跟许小结说这些衣服是孟颐买的。

第二天，洛抒穿着孟颐买的衣服去上班。

中午，江凡约她出来吃饭。洛抒发现孟颐也在饭桌上，就知道江凡这是带她过来蹭饭的，便老老实实地吃饭。

孟颐在和人聊天儿，不过目光落到她的身上时柔和了几秒，还端起桌上的红酒喝了一口。

他喜欢给她买衣服，喜欢看她穿他给她买的衣服，那种奇妙的感觉让他心情很好。

洛抒坐在江凡的身边，同他说着话。

饭桌上只有红酒，江凡见识过洛抒的酒量，很怕她喝多，便让人给她换了饮料。

这顿饭一直吃到晚上才结束，洛抒本来是要江凡送自己回去的，突然接到孟承丙让她回家的电话，又想到明天是周末，原本也是要回家的，就同孟颐说："哥哥，爸爸让我回家。"

分别前，洛抒又跟江凡说了几句话，然后坐着孟颐的车离开。

因为司机刚才在饭桌上给孟颐挡了几杯酒，今天是孟颐开车。

洛抒坐在副驾驶座上，感受着从车窗外灌进来的风。

孟颐想抽烟，就让洛抒帮他把烟拿过来。

洛抒却说："哥哥，你在开车，还是不要抽烟比较好。"一副不想给他拿烟的样子。

孟颐看着她，突然伸出手摸了摸她的脑袋。

孟颐现在似乎真的把洛抒当妹妹，偶尔会摸她的脑袋，通常碰触两下就松开。洛抒倒也没觉得他的举动有什么不妥。

孟颐继续认真地开车，也没再让她拿烟。

孟颐以前是从来不碰烟的，现在的烟瘾却这么大，可能是应酬多了不得已而为之。

车子本来是一路往孟家驶的，中途孟颐却突然将车掉转方向，去了另外一条路。

洛抒不解地问道："哥哥，我们要去哪儿？"

"醒酒。"

洛抒想他在饭桌上不是没喝酒吗？

车子停到一个桥边，孟颐没有下车，而是把车窗全部打开，点燃了一支烟。

洛抒在一旁想：你明明就是想抽烟了。

夜色安静，夜风拂动，四下无人，桥下有一条很宽的河，河边有杨柳，柳条在夜风中轻轻摇曳着，黑漆漆的天空上点缀着几颗闪耀的星辰。

洛抒也不知道这是什么地方，但觉得风景很美，便扒在车窗上朝外看着，看了一会儿又扭头问孟颐："哥哥，我们什么时候回去？"

孟颐说："你来开车。"

他很清楚地知道她没有驾照。

洛抒干脆不说话了，安静地坐在车里，一阵冷风吹过，觉得又冷又困，便关了窗户缩在座位上。

孟颐朝她看一眼，把自己的外套丢在她的身上。

洛抒又问："哥哥，我们什么时候回去？我有点儿困。"

"你先睡吧。"他只说了这样一句话。

她不再说话，把脸埋在孟颐的衣服里，整个人在座位上缩成一团，只露个头顶出来，不一会儿还真的睡着了。

孟颐把所有车窗都关上，顺便打开了暖气。

暖气打开后，洛抒整个身体都放松下来，靠在车门上睡得更香了。

这时洛抒的手机又响了，孟颐拿出手机看了一眼，见是孟承丙打来的，便将手机设置成静音状态丢在了一旁，然后开门下车去了河边。

洛抒睡了一会儿，突然惊醒，发现车里没有人，急忙四下看了看，见周围黑漆漆的，吓了一跳，立马从车上下来，害怕地喊道："哥哥？"

孟颐在她的上方悠悠地说道："人不是在这儿吗？还能把你丢了？"

洛抒慌乱地抬头看他。

孟颐看着她恐惧的眼神，说道："上车吧。"然后拉开车门，开车带她离开了这里。

到了孟家，洛抒对孟颐说："哥哥，我下车了。"

她说完便下车往大厅走，进屋后看到孟承丙坐在沙发上，好像在等人，就喊了声："爸爸。"

孟承丙听到洛抒的声音，抬头看向她，然后笑着从沙发上起身朝她走来，问："怎么这么晚才回来？"

洛抒觉得孟承丙好像突然老了很多，还觉得家里的气氛有点儿怪，说："我和朋友出去玩了，所以才这么晚回来，是哥哥送我回来的。"

孟承丙刚才也看到孟颐的车子离开，便放心地说："那就好，我还以为你出什么事了。"

孟承丙依旧笑着，可是笑容里带着疲惫，不是以前那种发自内心的笑。

洛抒忍不住问了句："爸爸，您怎么了？"

孟承丙听洛抒如此问，不解地问："爸爸没怎么啊，你怎么这样问？"

洛抒说："就觉得您好像没休息好。"

孟承丙朗声笑着："没事，既然你回来了，我也就放心了。这么晚了，你快去楼上休息。"

洛抒又看了孟承丙一眼，还是觉得他疲态尽显，但不敢多说，也不敢多问，只点了下头，说："好的，爸爸。"说完便朝楼上走去，走到楼梯口时又转身看向孟承丙。

孟承丙还站在客厅，见她停住，以为她还有事，便问："怎么了？"

洛抒一时想不起要说什么，就习惯性地说了句："您也早点儿休息，爸爸。"

孟承丙笑着挥手让她赶紧上楼。

洛抒这才转身，朝楼上跑去。

洛抒上楼后，孟承丙脸上的笑容渐渐消失，又坐回沙发上。

第二天早上洛抒醒来后下楼，见一切如常，昨天晚上的怪异感都消失了，差点儿以为是自己的错觉。

洛禾阳和孟承丙在楼下吃着早餐，家里依旧是洛抒熟悉的温馨氛围。

孟承丙见洛抒从楼上下来，便招呼她："洛抒，赶紧过来吃早餐。"

洛禾阳给孟承丙盛着粥，说："你管她干吗？昨晚她回来那么晚，搞得我们都没睡好。"

孟承丙说："孩子有孩子的事嘛。"

洛禾阳似乎心情不错，笑着把粥端给孟承丙。

孟承丙给洛抒倒了一杯牛奶，又对洛禾阳说："你最近少喝点儿油腻的东西，免得身体又不舒服。"

洛禾阳说："我知道，又不是小孩儿。"

孟承丙的脸上是满满的笑容，他见洛抒在发愣，又对她说了句："快快快，想什么呢？赶紧洗漱好过来吃饭，快十点了。"

洛抒应了一声，立马去洗漱，从洗手间出来时见他们已经吃好了，就赶紧在餐桌边坐下，看着盘子里丰盛的早餐，知道是孟承丙弄的，便给了孟承丙一个大大的笑脸，甜甜地说道："谢谢爸爸。"

孟承丙此时正陪着洛禾阳一起剪盆栽，闻言停下手上的动作，朝洛抒笑着说："快吃吧，都凉了。"

洛禾阳抱怨道："要不是你爸爸催你回家，我都见不到你。"

洛抒说："最近比较忙，也就周末有时间。"

孟承丙对洛抒说："你妈妈想你了。"

洛禾阳反驳道："我可没有这样说。"

孟承丙哪里不知道她的心思，像哄小孩儿似的柔声说："好好好，没有，是我想行了吧？"

不知道为什么，洛抒望着他，嘴角也忍不住弯起一丝笑容，慢悠悠地继续吃早餐。

过了半个月，道羽因为动手最轻，又因为这件事情是为了护女友的正当防卫，获得了家属的谅解书，终于出来了。

那天洛抒醒得很早，却是被惊醒的。

在洛抒的梦里，道羽没出来，洛抒怎么都找不到他，不知道看守所什么时候放人，也不知道派出所如何处理道羽的事情。

于是，她拿起手机就给道羽打电话，却听到对方是停机。

中午时，洛抒找到了 G 市派出所的电话，往那边打了一通电话过去查询。

派出所的人同洛抒说，道羽今天早上六点就被放了出来。

洛抒这才放下心来，但又在想道羽出来后去哪里了，便打电话给和道羽相熟的人，问对方有没有见到道羽。

那人直接在电话里说："道羽从看守所出来就直接去 B 市了，好像是回家上坟。"

洛抒听到上坟这两个字，才想起再过几天的 11 月 1 日就是道羽父亲的忌日。

到了 11 月 1 号这天，洛抒也回了孟家一趟，虽然不知道回去做什么，但下意识地想回家找洛禾阳，打车到家时，正好看到洛禾阳坐着家里的车出门了。

洛抒从车上下来，到大厅后，问保姆："刚才我妈妈出门了，您知道她是去哪儿了吗？"

保姆说："太太没说。"

"爸爸呢？"

"先生出去了，下午回来。"

洛抒说："我知道了。"

洛禾阳今天会去哪儿呢？洛抒不太清楚，本来想在家等她的，可是只坐了五分钟就从沙发上起身，又问保姆："还有司机在家吗？"

保姆说："有的。"

洛抒之后也坐着车从家里离开了，没走几分钟，竟然发现洛禾阳刚才坐的那辆车就在附近的一家咖啡馆门口停着，仔细看了一眼车牌号，确认是孟家的车，便对司机说了句："麻烦您停下车。"

司机听到她的吩咐，很快靠边停车。

洛抒刚想从车上下来，就看到洛禾阳从咖啡馆出来，朝路边的车走去，紧接着看到另一个人也从咖啡馆出来，那一瞬间以为自己看错了，便迅速地把车窗降了下来。

那人竟然真的是道羽！他在门口四处张望，等洛禾阳的车离开后，才拦了一辆出租车离开。

道羽怎么会跟洛禾阳见面？他是来找洛禾阳的吗？他们两个人一直有联系吗？

洛抒坐在车里，心里生出很多疑惑。

洛禾阳没过多久就回了家。

保姆见洛禾阳回来了，就同她说："太太，洛抒刚才回来了。"

洛禾阳问道："她回来了？"

保姆说："是的。"

洛禾阳又问："承丙呢？"

"先生还没回。"

她似乎放心了，嗯了一声，朝卧室走去，进卧室后抬头看了一眼墙上挂着的日历，发现今天刚好是 11 月 1 日，盯着日历看了几秒后，很快移开视线，眼里闪过一丝不常见的脆弱和悲伤。

五分钟后，洛抒再次回到孟家，从车上下来就直接朝洛禾阳的卧室走去，推门进去时正好看见洛禾阳脸上那来不及收的悲伤，一下停在门口。

洛禾阳听到声音，也转身看向洛抒，迅速地，恢复了平时的状态，说："你怎么回来了？"

洛抒说："你刚才去哪儿了？"

洛禾阳说："我出去了一趟，你有事？"

洛禾阳竟然没有跟洛抒说她跟道羽见面这件事情。

洛抒说："今天是道羽爸爸的忌日。"

洛禾阳本来打算去梳妆台的，听到洛抒这句话，停住脚步看向她，说道："跟我有关系吗？"过了一会儿又问，"你今天到底在发什么神经？"

洛抒还想说什么，这时听到外面传来车子的声音，便朝窗外看去。

洛禾阳看到孟承丙回来了，看了洛抒一眼，便朝外头走去。

孟承丙回来的第一件事便是唤道："禾阳。"

洛禾阳走到客厅迎接，笑着说："今天怎么这么早回来？"

孟承丙看到洛抒在卧室门口站着，说："洛抒也回来了啊！"

洛抒对孟承丙喊了句："爸爸。"

孟承丙笑着说："今天怎么回来了？"

洛抒直到晚上离开，也没有机会问洛禾阳为什么会在今天跟道羽见面。

那天晚上洛禾阳睡得很早，睡到半夜，却突然惊醒，睁开眼时发现孟承丙也被惊醒，捂着心脏害怕地说："我……我……"

孟承丙关心地问："做噩梦了？"

洛禾阳这才反应过来，赶紧收了收脸上的情绪，说："我是不是吵到你了？"

孟承丙说："没有，我也刚醒。"

见洛禾阳一脸害怕的样子，孟承丙问："要不要喝点儿水？"然后起身给她倒了一杯水过来。

洛禾阳喝完水，才稍微冷静下来。

孟承丙在她的身边哄着她说："快睡吧。"

洛禾阳点了点头，朝他笑了笑。

其实她一点儿睡意也没有了，不过还是闭上了眼睛。

孟承丙看到洛禾阳的眼角有一滴泪，便问道："今天是什么特殊的日子吗？感觉你不是很开心。"

洛禾阳完全没有发觉自己落泪了，听到孟承丙这句话，瞬间就睁开了眼睛，笑着说："我不开心吗？"

孟承丙笑了笑，搂着她说："好了，快睡吧，很晚了。"然后关上灯，继续躺下睡觉。

黑暗中，洛禾阳紧紧皱着眉头，一整晚都不敢再睡，而是思考刚才在梦里有没有说什么。

孟承丙也彻夜未眠。

自从跟孟承丙发生冲突后，孟颐便一直在外面住。

这天周兰一早去找孟颐，见他在书房，把东西递给他，问道："要不要阻止？"

孟颐一边查看手上的文件，一边回复道："不用。"

周兰说："孟总，我们不能任由董事长如此下去，迟早要出大事。那个女人现在就是想拿着股份兑现跑路，还让道羽去接触了中信。"

孟颐再次肯定地说："不用。"

周兰很是不解，不明白孟颐为什么要任由事情发展下去。

孟颐说："你先出去，继续盯着。"

周兰看了孟颐许久，只能说："是。"然后从书房离开。

股份转移的事情刚办好没几天，洛禾阳就开始拿着手上的股份，试图接触孟氏的对手企业中信。

她深知这个孩子支撑不了多久，必须在所有事情暴露之前让自己脱身，所以当务之急就是将股份脱手，把股份脱手套现成钱，就可以直接走人。

对于洛禾阳的这些动作，孟颐一直没出手阻止，连科灵都看出父子俩应该是达成了某种协议。

洛抒并不知道这一切，现在只知道洛禾阳和道羽那一天见了面，也知道两个人之间一直有联系。

接着，发生了一件让洛抒想不到的事情。她竟然无故被公司调去 X 市的分公司跟一个项目，因为事情发生得很突然，心里虽然充满了疑惑，但也来不及多想，当天就离开公司，甚至没时间回一趟孟家。

洛禾阳这边的动作越来越大，周兰跟孟颐提醒过很多次，但始终没见孟颐有任何反应。

孟颐却在这样的情况下，提前将洛抒扣在了那座小城市。

没人发现洛抒工作上的变动，因为这时谁都不会去关注一个和这件事情看似无关的洛抒。所有人都在注意着自己该注意的事情，科灵注意着洛禾阳跟中信的接触，孟承丙将所有心思都放在洛禾阳的身上，洛禾阳则将重点放在跟中信的谈判上。

因为这次的突然调离很奇怪，洛抒在分公司待了几天后，逐渐察觉出一些问题，便开始申请调离，但无论怎么努力申请，始终得不到总部的回音，干脆给钟主管打电话询问。

钟主管在电话里很是平常地同她说："过几天还会调几个同事过去，你暂时不要回来，那边虽然人少，可是这个项目也很重要。"

洛抒分辨不出钟主管的话是真还是假，便问道："其他同事什么时候过来？"

钟主管说："过几天。"

洛抒问："是吗？"

钟主管说："自然是，你再等等。"

洛抒听她如此说，只能继续在这边待着，看公司是否会再派别的同事过来。

等了大概两天，果然来了几个同事，洛抒也逐渐打消心里的疑虑，然后给洛禾阳打了一通电话，但没有接通。

有一天，孟颐来了一趟 X 市，还驾车出现在洛抒公司的楼下。洛抒看到那辆熟悉的车时，心中满是疑惑，还以为自己看错了，毕竟这儿不是 B 市，但还是朝着车的方向走去，走近时刚好看到车窗降了下来，定睛一看，发现车里坐的竟然是孟颐。

孟颐见她呆呆地站着，问道："怎么？不认识了？"

洛抒好半晌才反应过来，问："哥哥，你怎么来这里了？"

孟颐轻描淡写地说："路过，顺便过来看看。"见她还在发愣，又说，"上车。"

洛抒这才拉开车门上车。

孟颐问："住哪儿？"

洛抒说："公司安排了住的地方。"

"地址。"

洛抒同他说了一个地址。

十分钟之后，孟颐的车就到了楼下。

孟颐把她送回来之后，说："我等会儿要走，就不上楼了。"

洛抒点头说："好。"然后她推开车门下车，但没有立马上楼，而是站在车旁。

孟颐坐在车里，隔着车窗看着她。

洛抒好像在专注地思考什么，并不知道孟颐在车里看她，过了一会儿才转身离开。

孟颐依旧注视着她，过了很久，才收回目光，对司机吩咐道："走吧。"

车子离开后，洛抒又从楼道里走出来，站在那里望着孟颐远去的车。

晚上洛禾阳收到道羽发过来的中信报价，对这个价格不是很满意，心里很清楚中信在压价格，虽然不想再纠缠下去，但也不想任人宰割，便给道羽回了短信，让他继续跟中信谈价格。

道羽自然是全盘按照洛禾阳的指示操作，顺带问了洛禾阳一句："洛抒呢？"

洛禾阳这阵子没顾得上洛抒，听他问才想起洛抒来，说："她不是在B市吗？"

道羽又问："她没跟你联系吗？"

洛禾阳跟洛抒联系一向不多，最近也很少跟她联系，但在这个节骨眼儿上没办法想太多，继续说："先别管洛抒，你把所有的事情都做好，把钱拿到手。"

之后，中信一直死压着价格。洛禾阳眼看跟中信的谈判不理想，心里一天比一天着急，一直琢磨着怎样快速将价格谈到理想的价位，以至忘记了她跟孟承丙的结婚纪念日。

这天早上，孟承丙主动问洛禾阳："今天是什么日子？"

洛禾阳一时没想起来。

孟承丙笑着说："你猜。"

洛禾阳思考了片刻才想起来，说："结婚纪念日。"

孟承丙说："我还以为你忘了。"

"这种事情我怎么会忘？"

"来尝尝味道，看味道和以前是不是一样。"孟承丙给她盛了一碗自己煮的粥。

洛禾阳却突然捂着肚子。

孟承丙见状问道："怎么了？"然后他起身朝她走去。

最近这段时间洛禾阳一直在吃推迟月经的药，此刻感觉下身一阵湿热，顿时有种不好的预感。

孟承丙担忧地问道："禾阳，怎么了？"

洛禾阳说："承丙，你可以帮我倒一杯热水吗？"

"你等我。"孟承丙迅速起身去给她倒热水。

洛禾阳也第一时间从椅子上起身，看了一眼椅子，还好没看到血。

孟承丙回头，正好看到洛禾阳的裙子后面有血迹，眼里流露出悲伤。

洛禾阳并没有发觉这一切，很快去卧室换了一件衣服出来，还顺便吃了几片药。

这些药像是失去了药性，效果越来越差。因为发胖撑起来的肚子终究不像怀孕的肚子，洛禾阳深知不能再跟中信僵持下去，这段时间睡觉都尽量离孟承丙远一些，就怕他发现异常。

洛禾阳担心保姆动她的衣服，所以自己提前洗了，再次出来时，见孟承丙还在桌前坐着。

孟承丙问："好点儿了吗？"

洛禾阳捂着胸口说："刚才有点儿反胃。"

孟承丙一脸关心地继续问道："有没有事？要去看医生吗？"

洛禾阳说："哪里有那么严重？虽然孩子月份大了，但是有点儿反应也是正常的。"

孟承内说："那就好。"

晚上洛抒下班回去，一下就看到了站在她房门口的孟颐。

这天，江凡和母亲许萍在江英阁吃饭。

许萍主动问道："最近怎么没见你和洛抒见面？"

江凡说："她被公司调派去 X 市了。"

其实江凡也感觉很奇怪，他接过洛抒公司的项目设计，也对她公司的情况有所了解，不明白洛抒怎么会突然被调去那种地方。

许萍继续问："那她什么时候回来？过几天你奶奶大寿，你带洛抒过来吧。"

江凡也有这样的想法，便说："我会跟她商量的。"

这段时间江凡和洛抒的联系也不多。他隐约察觉孟家似乎发生了什么事情，便问道："妈妈，孟家最近是不是出什么事了？"

许萍不明白江凡为什么会这样问，说："孟家能出什么事？"

江凡说："我总觉得孟家这几天好像气氛不太对。"

许萍说："怎么说？"

江凡笑着说："没事，可能是我多想了。"

外界虽然没有传出什么，可江凡总觉得表面风平浪静的孟家实则暗潮汹涌，还觉得洛抒被调走的事情很蹊跷。他想：如果洛抒真是被公司调派，应该不会去那种地方，更像是特意被人支走。

江凡和母亲吃完饭后，给孟颐打了一通电话，询问洛抒的情况。

孟颐在电话里同江凡说，洛抒去 X 市只是正常的工作调派，还说洛抒可能得在那边跟一段时间，不确定她什么时候回家。

毕竟孟家在洛抒的公司只是投资，并不管那边的人事安排。

江凡在电话里说："好，我知道了。"

孟颐又问："还有别的事吗？"

江凡说："没别的事了。"

两个人没多说，各自挂断了电话。

这几日的孟家如一潭死水，没半点儿消息透露出来。

江凡在跟孟颐通过电话的第二天还跟他碰见了，两个人聊了几句。

孟颐看上去挺正常的，带着未婚妻和儿子在外用餐，一家人在餐厅待了半个小时，然后乘车离开。

晚上江凡回了一趟家，刚走到门口，就听到他的父亲江一帆说："今天孟家那边传出点儿不好的风声。"

许萍问道："什么风声？"

江一帆说："好像是孟家内部出了点儿问题。"

"什么内部问题？"

"孟家夫人好像私下里在抛售股份。"

"什么？你说洛抒的母亲？"

江一帆说："不知道是不是真的，我只是听到了风声。"

许萍不敢相信地问："怎么会这样？"

江一帆继续说："你先不要声张。目前这个消息也不确定，毕竟孟家一点儿动静也没有。"

江凡走进大厅后，他们便没再谈论这件事。

无风不起浪，江凡自然清楚事情没那么简单。

上次孟氏父子刀剑相向，孟承丙被孟颐稀释了百分之十五的股份。这本就是不寻常的事情，虽然没闹出多大动静，可江凡知道，孟颐这是在制衡洛抒的母亲。如今洛抒的母亲私下抛售孟氏股份，而洛抒又在这个时候突然被调走，这不得不让江凡深想。

他陪着父母在楼下待了一个小时，上楼后给洛抒打了一通电话，待洛抒接听后，问道："洛抒，你家里最近是不是发生什么事了？"

洛抒在电话那边说："什么事？"

江凡见洛抒似乎什么都不知道，便把想问的话又咽了下去，笑着说："没事，我就问问你在那边还习不习惯。"

洛抒说："挺好的。"

江凡又问："有说什么时候回来吗？"

洛抒说："还不知道，这边什么都没说。"

江凡说："没事，我有空过去看你。"

洛抒笑着说："好。"

洛抒又和江凡说了一会儿才挂断电话，结束通话后，握着手机陷入沉思。

不久，孟氏又发生了变动——孟承丙辞去自己在孟氏的所有职务，虽然在这一年里，他已经渐渐放下身上的担子，可还是在企业担任要职，不过经过股份稀释，对公司已经失去了控制权，如今算是全面退休了。

外界都清楚，孟承丙早就把孟氏交由儿子孟颐管理，手里的股份也转给了妻子洛禾阳。洛禾阳只拿了股份，但不能参与企业内部的任何事务。

孟氏这次的变动引起了不小的反响，但更让记者们津津乐道的，是孟承丙和妻子洛禾阳的感情。大家都清楚孟承丙和洛禾阳是二婚，知道两个人结婚多年，一直感情稳定、恩爱有加。孟承丙对妻子一直保护得很好，始终未让妻子出现在公众视野中，如今年过五十，还老来得子。外界开始对洛禾阳的身份议论纷纷，大多数人猜孟夫人出身于书香门第。

孟氏的变动使现在所有媒体的视线都落在洛禾阳的身上。洛禾阳做出任何细微的动作都会被大家立刻发现，所以不得不中断跟中信的接触。

很快，外界开始议论洛禾阳的身份。

洛禾阳在关键时刻被人拉入了沼泽。她完全没想到孟承丙的卸任会给她带来这样的麻烦，如今俨然成为舆论的焦点。

外界说什么她出身书香门第，跟孟承丙恩爱有加？洛禾阳觉得像是听到了一个冷笑话。

舆论声很大，却始终只在部分人中徘徊，并没有尽人皆知。洛禾阳也难得地安分了几天。

那几天科灵和孟颐两个人正常应酬。一天，科灵在车上同孟颐说："洛禾阳应该知道是什么意思吧？"

孟颐说："如果她知趣的话。"

科灵说："她会知趣吗？"

科灵想到什么，又说："爸爸真是年纪越大越糊涂，到现在竟然还对她抱有幻想。如果我们不打压她，恐怕她现在已经从中信手中拿钱跑路了。"

当初孟承丙和孟颐谈时，说自己会处理，要求孟颐不要插手这件事情。

可是事态发展成这样，显然孟承丙的处理没有任何作用。

孟颐只安静地看向窗外，似乎在凝思。

科灵望着他，又说："她真不会把事情做绝吗？"

孟颐没有回答。

谁都不知道洛禾阳是否会把事情做绝，但目前可以肯定的是，她不敢再轻举妄动，除非想拿着这笔钱在狱中度过余生，如果就此安分下来，一切还能商量，就看她怎么想了。

孟颐和科灵各有别的事情忙，都没再管洛禾阳。

现在孟承丙正式卸任，孟颐掌控孟氏大权。看上去跟以前没什么区别，孟颐却是前所未有地忙碌，大多数时间都在应酬。

有一天上午，孟颐和科灵正在跟高层吃饭，突然见周兰匆匆闯了进来。

周兰在工作场上这么多年，很少有如此失态的时候，这会儿也顾不得那么多，走到孟颐的身边，低声说了句："孟总，出事了。"然后把手机递给他看。

孟颐扫了一眼，看到洛禾阳拿孟氏股份在股市抛售的消息。

科灵坐在孟颐的旁边，自然也听到了周兰的话，看到消息的瞬间，惊讶地说道："她疯了吗？"

孟颐倒是神色如常，问道："她现在在哪儿？"

周兰说："应该是在家里。"

孟颐吩咐道："你往家里打一通电话。"

周兰立马拿着手机出去，但两分钟后又推门冲了进来，说："孟总！洛禾阳没在家！保姆说她早上九点出门了！"

孟颐拿起手机看了一眼时间，现在已经是十二点了，便第一时间往 X 市打了一通电话，待对方接听后，厉声问道："人呢？"

那人回道："还没出房门。"

孟颐说："继续守着。"然后挂断了电话。

洛抒还在床上睡觉，完全不知道外界发生了什么，直到听见手机响了，才迷迷糊糊地去拿枕头下的手机，见是洛禾阳打来的电话，立马接听。

洛禾阳在电话里慌忙地问："你现在在哪儿？"

洛抒听出她的语气不寻常，说："我在 X 市。"

"你怎么在 X 市？"显然洛禾阳还不知道这件事情。

洛抒说："我在这边出差。"

洛禾阳在电话里吩咐："你现在马上坐时间最近的飞机回 B 市。"

洛抒皱了皱眉，说："妈妈……"

洛禾阳直接打断她的话，再次说道："别多问，立马回来！"说完直接挂断了电话。

洛抒瞬间没了睡意，感觉手心开始冒汗，飞快地从床上下来，想收拾自己的东西，可是又想到什么，便套上一件外套就朝外走，推开门就看到门口站着一个她不认识的人，便开口问道："你是谁？"

那人说："洛抒小姐，您需要什么可以同我们说。"

洛抒说："我不认识你。"

"我是照看您的人。"

洛抒冷着脸说："我只是下楼去买个早餐。"说完径直朝外走。

那人却伸手拦在她的面前，说："我可以帮您买。"

洛抒将那人用力推开，朝着电梯狂奔而去。

那人追了上去，一把拽住了洛抒。

洛抒挣扎着，想要发出尖叫声，吸引周围住户的注意。

那人反应很快，瞬间明白了洛抒的意图，用手牢牢捂住洛抒的口鼻，不让她发出声音。

此时的 B 市发生了惊人的事情。孟氏董事长孟承丙的妻子竟是诈骗惯犯！孟氏被骗走将近 20 亿！

再也没有什么新闻比这个更劲爆了，堂堂商业巨头孟氏董事长，竟然被一个婚姻诈骗犯卷走 20 亿。再也没有什么比这件事情还荒唐好笑了，一瞬间孟氏集团和整个孟家都深陷舆论中。

孟氏迅速展开紧急公关，警方也提请了逮捕洛禾阳的申请。

洛禾阳早就准备好了一切，也料到了这一切，但漏算了洛抒，那天打了一通电话后，便再也联系不上她。

　　洛抒被关在那间房里，又因为手机被人没收，五天来接收不到外界的任何消息，但非常清楚洛禾阳和孟家一定是出大事了，试图翻窗逃走，但处在 18 楼，除非不要命了，只能手足无措地在卧室里来来回回地走。

　　第六天的时候，洛抒已经完全不想再走动，只是安静地坐在床上，也终于意识到从她被调到这边开始，事情的走向就不对了。

　　江凡自然也听到了孟氏的消息，赶紧联系洛抒，可是完全联系不上，打她电话没人接，试图去孟家问洛抒的情况，却连孟颐的面都见不到。

　　江凡想：洛抒什么都不知道，应该不会跟她的母亲有所牵连，现在可能是在孟颐的手上。发生这么大的事情，孟颐会把这笔账算到洛抒的头上吗？

　　他思考一番，还是决定去孟家一趟，但到了孟家，发现那里铁门紧锁、空无一人，便又赶去孟颐和科灵的住所，见门口有保安，过去说："我找你们孟总。"

　　保安说："我们孟总不在家。"

　　"科灵呢？"

　　江凡又说："你帮我去通报下，就说我是江凡。"

　　保安见江凡对孟颐和科灵似乎很熟悉，知道科灵确实在家，就说了句："稍等。"

　　保安进去了一趟，很快就出来了，请江凡进去。

　　科灵从大厅出来看到江凡，礼貌地邀请他进去。

　　两个人在沙发上坐下，家里的保姆将茶水端了上来。

　　江凡对科灵说："我来问问洛抒的情况，到现在都联系不上她。"

　　科灵原本要给江凡倒茶，听他如此说，就停下手上的动作，看向江凡。

　　江凡说："你见到她了吗？"

　　科灵现在才想起洛抒的存在，事情从开始到现在，竟然没有见过她。

　　江凡说："你也不知道她在哪儿？"

　　科灵说："我最近这段时间都没见过她。"

　　江凡说："她前段时间因为工作原因被调去了 X 市，我打电话过去问了，听说她从那件事情发生后就没去上过班。"

　　科灵皱着眉问："你说她被调去了 X 市？"

　　江凡说："你不知道？"

　　科灵真不知道这件事情，但很快就带着笑意说："江凡，你是她的男朋友，这种事情我们本该有个交代，但是你知道的，孟家现在情况特殊，她的事情我们暂时没办法跟你说，等有确切的消息，我们会主动联系你。"

江凡没想到科灵也没有洛抒的消息，而且从她的反应中可以看出她连洛抒被调去 X 市这件事情都不太清楚，便也没有多问，临走的时候只对科灵说了句："如果你们有洛抒的消息，请及时通知我。"

科灵嗯了一声，然后送江凡离开。江凡刚一离开，科灵就失了脸上的笑容。

洛抒竟然一早就被调去了 X 市？如果科灵没有记错的话，孟氏有参与洛抒现在所在公司的项目投资。

这个项目是孟氏两年前投资的，工作也是洛抒自己找的，这两件事姑且算是巧合。可在这样的时候，洛抒突然被调去 X 市，天下真有这么巧合的事情吗？

孟颐想做什么？是想撇清洛抒吗？还是怕洛抒也跟着跑了，打算把控着她引回洛禾阳？只是，洛禾阳的逃跑对孟颐来说重要吗？事实上，洛禾阳是走是留，对孟颐来说都不重要，毕竟对他已经没有任何影响。

孟颐这么早就做好了准备，可见一早就预料到洛禾阳会跑，那么调走洛抒只剩下一个可能——他想在这件事情中撇清洛抒，防止母女俩一起跑。也就是说，现在母女俩没在一起，洛抒可能在孟颐的手上。

科灵想通这一切后，便给孟颐打了个电话，见是周兰接听，便问道："孟颐呢？"

周兰接到这通电话，已经明白科灵想问什么，很快地回道："孟总现在没在 B 市。"

科灵继续问："那他在哪儿？"

周兰说："孟总今天上午去了一趟 X 市。"但没有告知科灵孟颐去 X 市的目的。

科灵说了句："我知道了。"然后挂断了电话。

这边的周兰听到屋里的洛抒的哭泣咆哮声。

"你放我出去！放我出去！"

孟颐用力扣着洛抒的肩膀，说："去哪儿？你想去哪儿？跟你那拿走 20 亿的诈骗犯亲妈一起走吗？"

"这不是你把我关在这儿的理由！"洛抒情绪激动地说。

她在门口想要挣脱束缚，想拉开门从这里离开，却被孟颐再一次抓了回来。

周兰在外面听到里头传来哭泣声和尖叫声，猜测屋里似乎发生了肢体冲突，还听到东西摔碎在地的声音。

孟颐怒不可遏地说道："理由？你跟我谈理由，你先去问问你妈洛禾阳，看她能给你什么样的理由！"

"你放开我，放开我！"洛抒声嘶力竭地呐喊着、挣扎着。

听到里头又是一阵东西摔碎的声音，周兰在外面着急地来回踱步。

洛抒依旧在大声地哭泣，又拿起东西摔在地上。

再次听到屋里巨大的声响，周兰思考片刻，还是走过去轻轻地敲了敲门。

里头的哭声还在持续，没有停下来的意思。

"孟颐！你就是个神经病！"

周兰又听到一声刺耳的尖叫声，这次也管不了那么多了，用力地敲门，还唤了句："孟总！"然后直接推门而入。

周兰进屋后，发现屋里并不是她想象中的激烈打斗场面，而是看到孟颐在沙发上扣着洛抒。

地上全是破碎的物品，洛抒披散着头发，赤着脚躺在沙发上，面色通红地流着眼泪喘着气。

周兰站在门口看着，不敢进去。

孟颐的情绪起伏也非常大，他在沙发那端回头，眼神冷厉地看了周兰一眼。

周兰赶紧关上门退了出去。

就在周兰退出去的那一刻，孟颐将洛抒从沙发上拉了起来，搂在怀里抱着。

洛抒什么力气也没有，软软地靠在孟颐的肩膀上，只是喘着气哭泣着。

孟颐再次抱紧了她，右手轻轻地抚摸她的发丝。

洛抒闭着眼睛，身子和他紧贴着。

她声音很轻很轻地说："哥哥，对不起。"她在替母亲跟他道歉。

其实洛抒发现自己很早就喜欢上孟颐了，只是她自己始终都不敢去承认跟正视罢了。

她潜意识里不断在告诉自己，她爱的人是道羽。

可不是，她对道羽更像是一种曾经相依为命的亲情。

她对孟颐呢？是依赖，是不敢靠近，是她自己都没有察觉的喜欢。

她因为母亲的指示，对孟颐做了很多不好的事情，在那个过程中，她不断在因为害怕、愧疚，刻意忽视他，强制自己远离他。

她还怎么敢去正视她对孟颐的感情呢？

他们那样的身份跟关系，根本就不会有未来，所以有些东西是她想都不敢多想一秒的事情

洛抒苦笑。

周兰还在门口等着，也不知道过了多久，终于听到那扇门传来动静，看到孟颐出来后，立马走过去唤了声："孟总。"

孟颐的衬衫皱巴巴的，头发也有些凌乱，衣服扣子被扯落了几颗，整个人有些狼狈。

他对周兰说："你进去看着她。"然后从门口离开。

周兰也不知道里面发生了什么事，听到吩咐立马点头，进去后看到洛抒背对着门侧躺在沙发上。

里头就像一个战场，刚才似乎经历了一场巨大的浩劫。

周兰走到沙发边小心翼翼地问了句："洛小姐，您还好吗？"

洛抒躺在那里依旧没动，小声地啜泣着。

周兰从床上拿了一床毯子将她的身体盖住，之后开始收拾房间，收拾好后就在一旁安静地守着她。

洛抒躺了一下午都没动，到了晚上也是一样的状态。

周兰留了她一个人在里面，给她在屋里放了些吃的。

第二天早上周兰又来了，见桌上的东西完全没动过，便安静地退了出去。

差不多十点的时候，洛抒起来去了一趟洗手间，没多久就出来了，好像恢复了正常，开始吃饭、喝水，但依旧只在卧室行动。

三天后，孟颐又过来一趟，见洛抒正在吃早餐，就没有跟她说话，只是坐在她的对面看着她吃饭。

洛抒喝完粥就起身坐在镜子前梳头发，样子似乎平静了很多，梳完头发就回到床上躺着，反正哪里也不能去，所以多半的时间都躺在床上。

孟颐在这里待了一上午，中午时分离开，晚上又带了些奶茶、蛋挞之类的食物过来。

周兰也在，看了一眼孟颐手上的东西。

孟颐进屋后，看到洛抒依旧躺在床上不动，就把东西放在桌上，看着床上的人，说："起来。"

见床上的人不动，孟颐也不急，说完那句话，直接打开电视机，不想让屋里那么安静，但刚一打开就看到电视里播报的全是关于孟氏的新闻，又关上电视

机，再次看向床上的人。

差不多过了五分钟，洛抒从床上起来了，看向桌上的东西。

孟颐靠在椅子上，说："随便吃点儿。"

洛抒没说话，在桌边坐下，看到桌上的奶茶跟蛋挞都是她喜欢的口味，便自顾自地吃起来。

孟颐就在旁边看着她吃。

洛抒把蛋挞都吃了，奶茶没喝完，先去浴室洗了个澡，出来时从孟颐的身边经过。

孟颐的视线落在她的腿上，她的腿上长满了红色的疹子，他便握住她的手，揽着她腰，将她抱在自己的腿上坐下，然后仔细查看她的腿，当看到她的手臂时，皱了皱眉。

洛抒也不说话，任由他查看。

孟颐放下她的手，将她的头发拨开，仔细查看她的脸，看到她的脸有点儿红，便问："过敏了？"

洛抒转过脸不说话，但因为孟颐的手没有松开，就算转开脸也摆脱不了他。

孟颐给周兰打了一通电话，让她找个医生过来。

医生检查后说："洛小姐本就是过敏体质，很容易长红疹、痘痘，这次出红疹应该是由情绪激动引起的。"说完开了点儿药便离开了。

医生离开后，孟颐依旧在沙发上坐着，见洛抒躺在床上似乎睡着了，就没再打扰她，起身出了房间。

周兰走了过来，小声地提醒孟颐："孟总，您来这边已经有四天了，我们是不是……"

她想说科小姐前几天打了一通电话过来，但此时并没有说出来。

孟颐似乎知道她要说什么，只说了句："就说这边还有事。"然后从客厅离开。

晚上，孟颐住在离洛抒不远的酒店，屋里没有开灯，只有电脑在黑暗里闪烁着，这时接到了科灵的电话。

科灵在电话里问他什么时候回。

孟颐抽着烟坐在黑暗中，只说有事忙，也没说自己在哪儿，更没说什么时候回去。

科灵也没有多问，只说了句："好。"

孟颐挂断电话后，随手将手机丢在桌上，靠在椅子上，在黑暗里闭上了眼。

那几天，洛抒身上的疹子一直没有好，而且有越发严重的趋势。

孟颐见状，赶紧带她去这里最好的医院检查。医生检查后给洛抒开了些药。

科灵从洛抒的公司得知了洛抒现在的住处，就也来 X 市了，听说洛抒是被孟颐调到这边的，想来她的住处肯定也是孟颐安排的。

中午时分，科灵乘车来到洛抒所住的小区楼下，正好看到孟颐带着洛抒从外面回来。

孟颐把车子停在楼下，先从车上下来，接着又回身将车里的人带出来，带着她走了几步又停下脚步，将洛抒紧紧地搂在怀里，用手揉了两下她的脑袋，也不知道低眸在跟她说什么，忽然又低头在洛抒的唇上轻吻了一下，短暂地碰触了她的唇，之后继续搂着她往前走。

科灵坐在车里紧捏着自己的手，将刚才的一切看得一清二楚，然后对司机说：“回去！”

果然，她的猜测都是对的。

孟颐把洛抒留在这里是想怎样？继续把她当妹妹对待吗？难道忘记就在前几天，洛禾阳卷走了他们孟氏 20 亿吗？还是说忘记了以前的种种？

之前她就是对孟颐太过放心了，如果今天不是亲眼看到这一幕，都不相信这是真的。

孟颐带着洛抒从电梯出来，见周兰已经开好门站在门口等着，便搂着她进去，吩咐她先把药吃了。

洛抒没说什么，乖乖地倒了水去吃药。

两个人除了那天发生了激烈的争吵，之后都没再发生争执。孟颐白天都在这边陪着洛抒，晚上住在附近的酒店。洛抒也平和了很多。

科灵的父母也很担心孟氏的情况，见科灵回来了，焦急地询问着。

科灵安抚道：“爸、妈，你们不用担心，没有太大问题。”

他们又问：“孟颐呢？”

科灵说：“孟颐去处理事情了。”

科灵的父母这才放心。

片刻后，科灵的母亲又问道：“孟夫人怎么会做出这样的事情来？真是让人看不出来！对了，她的女儿呢？是不是跟着孟夫人一起跑了？”

科灵说：“现在洛抒也不知去向，大家都在找，你们不用着急。”

科灵的母亲叹了一口气，说：“真是的，怎么会发生这么糟心的事情？”

科灵一直开导他们，让他们不要太担心。

孟颐在X市待了一周才回来，回来的那天见科灵在门口等着。

科灵同他说："派出所那边来了人。"

孟颐问道："有进展吗？"

科灵说："他们在楼上书房。"

孟颐点点头，朝楼上走去。

科灵站在楼下看着他上楼，心里想着：今天如果不是警察来，加上这边还有很多事情要处理，他是不是还不会回来？

警察在书房同孟颐谈了一个多小时才离去。

科灵上楼进了书房，问孟颐："进展怎么样？"

孟颐说："洛禾阳还在国内，不过身份都换了，手续办得也很齐全，这件事估计要很长时间才能解决。"

科灵说："洛禾阳既然敢这么做，就说明她把这些事情都想到了，不然也不敢这样明目张胆。"

孟颐只嗯了一声，似乎对能否抓住洛禾阳这件事情并不是特别在意。

科灵又说："你去看爸爸了吗？"

这几天孟颐基本上都在处理孟氏的事情，还没顾得上孟承丙，打算今天过去，便同科灵说道："我今天过去看看，他这几天怎么样？"

"保姆说爸爸的情况还算好。"

孟颐闻言没再说话。

下午，孟颐和科灵一起去看孟承丙。孟承丙如今没有住在老宅那边，而是搬去了另外一处比较僻静的住所。毕竟这件事情对他来说并不光彩，洛禾阳的所作所为也比他想象中决绝多了，她大张旗鼓地抛售孟氏股份，令所有人都想不到。孟颐和科灵现在都不希望孟承丙受外界干扰太多，索性由着他自己住。

孟承丙今天心情还不错，看到科灵跟孟颐，脸上带着笑，说："你们不是忙吗？今天怎么有空过来？"

孟颐只说："怕您在这边住得不习惯。"并没有提别的。

孟承丙说："住哪里都一样，走吧，我们去楼下坐。"

三人便朝楼下走去。

科灵对孟承丙说："您在这边要是有什么需要，一定要跟我们说。"

孟承丙说："放心，我不会亏待自己。"片刻后，才问道，"你们洛姨有消息了吗？"

孟颐跟科灵闻言看向孟承丙，竟在他的眼神中看到了期盼。

孟承丙赶紧说："我没有别的意思，就问问情况。"

孟颐说："还在追查，人在国内。"

孟承丙不知道在想什么，说了句："那就好。"

科灵说："爸爸，您就不用多想了，这些事情我们都会处理好。"

孟承丙点了点头，没有再多问。

孟颐和科灵一直陪他到晚上。

孟承丙知道他们都忙，便催他们回去。

两个人确实还有许多事情要处理，就没有在这里久待，叮嘱保姆照顾好孟承丙，才坐着车离开。

之后那几天，孟颐没有再去 X 市。

江凡依旧在找洛抒，但仍旧没有她的消息，也得知了洛抒的妈妈正在被警方追查的消息。

一天上午，他接到了科灵打来的电话。

科灵在电话里同江凡说："孟颐现在在 B 市，如果你还在找洛抒，也许可以去找他问问。"

江凡这几天也确实在找孟颐，不过听孟颐身边的人说他这几天都不在 B 市，如今听科灵这样说，赶紧同科灵道了句谢。

科灵说："不用谢。"

两个人没有多聊，科灵说完便挂断了电话。

晚上江凡直接去了孟氏，听楼下前台工作人员说孟颐在公司，就去了孟颐的办公室。

孟颐在酒柜前站着，见江凡来了，说："有段时间没见你了，你喝红酒还是白酒？"

江凡说："我喝红酒，这段时间也联系不上你。"

"最近太忙了，你也知道我这边什么情况。"

孟颐倒了两杯红酒，递给江凡一杯，然后在江凡的对面坐下。

江凡说："进展怎么样？"

孟颐说："还能怎么样？就那样。"

江凡说："希望伯父不要太伤心，身体最要紧。"

孟颐和他碰了下杯，饮了一口酒，说："人倒是没大碍。"

江凡说："那就好。"

江凡想了又想，终于开口问道："前段时间一直联系不上你，今天听说你回孟氏了，我就过来问问洛抒的情况。"

孟颐正端着酒杯准备饮酒，闻言看向江凡。

江凡又说："我想这件事情应该和洛抒无关。她当时在 X 市，应该跟她的母亲没有联系。出了那件事后，我就一直在找她，但始终没有消息，所以才来问你。我知道这样很冒昧，也很唐突，毕竟那件事情和她母亲有关。"

孟颐说："她没跟你联系吗？"

江凡说："从出事到现在，她的手机一直处于拨不通的状态。"

孟颐说："我也没她的消息。"

江凡皱着眉道："怎么会？"

他知道洛抒是被孟颐调走的，以为孟颐会有洛抒的消息。

孟颐露出嘲讽的笑，说："她母亲做出这样的事情，你认为她现在还会跟我联系？"

孟颐说的话确实有道理，孟家出了这样的事情，洛抒没有理由还来找孟颐。

可是江凡觉得奇怪。

洛抒是被孟颐调走的，不可能平白无故消失在 X 市。

江凡没再问，只说："那我再到别的地方找找她。"说完没在这儿久待，喝完手中的那杯酒就离开了。

路上江凡一直在思考一个问题：洛抒既然消失在 X 市，那她现在会不会还在 X 市？

想到这里，江凡第二天亲自去往 X 市，到那边的第一件事就是去 X 市的分公司，询问洛抒的去向。

洛抒的同事只说洛抒已经离职了，但没有说洛抒离职的确切原因，听到江凡打听洛抒的住址时，也以个人隐私不方便透露为由拒绝了江凡。

江凡知道孟氏和洛抒所在的公司的关系，便拿出手机打了一通电话，电话打通后，让对方帮他查个事情。

差不多过了五分钟，江凡听到手机声响起，赶紧接起电话。

电话里的人跟江凡说："我打电话去查了，可是日星也说不太清楚这件事情。"

日星就是洛抒所在的公司的名字，江凡没想到连他的父亲都查不出洛抒的信息，只说了句："知道了。"然后挂断电话。

日星公司显然是在隐瞒事实，肯定是听了孟氏的指示，所以才不透露半点儿消息，甚至连江凡父亲的面子也不给。

吃午餐的时候，江凡又来了，拦住一个人，询问日星公司是否有个叫洛抒的人。

那人恰好就是洛抒所在部门的同事，跟江凡说："她以前是我们公司的。"

江凡问："那她现在还在吗？"

那人说："她离职了。"

江凡又问："你知道她住哪儿吗？"

那人似乎不知道，却给了江凡一个关键的信息，说："她好像住在德泽小区那里，但具体哪一栋楼我也不知道。"

江凡道谢之后飞速地赶往德泽小区，请物业管理处的人查洛抒的名字，但始终没得到有关洛抒的任何信息。

江凡想了一下洛抒来 X 市的时间，便让他们查那段时间是否有人办理过入住登记，很快就在电脑的资料中发现了一个名字——周兰，也瞬间想到周兰就是孟颐的秘书。

他指着一层楼，问道："你知道这层住的是什么人吗？"

物业的人说："我不是很清楚。"

江凡说："好的，谢谢。"说完便从物业管理处离开，直奔刚才看到的周兰登记的楼层。

电梯停在 18 楼，江凡刚要出去，就看到另一台电梯的门也开了。

女人穿着一套得体的职业套装，手上提着一个保温盒，朝 1801 那户走去。

江凡没看到那个女人的正脸，但总觉得她的背影很熟悉，一直在这里等到下午五点，才看见这个女人又出来一趟。

她提着保温盒，快速地进了电梯离开这里。

这时江凡从安全通道走出，刚才看到了那个女人的正脸，确认她就是孟颐的秘书周兰，然后朝 1801 走去，并敲了敲门。

来开门的是个穿黑衣黑裤的男士，看样子应该是保镖。

开门的人警惕地看着江凡，问："你找谁？"

江凡说："这边有个叫薛敏的吗？"

那人说："没有。"说完不给江凡多问的机会，直接关上了门。

周兰被孟颐留在 X 市守着洛抒。

孟颐处理完手上的事情后，又乘坐飞机前往 X 市，到达 X 市时已经是晚上，下飞机后直奔洛抒的住处。

周兰见孟颐来了，说："孟总，洛抒小姐好像睡着了。"

孟颐并没有进卧室，而是在客厅的沙发上坐下，问道："这几天怎么样？"

周兰说："挺好的，洛抒小姐正常吃饭、休息。"片刻后又主动问了一句，"您打算怎么安置洛抒小姐？"

安置？这真是一个微妙的词。

孟颐靠在沙发上，似乎还没想过这个问题。

孟家出了这样的事情，洛抒的亲生母亲都跑了，孟颐还能让洛抒待在孟家吗？还能把洛抒当作妹妹看待吗？

周兰说："让她长期待在这边吗？还是您有别的打算？"

孟颐还没想好这个问题，说："暂时让她待在这边，其余的之后再说。"

周兰点点头。

孟颐在沙发上坐到半夜，才起身进卧室，然后坐在床边，安静地看着她的睡颜，听着她的呼吸声。

洛抒身上的红疹还未完全消退，第二天早上孟颐再次带着洛抒出门去复诊。

洛抒穿着长袖，戴着墨镜，跟在孟颐的身后从电梯里出来，然后快速地上了车。

这时，江凡从楼下一处隐蔽的地方出来，看着那辆黑色的车远去。

医生给洛抒复查后，说她身上的红疹已无大碍，让她继续吃药就行。

从医院回来后，孟颐牵着洛抒的手从车上下来，进楼道后等了一会儿电梯，等电梯开门后，搂着洛抒走了进去。

他们刚才的举动根本不像是兄妹！孟颐跟洛抒到底什么关系？那根本不是一个男人对待妹妹的态度。这到底是怎么回事？

江凡不敢相信看到的一切，只觉得一切都不寻常，便仔细回忆洛抒跟孟颐的关系。

在外人的面前，两个人的表现都很正常，就是普通的继兄妹关系。他怎么会跟洛抒乱来？还有那套房子，也让人觉得不可思议。保镖在房间，秘书准时来送饭，洛抒大概是被孟颐控制在这边。难怪出事后谁都找不到洛抒，孟颐到底想对洛抒做什么？

江凡想到孟颐没出现那天自己在这里见到的一切，又看到他们刚才的举动，完全不敢再往下想，只觉得孟家的一切都太乱了。

上楼后，孟颐带着洛抒进了卧室，五分钟后出来接听了一个工作电话，然后再次回到卧室，对洛抒说："把药吃了。"

洛抒坐在沙发上想要吃药，碰了一下水杯，发现桌上的水是凉的，就拿着杯子起身朝外走去。

周兰在外面，见她出来了，便问："您要倒水吗？"

洛抒说："是的。"

这是这么久以来，周兰听她开口说的第一句话。

周兰赶忙说道："我去给您倒。"一边说一边把孟颐的手机放在沙发上，然后接过洛抒递来的杯子，快步去了厨房。

洛抒站在客厅突然喊了句："周秘书。"

周兰看向她。

洛抒问："我可以看电视吗？"

周兰说："当然可以。"

洛抒问："怎么开？"

周兰走过来帮洛抒打开电视机，顺手把孟颐的手机拿上。

洛抒刚才也看到了沙发上孟颐的手机，见状只好将视线落在电视机上。

电视里面播放的依旧是孟氏近期的新闻以及洛禾阳被悬赏通缉的消息。

孟颐在卧室里头自然也听到了客厅里的声音，但面上平静无波澜。

这是洛抒隔了这么久第一次接触外界的消息，没想到一打开电视就看到这样的新闻，双手不自觉地发抖。

周兰给洛抒倒了水过来，却见洛抒怔怔地看着新闻。

接着，洛抒关了电视机，似乎不想再看下去，从沙发上起身，朝卧室走去，开口问孟颐："你悬赏通缉我妈妈？"

孟颐掐灭手上的烟，说："有问题吗？"片刻后又添了一句，"20亿，她花得完吗？"

他说这句话时，表情似笑非笑，似乎很是欣赏她现在的恼怒和恐惧。

没等洛抒回话，他再次开口，语气里带着一丝漫不经心，说："不急，让她慢慢花。"

洛抒说："你到底想对我怎样？"

她拼命忍住眼睛里闪动的泪水，心里非常清楚她现在在孟颐的手上有多危险，也知道洛禾阳的处境更加危险，但不确定洛禾阳到底有没有走，只觉得她在国内一天就危险一天。

第十五章

心　意

孟颐见她的眼泪在眼眶里打转，起身走到她的面前，抬起她的脸。

就在他伸手的那一刻，洛抒的眼泪从眼眶中滚落。

孟颐冷冷地说："知道害怕了？"

洛抒又扭过头，不想让他看自己。

孟颐看着她，冷笑一声，说："你现在的胆子怎么比以前小多了？"

听他提起以前，洛抒的脸色有些难看。

孟颐却再次将她拥在怀里。

周兰在外面无意间看到这一幕，迅速地看向别处。

孟颐也说不出抱着她是什么感觉，只觉得心里像一团乱麻，就安静地看着她。

过了一会儿，洛抒抓着他的衣服，从他的怀里抬起头，说："哥哥，我什么时候可以出去？"

孟颐看着她楚楚可怜的样子，说："你想出去？"

洛抒说："是，我已经很久没出门了，每天都待在房间。哥哥，你难道要把我关在这里一辈子吗？"

她哀求着他："你能不能让我出门？"

孟颐也不想将她永久地关在这里，但也知道现在放她出去不行。

"等把你妈妈缉拿归案，你随时可以出去。"

洛抒抓着他衣服的手瞬间滑落下来，看上去无力极了，她再次把脸埋在孟颐的胸口，抽泣着喊："哥哥……"声音里充满了无助。

孟颐皱了皱眉，过了半晌，说："晚上带你出去吃饭。"

洛抒闻言停止哭泣，抬头看向他，晶莹的泪珠全部滑落进他的手心，过了一会儿才攀着他的手，乖巧地点了点头。

孟颐手腕处的那个刺青在洛抒的碰触下半隐半现。

晚上孟颐带洛抒出门用餐，也是让她透透气，知道她在那个房子里待了这么久肯定很闷。

洛抒全程都表现得很听话，始终跟在孟颐的身边，到餐厅坐下后，也只是点了几道自己爱吃的菜。

用完餐，孟颐又带她去这边的烟火晚会逛了逛。

洛抒跟着孟颐到那里时，正是人最多的时候，便很自觉地牵着孟颐的手，看到天边全是闪烁的烟花，整个人特别开心。

天上烟火璀璨，映照着人脸也格外明亮，两个人都抬头看着天空。

这边还有很多摆地摊儿的。洛抒看了一会儿烟火，便被不远处的摊位吸引，还买了一些小玩意儿，一整晚心情都很好，直到晚上十点才回去。

上车后，她忍不住拿着从小摊子上买的稀奇古怪的东西认真地看着。

孟颐有点儿累，坐在座位上没动弹，也没说话。

洛抒朝孟颐靠了过去，问道："哥哥，你是不是累了？"

孟颐侧过脸看向她，嗯了一声。

洛抒戴着从小摊子上买的耳环，问："好不好看？"

那耳环很有民族风，造型有一些夸张。

孟颐看了一眼，嗯了一声。

她也不动，就对着他笑。

此刻的洛抒笑容很灿烂，眼睛里都是灵动的风采。

孟颐很少见她再这样笑过，神色有一瞬间的恍惚，然后伸手抚上她的下巴。

洛抒依然笑着看向他。

孟颐的目光落在她的唇上，他轻柔地将她揽在了怀里。

孟颐很喜欢这样抱着她，也不用说什么话，心里却感觉分外安宁。

洛抒被他揽在怀里，非常温顺地没有动。

车里没人再说话，车子平稳地行驶着，窗外的风吹拂在两个人的身上，两个人的衣服被风吹得交缠在一起，洛抒的发丝被风吹拂到孟颐的脸上。

洛抒回去后心情果然好多了，第二天也起得比较早，醒来见孟颐并不在这边，便问周兰："哥哥呢？"

周兰说："在酒店那边。"

洛抒问："我可以去找他吗？"

周兰没有回答。

洛抒又问："不可以吗？"

周兰说："我先问问孟总。"

洛抒嗯了一声。

周兰去另一边打电话，不一会儿就过来对洛抒说："您现在过去吗？"

洛抒说："我可以去找哥哥吗？"

周兰说："可以。"

"那我现在过去。"

周兰点点头。

洛抒起身去房间换衣服，出来后便出了门。周兰很警惕地跟着洛抒上了车。

洛抒的反应却让周兰很是意外，她好像并没有什么想法，真的是单纯地去找孟颐。

就算是这样，周兰也不敢掉以轻心。

待车子开到孟颐住的酒店，洛抒直接上楼去找孟颐，见孟颐正在开远程会议，便小声地喊了声："哥哥。"

孟颐朝她看了一眼，然后继续开会。

洛抒知道他在工作便没有打扰，就在他的房间里四处转着，一会儿在落地窗边看风景，一会儿又在沙发上翻杂志，接着又打开电视机看了一会儿综艺节目。

会议的时间极其长，在这个过程中，孟颐根本没有时间理她，一直专注着手上的工作。

眼看到三点会议都还没有要结束的迹象，洛抒觉得有些无聊，走过去同周兰说："我还是先回去吧，哥哥在忙。"

周兰点点头表示同意。

洛抒又在孟颐的书桌前转了一圈儿，见他的视线也没有落在自己的身上，便跟着周兰离开这里。

到了酒店大厅，洛抒仔细观察着四周。

现在司机没在这里，她的身后只有周兰，也许她可以转身将后面跟着的周兰推倒，然后趁机逃走，这应该是个绝佳的机会。可是洛抒刚生出这样的想法，就发现她们已经走出酒店大厅了。

周兰提醒了一句："洛抒小姐，车来了。"

洛抒这才回过神来，看着面前的车。

当司机过来替她拉开车门时，她意识到已经错过了刚才那个时机，只能弯身坐进去。

洛抒离开没多久，孟颐的房间进来一个人。

孟颐先开口："有什么事值得你找来这里？"

江凡说："恰巧听闻你在这儿而已。"

"是吗？"孟颐说，"我以为我的行程只有我自己知道，看来你的消息还挺灵通。"

"洛抒是不是在你的手上？"江凡直接问道，然后将一沓东西丢在孟颐面前的桌上。

孟颐将信封内的东西抽出来看了一眼，发现里面是一些照片，看过后又将照片放回桌上，问道："所以呢？"

江凡说："她在你的手上。"

孟颐笑了笑，并不否认，把手搭在沙发上，对江凡说了句："这是我们家的事情。"

江凡说："孟颐，你别忘了，洛抒是我的女朋友。"

"我并不否认这一点。"

"你不觉得你应该给我一个交代吗？"

"什么交代？"

两个人的视线相对时，气氛变得有些凝重。

孟颐说："江凡，你想要交代的话还是先问问你父母吧，看你们江家是否还要这门婚事。如果你们江家还肯要一个诈骗犯的女儿，你要的交代，我可以给你。当然，如果你们江家不想同意这门婚事，你就不该来找我要这个交代。孟家的事情从来轮不到外人插手，就算她妈现在卷了孟家的钱离开，可她依旧在孟家，就必须由孟家掌管。至于你和她的关系，就另当别论了。"

"孟颐，洛抒是你的妹妹，自然由你管。但这并不意味着，你可以限制她的人身自由。我们之间的事情，我父母无法定夺，我跟她依旧是男女朋友关系。所以，凭这一点，我有资格插手，因为我是她的男朋友，现在就要见到她人。"

"我可以很肯定地跟你说，你见不到她。"

江凡冷冷地看着孟颐。

孟颐的嘴角也含着一丝冰冷的笑意，他继续说："你知道为什么吗？因为我有权决定她跟什么人来往，也有权决定她的婚姻和她的未来，更有权决定她和你的关系。"

"你没有权囚禁她。"江凡厉声道。

孟颐平静地说道："你无权插手我们孟家的事情，你们整个江家都没资格。"

江凡闻言，直接起身离开。

晚上孟颐再次出现在洛抒的房间，仍旧在她的床边坐下。

洛抒已经睡了，好像察觉有人在旁边，便翻了个身朝床边看了过来，带着睡意喊了声："哥哥。"然后从床上爬起来坐着看向他，不知道是梦游还是怎样，又迷迷糊糊地问道，"现在几点了？"

孟颐说："三点。"

洛抒半睡半醒地说："那你怎么过来了？"

孟颐说："想过来就过来了。"

洛抒像小鸡啄米一般点了两下头。

孟颐忍不住笑了，心想她大概是没睡醒，便抬起她的脸仔细观察，发现她真的是半睡半醒，然后准备放手让她继续睡。

洛抒却突然伸手触上孟颐，还努力睁开眼睛，似乎在找着什么，片刻后找到孟颐抬着她脸的手，然后摸着孟颐的手腕向上游走，还把手指伸进孟颐的衬衫袖口内，待摸到他手腕处的凹凸处后，轻轻地问道："哥哥，还疼不疼？"

孟颐没有说话。

洛抒自言自语地说："肯定疼。"

孟颐把她的手从袖口里抽了出来。

洛抒又说："哥哥，以后你不要再这样做了，我知道很疼的。"

孟颐望着她，已经不记得那疼痛的滋味了。

孟颐懒懒地靠在床边，朝她笑着。

就在这时，孟颐的手机突然振动。现在已经是深夜了，他似乎不打算接，可能因为声音在这深夜实在太过刺耳，便将手机拿了出来，看了一眼来电显示，才按了接听键。

也不知道电话那边的人说了什么，孟颐的脸忽然一片惨白。

洛抒已经清醒了，抬头看着他。

孟颐正接听着电话，却忽然伸手捏住她的下巴。

她疼得立马皱眉，睁大眼睛不解地看向他。

电话里的人还在说着，孟颐的脸色越来越惨白，甚至惨白到没有一丝血色。

洛抒再次疑惑地看着他，喊道："哥哥，怎么了？"

孟颐忽然将她用力一推，头都没回地从床上起身，迅速朝外面冲了出去。

洛抒摔在床上，惊愕地看着他离去的背影。

洛抒不清楚发生了什么事，只知道孟颐走得很慌忙。

很快，周兰也跟着孟颐离开。

房间里一时变得安静无声，洛抒穿上鞋子下床，一步一步缓慢地朝客厅走去，发现客厅里也没开灯，但好在外面的月光足够亮，可以看清楚房间里的一切轮廓，便朝着那扇门走去。

突然，有人在洛抒的身后喊道："洛小姐。"

洛抒立马回头，发现保镖站在另一扇门处，问道："发生什么事了？哥哥怎么走得那么匆忙？"

保镖没有回应，只是看着她。

洛抒又问："连周秘书都走了，到底是怎么回事？"

保镖说："很晚了，您早点儿回房休息吧。"

保镖很明显是在防止她靠近房门。

洛抒怎么会不知道他的防备呢？她其实只是想知道到底发生什么事了，不明白孟颐为何会如此失色，又想到之前他看她的眼神，忍不住打了个寒战。

她在客厅里站了一会儿，转身又回了房间，回到房间后没多久，就听到门外突然传来敲门声，这时已经躺在床上了，瞬间一惊，立马起身朝外看去，不知道这个时候还会有谁来敲门，也不知道是不是孟颐又回来了。

保镖还没回房间休息，听到敲门声也有些疑惑，直接走过去开门，可拉开房门的那一瞬间，还没看清楚外面的情形，脑袋上已经受到棒球棍的重击。

道羽将保镖用力一推，迅速冲了进去，在房间里四处找着洛抒。

这时保镖也反应过来，看到一个人影朝着洛抒的卧室冲了过去，便迅速地冲上去一把将那人拽住。可是那人的动作更迅速，被保镖拽住后，那人回身就是一拳，打在保镖的脸上，然后抬脚朝保镖的腹部狠狠地踢去。保镖有些防不胜防，两个人在地上厮打起来。

洛抒听到外面的打斗声，赶紧从房间里冲了出来，一眼就看到道羽抓了一个东西朝着保镖的脑袋上重重一击。

保镖在地上挣扎了两下，很快没了动静。道羽立马从地上起身，看到洛抒，一把拽住她。

洛抒说："你来了！"

道羽说："我们走。"

"我妈呢？"

道羽说："先别问这么多，我们先走。"说完拉着她朝外跑。

洛抒刚才看到道羽跟保镖的打斗，吓得冷汗都出来了，拽住道羽，说："我先去换个衣服。"

道羽见她身上还穿着睡裙，就放开了手。

洛抒很快进了房间，随便套了一件衣服出来，又慌里慌张地拿了些东西，看到地上躺着没动静的保镖，问道："会不会有事？"

道羽走过去再次拉着她，说："没事，我们先走，不然来不及了。"

洛抒的脸色有些发白，她又问道："B市那边是不是出什么事了？"

道羽避而不答，催促她说："别管这些了，我们先走。"

洛抒想了几秒，跟着道羽冲出了房间。

两个人冲到楼下，道羽打了一通电话，说道："车子准备好，我们得立马出国！"

洛抒抓着道羽问："我们去哪儿？"

B市一定出大事了，不然孟颐不会脸色那么难看地离开，也不会离开得那么急速。

道羽说："总之我们得先走。"

道羽知道她在想什么，抓着她的手说："别怕，没什么事，我们赶紧走。"

洛抒的手指都是冰冷的，她的身子在冰冷的黑夜里忍不住发抖，但她很清楚这是一条无法回头的路。

道羽打完那通电话后，拉着她继续朝前狂奔，两个人的身影很快消失在茫茫黑夜里。

洛抒在巨大的风声里，听到道羽说了句："我们先去接霏霏，她还在等我们。"

洛抒听到道羽这话时，突然摔倒在地，腿上传来剧痛。

道羽连忙伸手去拽她。

洛抒却用力推开道羽伸过来的手，朝他哭着咆哮道："走啊！你快走！"

还没等道羽明白过来怎么回事，周围已经响起警笛声。

洛抒再次对着道羽大声说："快走！我让你快走！"

"你不想跟我们走？"道羽问了她这样一句话。

警笛声越来越近，洛抒并没有回答他，只是催促道："你再不走，我们谁都走不了！你不是还要去接她吗？"

道羽瞬间明白过来，看了洛抒许久，当看到警车的车灯朝他这边照射过来时，没有再犹豫，转身朝着夜色最深的地方狂奔而去。

洛抒坐在地上，见他毫不犹豫地离开，眼泪直流。

那一晚的孟家经历着更大的浩劫——孟承丙自杀了，孟家陷入前所未有的混乱。

B市城中心，救护车和巡逻车尖锐的鸣叫声响彻深夜。

道羽离开后，洛抒咬着牙从地上站了起来，转身朝跟道羽相反的方向跑，还没跑出去几米，就见警车全部开了过来。

车上立马有警察下来，将洛抒团团围住。

洛抒再次摔倒在地，但这次连挣扎也没有，心里只期盼着道羽快点儿跑，被警察从地上拉起来时，已经全身无力，脸上布满泪水。

她明明没有哭，却不知道泪水什么时候布满了整张脸。

洛抒被警察带去当地的派出所整整一晚，那晚没等来孟家的任何一个人。

第二天，派出所里人来人往，没有人理会她，也没人告诉她是否可以离开。

洛抒始终感觉脑子里一片混乱，不知道洛禾阳跟道羽是什么情况，也不知道孟家那边出了什么事。

直到第二天晚上九点，终于有个警察走了过来，说道："有人过来接你了。"

洛抒抬头看去，发现来接她的是周兰，第一反应是恐惧。洛抒没有动，只是看着她。

周兰走到她的面前说："洛小姐，我是来接您的。"

洛抒什么都不敢问，只是从那把椅子上缓慢地起了身。

周兰跟警察交谈了几句，签了一些东西，便带着她从派出所离开了。

上车后，洛抒不知道周兰要带自己去哪儿，等车子到了机场，又坐上了飞机，才知道目的地是 B 市。

洛抒以为周兰要带她回孟家，没想到车子并没有往孟家开。

到达一处别墅后，周兰同她说："洛小姐，您暂时在这边住吧。"

洛抒站在别墅里，看着空荡荡的大厅，又看了一眼周兰，沉默了很久，问道："哥哥呢？"

周兰说："前天晚上孟董事长自杀了，目前在医院。"

洛抒听到周兰这句话，往后退了好几步，不敢相信地看着周兰。

周兰只说了这一句，然后转身就走了。

洛抒跌坐在地，不敢相信这一切，也不明白为什么会这样。

很快，她的目光落在客厅内的电视机上。她走过去打开电视机，看到电视里播放的都是孟氏董事长孟承丙自杀、妻子卷走 20 亿的消息，还看到洛禾阳被全球通缉的新闻。

洛抒看着这些新闻，蹲坐在电视机屏幕前，久久未再动。

洛抒再次见到孟颐是在四天后。那天，洛抒正坐在沙发上看着电视一动不动，突然听到外面传来车声，抬头就看到了孟颐的车。

洛抒这几天像与世隔绝一般，看着走进来的孟颐，缩在沙发上没有动。

她不知道爸爸怎么样，也不知道洛禾阳和道羽怎么样，甚至不知道孟颐现在会对她这个诈骗犯的女儿、曾经的继妹怎么样。

孟颐看到缩在沙发上的洛抒后，第一时间过来将她拽了起来，咆哮道："这些年我对你不好吗？从你上学到现在，我对你好不好？你要什么我给你什么！我不想动你，想着你只要在我身边、在孟家，就照顾你一辈子！我把你从那破地方捞出来，送你上最好的大学！以后你想跟谁结婚都没问题，无论嫁个穷鬼还是跟个社会青年，只要在孟家，我养你一辈子都没事。可是，你为什么还要跟着他跑？"

洛抒的眼泪蓄满了眼眶，她闭上眼睛，哭着问："哥哥，爸爸怎么样？"

孟颐情绪失控地说："你还敢问他怎么样？"

"我真的没想到爸爸会那样，真的没有想到。哥哥，对不起，真的对不起。"

她对他一句一句地说着对不起。

孟颐看着她脸上的眼泪，听着她的道歉，突然问了她一句："你就这么喜欢他？"

洛抒没有回答，只是痛苦地流泪。

最终，孟颐还是松开了她。

洛抒的身子滑落在沙发上，她没有再动。

孟承丙终于被抢救过来，不过一直住在重症监护室，无法随便探视。

第二天洛抒去找了周兰，说想见孟承丙一面，求周兰带她过去。

周兰见她哭得上气不接下气，对于她的哀求也不知道该怎么办。

孟家现在的情况相当复杂，孟承丙目前处于谁都见不到的情况。

周兰想了许久，对洛抒说："洛小姐，孟先生目前还没有脱离危险，我没办法让您见他。"

洛抒只想知道孟承丙的情况，哪怕见不到人，去医院门口看一眼也是好的，便继续哀求道："周秘书，我求求你，帮我这个忙吧。我只是过去看一眼，看一眼就好。"

周兰没办法再拒绝，只能答应，然后带着洛抒去了一趟医院，到医院时发现医院门口聚集了一堆记者。

洛抒坐在车上，脸上没有半分血色。

周兰见状，只能带着她从另一个通道进去。

孟承丙的病房门口站着两个保镖，洛抒没办法进去，只能站在病房外。但因为重症监护室的门上连探视窗口都没有，洛抒只能站在门口默默地哭。

周兰安静地站在那里看着她。

这时走廊里传来脚步声，周兰朝走廊那端看去，看到人后立马变了脸色，结巴地唤了句："孟……孟老夫人。"

突然，一个巴掌打上了洛抒的脸，走廊里顿时传出响亮的耳光声。

洛抒身子有些不稳，朝那人看去。

甩她耳光的是一位年龄大概在七十岁的老妇人，面容严肃，跟孟承丙有几分相似。

周兰又说了一句："孟老夫人！"

洛抒整个人都是蒙的，愣在原地没有反应过来。

这名老妇人正是孟承丙的母亲，听闻消息赶了过来。

当初孟承丙为了娶洛禾阳，与极力反对此事的孟老夫人闹了相当深的矛盾，从那以后便再未跟孟老夫人有过往来。所以洛抒并不知道甩她巴掌的人是孟承丙的母亲。

孟老太太显然一眼就认出了洛抒，对身边的人说："那个女人的野种竟然还敢来这里？！赶紧报警把她给我抓起来！"

周兰立马挡在孟老夫人跟洛抒的中间，说："孟老夫人，洛抒小姐并不知道她母亲做的事情。"

但显然当下这局面完全不是周兰可以控制的。

孟老夫人没有搭理周兰，继续吩咐道："报警！立马给我报警！"

这个时候孟颐过来了，在后面说了句："老太太。"

孟老夫人身边的人刚想打电话，听到孟颐的声音后，停下动作朝他看过去。

孟颐已经走了过来，站在老夫人的面前，说："她确实跟洛禾阳的事情无关。现在外面有一堆记者，您现在招来警察，怕是会再次引起不必要的混乱。"

孟老夫人也清楚洛抒跟洛禾阳所做的事情无关，否则就不会在这里见到洛抒了，但也不可能容她，对孟颐下死命令："让这个野种滚出孟家，从此不许她再踏入孟家一步！"

洛禾阳卷了20亿跑了，如今成了被全球通缉的经济诈骗犯。洛抒的身份自然相当尴尬，之前跟孟家的一切如今看来都像一个笑话。

孟老夫人绝不可能再让洛抒留在孟家，现在坚决要把洛抒从孟家清理出去，让她跟孟家彻底脱离关系。

孟颐沉默。

孟老太太见他没有说话，逼迫道："怎么？难道你跟你父亲还要留着这个野种不成？"

孟颐终于开口："我会处理这件事情的，您放心。"

老太太见孟颐答应了，这才收起心中的怒火，但还是愤恨地看了洛抒一眼。

这个眼神让洛抒有种浑身冰冷的感觉。

现在无论怎么处置洛抒，都挽回不了已经发生的这一切。老太太深知这个道理，也就没再对洛抒发难，想着只要把她从孟家赶出去就够了。

老太太急着去看孟承丙，瞪了洛抒一眼后，立马朝孟承丙的病房走去，脸上全是对儿子的关切之情。

孟颐也看了洛抒一眼，什么话都没说，跟着进去了。

这个时候周兰朝洛抒走了过来，低声说了句："洛小姐，咱们走吧。"

洛抒知道孟家是不可能再让她看孟承丙的，也就没再说话，跟着周兰从医院离开，又被带回了那个地方。她什么都没问，周兰也什么都没说。

过了十天左右，周兰又来了一趟，说："洛小姐，我们得带您回一趟老宅收拾东西。"

洛抒听到周兰这句话，顿时愣在原地，虽然知道这一刻迟早会来，但没想到现在就来了。

以前洛抒没有哪一刻是不想离开孟家的，可如今真到了这一天，竟然没有感到一丝丝轻松，反而相当难过，声音哽咽地问道："爸……"

她喊出一个"爸"字后才发现不对，连忙停住，硬生生地憋出一句："他出重症监护室了吗？"

周兰自然也意识到了她那一刻的尴尬，回复道："董事长目前已经度过危险期了，您不用担心。我先送您回老宅。"

洛抒好半晌才点了点头，声音干涩地挤出一个字："好。"

周兰也没有再说什么，带着她回孟家宅子那边收拾东西。

孟家的用人见洛抒回来了，没人同她说话，所有人都用充满异样的眼神看着她。

洛抒也不敢跟她们有任何交流，迅速地去房间收拾自己的东西。

周兰便在楼下安静地等着。

半个小时后，洛抒便提着一个行李箱下来了。

周兰见她没拿什么东西，疑惑地问道："您……就收拾这么些吗？"

其实孟家没有给她太大的难堪，只是让她回来收拾自己的东西，也没说什么难听的话。当初洛抒来的时候就没带什么东西，走的时候自然也不会带走孟家的任何一样东西，对周兰说："东西我都收拾好了，只有这么多。"

周兰听到她如此说，也没再多说什么，只说了句："那咱们走吧。"

洛抒提着自己的行李箱跟周兰上了车。

上车后，周兰说："孟先生念在您刚毕业，可能资金方面不是很充足，给您租了一套房子，让您暂时过渡。"

洛抒声音嘶哑地说："不用了，我可以去朋友家住的。"

周兰也没再勉强，说："好吧，那我先送您去朋友家。"

现在这个时候，洛抒不知道能投奔谁，只想到了许小结，就说："你送我去许小结那儿吧。"

周兰再次答应，将洛抒送去了许小结那里。

可实际上等周兰一走，洛抒就拖着行李箱独自离开了。

她虽然手头确实不宽裕，但在孟家生活了这么多年，没少受孟承丙的偏爱，每年都能拿到不少零花钱，这些钱足以支撑她度过这段时间。

洛抒不想去许小结那里面对同样异样的眼神，就暂时随便找了一家酒店住下，但是在付房费的时候，才发现她跟孟家有关的卡全部被冻结，一时站在原地没有反应过来，看到酒店前台工作人员略带犹豫的眼神，才想起之前打工还赚了点儿钱，立马把那张卡拿出来付款。

前台工作人员刷过卡后，才恢复了正常的笑容，同她说了句："祝您入住愉快。"

孟家将属于孟家的卡冻结是很正常的事情。

可洛抒以前在学校打工时赚的那点儿微薄的工资根本无法支撑酒店的费用，洛抒住了差不多三天，就从酒店离开，找了一个长租房。

洛抒不知道洛禾阳跟道羽去了哪里，但很清楚他们现在肯定不在国内了。

如今他们又被通缉，更不可能跟洛抒联系。

洛抒要生活，只能快速地找了一份工作。

这段时间，洛抒和孟家没有任何联系，心里也很清楚她跟孟家在洛禾阳卷走 20 亿跑了后就再也不会有任何关系。

孟家的案子闹得很大，电视上、报纸上全是关于孟氏的这个案子，洛抒并没有关注这些，每天忙于生计。脱去了孟家的光环，此时的她就跟普通人一样，每天为房租、水电、一日三餐发愁。她忙了三个月，才勉强凑上之后两个月的房租。

B 市的房价本来就高，租房子对洛抒这种刚毕业没多久的新人来说，简直是难以负荷。

洛抒的上一份工作虽然是在大公司，但她很清楚自己是靠什么进去的，如今没有了孟家的依靠，又因为专业课学得不扎实，完全没有自信去大公司里跟那么多人竞争一个工作岗位。

洛抒混在一个小公司里，从实习生做起，每天就像个打杂的，八点上班，十一点下班，时刻听从上司的指挥，整个人每天筋疲力尽，连东西都不太想吃，和新同事相处得也一般。

洛抒就这样忙了三个月，有一天晚上从公司出来到楼下的时候，看到了一辆熟悉的车，但不确定是谁的车，就站在那儿远远地看了许久，然后低头离开，走了几步回头看，发现那辆车还停在那里，就停下脚步看了一眼车牌号，瞬间愣住。

在深夜十一点的街上，一人一车，就这样安静地待在原地有十分钟之久。

又过了一会儿，车上的人还是没有下来，车子从这边离开。洛抒还站在那里，眼里有泪光闪烁，很快也从这里离开了。

又过了几天，孟氏传出喜讯，一个月之后孟颐就要结婚了。那长达四个月之久的孟氏被卷走 20 亿的大案热度终于降下了。

所有人的目光都放在了这桩婚事上。大家都说孟氏董事长孟承丙情路坎坷，可儿子孟颐感情稳定。孟颐跟未婚妻从高中起便是同班同学，如今携手这么多年，在孟氏如此大的动荡下，两个人无比稳定地进入了婚姻，确实是一桩美满、令人艳羡的婚姻。

洛抒看到孟颐的婚讯后，发呆了许久才收起手机，又想起前两天的事情，也不知道那天他的车为什么会出现在她公司的楼下。

她现在跟孟家已经没有关系了，想来他也不会来找她了吧？

那天洛抒虽然看了那辆车的车牌，确认是孟家的车无误，但不确定车里的人是不是孟颐。

时间一天一天过去，孟家的婚事在外界越传越热闹，洛抒依然每天在公司重复着自己的事情，从没觉得哪一个月会像这一个月过得这么快。

孟颐婚期的前一天，洛抒无比意外地下了一个早班，六点就回来了，到家时，却不想上去，不想进那四面都是墙、没有任何温度的房子，可是又没有地方能去。

她哪里也去不了，也没什么想去的地方，见楼下有小吃摊，才想起从下班到现在还什么东西都没吃，就随便在一个小吃摊前买了份炒面，然后提着炒面上楼。

楼梯是老式的，没有电梯，洛抒一层一层爬着，低着头爬到第三层的时候，突然看到了半截西裤，顿时停下脚步，看向站在她的房门口的那个人。

两个人都没有说话，立在那逼仄的走廊里。

洛抒不知道他今天怎么会来这里，抬头看向他，犹豫着喊了句："哥哥……"

这是隔了这么久，她再一次看到他。

孟颐见她手上提着炒面，问的第一句就是："晚上就吃这些东西？"

洛抒觉得此时的自己就像个罪人，被孟家扫地出门后，没想到他还会如此关心她，只好说道："我没有胃口，在楼下随便买的。"

洛抒看到他的脚边有很多烟蒂，想来他应该站在这里很久了。

"开门。"他说了两个字。

洛抒这才有所反应，拿了钥匙去开门。

孟颐进去后，看到屋里无比狭窄，似乎并不打算坐，而是站着，看向她说："我让周兰给你送些吃的过来。"

尽管他眉眼冷淡，可说出的还是以前那些关心她的话。

洛抒说："不用了，哥哥，你不用再管我了，我跟孟家已经……"

她的声音越来越低。

是的，他确实用不着管她了，而且他明天就要结婚了。

孟颐站在她的面前，没有出声。

洛抒还没有放下手上提着的炒面，只是低着头站在他的面前。

许久，孟颐说："确实是用不着了。"说完那句话，突然伸手将她搂进了怀里。

洛抒这段时间瘦了不少，人也消沉了许多，被他带进怀里后，忍不住放声大哭。

她也不知道自己在哭什么，像是在哭诉委屈，又像是在哭诉自己的害怕，但心里已经很清楚自己终究是依赖孟颐的。

她在孟颐的怀里放声大哭的间隙，问了一句："哥哥，你明天要结婚了吗？"

孟颐依然紧紧地抱着她，伸出手抚摸着她的脑袋，低头说道："结束了。"

洛抒并不知道他这句结束了是什么意思，抬头去看他。

孟颐说："分手了，婚礼取消了。"

洛抒整个人都是蒙的，脸上还挂着泪珠，怔怔地看着孟颐。

孟颐好像是刚解决完这件事情，此时并不想多提，只是再次将她抱紧。

洛抒只能被迫地被他抱在怀里，片刻后却听到他长舒一口气，感觉他像是在这一刻终于放松下来。

洛抒也像是漂泊许久，在被他紧紧抱住的那一刻，从被迫改为放松，找到了港湾。

两个人安静地拥抱了许久，孟颐终于松开了她。

洛抒被他松开后，还犹如在梦中。

孟颐同她说："去煮点儿面条儿吃。"

洛抒还傻傻地站在原地。

孟颐已经点了一支烟，在沙发上坐下了。

洛抒听到他的吩咐，又看了他一眼，这才反应过来，赶紧去了厨房。

洛抒煮好面条儿出来时，见孟颐还坐在那里。

他并没有解释他跟科灵为什么分手。

洛抒端着面条儿出来后，问了句："哥哥，你吃吗？"

孟颐似乎没什么胃口，回了她一句："你自己吃吧。"

洛抒便端着面条儿去了桌边，安静地吃着面条儿，没有发出任何声音。

孟颐一直坐在沙发那边，看着她吃面。

差不多十二点的时候，洛抒去洗澡，出来后发现客厅里的人已经离开了，看着空无一人的沙发发了一会儿呆。

洛抒第二天精神恍惚，时不时去看手机上的新闻，确认没看到孟家婚礼的消息。

媒体好像也忘记了这天原本是孟颐的婚礼，只发表了一些不太重要的新闻。

婚礼真的取消了吗？洛抒在心里小声地问。

几天之后，洛抒没有听到任何有关孟家的消息，也没再见过孟颐。

洛抒再次见到孟颐是在一个星期后。那天非常冷，因为实在没有抗冻的衣服穿，洛抒下班后就赶回家，想立马钻进被子里，哆哆嗦嗦地走到门口，又看到了孟颐，喊道："哥哥。"

孟颐见她穿得单薄，还看到她的手都冻红了，问道："没衣服穿？"

洛抒从孟家出来时没带什么东西，自然也没带厚实的衣服，现在羽绒服这么贵，刚交完房租根本没钱买羽绒服，最近天天都在硬扛，只是因为今天实在太冷了，有些扛不住，所以下班后迅速地溜了回来，但是听孟颐这样问，又没好意思直接回答。

孟颐穿了一件黑色的长风衣，见她没有说话，就脱下衣服直接披在了洛抒的身上，说："走吧，带你去买几件衣服。"

洛抒现在根本没有脸再接受孟家给的一切，赶紧说："我……自己……"

她还没说完，就看到孟颐冰冷的眼神，便不说了。

孟颐带着她去买了几件没那么好看却十分保暖的冬衣。

洛抒刚把衣服穿到身上就觉得特别暖和，整个人好像活过来了。

洛抒穿上保暖的衣服后，立马把外套还给了他。

孟颐从她的手上接过衣服穿在了身上，发现那衣服上还带着洛抒的体温。

洛抒也注意到了这一点，但低着头不敢多想。

两个人还是如从前一般，洛抒跟在他的身边出了商场，上车后，主动说了句："哥哥，我煮面给你吃好不好？"

他今天来得挺早，应该还没吃饭。

孟颐没有拒绝，说："随便。"

"西红柿鸡蛋面怎么样？"

她只会做面，这段时间就是靠各种面条儿熬过来的。

孟颐看了她一眼，说了句："走吧。"司机便发动了车。

到出租屋后，洛抒一个人快乐地在厨房里忙前忙后。

面条儿在锅里咕嘟咕嘟地冒着热气，房间里的灯光是暖黄色的，虽然外面是极冷的天气，可奇怪的是，这屋里就算没有暖气，今天竟然也不让人觉得冷。

洛抒端着面条儿出来后，对坐在沙发上看电视的孟颐说了句："哥哥，面条儿好了。"喊完见孟颐没有反应，一时觉得奇怪，朝他看了一眼才发现他躺在沙发上像是睡着了。

洛抒放下手上的碗，悄悄地朝他走了过去，走到他身边的时候，没有注意到他的腿，脚不小心绊在他的腿上，整个人朝孟颐的身上摔了下去。

在她摔下去的瞬间，孟颐被她的动静吵醒了，几乎是下意识的反应，将她往下摔的身体一把接住。

洛抒的身子摔在了他的身上，她一抬头便跟孟颐的视线对上了。

孟颐也正看着她，刚才明显是睡着了，眼睛里还带着睡意，接住她身子那一下完全是身体的本能反应。

两个人对视间，一种奇怪的气氛在房间里蔓延。

孟颐看着洛抒瞪大的眼睛，突然朝洛抒的脸靠过去，在她僵住的一瞬间，用力一搂，低头含住了她的唇。

"哥哥……"洛抒的话还没完全说出来，就变成了模糊的音节。

她用力推着他的胸口，想要他停止吻她，没想到孟颐却吻得更深了。

就在两个人唇齿交合的瞬间，洛抒突然放松下来，推着他胸口的手一点儿一点儿地软了下去。

他强势地吻着她，她轻轻地回应了他一下。

孟颐翻身将她吻得更深，完全占有她的唇，不留一丝空隙。

也不知道两个人吻了多久，当洛抒感觉越来越热、越来越迷糊的时候，孟颐及时停了下来，将她用力地拥在怀里。

洛抒微张嘴唇，在他的怀里喘着气。

孟颐低头吻了吻她微热的脸颊。

随着呼吸的顺畅，洛抒慢慢清醒过来，依偎在他的怀里，面红耳赤，又想到他刚才的动作，脑子更加如同一团糨糊。

孟颐看到她的脸颊红得跟苹果似的，为了缓解尴尬，说了句："面呢？"

洛抒立马从他的怀中爬了起来，说："我去端。"说完没敢看他，急忙去端面。

孟颐在她起身后，也起身去了桌边，看到面好像坨了。

洛抒看着他，结巴地说："我再……再去下。"

当她转身要走时，孟颐直接拿起筷子开始吃面条儿。

洛抒喊了句："哥哥……"

孟颐平时对饮食方面的要求很高，他这次却说："我饿了，随便吃点儿。"

洛抒见他不在意面坨了，也拿起筷子吃着面条儿，像小猫一样细嚼慢咽。

孟颐吃完便坐在那里看着她吃。

洛抒感觉到他的视线，脸变得更红了，不敢抬头看他，好半晌才说道："哥哥，爸爸好点儿了吗？"

洛抒不知道自己是不是说错话题了，说完那句话后，又低下了头。

孟颐点燃了一支烟，把手搭在椅子的扶手上，回道："出重症监护室了。"

洛抒听到他的回答后，这才放下一直提着的心，低着头又慢吞吞地说："那就好。"

孟颐看她拿着筷子在碗里挑来挑去，皱着眉说："赶紧吃吧，挑来挑去，面条儿都坨了。"

洛抒听到他的话，继续往嘴里塞着面条儿，过了一会儿又说："哥哥，你没必要来这里……"

洛抒想说的是，她跟孟家已经没什么关系了。

孟颐再次说："吃饭都堵不住你的嘴？"

洛抒听到这句话，不敢再开口。

差不多十点的时候，外面下起了雨，洛抒见孟颐起身准备离开，就站起来送他出去。

到门口的时候，孟颐同她说："就到这儿吧。"

洛抒在门口停住，等着他离开。

站在门口的孟颐却又伸手将她搂进怀里。

洛抒乖乖地没有动。

他把脸埋在她的发丝里，柔声地说："锁好门窗。"

洛抒任由他搂着自己，小声地嗯了一声，整个人都埋在他的大衣里，样子看着温顺极了，似乎很是依赖他。

孟颐听到她的回应，在她的脸颊上摩挲了两下，这才松开了她。

洛抒站在那儿看着他。

孟颐看了她一会儿，这才转身离开。

第二天早上，外面下起大雨，洛抒准备去公司上班时接到了一通电话，见是孟颐打过来的，就朝不远处看去，一眼就看到了孟颐的车。

司机撑着伞从车上下来接她。

洛抒走到司机的伞下，飞快地跟着司机上车，上车后看到了孟颐，有些没想到他会来接她，说道："哥哥，你怎么来了？"

孟颐说："今天雨大，我要出门，顺带送你。"

洛抒今天穿得相当暖和，完全没想到他会来接她上班，笑着说："我可以自己去的。"

孟颐吩咐司机开车，之后没有说话。

洛抒坐在他的身边，一时也没有说话，不知道为什么，竟然想到了昨天晚上的吻，略微紧张地用手捏着自己的衣袖。

孟颐见她这么安静，便问她："新工作怎么样？"

洛抒立马回过神来，说："哦，挺好的，我已经适应了很多。"

这份工作是她自己找的，也是一份跟孟家没任何关系的工作，她去那里上班完全是为了生存。

孟颐看着前方的车，说："如果你感觉累的话，我叫人给你换一份。"

洛抒立马抓住他的手，说："哥哥！"

大约是她的声音太过急切，孟颐扭头看了她一眼。

洛抒现在哪里还敢倚靠孟家半分？她已经被孟家赶出来了，脸皮也没那么厚，再去沾孟家的光。

见孟颐在盯着自己看，洛抒迟疑了很久，慢吞吞地说："我总得靠自己的，既然已经出了孟家，你就用不着再帮我安排什么了，免得孟老夫人会……"后面的话没有再说下去，也没有必要再说下去，相信他也懂她的意思。

她已经被赶出了孟家，他根本没有任何义务再照顾她。

洛抒又补了一句："我觉得现在这份工作挺好的，暂时不想换。"

孟颐也没再说什么，嗯了一声，把视线从她的脸上移开，继续看向前方。

洛抒偷偷儿地看了他一眼，见他没什么表情，紧捏着手没再说话，也不知道他在想什么，但一路上心情都很好。

同事见洛抒满面春风的，主动跟她打招呼。

洛抒跟公司的同事也熟悉了一些，笑着同他们闲聊了几句，然后坐到自己的工位上，拿起手机发了一条短信："哥哥，我到了。"

那边回了她一个字："好。"

洛抒握着手机，抿紧了双唇，心里开始纠结一个问题。

又过了两天，公司难得地给大家放了一下午假。洛抒从电梯出来后，一直低着头走路，一副心事重重的模样，走到大厅时，听到手机响了，立马拿起手机接听，还看了一眼外面，然后快速地回答了一句："好的，哥哥，我马上出来。"

上次孟颐送洛抒来了一次公司后，他们已经有好几天没见面了。洛抒因为今天休息，就给他发了一条消息，说找他有事，让他过来接她。

洛抒看到了那辆熟悉的车，犹豫了片刻，感觉孟颐应该也在车里看着她，就飞快地朝着停在路边的那辆车跑去，上车后，感受到车里极其暖和，第一反应就是脱掉身上的羽绒服。

洛抒见孟颐在驾驶位上坐着，没有看到司机，便问了一句："哥哥，今天不是司机开车吗？"

此时的车窗打开了半截，孟颐似乎在楼下等了一会儿，在她进来后，便把车窗升了上去，看了她一眼，回道："怎么？你有事？"

这段时间洛抒根本没有联系过他，第一是因为情况不合适，第二是现在她不敢主动联系他。洛抒听到他说的话，悄然握紧放在膝上的双手。

孟颐没有说话，似乎在等着她说话。

洛抒想了很久，终于开口："哥哥，你可以带我去见爸爸吗？"

孟颐脸上的情绪有些许变化，他侧过脸看着她。

洛抒知道现在提出这个要求很不合适，但非常想去孟承丙面前道歉，不管是替洛禾阳还是为她自己，此刻紧张地握着双手，不知道孟颐能否同意。

她低着头，眼睛一直盯着自己的手，紧张得浑身都出汗了，一直在等着他的回答。

她见孟颐一直没说话，又说了句："哥哥，我求你，只是去见一面，确认爸爸……不，确认孟先生是否安好，然后再跟他……"说到后面时声音已经在颤抖，手也下意识地死捏住裤子。

孟颐大概早就知道她想做什么，看了她一眼，不带感情地说了句："你觉得还有意义吗？"

她的愧疚，她的歉意，还有意义吗？她也是那件事情里的一个帮凶，有何颜面去见孟承丙？

洛抒更加沉默了，低着头半晌没说话。

孟颐安静地看了她许久，看到她低着头不敢抬头看的模样，什么也没说，将车驶离了这边。

二十分钟后，孟颐将车子停在医院的楼下，靠在驾驶位上没动，看着前方的医院大楼，沉默了好一会儿，才又转头看向她，说了句："下车吧。"然后推开车门下了车。

明明车里这么热，洛抒却感觉冷汗都冒了出来，也知道有些事情迟早是要面对的，总得面对孟承丙，并且当着他的面，跟他说一句对不起，不过确实没想到孟颐会带她过来。

孟颐带着洛抒去了住院部，到孟承丙的病房门口后，停下脚步站在她的面前，看着她，冷冷地说了三个字："进去吧。"

洛抒紧张得手都在发抖。

孟颐自然注意到了她垂在两侧的双手，不过什么也没说，转身去了别处。

洛抒推开门，看到护工正在给孟承丙喂吃的，见他已经从重症监护室转到养护病房了，站在门口，盯着病床上的孟承丙。

她像是一百年没见到他一般，明明几个月没见，却见他整个人的状态大不如从前，还发现他的头发全都白了，人也瘦了许多，一时间竟有些认不出他。

孟承丙感觉门口有人站着，缓慢地回头，一下就看到了洛抒。

洛抒有点儿腿软，不知道应该说什么、做什么，就站在那里看着他瘦得脱相的面容。

孟承丙反倒比洛抒更激动，喊了句："洛抒！"说着就要从病床上下来。

护工急忙拦住他："董事长！"

孟承丙顿住动作，紧紧地盯着洛抒。

病房内瞬间安静下来，洛抒在孟承丙的注视下，紧绷着身子缓慢地走了过去，哽咽地说道："爸爸，对不起。"

孟承丙听到她那句对不起后，愣怔了好一会儿，然后突然笑了一下，如同以前一般，伸出手握着她的手臂，说："没事。"

他什么都没提，也什么都没问。

洛抒却哭得无法自已，也无法直视他那双眼睛。一个小时后，洛抒才从孟承丙的病房出来，走到电梯口。

孟颐正站在那里抽烟，看到她出来，便把烟灭了。

洛抒低着头，没有开口。

孟颐看着她这副哭过的模样，只说了句："走吧。"然后进了电梯。

电梯里谁都没说话，安静至极。

孟颐站在前面，盯着前方的电梯门，而洛抒在他的身后，始终无法抬起头。

两个人上车后，孟颐没急着发动车，而是在车里坐着。

洛抒坐在他的身边，从始至终都没抬起头来，好像根本没有脸面去看他以及孟承丙。

她的母亲是个诈骗犯，潜伏在孟家多年，现在还是个被全球通缉的罪犯，而她是个帮凶，也是个诈骗犯，她该怎么去直视他们？

正当她胡思乱想的时候，身体突然被孟颐用力拽住了。

他再也不似之前探寻般的小心翼翼，而是直接粗暴地将她压在窗户处吻住。

洛抒在他的怀里没有躲闪，被他吻住后，发出低低的哭泣声。

在这狭小的空间里，孟颐一点儿也不想再掩藏自己、克制自己、压抑自己，就是想让她清清楚楚、明明白白地知道自己的心意。

他用力地吻着她，让她无处可逃。

密闭的空间里，都是她的喘息声。她在被他吻着的时候，还在哭着跟他说："对不起，真的对不起。"

孟颐根本不想听她说这些，带着强烈的爱意亲吻她，用手扣住她的腰，唇抵着她的唇，舌缠着她的舌。

"明白了吗？明白了吗？"他低语道。

他想让她明白：他从来就不想当她的什么哥哥，之前是，现在更是。

洛抒确实无处可逃，脸色绯红地瘫软在座位上。

正当车里的人在热烈交织的时候，孟老夫人的车也来了医院这边，她的身边围着孟承丙的助理跟几个照顾她的用人，她准备下车的时候看到了一辆熟悉的车，便对周围的人问道："那不是孟颐的车吗？"

孟承丙的助理看了一眼，发现确实是孟颐的车。

孟老夫人又问道："他来看他父亲了？"

孟承丙的助理回道："应该是。"

车刚停稳，老太太便让陪护的用人扶着她下车，然后朝着孟颐的车走去，走近时却看到车里的孟颐正压着洛抒热火朝天地吻着，脚下一时没站稳，往后退了几步，惊慌失色地大喊道："他们……他们在里面做什么？"

"他们两个人在里面做什么？"孟老夫人连着问了两句这样的话，声音也越发尖锐。

车里交缠亲吻的两个人自然听到了外面的厉声呵斥。洛抒闻言，瞬间抖动了一下身体，孟颐觉得这个声音无比熟悉，便迅速地抬起头朝车窗外看去，正好看到老太太还有孟承丙的助理一同站在车外。

老太太用手指着抱着洛抒的孟颐，生气地质问道："你们刚才在做什么？"

她无法相信眼前发生的乱七八糟的一切，到现在都不敢相信孟颐居然跟那个女人留下的孽种搅和在一起！

她不是把人赶出孟家了吗？孟颐怎么会跟那个孽种做出这样的事情？

孟老太太完全被车里的那一幕震撼到了，整个人惊愕失色。

孟颐没有否认刚才的事情，而是淡淡地说道："是我的错，和任何人无关。"

孟老太太原本还在努力控制情绪，听到孟颐这句话，彻底爆发了，怒斥道："孟颐！你跟那孽种到底是什么关系？你是疯了吗？"

孟颐还是没有解释，只是回答道："这件事情是洛禾阳一手谋划的，跟她无关。"

孟家发生了这么大的事情，孟颐竟然还在替那个女人留下的孽种开脱。

孟老太太根本没想到这些，但又恍然大悟自己早该想到的。

那个女人已经跑了，为什么孟颐还把洛抒留在这里？

她指着他的脸，身体越发颤抖，愤恨地说："孟颐，我看你是彻底疯了，连自己在做什么、说什么都不知道！大的迷惑大的，小的迷惑小的！我看孟承丙还不知道这件事情吧？"

孟颐眉头紧皱，声音也提高不少，说："这是我一个人的错，和任何人无关！"

"跟任何人无关？孟颐！我看你就是疯了！我会让你父亲知道的！看他娶回了一个怎样的祸害！连小的都是勾引人的狐狸精！"

洛抒从医院回到出租屋后，整个人还是惊慌失措的，不知道自己刚才做了什么，全身哆嗦地缩在床边，虽然不知道孟家现在是什么情况，但想来一定是一团糟。

她坐在床边哭得上气不接下气，在最绝望的这段日子里，完全不知道该怎么办，也不知道自己能够做什么。

整个世界好像只剩她一个人一般。

洛抒缩在床边哭了一下午，脑子里完全被恐惧占领，这个时候突然听到外面传来一声敲门声，便抬头朝门看去，接着又听到更清晰的敲门声，也不知道门外是谁，只是害怕地紧缩着身子，死死地盯着那扇门。

就在这时，门直接被人一脚踹开，孟颐破门而入。

洛抒蹲在地上吓傻了，直到被孟颐拽了起来。

洛抒发现是孟颐后，虽然还没有看见他的脸，但还是沙哑着声音哭着问："哥哥，爸爸会不会知道？怎么办？我该怎么办？"

她已经彻底陷入混乱，颠三倒四地重复着一句话。

孟颐感觉到她的身子冰冷得厉害，握住她的手臂，在黑暗中跟她靠得极近，压低声音问道："你喜欢的人是谁？到底是谁？"

孟颐紧紧地盯着她，不肯放过她脸上的半分情绪。

洛抒整个人处于失控、无力的状态，如果不是被孟颐抓着，肯定早就滑落在地，此刻语言混乱地说："我不知道，真的不知道。"

孟颐再次逼迫道："你不知道？你不知道我们刚才在做什么吗？"

洛抒真的不知道，想推开他逃离这里，却被孟颐狠狠地控制住。

"他都带着别人走了，你还喜欢他？"

他都知道，他什么都知道。

洛抒大声哭着说："别说了，我不想听，不想听。"

孟颐哪里会这么放过她？他依旧强硬地抓着她，说道："你是不想面对还是不想听？现在是看他那边没希望了，又来勾引我？"

洛抒激动地否认道："我没有，真的没有！不是这样的！"

孟颐迫使她抬头看着自己，目光如炬地紧盯着她，提高音量说："那是怎样？只要你说不是这样，之后就算是让我下油锅，我也下了。"

道羽最后带走的是别人，她伤感吗？

或许她是伤感的，但不知道自己到底在伤感什么，是伤感他喜欢上了别人，还是伤感他们之间有了第三个人？洛抒不知道，不知道这到底是怎样一种伤感。

但是，那天她看到道羽消失在夜幕中的时候，竟然有种如释重负的感觉。

孟颐见她不说话，再次问道："你明明可以跟他走的，为什么不走？是因为脚扭了吗？为什么偏偏在那个时候脚扭了？"

他明明已经离她很近了，却还在靠近，似乎非要得到一个答案，在黑暗中不断逼问洛抒："你回答我！"

洛抒抽泣得上气不接下气，已经完全说不清楚，在他的怀抱中号啕大哭起来，一边哭一边说："我害怕，很害怕。"

孟颐抚摸着她的脑袋，在她的耳边轻轻地说："别怕，没什么好怕的。有我在，一切都有我，别哭。"

洛抒再次用力抱紧了他。

孟颐紧绷的情绪逐渐松懈下来，他对着哭泣的洛抒说："只要你和我在一起，就算让我下油锅，我都心甘情愿替你下。你知道吗？你知道吗？"

他仿佛在确认一般，重复问了两句同样的话。

洛抒哭着点了点头。

孟老夫人自然不会任由事情如此发展，当即便去医院找儿子孟承丙。

第二天早上，孟颐接到孟承丙紧急打来的电话。

两个人刚一见面，孟承丙便狠狠地给了孟颐一个巴掌，勃然大怒地说道："我看你是疯了！"

孟颐在被孟承丙甩了一巴掌后，没有任何反抗，就站在那里，心里很清楚地知道自己的所有心思都已经暴露在孟承丙的面前。

孟承丙气到全身发抖，警告道："我告诉你，不许你碰洛抒！不许！你听见了没有？"

孟颐丝毫没有退让，回击道："她已经不是我的妹妹了！"

孟承丙大声地说："她怎么不是你妹妹？孟颐！我告诉你！她永远都是你的妹妹，只要她在这座城市，在孟家一天！"

"如果我说不呢？"

孟承丙没想到孟颐会还击，又要朝孟颐的脸上甩过去一巴掌，却被孟颐挡了下来，顿时停下手上的动作，瞪大眼睛看着孟颐。

孟颐控制着他的手，没有半分松动，说："人都已经跑了，您还要执迷不悟吗？"

这句话像是刺痛了孟承丙的心，他情绪越发激动，大声地说道："我告诉你，就算人走了，你跟洛抒也不可能！孟家不允许！我也不允许！"

孟颐直接说："那就不是您说了算了。"

孟承丙不敢相信地问："什么？你敢反对我？"

孟颐对他这个父亲始终都是无比尊敬的，今天却完全失去了那份尊重，无比坚决地对孟承丙说："我知道你还在幻想那个女人会回来，可我告诉您，您最好别期盼她回来。一旦她回来，我一定会亲手把她送进监狱！还有，洛抒已经不是孟家的人，我跟她的关系，不是你们任何人说了算的。"

孟承丙感觉血压上升，面颊因为激动而变得通红，他无力地说道："只要你敢，你就不是我儿子。"

孟颐冷笑道："不是就不是吧。"

父子俩在这一刻，彻底地撕破了脸皮。

其实孟承丙一直知道孟颐对洛抒的心思，很早就知道了，所以才会在那个时候将孟颐送走，这么多年过去了，见他谈了女朋友又订婚，以为他对洛抒那些不正常的心思已经消失了，没想到这一天还是来了。

他想要维持住这个美满的家庭，想要留住不爱他的洛禾阳，想要留住洛抒这个乖巧可爱的女儿，却眼见这一切美好摇摇欲坠。

他明知道洛禾阳心怀不轨，也不惜一切代价，装作什么都不知道，就想稳住这个美满的家庭。可洛禾阳始终没有爱上他，在这么多年后，还是毫不留恋地跑了。而他的儿子孟颐，却爱上了洛禾阳的女儿，不择手段地把洛抒留在这里、困在这里。

"孟颐，你跟洛抒在一起只有一个可能，那就是我死，不然她就永远都是你的妹妹。"

洛抒站在门外听到孟承丙的这句话，只觉得浑身冰冷，转身便朝着电梯的方向跑去。

孟承丙跟孟颐依旧处于剑拔弩张的状态，并没有发现洛抒站在门口。

孟颐听到脚步声后，立马朝病房门口看去，发现门是关着的，并不清楚是谁的脚步声。

孟承丙也觉得有些奇怪，随着孟颐的视线看向门口。

孟颐瞬间像是察觉了什么，动作飞快地冲去门口，却见外面没有人，只听到电梯关闭，往下降落的声音。

洛抒想着孟承丙应该知道了那件事情，又想到孟颐可能会跟孟承丙发生冲突，就跟着孟颐来到了医院，在门口听到孟承丙说的那句话后，就知道她跟孟颐根本就不会有任何可能。

别说她跟他的身份了，光洛禾阳的事情摆在那里，她就是十恶不赦的罪人。

洛抒从医院跑出来后，冲到马路边拦了一辆车，迅速朝着出租屋赶去，到了之后拿上自己的东西便离开。

孟颐立马给周兰打了一通电话，在电话里问道："洛抒在出租屋吗？"

周兰正要上楼，说："我正好在洛小姐的出租屋的楼下。"

"你赶紧上去看看。"

孟颐早上离开的时候见她还在睡，就吩咐周兰下午四点过去一趟，让周兰带她去吃个饭。

现在接近四点，周兰不知道发生了什么，听到孟颐的吩咐后，立马回道："好，我现在就上楼。"

周兰停好车后迅速上了楼，可到了房门口，却发现房门大开，进去之后看到里面什么都没有，立马拿起手机给孟颐打电话。

孟颐有种不好的预感，此刻看到周兰打电话过来，这种预感变得更加强烈。

周兰在电话里同他说："孟总！不好了！洛小姐不见了！"

孟颐听到"不见了"三个字，脸上瞬间失去血色，什么都没说，收了手机便朝外走。

孟承丙见状，隐隐察觉了什么，立马追了过去，拉住孟颐问道："出什么事了？"

孟颐冷冰冰地对他说了一句："她不见了。"

孟承丙颤抖着声音问："什么？"

孟颐的话语里没有半分温度："如果洛抒不见了，您就等着送洛禾阳进监狱吧。您应该知道她为什么会被留在这里。"

孟承丙感觉浑身发冷。

洛抒之所以没跟洛禾阳离开，肯定是被孟颐以某种手段留下的。

孟承丙很清楚孟颐做了什么，也知道刚才门外的人是洛抒。

如今洛禾阳不知所终，大概已经不在国内了。那洛抒此时离开，一个人能够去哪儿？

孟承丙不由得担心起来：洛抒已经没有任何亲人了，又听见了刚才他跟孟颐的谈话，是否会想不开做出什么事情？

孟承丙焦急地对孟颐说："快派人去找她。"

孟颐什么都没说，甩开孟承丙的手，铁青着脸大步朝外面走去。

孟颐先让周兰去派出所，请警察协助，去 B 市的每个关卡堵人。

洛抒应该不会去机场的，因为她的护照在孟颐的手上，又因为母亲洛禾阳被通缉，根本不可能出国，最大的可能就是乘坐火车、大巴这类交通工具。

孟颐知道洛抒跑不了，可是在安排好一切后，又亲自去了许小结那边。

许小结那天正好休假在家睡觉，看到孟颐突然出现时，脸上写满了震惊。

孟颐开门见山地说道："洛抒有没有来找过你？"

许小结发现孟颐的脸色极其冰冷，想着应该出了什么事，好半晌才结结巴巴地回道："洛……洛抒没有来找我，这段时间都没有。"

孟颐听到许小结的回答后，什么话都没说，转身便离开了。

许小结站在门口看着孟颐离开的背影，感觉此时的孟颐浑身透着一股令人害怕的冰冷气息。

洛抒抱着东西在马路上狂奔，分不清楚脸上是泪水还是雪水，只是不断朝前狂奔着。

洛禾阳早就不在国内了，她能够去哪儿？孟家也不是她的家，她在这个城市待不下去了。

洛抒陷入一片绝望当中。

她怎么能够在道羽离开后，跟孟颐陷入这样一种感情当中呢？

她也不知道这一切为什么会变成这样。此时的孟家已经一团糟了，爸爸还在医院，她不能再让他受任何刺激了。她甚至不能再出现在他的面前，可是又能够去哪里呢？

她不断地问自己。

在这冰冷的天气里，寒风刮在脸上似刀割一般，洛抒根本没管这些，任由脸上的眼泪肆意流淌。

洛抒冲上了一辆大巴，知道那辆大巴是开往乡下的。

那里是洛抒长大的地方，有她跟洛禾阳的老房子，姑且算是她的家。

她去孟家后好几次都偷偷儿跑回那里，所坐的大巴也是赶往那里的最后一班车。

孟承丙的人也在四处找着洛抒，B 市警察紧急搜索有关洛抒的信息。

三个小时后，车子终于在村口停下。洛抒抱着东西下车，根本没有注意到周边的人跟环境，一个人茫然地朝着村口那条熟悉的路走去。

此时天全黑了，村子里格外安静，只能听到犬吠声。

洛抒一边走一边看，不知道走了多久，终于来到一处破败的屋子前，走进去发现这里已经完全没有生活的痕迹。

洛抒实在是太累了，靠着沾满灰尘的木床睡着了。

孟颐几乎把整个 B 市翻遍了，派人去了所有洛抒可能会去的地方，但始终没有找到洛抒。

孟承丙快急疯了，一边给孟颐打电话确认情况，一边思考洛抒可能去的地方。

突然间，孟承丙想起了一个地方，飞速赶往洛抒在乡下的家。

孟承丙赶去乡下时，孟颐也在路上。孟颐终于在晚上十二点到达了老房子。

不一会儿孟承丙也到了，刚进去就看到孟颐抱着昏迷不醒的洛抒从屋里出来，赶紧冲过去问道："怎么回事？洛抒怎么了？"

孟颐抱紧怀里的人，快速地朝前走着。

孟承丙感觉不对劲，冲到屋里去，发现卧室的床边撒满了安眠药，便转身追着孟颐的身影而去，但追到外面时见孟颐的车已经离开了。

洛抒醒来已经是早上十点，睁开眼就看到孟颐那张无比憔悴的脸。

洛抒如今根本没有脸面活在这个世界上，想要逃离这一切，以为自己已经死了，可是看到孟颐那张憔悴的脸后，又清醒过来，轻轻地咳嗽了一声。

孟颐轻柔地抚摸着她的脑袋，说："醒了？"

他的脸色无比憔悴，黑色的衬衫都是皱的，领带不知道被扯去了哪儿。

洛抒从没见他这般不注意仪态过。

她试着喊了句："孟……孟颐？"片刻后又迟疑地喊道，"哥哥……"接着又说，"你不要怪我，我不想让爸爸为难了。"

洛禾阳已经对不起爸爸了，她不想再让爸爸为难。

她像个胆小鬼一样怯懦，始终不敢承认对孟颐的喜欢，所以她逃避，在心里自我模糊。

可她没想到这一切还是到了这一步。

她刚说完这句话，就被孟颐紧紧地抱住。

他把脸埋在她的发间深吸一口气，半晌才回了她一句："蠢东西。"

洛抒闻言愣住，不知道现在是处于现实还是梦境。

孟颐紧紧地抱住洛抒，洛抒很茫然，在被他抱住后愣了好久，才缓慢地抬起双手抱住了孟颐。

此时孟承丙站在病房外，看到了一切，然后转身离开。

科灵番外

孟颐跟科灵提出分手时没有给出任何理由，还是在两个人已经订婚很久的情况下。

两个人安静地坐在车里，科灵先问道："为什么？"

孟颐没有回答，只对科灵说了句："抱歉，你可以提出任何补偿。"

科灵又问："因为她？"

孟颐听到科灵这句话时依然没有反应，只是安静地抽着烟，看着前方。

科灵跟他在一起这么多年，自然很清楚原因是什么。

他表面上把那人当成自己的继妹，可实际上所做的一切都是为了把人留在自己的身边。洛抒从P市到G市，从上大学到参加工作，每一步的人生轨迹都被孟颐掌控着。就连洛禾阳卷走孟氏20亿逃走，他的第一反应都是将洛抒转移之后藏起来。他哪一样心思不是昭然若揭？如今孟氏处在风口浪尖，洛抒的母亲洛禾阳成了通缉犯，而他却在这个时候跟科灵提出分手。

科灵清楚这一切，看着他说道："孟颐，你知道我们在一起这么多年，我要的从来都不是你的补偿。"

他回了句："我知道。"语气却充满冷漠。

他把手搭在车窗上，任由外面的风席卷进来吹动衣服，淡淡地说道："科灵，我并不想伤害你。你现在及时止损会更好，也许以后我们还能是朋友。"

她陪伴了他这么多年，甚至想过他不爱她也无所谓，只要能在他身边就好，自己什么都愿意，可没想到跟他在一起这么久，还是听到他说这句话。

大家都是成年人，明白游戏规则。并且科灵从来都不是制定游戏规则的人，也从未掌握过话语权。

他说结束，就是真的结束。

科灵在他身边这么多年虽然卑微，但她也有她的骄傲，对于他突然提出的结束，没有再发出任何质疑，而是很现实地说了一句："五千万。"

他没有任何犹豫，说："没问题。"

成年人的感情就是如此干脆利落，科灵知道在他身上永远得不到自己想要的东西，面对他说的结束，便很理智地提出了想要的补偿。她不是只渴望爱情的少女了，也从来不相信灰姑娘能够跟王子终成眷侣。

孟颐并没有觉得科灵的要求过分，反而觉得这是对双方而言最不麻烦的解决方式。

科灵听到他同意后，没有在车上多停留，推开车门就离开了。

孟颐对于她的离开没有任何反应，甚至没换坐姿，只是抽烟想着自己的事情。

孟颐跟科灵的感情开始得突兀，结束得也突兀。

科灵并不知道孟颐会怎样去处理孟家的这一切，也不知道他会如何对待那个被全球通缉的诈骗犯留下的女儿。

科灵再次见孟颐是在一处酒店里，当时两个人分手已有半年。

因为跟在孟颐身边几年攒下了不少人脉，科灵跟孟颐分手后便入职了一家大企业当管理层，机会要比身边的同龄人多很多，还为此感叹过这些年确实在孟颐的身上获得了许多东西。

这次是科灵陪几个企业投资商一起在会所里谈事情，碰到孟颐时起初以为自己看错了，因为当时只看到孟颐进包间时的背影，后来又见他从房间出来，还看到他的身边有个熟人季董阳，这才确定那人就是孟颐。

孟颐的身后还跟着一群人，他们并没有发现科灵，出来后就在门口说话，似乎是在告别。

过了一会儿，孟颐先走了，手上还挽着一件外套。

科灵发现他挽着外套的右手上居然套着一枚婚戒，顿时愣在原地。

季董阳送走孟颐后，跟身边的人说说笑笑，往科灵这边行来，看到科灵时停下脚步。

科灵跟身边的投资商说了几句话，便朝季董阳走了过去，自然地跟季董阳打招呼："季董，真巧，居然在这儿遇见。"

季董阳跟科灵算是很熟了，笑着说："是啊，很久没见到你了。"

她跟孟颐分手后，自然见不到季董阳这样的人。

科灵笑着问："季董在这儿吃饭？"

季董阳回了句："是的。"

科灵又说："我刚看到孟颐了，他的手上好像戴着婚戒。"

季董阳看了科灵一眼，笑着说："他最近要结婚了。"但他没有再透露别的，又说了句，"我还有事，先走了，下次再聊。"

科灵的脑袋里只回荡着季董阳的那句"他最近要结婚了"，她还没有反应过来，就见季董阳已经从她的身边离开。

他要结婚了，外面却没有任何风声。如果不是今天看到他手上的婚戒，科灵根本无法得知。

可新娘是谁呢？他们本就不是一个世界的人，这也根本不是她能够打探到的消息。

科灵轻声笑了两声，终于恍然大悟。